唐圭璋編

詞話叢編

第五冊

中華書局

歲寒居詞話

〔清〕胡薇元撰

序

於驕陽烈日炎威溽暑中，而曰歲寒，心與境異也。自寧河亡後，吾心常凜凜焉，恐隊此驕陽烈日炎威溽暑中，時時以共保此歲寒爲念，故蟬吟蛩語也，吾以爲霜花冰骨。別有一段心肝，自別有一番眼孔，且以此上友古人，上論古人之樂章。辨緣情造端意內言外之正變源流，蓋亦有深造自得，非尋常移宮換羽者之所知矣。跛翁之論詞，大旨蓋如是，遂拈髯而自爲之序。并質之地下熙亭老友，知玉津猶保此歲寒也。庚申立秋後四日，跛翁胡薇元，時年七十有一。

歲寒居詞話目錄

蕙寒居詞話

珠玉詞與小山詞

晏元獻殊珠玉詞。集中浣溪沙春恨,「無可奈何花落去,似曾相識燕歸來」,本公七言律中腹聯,一入詞,即成妙句,在詩中即不爲工。此詩詞之别,學者須於此參之,則他詞亦可由此會悟矣。公幼子幾道叔原小山詞,山谷序之,謂其合者高唐洛神之流,下者亦不减桃葉團扇,頗爲推挹。鄭俠下獄,從其家搜得叔原詞,裕陵稱之,遂得釋。

樂章集多舛誤

柳永耆卿樂章詞。官屯田員外,善爲歌詞。教坊得新腔,必求爲詞,始行於世,故有井水飲處,咸歌柳詞。宋人云:詩當學杜,詞當學柳。蓋詞入管絃,柳實能手。今傳者多舛缺,如小鎮西路繚繞,臨江仙蕭條,二字皆後段務頭,誤作前段結句。尾犯「一種芳心力」,芳實勞之誤。浪淘沙慢之「幾度飲散歌闌」,闌乃闋之誤。浪淘沙令之「促盡隨紅袖舉」,促下脱拍字是也。

安陸詞

張先安陸詞。宋有兩張先同時,皆字子野。而工樂府者,則都官郎中,語見齊東野語。東坡稱其「浮萍破處見山影，野艇歸時聞草聲」，詞筆老妙者是也。草今訛作棹，便無意味。舟過湖上，水草摩船有聲，未經此境，人不覺也。若棹聲何人不聞，必子野耶。

六一詞

歐陽永叔六一詞，工絕。今集中多淺近之詞，則公知貢舉時，不取怪異之文，下第舉子劉輝等忌之，作醉蓬萊、望江南詞，雜刊集中以謗之。然而淺俗語、污蠛佻薄之詞，固可一望而知也。他日刊公集者，吾願爲之湔洗，以還舊觀。

東坡詞

東坡詞一卷。東坡詞本二卷，毛晉得金陵刊本，凡混黃、晁、秦、柳、之作，悉芟之，故只一卷。如陽關曲三首，已入詩集，乃錢唐李公擇絕句。其以小秦王歌者，乃詩人歌詩之法也。念奴嬌原作「多應笑我早生華髮」，今誤改「多情應是笑我生華髮」，見朱竹垞詞綜。賀新涼「乳燕飛華屋」，飛改棲。水調歌頭「但願人長久」，願改得。皆不如不改之妙。見雲麓漫抄。

山谷詞

山谷詞一卷。晁補之、陳後山，皆謂今代詞手惟秦七、黃九。然山谷非淮海之比，高妙處只是著腔好詩，而硬用𩩲字、𡱁字，不典。念奴嬌云：「老子平生，江南江北，愛聽臨風笛」，用方音以笛叶北，亦不入韻。

淮海詞

淮海詞一卷，宋秦觀少游作，詞家正音也。故北宋惟少游樂府語工而入律，詞中作家，允在蘇、黄之上。少游壻范温，常在某貴人席上，其侍兒喜歌少游詞，略不顧温，酒酣，始問此郎何人。温叉手起對曰：「温乃山抹微雲女壻也。」一座絶倒。其詞爲當時所重如此。

片玉詞

周邦彦清真居士片玉詞。元豐中獻賦，召爲太樂正。官至徽猷閣待制，知處州府倅。好音樂，能自度腔，製樂府長短句，詞韻清蔚。故方千里和詞，一一案填，不失分寸。今以兩集互校，如隔浦蓮近拍「金丸驚落飛鳥」，毛注此處三字二句，而周詞不爾，當從原作。荔支香近「兩兩相依燕新乳」七字，千里詞「深澗斗瀉飛泉洒甘乳」，耆卿、夢窗作俱九字，則千里不誤，而原作脱二字。惜曹季中注清真詞二卷不傳耳。

友古詞

蔡伸友古詞。伸乃襄之孫，官彭城倅，與向子諲同官彭城。而子諲酒邊詞不及友古。刊本亦疏舛，如飛雪滿羣山，詞注一名扁舟尋舊約，誤以後闋起句爲曲名。青玉案和賀方回韻，前闋處字誤地字。此調和之者多，可考而知之。

坦庵詞

趙師俠坦庵詞。按陳振孫書録解題，坦庵長短句，名師俠，疑使乃俠之誤。其門人尹覺序云：坦庵文如泉出不擇地，詞章乃其餘事。其模寫體雖極精巧，皆本性情之自然。今觀其集，蕭疏澹遠，洵爲高格。誠如所云，其失也易。嘗舉進士，令益陽、豫章、柳州、宜春、瀟湘、衡陽、蒲中、長沙，始丁亥，終丁巳，蓋三十年作，可按地而索也。

無住詞

陳與義簡齋無住詞，才十八首，而首首可傳。簡齋詩師杜少陵，與山谷、后山爲三宗。其詞吐言天拔，無蔬筍氣。然山谷詞利鈍互見，后山則勉强學步，迥非與義之敵。至開卷法駕導引三闋，選本乃作赤城韓夫人仙子作，列入仙鬼類，原作注爲擬作，可知小説之謬。

書舟詞

程垓正伯書舟詞。眉山人，亦字虚舟。王偁序云，尚書尤袤稱其文過於詞。楊升庵詞品稱其酷相思、折秋英數闋，餘亦頗有可觀。書舟與東坡爲中表，濡染有自來矣。攤破江神子「娟娟霜月又侵門」一闋，與康與之江城梅花引大同小異。此調相傳前半用江城子，後用梅花引，然過變以下，兩調俱不合。

又一翦梅、意難忘諸作，亦闌入坡集，誦其語意，亦程作也。

晁无咎詞

晁无咎補之逃禪詞〔案：逃禪詞，揚无咎作，晁无咎並無逃禪詞之名，此作者之誤。〕无咎爲蘇門四學士之一，其詞神資高秀，可與坡老肩隨。陳振孫於淮海詞後記无咎之言曰：少遊詞，如「斜陽外，寒雅數點，流水繞孤村」，雖不識字人，亦知爲天生好言語。觀所品題，知无咎於此事特深，不但詩文擅長矣。宋楊補之亦字无咎，其詞亦曰逃禪，令人怪詫。或題晁詞作琴趣外篇以別之，然歐公、山谷、葉夢得、晁端禮皆有琴趣名，尤爲混淆。

東堂詞

毛滂東堂詞。其罷杭州法曹別妓惜分飛「今夜山深處，斷魂分付潮回去」句，見賞於東坡。鐵圍山叢談，蔡條記其父京柄政時，滂獻詞偉麗，今集中太師生辰數首，蓋雖由坡公得名，而其得官則附京。士人徒擅才華，而隨人作計，人品亦在中下。其集稱東堂者，以滂令武康時，改盡心堂爲東堂，見其蘦山溪詞自注甚悉。

夢窗詞

吴文英甲乙丙丁四稿詞。字君特，號夢窗。君特與白石、稼軒倡和，具載集中。而又有壽賈半閒諸作，殆亦晚節頹唐，如朱希真、陸游之比。而其詞在南宋，卓然大家，但用事偶有近晦，不易知處。張炎樂府指迷稱其天姿不及清真，而研鍊之功過之。其分四稿者，或謂夢窗卒後分甲乙丙丁四年之作。然甲辰所作滿江紅，乙巳所作永遇樂列丙稿，壬寅作六醜，甲辰作鳳棲梧，乃在丁稿，似不以年編次也。毛子晉先得其丙丁二稿，刻於宋詞第五集，後得其甲乙稿，刻第六集中。蓋按十干編集，至丁稿而止耳。

惜香樂府

趙長卿惜香樂府。宋宗室也，自號仙源居士。詞十卷，分四季，乃當時鄉貢進士劉澤所定，體殊無謂。水龍吟第四段以了少叶晝秀，純用江右鄉音。叨叨令一闋盡作俳體，已成北曲。長卿澹於仕進，觴咏自娛，多淡遠蕭疏之致。毛氏刻本青杏兒下注，或作攤破醜奴兒，誤添攤二字。

竹屋癡語

竹屋癡語，高觀國賓王詞。高郵陳造與史達祖爲之序。竹屋，山陰人。自白石而後，句琢字鍊，始歸雅純，而竹屋、梅溪爲之羽翼。故張炎謂其格調不凡，句法挺異，特立清新，删削靡曼。乃草堂於白石、梅溪盡不入選。竹屋詞僅登玉蝴蝶一闋，蓋其時專尚酣熟故也。竹屋與梅溪酬唱，旗鼓足以相當。惟梅溪集有賀新涼一闋，注湖上與竹屋同賦，今無之，殆已删去。陳唐卿云：「竹屋詞要是不經人道語，其妙處，少游、美成亦未及也。」語雖過當，要亦格調不凡耳。

梅溪詞

梅溪詞，史達祖邦卿作。汴人。西湖志稱其爲韓侂胄堂吏。攷玉津園事，張鎡雖預其謀，鎡實侂胄之客，故於滿頭花生辰得移廚張樂於韓邸。梅溪詞，有張鎡序。梅溪詞極工，鎡稱其「分鑣清真，平睨方回，三變行輩，不足比數」，則未免推獎溢美矣。姜堯章云：「邦卿詞奇秀清逸，融情景于一家，會句意於兩得。」此論平允。

花庵詞

黄昇叔暘散花庵詞。昇即說文昪字。玉林，閩建陽人。昇以詩受知游九功，詞亦上逼少游，近摹白石。胡德芳序言，閩帥樓秋房，聞其與魏菊莊友善，以泉石清士目之。菊莊，名慶之，即選詩人玉屑者。梅礀詩話載慶之過玉林詩云：「一步離家便出塵，幾重山色幾重雲。沙溪清淺橋邊路，折得梅花又見君。」蓋玉林、菊莊皆建安人，故見知於閩帥。九功，亦建陽同里。其地有玉林，又有散花庵也，故叔暘有花庵詞選。

山中白雲詞

山中白雲詞，張炎玉田撰。循王張俊五世孫，宋亡遁跡。工詞，以春水得名。生淳祐戊申，當宋恭帝時已中年，曾見南宋盛時，故所作蒼涼激楚，即景抒情，備寫其身世盛衰之感，非徒然翦紅刻翠。至其研究聲律，尤得神解，以之接武克昌，居然後勁。世鮮完本，至康熙時錢塘龔翔麟始得陶宗儀手寫本，授梓行世。

白石詞

白石道人歌曲，姜夔堯章撰。詞精深華妙，爲誠齋所推。尤善自度腔，音節文采，冠絕一時，所謂「自製新腔韻最嬌，小紅低唱我吹簫」，風致可想。歌曲皆注律呂，自製曲二卷及三卷之霓裳中序第一，皆記拍於字旁。四庫提要以紀文達之博，謂似波似磔，宛轉攲斜如西域旁行云云。薇元按此宋人自記工尺四合上，非字也。僕曾於硃砑山房殷譜經師座上暢發之。又入蘭陵王，詞中歌尺之工尺今廢，故無人言之耳。

稼軒詞

稼軒詞，辛棄疾幼安撰。歷城人，高宗時官樞密都承旨。其詞十二卷，慷慨縱横，不可一世，才氣俊邁，於倚聲家爲雄豪一派，世稱蘇、辛。然坡翁奮筆直寫。稼軒賀新涼、永遇樂二詞，使座客指摘其失，岳珂謂其賀新涼首尾二腔語句相似，永遇樂用事太多，乃自改其語，日數十易，未嘗不嘔心艱苦。洞仙歌「歎輕衫帽幾許紅塵」，帽上似尚脫一破字也。

竹山詞

竹山詞，蔣捷撰。宜興人，德祐進士，宋亡遁跡不仕。詞練字精深，音調諧暢，爲倚聲家之矩矱。水龍吟招落梅魂一闋，通首用些字，瑞鶴仙壽東軒一闋，通首用也字煞，忽作騷體，亦自適其意，終非正格也。詞統譏之，甚當也。

蛻巖詞

蛻巖詞，張翥撰。宋末人，至元初猶在。爲仇遠門人，與呂渭老諸人於元初相唱和。蛻巖年八十八乃卒。上及仇山村，下與張羽、倪瓚、顧阿瑛、危素相和，以身歷元之始終，亦可謂壽考矣。但不及周壽誼之一百四十餘歲，及見明高皇耳。

漱玉詞

南北宋之際，有趙明誠妻李清照，所作漱玉詞，抗軼周、柳。張端義貴耳録元宵詞永遇樂、聲聲慢，以爲閨閣有此文筆，良非虚語。明誠，宋宗室，父爲宰輔。易安自記，在汴京與夫共撰金石録，典釵釧得一碑版，互相搜校。家藏舊書畫極夥，亂離買舟南下，擇其精本攜之，在西湖尤相樂。夫死，戚友謀奪不得者。李心傳、趙彦衛造爲蜚謗，誣其再適駔儈。雲麓漫鈔、建炎以來繫年要録，即彦衛、心傳之筆，小人不樂成人之美如此。況明誠守湖州已中年，夫卒年六旬，安有再適之理，矧在駔儈耶。

斷腸詞

又海寧朱淑貞，乃文公族姪女，有斷腸詞，亦清婉作。傳乃因誤入歐陽永叔生查子一首「月上柳梢頭，人約黄昏後」云云，遂誣以桑濮之行，指爲白璧微瑕。此詞今尚見六一集中，奈何以寃淑真。宋兩女才人著作所傳，乃均造謗以誣之，遂爲千載口食。而心地欹斜者，則不信辨白之據，喜聞污衊之言，尤不知是何心肝矣。

碧鷄漫志

碧鷄漫志，宋王灼撰。是編上自古初，至唐、宋聲韻遞變之由，次列涼州、伊州、霓裳羽衣曲、甘州、渭州、六么、西湖、楊柳枝、喝馱子、蘭陵王、虞美人、安公子、水調歌、萬歲樂、河滿子、二十八調，一一溯其緣起沿革。三百篇餘音，變爲樂府歌辭，及唐中晚，詞亦萌芽，而歌詩之法絕，詞乃大盛，然猶播爲管絃。灼乃核其名義，正其宮調，以著倚聲之所自始。迨金院本既出，歌詞之法亦亡，明以來遂變爲文章之事，而非律吕之事矣。

仇遠詞

元人詞，以仇山邨仁近爲最。名遠，錢塘人，溧陽教授。一時游其門者號爲詞宗，若張翥、張羽等有盛名，而蜕巖尤爲人傳播。

吴澄詞

吴澄字幼卿，臨川郡公，謚文正，世稱草廬先生，有詞一卷。

湖山類稿

汪元量字大有，號水雲，錢唐人。以善琴侍謝太后。宋亡隨北行，留燕，爲黄冠，南歸。有湖山類稿，多亡國之恨。水龍吟後闋「目斷東南半壁，悵長淮已非吾土」，不自料其悒騷也。

楊用修詞

明人詞，以楊用修升庵爲第一。僕在南詔，見其題寺壁一首，反復誦歎，屬寺僧摹刻上石。雨中花云：「一娚纖腰輕瘦。六幅輕紗紅皺。粉熟香生，態濃粧淺，正是愁時候。蕭蕭風，黄昏後。雲溼仙衣寒透。簾悄窗閒，燈昏酒冷，聽盡蓮花漏。」

王世貞詞

太倉王世貞元美望江南亦勝餘子。「歌起處，斜日半江紅。柔緑篙添梅子雨，澹黄衫耐藕絲風。家在五湖東。」猶有唐二主風韻。

清詞人

清初詞人，如吴駿公、梁玉立、龔孝升、曹潔躬、陳其年、朱竹垞、嚴蓀友諸家，詞采精善，美不勝收。中間先徵君稚威、吴穀人、洪北江、錢曉徵，均稱後勁。嘉道以來，則以龔定庵、惲子居、張臯文輩爲足繼雅音也。

清初三家

倚聲之學，國朝爲盛，竹垞、其年、容若鼎足詞壇。陳天才豔發，辭鋒横溢。朱嚴密精審，超詣高秀。容若飲水一卷，側帽數章，爲詞家正聲。散璧零璣，字字可寶。楊蓉裳稱其騷情古調，俠腸俊骨，隱隱奔弈，流露于毫楮間。玉津少年所爲鐵笛詞一卷，刻羽調商，每逢淒風暗雨、涼月三星，曼聲長吟，時恨不與容若同時耳。

詞韻

宋元以來，作者雲興，但有製調之文，絶無韻選之事。嘉慶時，秦敦夫取阮文達詞林韻釋，名曰菉斐軒，而不知即元人所刻之中原音韻北曲韻，非詞韻也。道光初，戈順卿刊詞林正韻，用古韻平、上、去與入聲分隸，以意爲之，非紹興二年詞林要韻之舊也。至清初，趙鑰、曹亮武、李漁所刊詞韻，曲韻耳。文會堂詞韻，則平、上、去用曲韻，入聲用詩韻，亦未盡合。許昂霄、程名世、吴烺、鄭春波之學宋齋、緑漪亭，尤牴駁不可從。

詞韻與詩韻異

詞韻與詩韻異，以三聲併入入聲，可合可分有定也。以切音分類，各有界限，不可妄爲删併。

詞韻多南方脣音

詞韻多南方脣音，如晏幾道梁州令「莫唱陽關曲」，曲作邱雨切，叶魚虞。柳永女冠子「樓臺悄似玉」，玉作于句切。黄鶯兒「兩兩三三脩竹」，竹字張汝切。辛稼軒醜奴兒慢「過者一霎」，霎作雙鮓切是也。

詞忌落腔

詞忌落腔，姜堯章云：「十二律住子不同。」沈存中筆談，燕樂二十八調，殺聲住字，起調畢曲，有一定不易之則。楊守齋作詞五要，如越調水龍吟、商調二郎神，皆合用平入韻。守齋名纘，即白石所稱紫霞翁，洞曉音律，與草窗論五凡工尺義理之妙，未按管色，已知其誤。唐段安節樂府雜録，五音二十八調，平聲羽七調，上聲角七調，去聲宫七調，入聲商七調，上平調爲徵，有聲無調，故止二十八調。如越調之霜天曉角、商調憶秦娥、高平調之江城子、中吕宫之柳梢青、仙吕宫之聲聲慢、大石調之看花回、小石調之南歌子，用仄皆宜入聲。滿江紅平入南吕，入則仙吕。越調犯正宫之蘭陵王，仙吕犯商調之淒涼犯，林鐘商之一寸金，南吕商之浪淘沙慢，皆宜用入聲，而不可用上去也。

論詞隨筆

〔清〕沈祥龍撰

論詞隨筆目録

論詞隨筆

論詞隨筆小序

余偶學倚聲，未諳格律，乃取宋、元以來諸家詞，探究其恉。又歷詢先輩之能詞者，偶有所得，則筆而存之。顧於詞終未能工，亦不欲求其工也。光緒戊戌夏六月。

離騷之旨卽詞旨

詞者詩之餘，當發乎情，止乎禮義，國風好色而不淫，小雅怨悱而不亂，離騷之旨，卽詞旨也。

詞導源於詩

詞導源於詩，詩言志，詞亦貴乎言志。淫蕩之志可言乎哉？「瓊樓玉宇」，識其忠愛，「缺月疏桐」，歎其高妙，由於志之正也。若綺羅香澤之態，所在多有，則其志可知矣。

詞出於古樂府

詞出於古樂府，得樂府遺意，則抑揚高下，自中乎節，纏綿沉鬱，胥洽乎情。徒襲花間、草堂之膚貌，縱極富麗，古意微矣。

詞祖屈宋

屈、宋之作亦曰詞，香草美人，驚采絶艷，後世倚聲家所由祖也。故詞不得楚騷之意，非淫靡即粗淺。

詞貴妙悟

詞得屈子之纏綿悱惻，又須得莊子之超曠空靈。蓋莊子之文，純是寄言，詞能寄言，則如鏡中花，如水中月，有神無迹，色相俱空，此惟在妙悟而已。嚴滄浪云：惟悟乃爲當行，乃爲本色。

詞貴意内言外

説文，意内而言外曰詞。詞貴意藏於内，而迷離其言以出之，令讀者鬱伊愴怏，於言外有所感觸。

詞之體格如詩

詞之體格如詩，小令，詩之五言也，長調，詩之七言也。小令貴工整，貴超脱。長調貴動宕，貴沉鬱。然亦貴相通相濟。

詞之比興多於賦

詩有賦比興，詞則比興多於賦。或借景以引其情，興也。或借物以寓其意，比也。蓋心中幽約怨悱，不能直言，必低徊要眇以出之，而後可感動人。

唐詞分二派

唐人詞，風氣初開，已分二派。太白一派，傳爲東坡，諸家以氣格勝，於詩近西江。飛卿一派，傳爲屯田，諸家以才華勝，於詩近西崑。後雖迭變，總不越此二者。

詞體各有所宜

詞之體，各有所宜，如弔古宜悲慨蒼涼，紀事宜條暢滉漾，言愁宜嗚咽悠揚，述樂宜淋漓和暢，賦閨房宜旖旎嫵媚，詠關河宜豪放雄壯。得其宜則聲情合矣，若琴瑟專一，便非作家。

詞有婉約有豪放

詞有婉約，有豪放，二者不可偏廢，在施之各當耳。房中之奏，出以豪放，則情致絕少纏綿。塞下之曲，行以婉約，則氣象何能恢拓。蘇、辛與秦、柳，貴集其長也。

詞有三法

詞有三法，章法、句法、字法也。章法貴渾成，又貴變化。句法貴精鍊，又貴灑脫。字法貴新雋，又貴自然。

詞有三要

詞有三要，曰情、曰韻、曰氣。情欲其纏綿，其失也靡。韻欲其飄逸，其失也輕。氣欲其動宕，其失也放。

作詞須擇題

作詞須擇題，題有不宜於詞者，如陳腐也、莊重也、事繁而詞不能敍也、意奥而詞不能達也。幾見論學問、述功德而可施諸詞乎？幾見如少陵之賦北征、昌黎之詠石鼓而可以詞行之乎。

詞貴協律與審韻

詞貴協律與審韻。律欲細，依其平仄，守其上去，毋强改也。韻欲純，限以古通，諸以今吻，毋混叶也。律不協則聲音乖，韻不審則宮商亂，雖有佳詞，奚取哉？

小令作法

小令須突然而來，悠然而去，數語曲折含蓄，有言外不盡之致。著一直語、粗語、鋪排語、説盡語，便索然矣。此當求諸五代宋初諸家。

長調作法

長調須前後貫串，神來氣來，而中有山重水複、柳暗花明之致。句不可過於雕琢，雕琢則失自然。采不可過於塗澤，塗澤則無本色。濃句中間以淡語，疏句後接以密語，不冗不碎，神韻天然，斯盡長調之能事。

詞中對句

詞中對句，貴整鍊工巧，流動脫化，而不類於詩賦。史梅溪之「做冷欺花，將煙困柳」，非賦句也。晏叔原之「落花人獨立，微雨燕雙飛」，晏元獻之「無可奈何花落去，似曾相識燕歸來」，非詩句也。然不工詩賦，亦不能爲絕妙好詞。

詞中換頭

詞換頭處謂之過變，須辭意斷而仍續，合而仍分。前虛則後實，前實則後虛，過變乃虛實轉捩處。

詞中起結

詞起結最難，而結尤難於起。結有數法，或拍合，或宕開，或醒明本旨，或轉出別意，或就眼前指點，或於題外借形，不外白石詩說所云「辭意俱盡，辭盡意不盡，意盡辭不盡」三者而已。

詞重發端

詩重發端，惟詞亦然，長調尤重。有單起之調，貴突兀籠罩，如東坡「大江東去」是。有對起之調，貴從容整鍊，如少游「山抹微雲，天黏衰草」是。

詞中虚字

詞中虚字，猶曲中襯字，前呼後應，仰承俯注，全賴虚字靈活，其詞始妥溜而不板實。不特句首虚字宜講，句中虚字亦當留意，如白石詞云「庾郎先自吟愁賦，淒淒更聞私語」，先自、更聞，互相呼應，餘可類推。

詞之用字

詞之用字，務在精擇。腐者、啞者、笨者、弱者、粗俗者、生硬者、詞中所未經見者，皆不可用。而叶韻字尤宜留意，古人名句，末字必新雋響亮，如「人比黄花瘦」之瘦字，「紅杏枝頭春意鬧」之鬧字皆是。然有同此字，而用之善不善，則存乎其人之意與筆。

詞貴鍊字

鍊字貴堅凝，又貴妥溜。句中有鍊一字者，如「雁風吹裂雲痕」是，有鍊兩三字者，如「看足柳昏花暝」是，皆極鍊如不鍊也。

詞品高低

古詩云：「識曲聽其真。」真者，性情也，性情不可强。觀稼軒詞知爲豪傑，觀白石詞知爲才人，其真處有自然流出者。詞品之高低，當於此辨之。

言情貴真

詞之言情，貴得其真。勞人思婦，孝子忠臣，各有其情。古無無情之詞，亦無假託其情之詞。柳、秦之研婉，蘇、辛之豪放，皆自言其情者也。必專言懊儂、子夜之情，情之爲用，亦隘矣哉。

詞本古樂府

詞有託於閨情者，本諸古樂府，須實有寄託，言外自含高妙，始合古意。否則，綺羅香澤之態，適以掩風骨，汨心性耳。

詞當意餘於辭

詞當意餘於辭，不可辭餘於意。東坡謂少游「小樓連苑横空，下窺繡轂雕鞍驟」二句，只說得車馬樓下過耳，以其辭餘於意也。若意餘於辭，如東坡「燕子樓空，佳人何在，空鎖樓中燕」，用張建封事。白石「猶記深宫舊事，那人正睡裏，飛近蛾緑」，用壽陽事，皆爲玉田所稱。蓋辭簡而餘意悠然不盡也。

詞有諷諫

詞不顯言直言，而隱然能感動人心，乃有關係，所謂「言者無罪，聞者足戒」也。南唐李後主遊宴，潘佑進詞云：「樓上春寒山四面，桃李不須誇爛熳。已失了春風一半。」蓋謂外多敵國，地日侵削也。後主爲之罷宴。詞能如此，何減諫章。

詞宜自然

詞以自然爲尚，自然者，不雕琢、不假借、不著色相、不落言詮也。古人名句，如「梅子黄時雨」、「雲破月來花弄影」，不外自然而已。

詞宜清空

詞宜清空，然須才華富，藻采縟，而能清空一氣者爲貴。清者不染塵埃之謂，空者不著色相之謂。清則麗，空則靈，如月之曙，如氣之秋，表聖品詩，可移之詞。

詞宜濃淡適中

詞不宜過於設色，亦不宜過於白描。設色則無骨，白描則無采，如粲女試妝，不假珠翠而自然濃麗，不洗鉛華而自然淡雅，得之矣。

詞全賴一清字

詞不尚鋪敍，而事理自明，不尚議論，而情理自見，其間全賴一清字。骨理清，體格清，辭意清，更出以風流蘊藉之筆，則善矣。

詞宜空閒

詞當於空處起步，閒處著想，空則不占實位，而實意自籠住。閒則不犯正位，而正意自顯出。若開口便實便正，神味索然矣。

詞之妙在神不在迹

詞韶麗處，不在塗脂抹粉也。誦東坡「冰肌玉骨，自清涼無汗，水殿風來暗香滿」句，自覺口吻俱香。悲慨處不在歎逝傷離也，誦耆卿「漸霜風淒緊，關河冷落，殘照當樓」句，自覺神魂欲斷。蓋皆在神不在迹也。

詞須含蓄

含蓄無窮，詞之要訣。含蓄者意不淺露，語不窮盡，句中有餘味，篇中有餘意，其妙不外寄言而已。

詞須雅正

宋人選詞，多以雅名，俗俚固非雅，卽過於穠豔，亦與雅遠。雅者其意正大，其氣和平，其趣淵深也。

詞須幽澀皺瘦

詞能幽澀，則無淺滑之病，能皺瘦，則免癡肥之誚。觀周美成、張子野兩家詞自見。

詞須氣象壯闊

詞於清麗圓轉中，間以壯闊之句，力量始大，玉田詞往往如此。四言如「浪挾天浮，山邀雲去」，五言如「月在萬松頂」，七言如「衰草淒迷秋更綠」等句，皆氣象壯闊，不作纖纖之態，但可付女郎低唱也。

詞須情景雙繪

詞雖濃麗而乏趣味者，以其但知作情景兩分語，不知作景中有情、情中有景語耳。「雨打梨花深閉門」、「落紅萬點愁如海」，皆情景雙繪，故稱好句，而趣味無窮。

詞不宜俗

白石詩云：「自製新詞韻最嬌」，嬌者如出水芙蓉，亭亭可愛也。徒以嫣媚爲嬌，則其韻近俗矣。試觀白石詞，何嘗有一語涉於嫣媚。

詞須有餘音

坡公赤壁賦云：「如怨如慕，如泣如訴，餘音嫋嫋，不絕如縷。」詞之音節意旨能合乎此，庶可吹洞簫以和之。

詞須用意深用筆曲

詞之妙，在透過，在翻轉，在折進。「自是春心撩亂，非關春夢無憑」，透過也。「若説愁隨春至，可憐冤煞東風」，翻轉也。「山映斜陽天接水，芳草無情，更在斜陽外」，折進也。三者不外用意深，而用筆曲。

詞貴愈轉愈深

詞貴愈轉愈深。稼軒云：「是他春帶愁來，春歸何處，卻不解帶將愁去。」玉田云：「東風且伴薔薇住，到薔薇春已堪憐。」下句即從上句轉出，而意更深遠。

詞中寫景言情之善者

寫景貴淡遠有神，勿墮而奇險。言情貴藴藉有致，勿浸而淫褻。曉風殘月，衰草微雲，寫景之善者也。紅雨飛愁，黄花比瘦，言情之善者也。

詞中詠古

榛苓思美人，風雨思君子，凡登臨弔古之詞，須有此思致，斯託興高遠，萬象皆爲我用，詠古即以詠懷矣。

詞中感時

感時之作，必借景以形之。如稼軒云：「算只有殷勤，畫簷蛛網，盡日惹飛絮。」同甫云：「恨芳菲世界，游人未賞，都付與鶯和燕。」不言正意，而言外有無窮感慨。

詞中詠物

詠物之作，在借物以寓性情。凡身世之感，君國之憂，隱然蘊於其內，斯寄託遥深，非沾沾焉詠一物矣。如王碧山詠新月之眉嫵，詠梅之高陽臺，詠榴之慶清朝，皆别有所指，故其詞鬱伊善感。

詞當辨韻味

詞之蘊藉，宜學少游、美成，然不可入於淫靡。綿婉宜學耆卿、易安，然不可失於纖巧。雄爽宜學東坡、稼軒，然不可近於粗厲。流暢宜學白石、玉田，然不可流於淺易。此當就氣韻趣味上辨之。

運用書卷有法

運用書卷，詞難於詩。稼軒永遇樂，岳倦翁尚謂其用事太實。然亦有法，材富則約以用之，語陳則新以用之，事熟則生以用之，意晦則顯以用之，實處間以虚意，死處參以活語，如禅家轉法華，弗爲法華轉，斯爲善於運用。

詞須有書卷氣

詞不能堆垛書卷，以誇典博，然須有書卷之氣味。胸無書卷，襟懷必不高妙，意趣必不古雅，其詞非俗卽腐，非粗卽纖。故山谷稱東坡卜算子詞，非胸中有萬卷書，孰能至此。

用成語貴渾成

用成語，貴渾成，脱化如出諸已。賀方回「舊游夢挂碧雲邊，人歸落雁後，思發在花前」，用薛道衡句，歐陽永叔「平山欄檻倚晴空。山色有無中」，用王摩詰句，均妙。李易安「清露晨流，新桐初引」，用世説新語，更覺自然。稼軒能合經史子而用之，自其才力絶人處，他人不宜輕效。

詞貴兼通古文詩賦

詞於古文詩賦，體製各異。然不明古文法度，體格不大，不具詩人旨趣，吐屬不雅，不備賦家才華，文采不富。王元美藝苑卮言云：「填詞雖小技，尤爲謹嚴。」賀黄公詞筌云：「填詞亦兼辭令議論敍事之妙。」然則詞家於古文詩賦，亦貴兼通矣。

詞非小技

以詞爲小技，此非深知詞者。詞至南宋，如稼軒、同甫之慷慨悲涼，碧山、玉田之微婉頓挫，皆傷時感事，上與風騷同旨，可薄爲小技乎。若徒作側艷之體，淫哇之音，則謂之小也亦宜。

詞宜新警渾成

詞調有生熟，有諧拗，熟者多諧，生者多拗。熟而諧者，貴逐字鍾鍊，求其新警。生而拗者，貴一氣旋轉，求其渾成。新警則熟者不熟，渾成則生者不生矣。

詞貴相題選調

詞調不下數百，有豪放，有婉約，相題選調，貴得其宜。調合，則詞之聲情始合。又有一調數體者，擇古人通用之體填之，或字句參差，不必從也。

詞林韻釋最古

詞韻以宋菉斐軒詞林韻釋爲最古，其韻以入聲分隸三聲，與周德清中原音韻同。詞當用入韻，卽以分隸之入聲叶之，如屋、木等字隸魚、模，上去一韻可叶者也。斛、濮等字隸魚、模，平韻則不可當灰叶矣。詞調若憶秦娥、暗香、疏影等，必用入韻，須其字作上去，且同隸一部者始可用。或入作平，或非一部而誤叶之，卽爲失韻。

詞韻不通叶

詞韻，凡古韻不通者，本不可叶。古韻通者，亦有可叶不可叶之別。卽一韻亦然，如元韻中袁、煩、暄、鴛，阮韻中遠、蹇、晚、反之類，音既不諧，萬難通叶，餘可類推。

入聲可代平聲

張玉田詞源，謂平聲可代以上入。沈伯時謂入聲可代平聲。案詞林韻釋入聲有作平聲者，有作上去者。知入作平者可代平，作上去者不可代平也。上代平，亦必就音審擇。

上去須辨

沈伯時謂上去不宜相替，故萬氏詞律於仄聲辨上去最嚴。其曰上聲舒徐和軟，其腔低。去聲激厲勁遠，其腔高。此說本諸明沈璟去聲當高唱，上聲當低唱也。詞必用上去者，如白石「哀音似訴」句之似訴字。必用去上者，如「西窗又吹暗雨」句之暗雨字。

詞選善本

詞選自花間、草堂後，周氏絶妙好詞選擇最精當。朱竹垞宋元詞綜，搜羅美備，亦稱善本。然欲學詞，仍須博觀諸家全集，以窮其變，而約以取之，斯能集古人之所長矣。

詞徵

〔清〕張德瀛撰

詞徵目録

卷一

卷二

卷三

卷四

卷五

卷六

詞徵卷一

古樂遞變

鄉飮酒義曰，工入升歌三終，主人獻之，笙入三終，主人獻之，閒歌三終，合樂三終，工告樂備，遂出。此古樂歌也。秦燔樂經，其緒乃絶。六代而後，靡音日興。迄有唐之世，疊出新響，詞肇其端。蓋風會遞變，若有主之者。王仲淹謂情之變聲，卽斯意也。

意内言外爲詞

詞與辭通，亦作詞。周易孟氏章句曰，意内而言外也，釋文沿之。小徐説文繫傳曰，音内而言外也，韻會沿之。言發於意，意爲之主，故曰意内。言宣於音，音爲之倡，故曰音内。其旨同矣。周易章句，漢孟喜撰。喜字長卿，東海蘭陵人，事蹟具漢書儒林傳。喜與施讎、梁丘賀同受業於田王孫，傳田何之易。世以意内言外爲許愼語，非其始也。

詞本楚詞

屈子楚辭，本謂之楚詞，所謂軒翥詩人之後者也。東皇、太一、遠遊諸篇，宋人製詞，遂多倣效。沿波得奇，豈特馬、揚已哉。

樂府之始

漢書禮樂志云：武帝定郊祀之禮，乃立樂府。自司馬相如等討論八音，河間獻王獻所集雅樂，後世樂律，於茲爲盛。嚴滄浪謂漢成帝定郊祀，立樂府。王漁洋謂樂府之名，始於漢初，引高祖三侯歌、唐山夫人房中歌爲證，二說不同。攷孝惠二年，夏侯寬已爲樂府令，則樂府不始於武帝。劉彦和謂武帝崇禮，始立樂府者，蓋據漢志言之。若元微之以仲尼操伯牙流波水仙等操、齊犢沐作雉朝飛、衛女作思歸引，爲樂府之始，是第窮其源之所自出耳。

詞所自出

鄭夾漈曰：古之詩，今之詞曲也。胡明仲曰：詞曲者，古樂府之末造也。張功甫曰：關雎而下三百篇，當時之歌詞也。宋人品藻如是，則知詞之所自出矣。

詞之準的

詞有毗於陽，有毗於陰。毗於陽，則陂聲散，厚聲石矣。毗於陰，則回聲衍，薄聲甄矣。準的無主，二者交譏之。

相和成曲

詞多以相和成曲，巴渝詞之竹枝女兒，採蓮曲之舉棹年少，其遺響也。攷相和曲有碧玉歌、懊儂歌、子

夜歌諸調 蓋創於典午之世。

陳後主豔歌

陳後主所製豔歌，玉樹後庭花、春江花月夜、黃鸝留、金釵兩臂垂、堂堂凡五曲。

豔詞所本

隋煬帝令樂正白明達造新聲，創萬歲樂、藏鈎樂、長樂花、十二時諸曲，遂爲後人豔詞所本。

閒中好所祖

南北朝尚書令王肅悲平城詩云：「悲平城，驅馬入雲中。陰山嘗晦雪，荒松無罷風。」祖瑩又作悲彭城詩云：「悲彭城，楚歌四面起。屍積石梁亭，血流睢水裏。」唐人製閒中好詞，其音響實祖二詩。

詞之句法本於詩

鄉先輩謂詞之句法，皆本於詩，兩字成句者本於鱨鯊、祈父。其三字以下句法，不一而足。愚按：詞有一字成句者，小令如蒼梧謡、慢聲如哨偏皆然。唐時令狐楚賦山、同作者凡九八，此概舉其一耳。張南史賦雪，詠物六首之一。皆從一字起。文與可丹淵集，亦具兹體。顧徵君謂緇衣章敝字爲句，還字亦爲句，是詞之有一字，實本於三百篇也。

摘曲中語爲調名

古樂府長相思、行路難，摘曲中語爲題。毛平珪詞云：「何時解珮掩雲屏。訴衷情。」卽以訴衷情名調。毛並有戀情深，詞格同。蘆川詞云：「翻成別怨不勝悲。」卽以別怨名調。梅溪詞云：「換巢鸞鳳教偕老。」卽以換巢鸞鳳名調。詞之上承樂府，觀此益信。

唐宋詞風

陸務觀云：「倚聲製詞，起於唐之季世。」又云：「詩至晚唐五季，氣格卑陋，千人一律，而長短句獨精巧高麗，後世莫及。」此亦但究其始耳。實則詞至北宋，堂廡乃大，至南宋而益極其變。晚唐五季小詞，沾沾自喜，未足言極軌也。轉法華勿爲法華轉，此禪家語也。張叔夏詞源云：「使事而不爲事所使。」其言洞窺癥結，宜乎於南渡以還，卓然成獨至之詣。

沈伯時論作詞法

沈伯時論作詞之法，謂音律欲其協，不協則成長短之詩，下字欲其雅，不雅則近乎纏令之體。用字不可太露，露則直突，而無深長之味，發意不可太高，高則狂怪，而失柔婉之意。說最精審，循此以求之，其途正矣。

詞與風詩意義相近

詞有與風詩意義相近者，自唐迄宋，前人鉅製，多寓微旨。如李太白漢家陵闕，兔爰傷時也。張子同西塞山前，考槃樂志也。王仲初昭陽路斷，小星安命也。温飛卿小山重疊，柏舟寄意也。李後主花明月暗，行露思也。韋端己紅樓別夜，匪風怨也。張子澄浣花溪上，綢繆之締好也。馮正中庭院深深，萇楚之惘亂也。潘逍遥島嶼清秋，蒹葭託蹤跡也。蘇子瞻睡起畫堂，山樞勸飲食也。晁无咎陂塘楊柳，伐檀力稼穡也。岳忠武收拾山河，無衣脩矛戟也。張仲宗夢繞神州，雨雪思攜手也。辛稼軒鬱孤臺上，燕燕慨失偶也。姜白石淮左名都，擊鼓怨暴也。毛澤民眉峯碧聚，日出愴懷也。吴夢窗盤絲繫縷，桃夭感候也。王碧山玉局歌殘，北門告哀也。張玉田傍湖千頃，衡門之遠患也。文文山水天空闊，于役之傷難也。曾純甫寂寞東風，黍離寫故宫之憶也。王清惠太液芙蓉，式微抱中露之戚也。其它觸物牽緒，抽思入冥，漢、魏、齊、梁，託體而成。揆諸樂章，喁于䠞聲，信淒心而咽魄，固難得而遍名矣。

詞名詩餘

小令本於七言絶句夥矣，晚唐人與詩併而爲一，無所判别。若皇甫子奇怨回紇，乃五言律詩一體。劉隨州撰謫仙怨，竇宏餘康駢又廣之，乃六言律詩一體。馮正中陽春録瑞鷓鴣題爲鞵春風，乃七言律詩一體。詞之名詩餘，蓋以此。

詞之六至

釋皎然詩式謂詩有六至：至險而不僻，至奇而不差，至麗而自然，至苦而無迹，至近而意遠，至放而不迂。以詞衡之，至險而不僻者，美成也。至奇而不差者，稼軒也。至麗而自然者，少游也。至苦而無迹者，碧山也。至近而意遠者，玉田也。至放而不迂者，子瞻也。

石刻宋詞

石刻載宋詞最夥，唐五代時如李白桂殿秋、蜀主孟昶玉樓春，傳者數闋，猶未盛也。若無名氏憶仙姿，則後唐莊宗時掘内苑得之。無名氏後庭宴，則宋宣和間掘地得之。無名氏魚遊春水，草堂詩餘謂阮逸女作。則宋政和中掘地得之。

粤東石刻詞

詞之見於粤東石刻者，崔清獻水調歌頭、文信國沁園春，凡二闋。崔詞有劉介齡跋，今存白雲山蒲澗寺，萬曆丁亥摹勒上石。文詞在潮州吴文正韓山書院碑陰，明萬曆間，章邦翰重立石刻。於過變處有「嗟哉」二字，蓋後人所妄增者。

陳堯佐燕詞

五代和凝、明夏言，均稱曲子相公，豈運會使然邪。然呂申公致仕，薦陳堯佐以代，後堯佐撰燕詞見意，有「爲誰歸去爲誰來，主人恩重珠簾捲」之句，遂使黄閣中添一佳話。

張蛻巖詞之所自

李後主詞：「夢裏不知身是客，一晌貪歡。」張蛻巖詞：「客裏不知身是夢，只在吴山。」行役之情，見於言外，足以知畦徑之所自。

詞有内抱外抱二法

詞有内抱外抱二法，内抱如姜堯章齊天樂「曲曲屏山，夜涼獨自甚情緒」是也。外抱如史梅谿東風第一枝「恐鳳鞾挑菜歸來，萬一灞橋相見」是也。元代以後，鮮有通此理者。

不能舍意論詞

段柯古詩：「猝胡雲彩落，疻面月痕消。」王半山詩：「青山捫蝨坐，黄鳥挾書眠。」句工而實險。宋詞如「錦撥雲挨，鉤簾借月，玉船風動酒鱗紅」諸句，若舍意論詞，固煒熤而譎誑。楊升庵輩第求之於此，而不尋厥根，斯徧矣。

詞宜情景交鍊

詞之訣曰情景交鍊。宋詞如李世英「一寸相思千萬緒，人間没箇安排處」，情語也。梅堯臣「落盡梨花春又了，滿地斜陽，翠色和煙老」，景語也。姜堯章「舊時月色，算幾番照我，梅邊吹笛」，景寄於情也。寇平叔「倚樓無語欲銷魂，長空黯淡連芳草」，情繫於景也。詞之爲道，其大旨固不出此。

康辛詞傳誦海内

康伯可製寶鼎現詞，傳誦海内。蔣勝欲詞「笑緑鬟鄰女，倚窗猶唱，夕陽西下」，張蛻巖詞「楚芳玉潤吴蘭媚，一曲夕陽西下」，皆指康詞而言。又辛稼軒永遇樂詞「從頭問，廉頗老矣，更能飯否」，故戴石屏詞云：「吴姬勸酒，唱得廉頗能飯否。」以一闋之工，形諸齒頰，蓋玉以和氏寶，飲以中泠貴矣。

和韻詞

晁无咎摸魚兒、蘇子瞻酹江月、姜堯章暗香、疏影，此數詞後人和韻最夥。至周美成詞，趙秋曉八用其韻，崔菊坡詞，劉後村七用其韻。而方千里、楊澤民並有和清真全詞，夢弢、陳三聘又有和石湖詞。可以想一朝壇坫之盛。

宋人用花非花詞

白太傅花非花詞：「來如春夢不多時，去似朝雲無覓處。」此二語歐陽永叔用之，張子野御階行、毛平仲玉樓春亦用之。

詞自注所出

洪忠宣自製江梅引四闋，北人稱爲四笑江梅引，以每篇皆有笑字也。其一曰憶江梅，二曰訪寒梅，三曰憐落梅，而第四篇闕焉。今見於鄱陽者，僅存其一，詞之自注所出，蓋忠宣始也。洪容齋筆記謂紹興初，又有傳洪秀才注坡詞，鏤板錢塘。至於「不知天上宮闕，今夕是何年」，不能引「共道人間惆悵事，不知今夕是何年」之句。「笑怕薔薇罥，學畫鴉黃未就」，不能引南部煙花録。如此甚多。

詞叶短韻

蘇子瞻水調歌頭前闋云：「我欲乘風歸去，又恐瓊樓玉宇。」後闋云：「月有陰晴圓缺，人有悲歡離合。」宇、去、缺、合，均叶短韻，人皆以爲偶合。然檢韓无咎詞賦此調云：「放目蒼崖萬仞，雲護曉霜城陣。」仞、陣是韻。後闋云：「落日平原西望，鼓角秋深悲壯。」望、壯是韻。蔡伯堅詞賦此調云：「燈火春城咫尺，曉夢梅花消息。」尺、息是韻。後闋云：「翠竹江村月上，但要綸巾鶴氅。」上、氅是韻。乃知水調歌頭實有此一體也。

檃括體

詞有檃括體。賀方回長於度曲，掇拾人所棄遺，少加檃括，皆爲新奇。常言吾筆端驅使李商隱、温庭筠，常奔命不暇，後遂承用焉。米友仁念奴嬌，裁成淵明歸去來辭，晁无咎有填盧仝詩，蓋即此體。檃括二字，見荀子大略篇及韓詩外傳、劉熙孟子注。檃，度也；括，猶量也。

福唐體

福唐體者，即獨木橋體也，創自北宋。黃魯直阮郎歸用山字，辛稼軒柳梢青用難字，趙惜香瑞鶴仙用也字，均然。朱錫鬯長相思用西字，紅橋尋歌者沈西柳梢青用耶字，馬上望瑯琊山行香子用孅字，伎席此闋見曝書亭外集陳其年醉太平用錢字、詠錢瓢字，題孫無言半瓢居本效宋人。此亦如今體詩之轆轤格、壺盧格，乃偶然託興者，必踵其轍，則爲惡境矣。

回文體

迴文有二體：有逐句迴環者，晁次膺菩薩蠻是也。有通體迴環者，吴禮之西江月是也。毛大可浣溪沙和任二王倩迴環韻，以下一首迴前，未詳所本。

明清人做顧夐體

顧夐荷葉杯詞，「春盡小庭花落。寂寞。凭檻、斂雙眉。忍教成病憶佳期。知麽知。知麽知。」夐所賦九詞，麽皆作摩。自後做其體者，明人有小詞二闋，一疊催麽催三字，一疊乾麽乾三字，赤荷葉杯調，艮齋雜説以爲如夢令者，誤也。曹秋岳詞疊留麽留三字，毛大可詞疊參麽參三字。

杏花天二體

紫霞翁云：「木笪人以歌杏花天得名，補教坊都管。」案杏花天有二體，其一體與端正好同，一體與於中好同。

詞之句法不同

柳耆卿樂章集，清平樂詞前闋結句云：「那特地柔腸斷。」趙秋曉覆瓿集齊天樂詞次句云：「渺人物消磨盡。」句法與它家異，後人遂無宗尚之者。

虞美人體

虞美人詞五十六字者是正格。元何介夫有五十四字一體，詞云：「三年奔走荒山道。喜説苕溪好。苕溪秋水漫悠悠。載將離恨上杭州。干戈未已身如寄。安樂知何處。青溪溪上釣魚磯。縱使無魚、還有蟹螯肥。」向來詞譜均未載及此體。

一蕚紅體

一蕚紅一百八字，平側各一體。吴山尊專賦是調，成一蕚紅詞二卷，然以本調編至四體則未碻。

詞有扇對

詩有扇對，詞亦有扇對。鄭都官詩云：「昔年共照松溪影，松折碑荒僧已無。今日還思錦城事，雪消花謝夢何如。」此詩之扇對也。趙元鎮詞云：「欲往鄉關何處是，正水雲浩蕩連南北。」後闋云：「欲借忘憂須是酒，奈酒行欲盡愁無極。」此詞之扇對也。毛刻草堂詩餘，元鎮作元積，缺正字，須作除。又案：壽域詞更漏子云：「臉如花，花不笑，雙臉勝花能笑。肌似玉，玉非温，肌温勝玉温。」此亦扇對之法。

集詩句入詞

集詩句入詞，惟朱竹垞蕃錦集篇帙最富。然蘇子瞻、趙介庵均列是體，蓋宋人已有爲之者。其集前人詞句，則石次仲金谷遺音載之。

詞爲曲家導源

詩衰而詞興，詞衰而曲盛，必至之勢也。柳耆卿詞隱約曲意。至黄魯直兩同心詞，則有「女邊著子，門裏挑心」之語，彭駿孫金粟詞話，已言其鄙俚。楊補之玉抱肚詞云：「這眉頭强展依前鎖。這淚珠强收依前墮。」此類實爲曲家導源，在詞則乖風雅矣。

詞必立調

小徐曰：「詞之虛立，與實相扶，物之受名，依詞取義，此蓋謂語之助也。」推此而言，則詞必立調，而後可以審其節哉。

巴渝詞

巴渝詞有十四字者，有二十八字者。舊唐書音樂志云：「巴渝，漢高帝所作也。帝自蜀漢伐楚，以板楯蠻爲前鋒，其人勇而善鬬，好爲歌舞，高帝觀之曰：『武王伐紂歌也。』使工習之，號曰巴渝。渝，美也。亦云巴有渝水，故名之。」

謫仙怨

謫仙怨，劉文房所創調也。竇弘餘云：「天寶十五載正月，安禄山反，陷没洛陽。王師敗績，關門不守，車駕幸蜀。途次馬嵬驛，六軍不發，賜貴妃自盡，然後駕行。次駱谷，上登高，下馬望秦川，遥辭陵廟，再拜嗚咽流涕，左右皆泣。謂力士曰：『吾聽九齡之言，不到於此。』乃命中使往韶州，以太牢祭之。因上馬索長笛吹，笛曲成，潸然流涕，佇立久之。時有司旋録成譜，及鑾駕至成都，乃進此譜請名曲，帝謂『吾因思九齡，亦别有意，可名此曲爲謫仙怨』。其旨屬馬嵬之事，厥後以亂離隔絶，有人自西川傳得者，無由知，但呼爲劍南神曲，其音怨切，諸曲莫比。謂有賢宰思，乃深爲彼美惜耳。」

一點春

一點春詞，相傳爲隋宫人所製。薛漁思河東記載歌一章，與一點春聲響相類，惟用側韻不同。

憶江南

憶江南調，原名謝秋娘，李贊皇鎮浙西日，爲亡姬謝秋娘作也。是調多别名，初寮詞亦謂之安陽好。毛大可詞話及劉斧青瑣集以爲是隋煬帝所撰者，誤從海山記之言，而未知爲後人所僞託也。

傾杯曲

傾杯曲，一云唐太宗時，長孫無忌所撰。一云宣宗善吹蘆管，自製此曲，蓋宫調也。今詞調傾杯令、傾杯樂，猶沿此稱。

調笑令

調笑令，創於唐天寶中，一名宮中調笑。戴容州謂之轉應詞，五代時謂之轉應曲，惟三十八字者，祇名調笑，初無異稱，蓋轉踏曲也。詞前以儷語作引，附古詩八句，多集唐人句。詩繇平至側，詞起句即承詩末兩字。附以破子，音響同詞。不以詩作引，末以絶句媵焉。毛澤民謂之遺隊，洪景伯盤洲集樂章謂之句隊，或謂之放隊。兩宋時多尚此體，亦詞之折楊皇荂也。其引子如古樂府之豔與和，破子如古樂府之趨與亂。調笑令一名三臺令，並有上皇三臺、突厥三臺、中宮三臺之目。其後三體名則從同，而音響異矣。三臺之偁，李濟翁以爲鄴中三臺，即陸翽記中所述者。劉公嘉話言高洋築三臺，皆指地言。惟方密之通雅引李涪刊誤言榷酒三十，拍促曲名三臺。謂三臺者，作樂時部首拍版三聲，然後管色振作，乃曲名耳。此說近之。

秋霽

秋霽調，始自李後主，宋胡浩然易爲春霽，即此調也。楊升庵詞品，謂秋霽詞爲陳後主所創，蓋沿草堂詩餘之誤。

月上海棠與瑶臺第一層

月上海棠，徽廟所創調也，見雲麓漫鈔。瑶臺第一層　裕陵所創調也，見后山居士詩話。

醉翁操

醉翁操，乃琴調泛聲。歐陽文忠初作醉翁亭於滁州，既爲之記。時太常博士沈遵游焉，爲作醉翁吟三疊，寫以琴。然有聲無詞，故文忠復爲醉翁述以補之。或病其琴聲爲詞所繩約，殆非天成。後三十餘年，有廬山玉澗道人崔閑，工鼓琴，請於蘇東坡爲之詞，律呂和協。辛稼軒長松之風一闋，其和章也。元明人無賦是調者。惟於本朝得三闋焉，其一爲陳砥中作，見松風閣琴譜。其一爲凌次仲作，見梅邊吹笛譜。其一爲女史吴蘋香作，見花簾詞。

憶瑶姬

憶瑶姬，史邦卿所創調也。水經注謂天帝之季女名曰瑶姬。案襄陽耆舊傳云，赤帝女曰瑶姬，未行而卒，葬於巫山之陽，故曰巫山之女。楚懷王遊於高唐，晝寢夢見與神遇，自稱是巫山之女，遂爲置觀於巫山之陽。

孟家蟬

孟家蟬九十七字，潘元質所創調也。朱彧可談云，孟后衣服畫作雙蟬，目爲孟家蟬，識者謂蟬有禪意，久之竟廢。姜堯章詩「遊人總戴孟家蟬」，張伯雨詞「玉梅金縷孟家蟬」，指此。

歸國謡

歸國謡，或作歸國遥，劉氏延禧謂卽樂府之刮骨鹽。謡、鹽聲之轉，刮骨與歸國聲近，殆一名訛別爲二也。

玉瓏璁

玉瓏璁，卽釵頭鳳。風月堂雜識，玉瓏鬆，浙中謂之睡梅。毛文錫詞「快教折取戴玉瓏璁。」璁、鬆同。

釵頭鳳

釵頭鳳，程正伯易名折紅英。蛻巖詞折作擿。唐氏和陸詞，前用側韻，後用平韻，上下闋同，實一調也。

小聖樂

小聖樂，九十五字，元遺山所製，俗以爲「驟雨打新荷」者是也。趙松雪詩「主人自有滄洲趣，遊女仍歌白雪詞」，謂此。詳見陶南村輟耕録。

鞓紅

無名氏有鞓紅詞，鞓紅，牡丹名也。辛稼軒詞「鞓紅似向舞腰横。」孫花翁詞「一朵鞓紅，寶釵壓髻東風溜」。萬紅友詳論其制，所云宋待制服紅鞓犀帶，蓋卽西溪叢語引石子惠之説。愚案夢溪筆談云：海上有一船，桅折，抵岸三十餘人，如唐衣冠，紅鞓角帶，則知唐時已有之，非特宋制然也。

昔昔鹽

樂府有昔昔鹽，昔或作析。一云昔昔，隋宮美人名。傳自戎部，蓋疏勒曲也，屬羽調。鹽與胤引均通，又轉爲艷，義與樂府之三婦艷相類，又作炎。北宋時，王師南征，製黄帝炎曲。容齋隨筆云，玄怪録載籧篨三娘工唱阿鵲鹽，又有突厥鹽、黄帝鹽、白鴿鹽、神雀鹽、疏勒鹽、滿座鹽、歸國鹽。唐詩：「媚賴吴娘唱是鹽，」施肩吾詩「嫵媚吴娘笑是鹽」，略異。更奏新聲括骨鹽」然則歌詩謂之鹽者，如吟行曲引之類。愚案詞有鹽角兒，託始於此。角謂是詞屬角調也。梅聖俞紙角裹鹽之説，穿鑿附會，殆不可據。

菩薩蠻

菩薩蠻，或作菩薩鬘。杜陽雜篇云：宣宗大中初，蠻國人入貢，危髻金冠，瓔珞被體，故謂之菩薩蠻。白太傅諷諭詩：「玉螺一吹雅髻聳。銅鼓千擊文身踴。珠瓔炫轉星宿摇，花鬘斗藪龍蛇動。」蓋指此也。

婆羅門引

婆羅門，胡曲，屬太簇商調。宋時隊舞，亦名婆羅門舞。詞調婆羅門引，宋詞或於上增望月二字。陽羨萬氏云：「望月二字是詞題，非牌名也。」删上二字。徐誠庵謂唐教坊曲有望月婆羅門引，萬氏删原題，非也。今攷隋大業中，遣常駿等使其國，赤土王遣婆羅門鳩摩羅以舶三十艘，吹螺擊鼓以迓常駿。迄唐開元中，西涼府節度楊敬述始進婆羅門曲。一名西涼調，一名淒涼調，一名子母調，一名高宮調。唐會要謂天寶十三載，改婆羅門爲霓裳羽衣，鑿鑿可證。教坊記之說，未可爲據。至樂府雅詞、陽春白雪載楊如晦婆羅門引，亦無望月二字。元段復之遯齋樂府，望月婆羅門引注云：「以望月婆羅門引歌之，酒酣擊節，將有墮開元之淚者。」以訛傳訛，沿誤久矣。

霓裳羽衣曲

唐開元時，有霓裳羽衣舞，並霓裳羽衣曲。曲則西涼節度使楊敬述所造，玄宗從而潤色之。故王仲初霓裳詞，白太傅霓裳歌，皆筆於篇，以紀其事。歐陽永叔詩話云：「今教坊尚能作其聲，其舞則廢而不傳。人間又有望瀛府、獻仙音沈存中云屬燕部。二曲云，此其遺聲也。」周公謹謂霓裳一曲，共三十六段，是能作其聲之一證。宋太宗時舞隊，其第五隊曰拂霓裳隊，或仍倣唐製也。詞調之拂霓裳及霓裳中序第一義，蓋本此。元微之云：散序六遍無拍，故不舞，中序始有拍，亦名拍序。

蘇幕遮

蘇幕遮，卽蘇摩遮，本唐時曲名。幕乃摩之轉聲，西域婦帽也。唐張說有蘇摩遮詞四首，其第一首云：「摩遮本出海西胡。琉璃寶眼紫髯須。」義蓋取此。

簇拍

唐人樂府有簇拍陸州，簇拍相府蓮，今詞之滿路花、醜奴兒，均有以促拍名者，乃唐人之所謂簇拍耳。

六幺

王灼碧雞漫志云：六幺一名綠腰，吐蕃傳云：奏涼州、胡渭、綠腰、雜曲。綠腰之名始此。一名錄要。段安節樂府雜錄云：樂工進曲，上令錄其要者。據此則知錄要之名，貞元中德宗所定者也。此曲內一疊名花十八，前後十八拍，又四花拍，共二十二拍，曲節抑揚可喜，舞亦隨之。墨莊漫錄亦云：六幺曲有花十八，今夢行雲詞調，別名六幺花十八。張斗南宮詞「奏罷六幺花十八」，歐陽永叔詞「貪看六幺花十八」，謂歌聲與舞態也。演繁露云：唐有新翻羽調綠腰，蔣竹山詞「羽調綠腰彈徧了」可證。以曲有高平呂調。攷綠腰凡四曲，高平呂調其一耳。毛稚黃謂綠腰一名樂世，蓋依白太傅詩集編列，它家無之。

采雲歸

燕樂仙呂調有采雲歸，詞調采雲歸，采誤作彩，當據宋史樂志更正。

犯聲

陳暘樂書云：以臣犯君謂之犯聲，犯聲自天后末年始也。詞之名犯，皆謂以此宮犯彼宮之調，如四犯玉連環、四犯翦梅花、八犯玉交枝、四犯令、玲瓏四犯、花犯、念奴淒涼犯、花犯、倒犯、尾犯、側犯，皆然。

六州

容齋隨筆云：今樂府所傳大曲，皆出於唐，而以州名者五：伊、涼、熙、石、渭也。謹案：欽定歷代詩餘云：六州，伊、涼、甘、石、氐、渭也。唐樂府多以此名，詞調因之，與容齋所紀不合。詞調所謂六州歌頭者謂此。宋樂志所載六州鼓吹曲也，郊祀明堂大樂多用之，與六州歌頭迥異。然六州歌頭亦多言古今興亡之事，非豔詞比。其它若伊州序、梁州卽涼州。序、甘州子、石州慢、氐州第一，皆託名於詞調，而渭州無之。

調名音近而異

調名有因音近而異者，如紅窗迥之爲虹窗影，握金釵之爲戛金釵是矣。有因義同而異者，如眼兒媚之爲秋波媚，夜行船之爲明月棹孤舟是矣。有因所賦之詞而異者，如暗香、疏影之爲紅情、綠意是已。它如浣溪沙之爲浣沙溪，滿江紅之爲上江虹，則因槧本誤刻而異。若長相思名吳山青，烏夜啼名上西樓，佳章流播，緣是得名。固非東澤綺語債，東山寓聲樂府之比也。

温飛卿著作

温飛卿金荃、握蘭兩集，唐時雅愛重之。攷唐書藝文志，飛卿並有採茶錄一卷、學海三十卷、乾膢子三卷，尤延之遂初堂書目作一卷，今所傳者三卷，與藝文志同。然是書宋時已佚，傳者蓋贋本也。詩集五卷、漢南真稿十卷。

陽春白雪

趙立之所編陽春白雪八卷，外集一卷，皆兩宋人長短句。明以前是書初不甚著，欽定四庫總目亦未採入。至秦敦父采輯原書，糾正其誤，書始傳播。惟卷數與陳直齋書録解題不合，或後人多所更易歟。

草堂詩餘

草堂詩餘本選宋詞，然參以唐五代諸人所作，究失體例。其以晏同叔浣溪沙詞爲李景作，成幼文謁金門詞爲馮延巳作，尤不免於疏舛。朱竹垞云，草堂選詞，可謂無目，蓋詆之甚矣。

惜香樂府

趙長卿惜香樂府編至十卷，殆倚聲家之詅癡符也。集中蓦山溪、漢宫春諸闋，多插科打諢之語，與黄豫章鼓笛慢數詞相類，莊士見之，能無廢卷耶。

草窗詞

周公謹草窗詞及蘋洲漁笛譜，詞多互見，而先後全倒置。大約漁笛譜是公謹手定，草窗詞則後人採集成書，而復削其序語者。

詞譜行而詞學廢

宋、元人製詞，無按譜選聲以爲之者。王灼碧雞漫志、沈義父樂府指迷、張炎詞源、陸輔之詞旨，詣力所至，形諸齒頰，非有定式也。迄於明季，始有嘯餘譜諸書，流風相扇，軌范或失，蓋詞譜行而詞學廢矣。

詞苑叢談

徐虹亭詞苑叢談一書，世稱精博。其跋語云：退食之暇，與同年秀水竹垞朱君、宜興其年陳君互相參訂。竹垞始謂余捃摭書目，必須旁注於下，方不似世儒勦取前人之説以爲己出者。余韙其言，惜已脱稿，無從一一追溯，間取偶及記憶者，分注十之三四。據此則知書中未經注明者不少。暇日循覽是書既畢，記憶所及，附載於此。如政和中無名氏賦魚遊春水一條，見復齋謾録並唐詞紀。姜堯章自製曲一條，見白石道人歌曲。張子野製師師令一條，見古今詞話。宋宣和間掘石得後庭宴詞一條，見古今詞話。詞要清空一條，見張玉田詞源。東坡賀新涼、卜算子一條，見升庵詞品。詞中用事最難一條，見詞源。已上體製。柳耆卿木蘭花慢得音理之正一條，見詞品。已上音韻。李後主烏夜啼詞一條，見古今詞話。岳珂評辛詞一條，見桯史並藝苑雌黄。張志和漁父詞一條，見樂府雅詞並東湖集。辛稼軒摸魚兒詞一條，見鶴林玉露。范希文漁家傲邊愁一條，見東軒筆録。潘閬憶餘杭一條，見詞品。金主亮頗知書一條，見鶴林玉露。晏同叔詞未嘗作婦人語一條，見陳直齋書録解題並馬端臨文獻通考。楊守齋守歲詞一條，見乾淳歲時記並武林舊事。楊升庵詞品拾遺已上品藻。蜀主衍醉妝詞一條，見五國故事。李後主懷江南一條，見默記並詩話總龜。南唐主與舊宫人書一條，見江南録並西清詩話。潘佑作詞諫後主一條，見江鄰幾雜志。周邦彦在李師師家一條，見耆舊續聞並樂府紀聞。吴琚賦酹江月一條，見武林舊事。于國寶賦風入松一條，見武林舊事。嚴幼芳賦七夕詞一條，見癸辛雜志並齊東野語。宋駙馬楊震一條，見古今詞話。吳彥高賦春從天上來一條，見花庵詞選。紇石烈子作樂章一條，見癸辛雜志。張安國留守席上賦六州歌頭一條，見朝野遺記。陳參政餞陳石泉北行一條，見志雅堂雜鈔。柳三變賦鶴沖天一條，見畫墁録。宋子京過繁臺街一條，見花庵詞選。蘇子瞻倅杭賦賀新郎詞一條，見楊湜古今詩話並苕溪漁隱叢話。柳永進醉蓬萊詞一條，見花庵詞選並太平樂府。何㮚賦虞美人一條，見樂府紀聞。陶穀使江南一條，見硯北雜志並雲巢篇。天台營妓賦如夢令卜算子一條，見癸辛雜志。劉改之賦沁園春一條，見桯史。岳州徐君寶妻一條，見古今詞話。僧仲殊賦踏莎行一條，見中吳紀聞。韓蘄王能作字及小詞一條，見齊東野語。趙彥端謁金門詞一條，見侯鯖録。已上紀事。少游悶損人天不管一條，見古今詞話。已上諧謔。都下女子歌朝元路一條，見無住詞並樂府雅詞、林下詞選。陝府驛壁詞一條，見能改齋漫録。已上外篇。此皆徐之未及補注者。至同時勝流，輒聞異說，有與它書稍異，殆亦從而增飾者歟。

詞之箋注

元遺山論詩絶句云：「詩家總愛西崑好，獨恨無人作鄭箋。」然箋詩者尚多，箋詞者尤罕見。宋人如傅幹一作「洪」。注坡詞，曹鴻注葉石林詞，曹杓注清真詞，皆不傳。周公謹絶妙好詞，查蓮坡厲太鴻箋之。山中白雲詞，江賓谷箋之。餘未嘗有也。近人白香詞箋，實踵查厲而作。

詞律

萬氏詞律不收明以後自度腔，最爲有識。其糾正諸調紕繆，如湯沃雪，久爲名流所心折。然譜中失收之調，正復不少。徐誠庵詞律拾遺所補入者一百六十五調，一百七十九體，合原書爲八百二十五調，一千六百七十餘體，統此二書，可爲準的矣。許積卿論萬氏詞律一書，謂一詞之中字句卽有參差，不當以又一體判之。蓋於樂同在一宮，不得又爲一體也。其論極通，因爲拈出。

詞律辨四聲句法

詞律於四聲句法，斷斷辨之，有不厭其繁者，雖於所入宮調及聲之清濁，未嘗剖晰，而旨意恆與宋人吻合。淩次仲賦湘月詞弔之云：「律比申商，料後世應有知音題品。」誠重之也。

詞律拾遺

詞律拾遺一書，旁搜博採，捃摭綦備，卷七、卷八，訂正原書，亦多確論。然其中有應補而不補者，如韓淲弄花雨，姜夔鶯聲繞紅樓、無名氏樓心月、張翥丹鳳吟、張雨茅山逢故人，此當列入補調。李敏軒慶清朝慢、側韻陳允平祝英臺近、李之儀憶秦娥、趙役莌江城梅花引，此應列入補體。若斯之類，宜加搜輯，而反闕之，此其所略也。

詞徵卷二

十二律

十二律分寸毫釐絲數，呂氏、司馬氏、鄭氏、蔡氏，諸説各異。其後推算家以密率求今律調律數，皆連比例。戴鍔士補校象數一原云：黄鍾與大呂，大呂與太簇，距一位而成比例。黄鍾與太簇，太簇與姑洗，距二位而成比例。故知樂記比音而樂之一言，已露其旨。使由宫聲而得全律之聲，由全律之聲而通子聲，則按諸十二律，皆有定位，不特律數之比而後合也。

樂之七調

樂之七調，傳自龜兹人蘇祇婆，以琵琶絃叶之。隋鄭譯推演其聲，更立七均，合成十二，以應十二律。律有七音，音立一調，故成七調十二律，合八十四調，旋轉相交。七調者，一曰娑陁力，華言平聲，卽宫聲也。宫聲或云中聲，遼史樂志以宫聲七調屬娑陁力旦，如正宫黄鍾宫之屬。按唐時新涼州曲入娑陁調，西涼府郭知運所進。二曰雞識，凌次仲云：「宋史樂志引樂髓新經作稽識。」華言長聲，卽南呂聲也。遼志以商聲七調屬雞識旦。凌次仲謂南呂聲爲商聲之誤，是也。三曰沙識，華言質直聲，卽角聲也。遼志以角聲七調屬沙識旦，殆如大食角高大食角之屬。四曰沙侯加濫，華言應聲，「應」或作「顫」。卽變徵聲也。五曰沙臘，華言應和聲，卽徵聲也。凌云：遼志四曰沙侯加濫聲，五曰沙臘，皆應聲。又羽聲七調，爲沙侯加濫旦。案：隋志以沙侯加濫爲變徵聲者，以七聲之次序言。遼志以七羽屬之者，以琵琶四絃之大小言也。所謂七羽，如般涉調、高般涉調之屬，般涉華言徵也。六曰般贍，華言五聲，卽羽聲也。蕭山毛氏謂般贍屬徵，鄭譯作羽聲誤。淩云：遼志六曰般贍五聲。案：宋史樂志，七羽之首曰般涉調。贍、涉聲相近，般涉卽般贍之轉。蓋七羽之有般涉，猶七宮之有正宮、高宮也。愚案：般涉宋人亦作般沙。七曰俟利篷，遼史樂志作「箑」。華言斛牛聲，「牛」或作「先」。宋史亦作「律」。卽變宮聲也。此隋書音樂志所述，而遼志因之。毛氏謂其五旦之中猶留四清，所去羽聲，本無清聲，此蓋祖明人瞿九思之言。然清羽之聲，古有成說，張叔夏詞源亦以羽聲爲最清。毛氏所論，固無取焉。至鄭譯所謂合八十四調旋轉相交者，琵琶雖四絃，然推演未嘗不廣。唐時並有六絃琵琶、七絃琵琶。六絃者，天寶中史盛所作。七絃，開元中鄭喜子所進也。惟以胡部之聲爲準，究不若以管聲定高下也。淩氏誤宗其說耳。

四旦二十八調

遼史樂志云：四旦二十八調，不用黍律，以琵琶絃叶之。攷黍律爲漢以前所定音。王朴論樂，專恃黍律之說，叶以琵琶絃，迺龜茲舊譜所用隋、唐以後之音也。旦者，均也，或曰清也。宋樂志謂神宗時廢四清聲不用。蓋指隋之四旦，非四宮之清聲。四旦謂第一絃宮聲，第二絃羽聲，第三絃商聲，第四絃角聲。二十八調者，宮、商、角、羽皆有七調。徵則有其聲無其調，分隸四聲之中。徵調自隋時已闕。宋徽宗時，劉詵爲大晟樂府，案古制旋十二宮，以七聲得正徵一調，卒不克行。故後世所沿用者，並闕徵調。

樂律全書

四宮清聲，謂黃鍾、大呂、太簇、夾鍾，語載宋史樂志，乃古法也。明鄭世子樂律全書言之最悉。其云中聲之上有半律，是爲清聲，中聲之下有倍律，是爲濁聲。以人聲驗之，十二律由濁而清，黃、大、太、夾、姑、仲、蕤、林、夷、南、無、應，皆自然也。繼以半律，黃、大、太、夾雖清可歌，至於姑、仲，則聲益高，而揭不起，或强揭起，非自然矣。十二律由清而濁，應、無、南、夷、林、蕤、姑、仲、夾、大、太、黃，皆自然也。繼以倍律，應、無、南、夷雖濁可歌，至於林、蕤，則聲益低，而咽不出，或强歌出，亦非自然矣。世子所謂半律，謂仲、姑、夾、太、大、黃，配巳、辰、卯、寅、丑、子，從子至巳律皆長，故半之。律雖六，而清聲則止於夾、太、大、黃四聲也。倍律者，謂應、無、南、夷、林、蕤配亥、戌、酉、申、未、午，從午至亥律皆短，故倍之。律雖六，而濁聲則止於應、無、南、夷四聲也。按之譜字則黃合A大下四㋮大四マ夾一上㊀姑一一仲上ㄅ蕤勾乙林尺人夷下工⑦南工フ無下凡⑪應。凡几其四宮清聲，則黃六幺大五㋢太下五す夾。一五㋢夾之一上當爲下一之誤。至或高或下，略爲別識，則自宋代已然矣。其以勾字爲高上下尺之訛者，本朝徐氏樂律考之說也。然朱子大全集載宋燕樂字譜，與上譜字亦多有不合者，備錄於後：

A合黃鍾　マ四下大呂　マ四上太簇　二一下夾鍾　二一上姑洗　ム上仲呂　丁勾蕤賓　丁尺林鍾　丁工下夷則　丁工上南呂　リ下凡無射　リ凡應鍾　久六黃清　𠀋上五太清　口緊五夾清

張爾公十二律圓圖

張爾公以十二字分配十二律，繪爲圓圖，汪爍人律呂通解錄之。所配者，弸黃鍾、弸，卜公反。操大呂、操，兵畝反。奔太簇、般夾鍾、褒姑洗、幫仲呂、幫，卜江反。波蕤賓、北林鍾、百夷則、八南呂、孛無射、卜應鍾。汪云：其取類全以開合轉折。蓋骿字全在喉中而至濁，所謂黃鍾之中聲。至捬字則微開，至北字又微合。及卜字而聲出脣端，其聲盡矣。愚按爾公之說，蓋取朱子譜中緥逋陂牌等字而變通之，然所配實多窒礙。蓋中聲者，宮之本律也，配以至濁之字，是不以爲中聲，而以爲最下之聲也。且骿爲卜公反，迺合口中第一等字，其音純清。清濁不辨，欲其不牴牾，得乎。

五音二變

應鍾變宮，蕤賓變徵，謂之二變。二變椎輪尚書，至周景王時，伶州鳩遂有七音之說。杜佑通典云：變宮、變徵，武王所加也。說本杜預。隋盧賁亦云：周武克殷，得鶉火天駟之應，其音用七。其後漢稱七始，唐名七調，皆合五音二變言之。考徐景安樂章文調云：五音合數而樂未成文。案旋宮以明韻律，迭生二變，方協七音。乃以變徵之聲，循環正徵，復以變宮之律，回演清宮，其變徵以變字爲文，其變宮以均字爲譜，語載浚儀王氏困學紀聞。此蓋謂二變可輔五音，以濟所不及也。然宋人之疵二變者，說正不一。淮南子謂姑洗生應鍾，比於正音，故爲和。應鍾生蕤賓，不比於正音，故爲繆。馬端臨云：二變但爲和繆，已不得爲正聲矣。陳暘樂書云：二變四清，樂之蠹也。沈括補筆談云：變宮在宮、羽之間，變徵在角、徵之間，皆非正聲。蔡元定律呂新書云：變宮、變徵，宮不成宮，徵不成徵，宋史樂志亦載此語。古人謂之和繆。又云：變聲非正，故不爲調。諸家所論，與隋蘇夔駁鄭譯說略同，皆詳悉樂理，而略於樂制，故其辭如此。朱子云：凡十二律皆有二變，一律之內通五聲，合爲七均。祖孝孫、王朴之樂皆同。所以有八十四調者，每律各添二聲而得之也。朱子之語，洞窺閫奥，而不悖於古。愚案：張玉田詞源，載律生八十四調，其宮、徵、商、羽、角，以土、火、金、水、木相配。閏宮、閏徵宮，以太陰、太陽相配，二閏卽二變也。鄭譯云：今若不以二變爲調曲，則是冬、夏聲闕，四時不備。是故每宮須立七調。朱子之説，正本鄭譯。

二變有定律

文獻通考引中興四朝樂志敍曰：變徵於十二律中，陰陽易位，故謂之變。變宮以七聲所不及，取閏餘之義，故謂之閏。宋樂志注曰：宮、羽之間有變宮，角、徵之間有變徵，此見二變有定律，不可易也。本朝毛氏謂黄鍾爲宮，大吕爲變宮，姑洗爲徵，中吕爲變徵，是易二變於宮、徵後矣。毛氏以今音衡量，則清濁高下可互轉移，故創爲此説，以矜神悟，然去古不已遠乎。若以今音求古音，則前人以字譜一字爲變宮聲，凡字爲變徵聲，其説最碻，遠勝毛氏之穿鑿矣。徐新田律吕臆説：欲廢二變之名，謂乙乃宮之低者，非所謂變宮，凡乃角之高者，非所謂變徵，然名可廢，而其音不可廢也。

二變音響

向來論二變者，咸定其秩次，辨其得失，鮮有及其音響。白石道人歌曲引唐田畸聲律要訣云：徵與二變之調，咸非流美，此又兼爲製詞者言之也。

旋宫不始於祖孝孫

唐武德九年，命太常少卿祖孝孫正雅樂，因斟酌南北，考以古音，作大唐雅樂。以十二律各順其月，旋相爲宫，製十二和之樂，合三十一曲，八十四調。文獻通考謂周禮有旋宫之義，亡絶已久，莫能知之，一朝復古，自孝孫始也。然考隋文帝時，萬寶常所進六樂譜十四卷，論八音旋相爲宫之法，並八十四調，百四十律之音調，時論翕然歎服，則非始於孝孫矣。

旋宫之義

唐、宋詞所入之調，各有不同。如以宫調合宫調，但云某宫而已。若以宫調合商調，則謂之黄鍾商。其它可以此例。蓋五音十二律，由此通彼，卽旋相爲宫之義也，然究以所用之本調爲主。

道調宫

七宫中道調，倣自唐高宗。高宗自以爲李伯陽裔，調露二年，特命樂工製道調宫，故宋、元詞有用之者。

十八調

宋史樂志云：教坊所奏，凡十八調，正宫調、中吕宫、道調宫、南吕宫、仙吕宫、黄鍾宫、越調、大石調、雙調、小石調、歇指調、林鍾商、中吕調、南吕調、仙吕調、黄鍾羽、般涉調、正平調。不用者有十調，高宫、高大石、高般涉、越角、商角、高大石角、雙角、小石角、歇指角、林鍾角。七宫之中，高宫闕焉。陶宗儀輟耕錄亦只云六宮。沈括、張炎所紀，僅著其目而已。考宋教坊隊舞雲韶部及太宗所製新奏，皆不用高宮。南渡後存而不用。至元雜劇始闕。高宮即大呂宮。孫氏應龍謂大呂助黃鍾宣氣，故虛而不用。其說紕繆，殊不足信。

詞調接宮調分配

唐五代、宋、金、元詞，按諸律宮分五音二十八調，失傳久矣。樓敬思著羣雅集，以四聲二十八調爲經，以詞之有宮調者爲緯，其無宮調者，依世次爲先後，附其下。亦無傳本。敬思，名儼，義烏人，康熙四十八年，詔脩詞譜者也。今特搜剔叢殘，可考者載之，不可考者闕之，別名則汰之。諸家所題或異，注明於旁，其有本宮之外，移入它宮，咸分隸焉，以備選調者之采擇。楊守齋論作詞五要，最重擇腔。如十一月須用正宮，元宵詞須用仙呂宮。曲譜瞭然，詞或罕及，當擴其意，以爲之準。

正宮自此至正平調凡十八調，依宋史樂志編録。

齊天樂重　瑞鶴仙　憶王孫　鬬百花　曲江秋重　喜遷鶯重　雪梅香　黃鶯兒　尾犯重　甘草子　醉垂鞭　虞美人重　玉女搖仙珮。

中呂宮

送征衣　晝夜樂　長亭怨慢　柳腰輕　西江月重　滿庭芳　揚州慢　好事近重　浣溪沙重　醉公子　柳梢青　菩薩蠻重　相思兒令　離別難　青玉案　倦尋芳　陽春曲　梁州令　虞美人重　謝池春慢　尾犯重　春光好　采桑子　惜雙雙　南鄉子　感皇恩重　山亭燕慢　踏莎行重　慶金枝　師師令　萬年歡　綺寮

怨
道調宮
歸自謠　西江月重感皇恩重長壽仙　大聖樂
南呂宮
瑞鷓鴣重一翦梅　南歌子重木蘭花慢重八寶裝　一叢花令　望江南重滿江紅平調賀新郎　河傳重生查子
仙呂宮
暗香　疏影　傾杯樂　笛家　鶴沖天慢桂枝香　八聲甘州　卜算子　聲聲慢　意難忘　鵲橋仙重倒犯　蕙蘭芳引　好事近重燕臺春慢　點絳脣重望梅花　虞美人重滿江紅仄調六幺令重臨江仙重瑤池燕
黃鍾宮無射宮亦名黃鍾宮此則七宮中之正黃鍾宮也
齊天樂重山花子　曲江秋重錦纏絆　麥秀兩歧　漁家傲　侍香金童　絳都春　連理枝　虞美人重浣溪沙重玉漏遲　天仙子重喜遷鶯重點絳脣重少年遊
越調
霜天曉角　水龍吟　石湖仙　永遇樂重大酺　慶春宮　金蕉葉重秋宵吟　鳳來朝　清夜遊　祝英臺近　解愁　瑣窗寒　清平樂重春歸怨　丹鳳吟　翠羽吟
大石調

采桑子重　阮郎歸　木蘭花令　西河　燭影搖紅　歌頭　恨春遲　曲玉管　琵琶仙重　看花回　玲瓏四犯
風流子　隔浦蓮近拍　人月圓　塞垣春　望江南重　兩同心　清平樂重　法曲獻仙音　念奴嬌重　滿朝歡
迎新春　傾杯樂重　夢還京　金蕉葉重　鳳銜杯　女冠子　塞翁吟　尉遲杯重　霜葉飛　鶴沖天慢　受恩深
還京樂　柳初新　陽關三疊

雙調

生查子　長相思重　賀聖朝　鹽角兒　巫山一段雲　迷仙引　河滿子　翠樓吟　尉遲杯重　慢捲紬　征
部樂　佳人醉　采桑子重　玉聯環　武陵春　百媚娘　夢仙鄉　長相思重　謁金門　玲瓏四犯重　秋夜月
御階行　風入松　婆羅門令　念奴嬌重　雨淋鈴　傾杯樂重　定風波重　歸朝歡　采蓮令　花心動　湘月
少年遊重　紅林擒近　慶佳節

小石調

秋蕊香引　四園竹　法曲獻仙音重　西平樂　蝶戀花重　夜厭厭　如夢令　南歌子重　花犯　渡江雲　迎
春樂　徧地花　江南春雙調　雙瑞蓮　一寸金重　驟雨打新荷　添聲楊柳枝

歇指調

荔枝香　水調歌頭重　卜算子　浪淘沙令慢　雙燕兒　永遇樂重　夏雲峯　鵲橋仙　祭天神重

林鍾商

三字令　隔簾聽　集賢賓　長相思慢　宣清　尾犯　破陣樂　蝶戀花重　南歌子　清商怨　少年遊重　減

字木蘭花　内家嬌　雨中花慢更漏子　駐馬聽　玉樓春重古傾杯　雙聲子　醉蓬萊重喜朝天　留客住　合歡帶　一寸金重陽臺路　思歸樂　抛球樂慢醉落魄　𢙏天長　迎春樂重定風波慢二郎神重殢人嬌傾杯樂重鳳歸雲重訴衷情

中呂調

菩薩蠻重戚氏　輪臺子　引駕行重彩雲歸　天仙子重醉紅妝　洞仙歌慢望遠行重擊梧桐　離別難重過澗歇　夜半樂　歸去來重迷神引　虞美人重綺寮怨重安公子重祭天神重菊花新　燕歸梁重

南呂調南宋時亦名高平調

透碧霄　木蘭花重慢臨江仙　憶帝京　瑞鷓鴣重慢

仙呂調

天仙子重如魚水　小鎮西犯　女冠子重玉山枕　滿江紅重甘州令　玉蝴蝶慢望海潮　促拍滿路花　鬲溪梅令　玉樓春重剔銀燈　郭郎兒近拍　鳳歸雲重洞仙歌慢紅窗睡　竹馬子　引駕行重西施　千秋歲　長命女令　迷神引重八聲甘州重河傳重減字木蘭花　偷聲木蘭花　六幺令重臨江仙慢醉桃源重

黄鍾羽重王灼謂卽般涉調未確

竹枝　春風裊娜

般涉調

蘇幕遮　塞孤慢安公子重哨徧　洞仙歌重慢漁家傲重瑞鷓鴣重

正平調

菩薩蠻重　淡黃柳

黃鍾商即越調宜併入

少年遊重　法曲獻仙音重　琵琶仙重

夾鍾商宜併雙調

迎春樂重　鬭鷄回　醉吟商

南呂商宜併歇指調

水調歌頭　浪淘沙慢

夾鍾羽宜併中呂調

玉京秋

高平調宜併南過調

江城子　點絳脣重　採芳新　鵲橋仙重　玉梅令　解語花　干飛樂令　瑞鶴仙重　酒泉子　拜星月慢　定

西番　怨春風重　胡搗練　燕歸梁重

林鍾羽王灼云即高平調

解語花重　薄命女　鷓鴣天重

黃鍾調宜併黃鍾羽

傾杯重楊柳枝
平調宜併正平調
長壽樂　望漢月　鷓鴣天重燕歸梁重歸去來重步蟾宮　瑞鷓鴣
商調
囘波詞　一斛珠　品令　永遇樂重解蹀躞　更漏子　霓裳中序第一　二郎神重高陽臺　憶秦娥　三
部樂　應天長慢調笑令　解連環　丁香結　氏州第一　鳳凰閣　西湖月
夷則商草窗所題如是宜併上
國香慢
無射商宜併上
魚遊春水
商角調蛻巖詞所題如是　嘯餘譜所載六宮十一調亦有之與商調異
定風波重
中呂商
白苧
散水調
河傳重傾杯令重

林鍾調
十二時
黄鍾清角調以下二調姜白石自製
角招
黄鍾下徵調晉書律曆志論下徵調法，謂用笛之宜，倍令濁下，故曰下徵。下徵乃律之倍，在中聲之下者也。
徵招
夾鍾宮
暗香疏影
無射宮
惜紅衣　楚宮春
夷則商犯無射宮
玉京謡　古香慢
越調犯正宮
蘭陵王

薄媚

趙以夫有薄媚摘遍詞。薄媚曲名，宋官本雜劇有薄媚錯取、薄媚鄭生遇龍女、薄媚柳毅諸曲。若歷弦薄媚，屬琵琶曲，南宋時已不傳矣。

衮與賺

衮與滚同，其聲溜而下，歐陽永叔詞「拍碎香檀催急衮」，劉改之詞「繡茵催衮」，卽南曲後庭花破滚之屬。又宋時京師尚纏令纏達，中興後遂撰爲賺，取誤賺之意，令人正堪美聽，不覺已至尾聲。

叉手笛

宋太祖時，樂器有叉手笛，易名拱辰管，謂其執詩之狀如拱揖也。和峴因令樂工調品以諧律呂，增入鼓吹部。每邊兵得勝，乃連隊抗聲歌之，其歌詞蓋小秦王、陽關曲之屬。沈存中夢溪筆談所載凡五曲。

羯鼓

唐書樂志云：羯鼓爲八音之領袖。案羯鼓有大合蟬、滴滴泉二曲，宋時猶有能識其音者。今羯鼓録不載。

宋燕樂入仙呂調

宋燕樂入仙呂調者，曰攤破抛球樂，曰采雲歸，詞襲其稱，它皆類此。

大曲截用

筆談云，元稹連昌宫詞，有「逡巡大遍應作「徧」。涼州徹」。所謂大遍者，有序引歌颯嗺哨催攧衮破行中腔踏歌之類，凡數十解。每解有數疊者，裁截用之，則謂之摘遍。今人大曲皆是截用，悉非大徧也。案詞如梁州序、遥天奉翠華引、鈿帶長中腔，即沈存中所謂截用者。

念曲叫曲

筆談云，聲無抑揚，謂之念曲，聲無含韞，謂之叫曲。張叔夏謳曲旨要云，若無含韻强抑揚，即爲叫曲念曲矣。宋時通音律者，其入微之論多類此，惜未能盡傳於世也。

殺聲

七篇曰：玉振也者，終條理也。沈存中、張叔夏之言殺聲，蔡季通、熊與可之言畢曲，皆此義也。舊唐書樂志云：古今樂府奏曲之後，皆别有送聲。送聲義同。

諸宫住字

沈存中筆談有論諸宫住字之説，與吴君特言製詞最重煞尾字，其論頗同。惟吴之所論，未暢其旨。本朝方仰松香研居詞麈，有二十八調住字之圖，大約本於沈説而推廣之者。今録如左：

正宮合字住，清六字住。

高宮下四住。

中呂宮下一住，清上五住。白石揚州慢、長亭怨二曲正同。

道宮上字住。

南呂宮尺字住。

仙呂宮下工住。白石暗香二曲同此。

黃鍾宮即無射宮，用下凡住。白石惜紅衣詞同此。以上七宮，其起調畢曲之字，並與各宮住字同。

大石調下四住，清下五住，起畢一字。

高大石調下一住，清五字住，起畢上字。

雙調上字住，起畢尺字。

小石調尺字住，起畢工字。

揭指調工字住，起畢凡字。

商調下凡住，起畢六字。白石霓裳中序第一兩結，旁譜作‖‖即下凡下凡也。同此可證。

越調六字住，起畢四字。白石石湖仙詞兩結，旁譜作す，即六字住，兼上四畢曲也。

般涉調工字住，起畢勾字，即令高仕。

高般涉調下凡住，起畢尺字。

中呂調六字住，起畢亦用六字。
正平調下四住，清五字住，起畢凡字。
南呂調下四住，清下五住，起畢下凡。
仙呂調上字住，起畢下四，清五字。
黄鍾調尺字住，起畢一字。
大石調凡字住，起畢下一。
高大石角六字住，起畢下一。
雙角上五住，起畢工字。
小石角上字住，起畢工字。
歇指調勾字住，今當用高仩，起畢下凡。
商角下五住，起畢上字。
越角五字住，起畢勾字，今用高仩。

中管

中管聲在前後二律間，且與前律同出一孔，以之製調，或病音韻重複。攷十二律中，惟五宮稱中管。太簇宮有，則大呂宮、夾鍾宮無。姑洗宮有，則夾鍾宮、仲呂宮無。蕤賓宮有，則仲呂宮、林鍾宮無。南呂宮有，則夷則宮、無射宮無。應鍾宮有，則無射宮、黄鍾宮無。樂髓新經云：與前律同字者，加中管二字别之。淩次仲燕樂考原云，南吕商高於夷則音一律，故謂之中管林鍾商。餘當準此。推之徐新田管色攷，謂銀字與中管相爲對待，中管乃高調，銀字乃平調。並引尉遲青説及白太傅詩以證之，然則中管又爲應律之器矣。

四上

毛氏論樂有不足信者，其論大招，四上競氣，謂四上者，笛聲也。笛色譜曰，四上工尺六，爲宫、商、角、徵、羽，四上，宫與商也。其前章曰，趙簫倡只是也。攷王逸楚辭注，四上謂上四國代、秦、鄭、衞也。補曰，四上，謂聲之上者有四，謂代、秦、鄭、衞之鳴竽也，伏戲之駕辯也，楚之勞商也，趙之簫也。毛氏以大招四上爲笛聲。則屈子時，初無管色譜之説。且其聖諭樂本解説，又以四上爲卽一三同、一四上。忽而笛聲，忽而律算，蓋襲唐荆川之論，而不能定其所指。若近人解四上競氣爲宫角相應，亦曲説也。

明曲承宋

明史樂志，載嘉靖間續定慶成宴樂四十九章，其賀聖朝、水龍吟、醉太平等曲，猶承宋之遺響。若清江引、水仙子諸曲，又濫觴於金、元者。惜乎詞之音理，至勝國而其緒絶也。

詞徵卷三

詞不能舍音韻

樂記曰：聲成文謂之音，聲出而音定焉，音繁而韻興焉。論其秩序，則音居先，韻居後。若舍音韻以言詞，匪特戾於古，詞亦不能工矣。

音律本於人聲

劉彥和聲律篇云：夫音律所始，本於人聲者也。聲含宮商，肇自血氣。惟詞亦然，高下洪細，輕重遲疾，各有一定之響。解人正當於喉吻間得之。

唐宋人製詞無韻書

齊永明時尚聲韻之學，周顒撰四聲切韻，沈隱侯撰四聲譜，曩嘗求其書讀之而不可得，蓋二書本未傳於世也。然平上去入，互相通轉，羣經有之。其見於毛詩者，尤不可枚舉。當發言之始，期合天籟，非拘牽於聲韻者。故唐、宋人製詞，別無韻書，而韻寓焉。陳獻可云：詞曲起，則律呂即在詞曲之中。語載陸清獻三魚堂剩言。然則製詞，而必求諸韻書，非其旨矣。段懋堂六書音韻表云：古平上爲一類，去入爲一類，上與平一也，去與入一也，上聲備於三百篇，去聲備於魏、晉。愚謂段說亦概舉之詞耳。實則三百篇未嘗無去聲，魏、晉未嘗無上聲也。

韻書分部

隋、唐韻書判二百六部，唐韻併作一百六部，覈其通轉之例，實得五部。五部者，宫、商、角、徵、羽，宋人以唇齒牙舌喉配之，厥後又易爲喉齶舌齒唇。古今通韻謂第一宫部爲喉音，今韻中東、冬、江、陽、庚、青、蒸七韻是也。七韻中字每讀訖，必返喉而入於鼻，唱曲家呼爲鼻音。或謂之穿鼻音。第二商部爲齶音，今韻中真、文、元、寒、删、先六韻是也。六韻中字每讀訖，必以下舌抵上齶，恩痕音以舌抵齶，則其收聲在恩痕之間也。第三角部爲舌音，今韻中魚、虞、蕭、肴、豪、歌、麻、尤八韻是也。八韻中字每讀訖，必懸舌居中。毛氏以上五韻及尤韻爲斂唇音，而割歌、麻二韻爲直喉音。第四徵部爲齒音，今韻中支、微、齊、佳、灰五韻是也。五韻中字每讀訖，必以舌擠齒。或謂之展輔音。第五羽部爲唇音，今韻中侵、覃、鹽、咸四韻是也。四韻中字讀訖，必兩唇相闔，歌曲家呼爲閉口音。近人撰古音類表，實暢其説。目用廣韻，而移蕭、肴、豪、侯諸部爲第五部，以侵、覃、鹽、咸四部爲附聲，並割今韻蒸部附焉。此又從樂律二變通之，而分部益密矣。淩次仲自謂其詞用韻，凡閉口不敢闌入抵齶鼻音，至於抵齶與鼻音亦然。然則詞之用韻，不綦嚴乎。徐靈胎樂府傳聲，謂曲家尚有落腮、穿齒、穿牙、覆唇、挺舌、透鼻、過鼻種種諸法，則五音四呼一切不足以盡之。

五音法

韻書云：合口爲宫，開口爲商，捲舌爲角，齊齒爲徵，撮口爲羽。又云：喉音爲宫，齒音爲商，牙音爲角，舌音爲徵，脣音爲羽。如上所云，蓋卽沙門神珙五音聲論及所分五音之法。

四聲譜

神珙四聲五音九弄反紐圖序曰：譜曰，平聲者哀而安，上聲者厲而舉，去聲者清而遠，入聲者直而促。數語若爲倚聲家言之。其所謂譜，疑卽沈氏之四聲譜也。

朱竹垞論詞韻

朱竹垞檢討謂遼、金、元文字雜以國書字體，其詩詞落韻，有出於二百六部之外者。觀檢討所論，卽詞韻一端可判升降，況有泛濫於遼、金、元之外者乎。

兩通法

蕭山毛氏言四聲之中有兩通法，平上去三聲自爲一通，去入二聲自爲一通。三聲自通，必不雜入聲一字，二聲自通，必不雜平上一字。然叚之於詞，則固不然。詞韻上去自爲一通，入聲則或通於平，或通於上去二聲。若平與上去，當嚴立畛域，乃無遷就之弊。沈義父樂府指迷謂詞中去聲字尤要，入聲可代平聲，不可代上聲。萬氏詞律一書，實衍沈氏之說。

楊升庵論七音

楊升庵謂七音，卽今切韻宮、商、角、徵、羽外，有半商、半徵，蓋牙齒舌喉脣之外，有深淺二音故耳。攷梵學於五音外，有折、攝二聲，折聲自臍輪起至脣上發，如㖶字浮金反。之類是也。攝字鼻音，如歆字鼻中發之是也。升庵所謂深淺二音，實勦其說。通雅又以爲大宮商之概者，皆此兩音也。

二合音

古語有二聲合爲一字者，或謂起於西域二合之音，如龍鍾切爲癃，潦倒切爲老，謂人之癃老，以龍鍾潦倒目之，音義取此。案二聲合爲一字，如狄鞮爲披，彌牟爲木，蒺藜爲茨，何不爲盍，又如鯽令爲精，窟籠爲孔，皆然。宋時謂之切脚語，是卽切字之法所本。又魏善伯言，凡字有首有腹有尾，如都、烏、翁三字，則都爲首，烏爲腹，翁爲尾，共讀之卽是東字。姑烏庵是甘字，西衣音是心字，此則由古人二合之說，而復引其緒者。

詞之用字

詞之用字，凡同在一紐一弄者，忌相連用之，宋人於此最爲矜慎。如柳耆卿雨淋本作「零」。鈴詞，今見母牙音，角屬純清。宵心母齒頭音，商屬次清。酒照母正齒音，商屬次清。醒心母齒頭音，商屬次清。何匣母喉音，羽屬半濁。處清母齒頭音，商屬次清。楊喻母喉音，羽屬平。宋人所分四等聲，其不清不濁者統謂之平，無所謂全濁聲者。若四聲等子所列，則以疑、泥、孃、明、微、喻、來、日八母爲不清不濁，卽宋人所謂平也。其邪、禪二母，不清不濁亦平也。其以羣、定、澄、並、奉、從、牀、匣八母爲全濁者，婺源江氏亦從其說，乃宋人所謂半濁也。柳來母半舌音，徵屬半濁。岸疑母牙音，角屬平。曉匣母喉音，羽屬純清。風非母輕脣音，宮屬純清。殘從母齒頭音，商屬半濁。月疑母牙音，角屬平。其用字之法，洵可爲軌範矣。詞必分清濁輕重，李易安作詞論亦云。然周德清撰中原音韻，判爲陰陽二聲，陰陽者，清濁之謂也。賈子明以輕清爲陰，重濁爲陽，宋張世南已有其說。陰陽四聲俱備，它音易明。惟上聲每難剖晰，如董陰動陽，子陰矣陽，皆製詞者所宜知。毛氏謂上聲無陰陽，蓋承中原音韻之說，誤矣。

宋詞用雙聲

唐人詩喜用雙聲，宋詞亦有之。李師呂天香詞「素手金籌」，疊用之法也。康伯可金菊對芙蓉詞，前闋「望故人消息遲遲」，下闋「悄爲伊瘦損香肌」，消息、瘦損，皆雙聲也。然二字之外，固無重沓而施之者。

詞借用詩韻

詞稱詩餘，故製詞者多借用詩韻。考唐孫愐依陸法言切韻增補，始有唐韻。宋陳彭年等刪減之，謂之廣韻。宋祁丁度等增廣之，謂之集韻。景祐四年乃頒行禮部韻略，而衢州毛氏、平水劉氏復增補之。至元黃公紹撰古今韻會，纖悉備矣。厥後陰氏時中時夫。並奉平水韻而删併之，遂爲通用之本，今之詩韻是也。婺源江氏云：今世詞家習於併韻，談韻學者亦粗舉併韻，甚且誤以劉韻爲沈約韻。江氏所謂劉韻，卽陰氏韻也。桐城方密之撰韻攷，既誤以今所行之陰氏韻爲沈韻，江氏又誤以爲劉韻，皆未審也。詩韻之稱，自明人作俑，蕭山毛氏謂詩爲試字之訛。而世遂有以詩韻爲詞韻者矣。

陶宗儀韻記

唐五代詞，承詩之遺，其韻多與近體詩合。爰園詞話謂唐晚五代小令塡詞用韻，多詭譎不成文，未知其所謂詭譎者安在也。陶宗儀韻記曰：本朝應制頒韻，僅十之二三，而人争習之，户録一篇以黏壁，故無定本。後見東都朱希真復爲擬韻，亦僅十有六條。其閉口侵尋監咸廉纖三韻，以陰陽二聲標引，此爲曲韻之祖。不便混入，未遑校讎也。鄱陽張輯，始爲衍義以釋之。洎馮取洽重爲繕録增補，而韻學稍爲明備通行矣。値流離日，載於掌大薄，蹝藏於樹根盎中，溼朽蟲蝕，字無全行，筆無明畫，又以雜葉細書如半菽許，願一有心世道者，詳而補之。然見所書十六條，與周德清所輯，小異大同，要以中原之音，而列以入聲四韻爲準。觀南村所記，知宋人製詞無待韻本，若張馮所記者，亦泯滅久矣。

詞韻略

菉斐軒詞林韻釋一書，但爲北曲而設，於詞固無與也。至沈去矜始輯詞韻略，亂次以濟，散無紀律，而萬氏樹、徐氏釚反矜視之，竊所未喻。

清詞韻

踵詞韻略而撰詞韻者，本朝則有李氏詞韻、胡氏文會堂詞韻、吴氏學宋齋詞韻、湯氏詞韻選雋、未刻本鄭氏緑漪亭詞韻，中惟戈書條理秩然，刊誤訂訛，多有卓識，視沈書相距遠矣。

戈氏韻分部

戈氏於入聲韻編分五部，覈諸唐、宋諸家詞，獨見精審。惟以第六部之真、諄等韻，第十一部之庚、耕等韻，第十三部之侵韻判而爲三，與宋人旨意多不相合。其辨學宋齋詞韻，謂所學皆宋人誤處，而力詆真、諄、臻、文、欣、魂、痕、庚、耕、清、青、蒸、登、侵十四部同用之非。今考宋詞用韻，如柳耆卿少年遊，以頻、縷、真、雲、人通叶。篇中所謂叶，謂同一韻而上下相叶，非謂以此韻叶彼韻，如顧處士音論所云。周美成柳梢青，以人、盈、春、心、雲、存通叶。李秋崖高陽臺，以塵、雲、昏、凝、沈、瓊、深、痕、情、陰通叶。洪叔璵浪淘沙，以冥、晴、春、人、斟、情、鳴、清通叶。周公謹國香慢，以根、婷、春、凝、簪、兄、雲、清通叶。奚秋崖芳草，以薰、醒、雲、昏、凝、心、林、聽、人通叶。張叔夏慶春宮，以晴、人、餳、迎、箏、裙、雲、情、泠通叶。毛澤民于飛樂三闋，一以林、陰、深、心、尊、清、春、人通叶，一以雲、驚、瓶、心、亭、聲、清、膺通叶，一以輕、雲、勻、神、顰、魂、人、情通叶。略舉數家，可得梗概。至上去韻，如高竹屋、王碧山齊天樂，史邦卿雙雙燕亦然。此等處宋人自有律度，展轉相通，强爲遷就，固屬不可。然概指爲誤，轉無以處宋人，吳氏所輯，亦非無所見也。

方音之誤

張芸窗水龍吟詞，以過、汗、露、大、鎖、破、我、和、麼互叶。詞凡四闋，用韻皆同。陳君衡長相思詞，以蕭、騷、飄、樓、迢、遥、頭、秋互叶。米友仁訴衷情詞，以潛、喧、還、偏、山、言互叶。用韻不免錯亂。蓋前所舉者爲諸家所通用，此乃方音之誤耳。

以方音叶

黄魯直念奴嬌詞，以笛韻緑。陸放翁云，瀘戎間謂笛曰獨，故魯直得借用，此亦以方音叶者。

借叶

辛稼軒檃括陶淵明詩，以江窗借叶濛韻，卷二一翦梅，亦以窗借叶叢韻。案劉熙釋名曰：窗，聰也，尚書舜典達四聰，杜預注四聰作四窗。鮑明遠詩，亦以窗叶東韻，讀窗若聰。詞非其類，稼軒殆因陶詩而偶用之。

製詞宜用宋人韻

否，一音方矩切，一音方久切。五代時韋端己應天長以否叶語，馮正中蝶戀花以否叶去，張泌菩薩蠻以否叶暮。宋詞則從上韻者十之九，從下韻者僅十之一，故周美成垂絲釣以否叶羽，黄魯直漁家傲以否叶土，黄幾仲摸魚兒以否叶雨，徐師川摸魚兒以否叶處，李端叔驀山溪以否叶户，趙秋曉宴清都以否叶鼓。至南渡以後諸家，亦莫不然。又可爲製詞宜用宋人韻之一證。下摸魚兒，乃虞美人之誤。

北字音叶

郭恕先佩觿云：巴蜀謂北曰卜。詩「自南自北，無思不服」，叶韻也。此恕先之臆説。三代時，服字與璧同音，不與卜叶。五代詞則有以北叶促者，若宋之黄竹齋、周美成、張于湖、韓東浦、周公謹、吴夢窗、姜堯章，其北字叶韻均作卜音。元李用章洞仙歌詞，更選甚南枝與北枝，北亦作平。攷司馬相如賦，東西南北叶下來韻，古樂府江南曲「魚戲蓮葉北」，叶上西韻，北字之可作平，固不第詩餘然也。

詞不以複出爲禁

周美成齊天樂詞，或病其複韻，非也。上句「佳時又逢重午」，指節序言，下句「喚風綾扇小窗午」，指氣候言。逃禪詞和美成韻，上「午」字作「五」。大抵文辭用韻，其異義者，原不必以複出爲禁。石林詞「誰採蘋花寄與」，又「悵望蘭舟容與」，兩「與」字異詁。黄魯直喝火令兩用「尋」字，乃刊本之訛。

詞用平側韻

詞有可用平韻亦可用側韻者，閒中好、如夢令、憶秦娥、霜天曉角、豆葉黄、南歌子、虞美人、浣溪沙、絳都春、步月聲聲慢、慶清朝、滿庭芳、百字令、蠟梅香、滿江紅、慶佳節、祝英臺近、永遇樂、玉樓春、雨中花、喜遷鶯，是也。側韻三聲皆可，惟憶秦娥、虞美人、南歌子則宜用入。至漁歌子、南浦等曲，亦平仄二調，然音響迥不侔矣。

平側通叶

詞之平側通叶者，西江月、换巢鸞鳳、少年心、渡江雲、戚氏、大聖樂、哨徧、玉礪蕚、兩同心、江城梅花引、古陽關，凡十一調。它詞如賀方回水調歌頭、杜壽域漁家傲、周公謹露華，亦有通叶，然皆借韻爲之，非若數詞有定格也。

四聲可變通

唐人詩所用四聲，每有變通，不盡依本音者。李昌谷詩「請上琵琶絃」，琵字以平作入。白香山詩「金屑琵琶槽」，方雄飛詩「語慚不及琵琶槽」，王龜齡詩「清音下瞰琵琶洲」，蘇子瞻詞「小蓮初上琵琶絃」，並同。杜少陵詩「恰是春風相欺得」，欺字以平作入。思必切。白香山詩「歸來無淚可集中自注可紇反。霑巾」，可字以上作入。元微之詩「三省詎行怪」，怪字以去作平。李義山詩「簟冰將飄枕」，冰字以平作去。王仲初詩「緑窗紅燈酒初醒」，燈字以平作去。杜牧之詩「南朝四百八十寺」，十字以入作平，繩知切。白香山詩「紅闌三百九十橋」，陸放翁老學庵筆記謂十轉平聲，可讀爲諶。趙德麟西江月詞「我生魔了十年」，十皆作平。又香山詩「當時綺季不請錢」，請字以上作平。劉氏碎金云：廣韻下平十四，清，請，疾盈切，受也。自是而宋詞沿其例矣。

上去入作平

詞上入皆可作平，而入聲最夥。獨、一、寂、不、碧、亦等字固爲數見。它如張子野踏莎行「密意欲傳」，欲作平，黃魯直漁家傲「繫驢橛上合頭語」，合作平，蘇子瞻如夢令「寄語澡浴人」，浴作平，「簾外百舌兒」，舌作平，向伯恭卜算子「令我發深省」，發作平，辛幼安念奴嬌「太白還又名白」，上白字作平，韓東浦卜算子「初過寒食節」，食作平。蔣勝欲賀新郎「節飲食」，節作平，梅花引「漠漠黃雲，溼透木緜裘」，溼作平。吳夢窗「似說春事遲暮」，說作平，王通叟慶清朝「餖飣得天氣」，得作平，謝無逸花心動「折翼鳥」，翼作平，姜堯章長亭怨慢「日暮」，日作平，甄雲卿霜天曉角「後赤壁」，赤作平。其以上作平者，張仲宗賀新郎「肯兒曹恩怨相爾汝」，爾字，舒信道菩薩蠻「憶曾把酒賞紅翠」，賞字是也。其以去作平者，晏叔原臨江仙「相逢夢裏路」，夢字、王船山亦讀「氣呑雲夢澤」之夢爲平。洪舜俞臨江仙「萬紫千紅鬢上粉」，鬢字是也。

以平代側

詞用上入可代平矣，然亦有以平而代側者。樓梅麓沁園春「此番登高」、張伯雨滿江紅「又一番元都春色」，兩番字皆作去。案唐人詩「先後花分幾番開，十番紅桐一行死」，讀法正同。

以入叶平上去

詞亦有用入，而叶平上去三聲者，杜壽域惜春令「悶無緒玉簫抛擲」，擲字作平叶。晁无咎黃鶯兒「兩兩三三修竹」，竹字作上叶。韓東浦賀新郎「綽約人如玉」，玉字作去叶。下楚江曲曲字並同。此類在宋人中正復不少。

改入爲平

毛澤民憶秦娥詞，效五代馮延巳體也。馮詞用入韻，故毛詞可易爲平，猶孫夫人之變李太白詞爲平韻也。孫詞無換韻，毛詞兼之。蓋古詞用入者，宋人多改爲平，固不第此調然矣。

燕歸梁無側韻

樂府雅詞補遺，載無名氏燕歸梁詞五十字，秦敦父謂前後第二句、第四句，與各家句讀不同。愚案：是詞用側韻，燕歸梁詞從未有作側韻者，蓋李遵勖之滴滴金詞也。秦未攷正其調名之誤耳。

用韻借叶

詞用韻可借叶，姜堯章長亭怨慢以此叶户。宋人原有此體，惟不可藉口以寬其塗。明人不知叶韻之法，遂以姜詞「不會得，青青如此。日暮」爲一句。而國初人多宗之，或有改本文「此」字爲「許」字者。

前人喜用三十六字

前人詞多喜用三十六字，歐陽炯更漏子「三十六宫秋夜永」、孫孟文謁金門「卻羨綵鴛三十六」、譚明之浣溪沙「藕花三十六湖香」、張于湖蝶戀花「過盡碧灣三十六」、史邦卿西江月「三十六宫月冷」、曾純甫金人捧露盤「錦江三十六鱗寒」、王聖與青房並蔕蓮「也羞照三十六宫秋」、吳夢窗惜紅衣「三十六磯重到」、周公謹木蘭花慢「三十六鱗過卻」、李秋崖木蘭花「三十六梯樹杪」、姜堯章惜紅衣「三十六陂秋色」，用算博士語皆有致。

補綴用字之法

詞品載用字之法，所收太濫，苦無區別。愚謂虛字二字見張玉田詞源。宜詳，實義可略，因補綴之。有原書已具，而未條晰者，亦附列焉。原書徵述，闌入本朝人，並及句法，微覺弗慊，故闕之。

嘫，說文，暴也。歐陽永叔漁家傲詞「今朝陡覺凋零嘫」。

斗與陡同，猝然也，一曰意健語也。杜少陵詩「斗上捩孤影」。舒信道蝶戀花詞「斗覺年華換」。

底，匡謬正俗，俗謂何物爲底，六朝人詩「持底裝作衣」。又通抵，唐人詩「去帆不安幅，作抵使西風」。

矬，昨和切，通俗文，短也。歐陽炯詞「豆蔻花間矬晚日」。

假饒，猶云縱令，設辭也。蔣竹山詞「假饒無分入雕闌」。楊補之詞「假饒薄命」。

殺，所下切，大也，疾也。白香山詩「東風莫殺吹」。又通煞，極也。溫飛卿詞「愁殺平原年少」。秦少遊詞「瘦殺人天不管」。朱子答陸子靜論無極書「太煞分明」。石次仲詞「雨兒又煞」。

恁，方言，此也。姜堯章月下笛詞「自恁虛度」。

年紀，本光武紀。侯鯖錄云：紀，記也，記其年之數。和成績詞「正是破瓜年紀」。

一霎，沈會宗詞「一霎時光景也堪惜」。審齋詞「一霎峭紅如許」。

儂家，蘇子瞻詩「應記儂家舊姓西」。

没，小爾雅云，無也。孫孟文詞「没人知」。

辛苦，見孔安國書洪範疏，及鄭康成詩箋。

者，增韻此也。蜀主王衍詞「者邊走」。又通「這」，程懷古詞「這回真箇」。

安排，莊子「安排而去化」。程書舟詞「已安排珠箽小胡牀」。

寱，說文，穴中見也。元微之詩「艣寱動搖妨客夢」。

判同拚。方言，楚人揮棄物謂之拚。杜少陵詩「縱飲久判人共棄」。晏叔原詞「已拚長在別離中」。

蕻同哄，胡貢切，廣韻唱聲。蔣竹山詞「一窗芳蕻」。

麽，語餘聲也。王仲初詩「衆中遺卻金釵子，拾得從他要贖麽」。去聲義同，蘇子瞻詞「還知麽」，叶上朵韻。

探，去聲，周易疏，探謂闚探求取。李太白詞「月探金窗罅」。

許，助辭也。古樂府「奈何許。石闕生口中，銜悲不得語」。李太白詩「相去復幾許」。賀方回詞「試問閒愁知幾許」。

罥，韻會，挂也，與羂同。李昌谷詩「罥雲香蔓刺」。王千秋詞「醉袖罥香黏粉」。

乍可，甯可也。韓退之詩「乍可阻君意」。元微之詩「乍可爲天上牽牛織女星」。

剗地，集韻，剗，平也。毛平仲詞「剗地春寒」。

故，說文，使爲之也。世說，王謂何曰：「我今故與林公來相看」。劉武仲云：「此故字猶云特也。」杜少陵詩「清秋燕子故飛飛」。周美成詞「故下封枝雪」。

争，方言，如何也。李義山詩「争扰酬恩淚得乾」。

瑟瑟，殷紅也。殷文圭詩「水面風吹瑟瑟羅」。又碧也。「半江瑟瑟半江紅」。

的，元微之詩「的應未有諸人覺」。

端的，確辭也。高竹屋祝英臺近詞「端的此心苦」。

好在，通鑑，高力士宣上皇詔曰：「諸將士各好在。」張伯雨詩「好在畫圖留勝蹟」。

奈，卽無奈省文也。姜堯章詞「奈愁裏怱怱換時節」。

様，舊唐書柳公權傳，劉禹錫稱爲柳家新様。陳后山詞「花様腰身宫様立」。

無那，猶無奈也。王右丞詩「强欲從君無那老」。李後主詞「無奈夜長人不寐」。

蘸，莊陷切，廣韻，以物内水也。李德潤詞「岸岸荔枝紅蘸水」。

箇與个同，齊語，鹿皮四个。史記貨殖傳，竹竿萬箇。注，个猶枚也。李太白詩「作箇音書能斷絶」。又此也。謝無逸詞「箇中懷抱誰排遣」。又語辭也。王觀詞「晴則箇，陰則箇」。

不忿，不平之意也。李正己詩「不忿朝來喜鵲聲」。

罨，丹鉛總録云，畫家有罨畫，雜彩色畫也。吴興有罨畫溪，然其字當用韽。張子澄詩「罨岸春濤打船尾」。

被，爲其所如何也。白香山詩「常被老元偷格律」。

喫虚，杜牧之詩「堪笑喫虚隋煬帝」。

挼，説文，兩手相切摩也。晉書劉毅傳，因挼五木久之。又揉也。曹堯賓詩「手挼裙帶問襄王」。馮正中詞「手挼紅杏蘂」。審齋詞「更須冰蟜替挼絲」。黄簡詞「妝成挼鏡問春風」。

謾，通漫，虛也，枉也。馮延巳詞「夜夜夢魂休謾語」。又用爲語助，取其因任放浪無所拘檢也。王碧山詞「謾重拂琴絲」。

浪與漫同。劉子儀詩「簾聲燭影浪多疑」。又虛枉之辭也。杜子美詩「浪作禽填海」。

阿，鴉之入聲。三國志龐統傳，向者之論，阿誰爲失。漢詩「家中有阿誰」。程懷古詞「阿壽牽衣仍問我」。

綢繆，毛萇詩傳云，纏綿也。陳君衡詞「水情雲意兩綢繆」。文選注云，殷勤之意也。柳耆卿詞「綢繆鳳枕鴛被」。

剩，餘辭也。皮襲美詩「剩欲與君終此志」。又尚也。杜牧之詩「剩肯新年歸否」。

窣地，玉篇，窣蘇骨切。唐玄宗詩「垂楊窣地影」。

不成，杜子美詩「不成誅執法」。榮樵仲詞「不成天也不容我，去樂清閒」。張蛻巖詞「不成便沒相逢日」。

旋，事非預爲曰旋。王仲初詩「旋翻曲譜聲初起」。司空表聖詞「旋開旋落旋成空」。

絮，方密之通雅云，方言以濡滯不決爲絮。史浩兩鈔摘腴曰，富鄭公偶疑不決。韓魏公曰公又絮。劉夷叔詞「休絮休絮，我自明朝歸去」。

撧，與絕同，斷也。尹梅津詞「點點愛輕撧」。

兒，少意也。向伯恭詞「語音嬌軟帶兒癡」。辛稼軒詞「晚雲做造些兒雨」。

手段，元遺山三鄉雜詩「五鳳樓頭無手段」。

趲，玉篇，散走也。高竹屋詞「趲將花落」。

著，方言，語助也。孫孟文詞「更愁聞著品弦聲」。張宗瑞詞「憶著故山蘿月」。

劣，陳克詞「盆池劣照薔薇架」。

跟，釋名，足後曰跟。廣韻，韈履跟後帖也。劉改之沁園春詞「微褪些二跟」。

忒，說文，更也，從心弋聲。辛稼軒詞「誰與安排忒好」。

戳，孫孟文詞「紅戳燈花笑」。杜安世詞「戳紅杏餘香亂墜」。

趁，廣韻，逐也。毛平珪詞「鸂鶒還相趁」。周公謹詞「幾點落英蜂翅趁」。

簇，司空表聖詩「玉階相簇打金錢」。周美成詞「簇清明天氣」。

賺，杜彥之詩「騄駬驊騮賺殺人」。尹參卿詞「賺得王孫狂處」。歐陽永叔詞「誰把佳期賺」。

佯，與章切。廣韻，詐也。毛熙震詞「佯不覷人空婉約」。

廝，蔣竹山詞「影廝伴東奔西走」。

尀，同叵。說文，不可也。温飛卿更漏子詞「雖尀耐」。薛昭蘊詞「叵耐無端處」。

儘，卽忍切。劉武仲曰：「此儘字猶任也。」許岷詞「當初不合儘饒伊」。晏叔原詞「儘無端盡日東風惡」。

猛，陳後山清平樂詞「猛與將來放著」。沈約之謁金門詞「猛記烏衣曾舊識」。

詞無襯字

吴夢窗唐多令詞「縱芭蕉不雨也颼颼」。卓人月以縱字爲襯字，萬氏詞律卷九已駁正之。蓋謂曲有襯字，詞無襯字，二者不可相混也。朱子云：「古樂府只是詩中間，却添許多泛聲，後來人怕失了那泛聲，逐一添箇實字，遂成長短句，今曲子便是。」朱子所謂曲子，指詞言之。胡元任云：「唐人謌俱失傳，今可歌者，小秦王、瑞鷓鴣耳。瑞鷓鴣依字易歌，若小秦王必雜以虚聲，乃可歌也。據此，則詞雖無襯字，而曲之肇源於詞者，概可識矣。」周公謹唐多令「燕風輕，庭宇正清和」。下闋云「扇鸞孤，塵暗合歡羅」，句法與夢窗同。

詞徵卷四

自五代至明之詞集

唐人於歌詠之暇，兼製小詞，存于詩中，恆有遺佚。又輪廓初啓，體猶未盛。延及宋代，大晟所掌，復備宗廟之樂，而學士抒其情愫，教坊習其聲律，所作益繁。今取詞集、詞選、詞譜、詞話之具存於世者，稍加詮次，自五代始，迄於明止。若數闋流傳，附諸篇末者則汰之。按籍以求，梗概略備矣。唐五代時，如金荃、握蘭集、謫仙集、蘭畹集，目存書亡。至宋劉子翬詞附屏山集、岳忠武詞附金陀粹編、明王行儉詞附抑庵集，此類均未成帙。若本朝欽定詞譜外，則有秀水朱氏詞綜、王氏、陶氏續編、陽湖張氏詞選、陽羨萬氏詞律、德清徐氏續詞律、吴江徐氏詞苑叢談、蕭山毛氏、長洲彭氏、吴縣吴氏詞話及諸家所撰著者，近在眉睫，度無弗知。

陽春集一卷，五代馮延巳撰。錢塘何氏藏本。

珠玉詞一卷，宋晏殊撰。陸敕先校宋本。汲古閣本。

逍遥詞一卷，宋潘閬撰。歸安陸氏藏本。

近體樂府三卷，宋歐陽脩撰。毛斧季手校本。古虞毛氏六十家詞鈔載六一詞併一卷。

東坡詞一卷，宋蘇軾撰。毛斧季手校本。汲古閣本。文忠公集編三卷。陳直齋書録解題編二卷。

孫鎮注東坡樂府一卷，宋蘇軾撰。舊抄本。

小山詞二卷，宋晏幾道撰。陸敕先毛斧季手校本。馬貴與文獻通考編一卷。

山谷詞一卷，宋黄庭堅撰。汲古閣本。宋史藝文志、世善堂書目均編二卷。

張子野詞二卷，補遺一卷，宋張先撰。知不足齋本。安陸集一卷，河間紀氏藏本。又附録一卷，安邑葛氏輯。

樂章集一卷，宋柳三變撰。毛斧季手校本。六十家詞鈔，易三變爲永。陳直齋書録解題編三卷。文獻通考、世善堂書目編九卷。

東山寓聲樂府三卷，補遺一卷，宋賀鑄撰。亦園侯氏本。常熟張氏本。知不足齋本。錢塘王氏本。

東堂詞一卷，宋毛滂撰。毛斧季手校本。以下四集六十家詞鈔本。

溪堂詞一卷，宋謝逸撰。陸敕先、毛斧季手校本。

淮海詞一卷，宋秦觀撰。舊抄本。

晁无咎詞六卷，宋晁補之撰。舊抄本。書録解題編一卷。古虞毛氏題作琴趣外編。案：晁端禮亦有閒齋琴趣外篇一卷，曹鴻注。

後山詞一卷，宋陳師道撰。舊抄本。宋史藝文志名語業。「后」一作「後」。

漱玉詞一卷，宋李清照撰。勞巽卿手校本。詞苑英華本一編五卷。花庵詞選云三卷。又詞一卷，附事輯一卷，臨桂王鵬運四印齋刻本。

巢令君阮户部詞一卷，宋阮閲撰。汲古閣影宋本。

姑溪詞一卷，宋李之儀撰。汲古閣本。以下七集六十家詞鈔本。

壽域詞一卷，宋杜安世撰。汲古閣本。

片玉詞二卷，宋周邦彥撰。毛斧季手校本。一作清真詞，「真」亦作「正」。

和清真詞一卷，宋方千里撰。同上。

初寮詞一卷，宋王安中撰。同上。

虛齋樂府二卷，宋趙以夫撰。閩刻本。

大觀昇平詞一卷，宋李元白撰。閩刻本。

斷腸詞一卷，宋朱淑真撰。江南周氏藏本。

石林詞一卷，宋葉夢得撰。毛斧季手校本。

酒邊詞一卷，宋向子諲撰。陸敕先、毛斧季手校本。六十家詞鈔編二卷。

筠溪樂府一卷，宋李彌遜撰。舊抄本。

澹庵長短句一卷，宋胡銓撰。汲古閣影宋本。別下齋叢書本。

樵歌三卷，宋朱敦儒撰。照曠閣藏本。文獻通考作一卷。

龜峯詞一卷，宋陳經國撰。閩刻本。

白雪遺音一卷，宋陳德武撰。閩刻本。

樂齋詞一卷，宋向鎬撰。舊抄本。

碎錦詞一卷，宋李好古撰。毛斧季手校本。

樵隱詞一卷，宋毛幵撰。陸敕先、毛斧季手校本。錫山孫氏本。宋史藝文志編十五卷。

文溪詞一卷，宋李昴英撰。六十家詞鈔本。昴一作昂。

渭川居士詞一卷，宋吕勝己撰。舊抄本。

得全居士詞一卷，宋趙鼎撰。別下齋叢書本。

拙庵詞一卷，宋趙磻老撰。舊抄本。

陽春集一卷，宋米元暉撰。金陀岳氏法書本。知不足齋叢書本。

章華詞一卷，宋無名氏撰。汲古閣影宋本。

文簡詞一卷，宋程大昌撰。同上。

雙溪詞一卷，宋馮取洽撰。同上。

澗泉詩餘一卷，宋韓淲撰。丁月河藏書本。

坦庵詞一卷，宋趙師俠撰。汲古閣本。以下二十二集六十家詞鈔本。

無住詞一卷，宋陳與義撰。同上。書録解題作簡齋詞。

孏窟詞一卷，宋侯寘撰。同上。

丹陽詞一卷，宋葛勝仲撰。同上。

友古詞一卷，宋蔡伸撰。同上。

竹坡詞三卷，宋周紫芝撰。同上。書録解題編一卷。

海野詞一卷，宋曾覿撰。同上。
金谷遺音一卷，宋石孝友撰。同上。
洺水詞一卷，宋程泌撰。同上。
知稼翁詞一卷，宋黃公度撰。同上。
聖求詞一卷，宋呂濱老撰。同上。濱一作渭。
蘆川詞一卷，宋張元幹撰。同上。宋史藝文志編二卷。
東浦詞一卷，宋韓玉撰。同上。
逃禪詞一卷，宋楊无咎撰。同上。
惜香樂府十卷，宋趙長卿撰。同上。陸敕先校本。
審齋詞一卷，宋王千秋撰。同上。
介庵詞一卷，宋趙彥端撰。同上。
歸愚詞一卷，宋葛立方撰。同上。
平齋詞一卷，宋洪咨夔撰。同上。
書舟詞一卷，宋程垓撰。同上。宋史藝文志編十一卷。
雪山詩餘一卷，宋王質撰。武英殿聚珍本。
竹齋詩餘一卷，宋黃機撰。同上。

芸窗詞一卷，宋張榘撰。同上。
雙溪詞一卷，宋王炎撰。舊抄本。
綺川詞一卷，宋倪稱撰。舊抄本。
于湖詞三卷，宋張孝祥撰。影寫宋刊本。宋史藝文志編一卷。愛日精廬藏書志編五卷，拾遺一卷。
放翁詞二卷，宋陸游撰。毛斧季手校本。
稼軒詞四卷，宋辛棄疾撰。陸敕先、毛斧季手校本。書録解題、欽定四庫全書總目均編四卷。信州本十二卷。
石湖詞一卷，補遺一卷，宋范成大撰。知不足齋叢書本。
和石湖詞一卷，宋陳三聘撰。同上。
後村別調一卷，宋劉克莊撰。汲古閣本。
近體樂府一卷，宋周必大撰。同上。
文定詞一卷，宋丘崈撰。舊抄本。
龍川詞一卷，補遺一卷，宋陳亮撰。汲古閣本。宋史藝文志編四卷。
篁嵲詞一卷，宋劉子寰撰。同上。
燕喜詞一卷，宋曹冠撰。同上。別下齋叢書本。
梅溪詞一卷，宋史達祖撰。毛斧季手校本。
竹屋癡語一卷，宋高觀國撰。同上。

龜峯詞一卷，宋陳人傑撰。舊抄本。
樂章三卷，宋洪适撰。虞山毛氏影宋鈔本。
西樵語業一卷，宋楊炎正撰。鈔本。陸敕先、毛斧季手校本。
白石道人歌曲四卷，別集一卷，宋姜夔撰。江都陸氏本。歙縣江氏本。學海堂本。
白石詞一卷，宋姜夔撰。毛斧季宋本。
履齋詞一卷，宋吳潛撰。葉石君藏本。
空同詞一卷，宋洪瑹撰。汲古閣本。以下五集，六十家詞鈔本。
竹山詞一卷，宋蔣捷撰。同上。
烘堂詞一卷，宋盧炳撰。同上。
龍洲詞一卷，宋劉過撰。同上。
蒲江詞一卷，宋盧祖皐撰。同上。
花外集一卷，宋王沂孫撰。知不足叢書本。一作碧山樂府。
日湖漁唱一卷，補遺一卷，續補遺一卷，宋陳允平撰。江都秦氏本。粵雅堂叢書本。
西麓繼周詞一卷，宋陳允平撰。明影宋本。
夢窗甲乙丙丁四稿，宋吳文英撰。舊抄本。
養拙堂詞一卷，宋管鑑撰。吳興丁月河藏本。

散花庵詞一卷，宋黃昇撰。明影宋本。

山中白雲詞八卷，宋張炎撰。通行本。附浙西六家詞。又詞二卷，補録二卷，四印齋刻本。

蘋洲漁笛譜二卷，宋周密撰。知不足齋叢書本。一作草窗詞二卷，補遺二卷。

袁宣卿詞一卷，宋袁去華撰。舊抄本。

簫臺公餘詞一卷，宋姚述堯撰。同上。

煙波漁隱詞二卷，宋宋伯仁撰。同上。

蓬萊鼓吹一卷，宋夏文鼎撰。同上。

風雅遺音二卷，宋林正大撰。泰興李氏藏本。

省齋詩餘一卷，宋廖行之撰。毛斧季手校本。

撫掌詞一卷，宋無名氏撰，南城歐良編。秀水朱氏抄本。

蕭閒老人明秀集注三卷，金蔡松年撰，魏道明注解。影寫金刊本。書録解題編六卷。

遺山先生新樂府五卷，金元好問撰。舊抄本。

遺山樂府一卷，金元好問撰，凌雲翰編。通行本。

天籟集二卷，金白樸撰。文瀾閣傳抄本。

無弦琴譜二卷，元仇遠撰。舊抄本。孫平叔家藏本。

藏春詞一卷，元劉秉忠撰。元刻本。

樵庵詞一卷，元劉因撰。同上。

雙溪醉隱樂府十一卷，元耶律鑄撰。同上。

蛻巖詞二卷，元張翥撰。知不足齋本。粵雅堂本。巖一作庵。

松雪詞一卷，元趙孟頫撰。虞山錢氏述古堂藏本。

菊莊樂府一卷，元段克己撰。元刻本。

遯齋樂府一卷，元段成己撰。同上。

道園樂府一卷，元虞集撰。同上。

蟻術詞選四卷，元邵亨貞撰。舊抄本。

靜春詞一卷，元袁易撰。同上。

竹齋詞一卷，元沈禧撰。同上。

古山樂府一卷，元張埜撰。同上。

貞居詞一卷，元張天雨撰。知不足齋本。

扣舷詞一卷，明高啓撰。舊抄本。

眉庵詞一卷，明楊基撰。同上。

寫情詞一卷，明劉基撰。虞山錢氏述古堂藏本。

玉霄詞六卷，明滕玉霄撰。葉氏菉竹堂藏本。

樂府遺音五卷，明瞿佑撰。明刻本。

桂洲詞二卷，明夏言撰。世善堂藏本。

花影集五卷，明施紹莘撰。明刻本。

玉霄仙明珠集，明吳子孝撰。浙江鄭氏刻本。右詞集。

花間集十卷，蜀趙崇祚編。明覆宋本。閔氏朱墨本。

類編草堂詩餘四卷，宋無名氏編。汲古閣本。懺花盦叢書本。

梅苑十卷，宋黃大輿編。汲古閣影宋本。

樂府雅詞三卷，拾遺二卷，宋曾慥編。秀水朱氏藏本。江都秦氏本。粵雅堂本。上元焦氏藏本闕後二卷。文獻通考編十二卷，拾遺二卷。

陽春白雪八卷，外集一集，宋趙聞禮編。江都秦氏本。粵雅堂本。

花庵詞選二十卷，宋黃昇編。明刻本。

樂府補題一卷，宋無名氏編。知不足齋本。杭州顧氏刻本。

李氏花萼樓詞五卷，宋無名氏編。世善堂藏本。

絕妙好詞七卷，宋周密編。徐楙重刻本。會稽章氏刻本，附續鈔厲鶚查爲仁同箋。

方壺詞三卷、水雲詞一卷，宋汪莘、元汪元量撰。休寧汪氏刻本。

中州樂府一卷，金元好問編。毛氏影寫元至大年。

宋舊宮人詩詞一卷，元汪元量編。知不足齋本。
朝野新聲太平樂府四卷，元楊朝英編。元刻本。
元草堂詩餘三卷，元人編。江都秦氏本。粵雅堂本。
花草粹編二十二卷，附録一卷，明陳耀文編。明刻本。
尊前集二卷，明顧梧芳編。詞苑英華本。
宋六十名家詞九十卷，明毛晉編。汲古閣本。
秦張詩餘合璧，明王象晉編。明刻本。
國朝詩餘五卷，明錢允治編。同上。
草堂詩餘十二卷，明沈際飛編。同上。
古今詞統十六卷，明卓人月編。同上。
詞林萬選四卷，明楊慎編。詞苑英華本。
鳴鶴餘音八卷，方外彭致中編。明刻本。右詞選。
詩餘圖譜三卷，附録二卷，明張綖編。通行本。
嘯餘譜十卷，明程明善撰。通行本。右詞譜。
碧雞漫志一卷，宋王灼編。陶宗儀説郛本。知不足齋本。
樂府指迷一卷，宋沈義父撰。舊鈔本。亦附花草粹編。

詞源二卷，宋張炎撰。影元鈔本。黄蕘圃藏本。守山閣本。江都秦氏本。粤雅堂本。學海類編易名樂府指迷。
詞旨一卷，元陸輔之撰。説郛本。廣百川學海本。
唐詞紀十六卷，明董逢源撰。通行本。
渚山堂詞話三卷，明陳霆撰。范氏天一閣藏本。虞山錢氏述古堂藏本作一卷。
詞評一卷，明王世貞撰。廣百川學海本。
詞林韻釋五卷，元無名氏撰。鳳林書院本。江都秦氏本。
詞韻四卷，明沈謙撰。通行本。亦附詞苑叢談。
詞韻四卷，明仲恆撰。通行本。右詞話並詞韻。

詞徵卷五

唐昭宗詞

唐昭宗菩薩蠻詞，據新五代史暨中朝故事，是帝次華州，登城西齊雲樓，望京師所作。其卒章云：「安得有英雄。迎歸大內中。」寇盜充斥，越在草莽，故其言悽愴如此，非復漢高大風之曲矣。沈存中云：「詞凡三章，墨本在陝州一佛寺中，今僅存二章，而以卒章作首章云。」

唐詞三家

李太白詞，渟泓蕭瑟。張子同詞，逍遙容與。温飛卿詞，豐柔精邃。唐人以詞鳴者，惟茲三家，壁立千仞，俯視衆山，其猶部婁乎。

元眞子漁歌子

張子同碧虛篇有云「無元而元，是謂眞元。無眞而眞，是謂元眞」，故自稱元眞子。所製漁歌子詞，凡五闋，西塞山前一闋，世尤稱之。其時子同弟松齡及南卓、柳宗元、顏眞卿、陸鴻漸、徐士衡、陸成矩並有和章。樂府雅詞謂是調至宋時已不能歌，故黃魯直衍之爲鷓鴣天，蘇子瞻、徐師川復衍之爲浣溪沙。五代而後，惟孫荆臺體與張異。若和凝、李珣、歐陽炯、張炎、完顏璹均倣張體，蓋繇張始也。倣張體詠漁父者亡慮十數家，此其最著者耳。

張子同泊舟之所

子同詞，如「松江蟹舍主人歡，青草湖中月正圓」等語，蓋往來苕霅間所賦。烏程縣之東數十里有泊宅村，相傳爲子同泊舟之所。方勺泊宅篇，紀之甚詳。

閒中好詞

長樂坊安國寺紅樓，睿宗在藩時舞榭，東禪院亦曰本塔院。武宗癸亥三年，爲諸名流遊讌之所，鄭符、段成式、張希復閒中好詞，乃寓居禪院時所撰者。

呂仙詞

呂仙詞「暫遊大庾。白鶴飛來誰共語。嶺畔人家。曾見寒梅幾度花。春來春去。人在落花流水處。花滿前溪。藏盡神仙人不知。」謹案欽定全唐詩云：「失注調名，無考。」今案是調，蓋減字木蘭花也，其時編校諸臣，偶未檢耳。

鍾輻詞

唐尚小令，自杜牧之八六子外，絶少慢聲。咸通末，江南鍾輻有卜算子慢詞云：「桃花院落，煙重露寒，寂寞禁煙晴晝。風拂珠簾，還記去年時候。惜春心、不喜閒窗繡。倚屏山、和衣睡覺，醺醺暗消殘酒。

獨倚危闌，久把玉笥倫彈，黛蛾輕鬬。一點相思，萬般自家甘受。抽金釵，欲買丹青手。寫別來容顏寄與，使知人清瘦。」詞筆哀怨，情深而不詭，殆感於縣樓之事而作也。

五代時樂府

鄧析子轉辭篇云，上古之樂，質而不悲。五代時樂府，實與斯言相反。故語其綢繆宛轉之致，若無以加。然君臣爲謔，覆其宗社而不知悟，亦重可哀矣。

五代豔詞

五代豔詞與李樊南無題詩異轍。李詩託諸寓言，吳脩齡謂其專指令狐綯說。五代詞，嘲風笑月，惆悵自憐，其能如韋端己、鹿虔扆之寄託深遠者，亦僅矣。

李後主詞

南唐李後主留意聲色，先納周宗女爲后。后通書，善音律，霓裳羽衣曲久絶不傳，后按殘譜，盡得其聲調，徐遊等從旁稱美，有狎客風。后有妹，姿容絶麗，以姻戚往來宫中，得幸於唐主。唐主製小令豔詞，頗傳於外。后卒，竟册立之，被寵逾於故后。詞卽菩薩蠻花明月暗一闋，後人亦載諸壽域詞，而更易其數字焉。按陸游南唐書後主周后傳，后卒於瑶光殿，年二十九，葬懿陵。後主哀甚，自製誄，刻之石，與后所愛金屑檀槽琵琶同葬。又作書燔之與訣，自稱鰥夫煜，其辭數千言，皆極酸楚。

李後主善音律

李後主善音律，嘗造念家山破，唐教坊曲有念家山，後主衍之爲念家山破。馬令南唐書云：「其聲噍殺而名不祥，乃敗徵也。」及振金鈴曲。今後主詞所傳者三十四闋，而兩曲無之。

王衍醉妝詞

蜀主王衍詞二闋，醉妝詞則北夢瑣言載之，甘州曲則十國春秋、五國故事載之。較蓮峯居士所製，遂覺歡戚異趣，蓋二主之遭際殊也。

孟昶玉樓春詞

蜀主孟昶玉樓春詞，與花蕊夫人避暑摩訶池上作。東坡謂幼時有眉山老尼能誦其詞，今但記其首兩句，疑是洞仙歌令，乃爲足之。蜀主詞載張邦基墨莊漫録，與今本所傳稍參異同。今觀坡詞與蜀主全詞吻合，非但記其兩句。墨莊漫録謂東坡少年遇美人，喜洞仙歌，又邂逅處景色暗相似，故檃括稍協律以贈之，而詞敍以之自晦云。蓋謂洞仙歌腔出近世，五代宋初未嘗有也。然則潘明叔所云蜀帥謝元明開古摩訶池得石刻者，殆孟昶詞所本乎。

牛松卿詞

牛松卿醉花間云：「休相問，怕相問，相問還添恨。」其又一闋云：「深相憶，莫相憶，相憶情難極。」孫荆臺謁金門云：「留不得，留得也應無益。」皆歐陽永叔所謂陸健之筆。石次仲詞云：「歸不去，歸去又還春暮。」敷孫語也。

鹿虔扆詞

十國春秋云，鹿虔扆思越人詞，有「雙帶繡窠盤錦薦，淚侵花暗香消」之句，詞家推爲絶唱。今考鹿詞不多見，固非如馮正中諸人日從事於聲歌者，零璣碎錦，尤足貴矣。

黄益之詞

黄益之憶江南詞云：「平生願，願作樂中箏。得近玉人纖手子，砑羅裙上放嬌聲。便死也爲榮。」益之婦裴玉娥，工彈箏，故有是言。全唐詩以爲崔懷寶作。楊用脩詩「肯信博陵崔十四，平生願作樂中箏」，蓋謂此也。

尹參卿詞

尹參卿詞多豔冶態，張叔夏稱其以明淺動人，特譏之耳。必如張直夫所云靡麗不失爲國風之正而後可哉。兩宋詞離合張歛疏密，各具面目，其猶禪家之南宗北宗，書家之南派北派乎。然究其所造，則根情苗言，固未嘗不交相爲用。

宋名臣大儒工詞

范文正，岳武穆名臣也，真西山、朱晦庵，大儒也，而皆工於詞。至韓忠武致仕後，往來湖上，製臨江仙、南鄉子二闋，藝林傳誦。羅澗谷講程、朱之學，爲饒雙峯高弟，而詞格婉麗，不落凡近。蓋風會所趨，非必浸淫於此，迺能之也。

詞可於史傳中參證

毛澤民元會曲，賦水調歌頭云：「一段昇平光景，不但五星循軌，萬點共聯珠。」自注曰：「崇寧、大觀之間，太史數奏，五星循軌，衆星順鄉，靡有碎亂。」向伯恭江北舊詞滿庭芳題云：「政和癸巳滁陽作。」其年京師大雪，故其宣和辛丑虞美人詞云：「去年雪滿長安樹。望斷揚州路。」它若曾純甫之福唐平蕩海寇，宴犒將士席上作，張于湖之聞采石戰勝，陳同甫之送章德茂大卿使虜，皆可於史傳中參證同異。

詞用古書

陸永仲夜遊宮詞，用詩疏，豹隱紀談以爲阮郎中作。蘇東坡戚氏詞用山海經，劉潛夫沁園春詞用史、漢，劉後村清平樂詞用楞嚴經，李易安百字令詞用世說，亭然以奇，别出機杼。若辛稼軒用四書語，氣韻之勝，離貌得神，又非徒以青兕自雄者。

宋史疏舛

宋史藝文志載蘇軾詞一卷，陳師道語業一卷，曾布之丹邱使君詞一卷，京鏜詞二卷，得全居士詞一卷，張元幹蘆川詞二卷，易安詞六卷，辛棄疾稼軒長短句十二卷，程正伯書舟雅詞十一卷，趙彥端介庵詞四卷，陳亮詞四卷，王之道相山長短句二卷，朱敦儒詞三卷，張孝祥詞一卷，已上皆標題著録，非僅附於稿末。其得全居士詞注云不知名，蓋趙鼎所撰。得全居士，趙自號也。宋史疏舛，此其一耳。文獻通考云：「得全詞一卷，趙忠簡鼎元鎮撰。」

北宋五子

同叔之詞温潤，東坡之詞軒驍，美成之詞精邃，少游之詞幽艷，无咎之詞雄邈，北宋惟五子可稱大家。若柳耆卿、張子野，則又當時所翕然歎服者也。

應制詞

万俟雅言、晁端禮在大晟府時，按月律進詞。曾純甫、張材甫詞，亦多應制體。它如曹擇可有荼蘼應制詞，宋退翁有梅花應制詞，康伯可有元夕應制詞，與唐初沈、宋以詩誇耀者相頡頏焉。風氣之宗尚如此。

詞之脱胎

「相見争如不見」，司馬温公詞句也。王晉卿詞云「幾回得見，見了還休，争如不見。」「始惜月滿花滿酒滿」，宋子京詞句也。程書舟詞云「那更春好花好，酒好人好」。脱胎極妙。司馬温公西江月詞，侯鯖録載之，本事曲亦載之。楊守齋守歲詞，武林舊事載之，乾淳歲時記亦載之。一闋之工，争相傳播，可云盛矣。

以詩入詞

「無可奈何花落去，似曾相識燕歸來」，晏元獻詩句也。元獻又以其語填入浣溪沙。苕溪漁隱謂下句是王君玉所續成者。

潘逍遥詞

潘逍遥酒泉子憶西湖詞，世所競賞，石曼卿嘗令畫工繪之爲圖。逍遥詩，又有「散拽禪師來蹴踘，亂拖遊女上鞦韆」之句，龍性不馴，固若人乎。雖然，其狂不可及。

寇萊公詞

寇萊公點絳脣詞云：「小陌輕寒，社公雨足東風慢。定巢新燕。溼雨穿花轉。象尺熏爐，拂曉停針綫。愁蛾淺。飛紅零亂。側卧珠簾捲。」宋初體尚瘦硬，如寇詞者乃鮮其比。

歐公柳詞

歐陽文忠在維揚時，建平山堂，葉少藴謂其壯麗，爲淮南第一。文忠於堂前植柳一株，因謂之歐公柳，故公詞有手種堂前楊柳之句。蘇文忠詞云：「欲弔文章太守，仍歌楊柳春風。」張方叔詞云：「平山老柳，寄多少勝遊，春愁詩瘦。」蓋指此也。

心字異詁

心字香，見范致能驂鸞録，蔣詞屢用之。晏叔原臨江仙「記得小蘋初見，兩重心字羅衣」，南鄉子「相逢笑靨，旁邊心字濃」，又蔡友古滿庭芳「雙心字重衾小枕，玉困不勝嬌」，皆與蔣詞異詁。

梅聖俞詞

梅聖俞詩名卓著，其論詩謂狀難寫之景如在目前，含不盡之意見於言外，蓋亦深於詩者。詞則蘇幕遮一闋，爲時所矜重。然以碧雲騢一書，貽玷名節，實躁進之心誤之。或曰時人假託於梅，非其所撰也。

陶穀詞

清波雜志云，陶尚書穀奉使江南，恃才淩物，議論間，殆應接不暇。有善謀者，選籍中豔麗，詐爲驛卒孀女，布裙荆釵，日擁篲於庭。穀一見喜之，而與之狎，贈以長短句。一日國主開宴，立妓於前，歌所贈郵亭一夜眠之詞，穀大慙沮，滿引致醉，頓失前日簡倨之容。歸朝坐此抵罪。其詞云：「好因緣。惡因緣。祇得郵亭一夜眠。别神仙。琵琶撥盡相思調。知音少。再把鸞膠續斷絃。是何年。」爲驛卒孀婦者，一云韓熙載歌姬秦蒻蘭，國主卽李後主煜也。江南野録則云，曹翰使江南贈妓詞。而研北雜志又以爲陶使吴越而作，與冷齋夜話、雲巢編所紀略同。

柳詞多本色語

耆卿詞多本色語，所謂有井水處，能歌柳詞，時人爲之語曰「曉風殘月柳三變」，又曰「露花倒影柳屯田」，非虛譽也。特其詞婉而不文，語纖而氣雌下，蓋骫骳從俗者。以發乎情止乎禮義之旨繩之，則望景先逝矣。胡致堂謂爲掩衆制而盡其妙，蓋耳食之言耳。

晁无咎詞

晁无咎慕陶靖節爲人，致仕後，葺歸來園，號歸來子。觀琴趣外篇，題自畫蓮社圖詞，及呈祖禹十六叔詞，淡然無營，俯仰自足，可以挹其高致。

醮詞一體

政和六年，徽宗賜方士林靈素號通真達靈先生，作上清寶籙宮，以便齋醮之事。帝又諷道籙院，册巳爲教主道君皇帝。靈素迺託天神臨降，造帝誥天書雲篆，務以惑世欺衆，自是道教日盛，遂有醮詞一體矣。

含笑詞

含笑花，惟嶺表最夥，並有紫含笑、茉莉含笑之目。李忠定撰含笑花。賦有蒙恩入幸之語，謂自嶺表移至禁中者。趙坦庵有和張伯壽紫含笑詞，趙惜香有碧含笑詞。侯彦周賦含笑云「又誰知天上黄姑，歸盡晚春餘俗」，當是指艮嶽舊種。

毛澤民詞

毛澤民詞：「淚溼闌干花著露，愁倒樂府雅詞作「秋到」。眉峯碧聚。」周輝清波雜志釋之云，闌干，淚臉也，見鄴侯家傳。愁倒眉峯碧聚，乃張泌思越人「想黛眉愁聚春碧」。

賈昌朝詞

華竹樓嘗經鳳凰山麓，得牙牌於樵子家，廣一寸二分，徑二寸，額鐫芝草，一面折枝荔枝，一面玉樓春詞，制作極精，字畫亦淳古可愛。詞乃北宋魏國公賈文元昌朝所作，題款子明，卽其字也。好事者疑爲汴京宮人攜此南渡，墜失於荒煙蔓草閒，經山樵拾得者。黃薌泉士珣、趙秋舲慶熺有詞紀之，見清尊集。

疊字詞

李易安聲聲慢詞起云「尋尋覓覓，冷冷清清，淒淒慘慘戚戚」，句法奇創，喬夢符天淨沙曾倣其體。又葛常之裊裊水芝紅，詞句皆疊字，如唐人之宛轉曲，世謂其源出「青青河畔草」一詩。然屈原九章悲回風及無量壽經、行行相值六語，又爲葛詞之祖。

製詞當別雅鄭

湯衡于湖詞序云：「東坡見少游上已遊金明池詩，有『簾幕千家錦繡垂』之句，曰學士又入小石調矣。故陳季陸言少遊詩如詞。觀於此言，則知製詞當别雅、鄭，非特詩然。」

蘇辛詞

蘇、辛二家，昔人名之曰詞詩詞論。愚以古詞衡之曰，不用之時全體在，用卽拈來，萬象周沙界。

徐釚論蘇詞

詞苑叢談云：「子瞻與誰同坐，明月清風我」，「明月幾時有，把酒問青天」，快語也。「大江東去，浪淘盡千古風流人物」，壯語也。「杏花疏影裏，吹笛到天明」，爽語也。其詞在濃與淡之間耳。徐氏所引杏花、疏影二句，蓋陳去非詞，非子瞻所作。

瑶池燕

東坡瑶池燕詞，侯鯖録及古今樂録並載焉。曾端伯以爲廖明略作者，誤也。瑶池燕一調，與越江吟略同，其音則與點絳脣相叶。

陳翼論蘇詞

宋牧仲謂宋詩多沈僿，近少陵，元詩多輕揚，近太白。然詞之沈僿，無過子瞻。長樂陳翼論其詞云：「歌赤壁之詞，使人抵掌激昂，而有擊楫中流之心。歌哨遍之詞，使人甘心澹泊，而有種菊東籬之興。」可謂知言。

赤壁訛傳

曹操入荆州，孫權遣周瑜與劉先主併力拒操，遇於赤壁，操軍敗走，蓋鄂州蒲圻縣地。水經，湘水從南來注之。酈注謂江水右逕赤壁，山北，周瑜與黄蓋詐魏武大軍處所，卽此地也。蘇文忠赤壁懷古詞，在黄州作。黄之赤壁，又名赤鼻磯，非周瑜所戰之地。公詞云：「故壘西邊，人道是、三國周郎赤壁。」當日訛傳既久，故隱約其辭耳。顧起元赤壁考，謂漢陽、漢川、黄州、嘉魚、江夏皆有赤壁。屬嘉魚者，宋謝枋得猶於石崖見赤壁二字云。

蘇詞用武侯文

蘇文忠赤壁懷古詞「亂石排空，驚濤拍岸」，蓋用諸葛武侯黄陵廟記語。

銅陽之續

曾丰謂蘇子瞻長短句，猶有與道德合者，缺月疏桐一章，觸興於驚鴻，發乎情性也，收思於冷洲，歸乎禮義也。本朝張茗柯論詞，每宗此義，遂爲銅陽之續。

茗柯評辛詞

茗柯又評稼軒祝英臺近詞云：「此與德祐太學生二詞用意相似。『點點飛紅』，傷君子之棄。『流鶯』，惡小人得志也。『春帶愁來』，其刺趙張乎。然據貴耳集云，吕婆，吕正己之妻。正己爲京畿漕，有女事辛幼安，因以微事觸其怒，竟逐之。今稼軒桃葉渡詞因此而作。是辛本非寓意，張説過曲。」

稼軒詞用莊子

稼軒詞，趣昭事博，深得漆園遺意，故篇首以秋水觀冠之。其題張提舉玉峯樓詞，借莊叟自喻，意已可知。它如蘭陵王引夢蝶事，水調歌頭引嚇鼠鵾鵬事，此類不一而足。其詞淩高厲空，殆夸而有節者也。

稼軒詞用韓詩

稼軒寄吴子似詞云：「酌酒援北斗，我亦蝨其間。」用韓退之詩「得無蝨其間」，不武亦不文。又漢宫春詞「卻笑東風，從此便薰梅染柳，更没些閒。」案李昌谷瑶華樂，「薰梅染柳將贈君」，本指仙藥，蓋與辛詞異詁。

顧亭林論辛詞

顧亭林日知録云，辛幼安詞「小草舊曾呼遠志，故人今有寄當歸」，此非用姜伯約事也。吴志，太史慈，東萊黄人也，後立功於孫策。曹公聞其名，遺慈書以篋封之，發省無所道，但貯當歸。幼安久宦南朝，未得大用，晚年多有淪落之感，亦廉頗思用趙人之意爾。觀其與陳同甫酒後之言，不可知其心事哉。

稼軒詞用歐詞格

辛稼軒去年燕子來詞，做歐陽永叔去年元夜時詞格。是詞亦載朱淑真斷腸集，乃誤編耳。四庫全書提要辨之甚明。

蔣竹山招落梅魂，倣辛稼軒用騷經些字體也。

南宋辛體

劉改之詞，如「左執太行之獶，而右搏雕虎」，是善效稼軒體者。陶南村謂其贍逸有思致，殊不足以盡之。南宋此體最多，張安國六州歌頭：「長淮望斷，關塞莽然平。」翁五峯摸魚兒：「歎江左夷吾、隆中諸葛，談笑已塵土。」劉潛夫沁園春：「使李將軍、遇高皇帝，萬户侯，何足道哉。」杜伯高酹江月：「元龍老矣，世間何限餘子。」王錫老賀新郎：「致使五官伸脚睡，喚諸兒、畫取長陵土。」陳定父沁園春：「劉表坐談、深源輕進，機會失之彈指間。」定父，字伯大，名經國，潮州海陽縣人，有龜峯詞一卷。詞綜未詳，粤東詞鈔未收，曾端伯以此詞爲廖明略作者，誤也。楊濟翁水調歌頭：「可憐報國無路，空白一分頭。」張仲宗賀新郎：「天意從來高難問，況人情易老悲難訴。」皆所謂拔地倚天，句句欲活者。本朝鉛山蔣氏則專以此體爲宗矣。

劉改之詞

劉改之沁園春緩轡徐驅一闋，題云「蘇州黄尚書同夫人春聚遊報恩寺」。後閱張世南游宦紀聞，謂黄尚書帥蜀，其中閤迺胡給事晉臣之女，過雪堂行書赤壁賦於壁間。改之從後題一詞，中有東坡題雪壁等語，蓋紀實也。今龍洲詞與游宦紀聞所載互易，殆後來所更定者。蘇紹叟又云：「改之愛歌雨中花，悲壯激烈，令人鼓舞。」今龍洲詞絶無雨中花調，何歟。

葉少藴詞

葉少藴有極目亭詞。攷宋時壽山艮嶽，在汴城東隅，徽宗所築，由磴道至介亭。亭左有極目亭、蕭森亭。葉詞蓋指此也。楓窗小牘記之甚詳。

南宋數子感懷君國

太史公文，疏蕩有奇氣，吴叔庠文，清拔有古氣。詞家惟姜石帚、王聖與、張叔夏、周公謹足以當之。數子者感懷君國，所寄獨深。非以曼辭麗藻，傾炫心魂者比也。

竹山與西麓

神不全，軋之以思，竹山是已。韻不足，規之以格，西麓是已。讀石帚諸人所製乃知姑射仙姿，去人不遠，破觚爲圜，要分別觀之。

南宋人詠梅詞

南宋人詠梅詞，譜霜天曉角者，倣自林君復。蕭小山一詞，庶齋老學叢談謂與王瓦全命意措詞略相似。瓦全，名澡，四明人，其詞今載於絶妙好詞。然未若樓考父翦雪裁冰一作，爲得脩然之趣也。

朱希真詞

朱希真詞品高潔，妍思幽窅，殆類儲光羲詩體，讀其詞，可想見其人。然希真守節不終，首鼠兩端，貽譏國史，視魏了翁、徐仲車諸人，相距遠矣。

打馬

陸放翁烏夜啼詞「闌珊打馬心情」。打馬世有二種，一種一將十馬，謂之關西馬。一種無將二十四馬者，謂之依經馬。宣和間人取二種馬參雜加減，又謂之宣和馬。李易安打馬賦及所著圖經，言其情狀甚悉。圖中所列蓋依經馬。南宋時此風尤盛。至明中葉，遂有走馬之戲，其製略與宋異，今俱廢矣。

張陸粤遊詞

張安國詞云：「昏昏西北度嚴關，天外一簪，初見嶺南山。」陸放翁詞云：「小槽紅酒，晚香丹荔，記取蠻江上。」張初至粤地而作，陸追憶粤遊而作，其志趣迥爾不侔。

陳同甫詞

陳同甫幼有國士之目，孝宗淳熙五年，詣闕上書，於古今沿革政治得失，指事直陳，如龜之灼。然揮霍自恣，識者或以夸大少之。其發而爲詞，乃若天衣飛揚，滿壁風動。惜其每有成議，輒招妒口，故骯髒不平之氣，輒寓於長短句中。讀其詞，益悲其人之不遇已。

海鹽腔

南宋時有海鹽腔，循王孫張功甫居海鹽時所創。見紫桃軒雜綴。

楊補之詞

「欲把西湖比西子，淡妝濃抹總相宜」，東坡句也。趙祖文畫西湖圖，名曰總相宜。楊補之有水龍吟詞紀之。

康伯可詞

詞人中惟康伯可遭際最奇，高宗駐蹕維揚，伯可上中興十策，洞悉利弊，是范文正、晏元獻一輩人物。洎繆相專柄，伯可廁十客之列，附會干進，孝宗奉養上皇，伯可應制爲豔詞，諂諛乞進，是柳耆卿、曾純甫一輩人物。士大夫一朝改行，身名敗裂，不可復救。程子曰，節或移於晚，守或失於終，其若人乎。

用前人詩詞

「柳色黃金嫩，梨花白雪香」，陰鏗詩也，李太白取用之。「漠漠水田飛白鷺，陰陰夏木囀黃鸝」，李嘉祐詩也，王右丞取用之。王初寮生查子詞云：題云柳州作。「春紗蜂趕梅，宮扇鸞開翅。」張于湖用以詠摺疊扇，而更易其數字焉。毛平仲詞：「來如春夢不多時，去似朝雲無覓處。」歐陽永叔用之於御街行詞，又用之於木蘭花。

莫莫休休

晁无咎詞「莫莫休休，白髮簪花我自羞。」陳后山詞「休休莫莫，莫更思量著」。黄叔暘詞「風流莫莫復休休」。考司空表聖在正貽溪之上結茅屋，命曰休休亭，嘗自爲亭記。其題休休亭之楹曰：「咄喏一作諾。休休休，莫莫莫。伎倆雖多，性靈惡。」見尤延之全唐詩話。

曾覿賞月詞與吴琚觀潮詞

淳熙九年，駕詣德壽宫，八月十五夜，曾覿進賞月詞，十八日吴琚進觀潮詞，皆爲孝宗歎賞，其恩遇有在柳耆卿之上者。蓋偏安以後，猶有承平和樂之氣象也。

豐樂樓詞

豐樂樓，在杭州府西湧金門外，初名衆樂亭，又名聳翠樓，政和中易名豐樂樓。咸淳臨安志云，樓據西湖之會，千峯環繞，一碧萬頃，柳汀花塢，歷歷檻間。而遊橈畫船，棹謳隄唱，往往會合於樓下，爲游覽之最。故趙子真、韓子耕、吴夢窗皆有題豐樂樓詞。吴夢窗詞，絢中有素，故於南宋自成一派。然訖費錦續者，蔑視其本，則真如玉田生所云矣。

五粒松

吴夢窗有水龍吟，賦張斗墅家古松五粒詞。向不知五粒爲何，後閲段柯古酉陽雜俎及周公瑾癸辛雜志，乃知五粒即五鬣。名山記云，松有兩鬣、三鬣、五鬣，高麗所産松，亦每穗五鬣。粒、鬣聲近，故稱者異。李賀有五粒古松歌，岑參詩「五粒松花酒」，陸龜蒙詩「霜外空聞五粒風」，徐凝詩「五粒松深溪水清」，林寬詩「庭高五粒松」，皆可證也。

商調蝶戀花

趙令畤以元微之崔鶯鶯事，譜爲商調蝶戀花詞，其詞不載它書，但見於侯鯖録。然較鄭彦能、董穎調笑，則愈下矣。

施翠嵒詞

施翠嵒夜登白鷺亭一作，是從劉後村夢方孚若詞脱胎。然劉詞激楚挺拔，施詞獨具逸致。

雙白石

姜堯章、黄巖老同出於蕭千巖之門，皆號白石，時謂之雙白石。姜白石歌曲，至今傳之，若黄巖老，則幾不能舉其姓字焉。沈匏廬録成齋退休集答賦黄巖老投贈詩，欲存其人也。巖老時爲永豐宰，詩只一首。案：盧申之有漁家傲、壽白石先生詞，謂黄巖老也。

潭州紅

梅之以色勝者，有潭州紅焉。張南軒長沙梅園二詩，美其嘉實，樂其敷腴，而不言其色。樓鑰謂當稱之爲紅江梅，以別於他種，其詩有云「夢入山房三十樹，何時醉倒看紅雲」，託興遠矣。詞則無逾姜白石小重山一闋，白石詞仙，固當有此温偉之筆。

白石誤引吴都賦

白石琵琶仙詞題，引吴都賦有「户藏煙浦，家具畫船」二語，今吴都賦無其辭。案李庾西都賦云：「方塘含春，曲沼澄秋，户閉烟浦，家藏畫舟。」或疑吴字乃西字之訛，然唐之西都，非吴地也，殆白石誤引耳。

馬塍

白石殁後，葬西馬塍，蘇石挽詩曰「幸是小紅方嫁了，不然啼損馬塍花」。攷夢粱録云，錢塘門外東西馬塍，諸圃皆植怪松異檜，奇花巧果，多爲龍蟠鳳舞之狀，每日市於都城，此杭之馬塍也。唐陸魯望住淞陵，家近馬塍，諸藝花户在焉，是又吴郡之馬塍也。

石林

周公瑾云，少藴之故居，在卞山之陽，萬石環之，故名，且以自號。正堂曰兼山，傍曰石林精舍。有承詔、求志、從好等堂，及淨樂庵、愛日軒、躋雲軒、碧琳池，又有巖居、真意、知止等亭，然石林詞所載，如西園、逋園、右春亭、詔芳亭、鳳皇亭、並澗，皆有寄興之作，弁陽所録，未免闕如。

王聖與詞

王聖與多詠物詞。掃花游賦綠陰云：「舊盟誤了，又新枝嫩子，總隨春老。」齊天樂詠蟬云：「病翼驚秋，枯形閱世，消得斜陽幾度。」家國之恨，惻然傷懷，殆畫傳中之馬半角也。

聖與賦白蓮詞

聖與又有賦白蓮詞云：「翠雲遥擁環妃，夜深按徹霓裳舞。」據三餘帖，蓮花一名玉環，故王以環妃爲喻。然下云「按徹霓裳」，則又似指唐宫妃子言之。

登蓬萊閣詞

張叔夏憶舊遊登蓬萊閣詞，鍊淬澄音，可與張伯玉蓬萊閣詩、王十朋蓬萊閣賦並傳。

張叔夏用東坡詩序

叔夏慶清朝慢自敍云：「韓亦顔歸隱兩水之濱，殆未遜王右丞茱萸沜，予從之遊，盤花旋行，散懷吟眺，一任所適，太白去後，三百年無此樂也。」案：蘇東坡百步洪詩敍云：「余時以事不得往，夜著羽衣，佇立黄樓上，相視而笑，以爲李太白死，世間無此樂三百餘年矣。」張語本此。

楊妹子題詞

楊妹子，寧宗皇后妹，書法類寧宗，御府畫多命題咏。其題馬遠松院鳴琴詞云：「閒中一弄七弦琴。此曲少知音。多因淡然無味，不比鄭聲淫。松院静，竹樓深。夜沈沈。清風拂軫。明月當軒，誰會幽心。」是詞選本絕少採入，蓋訴衷情調也。

吴彦高人月圓

宣和殿小宫姬流落於金，爲張侍御侍兒，吴彦高賦人月圓詞紀之，宇文叔通爲之舌咋。容齋題跋及劉祁歸潛志均載其事。吴尺鳧詩云：「細馬盤馱成隊去，傷心猶唱後庭花。」亦哀之矣。

詞徵卷六

金主亮詞

孫何帥錢塘，柳耆卿作望海潮贈之，有「三秋桂子，十里荷花」之語，金主亮聞之，遂起投鞭渡江之志。或云：「金主亮遣使臣朝賀，隱畫工於中，圖臨安城邑，及吳山西湖之勝，既進，繪事瞷然，有垂涎杭越之想。」今觀桯史及藝苑雌黃所載金主諸詞，獨具雄鷙之概，非但其武功之足紀也。

元虞薩詞

前人評韓、柳文者曰，韓如靜女，柳如名姝。殊覺未稱。獨元虞伯生、薩雁門二家詞，則極相類。虞詞幽蒨，薩詞繁麗，殆有別耳。

元人詩宜入小令

李賓之論詩云：「宋之拙者皆文也，元之巧者皆詞也。」今觀元人詩，如袁通甫之「象管烏絲題往事，玉簫錦瑟負華年」，郝伯常之「桃李東風蝴蝶夢，關山明月杜鵑魂」，虞伯生之「一徑綠陰三月雨，數聲啼鳥百花風」，袁伯長之「曉沐緩垂蒼玉佩，晚妝愁帶紫羅囊」，顧仲瑛之「池上桃開銷恨樹，閣中香進助情花」，陳剛中之「芙蓉夜月開天鏡，楊柳春風擁畫圖」，楊鐵厓之「一雙孔雀銜青綬，十二飛鴻上錦箏」，薩雁門之「螺杯注酒摇紅浪，綵扇題詩染緑煙」，宋顯夫之「龍頭瀉酒紅雲艷，象口吹香緑霧斜」等句，皆宜於小令。若以之入詩，氣格卑矣。

高仲常詞

高仲常貧也樂詞，朱竹垞詞綜録之，蓋賀方回小梅花詞六闋之一。考向伯恭亦賦是調二闋。後人以賀詞六闋合爲三闋，以向詞二闋合爲一闋，皆誤。蓋上闋六句平側各三韻，後闋下三句同。然起二句側韻，句法七字，乃所謂過變也。

蜕巖詞

蜕巖詞無自製腔，其詞腴於根，而盎於華，直接宋人步武。於元之一代，誠足以度越諸子，可謂海之明珠，鳥之鳳皇矣。

蜕巖警句

陸輔之詞旨，摘樂笑翁警句十餘條，吴子律又爲之補，美已盡矣。愚因倣陸氏詞旨，録蜕巖詞警句，使與樂笑翁匹焉。「縱留得楝花寒在，啼鴂已無聊。」多麗，清明上巳同日會飲西湖壽樂園。「山容水態依然好，惟有綺羅雲散。」摸魚兒，春日西湖泛舟。「多情正要人拘管，無奈緑昏紅暝。」前調，錢萬户宜之邀予賦瑶臺景。「恨翠禽啼處。驚殘一夜，夢雲無跡。」疏影，王元章墨梅圖。「把柔情一縷，都隨好夢，作陽臺雨。」水龍吟，賦倩雲。「誰將玉斧脩明月，奈瓊樓高處無人。」高陽臺，題趙仲穆作陳野雲居士山水便面。「絲箋密記多情事，一看一回腸斷。」陌上花，使歸閩浙歲暮有懷。「送影過鞦韆，驀然閒笑。」玉漏遲春日有懷。「一片白鷗湖上水，閒了漁竿。」浪淘沙，臨川文昌樓望月。「碧雲江雨小樓空，春光已到銷魂處。」踏莎行，江上送客。皆琅然可誦也。

邱長春詞

邱長春西遊記，乃其門人李志常所述。記中載邱長春在邪米思干大城寓故宮中，題鳳棲梧二詞壁上云：「一點靈明潛啓悟。天上人間，不見行藏處。四海八荒惟獨步。不空不有誰能覩。瞬目揚眉全體露。混混茫茫，法界超然去。萬刼輪迴遭一遇。九元齊上三清路。」「日月循環無定止。春去秋來，多少榮枯事。五帝三皇千百禩。一興一廢長如此。死去生來生復死。輪迴變化何時已。不到無心休歇地，不能清淨超於彼。」詞下一首下闋疑脱二字。故宮爲北印度境，回紇所居，算端氏之遺址也。記中並有恨歡遲一詞，邱長春重九日賞菊作。

宋元人詠桂詞

南宋人詞詠桂者，毛吾竹、謝勉仲、吳夢窗諸家最著。皇慶中，顧仲瑛集同人金粟影亭賦桂，同作者袁華、于立、陸仁、張遜均足抗手。朱梧巢續鴛鴦湖櫂歌云：「玉笙錦瑟銷沉後，雅集空懷顧阿瑛。」風致可想。

張小山小令

張小山、喬夢符小令並稱。然張之小令遠軼夢符之上。如雙調水仙子云：「繡牀人困，玉闕夢回，錦字書遲。」黃鍾人月圓云：「桃花吹盡，佳人何在，門掩殘紅。」仙呂一半兒云：「喚鸞鸞，一半兒依隨，一半兒懶。」是調即詞之憶王孫，兩「兒」字蓋襯字。中呂山坡羊云：「湖上藕花，隄上柳颸，渾是秋愁，休上樓。」中呂滿庭芳云：「闌干畔，芳枝綠滿，梅子替心酸。」句法偶與詞合，然「畔」、「滿」是韻，音響究異。越調凭闌人云：「鍊霞成大丹，袖雲歸故山。」皆能豐約中度，旋復回環，宜其居關馬諸人之上。

明銅盤詞

明宣廟鎏金銅盤，方徑三寸五分，宣德七年正月十五日製。有御題錦堂春詞鐫於上云：「映日穠花旖旎，紫風細柳輕盈。游絲十丈重門靜，金鴨午煙清。戲蝶渾如有意，啼鶯還似多情。游人來往知多少，歌吹散春聲。」許醴川作歌紀其事，銅盤後歸曾賓谷方伯家。

張以甯詞

阮志金石略，載張以甯詞序曰：「廣州省治，南漢主劉鋹故宮，鐵鑄四柱猶存。周覽歎息之餘，夜泊三江口，夢中作一詞，覺而忘之，但記二句云『千古興亡多少恨，總付潮回去』。因檃括爲明月生南浦一闋云：「海角亭前秋草路。蘚葉風清，吹散蠻烟霧。一笑英雄曾割據。癡兒卻被潘郎誤。寶氣銷沉無覓處。薜暈猶殘，鐵鑄遺宮柱。千古興亡知幾度。海門依舊潮來去。」案：以甯，字志道，古田人，元末官翰林學士承旨。明初，例徙南京，召爲侍讀學士，使安南道卒。有翠屏集四卷。

黄莊元宵詞

成化中，黄編脩仲昭、莊檢討昶，撰元宵詞，又上疏論列，以去。其後每有文字，輒命文華門仁智殿輩爲之，往往傳奉，驟得美官。黄莊固志節之士矣，然迫意去位，又不知潘佑、韓熙載之以詞規諷者，爲足資鑑戒也。

王抑庵詞

王抑庵浪淘沙詞「風暖翠煙飄。殘雪都消。遊絲百尺墜晴霄。可惜春光容易過，又近花朝。　驅馬第三橋。芳意蕭條。緋桃渾似放嬌嬈。瘦盡城南千樹柳，不似宮腰。」其言婉而有致，吴處厚所謂文章豔麗，亦不害其爲正也。至其青玉案二闋，一則云：「可恨狂風寒捲地。絳英零落，素姿飄墜。滿眼成憔悴。」再則云：「日日狂風吹客袂。九門鳴轂，六街遊騎。但見芳塵起。」兩詞殆指石亨、徐有貞諸人言之，其痛念於景帝之變乎。

楊升庵詞

揚子雲云，詞人之賦麗以淫。升庵詞爛若編貝，然麗以淫矣。其江月晃重山、浪淘沙諸闋，又議禮謫戍瀘州時所作。

陳白沙詞

陳白沙漁歌子云：「紅葉風起白鷗飛。大網攔江魚正肥。微雨過，又斜暉。村北村南買醉歸。」結響騷雅，使劉後村見之，當不敢嗤爲押韻語録。

湯義仍詞

湯義仍詞，情文俱美，大致不出曲家科臼。若阮郎歸之「斷腸春色在眉彎。倩誰臨遠山。蜀妝啼雨畫來難。高唐雲影間。」舞身如環，綽有丰度，斯足稱矣。

豁堂和尚詞

淨慈豁堂和尚，工詩與書畫，性喜游覽。嘗畫一漁艇於竹樹下，曖曖漠漠，煙水一灣，題一詞其上。「來往烟波，十年自號西湖長。秋風五兩。吹出蘆花港。得意高歌，夜靜聲初朗。無人賞。自家拍掌。唱得青山響。」見李介立天香閣隨筆，詞極俊爽。王蘭泉編明詞綜，惜未收入。

王船山詞

王船山有鼓棹初集、鼓棹二集，其詞多不叶律，如詩之長短句而已。二集中有蝶戀花衰柳詞一闋獨佳，頗肖六一。今録之於左：「爲問西風因底怨。百轉千回，苦要情絲斷。葉葉飄零都不管。回塘早似天涯遠。陣陣寒雅飛影亂。總趁斜陽，誰肯還留戀。夢裏鵝黄拋錦綫。春光難借寒蟬唤。」

吴梅村詞

吴梅村祭酒，爲本朝詞家之領袖，其出處絶類元之許衡。慢聲諸詞，吟歎頽息，蒼莽無盡，蓋所謂有爲言之者也。

王漁洋詞

王漁洋有句云「郎似桐花，妾似桐花鳳」，世以王桐花稱之。正如吴薗次之稱紅豆詞人，杭堇浦之稱陳微貞竹影詞人，均屬一時韻事。建安許賡皥子秋史，其詞有「人在子規聲裏瘦」之句，人呼爲許子規。年二十餘，遊武夷，墜巖死。

彭羨門詞

彭羨門，與王漁洋齊名，時有彭、王之目。滕王閣落成一詩，尤爲漁洋心折。王評其詞爲近代詞人第一。集中詞如菩薩蠻之「泓黛秀聯娟。雲鬟亞玉肩」，鷓鴣天之「翠蛾一滴能傳語，奮住春愁不放還」，玉樓春之「江南無限斷腸花，枝上東風枝下雨」，瑶花之「舊歡如夢多少事，記取金釵羅帕」，白苧之「裊柔條，斷送了落紅如霰」，尤悔庵所謂含柳吐秦，沈偶僧所謂綽有生趣者，謂此類也。

汪遠孫詞

洪昉思填詞圖，題者甚夥，清尊集載有胡敬、孫同元、姚伊憲諸詩，並汪遠孫望湘人一詞。詞云：「正沉吟抱膝，兀坐撚髭，傳神阿堵如現。棗核纖豪，蕉紋小硯。譜出新詞黄絹。舊事疏狂，閒身落拓，愁深愁淺。賴竹絲、陶寫幽情，悄把紅兒低喚。商略宮移羽換。聽珠喉乍轉，翠樽檀板。怕秋雨梧桐，滴盡玉簫清怨。靈均一去，旗亭凄斷。只剩湘流嗚咽。怎知道、林月溪花，舊日詩才尤擅。」相傳昉思好度曲，以長生殿一書，鐫秩而去，時人嘲之曰「可憐一曲長生殿，斷送功名到白頭」，謂此也。洪詩有「林月前後入，溪花冬夏開」之句，樊榭嘗亟稱之，故汪詞云然。

屈翁山詞

屈翁山詞，有九歌、九辯遺旨，故以騷屑名篇。觀其潼關感舊、榆林鎮弔諸忠烈諸闋，激昂慨慷，如蒯通讀樂毅傳而涕泣，其遇亦可悲矣。

粵詩四大家

吾粵當國初時，如陳恭尹、屈大均、梁佩蘭、王隼皆以詩鳴，有四大家之稱。屈詞最夥，陳與梁下之，惟王詞未見。故老謂其好彈琵琶，撰新樂府，即志中所稱琵琶楔子。意必有令慢諸作，或遺佚既久，遂無可考歟。

梁汾閩客謡

字字雙，唐王麗真所製調，或云是和章，非一手所成。明陳元朋翼飛步趨王作，不失累黍。顧梁汾閩客謡賦是調云：「煙嵐潑翠山復山。雪浪捲空灘復灘。車船算緡關復關。琴劍羈遊難復難。」一字一淚，能使征人逐客，讀之泫然。

梁汾寄吳漢槎詞

梁汾詞，脱然畦封，如陳夢良之秀綽，李通判之雅潔，其盛傳者莫如寄吳漢槎寧古塔二章。其賦六橋詞，集中僅存其四。割踏莎行半闋，虞美人半闋，爲踏莎美人，此等實不足爲後賢矩矱。毛西河翦半詞亦然。

西河詞

河右詞六卷，姜汝長浚選刻，前四卷名當樓集，附西河集中。愚按西河詞，選本絶少，因録數章於此。遇陳王云：「金斗熨開魚子襭、襯紅裳。銅瓶注暖獅頭炭、理黄妝。頻呼小玉因聲巧，欲簽泥金恐恨長。那見瑶臺成粉幛，果然銀漢是紅牆。」酒泉子云：「風攬紅簾，愁損隔簾人影，倩秦娥、纏越絭，唱吳鹽。黄鋪白鎖春相望。高閣魂驚難上。那更堪、花滿桁，柳垂檐。」菩薩蠻云：「輕雷鹿鹿宫車轉。晚涼偷弄邠王管。雙甲小蠐螬。黄鸝處處啼。春風吹欲遍。盡作西清怨。暗裏换歌頭。伊州似石州。」相見歡云：「倚牀還繡芙蓉。對花叢。牽得絲絲柳綫、翠煙籠。愁思遠。拋金翦。唾殘絨。羞煞鴛鴦銜去、一絲紅。」相傳有怨家摘其詞曲中語，以爲訕謗。按驗無實，得不坐。蓋幾於王冑之庭草無人隨意緑矣。

西河望江南詞

西河望江南詞：「誰浣素紗窺越女，因歌白苧號吴儂。總在石蓮東。」聞之，蓮實經秋，房枯子黑，其堅如石者爲石蓮。李昌谷詩「人在石蓮中」是也。楊脩之詩「金波影裏石蓮花」，蓋段柯古所云生小石間者，是别一種。

丁飛濤詞

丁飛濤蚤歲有白燕樓詩，流傳吴下，士女争採摭，書於衣袖間。婺州吴器之贈以詩云：「恨無十五雙鬟女，教唱君家白燕樓。」其爲時傾倒若此。所撰扶荔詞，如柳初新詠柳云：「及早和他同倚，怕消魂夕陽飛絮。」大有江潭摇落之感。然如宗定九所評則過矣。飛濤與同里沈謙、陸圻、柴紹炳、毛先舒、孫治、張綱孫、吴百朋、虞黄昊、陳廷會並有時譽，世稱西冷十子。通籍後，與宋荔裳、施愚山、張譙明、周釜山、嚴顥亭、趙錦帆唱酬日下，稱燕臺七子云。

竹垞用六朝語

古人呼妻曰鄉里，六朝時已有此稱。南史張彪傳，「我不忍令鄉里落他處。」沈休文詩：「還家問鄉里，詎堪持作夫。」朱竹垞洞仙歌詞「算隨處可稱鄉里」，用六朝語也。

竹垞用紅亭詞

紅亭，虢州西亭也，竹垞送丁雁水觀察虔州用之。案岑嘉州詩，如「紅亭出鳥外」，「百尺紅亭對萬峯」，

「紅亭水木不知暑」，「紅亭綠酒送君還」，皆指其地。

竹垞用玉玲瓏詞

竹垞寄龔衡圃詞，「玉玲瓏閣前，松石經過，朱夏曾撫」。閣爲龔氏藏書之所。按杭堇浦東城雜記，玉玲瓏，宋宣和花綱石也，上有字紀歲月，蒼潤嵌空，叩之聲如雜佩，本包涵所靈隱山莊舊物云。

竹垞蕃錦集

竹垞蕃錦集沁園春詞，「每駐行車」，用王起詩句。「河瀆神祠，來往五雲車」，用王維詩句。見曝書亭外集。王起詩，以車叶花，王維詩以車叶賒，竹垞均改入魚模韻，卽錢辛楣所謂明知故犯者邪。

詠貓詞

朱竹垞、錢葆酚、厲樊榭均有雪獅兒貓詞。吴聖徵又從而擴之，刺取典實，無隙不搜。然尚有三二事未及引者，談苑，郭忠恕逢人無貴賤，輒口稱貓。元遺山遊天壇雜詩注，仙貓洞，土人傳燕家雞犬升天，貓獨不去。魏禧畫貓記，俗傳二危合畫貓，鼠輒避去，蓋宿與日並直危也。

陳髯

陳其年冠而于思，鬚浸淫及顴準，天下學士大夫號爲陳髯。王西樵語子弟曰：「其年短而髯，吾祇覺其嫵媚可愛，以伊胸中有數千卷書耳。」朱竹垞詞：「池塘夢裏，試尋髯也消息。」李分虎詞：「髯也風流玉田侶。」蔣苕生詞：「一丈清涼界，倚高梧　解衣盤薄，髯其堪愛。」蓋本於諸葛武侯答關雲長書，猶未及「髯之絶倫逸羣」一語。又惲壽平甌香館集，題雪山圖和陳其年韻「吴生擘扇向我笑，好遊髯客忘歸鞭」。

嬾雲窩

嚴藕漁雙調望江南詞云：「柳帶結煙留淺黛，桃花如夢送橫波。一覺嬾雲窩。」攷嬾雲窩，在吴城南北隅，元里西瑛所居地也。西瑛撰殿前歡曲賦之，貫酸齋、喬夢符、衛立中、吴西逸均有和章傳於世。

性容若填詞詩

性容若填詞詩云：「詩亡詞乃盛，比興此焉託。往往歡娱工，不如憂患作。冬郎一生極憔悴，判與三閭共醒醉。美人香草可憐春，鳳蠟紅巾無限淚。芒鞵心事杜陵知，祇今惟賞杜陵詩。古人且失風人旨，何怪俗眼輕填詞。詞源遠過詩律近，擬古樂府特加潤。不見句讀參差三百篇，已自換頭兼轉韻。」愚案：容若詞與顧梁汾唱和最多，「往往歡娱工，不如憂患作」兩語，則容若自道甘苦之言。然容若詞幽怨淒黯，其年詞高闊雄健，「猶之晉侯不能乘鄭馬，趙將不能用楚兵」，兩家詣力，固判然各別也。

容若與竹垞詞

容若太常引詞云：「夢也不分明，又何必催教夢醒。」竹垞沁園春詞云：「沈吟久，怕重來不見，見又魂消。」二詞纏綿往復，郭子玄何必減庾子嵩。

藥名詩詞

藥名詩創於梁簡文帝。唐張籍答鄱陽客詩云：「江皋歲暮相逢地，黃葉霜前半夏枝。」可謂入妙。然本朝曹顧庵南溪詞，有「遠山平仲綠，幽徑寄奴青」之句。至萬紅友製藥名藏頭詞，賦續斷令，卽百字令，陸龜望藥名離合詩：「青箱有意終須續，斷簡遺篇一半通。」詞調實本於此。精巧絕倫。然陳瑩中詞有世間藥院一闋，陳亞有生查子三闋，則宋人已導其源矣。

毛會侯詞

毛會侯眼兒媚詞：「妝成自許，除非鏡裏，或是池邊。」蘇幕遮詞：「肥瘦近來無定也，前歲相偎，記妾腰微窄。」骫骳從俗，雖謂之乖調可也。

詞字三李

男中李後主，女中李易安，極是當行出色，前此太白，故稱詞家三李，此沈去矜說也。宋時嚴仁、嚴羽、嚴參，稱邵武三嚴。嘉興李武曾與其兄繩遠、弟符亦稱三李。可云前後輝映。

二馬詞

馬半槎南齋詞，馬秋玉嶰谷詞，平易近人，非精粹之詣。二子與樊榭交誼最篤，酬唱亦最盛，故其詞有類於樊榭者。

洪稚存詞

洪稚存於金、元人詞，獨取元裕之、虞伯生二家。其所撰更生齋詩餘，蓋亦於二家討消息者。稚存風骨峭厲，而詞獨清雋，文人固未可以一轍限也。

稚存喜用險韻

稚存喜用險韻，西江月云：「相對燭花呵欠。」蝶戀花云：「閒日偶從妝閣偵。」蘇幕遮云：「乞篆題縑，總仗孤僧介。」如夢令云：「幾片斷霞如斬。」鳳棲梧云：「對人言語尤奇窘。」買陂塘云：「一一淚珠繳。」蝶戀花云：「五更吟斷梅花誄。」法駕導引云：「海雲爲佩月爲兜。」霜天曉角云：「天子更思康瞀。」臨江仙云：「脂粉瀉成洼。」若斯之類，恐非詞家本色。然如劉夢得詩「杯前膽不𣫍」，呼關切，頑也。皮襲美詩「石面得能䃜」，固文人狡獪之技。盧叔陽「袢溽皴皵褑」，其濫觴歟。

趙文哲詞有所指

乾隆三十三年，兩淮運使提行事發生，王昶與趙文哲坐言語不密，罷職。趙詞「江湖未改難馴性，肯負舊盟鷗鷺」，蓋有所指。趙後遊戎幕間，與江果毅公阿里袞温尚書福相得，代撰奏記，文字嶔嶔磊落，遭師潰與於難。蔣鉛山後續懷人詩「從軍草露布，兵潰中書死。詩卷存英風，靈爽昭忠祀。庸庸爲令僕，斯人竟傳矣」。蓋謂此也。

趙文哲祝英臺近

趙有祝英臺近諸詞，由薦得麗，以贍而華，正如宋廣平作梅花賦，殊不類其爲人。

黄仲則小令

黄仲則小令，情辭兼勝。慢聲頗多楚調，豈以有詩無幽、并豪士氣，而於詞一洩之邪。

清初三變

汪蛟門謂宋詞有三派，歐、晏正其始，秦、黄、周、柳、姜、史之徒極其盛，東坡、稼軒放乎其言之矣。愚謂本朝詞亦有三變，國初朱、陳角立，有曹實庵、成容若、顧梁汾、梁棠村、李秋錦諸人以羽翼之，盡袪有明積弊，此一變也。樊榭崛起，約情斂體，世稱大宗，此二變也。茗柯開山採銅，創常州一派，又得惲子居、李申耆諸人以衍其緒，此三變也。

評嘉道以還詞

洪稚存，於同時詩人，皆有評騭，輒以八字括之，蓋祖涵虛子評諸家詞之意也。愚觀嘉道以還，詞人輩出，張皋文惠言詞，如鄧尉探梅，冷香滿袖。武進人，有茗柯詞。孫平叔爾準詞，如落葉哀蟬，增人愁緒。金匱人，有雕雲詞。馮晏海雲鵬詞，如鹿爪搊絃，别成清響。玉山人，有紅雪詞。顧簡塘翰詞，如金丹九轉，未化嬰兒。梁谿人，有録秋草堂詞。劉贊軒勷詞，如金絲間出，雜以洪鐘。閩縣人，有聚紅榭雅集詞。李申耆兆洛詞，如承恩虢國，淡掃蛾眉。陽湖人，有蜩翼詞。吴荷屋榮光詞，如穹谷谽谺，飛泉濺響。南海人，有筠青館詞。惲子居敬詞，如瑶臺月明，鳳笙獨奏。武進人，有蒹塘詞。汪小竹全德詞，如深閨少婦，畏見姑嫜。江都人，有崇睦山房詞。邊袖石浴禮詞，如静夜鳴蛩，助人歎息。任邱人，有空青詞。謝枚如章鋌詞，如古木拳曲，未加繩墨。長樂人，有聚紅榭雅集詞。汪紫珊世泰詞，如春蠶絲盡，奄奄無力。六合人，有碧梧山館詞。張南山維屏詞，如中郎瓶史，徧陳諸製。番禺人，有玉香亭詞、海天霞唱。鄧笏臣嘉純詞，如圓荷小葉，因風捲舒。江甯人，有空一切盦詞。承子久齡詞，如就駕鑾儀，矜栗竦峙。滿洲人，有冰蠶詞。黄香石培芳詞，如浄几明窗，儘堪容膝。香山人，有水龍吟稿。張翰風琦詞，如雛鶯調舌，宛轉關情。武進人，有立山詞。陸祁生繼輅詞，如謝家子弟，玉立森森。陽湖人，有清鄰詞。楊伯夔夔生詞，如綺窗花片，綽約可人。金匱人，有過雲精舍詞。俞小甫廷瑛詞，如陳壽摛文，但取質直。吴縣人，有瓊華室詞。錢季重季重詞，如舜華在林，晝炕宵聶。陽湖人，有黄山詞。顧澗薲廣圻詞，如春水初漲，更染嵐翠。元和人，有思適齋詞。吴石華蘭脩詞，如靈和新柳，三眠三起。嘉應人，有桐花閣詞。董方立祐誠詞，如秋花數叢，没人蕭艾。陽湖人，有蘭石詞。黄春帆位清詞，如蘄王奮戰，箭瘢滿身。番禺人，有松風閣詞鈔。董琴南國華詞，如山齋清供，不厭清癯。吴縣人，有香影庵詞。龔定庵自珍詞，如琉璃硯匣，光采奪目。仁和人，有無著詞、懷人館詞、影事詞、小奢摩詞、庚子雅詞。金朗甫式玉詞，如黄筌作畫，婉約傳神。歙縣人，有竹鄰詞。譚康侯敬昭詞，如野桃含笑，風趣獨絶。陽春人，有聽雲樓詞。許積卿宗彦詞，如荷珠走盤，清光不定。德清人，有鑑止水齋詞。彭甘亭兆蓀詞，如碧眼胡兒，販采奇寶。鎮洋人，有小謨觴館詞。陶鳧鄉梁詞，如脩桐初乳，清響四流。長洲人，有紅豆樹館詞。倪秋槎海遠詞，如女郎踏青，時聞嬌喘。南海人，有茶嵁舍詞。黄韻珊憲清詞，如齊煙九點，滅没空碧。海鹽人，有拙宜園詞。鮑逸卿俊詞，如桓谿鶺鴒，鷴鼻作音。香山人，有倚霞閣詞鈔。姚梅伯燮詞，如密香騎鳳，碧城容與。句東人，有疏景樓詞。汪白也度詞，如黑浄登壇，直露本色。上元人，有玉山堂詞。黄琴山景崧詞，如天半晴虹，蜿蜒有態。高要人，有三十六鴛鴦館詞。孫曙舟家穀詞，如田間遊氣，上透碧霄。錢塘人，有種玉詞。儀墨農克中詞，如中郎八分，波磔取勢。番禺人，有劍光樓詞。黄花耘本騏詞，如舒錦臨風，爛然入目。寧鄉人，有紅雪詞鈔。沈吉暉星煒詞，如桃花巖石，觸手生温。仁和人，有夢緑庵詞。陳棠谿其錕詞，如五色仙蝶，迎風善舞。番禺人，有月波樓琴言。邊竺潭保樞詞，如六朝金粉，豔態迷人。任邱人，有劍虹盦詞。汪綘人初詞，如築石邀雲，自含清致。錢塘人，有滄江虹月詞。趙秋舲慶熹詞，如魏徵嫵媚，我見猶憐。仁和人，有蘅香館詞。蕭子山掄詞，如緑珠吹笛，慣作哀音。太倉人，有判花閣詞。孫子餘鼎臣詞，如女蘿擺風，兔絲吹動。善化人，有蒼筤詞鈔。杜小舫文瀾詞，如四壁秋蛩，助人歎息。秀水人，有采香詞。周自庵壽昌詞，如枯荷得雨，點滴分明。長沙人，有思益堂詞鈔。李舜卿洽詞，如蜂脾釀蜜，有美中含。新化人，有擣塵集詞鈔。許龍華光治詞，如淺渚平流，纖鱗不起。海昌人，有江山風月譜。何青耜兆瀛詞，如春暮柳絲，瘦無一把。江寧人，有心盦詞存。項蓮生廷紀詞，如元章冠服，酷肖唐賢。錢塘人，有憶雲詞甲乙丙丁稿。汪謝城曰楨詞，如疏雨打窗，脩脩送響。烏程人，有荔牆詞。葉蓮裳英華詞，如王家蠍鳳，慧心獨造。番禺人，有花影吹笙詞。楊蓬海恩壽詞，如新秧初插，流膏潤潤。長沙人，有坦園詞稿。張孟彪文虎詞，如風前障扇，不受塵污。南匯人，有索笑詞。周畇叔星譽詞，如仙人鍊汞，九轉初成。祥符人，有東鷗草堂詞。徐若洲鴻謨詞，如十笏茅庵，時聞清磬。仁和人，有薝蔔花館詞。劉子樹湝年詞，如抱經老儒，稜角峭厲。大成人，有約園詞。汪穀庵瑔詞，如樾館秋聲，自含虛籟。山陰人，有隨山館詞稿。王蓮舟濟詞，如勁弓五石，力求穿札。湘潭人，有覆瓿集詞。俞蔭甫樾詞，如帝女機抒，別出新裁。德清人，有春在堂詞録。王壬秋闓運詞，如崇岡建樓，危簷陡立。湘潭人，有湘綺樓詞鈔。杜仲丹貴墀詞，如勁風滿林，驟聞金筈。巴陵人，有桐花詞草鈔。黃小田富民詞，如灌園野叟，閒話斜陽。當塗人，有萍軒詞草。彭貽孫君穀詞，如隙地種桑，不宜蘭蕙。溧陽人，有洮溪漁隱詞鈔。尹仰衡恭保詞，如易水作歌，忽聞變徵。丹徒人，有江東詞稿。樊嘉父增祥詞，如一縷遊絲，空中蕩漾。恩施人，有十五廨齋詞。譚仲脩獻詞，如草根清露，融爲夜光。仁和人，有復堂詞。閨秀吳藚香藻詞，如眉樓小影，曼睩騰波。仁和人，有花簾詞、香南雪北詞。趙儀姞棻詞，如新燕營巢，自能護體。上海人，有濾月軒詩餘。鄭娱清蘭孫詞，如瑤石含光，可鑑毛髮。錢塘人，有蘭因室詞。吳佩湘清蕙詞，如籬落疏花，自饒幽韻。吳縣人，有寫韻樓詞草。已上所列，凡七十餘家，其未論及者，暇日當補述也。

張茗柯詞

張茗柯謂爲人非表裏純白，不足爲第一流。其所撰詞，實稱此語，蓋所謂蟬蛻穢濁，皭然涅而不緇者乎。

學小山夢窗不可太過

學小山、夢窗體不可太過。孫松坪浣溪沙云：「稱撥香絃彈指爪，怯迴珠袚小腰身。倦倚檀槽調浄婉，戲拋瓊叟泥櫻桃。」是學小山體而過者。顧簡塘百字令云：「香閣停笙紅窗響，玉鶯夢斜星陌。」虞美人云：

「綠巢湘鳥踏香霞。繡閣蠶書金卷海紅紗。」是學夢窗體而過者。文肆質劣，恐不免爲揚子雲所譏。

徐湘蘋詞

陳素庵室徐湘蘋，晚年皈依佛法，號紫管氏。曾製青玉案弔古詞，爲世傳誦，卽林下詞選所云得北宋風調者。蘋香詞，緝商綴羽，不失分寸，嘗寫飲酒讀騷圖，自製樂府，名曰喬影，吳中好事者被之管絃，一時傳唱，遂遍大江南北。倚聲之外，不廢吟詠，有和王仲瞿西楚霸王墓二律，其警句云：「青史但援成敗例，白雲長作古今愁。美人報主名先得，功狗邀封悔已多。」皆可誦也。

褒碧齋詞話

〔清〕陳　銳撰

褒碧齋詞話

論姜張詞之弊

古人文字，難可吹求，嘗謂杜詩國初以來畫馬句，何能着一鞍字，此等處絶不通也。詞句尤甚，姜堯章齊天樂詠蟋蟀，最爲有名，然開口便説庾郎愁賦，揑造故典。邠詩四字，太覺呆詮。至銅鋪石井，堠館離宫，亦嫌重複。其揚州慢縱荳蔻詞工三句，語意亦不貫。若張玉田之南浦詠春水一首，了不知其佳處，今人和者如牛毛，何也。

詞中四聲最爲着眼

詞中四聲句，最爲着眼，如掃花遊之起句，渡江雲之第二句，解連環、暗香之收句是也。又如瑣窗寒之小唇秀靨，冷薰沁骨，月下調之品高調側，美成、君特無不用上平去入，乃詞中之玉律金科。今人隨手亂填，又何也。

詞中側協

詞中側協，如夢窗西平樂：「歎廢緑平煙帶苑。幽渚塵香蕩晚。」苑、晚爲韻。美成云：「歎事逐孤鴻盡去，身與塘蒲共晚。」去，當是遠之脱文。若淮海八六子詞之斷晚與減，本不同部，必非韻協。淩次仲效之，則又强解事耳。

周美成西平樂

周美成西平樂一首，和者方千里、楊澤民、陳西麓，三家句法長短互異，萬紅友、杜筱舫諸家，亦不能考定。嘗疑此調下段十五句，祇三用韻，未免失拍。及讀夢窗畫船爲市，夭妝照水，始悟美成之過換處「道連三楚，天低四野」，楚、野固互協也。持語漚尹、叔問，皆亟以余爲知言。

柳詞隔句協

隔句協，始于詩之「蕭蕭馬鳴，悠悠旆旌」，蕭、悠爲韻。而古風之「思君令人老，歲月忽已晚。棄捐勿復道，努力加餐飯」，老、道繼之。詞則柳耆卿傾盃樂云：「動幾許傷春懷抱。念何處韶陽偏早。」許、處爲韻也。又云：「知幾度密約秦樓盡醉。仍攜手眷戀香衾繡被。」度、手亦隔協。方音否讀如釜，宋詞往往以否協處，此即其例。

用字當知上去入

詞調分上去入，用字則祇知平仄，此大誤也。一詞中有少數入聲字，如高陽臺、掃花游之類。有多數入聲字，如秋思耗、浪淘沙慢之類。又如鶯啼序中有少數上聲字，千萬不可通融者。今人不知上去，況入聲乎。

東風第一枝不宜作入聲

東風第一枝，前人有作入聲者，竊訟其不宜。吾友鄭叔問於雨霖鈴、琵琶仙，偶填上去韻，其詞絶佳，殆亦不能割愛。

清真夢窗守律嚴

清真詞大酺云：「牆頭青玉旆。」玉字以入代平。下文云：「郵亭無人處。」皆四平一仄。夢窗此句第四字，亦用入聲，守律之嚴如此，今人則胡亂用之矣。

清真平陽客未知何指

清真大酺云：「未怪平陽客。」又月下笛云：「最感平陽孤客。」按平陽帝都，見於春秋史漢，此平陽客未知何指。唐陳嘉言宴高氏園詩云：「人是平陽客，地即石崇家。」或所本也。

夢窗八字連疊

詞中偶句有雙聲字，必用疊韻字對者，近人均未講求及此。夢窗甲稿探芳新上闋收二句云：「歎年端連環轉爛漫，游人如繡。」歎至漫八字連疊，則創見也。

選韻

學填詞先知選韻，琴調尤不可亂填，如水龍吟之宏放，相思引之悽纏，仙流劍客，思婦勞人，宮商各有所宜。則知塞翁吟祇能用東鍾韻矣。

換頭

換頭處六字句有挺接者，如南去、北來、何事之類。有添字承接者，如因甚、回想之類，亦各有所宜。若美成之塞翁吟，換頭忡忡二字，賦此者亦祇能疊韻以和琴聲。學者試熟思之，卽得矣。

填詞一義

填詞二字不知何始，填之訓築土，孟子曰：「填然鼓之。」亦是一義。

詞如古詩

詞如詩，可摸擬得也。南唐諸家，回腸蕩氣，絕類建安。柳屯田不着筆墨，似古樂府。辛稼軒俊逸似鮑明遠。周美成渾厚擬陸士衡。白石得淵明之性情。夢窗有康樂之標軌。皆苦心孤造，是以被弦管而格幽明，學者但於面貌求之，抑末矣。

宋以後無詞

宋以後無詞，猶之唐以後無詩，詞故詩之餘也。晏、范、歐、蘇、後山、山谷、放翁，皆極一時之盛。

宋四君相合

讀姑溪詞，而後知清真之大。讀友古詞，而後歎淮海之清。四君者，極相合者也。由其合以求其分，庶見廬山真面。

宋詞如唐詩

詞有南北宋，如詩之有中晚唐，界限分明。獨周公謹之於程書舟，微覺波瀾莫二。

百年以來無人道柳

陽湖派興，流宕忘返，百年以來，學者始少少講求雅音。然言清空者喜白石，好穠艷者學夢窗，諸婉工緻，則師公謹、叔夏。獨柳三變，無人能道其隻字已。

柳三變純乎其爲詞

詞源于詩，而流爲曲。如柳三變，純乎其爲詞矣乎。

以院本喻周柳

屯田詞在院本中如琵琶記，清真詞如會真記。

以小說喻周柳

屯田詞在小說中如金瓶梅，清真詞如紅樓夢。

評近人詞

王幼遐詞，如黃河之水，泥沙俱下，以氣勝者也。鄭叔問詞，剥膚存液，如經冬老樹，時一着花，其人品亦與白石爲近。朱古微詞，墨守一家之言，華實並茂，詞場之宿將也。文道羲詞，有稼軒、龍川之遺風，惟其斂才就範，故無流弊。張次珊詞，軒豁疏朗，尤有守律之功。宋芸子詞，非顓門，要自情韻不匱。夏劍丞詞，秀韻天成，似不經意而出，其鍛鍊仍具苦心。胡研孫詞，標格在梅溪、玉田之間，往往風流自賞。蔣次香詞，伊鬱善感，信筆寫出，亦鐵中之錚錚。況夔笙詞，手眼不必甚高，字字銖兩求合，其涉獵之精，非餘子可及。蕭琴石詞，老氣橫秋，乃時有拖沓之態，今遺稿不知流落何許矣。洪未聃詞，聰明絕世，亦復沉着有餘音。程子大詞，源於三十六體，粉氣脂光，令人不可逼視。易實甫詞，才大如海，惟忍俊不禁，猶有少年豪氣未除。王夢湘詞，工於賦愁，長於寫豔，故亦卓犖偏人。之數君者，投分既深，故能管窺及之，而竊歎爲不可及。客曰：「君詞自謂何如。」余曰：「天分太低，筆太直，徒能以作詩之法作詞耳。」

同光三家詞

同光間，鄉人塡詞者三家，楊蓬海恩壽、杜仲丹貴墀、張雨珊祖同也。雨珊嘗語余曰：「江浙人舌柔，開口便作崐腔，湘人不能及也。」執是而論，吾湘人之詞，將謂優於閩廣人耶。

鄭文焯論柳詞

近年詞家推鄭文焯氏，殫精覃思，每一調成，必三五易稿，其意境格趣，殆不僅冠絕本朝而已。而虛衷服善，於余發明柳詞，尤引爲同志。比重陽前夕，損書惠余，節錄於下：「前誦褒碧齋詞話，感君眞知，實異世士之延譽增重者。且獨於下走，論及品格，益歎數十年來朋契之深微，無以逾是。畢生苟一知己，可以無憾矣。卽以詞言，覺並世既少專家，求夫學人之詞，亦不可得，宜吾賢自況，以能詩餘力爲詩餘。如歐、蘇諸賢，皆恢恢有餘，柳三變乃以專詣名家，而當時轉述其俳體，大共非訾，至今學者，竟相與咋舌瞠目，不敢復道其一字。獨夢華推爲北宋巨手，揚波於前，又得君推瀾於後，遂使大聲發海上，亦足表微千古。凡有井水處，庶其思源泉混混，有盈科後進之一日乎。下走自去春奉教於君子，沈毅以求之，爲歲已積，百讀不厭，極意玩索，自謂近學，稍稍有獲。復取曩所校定私輯柳詞之深美者，精選三十餘解。更冥擇其一詞之命意所注，確有層折，如畫龍點睛，神觀飛越，只在一二筆，便爾破壁飛去也。蓋能見耆卿之骨，始可通清眞之神。不獨聲律之空積忽微，以歲世綿邈而求之至難。卽文字之託于音，切于情，發而中節，亦非深于文章，貫串百家，不能識其流別。近之作者，思如玉田所云妥溜者，尚不易得，况語以高健邪。其故在學人則手眼太高，不屑規規于一藝。不學者又專于此中求生活，以爲豪健可以氣使，哀艷可以情喻，深究可以言工。不知比興，將焉用文。元、明迄今，迷不知其門户，噫亦難已。近略有奥悟，惟君可以折中。兹先寫上新製一解，切乞誨音，幸有以和之。猶記十年前，在京師連句，和美成此曲，未審君曾存稿無。忽忽一紀，世變紛歧，怳若昨夢，仍爲江南詞客，相與寂漠終老耳。思之泫然，聽雨寄聲，聊次詹對。」其時鄭君函眎新製竹馬子，故箋末及之。觀此，則其自負可知也。

六十一家詞選例言字字可寶

詞選舊匙善本，王蘭泉祖述竹垞，以南宋爲極詣，其詞綜率人録一二首，尤多詠物之作，不足以知升降也。本朝詞選，周止菴最精，張臯文最約，若馮夢華之六十一家詞選例言，可謂囊括先民之矩矱，開通後學之津梁，字字可寶矣。

姜吴雙峯並峙

白石擬稼軒之豪快，而結體于虚。夢窗變美成之面貌，而鍊響於實。南渡以來，雙峯並峙，如盛唐之有李、杜矣，顧詞人領袖必不相輕。今夢窗四稿中，屢和石帚，而姜集中不及夢窗，疑不可考。至草堂詩餘不選石帚一字，則又咄咄一怪事。

小令是天籟

詞有天籟，小令是已。本朝詞人，盛稱納蘭成德，余讀之，但覺千篇一律，無所取裁。鹿虔扆、馮正中之流，不如是也。余學詞，不敢作小令，學詩不敢作五言截句，心知其意而已。

宋元詞用方言古語

宋、元以來，詞用方言古語，如楊西樵「白袷春來學意錢」，意錢卽攤錢，見漢書梁冀傳。周美成「便搊撮九百身心」，陳無己曰：「世人以癡爲九百。」劉言史「迸郤琉璃義甲聲」，彈箏所以護甲者，如假髻曰義髻，笛有義嘴，衣有義襴，皆言外也。字義皆不可解。

夢窗用塊字

夢窗自度腔西子妝慢云：「凌波斷橋西塊。」塊字習用，而今字書、韻書皆未搜。

白話詩詞

古詩「行行重行行」，尋常白話耳，趙宋人詩，亦說白話，能有此氣骨否。李後主詞，「簾外雨潺潺」，尋常白話耳，金、元人詞亦說白話，能有此纏綿否。

周詞繼柳

上三下五八字句，惟屯田獨擅，繼之者美成而已。

柳詞從古樂府出

柳詞云：「算人生悲莫悲於輕別。」又云：「置之懷袖時時看。」此從古樂府出。美成詞云：「大都世間最苦惟聚散。」乃得此意。

夢窗用柳詞法

柳詞夜半樂云：「怒濤漸息，樵風乍起，更聞商旅相呼，片帆高舉。汎畫鷁、翩翩過南浦。」此種長調，不能不有此大開大闔之筆。後吳夢窗鶯啼序云：「長波妒盼，遥山羞黛，漁鐙分影春江宿，記當時短檝桃根渡。」三四段均用此法。

柳詞夜半樂二首不同

柳詞夜半樂二首，時令雖不同，而機杼則一。蓋一係初作，一係隨時改定稿，而並存之。其他重文誤字，不一而足，說見余審定柳詞本。

清真綺寮怨

周清真綺寮怨第三四句「映水曲、翠瓦朱簾，垂楊裏、乍見津亭」。元人王竹澗則云：「疏簾下、茶鼎孤烟，斷橋外、梅豆千林。」純作對偶語，不成綺寮怨矣，此不明句調之失。鄙人嘗論詞有單行，有儷體，學者不可不考。至陳西麓和作失去清字一韻，尤爲疏忽。

訂正詞律

萬紅友詞律一書，光緒初年杜文瀾氏重加校刊，燦然大備。鄙見所及，偶有訂正。如第五卷，葉少藴應天長，萬注柳詞，于渺字意字俱協韻，而不知起句老字，柳已領韻，此葉詞之失也。九卷垂絲釣注，飲字不是韻，杜校疑爲宴字之誤。按飲、掩聲轉韻近，並非誤字。十三卷塞翁吟算終是注，終宜仄，疑是縱之訛。按此字平仄，似可不拘，夢窗又一作好花，是花字亦平也。法曲獻仙音註，夢窗冷字不叶韻，而以宛相向連上讀。不知吴音冷讀如朗也。十六卷迷神引回向烟波路注，疑回字上下多一字。按回字因向字形近而重出。下段怪竹枝歌聲聲苦，又重一聲字。此調本七十九字，去此二字，與柳詞合也。至卷二相見歡下注，即秋夜月，不知何據。而卷十二，又有正調秋夜月。浪淘沙下録浪淘沙慢，木蘭花下録木蘭花慢、木蘭花令，而雨中花慢，又不録于雨中花下。雙雁兒即醉紅妝，萬以其一押韻爲又一調。錦帳春即錦堂春，燕飛忙、鶯語亂，亂字是韻。觀洛水詞，問何人留得住，住亦韻也，而萬以爲兩調。柳詞雨中花慢，宋本作錦堂春，宜從宋本，今列于雨中花慢。凡此之類，疏略尚多。若杜校編韻，三覺之樂，與十藥之樂字不甚分明。至以駐馬聽入青韻，而隔簾聽入徑韻，則亦强爲分别矣。

賀雙卿詞

史震林西清散記載賀雙清頗詳，余幼時酷愛其詞，曾作文弔之。黄韻珊詞選亦取以爲本朝閨秀之冠，如孤雁殘鐙，尤其擅名者也。近閲董東亭東臯雜鈔，見藝海珠塵。則以爲金壇田家婦張氏慶青之作，里居則同，姓名互異，殆不可考矣。

歷代詩餘詞人姓氏之誤

御選歷代詩餘，王奕清奉勑編定，録詞人姓氏者，率以是爲藍本，其中顛倒錯誤，不可枚舉。如晁補之，神宗時進士，元祐初爲太學正，則謂元祐初應進士。程泌、陳亮皆紹熙時進士，則誤作紹興。魏了翁，慶元五年進士，則誤爲元年。劉光祖，慶元中官侍御史，則誤爲紹興。至王觀，官翰林學士賦應制詞，爲宣仁太后所謫，自係神宗時，而以爲元祐二年進士。又張昇本傳，祇云第進士，而以爲大中祥符八年進士，不知何據也。

鈔本夢窗詞

光緒己亥，半唐給諫臚舉五例校定夢窗詞。迄戊申，古微先生重加校刻，極爲精審。最後於滬上得明萬曆二十六年太原張氏手鈔本，題目下均載宫調，篇次亦小有不同，足訂毛本之失。其他空字處補字處，皆極精當，得此乃爲足本。諸公搜討之勤，固夢窗之靈也。其最可寶貴者，如秋思耗自來無第二首，意者爲夢窗自度腔，而耗字殊費解。既觀鈔本，曲名祇秋思二字。至耗字之衍，則題下荷塘上應有毛字，而隔行第三字爲香字，以香字之禾配以毛字，遂成大錯。又如疏影賦墨梅，殊不似疏影。鈔本則題上有「前用暗香腔，後用疏影腔」十字，蓋前段「數點酥鈿」下，本不空四字，而收句少一微字，乃暗香腔也。亟録之，以告海内之讀夢窗詞者。按：鈔本祇作夢窗詞集，無「甲乙丙丁」字，亦無「宋吳文英」四字。

夢窗夜飛鵲詞

半唐五例第二條有云：「若幽芬之作幽芳，繡被之作翠被，浪費楮墨，何關校讎。」今按夜飛鵲詞「人影斷幽芬，深閉千門」。鈔本芬作坊，與芬芳字義有尺咫之别。此必一本有幽芳作幽芬，而芳又坊之訛，讀書顧可恃乎哉。使半唐得此，必躍然以喜矣。

白石詞沿舊本之誤

庚戌之秋，沈子培提學以仿刻姜白石詞見遺，其後題嘉泰壬辰。辰當爲戌，以嘉泰無壬辰也。至詞中誤字，亦往往而有，如角招起句云：「爲春瘦，何堪更，繞湖盡是垂柳。」按此調第三句本祇六字，不知何時湖上多一西字，遂使旁注少一宫譜，此皆沿舊本之誤。

詞貴清空尤貴質實

姜白石長亭怨慢云：「樹若有情時，不會得青青如此。」王碧山云：「水遠、怎知流水外，卻是亂山尤遠。」似覺輕俏可喜，細讀之豪無理由。所以詞貴清空，尤貴質實。

詞論

〔清〕張祥齡撰

詞論目録

詞論

學詞當自叩用工甘苦

辭章一道，好尚各殊，如講學家各分門户。詞有南北，出主入奴，喜疏快者，麗密以爲病，主氣行者，烹鍊以爲嗤，求悦於人難矣。予言不問人論何如，自叩用工甘苦，深造有得，天下非之而不顧。況知者愈少，傳也必遠，焜燿一時希貴哉。

詞變體格

周清真，詩家之李東川也。姜堯章，杜少陵也。吴夢窗，李玉谿也。張玉田，白香山也。詩至唐末，風氣盡矣，詞家起而争之，如文至齊、梁，風氣盡矣，古文家起而争之。争之者何也，非謂文至六朝，詩至五代，無文與詩也，豪傑於兹，踵而爲之，不過仍六朝、五代，故變其體格，獨絶千古，此文人狡獪也。詞至白石，疏宕極矣。夢窗輩起，以密麗争之。至夢窗而密麗又盡矣，白雲以疏宕争之。三王之道若循環，皆圖自樹之方，非有優劣。況人之才質限於天，能疏宕者不能密麗，能密麗者不能疏宕。片玉善言羈旅，白雲善言隱逸，終身由之而不知其道者，天也。

詞家才氣不同

辛、劉之雄放，意在變風氣，亦其才祇如此。東坡不耐此苦，隨意爲之，其所自立者多，故不拘拘於詞中求生活。若夢窗舍詞外，莫可豎立，故殫心血爲之，是丹非朱，眼光未大。

詩詞體格不同

詞，詩家之賊，差以毫釐，失之千里。作詩，則詞意詞字不容出入。片玉人稱善融唐詩，稼軒或用楚辭，此亦偶然，長處固不在是。如謂詩佳，何不誦唐詩。非謂詩之道大，詞之道小，體格然也。

文章風氣不同

文章風氣，如四序遷移，莫知爲而爲，故謂之運。左春右秋，冰蟲之見，生今反古，是冬箑夏爐，烏乎能。安序順天，愚者一得。昌黎起八代之衰，亦運使然。南唐二主，馮延巳之屬，固爲詞家宗主，然是勾萌，枝葉未備。小山、耆卿，而春矣。清真、白石，而夏矣。夢窗、碧山，已秋矣。至白雲，萬寶告成，無可推徙，元故以曲繼之。此天運之終也。

詞家卓然成立不過數人

文體一變，鼻祖者不過一二人。充其變之所造，窮其變之所極，又不過數人。兩都之後有兩京三都，詞著者六七十家。其卓然成立，不過數人，豈易事哉。

詞主譎諫

詞主譎諫，與詩同流。稼軒摸魚兒，酒邊阮郎歸，鹿虔扆之金鎖重門，謝克家之依依宮柳之屬，所謂國風好色而不淫，小雅怨悱而不亂，此固有之。但不必如張皋文膠柱鼓瑟耳。

詞尚氣骨

龍川水調歌頭云：「堯之都，舜之壤，禹之封。於今應有一個半個恥和戎。」念奴嬌云：「因笑王謝諸人，登高懷遠，也學英雄涕。」世謂此等爲洗金釵鈿盒之塵，不知洗之者在氣骨，非在選字。周、姜綺語，不患大家。若以叫囂粗猵爲正雅，則未之聞。

詞不宜過於澀鍊

尚密麗者失於雕鑿。竹山之鷺曰瓊絲，鴛曰繡羽。又霞鑠簾珠，雲蒸篆玉，翠簨翔龍，金樅躍鳳之屬，過於澀鍊，若整疋綾羅，剪成寸寸。七寶樓臺，蓋薄之之辭。吴中七子，流弊如此。反是者又復鄙俚，山谷之村野，屯田之脫放，則傷雅矣。作者自酌其才，與何派相近，一篇之中，又不可雜合，不配色。意鍊則辭警闢，自無淺俗之患。若夫興往情來，召吕命律，吐納山川，牢籠百代，又非飣餖所知矣。

詞應守律

詞有定律，不能緬越，宋賢莫不確守成法。祥齡不解音律，然於上去字，未嘗不謹。

近詞叢話

徐珂撰

近詞叢話目録

近詞叢話

太清春工詩詞

太清西林春，姓顧氏，蘇州人。才色雙絶，爲貝勒奕繪之側福晉，有天游閣集。所作詞名東海漁歌，玆録其三闋焉。慈溪記遊調寄浪淘沙云：「花木自成蹊。春與人宜。清流荇藻蕩參差。小鳥避人棲不定，撲亂楊枝。歸騎踏香泥。山影沉西。鴛鴦冲破碧烟飛。三十六雙花樣好，同浴清溪。」山行調寄南柯子云：「絺綌生涼意，肩輿緩緩遊。連林梨棗綴枝頭。幾處背陰籬落挂牽牛。遠岫雲初斂，斜陽雨乍收。牧蹤樵徑細尋求。昨夜驟添溪水繞邨流。」春夜調寄早春怨云：「楊柳風斜。黄昏人靜，睡穩棲鴉。短燭燒殘，長更坐盡，小篆添些。紅樓不閉窗紗。被一縷春痕暗遮。淡淡輕烟，溶溶院落，月在梨花。」太清嘗與貝勒雪中並轡游西山，作内家妝束，披紅斗篷，於馬上撥鐵琵琶，手潔白如玉，見者咸謂爲王嫱重生也。

或曰，龔定庵嘗通殷勤於太清，事爲貝勒所知，大怒，立逼太清歸，而索龔於客邸，將殺之，龔孑身逃以免。然其事未可盡信。如皋冒廣生有記太清遺事六首，録之以資攷證。詩云：「如此佳人信莫愁。出身嫁得富平侯。九年占盡專房寵，妙華夫人以道光庚寅七月逝。四十文君倘白頭。」太清與貝勒同生于嘉慶己亥，明善堂詩編至戊戌，則太清之寡恰四十齊頭矣。「一夜瑤臺起朔風。彫殘金鎖淚珠紅。秦生晚遇潘生死，秦、潘皆醫也。腸斷天家鄭小同。」太清于道光甲午正月五日生子，因與己同日，故名載同。是年十二月，以痘殤。「寫經親禮玉皇前。太清曾集玉皇心印經，爲五言詩四首。偷翦黃絁便學仙。太清有道裝小象，道士黃雲谷所畫。不畫雙成伴王母，石榴可惜早生天。」石榴，太清侍婢名，早卒。「信是長安俊物多。紅禪詞句不搜羅。淮南別有登仙犬，一唱雙鬟奈若何。」雙鬟，太清所蓄犬也。雙鬟病火，清拈一字與之，拈得福字，衆皆曰：「吉。」太清曰：「不祥也。是示一口田耳。」道人有金縷曲云：「示一口田埋薄命」，卽用本事。「貂裘門下列衣冠。「綠服庭前兒女，貂裘門下衣冠」。太清春燈詞也。詞到歡娛好最難。忽忽不知春料峭，水精簾外有天寒。」「太平湖畔太平街。邸西爲太平湖，邸東爲太平街，見貝勒上夕侍宴詩註。南谷春深葬夜來。南谷，大房山東，貝勒與太清葬處。人是傾城姓傾國，丁香花發一低徊。」

程蕙英工詩詞

陽湖程蕙英茝儔，著有北窗吟稿。家貧，爲女塾師，曾作鳳雙飛彈詞，才氣橫溢，紙貴一時。所爲詩純乎閱世之言，非尋常閨秀所能。其自題鳳雙飛後寄楊香畹云：「半生心跡向誰論。願借霜毫說與君。未必笑啼皆中節，敢言怒罵亦成文。驚天事業三秋夢，動地悲歡一片雲。開卷但供知己玩，任教俗輩耳無聞。」

鄭太夫人工詩詞

錢塘鄭太夫人名蘭孫，字娱清，爲仁和徐若洲司馬鴻謨之婦，花農侍郎琪之母。工詩詞，閨中賡唱之暇，嘗以課子。自道光丙申至咸豐壬子，删存詩詞八百餘首，分爲兩集，一曰都梁香閣，一曰蓮因室，中以隨宦江北時所作者多。方粤寇之初陷揚州也，從其姑孫太夫人倉卒出城，服物皆不復顧。惟奉先世畫像、及高宗賜文穆公本詩墨蹟，並司馬爲太夫人所書詩詞手册以行。其後恭親王弈訢題詩於侍郎所刊太夫人之詩詞集，有二句云：「漫將趙管圖書擬，忠孝遺徽此幀中。」即指在也。太夫人吟詠餘晷，喜諷梵經。其在如皋時，居東岳禪院旁，嘗以十四晝夜，禮妙法蓮華經七部，故其所作時有禪悟，與司馬所著之簷蔔花館詩，並稱於時。

毗陵莊氏閨秀工詩詞

毗陵多閨秀，世家大族，彤管貽芬，若莊氏、若惲氏、若左氏、若張氏、若楊氏，固皆以工詩詞著稱於世者也。今以莊氏言之，則有回生之婦沈恭人，及次女静芬、季女蕢孫，儀生之婦卓媛，字縈素，柱之婦錢太夫人，定嘉之婦荆安人，及長女德芬。存與之次女暎之，季女玉芝。培因之長女環瑛，高駰之婦李孺人，蓉讓之長女玉珍及次女，逢原之女芬秀，闕和之女盤珠，文和之長女如珠，雋甲之婦汪孺人，鈞之次女素馨，炘之次女婉嫻，述之婦夏孺人，映垣之季女若韞，翊昆之婦楊孺人，自康熙以迄同治，凡得二十二人，皆以詩詞名于時，而盤珠尤著。

石門徐氏一門能詩詞

石門徐迓陶太守寶謙，工詩文辭，一門風雅，論語溪門望者，當首推之。太守嘗與其婦蔡氏唱和於月到樓，女孫畹貞、蕙貞、自華、蘊華，咸侍側，分韻賦詩，里巷傳爲盛事。自華、蘊華，尤著稱于時。自華寄塵有懺慧詞。蘊華字小淑，侯官林亮奇文學景行之室也，有詩詞刊入南社集。

詞學名家之類聚

明崇禎之季，詩餘盛行，人沿竟陵一派。入國朝，合肥龔鼎孳、真定梁清標，皆負盛名。而太倉吳偉業尤爲之冠，其詞學屯田、淮海，高者直逼東坡，王士禎以爲明黄門陳子龍之勁敵。自餘若錢塘吳農祥、嘉興王翃、周篔，亦有名於時。其後繼起者，有前七家、後七家，前十家、後十家之目。前七家者，華亭宋徵輿、錢芳標，無錫顧貞觀，新城王士禎，錢塘沈豐垣，海鹽彭孫遹，滿洲性德也。徵輿字轅文，其詞不減馮韋。芳標字葆馚，原出義山，神味絶似淮海。貞觀字華峯，號梁汾，考聲選調，吐華振響，浸浸乎薄蘇、辛而駕周、秦。士禎字貽上，號阮亭，别號漁洋山人，尤工小令，逼近南唐二主。豐垣字遹聲，其詞柔麗，源出於秦淮海、賀方回。孫遹字羨門，多唐調，士禎撰倚聲集，推爲近今詞人第一，嘗稱其吹氣若蘭，每當十郎，輒自愧傖父。性德原名成德，字容若，其品格在晏叔原、賀方回間。更益以華亭李雯、錢塘沈謙、宜興陳維崧三家，遂爲十家。雯字舒章，語多哀豔，逼近温、韋。謙字去矜，步武蘇、辛，而以五代北宋爲歸。維崧字其年，鬱青霞之奇氣，譜烏絲之新製，實大聲宏，激昂善變者也。同時與其年齊名者，爲秀水朱彝尊。彝尊字錫鬯，號竹垞，當時朱陳村詞，流遍宇内，傳入禁中。彝尊又别出新意，集唐人詩成數十闋，名蕃錦集，殊有妙思，士禎見之，以爲殆鬼工也。然彝尊詞一宗姜、張，其弟子李良年、李符輔佐之，而其傳彌廣。康乾之際，言詞者幾莫不以朱、陳爲範圍，惟朱才多，不免於碎，陳氣盛，不免于率，故其末派，有俳巧奮末之病。錢塘厲鶚、吳縣過春山，近朱者也。興化鄭燮、鉛山蔣士銓，近陳者也。太倉王時翔、王策諸人，獨軼出朱、陳兩家之外，以晏、歐爲宗。時翔字抱翼，其詞淒惋動人。策字漢舒，意味深長，亦自名家。至宜興史承謙、荆溪任曾貽，自出杼軸，獨抒性靈，于宋人吸其神髓，不沾沾襲其面貌。一語之工，令人尋味無窮，而又不失體裁之正則，亦詞家之作手也。

乾嘉之際，作詞者約分浙西、常州二派。浙西派始於厲鶚，常州派始於武進張惠言。鶚詞宗彝尊，而數用新事，世多未見，故重其富，後生效之，每以捃摭爲工，後遂浸淫，而及於大江南北，然鈔撮堆砌，音節頓挫之妙，未免蕩然。惠言乃起而振之，與其弟琦選唐、宋詞四十四家，百六十首，爲詞選一書，闡意內言外之旨，推文微事著之原，比傅景物，張皇幽渺，約千編爲一簡，蹙萬里於徑寸，誠爲樂府之揭櫫，詞林之津逮。故所撰作，亦觸類修暢，悉臻正軌。其友人惲敬、錢寄重、丁履恆、陸繼輅、左輔、李兆洛、黃景仁、鄭善長輩，亦皆不愧一時作家。其學于惠言而有得者，則歙縣金應城、金式玉也。其以惠言之甥而傳其學者，則武進董士錫也。荆溪周濟，友於士錫，嘗謂詞非寄託不入，專寄託不出，其所立論，實足推明張氏之說而廣大之。所著味雋齋詞及止齋詞，堪與惠言之茗柯詞，把臂入林。蓋自濟而後，常州詞派之基礎，益以鞏固，潘德輿雖著論非之，莫能相掩也。

後七家者，張惠言、周濟、龔自珍、項鴻祚、許宗衡、蔣春霖、蔣敦復也。惠言字皋文，濟字保緒，號止庵自珍字定庵，鴻祚字蓮生，宗衡字海秋，春霖字鹿潭，敦復字劍人。七家中蓮生、海秋、鹿潭之作，大都幽豔哀斷，而鹿潭尤婉約深至，流别甚正，家數頗大，人推爲倚聲家老杜。合以張琦、姚燮、王拯三家，是爲後十家，世多稱之。其效常州派者，光緒朝有丹徒莊棫、仁和譚獻、金壇馮煦諸家。棫字中白，獻字仲修，煦字夢華。光宣間之倚聲大家，則推臨桂王鵬運、況周頤、歸安朱祖謀、漢軍鄭文焯。鵬運字幼霞，周頤字夔笙，祖謀字古微，文焯字叔問。

朱陳村詞

宜興陳其年檢討維崧，少清臞，冠而於思，鬚浸淫及顴準，儕輩號爲陳髯。性好雅游，以文章鉅麗，爲海内推重。相與蹴角壇坫者，吴江吴漢槎、雲間彭古晉也。吴梅村有江左三鳳皇之目。其年未達時，嘗自中州入都，與朱竹垞合刻所著曰朱陳村詞，流傳入禁中，曾蒙聖祖賜問襃賞。

王井叔好填詞

王井叔客揚州數年，文采富豔，傾動時流。好填詞，所著名月底修簫譜，倚聲家頗傳誦之。未幾搆疾遽卒，年猶未及三十也。彌留時，與其婦曹夫人相訣，約三年卽見，至期，曹夫人果亦香消玉殞矣。

詞家創格

麟見亭河帥，曾以游歷所至，分繪所圖，名曰鴻雪因緣，自爲之記，並囑吴門戈寶士明經各附一詞於後。

長洲陶梟薌宗伯則舉生平境遇，自繫以詞，寓編年紀事于協律中，皆爲詞家創格，紅豆樹館詞，五六兩卷是也。其記嘉慶癸酉，林清遣其黨陳爽、陳文魁，潛結太監閻進喜等，突入大内滋事，百字令云：「刀光如雪，鎮驚魂一霎，頭顱依舊。密館校書剛日午，猝遇跳梁小醜。義膽同拚，兇鋒正鋭，血濺門争守。狼奔豕突，半空霹靂驚走。更遣飛騎訛傳，款關諜報，匪黨還交搆。往事思量成噩夢，差幸餘生虎口。淨掃攙槍，肅清輦轂，功大誰稱首。神槍無敵，當今神武天授。」

吴蘋香詞似漱玉

吴蘋香女史，初好讀詞曲，後乃自作，亦復駸駸入古。錢唐梁應來題其速變男兒圖有句云：「南朝幕府黄崇嘏，北宋詞宗李易安。」非虚譽也。著有花簾詞一卷，逼真漱玉遺音。其祝英台近詠影云：「曲欄低，深院鎖。人晚倦梳裹。恨海茫茫，已覺此身墮。那堪多事青燈，黄昏纔到，又添上影兒一個。最無那，縱然著意憐卿，卿不解憐我。怎又書窗，依依伴行坐。算來驅去應難，避時尚易，索掩卻繡幃推卧。」河傳云：「春睡。剛起。自兜鞋。立近東風，費猜。繡簾欲鉤人不來。徘徊。海棠開未開。料得曉寒如此重。烟雨凍。一定留春夢。甚繁華。故遲些。輸他。碧桃容易花。」如夢令燕子云：「燕子未隨春去。飛入繡簾深處。軟語話多時，莫是要和儂住。延佇。延佇。含笑回他不去。」女史父夫皆業賈，無一讀書者，而獨工倚聲，真夙世書仙也。

徐紫仙填詞自遣

仁和徐紫仙女士雲芝，爲若洲司馬鴻謨娛清太夫人蘭孫之女，花農侍郎琪之姊，好倚聲，卽以咸豐戊午辛酉，兩次刲股療母疾，著稱於時者也。咸豐初，隨宦揚州，適有粵寇之擾，紫仙乃與侍郎同侍太夫人避居如皋，雖晨炊暮爨，紫仙亦兼任之。然稍暇，必填小詞以自遣，多雋句，可與侍郎之玉可詞、落葉詞並傳。癸亥，適袁子才之從曾孫蔚文上舍，倡隨甚得。及太夫人卒，以思慕成疾，遂至不起，時同治癸亥也。所著爲秀瓊詞，恭忠親王弈訢題詞以譽之，有「裁雲縫月，驪珠一一陽春調」等句。

譚復堂爲詞學大家

同光間有詞學大家，前乎王幼霞給諫、況夔笙太守、朱古微侍郎、鄭叔問中翰。爲海內所宗仰者，譚復堂大令是也，大令既舉於鄉，一爲校官，旋筮仕于皖，以經術師吏治。簿書餘暇，輒招要朋舊，爲文酒之宴集，吮毫伸紙，搭拍應副，若不越乎流連光景之情文者。讀其詞者，則云幼眇而沉鬱，義隱而指遠，腷臆而若有不可于明言。蓋斯人胸中別有事在，而官止于令，犖然不能行其志，爲可太息也。大令所著復堂詞，在半厂叢書中。又選順康至同光人詞爲篋中詞。更取周濟詞辨，爲徐珂評泊之。其跋曰：「及門徐仲可中翰，録詞辨索予評泊，以示榘範。予固心知周氏之意，而持論小異。大抵周氏所謂變，亦予所謂正也，而折衷柔厚則同云云。」觀此，可以知復堂詞宗旨之所在矣。

王幼霞詞渾化

朱古微少時，隨宦汴梁，王幼霞以省其兄之爲河南糧道者至，遂相遇，古微乃納交於幼霞，相得也。已而從幼霞學爲詞，因益親。光緒庚子之變，八國聯軍入京城，居人或驚散，古微與劉伯崇殿撰福姚，就幼霞以居。三人者，痛世運之陵夷，患氣之非一日致，則發憤叫呼，相對太息。既不得他往，乃約爲詞課，拈題刻燭，于喁唱酬，日爲之無間，一闋成，賞奇攻瑕，不隱不阿，談諧間作，心神灑然，若忘其在顛沛兀𡵓中，而自以爲友朋文字之至樂也。幼霞天性和易，而多憂戚，若別有不堪者。既任京秩久，而入諫垣，抗疏言事，直聲震內外，然卒以不得志去位。光緒甲辰客死蘇州，其遇厄窮，其才未竟厥施，故鬱伊無聊之概，一於詞陶寫之。其詞導源碧山，復歷稼軒、夢窗，以還清真之渾化，與周濟之說固契若針芥也。

況夔笙述其填詞之自歷

況夔笙爲倚聲大家，著有第一生修梅華館詞，與王幼霞、朱古微相友善。其官秩亞於幼霞、古微，而聲望實與相埒。嘗自述其填詞之所歷曰：「余自同治壬申癸酉間，卽學填詞，所作多性靈語，有今日萬不能道者，而尖豔之譏，在所不免。光緒己丑，薄遊京師，與半塘共晨夕，半塘詞夙尚體格，於余詞多所規誡。又以所刻宋、元人詞屬爲校讎，余自是得窺詞學門徑。所謂重拙大，所謂自然從追琢中出，積心領神會之，而體格爲之一變。半塘亟獎藉之，而其它無責焉。夫聲律與體格並重也，余詞僅能平側無誤，或某調某句有一定之四聲，昔人名作皆然，則亦謹守弗失而已，未能一聲一字，剖析無遺，如方千里之和清真也。如是者二十餘年，繼與漚、尹以詞相切磨，漚、尹守律綦嚴，余亦恍然嚮者之失，齗齗不敢自放，乃悉根據宋、元舊譜，四聲相依，一字不易，其得力于漚、尹與得力于半塘同。人不可無良師友，不信然歟。大雅不作，同調甚稀，如吾半塘，如我漚尹，寧可多得。半塘長已矣，于吾漚尹，雖小別亦依黯。吾漚尹有同情焉，豈過情哉，豈過情哉。」半塘卽幼霞也，漚尹卽古微也。

程子大與況夔笙以詞相切劘

光緒庚寅辛卯間，況夔笙居京師，常集王幼霞之四印齋，唱酬無虛日。夔笙于詞不輕作，恆以一字之工、一聲之合，痛自刻繩，而因以繩幼霞。幼霞性雖懶，顧樂甚不爲疲也。己亥，夔笙客武昌，則與程子大以詞相切劘。幼霞聞之而言曰：「子大詞清麗緜至，取徑白石、夢窗、清真，而直入溫、韋，得夔笙微尚專詣以附益之，宜其相得益彰矣。」

朱古微述其塡詞之自歷

朱古微爲倚聲大家，著稱于光宣間，其所著爲彊村詞。嘗視學廣東，未滿任卽解組歸。嘗曰：「予素不解倚聲，歲丙申，重至京師，王幼霞給事時舉詞社，强邀同作。王喜獎借後進，於予則繩檢不少貸，微叩之，則曰：『君於兩宋塗徑，固未深涉，亦幸不睹明以後詞耳。』貽予四印齋所刻詞十許家，復約校夢窗四稿，時時語以源流正變之故。旁皇求索爲之，且三寒暑，則又曰可以視今人詞矣。示以梁汾、珂雪、樊榭、穉圭、憶雲、鹿潭諸作。會庚子之變，依王以居者彌歲，相對咄咄，倚玆事度日，意似稍稍有所領受，而王則翩然投劾去。辛丑秋，遇王于滬上，出示所爲詞九集，將都爲半塘定稿，且堅以互相訂正爲約。予强作解事，于王之閎指高韻，無能擧似萬一。王則敦促録副去，許任删削，復書至，未浹月，而王已歸道山矣。自維劣下，靡所成就，卽此趦趄小言，度不能復有進益，而人琴俱逝，賞音闃然，感歎疇昔，惟有腹痛。」既刊王之半塘定稿，復用其指，薙存拙詞若干首，以付剞氏。

鄭叔問尤長倚聲

鄭叔問爲蘭坡中丞之子，以承平少年，羈滯吴下，數十年負時望，宏博精敏，著書滿家。出其緒餘，尤長倚聲，才力雄獨，進復古音，追撢兩宋，精辨七始，同時詞流如易實甫、王夢湘，未之或先也。德清俞曲園太史樾嘗曰：「入叔問之室，輒見其左琴右書，一鶴翔舞其間，超然有人外之致，宜其詞之工也。」

張沚蓴填詞有心得

錢塘張沚蓴，名上龢，家世通門，領聞劭學，冠絶流輩。久官畿輔，吏事精敏，不廢嘯歌。于填詞一道，尤有心得。光緒丁酉戊戌間，吴昌綬客津沽，奉手承教，酬和極歡，傳牋之使，頓轡以待。時津門已多南曲中人，烟墨脂黛，取給醉夢，太守不怒而笑，頗賙其乏，滿庭芳詞所謂花間流鶯，皆事實也。公子孟劬太守爾田，與吴常過從，問羣書流別，以古學相切劘，陪游羣紀之間，引爲至樂。比謝事還，卜居蘇州，與鄭叔問、朱古微婆娑尊俎間，商榷舊藝，倚聲益富。識者皆謂沚蓴寢饋宋賢，造語下字分寸節奏，悉合規度，可傳者逾數百篇，乃矜慎芟訂，僅録吴漚烟語一卷。

言琴吾謂詞須審音

古人填詞，好用熟調，如草窗諸老，熟於一調，必屢填之，以和其手腕，此長調也。小山於小令，亦填一調至十數，蓋亦避生就熟，易于著筆耳。常熟言琴吾大令家駒，治詞學至五十年之久，所著鷗影詞六卷，幾于無調不備。且每有所作，輒從事絃管，以求諧律。嘗謂詞之爲道，承詩之盛，開曲之先，不深音韻，不窮律吕者，率爾操觚，恆至傷斲。始宋、元以逮今，海内勝流無不嗜此者，以能審音也。琴吾有子仲遠，總戎敦源，亦以文學政治名於時。

人間詞話

王國維撰

人間詞話目録

刪稿

附錄一

附録二

人間詞話

詞以境界爲最上

詞以境界爲最上。有境界則自成高格，自有名句。五代北宋之詞所以獨絶者在此。

造境與寫境

有造境，有寫境，此理想與寫實二派之所由分。然二者頗難分别。因大詩人所造之境，必合乎自然，所寫之境，亦必鄰於理想故也。

有我之境與無我之境

有有我之境，有無我之境。「淚眼問花花不語，亂紅飛過秋千去」，「可堪孤館閉春寒，杜鵑聲裏斜陽暮」，有我之境也。「采菊東籬下，悠然見南山」，「寒波淡淡起，白鳥悠悠下」，無我之境也。有我之境，以我觀物，故物皆著我之色彩。無我之境，以物觀物，故不知何者爲我，何者爲物。古人爲詞，寫有我之境者爲多，然未始不能寫無我之境，此在豪傑之士能自樹立耳。

優美與宏壯

無我之境，人唯于靜中得之。有我之境，于由動之靜時得之。故一優美，一宏壯也。

寫實家與理想家

自然中之物，互相關係，互相限制。然其寫之于文學及美術中也，必遺其關係、限制之處。故雖寫實家，亦理想家也。又雖如何虛構之境，其材料必求之于自然，而其構造，亦必從自然之法則，故雖理想家，亦寫實家也。

境非獨謂景物

境非獨謂景物也。喜怒哀樂，亦人心中之一境界。故能寫真景物、真感情者，謂之有境界。否則謂之無境界。

鬧字與弄字

「紅杏枝頭春意鬧」，著一「鬧」字，而境界全出。「雲破月來花弄影」，著一「弄」字，而境界全出矣。

境界有大小

境界有大小，不以是而分優劣。「細雨魚兒出，微風燕子斜」，何遽不若「落日照大旗，馬鳴風蕭蕭」。

「寶簾閒挂小銀鉤」，何遽不若「霧失樓臺，月迷津渡」也。

境界爲探本之論

嚴滄浪詩話謂：「盛唐諸公，唯在興趣。羚羊挂角，無跡可求。故其妙處，透澈玲瓏，不可湊拍。如空中之音，相中之色，水中之影，鏡中之象，言有盡而意無窮。」余謂：北宋以前之詞，亦復如是。然滄浪所謂興趣，阮亭所謂神韻，猶不過道其面目。不若鄙人拈出「境界」二字，爲探其本也。

太白純以氣象勝

太白純以氣象勝。「西風殘照，漢家陵闕」，寥寥八字，遂關千古登臨之口。後世唯范文正之漁家傲，夏英公之喜遷鶯，差足繼武，然氣象已不逮矣。

温馮詞評

張臯文謂飛卿之詞「深美閎約」，余謂此四字，唯馮正中足以當之。劉融齋謂「飛卿精妙絶人」，差近之耳。

温韋馮詞品

「畫屏金鷓鴣」，飛卿語也，其詞品似之。「絃上黄鶯語」，端己語也，其詞品亦似之。正中詞品，若欲于其詞句中求之，則「和淚試嚴妝」，殆近之歟。

南唐中主詞

南唐中主詞：「菡萏香銷翠葉殘，西風愁起綠波間。」大有衆芳蕪穢，美人遲暮之感。乃古今獨賞其「細雨夢回鷄塞遠，小樓吹徹玉笙寒」，故知解人正不易得。

句秀骨秀與神秀

温飛卿之詞，句秀也。韋端己之詞，骨秀也。李重光之詞，神秀也。

李後主詞眼界大

詞至李後主而眼界始大，感慨遂深，遂變伶工之詞而爲士大夫之詞。周介存置諸温、韋之下，可謂顛倒黑白矣。「自是人生長恨水長東」，「流水落花春去也，天上人間」，金荃、浣花，能有此氣象耶。

後主不失其赤子之心

詞人者，不失其赤子之心者也。故生于深宫之中，長于婦人之手，是後主爲人君所短處，亦卽爲詞人所長處。

李後主性情真

客觀之詩人，不可不多閱世。閱世愈深，則材料愈豐富，愈變化，水滸傳、紅樓夢之作者是也。主觀之詩人不必多閱世。閱世愈淺，則性情愈真，李後主是也。

後主詞以血書者

尼采謂：「一切文學，余愛以血書者。」後主之詞，真所謂以血書者也。宋道君皇帝燕山亭詞亦略似之。然道君不過自道身世之戚，後主則儼有釋迦、基督，擔荷人類罪惡之意，其大小固不同矣。

馮詞開北宋風氣

馮正中詞雖不失五代風格，而堂廡特大，開北宋一代風氣。與中後二主詞皆在花間範圍之外，宜花間集中不登其隻字也。

馮正中醉花間

正中詞除鵲踏枝、菩薩蠻十數闋最煊赫外，如醉花間之「高樹鵲啣巢，斜月明寒草」，余謂韋蘇州之「流螢渡高閣」，孟襄陽之「疏雨滴梧桐」不能過也。

歐詞本馮詞

歐九浣溪沙詞「綠楊樓外出秋千」，晁補之謂只一「出」字，便後人所不能道。余謂此本于正中上行杯詞

「柳外秋千出畫牆」，但歐語尤工耳。

永叔學馮詞

梅聖俞蘇幕遮詞「落盡梨花春事了，滿地斜陽，翠色和煙老」，劉融齋謂「少游一生，似專學此種」。余謂馮正中玉樓春詞「芳菲次第長相續，自是情多無處足。尊前百計得春歸，莫爲傷春眉黛促」。永叔一生似專學此種。

春草詞

人知和靖點絳脣、聖俞蘇幕遮、永叔少年游三闋爲咏春草絕調。不知先有正中「細雨濕流光」五字，皆能攝春草之魂者也。

晏詞意近詩蒹葭

詩蒹葭一篇，最得風人深致。晏同叔之「昨夜西風凋碧樹，獨上高樓，望盡天涯路」，意頗近之，但一灑落，一悲壯耳。

憂生憂世詞

我瞻四方，蹙蹙靡所騁」，詩人之憂生也。「昨夜西風凋碧樹。獨上高樓，望盡天涯路」似之。「終日馳車走，不見所問津」詩人之憂世也。「百草千花寒食路　香車繫在誰家樹」似之。

詞中三種境界

古今之成大事業、大學問者，必經過三種之境界。「昨夜西風凋碧樹，獨上高樓，望盡天涯路」，此第一境也。「衣帶漸寬終不悔，爲伊消得人憔悴」，此第二境也。「衆裏尋他千百度，回頭驀見，那人正在，燈火闌珊處」，此第三境也。此等語皆非大詞人不能道。然遽以此意解釋諸詞，恐爲晏歐諸公所不許也。

永叔詞沉着

永叔「人間自是有情癡，此恨不關風與月」，「直須看盡洛城花，始與東風容易別」，於豪放之中有沉着之致，所以尤高。

小山未足抗衡淮海

馮夢華宋六十一家詞選序例謂：「淮海、小山，古之傷心人也。其淡語皆有味，淺語皆有致。」余謂此唯淮海足以當之。小山矜貴有餘，但可方駕子野、方回，未足抗衡淮海也。

少游詞境凄惋

少游詞境最爲凄惋。至「可堪孤館閉春寒，杜鵑聲裏斜陽暮」。則變而凄厲矣。東坡賞其後二語，猶爲皮相。

秦詞氣象似詩

「風雨如晦，鷄鳴不已」，「山峻高以蔽日兮，下幽晦以多雨」，「霰雪紛其無垠兮，雲霏霏而承宇」，「樹樹皆秋色，山山盡落暉」，「可堪孤館閉春寒，杜鵑聲裏斜陽暮」，氣象皆相似。

詞中少陶詩薛賦氣象

昭明太子稱陶淵明詩「跌宕昭彰，獨超衆類，抑揚爽朗，莫之與京」。王無功稱薛收賦「韻趣高奇，詞義晦遠，嵯峨蕭瑟，真不可言」。詞中惜少此二種氣象，前者唯東坡，後者唯白石，略得一二耳。

詞之雅鄭在神不在貌

詞之雅鄭，在神不在貌。永叔、少游雖作艷語，終有品格。方之美成，便有淑女與倡伎之別。

美成創意少

美成深遠之致不及歐、秦，唯言情體物，窮極工巧，故不失爲第一流之作者。但恨創調之才多，創意之才少耳。

詞忌用替代字

詞忌用替代字。美成解語花之「桂華流瓦」，境界極妙，惜以「桂華」二字代月耳。夢窗以下，則用代字更多。其所以然者，非意不足，則語不妙也。蓋意足則不暇代，語妙則不必代。此少游之「小樓連苑」、「綉轂雕鞍」所以爲東坡所譏也。

提要譏用代字

沈伯時樂府指迷云：「說桃不可直說破桃，須用『紅雨』、『劉郎』等字。說柳不可直說破柳，須用『章臺』『灞岸』等字。」若惟恐人不用代字者。果以是爲工，則古今類書具在，又安用詞爲耶。宜其爲提要所譏也。

美成詞得荷之神理

美成蘇幕遮詞：「葉上初陽乾宿雨。水面清圓，一一風荷舉。」此真能得荷之神理者。覺白石念奴嬌、惜紅衣二詞，猶有隔霧看花之恨。

東坡和楊花似原唱

東坡水龍吟詠楊花，和韻而似原唱。章質夫詞，原唱而似和韻。才之不可强也如是。

白石詠梅無一語道着

詠物之詞，自以東坡水龍吟爲最工，邦卿雙雙燕次之。白石暗香、疏影，格調雖高，然無一語道着，視古人「江邊一樹垂垂發」等句何如耶。

白石寫景隔一層

白石寫景之作，如「二十四橋仍在，波心蕩、冷月無聲」，「數峯清苦，商略黃昏雨」，「高樹晚蟬，説西風消息」，雖格韻高絶，然如霧裏看花，終隔一層。梅溪、夢窗諸家寫景之病，皆在一「隔」字。北宋風流，渡江遂絶，抑真有運會存乎其間耶。

隔與不隔

問隔與不隔之别，曰：陶謝之詩不隔，延年則稍隔矣。東坡之詩不隔，山谷則稍隔矣。「池塘生春草」、「空梁落燕泥」等二句，妙處唯在不隔。詞亦如是。即以一人一詞論，如歐陽公少年游詠春草上半闋云：「闌干十二獨凭春。晴碧遠連雲。二月，千里萬里，三月，行色苦愁人。」語語都在目前，便是不隔。至云「謝家池上，江淹浦畔」，則隔矣。白石翠樓吟「此地。宜有詞仙，擁素雲黃鶴，與君游戲。玉梯凝望久，嘆芳草、萋萋千里。」便是不隔。至「酒祓清愁，花消英氣」，則隔矣。然南宋詞雖不隔處，比之前人，自有淺深厚薄之别。

寫情寫景不隔詩

「生年不滿百，常懷千歲憂。晝短苦夜長，何不秉燈遊。」「服食求神仙，多爲藥所誤。不如飲美酒，被服紈與素。」寫情如此，方爲不隔。「采菊東籬下，悠然見南山。山氣日夕佳，飛鳥相與還。」「天似穹廬，籠蓋四野。天蒼蒼。野茫茫。風吹草低見牛羊。」寫景如此，方爲不隔。

白石格調高

古今詞人格調之高，無如白石。惜不于意境上用力，故覺無言外之味，絃外之響，終不能與于第一流之作者也。

幼安有性情有境界

南宋詞人，白石有格而無情，劍南有氣而乏韻。其堪與北宋人頡頏者，唯一幼安耳。近人祖南宋而祧北宋，以南宋之詞可學，北宋不可學也。學南宋者，不祖白石，則祖夢窗，以白石、夢窗可學，幼安不可學也。學幼安者率祖其粗獷滑稽，以其粗獷滑稽處可學，佳處不可學也。幼安之佳處，在有性情，有境界。卽以氣象論，亦有「傍素波、干青雲」之概，寧後世齷齪小生所可擬耶。

東坡詞曠稼軒詞豪

東坡之詞曠，稼軒之詞豪。無二人之胸襟而學其詞，猶東施之效捧心也。讀東坡、稼軒詞，須觀其雅量高致，有伯夷、柳下惠之風。白石雖似蟬蜕塵埃，然終不免局促轅下。

蘇辛詞中之狂

蘇辛，詞中之狂。白石猶不失爲狷。若夢窗、梅溪、玉田、草窗、西麓輩，面目不同，同歸于鄉愿而已。

稼軒用天問體送月

稼軒中秋飲酒達旦，用天問體作木蘭花慢以送月，曰：「可憐今夜月，向何處、去悠悠。是別有人間，那邊才見，光景東頭。」詞人想像，直悟月輪遶地之理，與科學家密合，可謂神悟。

梅溪品格

周介存謂：「梅溪詞中，喜用『偷』字，足以定其品格。」劉融齋謂：「周旨蕩而史意貪。」此二語令人解頤。

夢窗佳語

介存謂夢窗詞之佳者，如「水光雲影，摇蕩綠波，撫玩無極，追尋已遠」。余覽夢窗甲乙丙丁稿中，實無足當此者。有之，其「隔江人在雨聲中，晚風菰葉生秋怨」二語乎。

夢窗詞評

夢窗之詞，余得取其詞中之一語以評之，曰「映夢窗，零亂碧」。玉田之詞，余得取其詞中之一語以評之曰「玉老田荒」。

容若塞上之作

「明月照積雪」、「大江流日夜」、「中天懸明月」、「黃河落日圓」，此種境界，可謂千古壯觀。求之于詞，唯納蘭容若塞上之作，如長相思之「夜深千帳燈」、如夢令之「萬帳穹廬人醉，星影搖搖欲墜」，差近之。

容若詞真切

納蘭容若以自然之眼觀物，以自然之舌言情。此由初入中原，未染漢人風氣，故能真切如此。北宋以來，一人而已。

詞不易於詩

陸放翁跋花間集，謂：「唐季五代，詩愈卑，而倚聲者輒簡古可愛。能此不能彼，未易以理推也。」提要駁之，謂：「猶能舉七十斤者，舉百斤則蹶，舉五十斤則運掉自如。」其言甚辨。然謂詞必易於詩，余未敢信。善乎陳卧子之言曰：「宋人不知詩而强作詩，故終宋之世無詩。然其歡愉愁怨之致，動于中而不能抑者，類發于詩餘，故其所造獨工。」五代詞之所以獨勝，亦以此也。

文體始盛終衰

四言敝而有楚辭，楚辭敝而有五言，五言敝而有七言，古詩敝而有律絶，律絶敝而有詞。蓋文體通行既久，染指遂多，自成習套。豪傑之士，亦難于其中自出新意，故遁而作他體，以自解脱。一切文體所以始盛終衰者，皆由于此。故謂文學後不如前，余未敢信。但就一體論，則此説固無以易也。

詩詞無題

詩之三百篇、十九首，詞之五代、北宋，皆無題也。非無題也。詩詞中之意，不能以題盡之也。自花庵、草堂，每調立題，并古人無題之詞亦爲之作題。如觀一幅佳山水，而卽曰此某山某河，可乎。詩有題而詩亡，詞有題而詞亡。然中材之士，鮮能知此而自振拔者矣。

大家詩詞脱口而出

大家之作，其言情也必沁人心脾，其寫景也必豁人耳目。其辭脱口而出，無矯揉妝束之態。以其所見者真，所知者深也。詩詞皆然。持此以衡古今之作者，可無大誤矣。

詩詞貴自然

人能于詩詞中不爲美刺投贈之篇，不使隸事之句，不用粉飾之字，則于此道已過半矣。

白吳優劣

以長恨歌之壯采，而所隸之事，只「小玉雙成」四字，才有餘也。梅村歌行，則非隸事不辦。白、吳優劣，卽于此見。不獨作詩爲然，塡詞家亦不可不知也。

詞體與詩體之比較

近體詩體製，以五七言絕句爲最尊，律詩次之，排律最下。蓋此體于寄興言情，兩無所當，殆有均之駢體文耳。詞中小令如絕句，長調似律詩，若長調之百字令、沁園春等，則近于排律矣。

詩人對宇宙人生

詩人對宇宙人生，須入乎其內，又須出乎其外。入乎其內，故能寫之。出乎其外，故能觀之。入乎其內，故有生氣。出乎其外，故有高致。美成能入而不能出。白石以降，于此二事皆未夢見。

詩人對外物

詩人必有輕視外物之意，故能以奴僕命風月。又必有重視外物之意，故能與花鳥共憂樂。

游詞之病

「昔爲倡家女，今爲蕩子婦。蕩子行不歸，空牀難獨守。」「何不策高足，先據要路津。無爲久貧徐調孚云：當作守窮賤，轗軻長苦辛。」可謂淫鄙之尤。然無視爲淫詞、鄙詞者，以其真也。五代北宋之大詞人亦然。非無淫詞，讀之者但覺其親切動人。非無鄙詞，但覺其精力彌滿。可知淫詞與鄙詞之病，非淫與鄙之病，而游詞之病也。「豈不爾思，室是遠而。」而子曰：「未之思也，夫何遠之有。」惡其游也。

馬東籬天淨沙

「枯藤老樹昏鴉。小橋流水平沙。古道西風瘦馬。夕陽西下。斷腸人在天涯。」此元人馬東籬天淨沙小令也。寥寥數語，深得唐人絕句妙境。有元一代詞家，皆不能辦此也。

白仁甫詞粗淺

白仁甫秋夜梧桐雨劇，沉雄悲壯，爲元曲冠冕。然所作天籟詞，粗淺之甚，不足爲稼軒奴隸。豈創者易工，而因者難巧歟。抑人各有能有不能也。讀者觀歐、秦之詩遠不如詞，足透此中消息。

宣統庚戌九月脱稿於京師宣武城南寓廬。

人間詞話删稿

白石二語

白石之詞，余所最愛者，亦僅二語，曰「淮南皓月冷千山，冥冥歸去無人管」。

雙聲疊韻

雙聲疊韻之論，盛於六朝，唐人猶多用之。至宋以後，則漸不講，并不知二者爲何物。乾嘉間，吾鄉周松靄先生春著杜詩雙聲疊韻譜括略，正千餘年之誤，可謂有功文苑者矣。其言曰：「兩字同母謂之雙聲，兩字同韻謂之疊韻。」余按用今日各國文法通用之語表之，則兩字同一子音者謂之雙聲。如南史羊元保傳之「官家恨狹，更廣八分」，「官家更廣」四字，皆從k得聲。洛陽伽藍記之「獰奴慢駡」，「獰奴」二字，皆從n得聲。「慢駡」二字，皆從m得聲也。兩字同一母音者，謂之疊韻。如梁武帝之「後牖有朽柳」，「後牖有」三字，雙聲而兼疊韻。「有朽柳」三字，其母音皆爲u。劉孝綽之「梁皇長康强」，「梁長强」三字，其母音皆爲ian也。自李淑詩苑僞造沈約之説，以雙聲疊韻爲詩中八病之二。後世詩家多廢而不講，亦不復用之於詞。余謂苟於詞之蕩漾處多用疊韻，促節處用雙聲，則其鏗鏘可誦，必有過於前人者。惜世之專講音律者，尚未悟此也。

疊韻不拘平仄

世人但知雙聲之不拘四聲，不知疊韻亦不拘平上去三聲。凡字之同母者，雖平仄有殊，皆疊韻也。按此則通行本未載，王幼安從原稿補。

唐詩宋詞盛衰

詩至唐中葉以後，殆爲羔鴈之具矣。故五代北宋之詩，佳者絕少，而詞則爲其極盛時代。卽詩詞兼擅如永叔、少游者，詞勝於詩遠甚。以其寫之於詩者，不若寫之於詞者之真也。至南宋以後，詞亦爲羔鴈之具，而詞亦替矣。此亦文學升降之一關鍵也。

誤解天樂

曾純甫中秋應制，作壺中天慢詞，自注云：「是夜，西興亦聞天樂。」謂宮中樂聲，聞於隔岸也。毛子晉謂「天神亦不以人廢言」。近馮夢華復辨其誣。不解「天樂」二字文義，殊笑人也。

方回少真味

北宋名家以方回爲最次。其詞如歷下、新城之詩，非不華贍，惜少真味。

詩文詞難易

散文易學而難工，駢文難學而易工。近體詩易學而難工。古體詩難學而易工。小令易學而難工，長調難學而易工。

詩詞鳴不平

古詩云：「誰能思不歌，誰能飢不食。」詩詞者，物之不得其平而鳴者也。故歡愉之辭難工，愁苦之言易巧。

習慣殺人

社會上之習慣，殺許多之善人。文學上之習慣，殺許多之天才。

景語皆情語

昔人論詩詞，有景語、情語之別。不知一切景語皆情語也。

絶妙情語

詞家多以景寓情。其專作情語而絶妙者，如牛嶠之「須作一生拚，盡君今日歡。」顧敻之「换我心爲你心，始知相憶深。」歐陽修之「衣帶漸寬終不悔，爲伊消得人憔悴。」美成之「許多煩惱，只爲當時，一晌留情。」此等詞，求之古今人詞中，曾不多見。

詞體與詩體不同

詞之爲體，要眇宜修。能言詩之所不能言，而不能盡言詩之所能言。詩之境闊，詞之言長。

言氣質神韻不如言境界

言氣質，言神韻，不如言境界。有境界，本也。氣質、神韻，末也。有境界而二者隨之矣。「西風吹渭水，落葉滿長安」，美成以之入詞，白仁甫以之入曲，此借古人之境界爲我之境界者也。然非自有境界，古人亦不爲我用。

周柳蘇辛最工長調

長調自以周、柳、蘇、辛爲最工。美成浪淘沙慢二詞，精壯頓挫，已開北曲之先聲。若屯田之八聲甘州，東坡之水調聲頭，則佇興之作，格高千古，不能以常調論也。

稼軒送茂嘉十二弟

稼軒賀新郎詞送茂嘉十二弟，章法絕妙。且語語有境界，此能品而幾於神者。然非有意爲之，故後人不能學也。

辛韓詞開北曲四聲通押之祖

稼軒賀新郎詞「柳暗淩波路。送春歸猛風暴雨，一番新緑。」又定風波詞「從此酒酣明月夜，耳熱。」「緑」「熱」二字，皆作上去用。與韓玉東浦詞賀新郎以「玉」「曲」叶「注」「女」，卜算子以「夜」「謝」叶「食」「月」，「食」當作「節」。已開北曲四聲通押之祖。

蔣項不足與容若比

譚復堂篋中詞選謂：「蔣鹿潭水雲樓詞，與成容若、項蓮生，二百年間，分鼎三足。」然水雲樓詞小令頗有境界，長調唯存氣格。憶雲詞精實有餘，超逸不足，皆不足與容若比。然視皐文、止庵輩，則倜乎遠矣。

清人推尊北宋

詞家時代之説，盛於國初。竹垞謂詞至北宋而大，至南宋而深。後此詞人，羣奉其説。然其中亦非無具眼者。周保緒曰：「南宋下不犯北宋拙率之病，高不到北宋渾涵之詣。」又曰：「北宋詞多就景敍情，故珠圓玉潤，四照玲瓏。至稼軒、白石，一變而爲即事敍景，使深者反淺，曲者反直。」潘四農德輿曰：「詞濫觴于唐，暢於五代，而意格之閎深曲摯，則莫盛於北宋。詞之有北宋，猶詩之有盛唐。至南宋則稍衰矣。」劉融齋熙載曰：「北宋詞用密亦疏，用隱亦亮，用沉亦快，用細亦闊，用精亦渾。南宋只是掉轉過來。」可知此事自有公論。雖止菴詞頗淺薄，潘、劉尤甚。然其推尊北宋，則與明季雲間諸公，同一卓識也。

論唐五代北宋詞

唐五代北宋之詞，可謂生香真色。若雲間諸公，則綵花耳。湘真且然，况其次也者乎。

論衍波詞

衍波詞之佳者，頗似賀方回。雖不及容若，要在浙中諸子之上。

論近人詞

近人詞，如復堂詞之深婉，彊村詞之隱秀，皆在半塘老人上。彊村學夢窗，而情味較夢窗反勝。蓋有臨川、廬陵之高華，而濟以白石之疏越者。學人之詞，斯爲極則。然古人自然神妙處、尚未見及。此則原與上一則不分，兹從王幼安校訂。

宋譚詞

宋直方徐調孚云：原誤作尚木。蝶戀花：「新樣羅衣渾棄却，猶尋舊日春衫著。」譚復堂蝶戀花：「連理枝頭儂與汝，千花百草從渠許。」可謂寄興深微。

半塘和馮詞

半塘丁稿中和馮正中鵲踏枝十闋，乃鶩翁詞之最精者。「望遠愁多休縱目」等闋，鬱伊惝怳，令人不能爲懷。定稿只存六闋，殊爲未允也。

皐文深文羅織

固哉，皐文之爲詞也。飛卿菩薩蠻、永叔蝶戀花、子瞻卜算子，皆興到之作，有何命意。皆被皐文深文羅織。阮亭花草蒙拾謂：「坡公命宮磨蝎，生前爲王珪、舒亶輩所苦，身後又硬受此差排。」由今觀之，受差排者，獨一坡公已耶。

不附和黃公詞論

賀黃公謂：「姜論史詞，不稱其『軟語商量』，而稱其『柳昏花暝』，固知不免項羽學兵法之恨。」然「柳昏花暝」，自是歐秦輩句法，前後有畫工化工之殊。吾從白石，不能附和黃公矣。

遺山論詩

「池塘春草謝家春，萬古千秋五字新。傳語閉門陳正字，可憐無補費精神。」此遺山論詩絕句也。夢窗、玉田輩，當不樂聞此語。

南宋以後詞無句

朱子清邃閣論詩謂：「古人詩中原無詩中二字，徐調孚依「朱子大全」增。有句。今人詩更無句，只是一直說將去。這般詩原無詩字。一日作百首也得。」余謂北宋之詞有句，南宋以後便無句。如玉田、草窗之詞，所謂「一日作百首也得」者也。

草窗玉田詞枯槁

朱子謂：「梅聖俞詩，不是平淡，乃是枯槁」。余謂草窗、玉田之詞亦然。

玉田警句可議

「自憐詩酒瘦，難應接，許多春色」，「能幾番遊。看花又是明年」，此等語亦算警句耶。乃值如許筆力。

文文山詞

文文山詞，風骨甚高，亦有境界，遠在聖與、叔夏、公謹諸公之上。亦如明初誠意伯詞，非季迪、孟載諸人所敢望也。

和凝長命女

和凝長命女詞「天欲曉。宮漏穿花聲繚繞。窗裏星光少。冷霞寒侵帳額，殘月光沉樹杪。夢斷錦闈空悄悄。强起愁眉小」。此詞前半，不減夏英公喜遷鶯也。

梅溪以下氣格凡下

宋李希聲詩話曰：「古人作詩，正以風調高古爲主。雖意遠語疏，皆爲佳作。後人有切近的當、氣格凡下者，終使人可憎。」余謂北宋詞亦不妨疏遠。若梅溪以降，正所謂切近的當、氣格凡下者也。

草堂有佳詞

自竹垞痛貶草堂詩餘而推絶妙好詞，後人羣附和之。不知草堂雖有褻諢之作，然佳詞恆得十之六七。絶妙好詞則除張、范、辛、劉諸家外，十之八九，皆極無聊賴之詞。古人云：「小好小慚，大好大慚。」洵非虛語。

梅溪諸家詞膚淺

梅溪、夢窗、玉田、草窗、西麓諸家，詞雖不同，然同失之膚淺。雖時代使然，亦其才分有限也。近人棄周鼎而寶康瓠，實難索解。

沈昕伯詞

余友沈昕伯紘自巴黎寄余蝶戀花一闋云：「簾外東風隨燕到。春色東來，循我來時道。一霎圍場生綠草，歸遲却怨春來早。　錦繡一城春水繞。庭院笙歌，行樂多年少。著意來開孤客抱，不知名字閒花鳥。」此詞當在晏氏父子間，南宋人不能道也。

詞人觀物須用詩人之眼

「君王枉把平陳業，換得雷塘數畝田。」政治家之言也。「長陵亦是閒邱隴，異日誰知與仲多」，詩人之言也。政治家之眼，域於一人一事。詩人之眼，則通古今而觀之。詞人觀物，須用詩人之眼，不可用政治家之眼。故感事、懷古等作，當與壽詞同爲詞家所禁也。

宋人小說多不足信

宋人小說，多不足信。如雪舟脞語謂：「台州知府唐仲友，眷官伎嚴蕊奴。朱晦庵繫治之。及晦庵移去，提刑岳霖行部至台，蕊乞自便。岳問曰：『去將安歸。』蕊賦卜算子詞云：『住也如何住』」云云。案此詞係仲友戚高宣教作，使蕊歌以侑觴者，見朱子糾唐仲友奏牘。則齊東野語所紀朱唐公案，恐亦未可信也。

詩詞工拙

滄浪、鳳兮二歌，已開楚辭體格。然楚辭之最工者，推屈原、宋玉，而後此之王褒、劉向之詞不與焉。五古之最工者，實推阮嗣宗、左太沖、郭景純、陶淵明，而前此曹、劉，後此陳子昂、李太白不與焉。詞之最工者，實推後主、正中、永叔、少游、美成，而後此南宋諸公不與焉。

南宋詞家如俗子

唐五代北宋之詞家，倡優也。南宋後之詞家，俗子也。二者其失相等。但詞人之詞，寧失之倡優，不失之俗子。以俗子之可厭，較倡優爲甚故也。

六一蝶戀花

蝶戀花「獨倚危樓」一闋，見六一詞，亦見樂章集。余謂：屯田輕薄子，只能道「奶奶蘭心蕙性」耳。原注：此等語固非歐公不能道也。按：以上二則，通行本未載，王幼安從原稿補。

有篇有句詞家

唐五代之詞，有句而無篇。南宋名家之詞，有篇而無句。有篇有句，唯李後主降宋後之作，及永叔、子瞻、少游、美成、稼軒數人而已。

詞不可作儇薄語

讀會真記者，惡張生之薄倖而恕其姦非。讀水滸傳者，恕宋江之橫暴而責其深險。此人人之所同也。故艷詞可作，唯萬不可作儇薄語。龔定庵詩云：「偶賦淩雲偶倦飛。偶然閒慕遂初衣。偶逢錦瑟佳人問，便說尋春爲汝歸。」其人之涼薄無行，躍然紙墨間。余輩讀耆卿、伯可詞，亦有此感。視永叔、希文小詞何如耶。

詞人須忠實

詞人之忠實，不獨對人事宜然，卽對一草一木，亦須有忠實之意，否則所謂游詞也。

讀花間、尊前集，令人回想徐陵玉臺新詠。讀草堂詩餘，令人回想韋穀才調集。讀朱竹垞詞綜、張皐文、董子遠詞選，令人回想沈德潛三朝詩別裁集。

明季國初諸老之論詞，大似袁簡齋之論詩，其失也，纖小而輕薄。竹垞以降之論詞者，大似沈歸愚，其失也，枯槁而庸陋。

白石可鄙

東坡之曠在神，白石之曠在貌。白石如王衍口不言阿堵物，而暗中爲營三窟之計，此其所以可鄙也。

詞尤重內美

「紛吾既有此內美兮，又重之以修能。」文字之事，於此二者，不能缺一。然詞乃抒情之作，故尤重內美。無內美而但有修能，則白石耳。

詼諧與嚴重不可缺一

詩人視一切外物，皆游戲之材料也。然其游戲，則以熱心爲之。故詼諧與嚴重二性質，亦不可缺一也。

按：此二則通行本未載，王幼安從原稿補。

人間詞話附錄一

蕙風小令

蕙風詞小令似叔原，長調亦在清真、梅溪間，而沉痛過之。彊村雖富麗精工，猶遜其真摯也。天以百凶成就一詞人，果何爲哉。

蕙風詞境似清真

蕙風洞仙歌秋日遊某氏園及蘇武慢寒夜聞角二闋，境似清真。集中他作，不能過之。

彊村詞

彊村詞，余最賞其浣溪沙「獨鳥衝波去意閒」二闋，筆力峭拔，非他詞可能過之。

蕙風聽歌諸作

蕙風聽歌諸作，自以滿路花爲最佳。至題香南雅集圖諸詞，殊覺泛泛，無一言道著。以上趙萬里自丙寅日記所記觀堂論學語中摘出。

皇甫松詞

(皇甫松)詞，黄叔暘稱其摘得新二首爲有達觀之見。余謂不若憶江南二闋，情味深長，在樂天、夢得上也。

端己詞

端己詞，情深語秀，雖規模不及後主、正中，要在飛卿之上。觀昔人顔謝優劣論可知矣。

毛文錫詞

(毛文錫)詞，比牛、薛諸人，殊爲不及。葉夢得謂：「文錫詞以質直爲情致，殊不知流於率露。諸人評庸陋詞者，必曰，此仿毛文錫之贊成功而不及者。」其言是也。

魏承班詞

(魏承班)詞，遜於薛昭藴、牛嶠，而高於毛文錫，然皆不如王衍。五代詞以帝王爲最工，豈不以無意於求工歟。

顧夐詞

(顧)夐詞，在牛給事、毛司徒間。浣溪沙「春色迷人」一闋亦見陽春録。與河傳、訴衷情數闋，當爲夐最佳之作矣。

毛熙震詞

（毛熙震）周密齊東野語稱其詞新警而不爲儇薄。余尤愛其後庭花，不獨意勝，卽以調論，亦有雋上清越之致，視文錫蔑如也。

閻選詞

（閻選）詞唯臨江仙第二首有軒翥之意，餘尚未足與於作者也。

張泌詞

昔沈文慤深賞（張）泌「綠楊花撲一溪煙」爲晚唐名句。然其詞如「露濃香泛小庭花」，較前語似更幽艷。

孫光憲詞

（孫光憲詞）昔黃玉林賞其「一庭疏雨溼春愁」爲古今佳句。余以爲不若「片帆煙際閃孤光」，尤有境界也。以上徐調孚錄自唐五代二十一家詞輯諸跋

清眞爲詞中老杜

（周清眞）先生於詩文無所不工，然尚未盡脫古人蹊逕。平生著述，自以樂府爲第一。詞人甲乙，宋人

早有定論，惟張叔夏病其意趣不高遠。然北宋人如歐、蘇、秦、黄，高則高矣，至精工博大，殊不逮先生。故以宋詞比唐詩，則東坡似太白，歐、秦似摩詰，耆卿似樂天，方回、叔原，則大曆十子之流。南宋惟一稼軒可比昌黎。而詞中老杜，則非先生不可。昔人以耆卿比少陵，猶爲未當也。

清真多用唐詩

先生（清真）之詞，陳直齋謂其「多用唐人詩句隱括入律，渾然天成」。張玉田謂其「善於融化詩句」，然此不過一端。不如强焕云「模寫物態，曲盡其妙」爲知言也。

清真詞入人至深

山谷云：「天下清景，不擇賢愚而與之，然吾特疑端爲我輩設。」誠哉是言。抑豈獨清景而已，一切境界，無不爲詩人設。世無詩人，即無此種境界。夫境界之呈於吾心而見於外物者，皆須臾之物。惟詩人能以此須臾之物，鐫諸不朽之文字，使讀者自得之。遂覺詩人之言，字字爲我心中所欲言，而又非我之所能自言，此大詩人之祕妙也。境界有二：有詩人之境界，有常人之境界。詩人之境界，惟詩人能感之而能寫之，故讀其詩者，亦高舉遠慕，有遺世之意。而亦有得有不得，且得之者亦各有深淺焉。若夫悲歡離合，羈旅行役之感，常人皆能感之，而惟詩人能寫之。故其入於人者至深，而行於世也尤廣。先生（清真）之詞，屬於第二種爲多。故宋時别本之多，他無與匹。又和者三家、注者二家。自士大夫以至婦人女子，莫不知有清真，而種種無稽之言，亦由此以起。然非入人之深，烏能如是耶。

清真妙解音律

樓忠簡謂先生(清真)「妙解音律」，惟王晦叔碧雞漫志謂「江南某氏者，解音律，時時度曲。周美成與有瓜葛。每得一解，即爲製詞。故周集中多新聲」。則集中新曲，非盡自度。然顧曲名堂，不能自已，固非不知音者。故先生之詞，文字之外，須兼味其音律。惟詞中所注宮調，不出教坊十八調之外。則其音非大晟樂府之新聲，而爲隋唐以來之燕樂，固可知也。今其聲雖亡，讀其詞者，猶覺拗怒之中，自饒和婉。曼聲促節，繁會相宜，清濁抑揚，轆轤交往。兩宋之間，一人而已。以上徐調孚録自清真先生遺事尚論三

雲謡集中天仙子

(雲謡集雜曲子)天仙子詞特深峭隱秀，堪與飛卿、端己抗行。以上徐調孚録自觀堂集林唐寫本雲謡集雜曲子跋

王周士詞

(王)以凝詞，句法精壯，如和虞彦恭寄錢遜升當作叔蕩山溪一闋、重午登霞樓滿庭芳一闋、艤舟洪江步下浣溪沙一闋，絶無南宋浮豔虚薄之習。其他作亦多類是也。以上徐調孚録自觀堂別集跋王周士詞

夏言詞

有明一代，樂府道衰。寫情、扣舷，尚有宋元遺響。仁宣以後，兹事幾絶。獨文愍(夏言)以魁碩之才，

起而振之。豪壯典麗，與于湖、劍南爲近。以上徐調孚録自觀堂外集桂翁詞跋

歐公蝶戀花

歐公蝶戀花「面旋落花」云云，字字沉響，殊不可及。以上陳乃乾録自先生舊藏六一詞眉間批語

片玉詞不宜有之作

片玉詞「良夜燈光簇如豆」一首，乃改山谷憶帝京詞爲之者，似屯田最下之作，非美成所宜有也。以上陳乃乾録自先生舊藏片玉詞眉間批語

少游脱胎温詞

温飛卿菩薩蠻「雨後卻斜陽，杏花零落香」。少游之「雨餘芳草斜陽。杏花零落當作亂燕泥香」。雖自此脱胎，而實有出藍之妙。以上陳乃乾録自先生舊藏詞辨眉間批語

玉田不如白石

白石尚有骨，玉田則一乞人耳。

美成詞多作態

美成詞多作態，故不是大家氣象。若同叔、永叔，雖不作態，而一笑百媚生矣。此天才與人力之別也。

白石門庭淺狹

周介存謂「白石以詩法入詞，門庭淺狹，如孫過庭書，但便後人模仿」。予謂近人所以崇拜玉田，亦由於此。

介存論詞多獨到語

予於詞，五代喜李後主、馮正中，而不喜花間。宋喜同叔、永叔、子瞻、少游，而不喜美成。南宋只愛稼軒一人，而最惡夢窗、玉田。介存詞辨所選詞，頗多不當人意。而其論詞，則多獨到之語。始知天下固有具眼人，非予一人之私見也。以上陳乃乾録自先生舊藏詞辨眉間評語

人間詞話附錄二

樊志厚人間詞序

一

王君靜安將刊其所爲人間詞，詒書告余曰：「知我詞者莫如子，敍之亦莫如子宜。」余與君處十年矣，比年以來，君頗以詞自娛。余雖不能詞，然喜讀詞。每夜漏始下，一燈熒然，玩古人之作，未嘗不與君共。君成一闋，易一字，未嘗不以訊余。既而睽離，苟有所作，未嘗不郵以示余也。然則余於君之詞，又烏可以無言乎。夫自南宋以後，斯道之不振久矣。元明及國初諸老，非無警句也。然不免乎局促者，氣困於彫琢也。嘉道以後之詞，非不諧美也。然無救於淺薄者，意竭於摹擬也。君之於詞，於五代喜李後主、馮正中，於北宋喜永叔、子瞻、少游、美成，於南宋除稼軒、白石外，所嗜蓋鮮矣。尤痛詆夢窗、玉田。謂夢窗砌字，玉田壘句。一彫琢，一敷衍。其病不同，而同歸于淺薄。六百年來詞之不振，實自此始。其持論如此。及讀君自所爲詞，則誠往復幽咽，動搖人心。快而沉，直而能曲。不屑屑于言詞之末，而名句間出，殆往往度越前人。至其言近而指遠，意決而辭婉，自永叔以後，殆未有工如君者也。君始爲詞時，亦不自意其至此，而卒至此者，天也，非人之所能爲也。若夫觀物之微，託興之深，則又君詩詞之特色。求之古代作者，罕有倫比。嗚呼，不勝古人，不足以與古人並，君其知之矣。世有疑余言者乎，則何不取古人之詞，與君詞比類而觀之也。光緒丙午三月，山陰樊志厚敍。

二

去歲夏，王君靜安集其所爲詞，得六十餘闋，名曰人間詞甲稿，余既敍而行之矣。今冬，復彙所作詞爲乙稿，丐余爲之敍。余其敢辭。乃稱曰：文學之事，其內足以攄己，而外足以感人者，意與境二者而已。上焉者意與境渾，其次或以境勝，或以意勝。苟缺其一，不足以言文學。原夫文學之所以有意境者，以其能觀也。出於觀我者，意餘于境。而出於觀物者，境多于意。然非物無以見我，而觀我之時，又自有我在。故二者常互相錯綜，能有所偏重，而不能有所偏廢也。文學之工不工，亦視其意境之有無，與其深淺而已。自夫人不能觀古人之所觀，而徒學古人之所作，於是始有僞文學。學者便之，相尚以辭，相習以模擬，遂不復知意境之爲何物，豈不悲哉。苟持此以觀古今人之詞，則其得失，可得而言焉。温韋之精艷，所以不如正中者，意境有深淺也。珠玉所以遜六一，小山所以愧淮海者，意境異也。美成晚出，始以辭采擅長，然終不失爲北宋人之詞者，有意境也。南宋詞人之有意境者，唯一稼軒，然亦若不欲以意境勝。白石之詞，氣體雅健耳，至於意境，則去北宋人遠甚。及夢窗、玉田出，并不求諸氣體，而惟文字之是務，於是詞之道熄矣。自元迄明，益以不振。至於國朝，而納蘭侍衛以天賦之才，崛起於方興之族。其所爲詞，悲涼頑艷，獨有得於意境之深，可謂豪杰之士，奮乎百世之下者矣。同時朱、陳，既非勁敵。後世項、蔣，尤難鼎足。至乾嘉以降，審乎體格韻律之間者愈微，而意味之溢于字句之表者愈淺。豈非拘泥文字，而不求諸意境之失歟。抑觀我觀物之事自有天在，固難期諸流俗歟。余與靜安，均夙持此論。靜安之爲詞，真能以意境勝。夫古今人詞之以意勝者，莫若歐陽公。以境勝者，莫若秦少游。至意境兩渾，則惟太白、後主、正中數人足以當之。靜安之詞，大抵意深於歐，而境次於秦。至其合作，如甲稿浣溪沙之「天末同雲」、蝶戀花之「昨夜夢中」、乙稿蝶戀花之「百尺朱樓」等闋，皆意境兩忘，物我一體，高蹈乎八荒之表，而抗心乎千秋之間。駸駸乎兩漢之疆域，廣於三代，貞觀之政治，隆於武德矣。方之侍衛，豈徒伯仲。此固君所得於天者獨深，抑豈非致力於意境之效也。至君詞之體裁，亦與五代北宋爲近。然君詞之所以爲五代北宋之詞者，以其有意境在。若以其體裁故，而至遽指爲五代北宋，此又君之不任受。固當與夢窗、玉田之徒，專事摹擬者，同類而笑之也。光緒三十三年十月，山陰樊志厚敍。

湘綺樓評詞

王闓運撰

湘綺樓詞選序

往者，孫月坡工填詞，爲陳希唐師。同在南昌，與鄧辛眉日相唱和。余弱冠，方抗意漢魏詩文，未屑屑也。亦實不解其妙處。及還長沙，聞李伯元及希唐並殉國守。獨對所題燕子圖，吟想悲淒，始自作小令。長慢雖不能工，於月坡所言門徑，固識之矣。而辛眉先得鄧七丈寄聲來戒，言作詞幽怨，非富貴壽考徵，且大雅不爲。鄧丈意以箴其子，託意於我耳。自此方鄉學多所未聞見，亦不暇尋摘矣。及至成都，年垂五十，粗識文學之津，與及門諸子談藝，間及填詞。稍稍爲之，則闌入北宋，非復前孫氏宗旨。然篋中故無詞本，僅有卅年前，孫曼青所贈絶妙好詞，朱竹垞竊得者。其詞有規格，不入蘇、黄粗鄙之音，猶孫説也。又十餘年，楊氏婦兄妹學詩之功甚篤，然未秀發。余間爲女婦言，亦知有小詞否。靡靡之音，自能開發心思，爲學者所不廢也。周官教禮，不屏野舞縵樂。人心既正，要必有閒情逸致，游思别趣。如徒端坐正襟，茅塞其心，以爲誠正，此迂儒枯禪之所爲，豈知道哉。學者患不靈，不患不蠢，蕩佚之衷，又不待學。既坐東洲，日短得長，六時中更無所爲，爰取詞綜覽之，所選乃無可觀。姑就其本，更加點定。餘暇又自録精華名篇，以示諸從學詩文者。俾知小道可觀，致遠不泥之道云。

光緒丁酉立冬後八日，王闓運序於船山書院

湘綺樓評詞目録

詞選前編

詞選續編

詞選本編

附錄

湘綺樓評詞

詞選前編

李璟

山花子　菡萏香消翠葉殘

選聲配色，恰是詞語。

李煜

相見歡　無言獨上西樓

詞之妙處，亦别是一般滋味。

浪淘沙　簾外雨潺潺

高妙超脱，一往情深。

虞美人　春花秋月何時了

常語耳，以初見故佳，再學便濫矣。

朱顏本是山河，因歸宋不敢言耳。若直説山河改，反又淺也。結亦恰到好處。

韋莊

女冠子　四月十七

不知得妙，夢隨乃知耳。若先知那得有夢，惟有月知，則常語矣。

顧夐

訴衷情　永夜抛人何處去

亦是對面寫照，有嘲有怨，放刁放嬌，詩所謂無庶予子憎，正是一種意。

孫光憲

思帝鄉　如何，遣情情更多

常語常景，自然丰采。

范仲淹

蘇幕遮　碧雲天

外字，嘲者以爲江西腔，今江西人支佳卻分。且范是吳人，吳亦分寘泰也，正是宋朝京話耳。原鈔云「休獨倚」，則何處有酒。

御街行　紛紛墜葉飄香砌

是壯語，不嫌不入律。都來卽算來也，因此字宜平，故用都字，完嫌不醒。

歐陽修

臨江仙　柳外輕雷池上雨

原鈔作窺畫棟，垂簾矣，何得始窺。且此寫閨人睡景，非狎語也，豈有自嘲自狀之人。因垂簾不能歸棟，故窺也。

王安石

傷春怨　雨打江南樹

以去要君語，尚有一肚皮新法要施行，卻不見一點執拗。

蘇軾

水龍吟　似花還似飛花

是原作似，殢原作閉。章韻本是閉，牽就韻耳，殊不成語，故改之。

念奴嬌　大江東去

通首出韻，然自是豪語，不必以格求之。與舊作了，嫁了是嫁與他人也，故改之。

洞仙歌　冰肌玉骨

原本皆七言，以宜作詞，故加成此，不必以續鳧斷鶴譏之。然原所謂疏星，卽此玉繩也，此則以爲流星。又有下三句，癡男不若慧女，信矣。

水調歌頭　明月幾時有

通篇妥貼，亦恰到好處。

作有，則語意軃觬，又與下二有字犯，爲改一惹字。

大開大合之筆，亦他人所不能，才子才子，勝詩文字多矣。

秦觀

滿庭芳　山抹微雲

庶常散館，出京至黄村，齊聲一歎。

滿庭芳　曉色雲開

與前調一段結句，一意一調，然不嫌再見。

賀鑄

青玉案　淩波不過橫塘路

一句一月，非一時也，不着一字故妙。

周邦彦

少年游　并刀如水

手原作指，則全身不現。作手乃有兩人對作。有此留人者乎，非道君必不逢此。

拜星月慢　夜色催更

亦非道君所春，不足當此恭維。

徐伸

二郎神　悶來彈鵲

妙手偶得之句。

吕渭老

祝英臺近　寶蟾明

此一游妓耳，分付已枉矣。

無可奈何，風流自賞。

李清照

醉花陰　薄霧濃雲愁永晝

此語若非出女子自寫照，則無意致。比字各本皆作似，類書引反不誤。

聲聲慢　尋尋覓覓

亦是女郎語，諸家賞其七疊，亦以初見故新，效之則可嘔。黑韻卻新，再添何字。

朱敦儒

念奴嬌　別離情緒

此情可配易安，須再嫁，非元配。

王沂孫

高陽臺　殘雪庭陰

此等傷心語，詞家各自出新，實則一意，比較自知文法。

鄧剡

南樓令　雨過水明霞

亡國不死，仍有羈愁，一語寫盡黄梨洲、王船山一輩人。

徐君寶妻

滿庭芳　漢上繁華

寫兵亂國亡，正是不相干人語，非吴梅村所得借口，亦非趙子昂所能説也。

失名

御街行　霜風漸緊寒侵袂

純乎浙調。

透一層寫法，卻是真情真想。

文及翁

賀新涼　一勺西湖水

須得此洗盡綺語柔情，復還清明世界。惜後半不清。

翁孟寅

燭影揺紅　樓倚春城

健字險妙。無限傷心，卻不作態。

余桂英

小桃紅　芳草連天暮

比桃花依舊者更深悲感。

趙與仁

西江月　夜半河痕依約

此不愛而恨，非恨玉人也，所謂「錦屏人忒看的這韶光賤」乃譏當時君相，然非詞之正。

詞選續編

馮延巳

謁金門　風乍起

言情之始，故其來無端。

宋祁

玉樓春　東城漸覺風光好

押韻之始。

蘇軾

蝶戀花　花褪殘紅青杏小

此則逸思，非文人所宜。

晁冲之

傳言玉女　一夜東風

此逢舊識娼女也，然詞語綺麗，自有情韻。

柳永

望海潮　東南形勝

此則宜於紅氍上扮演，非文人聲口。

此時鳳池可望江潮。

蔣捷

虞美人　少年聽雨歌樓上

此是小曲。情亦作憑，較勝。

詞選本編

張孝祥

念奴嬌　洞庭青草

飄飄有淩雲之氣，覺東坡水調有塵心。

范成大

眼兒媚　酣酣日腳紫煙浮

自然移情，不可言說，綺語中仙語也，考上上。

陸淞

瑞鶴仙　臉霞紅印枕

小説造爲詠歌姬睡起之詞，不顧文理，本事之附會，大要如此。

韓元吉

好事近　凝碧舊池頭

舊作聲斷，重上聲字。（改作流斷）

辛棄疾

摸魚兒　更能消幾番風雨

是張俊、秦檜一班人。

亡國之音，不爲諷刺。

盧祖皐

清平樂　錦屏開曉

亦恰到好處，未免有意。

徐照

清平樂　綠圍紅繞

眼前景當如此寫法。

姜夔

暗香　舊時月色

如此起法，卽不是詠梅矣。此二詞最有名，然語高品下，以其貪用典故也。

疎影　苔枝綴玉

似當是是。

琵琶仙　雙槳來時

此又以作態爲妍。

淡黃柳　空城曉角

亦以眼前語妙。

史達祖

喜遷鶯　月波疑滴

富貴語無脂粉，諸家皆賞下二句，不知現寒乞相，正是此等處。結有調侃，非方回見妓輒跪也。余己丑至天津，正是此意。但非書辦所知，所謂借他酒杯。

張輯

疎簾淡月　梧桐雨細

輕重得宜，再莽不得。

周晉

點絳唇　午夢初回

真景清供。

趙汝茪

戀繡衾　柳絲空有萬千條

初見杏花，情思入妙。

趙聞禮

風入松　麯塵風雨亂春晴

牋片語，亦自佳。茎本作痕，以出韻改。

周密

醉落魄　餘寒正怯

此亦偶然得句，而清豔天然，幾於化工，亦考上上。

附錄

樓窗雜記

汪兆鏞

湘綺樓詞選三卷，湘潭王壬秋闓運纂。於古人詞多所竄改。如歐陽永叔之「燕子飛來窺畫棟，玉鉤垂下簾旌」，改「窺」作「歸」，謂「垂簾矣，何得始窺」，不知垂簾燕子正不得歸，必著一「窺」字，簟紋雙枕，皆從「窺」字寫出，故妙。改作「歸」則涉呆相矣。周美成之「纖指破新橙」，謂「作指則全身不現」，改作「手」。破橙以「指」，「手」字不及「指」字妍細。康與之滿庭芳詞，「玉笋破橙橘香濃」，亦言指也。蘇子瞻之「不應有恨，何事長向別時圓」，謂「與下二有字犯」，改「有」作「惹」，不及「有恨」渾成。韓无咎之「惟有御溝聲斷，似知人嗚咽」，因複「聲」字，改「聲」作「流」。流斷二字生湊，且「流」音濁，亦未叶也。吹劍錄：「東坡大江東去詞，三江、三人、二國、二生、二故、二如、二千字，以東坡則可，他人固不可。然語意到處，他字不可代，雖重無害也。今人看人文字，未論其大體如何，先且指點重字。」此論極是。容齋隨筆：「黃魯直手書東坡念奴嬌詞，浪淘盡爲浪聲沉。」詞綜謂：「他本浪聲沉作浪淘盡，與調未協。」張宗橚詞林紀事：「考譜浪淘盡三字，平仄未嘗不協，覺浪聲沉更沉着。」張琦續詞選仍作浪淘盡。兩存其說，以質世之知音者。

余藏便面二葉：一爲北通州白季生觀察讓卿書詞，合巹之夕，鄉舉報捷。原注：「嘉慶己卯，年十八，九月初六日完姻，初七日鄉試開榜，先一夕泥金報到，中第五名，時已夜分漏下三商矣。友人賀詞，調寄滿庭芳云：『試駿新程，乘龍佳話，二美君快遭逢。芹香桂馥，並入雀屏中。好握江郎綵筆，玉臺畔，先畫眉峯。恰難得，定情詩就，名報榜花紅。聯芳常棣秀，壎篪韻叶，琴瑟音同。菱花揭，鏡中人兆芙蓉。金榜洞房時夜，更高堂晝錦增榮。門楣盛，狀元宰相，先占解頭公。』」季生爲小山尚書鎔之子，與兄樸臣同時入泮，亦於是日贅姻。曾文正公克復金陵，季生集杜詩「天子預開麟閣待，相公新破蔡州回」二句作聯以賀，爲時傳誦。一爲番禺黃蓉石刑部，玉階爲漢軍徐鐵孫榮書詞，賀其納姬日捷南宮。調寄菩薩蠻云：「渡江桃葉何須檝，入門一笑郎君捷。卻扇賦妝臺，泥金剛報來。石湖能贈婢，韻事今誰比。忙殺有情儂，新詞付小紅。」鐵孫官杭嘉湖道。咸豐五年，禦賊安徽祁門陣亡。妾伍在杭聞之，投繯殉焉。舊爲潘德畬仕成之青衣也。二者皆一時美談。

余刊陳東塾先生憶江南館詞時，憶及先生有「尋呼鸞道故址不得」一詞，而稿中無存。偶過冷攤，於故紙堆中，得先生手書此詞原稿，爲之狂喜。又在珠江上襟江閣，見壁懸爲鄭紀常書扇，龍溪書院望羅溪山詞，亦稿中未載，亟録之而歸。翌日閣燬於火矣。當將二闋，補刊作集外詞。文字有靈，信哉。

原載詞學季刊　第一卷　第二號

飲冰室評詞

梁啓超撰

飲冰室評詞目録

乙卷　北宋詞

丙卷　南宋詞

丁卷　國朝詞

附錄　北宋　南宋　國朝詞

飲冰室評詞

乙卷　北宋詞

徽宗皇帝

燕山亭　裁剪冰綃

昔人言宋徽宗爲李後主後身，此詞感均頑豔，亦不減簾外雨潺潺諸作。

歐陽修

蝶戀花　誰道閑情抛棄久

稼軒摸魚兒起處從此奪胎，文前有文，如黄河伏流，莫窮其源。

晏幾道

臨江仙　夢後樓臺高鎖

康南海謂起二句，純是華嚴境界。

王安石

桂枝香 登臨送目

李易安謂介甫文章似西漢，然以作歌詞，則人必絶倒。但此作卻頡頏清真、稼軒，未可謾詆也。

柳永

八聲甘州 對蕭蕭暮雨洒江天

飛卿詞照花前後鏡，花面交相映。此詞境頗似之。

秦觀

浣溪沙 漠漠輕寒上小樓

奇語。

周邦彦

蘭陵王 柳陰直

斜陽七字，綺麗中帶悲壯，全首精神提起。

大酺 對宿煙收

流潦妨車轂等語，託想奇拙，清真最善用之。

滿庭芳　風老鶯雛

最頹唐語，卻最含蓄。

夜飛鵲　河橋送人處

兔葵燕麥二句，與柳屯田之曉風殘月，可稱送別詞中雙絕，皆鎔情入景也。

西河　佳麗地

張玉田謂清真最長處，在善融化古人詩句如自己出，讀此詞可見此中三昧。

陳克

菩薩蠻　綠蕪牆遶青苔院

亡友陳通父最賞此語。

朱敦儒

好事近　搖首出紅塵

五詞飄飄有出塵想，讀之令人意境脩遠。

李清照

聲聲慢　尋尋覓覓

此詞最得咽字訣，清真不及也。

漁家傲　天接雲濤連曉霧

此絕似蘇辛派，不類漱玉集中語。

丙卷　南宋詞

辛棄疾

青玉案　東風夜放花千樹

自憐幽獨，傷心人別有懷抱。

念奴嬌　野塘花落

此南渡之感。

破陣子　醉裏挑燈看劍

無限感慨，哀同甫亦自哀也。

賀新郎　綠樹聽啼鴂

賀新郎調以第四韻之單句爲全首筋節，如此最可學。

賀新郎　鳳尾龍香撥

琵琶故事，網羅臚列，亂雜無章，殆如一團野草。惟其大氣足以包舉之，故不覺粗率。非其人勿學步也。

摸魚兒　更能消幾番風雨

迴腸盪氣，至於此極。前無古人，後無來者。

菩薩蠻　鬱孤臺下清江水

菩薩蠻如此大聲鏜鞳，未曾有也。

鷓鴣天　枕散溪堂冷欲秋

譚仲修最賞此二語，謂學詞者當於此中消息之。

姜夔

玲瓏四犯　疊鼓夜寒

與清真之斜陽冉冉春無極，同一風格。

陳允平

絳都春　秋千倦倚

陳通甫最賞之，謂其怨而不怒。

丁卷　國朝詞

吳偉業

賀新郎　萬事催華髮

鳥之將死，其鳴也哀，梅村固知自愛者。

陳澧

疏影　空庭雨積

體物入微，碧山卻步。

附錄　北宋詞

張舜民

賣花聲　木葉下君山

麥丈云：聲可裂石。

南宋詞

韓元吉

好事近　凝碧舊池頭

麥丈云：賦體如此，高於比興。

陸游

鵲橋仙　茅簷人靜

麥丈云：當有所刺。

崔與之

水調歌頭　萬里雲間戍

麥丈云：菊坡雖不以詞名，然此詞豪邁，何減稼軒。

盧祖皋

謁金門　風不定

麥丈云：静境妙觀。

姜夔

念奴嬌　鬧紅一舸

麥丈云：俊語。

長亭怨慢　漸吹盡枝頭香絮

麥丈云：渾灝流轉，奪胎稼軒。

八歸　芳蓮墜粉

麥丈云：全首一氣到底，刀揮不斷。

史達祖

雙雙燕　過春社了

麥丈云：諷刺。

鍾過

步蟾宮　東風又送酴醿信

麥丈云：本色語。

吴文英

高陽臺　修竹凝妝

麥丈云：穠麗極矣，仍自清空。如此等詞，安能以七寶樓臺誚之。

八聲甘州　渺空煙四遠

麥丈云：奇情壯采。

黄孝邁

湘春夜月　近清明

麥丈云：時事日非，無可與語，感喟遥深。

王沂孫

高陽臺　淺萼梅殘

麥丈云：此言半壁江山，猶可整頓也。眷懷君國，盼望中興，何減少陵。

周密

大聖樂　嬌緑迷雲

麥丈云：此刺羣小競進，慨天下之將亡也。憂時念亂，往復低回。

張炎

高陽臺　接葉巢鶯

麥丈云：亡國之音哀以思。

國朝詞

陳維崧

虞美人　無聊笑撚花枝説

麥丈云：俊句。

以上梁啓超評詞及附録麥孟華評詞，均見梁令嫻藝蘅館詞選。甲卷唐五代詞無梁啓超評，故略

大鶴山人詞話

鄭文焯撰
龍沐勛輯

大鶴山人詞話

大鶴山人詞話目録

大鶴山人詞話

高密鄭叔問先生(文焯),畢生專力於詞,爲近代一大家數。復精聲律,善批評。凡前人詞集,經先生批校者,散在海内藏家,不可指數。以予所見,有東坡樂府、清真集、白石道人歌曲、夢窗甲乙丙丁稿、花間集等,各家或一本,或屢經批校至三四本,莫不朱黄滿紙,具有精意。友人唐圭璋君,方議彙刊詞話,屬爲搜輯遺佚,因擬彙録先生批校各集,兼及遺札中之有關於詞學者,爲大鶴山人詞話若干卷,以報唐君,并先揭載本刊,爲海内治詞學者之助云。倘海内藏家,有得先生論詞遺著,爲沐勛所未採及者,尚冀録副見惠,俾得彙成全書,發潛闡疑,又不特沐勛一人之私幸而已。癸酉秋沐勛附記。

東坡樂府 南陵徐積餘先生藏彊村叢書本

江城子,湖上與張先同賦云:「鳳凰山下雨初晴。水風清。晚霞明。一朶芙蕖,開過尚盈盈。何處飛來雙白鷺,如有意,慕娉婷。　忽聞江上弄哀箏。苦含情。遣誰聽。煙斂雲收,依約是湘靈。欲待曲終尋問取,人不見,數峯青。」宋袁文甕牖閒評記此詞爲劉貢父兄弟作;換頭處作「忽聞箜上起哀箏」,此誤作「江上」,蓋後人因「江上數峯青」句而以意改之。不知此詞本事實,於湖上遇小舟,載佳人,自云:「慕公十餘年，善箏，願當筵獻一曲，并賜以詞爲榮。」詞中所詠，皆當時事也。菩薩蠻，杭妓往蘇迓新守楊元素，寄蘇守王規甫云：「玉童西迓浮丘伯。洞天冷落秋蕭瑟。不用許飛瓊。瑤臺空月明。　清香凝夜宴。借與韋郎看。莫便向姑蘇。扁舟下五湖。」李東川有送人携妓赴任詩，此詞又記杭妓往蘇迓新守，是知唐宋時赴任迎任，皆有官妓爲導之例。此風蓋自元明已來，微論廢絶，國朝且懸爲厲禁，著之律條，并飲酒挾妓，亦有罪已。古今風氣之碩異如是。南鄉子題云：「沈强輔雯上出（文）犀麗玉作胡琴送元素還朝，同子野各賦一首。」朱孝臧案：「二詞，一賦胡琴，一送元素，所爲各賦一首也。」文焯案：此詞題當分爲二，以胡琴送元素還朝爲第二題。集中采桑子慢題叙「有胡琴者，姿色尤好，三公皆一時英秀，景之秀，妓之妙，真爲希遇」云云，是胡琴爲妓女可證。次闋過片所謂「粉淚怨離居」，卽胡琴送元素之意。定風波送元素作，亦有「紅粉尊前添懊惱」之句，可知胡琴爲元素所眷已。文焯案：朱云「一賦胡琴，一送元素」，誤甚。至犀麗玉亦妓名，詞中用典切，正可證託喻其人。本集中詠姬人名字，並如是例。此「作」字卽結束前題，斷無詠作胡琴之理。況以玉作胡琴，更與送元素無關。詞中「良工」「琢刻」云云，皆喻言麗玉之天真，故下有「願作龍香雙鳳撥」之語，益足徵命題之義。且集中謂「某出妓」，或「侍姬某」，亦詞人恆例，豈可泥於琢刻等字，卽謂其切作字，不亦死於句下呼。

集中雙荷葉，本耘老侍兒小名，公卽以爲曲名，且詞中以荷葉貼切，尤盡清妙之致，此犀麗玉并姓字亦曲曲寫出，獨何疑乎？

滿江紅，正月十三日，雪中送文安國還朝云：「天豈無情，天也解多情留客。春向暖、朝來底事，尚飄輕雪。君遇時來紆組綬，我應老去尋泉石。恐異時、杯酒復相思，雲山隔。浮世事。俱難必。人縱健，頭應白。何辭更一醉，此歡難覓。不用向、佳人訴離恨，淚珠先已凝雙睫。但莫遣、新燕却來時，音書絕。」如此詞用韵，豈得以詩韵中通轉部例之。若使戈順卿輩審定，又將橫馳臆斷，如改白石摸魚兒詞韻之謬解，不亦滋後學大惑乎。

水調歌頭，丙辰中秋，歡飲達旦，大醉，作此篇兼懷子由云：「明月幾時有，把酒問青天。不知天上宮闕，今夕是何年。我欲乘風歸去，惟恐瓊樓玉宇，高處不勝寒。起舞弄清影，何似在人間。轉朱閣，低綺户，照無眠。不應有恨，何事長向別時圓。人有悲歡離合，月有陰晴圓缺，此事古難全。但願人長久，千里共嬋娟。」發端從太白仙心脫化，頓成奇逸之筆。湘綺誦此詞，以爲此「全」字韵，可當「三語掾」，自來未經人道。

陽關曲答李公擇云：「濟南春好雪初晴。纔到龍山馬足輕。使君莫忘霅溪女，還作陽關腸斷聲。」是陽關第三句第五字，以入聲爲協律，蓋昉於「勸君更盡一杯酒」也。

陽關曲，中秋作云：「暮雲收盡溢清寒。銀漢無聲轉玉盤。此生此夜不長好，明月明年何處看。」「不」字律妙句天成。

永遇樂，彭城夜宿燕子樓，夢盼盼，因此作詞云：「明月如霜，好風如水，清景無限。曲港跳魚，圓荷瀉露，寂寞無人見。紞如三鼓，鏗然一葉，黯黯夢雲驚斷。夜茫茫、重尋無處，覺來小園行遍。天涯倦客，山中歸路，望斷故園心眼。燕子樓空，佳人何在，空鎖樓中燕。古今如夢，何曾夢覺，但有舊歡新怨。異時對黃樓夜景，爲余浩歎。」燕子樓未必可宿，盼盼更何必入夢，東坡居士斷不作此癡人說夢之題，亟宜改正。公以「燕子樓空」三句語秦淮海，殆以示詠古之超宕，貴神情不貴迹象也。余嘗深味是言，若發奧悟。昨賦吳小城觀梅水龍吟，有句云：「對此茫茫，何曾西子，能傾一顧。又水漂花出，無人見也，回闌遶，空懷古。」自信得清空之致，卽從此詞悟得法門，以視舊詠吳小城詞，竟有仙凡之判。

臨江仙，龍丘子自洛之蜀，載二侍女，戎裝駿馬，至溪山佳處，輒留數日，見者以爲異人。其後十年築室黃岡之北，號曰靜安居士，作此詞贈之，云：「細馬遠馱雙侍女，青巾玉帶紅鞾。溪山好處便爲家。誰知巴峽路，卻見洛陽花。面旋落英飛玉蕊，人間春日初斜。十年不見紫雲車。龍丘新洞府，鉛鼎養丹砂。」詞句亦飄飄欲仙。

水龍吟，閭丘大夫孝終公顯嘗守黃州，作棲霞樓，爲郡中絕勝。元豐五年，余謫居黃，正月十七日夢扁舟渡江，中流回望樓中，歌樂雜作，舟中人言：「公顯方會客也。」覺而異之，乃作此曲，蓋越調鼓笛慢。公顯時已致仕，在蘇州。云：「小舟横截春江，卧看翠壁紅樓起。雲間笑語，使君高會，佳人半醉。危柱哀絃，豔歌餘響，繞雲縈水。念故人老大，風流未減，空回首，煙波裏。推枕惘然不見，但空江月明千里。五湖聞道，扁舟歸去，仍攜西子。雲夢南州，武昌東岸，昔遊應記。料多情夢裏，端來見我，也參差是。」突兀而起，仙乎仙乎。「翠壁」句奇嶄，不露雕琢痕。上闋全寫夢境，空靈中雜以淒麗，過片始言情，有滄波浩渺之致，真高格也。「雲夢」二句，妙能寫閒中情景，煞拍不說夢，偏說夢來見我，正是詞筆高渾，不猶人處。

江城子，陶淵明以正月五日遊斜川，臨流班坐，顧瞻南阜，愛曾城之獨秀，乃作斜川詩，至今使人想見其處。元豐壬戌之春，余躬耕於東坡，築雪堂居之，南挹四望亭之後丘，西控北山之微泉，慨然而歎，此亦斜川之遊也。乃作長短句，以江城子歌之云：「夢中了了醉中醒。只淵明。是前生。走遍人間、依舊却躬耕。昨夜東坡春雨足，烏鵲喜，報新晴。雪堂西畔暗泉鳴。北山傾。小溪橫。南望亭丘、孤秀聳曾城。都是斜川當日境，吾老矣，寄餘齡。」讀東坡先生詞，於氣韵格律，并有悟到空靈妙境，匪可以詞家目之，亦不得不目爲詞家，世每謂其以詩入詞，豈知言哉。董文敏論畫曰：「同能不如獨詣。」吾於坡仙詞亦云。

定風波，三月七日沙湖道中遇雨，雨具先去，同行皆狼狽，余獨不覺，已而遂晴，故作此云：「莫聽穿林打葉聲。何妨吟嘯且徐行。竹杖芒鞵輕勝馬。誰怕。一蓑煙雨任平生。料峭春風吹酒醒。微冷。山頭斜照卻相迎。回首向來蕭瑟處。歸去。也無風雨也無晴。」此足徵是翁坦蕩之懷，任天而動，琢句亦瘦逸，能道眼前景，以曲筆直寫胸臆，倚聲能事盡之矣。

洞仙歌，余七歲時，見眉山老尼，姓朱，忘其名，年九十歲，自言嘗隨其師入蜀，主孟昶宮中。一日大熱，蜀主與花蕊夫人夜納涼摩訶池上，作一詞，朱具能記之。今四十年，朱已死久矣，人無知此詞者。但記其首兩句，暇日尋味，豈洞仙歌令乎，乃爲足之云：「冰肌玉骨，自清涼無汗。水殿風來暗香滿。繡簾開、一點明月窺人，人未寢、欹枕釵橫鬢亂。起來攜素手，庭户無聲，時見疏星渡河漢。試問夜如何，夜已三更，金波淡、玉繩低轉。但屈指、西風幾時來，又不道、流年暗中偷換。」坡老改添此詞數字，誠覺氣象萬千，其聲亦如空山鳴泉，琴筑競奏。

念奴嬌，赤壁懷古云：「大江東去，浪淘盡、千古風流人物。故壘西邊，人道是、三國周郎赤壁。亂石崩雲，驚濤裂岸，捲起千堆雪。江山如畫，一時多少豪傑。遥想公瑾當年，小喬初嫁了，雄姿英發。羽扇綸巾，談笑間、强虜灰飛煙滅。故國神遊，多情應笑我，早生華髮。人間如夢，一尊還酹江月。」容齋續筆「詩詞改字」一條，謂向巨源云：「元不伐家有魯直所書東坡念奴嬌，與今人歌不同者數處。如『浪淘盡』爲『浪聲沉』，『周郎赤壁』爲『孫吴赤壁』，『穿空』爲『崩雲』，『拍岸』爲『掠岸』，『多情應笑我，早生華髮』爲『多情應是，笑我生華髮』，『人生如夢』爲『如寄』，不知此本今何在也？」案：此從元祐雲間本，唯「崩雲」二字與山谷所録無異。汲古刻固作「穿空」「拍岸」，此又作「裂岸」，亦奇。愚謂他無足異，只「多情應是」句，當從魯直寫本校正。曩見陳伯弢齋頭有王壬老讀是詞校字，改「了」字爲「與」，伯弢極傾倒，余笑謂此正是湘綺不解詞格之證，卽以音調言，亦啞鳳也。

卜算子，黄州定慧院寓居作云：「缺月挂疏桐，漏斷人初静。誰見幽人獨往來，縹渺孤鴻影。驚起卻回頭，有恨無人省。揀盡寒枝不肯棲，寂寞沙洲冷。」此亦有所感觸，不必附會温都監女故事，自成馨逸。

滿庭芳，有王長官者，棄官黄州，三十三年，黄人謂之王先生，因送陳慥來過余，因爲賦此云：「三十三年，今誰存者，算只君與長江。凜然蒼檜，霜榦苦難雙。聞道司州古縣，雲溪、上竹隖松窗。江南岸、不因送子，寧肯過吾邦。摐摐。疏雨過，風林舞破，煙蓋雲幢。願持此邀君，一飲空缸。居士先生老矣，真夢裏、相對殘釭。歌聲斷、行人未起，船鼓已逢逢。」健句入詞，更奇峯鬱起，此境匪稼軒所能夢到。不事雕鑿，字字蒼寒，如空巖霜榦，天風吹墮頗黎地上，鏗然作碎玉聲。

水調歌頭，黄州快哉亭贈張偓佺云：「落日繡簾捲，亭下水連空。知君爲我新作，窗戶溼青紅。長記平山堂上，攲枕江南烟雨，渺渺沒孤鴻。認得醉翁語，山色有無中。一千頃，都鏡淨，倒碧峯。忽然浪起，掀舞一葉白頭翁。堪笑蘭臺公子，未解莊生天籟，剛道有雌雄。一點浩然氣，千里快哉風。」此等句法，使作者稍稍矜才使氣，便入粗豪一派，妙能寫景中人，用生出無限情思。

醉蓬萊，余謫居黄州，三見重九。每歲與太守徐君猷會於棲霞樓。今年公將去，乞郡湖南，念此惘然，故作是詞云：「笑勞生一夢，羇旅三年，又還重九。華髮蕭蕭，對荒園搔首。賴有多情，好飲無事，似古人賢守。歲歲登高，年年落帽，物華依舊。此會應須爛醉，仍把紫菊紅萸，細看重嗅。搖落霜風，有手栽雙柳。來歲今朝，爲我西顧，酹羽觴江口。會與州人，飲公遺愛，一江醇酎。」史記陳軫謂犀首：「公何好飲。」云：「無事也。」東坡詩中，恆用「無事酒」本此。結處掉入倉茫，便有無限離景。

鷓鴣天云：「林斷山明竹隱牆。亂蟬衰草小池塘。翻空白鳥時時見，照水紅蕖細細看。村舍外，古城旁。杖藜徐步轉斜陽。殷勤昨夜三更雨，又得浮生一日涼。」淵明詩：「嘯傲東軒下，聊復得此生。」此詞從陶詩中得來，逾覺清異，較「浮生半日閒」句，自是詩詞異調。論者每謂坡公以詩筆入詞，豈審音知言者。

行香子，與泗守過南山晚歸作云：「北望平川。野水荒灣。共尋春、飛步孱顏。和風弄袖，香霧縈鬟。正酒酣時，人語笑，白雲間。　飛鴻落照，相將歸去，澹娟娟、玉宇清閒。何人無事，宴坐空山。望長橋上，燈火亂，使君還。」人外之遊，澹然仙趣。

滿庭芳，余謫居黃州五年，將赴臨汝，作滿庭芳一篇別黃人。既至南都，蒙恩放歸陽羨，復作一篇。云：「歸去來兮，清溪無底，上有千仞嵯峨。畫樓東畔，天遠夕陽多。老去君恩未報，空回首、彈鋏悲歌。船頭轉，長風萬里，歸馬駐平坡。　無何。何處有，銀潢盡處，天女停梭。問何事人間，久戲風波。顧謂同來稚子，應爛汝、腰下長柯。青衫破，羣仙笑我，千縷挂煙簑。」桃溪客語載陽羨邵氏，因東坡此詞，遂名所居曰「天遠堂」。余曾於吳市，見一古砂壺，底有篆文，卽此堂名，乃知爲宋製邵家故物，惜未購致爲憾耳。

水龍吟，次韻章質夫楊花詞云：「似花還似非花，也無人惜從教墜。拋家傍路，思量卻是，無情有思。縈損柔腸，困酣嬌眼，欲開還閉。夢隨風萬里，尋郎去處，又還被、鶯呼起。　不恨此花飛盡，恨西園落紅難綴。曉來雨過，遺蹤何在，一池萍碎。春色三分，二分塵土，一分流水。細看來、不是楊花點點，是離人淚。」煞拍畫龍點睛，此亦詞中一格。

八聲甘州寄參寥子云：「有情風萬里卷潮來，無情送潮歸。問錢塘江上，西興浦口，幾度斜暉。不用思量今古，俯仰昔人非。誰似東坡老，白首忘機。　記取西湖西畔，正春山好處，空翠煙霏。算詩人相得，如我與君稀。約他年、東還海道，願謝公、雅志莫相違。西州路，不應回首，爲我沾衣。」突兀雪山，卷地而來，真似錢塘江上看潮時，添得此老胸中數萬甲兵，是何氣象雄且桀。妙在無一字豪宕，無一語險怪，又出以閒逸感喟之情，所謂骨重神寒，不食人間煙火氣者，詞境至此觀止矣。雲錦成章，天衣無縫，是作從至情流出，不假熨貼之工。

歸朝歡和蘇堅伯固云：「我夢扁舟浮震澤。雪浪搖空千頃白。覺來滿眼是廬山，倚天無數開青壁。此生長接淅。與君同是江南客。夢中遊、覺來清賞，同作飛梭擲。明日西風還挂席。唱我新詞淚沾臆。靈均去後楚山空，澧陽蘭芷無顏色。君才如夢得。武陵更在西南極。竹枝詞、莫傜新唱，誰謂古今隔。」此與柳詞同一體，其平側微異處，正其音律之清濁相和，匪若萬紅友所注可平可仄之例也。

水龍吟云：「小溝東接長江，柳隄葦岸連雲際。煙村瀟灑，人間一鬨，漁樵早市。永晝端居，寸陰虛度，了成何事。但絲蓴玉藕，珠秔錦鯉，相留戀，又經歲。因念浮丘舊侶。慣瑤池羽觴沉醉。青鸞歌舞，銖衣摇曳，壺中天地。飄墮人間，步虛聲斷，露寒風細。抱素琴獨向，銀蟾影裏，此懷難寄。」有聲畫，無聲詩，胥在其中。

永遇樂云：「天末山横，半空簫鼓，樓觀高起。指點栽成，東風滿院，總是新桃李。綸巾羽扇，一尊飲罷，目送斷鴻千里。攬清歌、餘音不斷，縹緲尚縈流水。年來自笑，無情何事，猶有多情遺思。緑鬢朱顏，忽忽拚了，卻記花前醉。明年春到，重尋幽夢，應在亂鶯聲裏。拍闌干斜陽轉處，有誰共倚。」案此詞又見石林詞，元刻既無之，毛本又以意題作「眺望」，當據元刻及葉夢得詞，删去此闋。

附錄

鄭大鶴先生論詞手簡

番禺葉恭綽遐庵輯錄

一

余齠齔時，好讀唐詩，日課十數首，輒能背誦。年十一，侍先中丞公遊雒陽，一日，出城西，觀櫻桃溝，率成絕句云：「櫻桃紅漲雨纖纖，京洛風光舊未諳。絕似熟梅好天氣，衣篝香裹夢江南。」其時未識江南梅黃天氣如何光景，率爾操觚，意若有會。迨廿五歲，南遊客吳，匆匆幾月，每值滿城梅雨，襟袖酥凝。美成詞所云：「地卑山近，衣潤費鑪烟。」蓋紀梅天以熏篝除濕，而少作轉成落南之詩讖，亦足徵漂泊生涯，匪偶然也。沈伯時論詞云：「讀唐詩多，故語多雅淡。」宋人有檃括唐詩之例。玉田謂：「取字當從温、李詩中來。」今觀美成、白石諸家，嘉藻紛縟，靡不取材於飛卿、玉溪，而於長爪郎奇雋語，尤多裁制。嘗究心於此，覺玉田言不我欺。因暇熟讀長吉詩，刺其文字之驚采絕艷，一一彙録，擇之務精。或爲妃儷，頓獲巧對。温八叉本工倚聲，其詩中典要，與玉溪「獺祭」稍別，亦自可綷以藻詠，助我詞華。必不可肌造纖靡之辭，自落輕俗之習，務使運用無一字無來歷。熟讀諸家名製，思過半已。夫文者，情之華也，意者，魄之宰也，故意高則以文顯之，艱深者多澀，文榮則以意貫之，塗附者多膚。又筆欲其曲，雖放不粗，語欲其新，實費而隱，前輩謂無理之理，無體之體，猶隔一塵。唐五代及兩宋詞人，皆文章爾雅，碩宿耆英，雖理學大儒，亦工爲之，可徵詞體固尊，非近世所鄙爲淫曲簉弄者可同日而語也。自君相以逮學士大夫，畸人才流，遷客怨女，寒畯隱淪，靡不歌思泣懷，興來情往。甚至名伎高僧，頑仙艷鬼，託寄深遠，屬引湛冥，其造耑甚微，而極命風謠，感音一致，蔚爲羣雅之材，煥乎一朝之粹。至美成提舉大晟，音盛，見徽宗宮詞演爲曼聲，三犯四犯，變調綦繁，美且備已。白石以沉憂善歌之士，意在復古，進大樂議，率爲伶倫所阨，其志可悲，其學自足千古。叔夏論其詞，如「野雲孤飛，去留無迹」，百世興感，如見其人。自乙酉丙戌之年，余舉詞社於吳，即專以連句和姜詞爲程課，繼以宋六十一家，擇其菁英，咸爲嗣響。今同社諸子，零落殆盡，半匧秋詞，但有餘泣，此近十年所爲傷心之極致，雖長歌不能造哀已。惜曩和姜全詞，及鄙人補白石傳，並未付鍥，且遺一葉，匧稿零疊，不省措久已。玉田崇四家詞，黜柳以進史，蓋以梅溪聲韻鏗訇，幽約可諷，獨於律未精細。屯田則宋專家，其高渾處不減清真，長調尤能以沉雄之魄，清勁之氣，寫奇麗之情，作揮綽之聲，猶唐之詩家，有盛晚之别。今學者驟語以此境，誠未易諳其細趣，不若細繹白石歌曲，得其雅淡疏宕之致，一洗金釵鈿合之塵，取其全詞，日和一章，以驗孤進。其它如絕妙好詞，亦可選其雅句，日夕翫索，以草窗所録，皆南宋元初詞人也。

二

聲調從律呂而生，依永和聲，聲文諧會，乃爲佳製。然詞原於燕樂，非專於樂府中求生活者。自古音譜失圖，所可見只詞源一書耳。故凌仲子著燕樂考原，苦無圖説，以闡發秘奥，至晚歲，始得玉田書，研究之，頗有創獲。雖仲子書不爲詞旨昌明，而其所造，終不出燕樂章本，會心正不在遠。曩嘗博徵唐宋樂紀，及管色八十四調，求之三年，方稍悟樂祖微眇，悉取詞原之言律者，鋭意箋釋，斠若畫一，豈旦夕能畢其説耶？今蘇布政陳公，曾於甲午之夏，持拙編斠律二卷，見訪於沽上客樓，殷殷下問，意在盡得其指要，卒之未竟其緒，但辨以宫位所在，能知戈氏自詡知律之謬誕而已。朱文公嘗云：「不知宫位究在那裏？」其全書中有記俗譜管色，益錯亂已。此老不爲攷據訓故之學，固未爲知樂也。

三

近世詞家，謹於上去，便自命甚高。入聲字例，發自鄙人，徵諸柳、周、吴、姜四家，冥若符合。乃知詞學之微，等之詩亡，元曲盛行，彌以傖靡，失其舊體。國朝諸家，匙所折衷。良以攻樸學者薄詞爲小道，治古文者又放爲鄭聲。自宋迄今將千年，正聲絶，古節陵，變風小雅之遺，騷人比興之旨，無復起其衰而提倡之者，宜夫朱厲雕琢爲工，後進馳逐，幾欲奴僕命騷矣。獨臯文能張詞之幽隱，所謂「不敢以詩賦之流，同類而風誦之」，其道日昌，其體日尊。近卅年作者輩出，罔敢乖剌，自蹈下流。然求其述造淵微，洞明音吕，以契夫意内言外之精義，殆十無二三焉。此詞律之難工，但勿爲「轉摺怪異不祥之音」，斯得之已。姑舍是，詞之難工，以屬事遣詞，純以清空出之，務爲典博，則傷質實，多著才語，又近昌狂。至一切隱僻怪誕、禪縛窮苦、放浪通脱之言，皆不得著一字，類詩之有禁體。然屏除諸弊，又易失之空疏，動輒跼蹐。或於聲調未有吟安，則拌舍好句，或於語句自知落韵，則俯就庸音，此詞之所爲難工也。

而律吕之幾微出入，猶爲别墨焉，所貴清空者，曰骨氣而已。其實經史百家，悉在鎔鍊中，而出以高澹，故能騷雅，淵淵乎文有其質。如石帚之用「三星」，則取之詩「跂彼織女」之疏，夢窗之用「棠笏」，則取之舊唐書李謩之傳，餘類不可勝數。若子集中之所取裁者益夥，讀者貴博觀其通耳。

四

余少日最不喜爲帖括，爲文專擬六朝，詩則學東川，取逕雖高，才力苦弱。迨南遊獲交高君碧湄、張君嘯山、强君賡廷、李君眉生，始稍稍務博，而所造不克精進，略别文章原流，間得奇可，雖契古人，輒驚呼狂喜。然每有所作，未嘗不歎學之遠道也。及晤王壬老，聞其餘緒，而文一變。世士嘗謂訓故考據之舉，有妨詞章。余治經小學，及墨家言二十餘年，攻許學則著有説文引羣説故二十七卷，今刻有揚雄説詁。六書轉注舊埶四卷，自謂發前人所未發。研經餘日，未嘗廢文，獨於詞學，深鄙夷之。故本朝諸名家，悉未到眼一字。爲詞實自丙戌歲始，入手即愛白石騷雅，勤學十年，乃悟清真之高妙，進求花間，據宋刻製令曲，往往似張舍人，其哀艷不數小晏風流也。若夫學文英之穠，患在無氣，學龍洲之放，又患在無筆，二者洵後學所厚誡，未可率擬也。復堂謂余「善學清真」，吾斯未信。詞無學以輔文，則失之黯淺，無文以達意，則失之隱怪，並不足與言詞，而猥曰不屑小道，吾不知其所爲遠大者又何如耶。

五

凡爲文章，無論詞賦詩文，不可立宗派，却不可偭體裁。蓋無體則飣餖窸窣，所謂「安蔽乖方，迷不知門户」者也。不知所以裁之，則冗濫敷庸，放者爲之，或矜才使氣，靡靡無所底止，又所謂「雜亂無章」者也。作詞尤誡此二弊，一由「蔽所希見」，一由「予智自雄」。比嘗見並世詞人，陳陳相因，得門實寡。卽有志師古者，亦往往爲律所縛，頓思破析舊格，以爲腔可自度，黠者或趨於簡便，藉口古人先我爲之，此「畏難苟安」之錮習使然，甚無謂也。然則今之妄託蘇、辛，鄙夷秦、柳者，皆巨怪大謬，豈值一哂耶？宣尼論學，「以約失之者鮮」，請進此恉以言詞，貴能精擇以自鏡得失耳。拉雜書之，不復詮第。冀宏達廣吾勢焉。鶴道人記。

右鄭大鶴先生論詞手簡五通，爲當年寫寄張孟劬先生者。孟劬先生自謂少好倚聲，實師大鶴，且以通家子，過從尤勤。函札往還，論詞之作特多且精。自大鶴歸道山，孟劬先生悉取遺札，裝成一册，高約二寸許。以旅滬日，爲人假觀，久乃轉歸葉遐庵先生，孟劬先生亦慶物得其主。遐庵先生既擇其尤精者，録載本刊，因附紀其始末如此云。編者附識。

大鶴山人詞集跋尾

北海鄭文焯叔問撰
萬載龍沐勛娛生輯

温飛卿詞集考

陸文圭謂花間以前無集譜，余謂詞有專集，昉於後唐和凝之紅葉稿，而馮正中陽春集，李珣瓗瑤集，皆其嗣響焉。若唐人以長短句原於樂府，類皆附詩集以傳，故謂之詩餘，初未聞別爲一集而名之也。新唐書藝文志載：庭筠有握蘭集三卷，金筌集十卷，詩集五卷，漢南真稿十卷，宋志從同，明焦竑據以入經籍志。宋陳振孫直齋書録僅記飛卿集七卷。國初長洲顧嗣立自叙温詩箋注，亦云：「依宋本分爲詩集七卷，別集一卷。」足知飛卿集至宋已多散軼。顧叙又云：「所見宋刻有金筌詞一卷，却以其楊柳枝八首，見於花間集者，闌入集外詩。」其詞名金筌，始見於此。特惜顧氏未據以校刻行世，亦付之不足無徵已耳。吴子律蓮子居詞話謂：「宋本飛卿集，末一卷爲金筌詞。」亦不可見。蓋唐宋舊志所稱金筌集者，固合詩詞而言，詞即附於詩末，後人別出之以名其詞，非舊編也。證以歐陽炯叙花間集，亦止稱「飛卿復有金筌集」。其所收六十六首，極深美宏約之致，方之諸家所作，亦云觀止。誠以衞弘基去晚唐未遠，詞客清芬，猶承光誦，宜其甄采高製，於飛卿所得獨多，或即出于原集之末卷，學者得此，無俟他求已。攷飛卿本傳，但記其「能逐絃吹之音，爲側豔之詞」。唐詩紀事亦述其爲令狐綯代撰菩薩蠻詞，並未載有詞集。當時詞無專家，豈其爲詩賦盛名所掩耶。至古今詞話云：「庭筠玉樓春一曲，『家臨長信往來道」起句是也，今多譌爲春曉曲，而花間亦未選及。」案玉樓春舊調上下闋並側起，花間集中如顧敻、牛嶠、魏承班諸作可證與飛卿春曉曲異體，詞話殆未之深考耳。又全唐詩所附録者，既以楊柳枝入詩，而菩薩蠻又增「玉纖彈處真珠落」一闋，尊前集亦載之，注：「一作袁國傳。」諦審之，確非温作，未足多也。自顧氏有金荃詞之目之後，近今倚聲家，乃以未窺全豹爲憾，爰稽撰舊聞，取其要實，俾後之繙帚瞭焉。

按周公謹齊東野語云：「毛熙震集止二十餘調，中多新警而不爲儇薄。」又十國春秋稱：「歐陽炯有小詞十七章，人亦時時稱道之。」今據以徵之花間所録此二家詞闋，其數並合。由是類推，飛卿詞既它無所見，雖謂此六十六首，美盡於斯可也。　吴興劉氏嘉業堂藏稿本

四印齋本花間集跋

詞者意内而言外，理隱而文貴，其原出於變風小雅，而流濫于漢魏樂府歌謡，皋文所謂「不敢同詩賦而並誦之」者，亦以風雅之馨遺，文章之流別，其體微，其道尊也。詞選以花間爲最古且精。是本爲王半塘前輩景宋淳熙鄂州舊槧，間有譌奪，任筆校正。諷誦之餘，時復點注，不忍去口。嗟嗟！自實父、芸閣、子復諸賢去後，此事頓癈。憶十年前連情發藻，出言哀斷，今更世變，其爲衰世之音，不其然乎。叔問記。

汲古閣秘本書目，有北宋本花間集四本，世無傳者。又南宋板精抄二本，未審與此有無異同，惜無他本

校讐也。

孫氏祠堂書目有花間集十卷，注：「蜀趙崇祚編，仿宋晁謙之刊本。又四卷，明湯顯祖評本。」今並無傳。

彊邨老人迻録鄭評花間集本。　沐勛案：湯評花間集，有閔刻朱墨套印本，予曾於吳門得之。

夢窗詞跋一

凡鐵網珊瑚載夢窗詞，皆其手寫，信有佳證，不可妄易一字。觀於江南春「芳銘猶在棠笏」句，諸本並疑「棠」字有譌誤，不知覺翁所手録，實用唐書魏徵傳，此「笏」即今之甘棠故事。可徵不讀遍天下書，不得妄下雌黃，反貽古人以黭陋之誚已。校者可弗慎諸。

汲古毛氏，始刻夢窗甲乙丙丁稿，隨得隨入，不復詮第，踳駮錯複。至戈順卿選宋七家詞，乃稍稍訂正，苦無善本，足資佳證，戈氏又黭淺寡闇，繆託聲家，動以意竄易，於毛刻之譌敚塙可斠訂者，漫無闚究。秀水杜氏，墨守一先生言，粗爲勘正，附會實多。驗其擬改擬補，疏妄等誚，專輒之敝，厥失惟鈞，耳爲心師，徒自棄于高聽爾。夫君特爲詞，用雋上之才，別構一格，拈均習取古諧，舉典務出奇麗，如唐賢詩家之李賀，文流之孫樵、劉蛻，鎚幽鑿險，開逕自行，學者匪造次所能陳其細趣也。今加搜校，黜戈砭杜，略復舊觀，其所蓋闕，以竢宏達。　叔問記。　敝篋所藏鄭校杜刻夢窗詞本。

夢窗詞跋二

詞意固宜清空，而舉典尤忌冷僻。夢窗詞高雋處固足矯一時放浪通脫之弊，而晦澀終不免焉。至其隸事，雖亦淵雅可觀，然鍛鍊之工，驟難索解，淺人或以意改竄，轉不能通，此近世刻本謬變之甚於諸家，當時流傳所爲不廣也。茲略舉一二以證之：如掃花遊換頭「天夢」句，用秦穆上天事。塞垣春起句「漏瑟」用温飛卿詩。聲聲慢「宏菴宴席」一闋，起句「寒筲驚墜」用陸天隨「黃精滿綠筲」句意，筲，竹器也，今本誤作篇，則不可解，惟明抄本作「筲」可證。木蘭花慢「壽秋壑」「漢節葆仍紅」句，用漢禮儀志赤葆故事，今譌「葆」作「棗」。宴清都「送馬林屋赴南宮」上闋末句「唯潮」，用中吳紀聞夷亭潮訊，引諺「潮到夷亭出狀元」，按「夷」吳郡志亦作「唯」，圖經只作「唯」，夢窗正用此吳諺，以頌馬南宮之捷，馬號林屋，蓋洞庭山人，今毛本則譌作「淮潮」，失攷，并失作意已。此類尚不止此，誠務博之過，亦字意用晦之所致也。嘉業堂藏手稿本。

蛾術詞選跋一

元人詞亡慮數十家，見之李西涯南詞録目，以樂府名家者，惟虞集鳴鶴遺音、張翥蛻巖詞最稱雅正。其王氏四印齋所刻藏春樂府至五峯詞七家，率多放浪通脫之言，長沙張百穉所謂：「金元以降，格去古而日卑，理趣今而日隱，求如兩宋詞家，深美閎約，聲文具諧，殆十不獲其一二焉。」茲編擬古諸作，或猶凝滯於物，未盡切情。然其好學深思，匪苟爲嗣音而已。若夫流連光景，感舊傷時，「黍離」一歌，託寄遥遠。後録益臻所造精微，足張一幟於風靡波頽之際，獨與古人精神往來，歌哭出地，繁變得中，詎可以去古愈遠，懲于鄙俚之音而少之哉。嘉業堂藏手校鈔一生修梅花館刊蛾術詞選

蛾術詞選跋二

蛾術詞清麗宛約，學白石而乏騷雅之致，聲律亦未盡妍美。舊選本曾載其沁園春賦眉目二闋，取徑頗嫌纖巧。今葵生同年，從元鈔校補付梓，多至百餘首，視昔所見，清典可風尚是元詞之遺脈，然較弁陽則遠遜矣。葵生別予旬日，此篇寄自滬上，西園風雨，春事飄零，讀集中六州歌頭遺春諸詞，又不任離索之感焉。叔問。壬辰二月十四日。同上

六一詞跋

汲古本與宋槧無甚出入，獨題號與分卷，以意更易。又前有樂語，及采桑子曲西湖念語一則，卷末羅泌校録後數行，并續添水調歌頭和蘇子美滄浪亭詞一闋，悉刪去，不知所謂。近得吴伯宛景宋刻本，乃睹舊製，爰取以斠訂毛本一過。

此記似又見舊本。按宋槧附文集，有羅泌敍云：「今定爲三卷，且載樂語於首。」今毛跋刪樂語，都爲一卷。又集前刊羅序，以意改三卷爲一卷，并去「且載樂語」句，及泌校正後數行，豈所見非宋本，抑徑情去取，以自行其是耶。所謂先輩云「以疑傳疑」者，卽在泌後跋中有是語，是知子晉固見泌之兩敍，特節録之耳。

東坡詞跋

東坡樂府汲古本多踳駮，王半塘老人據元延祐舊本，重刊行世，最爲近古。近朱漚尹侍郎復爲審定，以編年體，孴爲三卷。多依據傅藻紀年録、王緯年譜，精嚴詳慎，去取不茍。它日墨版流傳，足當善本，視此有淄澠之別矣。

小山詞跋

比於文獻通考得黃山谷所製小山集序，論叔原癡絶，有之，稱其樂府「寓以詩人句法，精壯頓挫，能動搖人心，士大夫傳之，以爲有臨淄之風爾，罕能味其言也」。又謂「其合者高唐洛神之流，其下者豈減桃葉團扇」。誠足當小山知音雅舊。已別録一卷，即以玆敍弁首，更爲斠訂詞中踳駮，以小字密行，精刊墨版，名曰小山樂府補亡，從其自序義例也。

放翁詞跋

放翁題花間集云：「此皆唐末五代時人作。方斯時，天下岌岌，生民救死不暇，士大夫乃流宕如此，可歎也哉。或者出於無聊故耶。」又謂：「唐自大中以後，詩衰而倚聲作，使諸人以其所長格力施于所短，則後世孰得而議。華墨馳騁則一，能此不能彼，未易以理推也。」今讀放翁詩集，既滋多口，譏其淺薄，頗有複沓之譏，而詞則能擺落故態，斐娓可觀，其高淡處出入稼軒、于湖之間，將其所謂「詩格愈卑，而倚聲者輒簡古可愛」，請事斯語，還諸笠澤翁，當不以評泊矯枉，爲予督過也。

片玉詞跋

宋陳振孫直齋書録解題載清真詞二卷，後集一卷。所云後集，不詳所謂，豈補遺耶。又載曹杓註清真詞二卷，別集類有清真集二十四卷，注：「嘉泰中，四明樓鑰爲敍，太守陳杞刊之，蓋其子孫居於明故也。」考美成傳，卒於處州，則其家於四明可信。案宋史藝文志，清真居士集十一卷，與解題不合，而樂志未著其詞集。解題所稱二十四卷，又注「皆他文」，其富有著作可證。又載其雜著三卷，云：「好事者取其在溧水諸所作文記詩刻而併刻之。」是又在强刻詞集之外，爲清真官溧水時一集。綜核清真集宋刻之最先者，爲淳熙庚子孝宗七年晉陽强煥敍刻之詞集二卷，百八十二章，其後爲清真雜著三卷，併先後刊于溧水者。次則嘉泰中四明太守陳杞刊其文集二十四卷。又單行本清真詞二卷，後集一卷，曹杓注清真詞二卷，並未詳年代及刻者姓氏，見之直齋書録，其爲宋槧無疑。後又有元巾箱分類本清真集上下，爲明鈔詞集，近臨桂王半塘撫刻本。又元陳元龍刻片玉詞注本，孫稼航藏此元版之二種。又明季汲古閣毛氏刻片玉詞二卷，補遺一卷，跋云：「合三本校訂。」然片玉題號，始于元人劉必欽，見之片玉詞陳注後敍，毛氏謂宋刻者謬甚。顧所云：「一百八十有奇，强煥爲敍。」又似宋淳熙中溧水所刊本，惜爲毛所羼亂而失攷耳。

長沙方叔章先生，曩年於廠肆得大鶴手校宋六十家詞，丹黄殆遍。承録示跋語數則，亟爲刊布於此，并向方君致謝。沐勛附記。

大鶴山人論詞遺札

萬載龍沐勛輯

與夏吷盦書二十四則

執誨感甚。拙製金陵懷古，耑取桓宣武登平□樓北眺數語，攄寫近事。老子婆娑，亦陶侃諷時之辭。正謂玄談諸君，以清言品鷺過江名士，遂致神州陸湛耳。比歲社會清流，痛哭高談，頗類晉客，吁可悲已。大箸江南春，只結韻微澀，擬易疊字，何如，并乞裁定。又女牆似與上堞均嫌複，妄擬以緯字，不審當否。餘俱雋逸，無懈可擊。此承劍丞先生使君起者。文焯頓白。初八日。

昨寫上小詞，闕然教益。意將有金玉嗣音。綷以藻詠邪，願一傾耳，砭我箸弄，遲之遲之。前夜忽聞南雁，秋思蒼茫，頓增懷舊之感。枕上又得木蘭花曼，既無好懷，彌乏新意。未敢享帚，録請一笑。至湘春夜月，略改竄數字，并乞郢斤削之。匆匆上。祇承劍丞詞長使君起居。文焯再拜。十九日。

昨載誦高製，并見和聞雁之作，骨氣清雄，深入六一翁三昧，非尋常詞客所證聲聞果也。佩之無斁。頃再寫上近製小令二解，就正有道。吾黨同志日希，宜以風義相切礦，幸無爲過情之譽。至祝至祝。比以舍姪輩來自九江，未免清事一撓耳。文焯故白。七月廿二日。

前誦嘉藻，極耐翫味。近得漚公和夢窗江南春一解，苦爲韻縛，未盡能事。比來頗覺其作意略入晦澀，好爲人所難能。終慮以次公面諛，誤以追駿處末耳。鄙製乃力求疏澹，欲舉似相規，竊未敢遽發。如何如何。玆寫上二令就正，幸教之。此上。祇承劍丞先生道履。文焯頓白。七月廿九日。

附上虞美人一曲，并乞誨拍，幸甚。

新居尚未獲一詣，此心闕然。旦夕家事粗了，當向晚走謁一談。諒不至相失也。又及。

前得誦嘉製竹馬子詞，極疏快之致，一洗窸窣雕琢之塵。匪得唐人詩竟三昧，不能發此奧悟也。但下走竊有貢疑。嘗以北宋詞之深美，其高健在骨，空靈在神。而意內言外，仍出以幽窈詠歎之情。故耆卿、美成，並以蒼渾造耑，莫究其託諭之旨。卒令人讀之歌哭出地，如怨如慕，可興可觀。有觸之當前卽是者，正以委曲形容所得感人深也。毛先舒云：不可以氣取，不可以聲求。洵先得我心矣。蓋學之者寫景易驚露，切情難深折。稍一縱，便放筆爲直幹，恐失詞之本色爾。昔齊袁嘏語徐太保尉云：我詩有生氣，須人捉著，不爾便飛去。敢以舉似高製，幸無以怪侶見屏焉。諸作終當以采桑子新定稿爲超絕，佩之畏之。秋夕南濠水燕，羣公到者幾人。幸豫示及，必偕漚公同踐也。附上改定前詞一解，惟誨拍爲感。此復上映盦先生道案。文焯頓首。八月十二日。

昨晤老友王少谷，述及重九前一日，與公同飛車回蘇，節物淒涼，又是一年風雨。想清致所逮，定有高唱也。前夕填得木蘭花曼一解，卽守柳體短協下四字句法。因細繹樂章集中，多存北宋故譜，故繁音促拍，視他家作者有別。南渡後樂部放失，古曲墜佚，太半虛譜無辭。白石補亡，僅數闋爾。賴柳集傳舊京遺音，亦倚聲家所宜研討者也。漚公索折閱，不得遂游白下。聞頌陔云，尚擬作平原十日飲耳。拙詞寫上，就正有道，幸實誨之。尊處近有無佳便如滬，走有書籍數部，欲存之秋枚書樓也。此上。敬承映盦先生道履。文焯頓首。

昨晨方寫拙製二解，就有道正。適奉來章，淒異感人。如誦九辨，彌欽懷舊之蓄念，不同無病之呻吟，紬繹嘉藻。近篇中當以此爲孤進之絕詣。且玆調拗折，極不易協律。清真嗣響，誠足當之。顧下闋紅顏句，竊於義未安。擬易以念珠玉波泯，何如。卽美成念珠玉臨水猶悲感之意。謏見所逮，幸無見尤。此上劍丞先生道案。文焯頓白。十月十日。

高製温麗古澹，駸駸美成，三復心折。竊有微義隻字未安，敢以奉質。采雲歸第三句思字，仍未若逕用看字叶平。又璚窗似與錦幄嫌復，蓉裳擬僭易雲裳，以蓉字不合於此見也。結處亦微覺疏宕過情，不審伯弢推敲如何，願示其旨。秋思一解，酷似漱玉，得風人哀而不傷之義，使人心神俱服。特井梧句以澌二字音欠響，玆妄擬又澌疏，何如。拙作夜半樂已寫請伯弢審訂，容卽奉教。此上映盦先生道案。文焯頓首。

伯弢頃復書，酌定兩去聲字律，特寫上，幸裁正之。又及。

損書，兼誦新製蘭陵王，勁氣直達，卻能於疏宕中別具幽宛之致，與前作異曲同工。昨夕與漚公賞擊不置。微覺煞拍六字稍稍虛薄，能迴應第一段最妙。切草而推入蒼茫，亦是一格。此處工之至難。去上字律固宜墨守，而字面益不易著也。承教益下問，敢以請質，何如。拙詞辱示兩字宜用上去聲，誠於細律有關鍵。近悟宋人詞中著去上字例，如尊議前結二句第二字。若先用去，則下句第二字卽宜以上聲爲協。反是亦合。試驗柳詞是解前後結皆然，足徵上去字須參差叶律。柳作後煞卽先上後去，不沾沾一節也。呋盦先生於意云何。文焯頓首。十三日。

提學何日相印，幸示及，當一醉三□酒也。前垂示夜飛鵲新製回字韻以上，并深得清真渾茂之旨，非敢貢諛。商葉二字，見何出典，極新異。再四句自仍從重起爲工。姿字韻似亦以輝爲佳，天西擬易作平西，何如。謭見惟鑑諒。不宣。此頌劍丞提學使君洪熹。文焯再拜。廿四日。

昨以小兒女生朝，偶爲傀儡之戲，致枉過闃然展待，罪過罪過。誦來告，裴回小城，烟月空寒，與夢窗隔牆聞簫鼓聲之作，當同一清致也。承示大箸二解，容細意紬繹之，再當獻替，何如。今夕清興有無閒暇一談，幸示及，極有磊隗欲銷也。此塵映庵先生道案。文焯頓首。十一日。

曉起繞闌獨步，雨餘苔淨，夫容亂發，煙醉露啼，有寂寞秋江之感。芳時易失，賞心難併。盍於日未暮時，泛綠依紅之暇，過我連情一詠。使此花不向東風怨後開也。小令附上就正。又及。

昨歸臥空園，夜雨。枕上率爾得小令一解，都無雕潤，錄似賞音，定爲悄然同一淒異也。即以報謝。如從者今夕無近局，當走詣一談。何如。此頌劍丞先生道履。文焯頓首。十六日。

雪意沉沉，瞑陰暴冱，一寒至此。天時人事，正復相同，恨恨如何。走少壯漂零南遯，以筆札自給，蕭然三十餘年。自信於公私取舍之間，未嘗有斯須之苟。即從事節耑，迭更府主，亦絕無豪末半牘之請。坐是落寞，垂老無依。先公自關中罷撫，歸橐唯法書名畫數篋，已復典質殆盡。故山荒落，無寸田尺宅以自存。離亂中更，無家歸得。生平簡澹，久孤於世，不欲危身以治生。所依恃者，惟良師益友，佽助以義。四海知舊，情逾骨肉。韓子所謂若肌膚性命之不可易者，此固由文章風義之感發，亦吾黨後天之悲也。微公同志知愛之篤，曷可語此。三復來告，代籌深切。高義美成，感且不朽。頃滄盦先生亦有書相招，至酒樓密語。雖未顯陳近意，殆亦爲强移一枝棲息耳。惟近自滬歸，冗迫無狀，復爲寒疾所攖，徹曉失眠。畏風如虎，衰景頹侵，恐無復久戀人世。漚公知我，屢索拙著零疊諸稿，懷袖以去。意在宏護矜全故人身後名，吁可感也。前承示清真雙頭蓮校義至精，昨與漚公翻檢柳詞，得曲玉管一解，直是同譜異曲。起調兩段，乃與清真冥合。宋是則詞之過片三字，碻爲屬上無疑。雖平側之調稍異，而句律則同一格，當據以引申補入校録。實佩審音，亟函以達。至芳草渡新製，容細意誦之，再奉布謭見，不敢率爾貢諛也。晚來清宴，能過敝廬一話不。月當頭夕，擬作歲寒小集，何如。此上。祇承吷盦先生道履。文焯敬白。十一月十日。

昨夕苦無選具娛賓，唯清談可以飽耳。清真集得公以雄成，俾世士獲睹完帙，下走附驥而致青雲，誠天幸也。漚公寫本遺强煥一序，又四庫提要一則，並乞暇爲補録，列於首葉。但西泠詞萃刻强序，前云片玉詞，此乃巨繆。蓋未考片玉之題號，昉於元人，有巾箱本劉必欽序文可證。今宜止刻强序，不須書集名，以免專輒之誚。又日内下走當擬一小序，記校勘始末，并特彰兩賢宏贊之功不可没也。比見公於周、柳、吴諸名詞，精斠數條，皆能抉擇窾要，洞見癥結，匪衰朽所逮，極爲心折。樂章集有灼見處，即乞標識簡耑，以資佳證，亮無隱也。至幸甚幸。兹附上拙刻舊篋醫詁上下篇一部，又冷紅、比竹二詞稿，并望轉致貞翁爲企。渠豪於詩，聞聲相慕舊已。亟思誦其篇什，如棐几有其近作，幸賜一讀，何如。匆匆手奏，敬承吷盦先生道履。文焯頓首。正月五日。

日來峭寒中人。園梅南枝猶靳。忽承故人折贈紅萼，著手成春，真所謂東風第一枝也。擬賦江南春報謝，苦聞西北警息，夜不能寐，危自中起。頃口占數語云：「插青冥好山無數。斜陽空送今古。無端西北憂天缺，片石更教誰補。危睇處。挂一髮中原，烟際微茫樹。」吟至此，老淚涔涔，不能長語，如何如何。植園嘉宴，亦得詩四首，暇當録進斧削。旦夕走詣，藉斗酒澆壘塊已耳。前晤府主，談及竹珊爲疫阻於瀋陽兼旬，大約春初甫到吉林，歸期恐無準也。此承映盦先生道履。文焯頓首。廿四日。

昨夜聞雨，平曉益增悁悵。乃就枕改詞，得託字韻，自覺愜心。并上闋全易語義，直攄胸肌，似較前清異。感君之緒餘，益我匪淺。更悟詞人當沉吟煅鍊之際，不可有古人一字到眼，方能行氣。養空而遊，開徑自行，平時又不可無古人字字在眼，使其歌笑出地，盡如吾胸所欲言。此境即項平齋所謂杜詩柳詞皆無表德也。諒知音當弗河漢斯言，敢以請益映盦先生。高製如修飾竟，幸即垂示。文焯白箋。二月四日。

西北風雲甚惡，近郡草澤間，又時聞呼歗聲。吾儕猶日夕雲倡雪和，笠澤翁所謂流宕如此，可歎也夫。恪公果到來無。昨遣問至再，猶未問跫跫耳。小詞近又得一瑞鶴仙詠落梅，又浣溪沙二解，兹録其一上紫霞翁定拍，餘俱稿上漚公，旦晚必可就正。又新校出清真水龍吟詠梨花一韻，碻可訂元本汲古刻本之誤，亦在聽楓處也。此承映菴先生道履。文焯頓首。八月二日。

昨寫上近製，諒達吟席。頃再録二解，迄未定稿，并乞誨示，至幸至幸。園中新豢華亭鶴，每晨夕聞西南飛車之聲，輒引淒唳，悲動林谷。昨與漚公言及，乃大悟風聲鶴唳之解釋，豈戰伐惡聲耶。因於結拍寓此微義，幸有以裁之。再聞高齋後圃，杏花盛發，願擷得一枝，聊分鄰牆春色耳。此上吷菴先生道案。文焯頓首。三月六日。

頃布荒函，諒徹醇聽。東坡南柯子用仙村，見參同契。云得長生居仙村，證以下句義正合。且此二字亦習見之，蘇詩有那知竹裏是仙村之句。又嘉與吾友尋仙村，是髯翁所用常語可信。而別本作材之譌，不攻自破已。即以奉白，聊佐斠訂之雅，亦疑義與晰之一欣也。尋詣談不次。此上吷盦詞長棐几。文焯敬白。十七日。

累日感寒，觸河魚腹疾，甚憊。今日甫起，紬繹新製，真足愈我頭風。改句深美宏約，只神京意稍驚露，下闋醒字韻宜對，且嫌率爾操觚。周柳詞高健處惟在寫景，而景中人自有無限淒異之致，令人歌笑出地。正如黃祖歎禰生，悉如吾胸中所欲言，誠非深於比興，不能到此境也。尊箸元夕聞雨一解，前闋即有清真渾妙，至爲心折。走近神衰，頗難造遣新意，奈何奈何。陽臺曲迄未定稿，俟從者三日歸來，當寫上奉教。貞壯赴鄂期想尚未定。念念。此復。敬承吷菴先生道履。文焯頓首。

前撮題近意，聞從者又有滬行。昨夕復言旋已，方歎王官不治，生生之道日窮。以公天誕英逸，坐使驕才雄力，半銷磨於輪鐵聲中，爲之惋抑。今夕擬訪漚公一談，諒清興攸同，幸譜是聚。再昨閱報端，有楞華菴隨筆。載劉龍洲祠壟在昆山馬鞍山下，近爲一議員創建公園，發掘靡遺，夷爲平地，令人悲詫。攷改之爲廬陵人，以詩詞豪於江表，客稼軒幕，倡酬極相得。宋人説部但述其放浪吴楚，一生羈旅。未言其晚寓昆山，没葬山下。因思其人於公有西江同原之雅，當能考見其生平，用以附及。此上映盦先生詞長。文焯敬白。廿三日。

昨午後漚公過談半日，屢遺問高蹤，跫然未逮，怊悵良深。清真校本，想已專屬貞壯先生，幸勿遺忘。何日偕往金陵，甚念甚念。柳詞閱竟，望檢還，因有一解須勘證也。陽臺曲過片，碻有可疑。諦審揚補之此句卻連上，決無脱誤。而梅溪之多一字，唯見汲古本，未可援據。按紅友所引，卽無是結字。半塘刻史詞，亦僅據毛本，注云別本脱結字。蓋所見諸選本並無此字可信，似不當專依汲古之孤證，遂信爲舊體。攷揚爲高宗時人，史則與張鎡同時，或稍後耳。鄙意宜從三字句連上爲是，想卓見定亦謂然。匆匆奉布，祗承映盦先生道履。文焯頓首。廿八日。

漚公有新製二闋，想已見之。

昔夢華謂柳詞曲處能直，疏處能密，奡處能平，語似近之。今更下一轉語，逆推之，便盡其妙致。詞壇以爲何如。昨夕以改詞不及詣談，孤負梧桐秋月矣。有勞虚竚，皇歉萬端。茲再寫上昨製陽臺路一曲，較臨江仙引略易繼聲，然幽拗處同一難學也。近製兩解，覺結處微得周、柳掉入蒼茫之概。急起直追，或能得其彷彿邪。向夕走謁不次。映盦先生垂目。文焯頓首。十三日。

再臨江仙柳詞，宋本有引字，是也。諦審此調宜下平聲之清揚，方得哀豔之致。紫霞翁審音刌律，以爲何如。旦夕擬一嗣音，但恐邯鄲學步，不能工耳。又及。

大鶴先生手札彙鈔

戴正誠輯

致彊村

彊村先生侍者：天際輕陰，園梅零亂，又是去年聞雨傷春時也。才因老退，疾與年併，顧此悢悢，危自中起，如何可言。一昨展瞻園報書，愴然增遠別之恨。人言愁我始欲愁，爰復寄聲送之。及其未行，惟旦晚附致，幸甚。前夕談際。復承高義，許以海鶴見遺。憶自西園仙蜕，載瘞菭銘，思聞華亭清唳久已。兹得支公近氍，代爲養翮，恨不復假其羽毛，一作凌霄逸勢耳。願以逋山仙客視之。脱惠嗣音，庶慰翹想，聊陳近意。敬問起居。文焯白疏。

又

昨夕得手告，及歸鶴圖卷。貞翁詩自得逸致，但謂出自朱方，殆本瘞鶴銘化於朱方語，而未諦審其地之要實耳。走曩嘗辨焦山石銘，又再手撫其迹而摩挲之。既歷徵皮龔美之悼鶴詩叙，證以咸通十三年日休方爲軍事判官，從北固至姑蘇，正與銘中壬辰甲午歲合。其集内有南陽博士華陽潤卿，亦皆不書姓字。陸魯望亦有寄華陽山人詩，並足爲此銘佳證。更無論其書體文體，純爲唐人所作無疑。自黄伯思誤以爲陶貞白手跡，世士好奇，聚訟千古。惟張力臣辟易羣言，獨具隻眼，至爲精審碻核，亦據松陵集攷定，誠足寤疑辨惑矣。獨於朱方地未詳。竊考漢地理志，丹徒在春秋時謂之朱方。又六朝事跡編類丹楊門引志，建業自溧陽九縣皆隸丹陽郡，屬揚州所統。注云：丹楊山多赤柳，在郡西，故曰丹楊。丹徒古名朱方，是可證今鶴銘正在丹徒焦山下，所謂化於朱方是也。梁簡文與劉孝儀令，有及參朱方一語，亦足徵其地。此可補前人攷辨所未逮者。按銘云，得于華亭，化于朱方。是明謂華亭之產，不得云出自朱方也。走每於經籍及碑版之賸義，輒不惜攻苦爲之辨晰，必泠然而后適。徒自敝其精神才力，垂老而信好彌堅。矻矻窮年，至於衰疾而不悔。將史遷所云，抱咫尺之義，久孤於世。豈若卑論儕俗，與世湛浮而取榮名哉。以同志之雅，聊復叙懷。庶驗之昔賢作者，無一字無來歷。生平於此，深用惴惴耳。春融少健，當鈔樵風詞，并爲伯宛題鏡册，以報其高義，不食言也。（又甘遯圖念茲在茲，苦力不足耳。）率復敬承彊村先生起居。文焯頓白。正月十日。

再前繪聽楓園圖一幅，盍亦付裝。俾走題舊作瑞龍吟，亦勝以前之畫扇。尊旨以爲何如。

又

文人相輕，自昔而然，走居恒引爲厚誡。落南三十餘年，深獲知舊切磋之益。竊未敢以得之已者妄施諸人，正恐蹈相輕之習，而文字之禍滋深。苟非降德忘年，冲抑如吾賢，𢀛不屏爲怪侶已。茲三復來告，宏奬過情，但有慚悚。新製情喻淵放，不失雅宗。期字均下闋復出，疑是筆誤。發耑微覺質實，與通體未洽。攜字短協亦嫌重。走久未造遣，近思極澀。不審擬議有無一當。頃從呋盦見示貞翁人日游詩，其觴字均用淵明斜川題意甚佳。但上句云，遂各疏年紀鄉里，似於陶句未之精審。按斜川題敘所謂各疏年紀鄉里以記其時日者，承上文悼吾年之不留而作。蓋謂茲游賓侶各條疏其行年里貫，以示勝集之難再。故詩中有「未知從今去，當復如此否」之語。意甚分明，今貞翁誤爲斷句，以爲疏年是紀年之謂。斯下文記其時日爲贅旒矣，敢以請益，幸無以之語諸人也。劉禹錫謂詩用僻字，須要有來去處。近人往往不求甚解，但務冷俊，觸目皆痏痏，奈何。此答。敬承彊村先生起居。文焯白。十一日。

又

昨歸三復嘉製，有巢父掉頭之高致，令人感喟。如誦少陵秋興及詠懷古跡諸什，但有江山摇落之悲耳，那不退避三舍。恃知愛之雅，匪敢貢諛，僭評梼見，兼以獻替。安注奉商，伏惟大賢采納。幸甚。此間消息至微，不盡於一二聲調，規規於平側已也。樹字均酷似坡老蒼莽之態，易一足字，頗自謂心安理得。不審羣賢以爲何如。

伏讀十一日上諭，直追咎各督撫要求。而以碻有體驗四字欲幸其菑也，政府誠何心耶，可歎可泣。彊村詞掌砮書。文焯頓首。十四日。

又

來告宏飾過情，彌用愧奮。承示柳詞舍字非協。至云起三句句用韻，易致轉折怪異之音。按清真解連環起調，碻直連三句爲韻。夢窗賦此解，猶墨守惟謹。蓋兩宋大家，如柳周姜史詞，往往句中夾協，似韻非韻。於句投尤多見之。屯田是句似亦偶合，不須深究譜例。但取其音拍鏗訇，諷入吟口，無復凝滯。卽依永和聲，已得空積忽微之旨。下走當詠搖嗟嘆時，初無容心也。昨呋盦亦據是義例下問，想會心當不在遠。紅友固未足徵据耳。牓題款字大佳，已付工撫勒。敬謝敬謝。尋晤述不一。此上彊村先生道案。文焯白疏。三月十二日。

又

昨夜談藝甚洽。湘春夜月一曲，寫上定拍，幸一和之。可彙寄蟄老，以見幽憂同病也。近作擬專意學柳之疏羃，周之高健。雖神韻骨氣，不能遽得其妙處。尚不失白石之清空騷雅，取法固宜語上也。願舉似以證同志之造詣，而詞家流別，亦於是定。大賢以爲何如。此上敬承漚尹先生動定。文焯頓首。十八日。

又

前夕酒樓草草飣餖，咄嗟便辦。苦無兼味，良負彥會，此心闕然。小園蠶豆已實，待半肥時，擷鮮供客，差可下飯。少遲當更作夜談近局也。兹采得新金華菜一筐，尚其挑嫩食之，誠野人一芹之獻耳。大著安公子詞，前已塗抹泰半。不自知其疏妄，唯以元作發耑奇逸，誦不去口，聊以淺闇演贊未備之義。乃辱矜許，重以諉諈，載挹虛襟，敢辭潤色。至上闋那字韻有待商略者，攷那在今韻歌哿部爲一義，玉篇訓何，集韻訓安，卽唐宋詩詞中所恒用無那是也。又屬箇韻者爲語助，漢韓康傳所云公是韓伯休那。

俗言那人義出此，其本音並不入馬禡二部。古韻固與哿箇通用，第詞中聲轉，竊有未安，擬爲僭易之。何如。走近又得送春水龍吟一解，亦類苕華閔時之作。改定當寫上就正。餘不一一。歸鶴圖亦卽併陸扇落墨，不久稽也。彊村詞掌先生垂鑒。文焯敬白。四月六日。

又

昨辱惠存，適服藥再眠，乍覺汗出。聞跫然至，頓狂躍起，亟思晤言，一傾積愫。乃臧獲姑息，以病謝客。展待闕然，罪過罪過，度知深弗我尤也。昨竟日擁衾，猶肌粟凜凜。今已瘉，渴於言，侍兒畢來告，奉答一二。并題籤一紙附上。案鶩翁原刻，舊有景宋鄂州本云云，刊於封葉。此既付石印，何以缺佚重題。豈渠所得者固遺其舊槧，抑別有用意邪。下走十年前有校勘記，多依據明萬曆間歸安茅一楨刻本訂正。又近考金荃詞及毛熙震、歐陽烱三家詞，見於花間集者並完帙，非選家節取例也，似發人所未發。倘滬友意在闡明斯集大旨，有取於拙議，得附篇末以傳，亦云幸已。擬請公暇日致書爲之揄揚，從臾附鍥，庶預是有益乎。載繹大箸西河，未卒讀，不禁老淚涔涔，如聞鄰篴。題叙意極哀宛，而辭未達。向夕當更校定就商，何如。裒碧已有函來詰，并親存之，亦未及晤。所事在滬已聞劍丞言之鑿鑿，特未可操券耳。此上彊村詞長先生道案。鄭文焯頓白。十一月四日。

伯宛舍人索樵風集甚殷，卽當寫上，必不久稽，負我良友也。再此行得從王巏山觀盛氏圖書，中有唐人小集百家，明校精完，諦審卽江建霞所謂影宋本。據巏山云：實發耑於小山舊藏，以其殘卷五十家，重值歸江氏，因影刻以傳。卻非陳道人書棚本也。又及。

又

前夕清談，可云彥會，惜未及以吟尊雅奉閒逸耳。伯宛舍人遠寄書籍，兼鄉味種種。際此米珠薪桂，長安居大不易，猶復念及江皋一二知舊，有故人祿米之風，良可感歎。方之正輔之遺坡老全麵岑茶，其高義誠有過之。乞先爲寄聲報謝，幸甚幸甚。至其近印勞氏碎金一册，昨一繙帑，所校詞集，多出傳鈔。展轉叢殘，疻痏滿目。蓋當避寇流離之際，行滕編削，得一舊本，已歎大難，固未遑寤疑辨惑也。茲偶舉一耑，以質宏達。篇中校金奩集，爲金荃之譌固已。而放翁一跋，亦有踳駁。考飛卿詞唯見於花間集之六十有六首。雖顧氏秀野草堂所稱宋槧一卷，未見刊行。而弘基在五代之初，去晚唐未遠，宜其甄錄所得爲多。花間集卷一全屬温詞卷二又得十六首自後古今詞話之誤以春曉曲爲玉樓春，全唐詩附載，又羼入袁國傳之菩薩蠻。下走曩作金荃詞考略，已深切著明。是淥飲所云温詞只八十三首，未足徵信。此必明初坊寫俗本，見四朝名賢詞。飛卿首列，遂以此一卷全爲金荃。又譌荃作奩。姑舍是勿論。獨放翁兩跋花間集，汲古僅載其一。此跋所云，謂其專屬金荃，殊亦無據。案飛卿無南鄉子詞。花間載有南歌子七首，類宮怨之作，不得比之竹枝。惟歐陽舍人南鄉子八首，實皆紀嶺海風土，語義與竹枝爲近。然則放翁所稱追配禹錫者，當不謂飛卿可證。漢趙邠卿孟子題辭所謂宜在條理之科。篇中是類甚夥，此條擬亦附之。拙纂考略，亦足多也。究之斠訂之學，後起者洵易爲功。顧士夫生丁世難，窮困吝中，而不遺鉛槧。往哲流風，正非衰輓取及。宜伯宛係志鄉獻，汲汲墨版以傳也。其天下同文一卷，節縮泰甚。所見不逮所聞。且元人詞率於音呂失考。如此編大酺、霓裳中序、疏影按律並宜側調其它出入益多明秀、蛾術二集外，等諸既灌而已，敢以謏聞。妄逞一得，幸勿爲過。此上敬承彊村先生動定。文焯白疏。三月十四日。

又

昨檢敗簏中，得昔年寫詞家大意殘紙三葉，亦間有道着處，特奉上請益。知此旨之微妙，惟公可與語，吁可慨也。夜來紬繹大箸餘闋，怨深文綺。其高健處不亞中仙，殘膏賸馥，沾丐後人不少。忝附雅舊知愛之深，重以諄諄誨誘，曷敢效薄俗貢諛。不揆愚箟，妄有獻替。輒注簡眉牘尾，以竭微誠，冀塵高聽。倘不以寡聞見嗤而恕其狂瞽歟，伏惟作者裁之。幸甚幸甚。拙製閏集，都爲傖歌，歸來尚未料簡，少間必寫續稿納上，以副盛義。春寒不減舊臘，孱軀畏風如虎，卻甚望從者枉過，作竟日話，誠非忠恕之道。然昌黎渴思大顛師一披接，固謂勞於一來，安於所適，道故如是。其語甚辯，或亦大蹇朋來之占應也。人日良辰，甚盼頓駕，以慰竚詹。至祝至祝。滬上子純消息何如，念念。此上彊村詞掌左右。樵風白。

又

昨辱答，兼蒙題亡兄遺札，感不去懷，誦之泫然。命書詞箑，旦夕卽奉報，不更稽滯也。伏讀新製寫扇，題目既佳，詞復絕妙。匪吾賢高節貞行，烏能攄此衷曲。尤喜疏放似張于湖，忠憤所發，必傳之作也。若夫寄託淒涼，則蘭成枯樹賦，差堪比擬。百復不厭，卽當寫撫桐圖小幀持贈。下走感愴由中，竟破三年戒，率爾屬和。惟久未綴思，不免荒闇。梁簡文所謂雖是庸魯，不能閣筆。幸知音有以裁之。向晚閒步，擬走訪，或不至於左邪。此上敬承彊村詞掌道履。樵風言。六月六日。

又

連檐過雨，新綠填門，頓催春老，乃歎此萋萋之蕪人國，一碧無名，有可爲淒漣者已。吳俗立夏，二三鄰曲，餽以朱櫻梅子酒母見唐韻梅字注。新麥海螺鰣魚之屬，爲佳辰筐實，亦江南節物之舊遺也。自今改曆，餼羊將廢，慨愴如何。清興所逮，盍一見過，聊以嘗新。魚麥是昨日親串所貽，今慮已色惡，其它頗可式食庶幾耳。開逕以望，幸毋珊珊。昨得來告，已上燈後，不及走談矣。彊村先生簪書。樵風逸民白。壬子立夏日。

又

春寒未減，又過燒燈。人事蹉跎，日月驚邁。淵明句有云：「今我不爲樂，知有來歲否。」吾儕從何處行樂，誠莫知其方也。枕上偶成解嘲詩，就有道正，聊博一拊掌。東坡所謂不以無姦而養不吠之犬，鄙意正同康衢事。康衢事見尹文字。康衢長者名犬曰善噬，賓客三年不敢至其門，既覺而改名，客復往，殆喻言耳。從者何日之滬，倘更見過，能飮一杯無。此間略得清趣，至海上則拉雜徵逐，甚無謂也。子美尙未來，亦數年契闊矣。匆匆上孝臧先生左右。焯頓首。十七日。

近年凡百都厭倦，惟老友清談，無日忘之。

又

昨夕雨後微涼，甫得一親几案，而畫債坌集，老眼又以燈下落墨爲苦。但祝天作之緣，再雨三日，便了御無數尺二寃家矣。頃檢敝篋，得亡兄嚼梅手鈔頻伽詞品附香方二紙，蓋光緒己丑歲，自山左見寄者。不知何處得此本，擬爲裝一小册，以存其手跡。欲求大賢題跋數行以張之。吾兄器幹雄恢，一生兀嵂不宜官。工書，行草體勢，得魯公争坐位帖神妙。所作簡札，輒爲好事藏弆。瘦碧詞叙，是其筆也。惜有子不能象賢，保護遺蹟，故極意爲守此僅僅者耳。再昨見掃葉山房廣告中，有古今名人詞選，近人詞録，想亦同調所選輯。閶門街有掃葉分坊，吾賢盍暇日一取觀之，不知有無異譔。匆匆手奏，敬承彊村詞長道履。文焯頓首。六月四日。

近日有無京書，伯宛至可念，總之文人固分漂零也。

又

樵風罷酒，解構劇場。遥一點頭，闕然言議。旬餘牽帥人事，恃在密邇，轉相闊疏，所懷如何。一昨匆匆白牋，遥著奴子投撢高輚。則司閽以滬上之駕未旋，度遷喬之期又展。意方猶豫，頗訝珊珊來遲。迺小疏既見擲還，願言彌切中曲。忽得伯弢書報，欣審美眷新移，當春安吉。從茲紅梅一曲，不得獨擅芳聲。而縮地飛仙，一院雙成儔侶。神捷乃爾，益令人歆羡不置。七寶樓臺，本無事修月手矣。先此頌慶，尋走詣不次。敬承漚尹詞掌侍郎起居，并賀大熹。文焯再拜。

附小詞一解奉賀

點絳脣

仙侶雲移，夜笙飛下雙成步。占春佳處。花亞新簾户。　家續樵歌，不羡紅梅譜。聯吟趣。柳烟分縷。招引鶯鄰語。

樵風園客稿上，時戊申中春之昔。

又

天公玉戲，大好亭林，安得故人款然良對，以斗酒賞之。記舊春賦雪憶秦娥一解有云：「故山已變青蕪國。爲誰染出傷心白。傷心白。人間天上，恨春無色。」洵哀思垂絶之音也，君其謂之何。餘具往牘，不復詞費。邇來南北亂機四伏，正大蹇朋來之際，憂生奚爲。樵風逸民附白。十一月癸丑朔有二日。

又

昨口述近作小城尋梅一解，深荷賞擊。不惜歌苦，乃獲知音，能無感慰。兹録上就正，倘辱嗤點而和之，不翅乞酒得漿也，幸甚幸甚。枕上又得花犯，欲次韻美成，而喜字韻誠難，恐强步轉令全章皆躓。公能首唱俾繼聲，何如。又清真第七句倚字爲叶，而夢窗初閲不押韻，殆異撰爾。敝鈔壺連唱二本，久置高齋。記與子復和此曲，亟思覆視。卽乞檢還付去手，至企至企。此上彊村詞長左右。樵風佚白。

又

一昨得伯宛爲茗理主人徵圖詠一事，頓觸三十年前舊業之感。因歎近世自國學廢六書之教，乃以訓故考據列爲小學專家，馴至三代兩漢之書不可讀。而專攻詞章者，益昧夫古言古義，動多謬悠專輒之文。重爲有識所詬病，吁可慨也已。憶走南游，在固始吴公節耑校閲正誼課卷。其時管禮耕袁寶璜輩並以高材生常爲稱首。一日以茗柯命題，卽據黃扶孟義府所徵音訓，思得諸生之博證。而應者僅一二卷，引鈕説卻未得其左驗。古解之日替可知。無惑乎茗柯自號不敢以其爲詞家而阿所好所謂當仁不讓也後，又有以茗理名其居者。是殆文人鶩新奇而莫究微恉之過。許君所謂蔽所希聞，未覩字例之條。吾恐迷誤不諭者，不寧唯是。皋文以陽湖古文名家，今傳世有茗柯文集。近見其墨子經考稿本，亦尟精義。其間以六書詮釋音訓，并多疏遺。走嘗究心於墨經，故審之熟已。昨吾賢疑其兼通經義，其卽謂此編歟。結習未忘，敢以請益。此上彊村詞掌道案。樵風逸民白。

近代詞人逸事

張爾田撰

近代詞人逸事目録

附録

近代詞人逸事

蔣鹿潭遺事

鹿潭，先君子學詞之師也。性落拓。官兩淮鹽大使。罷官，避地東淘，杜小舫觀察愛其才，時周給之。小舫之詞，多出其手定。鹿潭素不善治生，歌樓酒館，隨手散盡。晚年與女子黃婉君結不解之緣，迎之歸於泰州。又以貧故，不安於室。鹿潭則大憤，走蘇州，謁小舫。小舫方署臬使，不時見鹿潭。既失望，歸舟泊垂虹橋，夜書寃詞，懷之，仰藥死。小舫爲經紀其喪。婉君聞之，亦以死殉。余從嫂黃亦家泰州，親見婉君死狀，言之甚悉。是亦詞人之一厄也。鹿潭遺詩宗源瀚序，略及其事，而不能詳云。

大鶴山人逸事

文小坡（焯）爲瑛蘭坡中丞子。一門鼎盛，兄弟十八，裘馬麗都。惟小坡被服儒雅，少登乙科，官内閣中書，不樂仕進。旅食江蘇，爲巡撫幕客四十餘年。善詼諧，工尺牘。故所歷賢主人，無不善遇之。然其中落落，恆有不自得者。先君子諱上龢，字沚蒓，曾從蔣鹿潭學詞，從沈旭庭（梧）學畫，與小坡爲詞畫至交。時余家居蘇州天燈巷。曾記一日大雪，晚飯後，小坡攜烟具，敲門入，欲拉同赴盤門，觀女伶林黛玉演戲。或曰：「此是殘花敗柳。」小坡笑曰：「我輩又何嘗非殘花敗柳。」余隅坐，誦昔人句云：「多謝秦川貴公子，肯持紅燭賞殘花。」小坡爲太息久之，蓋自傷其老而依人也。小坡塡詞之外，能畫，兼工醫術，自謂於音律有神悟。所著詞源斠律，大抵依據燕樂考原。余爲糾正數條，小坡大驚曰：「是能傳吾大晟之業者也。」金石小學，靡不綜貫，皆非其至者，然自喜特甚。其齋中懸一聯云：「籀說文九千字，治墨學十三篇。」楊守敬所書也。尊罍筆硯，事事精潔，有南宋江湖詩人風趣。鼎革後，以賣畫爲生，樵紅別墅所藏，一夕散盡。光緒甲午，先君子棄官僑吳中，與小坡及張子苾諸君連舉詞社。小坡方有「比紅」之賦，卽所謂侍兒紅冰是也。後遂歸於小坡。乃於翦金橋卜西樓以貯之。冷紅詞一卷，大半詠此。小坡晚年營別墅於孝義坊，其東坡陀緜亙，按圖經知爲吳小城，賦詞以張之。手種梅竹，極幽蒨之致。小坡歿後，吳印臣（昌綬）擬爲保存其墅，余爲題「僑吳舊築」四字，後亦未果，聞已易主矣。孟劬記於觀我生室。

況夔笙逸事

夔笙爲兩江總督端忠敏（方）幕客，爲之審定金石，代作跋尾，忠敏極愛之。時蒯禮卿（光典）亦以名士官觀察，與夔笙學不同，每見忠敏，必短夔笙。一日，忠敏宴客秦淮，禮卿又及夔笙。忠敏太息曰：「我亦知夔笙將來必餓死，但我端方不能看其餓死。」夔笙聞之，至於涕下。李審言，禮卿客也，有詠忠敏詩云：「輕薄子雲猶未死，可憐難返蜀川魂。」自是有宴會，夔笙與審言必避不相見。噫，忠敏之愛才，無媿明珠太傅，而夔笙知己之感，雖死不忘，尤可念也。

案況李交惡事，據審言先生哲嗣語予，其先人詠忠敏詩云云，蓋別有所指，非詆夔笙，或孟劬先生偶據傳聞之語歟。編者附記。

沈寐叟逸事

有一人謁培老，自言家貧，非作官不可。培老笑曰：「西山薇蕨，本我輩專利品，原不敢分潤公等。」既而正色曰：「我有一言奉告，作官儘管作官，切不可胡鬧。」其人踧踖不安，逡巡而退。此僕在座親聞者，殊可見此老風骨。

附錄

詞林新語(一)

龍陽易實甫，仕而不達，漸簡右江道，途出海上，臨桂况蕙風見之，欣然道故，挾之肘腋曰：「吾抱道在躬。」歸安朱彊村，詞流宗師，方其選三百首宋詞時，輒携鈔帙，過蕙風簃寒夜啜粥，相與探論。維時風雪甫定，清氣盈宇，曼誦之聲，直充閭巷。

臨桂王右遐於蕙風爲前輩，同直薇垣，研討詞事。右遐每有所作，輒就蕙風訂拍，蕙風謹嚴，屢作爲之屢改，半塘或不耐，於稿尾大書「奉旨不改了」。

海甯王静安，樸學大師，間作小詞，亦循蘇、辛一流，不肯呢呢作兒女子語。時客海上，梅子畹華方有香南雅集，一時名流，題詠藻繪，蕙風强静安填詞，静安亦首肯，賦清平樂一章，題永觀堂書。

梅畹華演劇，一時無兩，嘗搬演彩樓配於上海之天蟾舞臺。彊村、蕙風，聯袂入座，時姜妙香飾薛平貴，擡褸得彩球。彊村忽口占云：「恨不將身變叫花。」蕙風應曰：「天蟾咫尺隔天涯。」轉瞬成浣溪沙一解，曰：「不足爲世人知之。」

仁和邵伯褧，儀容整適，垂頤廣頰，或曰：「此天官相。」

詞林新語(二)

淳安邵次公嘗有所眷娉婷,殘年風雨,戎馬載途,乃自析津隨至京師,次公欣然以造象屬朋輩徵題詠,曰采芳圖,不逾年,娉婷他適,次公遂屏不復言。

傅彩雲以絶色負盛名,某名士媚之,嘗與蕙風同過酪酊,蕙風亦欣賞。迨其官浙東,彩雲少不繼,蕙風爲作小箋,詞意婉委,其人爲致二百金慰之。

歸安朱彊村暇輒行博,蕙風爲賦詞竹馬子,以紀其事。或勸之曰:「久坐傷骨,久視傷脾。」彊村曰:「不坐傷心。」

南海譚瑑青久客京師,精治庖膳。客有北行者,以不得就一餐爲恨。

蕙風有芙蓉癖,濡染彊村,微燈雙枕,抵掌劇談,往往中夜。

安吉吴昌碩於書畫篆刻負盛名,所居邇彊村、蕙風,輒就夜談。忽一日,吴姬宵遁,昌碩爲之不歡。彊村曰:「老人乃一往情深。」蕙風曰:「姬人一往,此老情深。」

半塘字姿曰抱賢,蕙風就訊其義,唯唯曰:「余以賢自況而已。」

伶女潘雪豔父事蕙風,迨蕙風殁,哭泣致賻,發引日,衣大布,隨靈輀以行,途人側目。

詞林新語(三)

嘉興沈子培居上海,十年不涉歌場。自畹華來滬,遂往觀劇,並作臨江仙一解。時人以爲難能。

南海康長素傲岸自大，或於稠座請赴梨園，應曰：「余豈不畏人剽殺者耶。」鐵嶺文叔問之喪，康長素往哭之哀，即寢其書舍，午夜檢叔問遺籍，丹鉛幾遍，彌爲泫然，因葦之海上。叔問有姬字南柔，後叔問十五年卒，無以爲葬。彊村、蕙風約客醵資瘞之虎邱，題冷紅閣故姬南柔之墓，過者每爲掩涕。

南陵徐積餘富藏書，尤好詞籍，當選閨秀百家付剞人，哀然成集。或以元詩選故事告之曰：「行見裙釵羅列下拜。」

或問彊村翁：「晚歲何以少作詞。」翁噓然曰：「理屈詞窮。」（以上詞林新語三則，見詞學季刊第一卷第三號）

芳菲菲堂詞話（一）

番禺潘蘭史先生，四十後，更字老蘭，主香港華報、實報筆政。曾梓其文稿與游記、詩集，都爲十四卷。而詞則自海山、花語二集之後，未有繼刊。有人傳誦其香海別洪銀屏校書云：「客裏雲萍情緒亂。便道歡場，說夢應腸斷。莫惜深杯珍重勸。銀箏醉死銀燈畔。同是天涯何所戀。月識郎心，花也如儂面。東去伯勞西去燕。人生那得長相見。」右調蝶戀花。此詞纏綿盡致，一往情深，置之子野、耆卿集中，不能過也。

芳菲菲堂詞話（二）

蘭史嘗游柏林，氈裘絕域，聲教不同，碧眼細腰，執經問字，亦從來文人未有之奇也。所著說劍堂集，意慕定庵，而無其發風動氣。蘭史婦梁佩瓊亦能詩詞，其斷句如「花陰一抹香如水，柳色千行冷化烟」，「花前怕倚回闌望，紅是相思緑是愁」，皆悽婉可誦。梁卒，蘭史賦長相思詞十六章，聞者掩涕。蘭史詞已梓者，海山詞、花語詞、珠江低唱、長相思詞四種。詞筆自是一代作手，求諸近代中，於納蘭公子性德爲近。並世詞家，如浙江張藴梅太史，亦嫌氣促，遑論其他。

芳菲菲堂詞話(三)

蘭史多情，尤多艷迹。居德意志時，有女史名媚雅者，授琴來柏林，彼此有身世之感，蘭史賦訴衷情詞云：「樓逈。人静。移玉鏡。照銀櫳。琴語定。簾影月朦朧。芳思與誰同。丁東。隔花彈亂紅。一痕風。」他日媚雅邀游蝶渡，招同女史二十六人，各按琴曲，延蘭史入座正拍。復成琵琶仙詞云：「仙舫晶屏，有人畫洛浦靈妃眉嫵。歌扇輕約蘋風，雲鬟醮香霧。芳渡口，銀奩浸緑，更紅了櫻桃千樹。初度劉郎，三生杜牧，塵夢休賦。還憐我似水才名，話佳日匆匆莫閒度。都把一襟羈思，與前汀鷗鷺。扶窄袖，瑶絲代語，唤水仙共點琴譜。只惜絃裏飛花，斷腸何處。」順德賴虛舟，年七十矣，續而艷之，詫爲奇福，因題其後云：「紉縵情雲結綺寮。萬花叢裏擁嬌嬈。文君自有求凰曲，不待相如玉軫挑。琴雖異體一般絃。得叶宫商韻總圓。廿六嬌娥翻舞袖，倚聲齊踏鷓鴣天。」以上三則見詞學季刊一卷第四號

彊村老人評詞

朱祖謀撰
龍榆生輯

彊村老人評詞目録

彊村老人評詞

彊村老人詞評三則

彊村老人論詞最矜慎，未嘗率意下筆。搜檢遺篋，僅得三書，略有評語。特爲迻録，以示賞音。

夢窗詞集，爲老人用力最勤者。雖圈點至十數過，評語僅得十一字。其評瑞鶴仙「晴絲牽緒亂」下半闋「待憑信，拌分鈿。試挑燈欲寫，還依不忍，牋幅偷和淚捲」一段云：「力破餘地。」宴清都連理海棠「障灩蠟滿照歡叢，嫠蟾冷落羞度」一段云：「擩染大筆何淋漓。」

賀鑄東山寓聲樂府，亦有老人評語二條。其評宛溪柳下半闋「已恨歸期不早。枉負狂年少。無奈風月多情，此去應相笑。心記新聲縹緲。翻是相思調。明年春杪。宛溪楊柳，依舊青青爲誰好」云：「筆如轆轤。」又評伴雲來下半闋「當年酒狂自負。謂東君以春相付。流浪征驂北道，客檣南浦。幽恨無人晤語。賴明月、曾知舊游處。好伴雲來，還將夢去」云：「橫空盤硬語。」

老人於並世詞人，最推重新會陳述叔先生。其評海綃詞云：「神骨俱靜，此真能火傳夢窗者。」又云：「善用逆筆，故處處見騰踏之勢，清真法乳也。」又云：「卷二多樸遬之作，在文家爲南豐，在詩家爲淵明。」

附録

近人與朱祖謀論詞札

沈寐叟與朱彊村書

古微仁兄大人閣下：冶城分道，瞬已逾年。冬月明聖泛舟，靈山韶濩，頗有領會，惜不得與公偕行共諮也。獻歲以來，伏惟起居集福。坡詞校例精詳，恐當爲七百年來第一善本。願記數語，發揮此意，機緒尚未湊拍也。杭遊得詩十餘首，録奉教覽，以當晤談。頗有鄧尉探梅之意，天氣稍和，卽當買棹，但須公作導師耳。甚望復我數字。此請道安。植初九日。

又

古微老前輩同年大人左右：蘇臺于役，一奉清塵，談宴之歡，足愜孤抱。別又匝月，靡日不思。冬陽不潛，道履佳鬯。比者詞壇專尚柳調，誠足避俗。然棘喉鈎吻，讀之使人不爽。且不善學之，亦易流爲俳體。似仍不若周、姜習用之調之流轉自如也。弇陋之見，尚乞教之。夏、陳皆詞家巨擘，其所著乞代索一足本，冀廣所未睹耳。侍於此事，所涉至淺。今更頹唐，不復能學邯鄲之步矣。蘋珊有書否，錢生嘗與之俱北耶。地震彗變，天象極可畏，杞憂正未艾也。敬請道安。年侍煦再拜。詠春同年，並乞寄聲

又

古微前輩有道：何日返蘇，道履安穩。昫前序幼遐和珠玉詞，無副墨，乞屬寫言於四印軒詞刻中，别録一通寄下，俾爲敝帚之享。又友人紙一條，乞公正書，以其他三書皆楷也。迫促能事，罪過罪過。敬頌道綏。年侍昫再拜，壬子中秋。

鄭叔問答吴伯宛書

伯宛道兄先生侍者：一昨復奉惠劄，具審海國盍簪之盛。於笙歌叢裡，别有雲璈，想見天風珠唾之餘，時復逮憶，正如枯僧野唄，只宜荒山破刹中獨一淒唳，不足翹和鸞鳳聲也。昨夜聽雨竹醉寮，忽展誦半塘老人賸稿，未終卷，泫然久之。遲明始略爲點定。以君與漚公拳拳高義，亟待墨版，爰付局寄上，尚其鑒詧覆審之。因蘇城郵筒，近多隱渝，甚不足恃也。承索觀吴刻明秀樂章二集，俟二月花朝前後，必携之滬上，面奉何如。比連得家兄書，趣赴潯陽甚迫。其受代已有期矣，知念附及。匆匆報訊，不盡百一。敬承道履，臨書懷仰。正月廿六日，鄭文焯白疏漚公，同此悼念。

案以上各札，並從彊村先生遺篋中録出。尚有吴伯宛、曹君直諸君與先生商量校詞書簡一束。容孺世兄舉以授予，得暇當再理董，陸續登載，公諸留心近代詞壇掌故者。沐勛附記。

彊村老人與夏承燾書

瞿禪道兄閣下：榆生兄轉賁惠箋，十年影事，約略眼中。而我兄修學之猛，索古之精，不朽盛業，跂足可待，佩仰曷極。夢窗生卒考訂，鑿鑿可信，益慙謭說之莽鹵矣。夢窗與翁時可、際可二人爲親伯仲，草窗之說也。疑本爲翁氏，而出爲吴後。今四明鄞慈諸邑，翁姓甚繁。倘有宋時家牒可考，則夢窗世系，亦可瞭然。弟曩曾丐人廣求翁譜，未之得也。我兄於彼郡人士有相洽而好事者，或竟求得佳證。夢窗系屬八百年未發之疑，自我兄而昭晰，豈非詞林美談，閣下豈有意乎。弟哀墉之質，無可舉似。閟著有寫定者，尚盼先睹也。率復，卽頌撰安。弟期孝臧頓首。十一月初六日。

又

瞿禪我兄足下：頃奉還雲，敬承一一。靈鶼閣白石詞，固未寓目。卽況氏移寫本，亦未獲睹，殆已易米矣。瀋陽陳思亦有白石詞考證及年譜，弟曾睹稿本極翔實，惜未刊行。陳君在北方，近亦不稔其蹤迹也。台從道滬，幸一相聞，當圖良晤。率復，卽頌撰安。弟期孝臧頓首。冬月十九日。

又

瞿禪我兄著席：爲別數月，得書良慰。所作詞高朗，詩沉窈。杲明何人，甚願知其姓名學行也。劉子庚十年前嘗一見，所輯詞當是別後所得。中惟篁𡾰（字書無此字，而廣韻有𡾱字，疑傳寫之誤。）詞得一見，僅三數闋未刻，劉本能略增否。尊友所藏，必求宛轉代假，爲盼。郵局挂號，決無他虞。夏閏小極，承注感感。何時道滬，甚盼一握手。復頌撰安。弟孝臧頓首。八月十二日。

又

朣禪我兄足下：月前奉書，並詞輯二册。碌碌未答，適有吴門之行，昨甫言旋。又讀惠箋，敬承一一。子庚先生輯本，誠有功詞苑。而所稱得自諸家藏本者，如金荃集，俱出金匳集。所增楊柳枝十首，則見諸詩集。荆臺傭稿即花間尊前之詞。此外更無一字。舒學士詞，較樂府雅詞止多一首。黄華先生詞，即中州集之十二首。疏齋詞較天下同文多二首。不知昔人何以定爲别集之本。若文瀾閣之松山月巖，闕中圖書館之秋崖碧澗，洵爲珍籍，非裁篇别出可比。弟擬補入拙刻叢書中，惟倉卒未克録副。如能由館人代抄，甚善。抄費當照繳。榆生付印。聶君如見許最便，不則當先行寄還，以清手續。統候示復遵行。白石歌曲，范氏刻三家詞本，未經寓目也。讀詞二詩，持論甚新，何不多爲之，以補厲氏所不及。率復，即頌著安。弟孝臧頓首。九月十日。

又

朣禪我兄著席：疊奉手箋，碌碌未報。比連苦病，不盡闒宂慵也。承示珠玉，詩非所喻，不敢妄談。詞則歷落有風格，絶非塗附穠麗者所能夢見。題梁汾詞扇一闋尤勝。私幸吾調不孤矣。夢窗年譜，曩日妄作此想，竟未屬筆，以無資糧故也。小箋承諟正疏謬，極爲佩荷。他日當一一理董，以副盛意。待考數事，少暇疏上，求助我繙㬪，幸甚。子庚所輯詞，榆生代録五種。弟未及校，今檢呈上，請至館時再爲點勘一過。松山月巖二種，子庚校云：求之文瀾閣舊鈔本。又云：輯得。殊未了然，亦請示。屬寫拙詞，容少遲報命。

彊村先生，早年專力爲詩。四十以後，復壹意填詞，與校刊詞籍。生平絶不願爲駢散文。所有傳世遺文，大抵皆他人代筆，而先生略加潤色者。獨與友好往還書信，爲出先生手。雖寥寥短幅，而別饒風致，洵詞人吐屬，故自不同也。矅禪出示各札，皆先生居滬時所寄。其謙抑之度，與奬掖後進之心，皆足令我輩追慕無窮。頗思廣爲搜集，彙爲一卷。世有藏先生遺札，願録副見示者，當馨香禱祝以求之。沐勛附記。

嚴幾道先生與朱彊村書

昨承枉教，爲賜甚厚。去後極思更有所作，以邀教益。刻乃勉成解連環一闋，謹録呈左右，伏望佛不吝法，更與指點。裕之有云：文章有聖處，正脈要人傳。果他日此學成就，則先生的髓法嗣也。不勝竚仰之至。此頌彊村詞伯旅安。復頓首。

又

漚尹侍郎先生執事：得正月廿三日損書，及新刻重斠夢窗四稿，知先生指導之意無窮也。不勝感，不勝感。來教以浣花玉谿於詩，猶清真夢窗於詞，斯誠篤論。復於清真詞不盡見，就其得見者言。竊謂夢窗詞旨，實用玉谿詩法。咽抑凝迴，辭不盡意。而使人自遇於深至。鉤鎃雜碎，或學者之過。猶西崑末流，誠不可歸獄夢窗。至於清真之似子美，則拙鈍猶未之窺見也。别紙所示，都中癥結。初學人能得法師如此，不禁竊熹自負耳。謹再磨琢奉呈，伏惟垂誨。復頓首。二月朔日。

又

彊村詞老執事：頃承手教，於鄙作盡無所否，非所望也。復以爲詞之爲道，嵇叔夜手揮目送二語盡之。至於形色，尤不可苟。而聲情神思，則作者各有天焉，不得强而致也。先生以爲然乎。前作去後，尚有商量數處，不過取其圓溜。惟東閣閣字，必應改作觀字。謹别紙更録呈政，并頌興居。復再頓首。春水、夢窗二家，短長安在，望破例相告。

附解連環己酉燈節呈彊村用夢窗韻

綰同心結。别作褰裳佩結。正春舒柳眼，嫩條柔極。别作柔條嫩極。料庾信愁滿江關，更吴雨瀟瀟，别作酥雨寒寒。落梅風色。社酒猶賒，燕泥冷鬱金梁别作堂。北。問巢痕東閣，别作東觀又作藻井。徽影西清，别作斧廊。可堪重憶。試燈一作遨春。故情未擲。爲别作替。東風作主，商略紅白。怕元都去一作此。後桃花，又瀼露泛霞，自驕紺碧。别作别饒緗碧。玉宇孤蟾，瞰來去别作閲日夜。滄溟潮汐。且尋伊别作有霜眏。玉龍怨調，倚聲擫得。别作傍牆擪得。

幾道先生在近代學術界之地位，固已盡人皆知。至其倚聲填詞，殊不多見。以上三札，作於宣統元年，時方任京師大學校長。而卑辭請益，若惟恐彊翁不屑爲指點者。前輩進學之猛，虛懷之切，令人驚佩。一詞幾經修改，隻字未安，皇皇焉不能自已。宜其從事譯述時，對一名詞，或旬日而後定，不肯絲毫苟且也。沐勛附記。

蕙風詞話

况周頤撰

蕙風詞話目録

卷一

卷二

卷三

卷四

卷五

蕙風詞話續編目錄

卷一

蕙風詞話卷一

蕙風詞話五卷，惜陰堂叢書。續詞話二卷，係予從況氏著作中輯出，分期發表於藝文雜誌。近日王幼安校訂此兩種，間加附注，足資啓發，因並采入。詮評係就前五卷加以闡明或辨正者，亦附錄於後，以供讀者參考。圭璋識。

詞非詩餘

沈約宋書曰：「吴歌雜曲，始皆徒歌。既而被之絃管。又有因絃管金石作歌以被之。」按前一法即虞廷依永之遺，後一法當起於周末宋玉對楚王問。首言客有歌於郢中者，下云其爲陽阿薤露，其爲陽春白雪，皆曲名。是先有曲而後有歌也。填詞家自度曲，率意爲長短句，而後協之以律，此前一法也。前人本有此調，後人按腔填詞，此後一法也。沿流溯源，與休文之説相應。歌曲之作，若枝葉始敷。乃至於詞，則芳華益茂。詞之爲道，智者之事。酌劑乎陰陽，陶寫乎性情。自有元音，上通雅樂。別黑白而定一尊，亙古今而不敝矣。唐宋以還，大雅鴻達，篤好而專精之，謂之詞學。獨造之詣，非有所附麗，若爲駢枝也。曲士以詩餘名詞，豈通論哉。

詞非詩之賸義

詩餘之「餘」，作贏餘之「餘」解。唐人朝成一詩，夕付管絃，往往聲希節促，則加入和聲。凡和聲皆以實字填之，遂成爲詞。詞之情文節奏，並皆有餘於詩，故曰「詩餘」。世俗之說，若以詞爲詩之賸義，則誤解此餘字矣。

作詞有三要

作詞有三要，曰重、拙、大。南渡諸賢不可及處在是。

詞重在氣格

重者，沉著之謂。在氣格，不在字句。

宋清人拙處不可及

半塘云：「宋人拙處不可及，國初諸老拙處亦不可及。」

詞外求詞

詞中求詞，不如詞外求詞。詞外求詞之道，一曰多讀書，二曰謹避俗。俗者，詞之賊也。

無詞境即無詞心

填詞要天資，要學力。平日之閲歷，目前之境界，亦與有關係。無詞境，即無詞心。矯揉而彊爲之，非合作也。境之窮達，天也，無可如何者也。雅俗，人也，可擇而處者也。

詞忌刻意爲曲折

詞筆固不宜直率，尤切忌刻意爲曲折。以曲折藥直率，即已落下乘。昔賢樸厚醇至之作，由性情學養中出，何至蹈直率之失。若錯認真率爲直率，則尤大不可耳。

詞忌有字處爲曲折

詞能直，固大佳。顧所謂直，誠至不易。不能直，分也。當於無字處爲曲折，切忌有字處爲曲折。

詞中轉折宜圓

詞中轉折宜圓。筆圓，下乘也。意圓，中乘也。神圓，上乘也。

詞不嫌方

詞不嫌方。能圓，見學力。能方，見天分。但須一落筆圓，通首皆圓。一落筆方，通首皆方。圓中不見方，易。方中不見圓，難。

詞不宜過經意

詞過經意，其蔽也斧琢。過不經意，其蔽也褦襶。不經意而經意，易。經意而不經意，難。

詞宜恰到好處

恰到好處，恰够消息。毋不及，毋太過。半塘老人論詞之言也。

詞不宜琢率

詞太做，嫌琢。太不做，嫌率。欲求恰如分際，此中消息，正復難言。但看夢窗何嘗琢，稼軒何嘗率，可以悟矣。

真字是詞骨

真字是詞骨。情真、景真，所作爲佳，且易脱稿。

詞宜不纖

詞人愁而愈工。真正作手，不愁亦工，不俗故也。不俗之道，第一不纖。

詞忌一矜字

作詞最忌一矜字。矜之在迹者，吾庶幾免矣。其在神者，容有在所難免。兹事未遽自足也。

作詞淺亦非疵

凡人學詞，功候有淺深，即淺亦非疵，功力未到而已。不安於淺而致飾焉，不恤顰眉、齲齒，楚楚作態，乃是大疵，最宜切忌。

填詞須先求凝重

填詞先求凝重。凝重中有神韻，去成就不遠矣。所謂神韻，即事外遠致也。即神韻未佳而過存之，其足爲疵病者亦僅，蓋氣格較勝矣。若從輕倩入手，至於有神韻，亦自成就，特降於出自凝重者一格。若並無神韻而過存之，則不爲疵病者亦僅矣。或中年以後，讀書多，學力日進，所作漸近凝重，猶不免時露輕倩本色，則凡輕倩處，即是傷格處，即爲疵病矣。天分聰明人最宜學凝重一路，卻最易趨輕倩一路。苦於不自知，又無師友指導之耳。

學詞須按程序

詞學程序，先求妥帖、停勻，再求和雅、深此深字只是不淺之謂。秀，乃至精穩、沉著。精穩則能品矣。沉著更進於能品矣。精穩之穩，與妥帖迥乎不同。沉著尤難於精穩。平昔求詞詞外，於性情得所養，於書卷觀其通。優而游之，饜而飫之，積而流焉。所謂滿心而發，肆口而成，擲地作金石聲矣。情真理足，筆力能包舉之。純任自然，不假錘鍊，則沉著二字之詮釋也。

作詞要意不晦語不琢

初學作詞，只能道第一義，後漸深入。意不晦，語不琢，始稱合作。至不求深而自深，信手拈來，令人神味俱厚。槩櫄兩宋，庶乎近焉。

不可作寒酸語

寒酸語不可作，即愁苦之音，亦以華貴書之。飲水詞人所以爲重光後身也。

造句要自然

塡詞之難，造句要自然，又要未經前人說過。自唐五代已還，名作如林，那有天然好語，留待我輩驅遣。必欲得之，其道有二。曰性靈流露，曰書卷醞釀。性靈關天分，書卷關學力。學力果充，雖天分少遜，必有資深逢源之一日。書卷不負人也。中年以後，天分便不可恃。苟無學力，日見其衰退而已。江淹才盡，豈真夢中人索還囊錦耶。

詞不能諧俗

讀前人雅詞數百闋，令充積吾胸臆，先入而爲主。吾性情爲詞所陶冶，與無情世事，日背道而馳。其蔽也，不能諧俗，與物忤。自知受病之源，不能改也。

讀詞之法

讀詞之法，取前人名句意境絶佳者，將此意境，締構於吾想望中。然後澄思渺慮，以吾身入乎其中，而涵泳玩索之。吾性靈與相浹而俱化，乃真實爲吾有，而外物不能奪。三十年前，以此法爲日課，養成不入時之性情，不邉恤也。

述所歷詞境

人静簾垂。燈昏香直。窗外芙蓉殘葉，颯颯作秋聲，與砌鼎相和答。據梧瞑坐，湛懷息機。每一念起，輒設理想排遣之。乃至萬緣俱寂，吾心忽瑩然開朗如滿月，肌骨清涼，不知斯世何世也。斯時若有無端哀怨，棖觸於萬不得已，即而察之，一切境象全失，唯有小窗虚幌、筆牀硯匣，一一在吾目前。此詞境也。三十年前，或月一至焉。今不可復得矣。

以吾言寫吾心

吾聽風雨，吾覽江山，常覺風雨江山外有萬不得已者在。此萬不得已者，即詞心也。而能以吾言寫吾心，即吾詞也。此萬不得已者，由吾心醖釀而出，即吾詞之真也，非可彊爲，亦無庸彊求。視吾心之醖釀何如耳。吾心爲主，而書卷其輔也。書卷多，吾言尤易出耳。

詞有不盡之妙

吾蒼茫獨立於寂寞無人之區，忽有匪夷所思之一念，自沉冥杳靄中來，吾於是乎有詞。洎吾詞成，則於頃者之一念若相屬若不相屬也。而此一念，方緜邈引演於吾詞之外，而吾詞不能殫陳，斯爲不盡之妙。非有意爲是不盡，如書家所云無垂不縮，無往不復也。

詞之風度

問：填詞如何乃有風度。答：由養出，非由學出。問：如何乃爲有養。答：自善葆吾本有之清氣始。問：清氣如何善葆。答：花中疏梅、文杏。亦復託根塵世，甚且斷井、頹垣，乃至摧殘爲紅雨猶香。

作詞成就不易

作詞至於成就，良非易言。卽成就之中，亦猶有辨。其或絕少襟抱，無當高格，而又自滿足，不善變。不知門徑之非，何論堂奧。然而從事於斯，歷年多，功候到，成就其所成就，不得謂非專家。凡成就者，非必較優於未成就者。若納蘭容若，未成就者也，年齡限之矣。若厲太鴻，何止成就而已，且浙派之先河矣。

詞無庸勾勒

吾詞中之意，唯恐人不知，於是乎勾勒。夫其人必待吾勾勒而後能知吾詞之意，卽亦何妨任其不知矣。曩余詞成，於每句下注所用典。半塘輒曰：「無庸。」余曰：「奈人不知何。」半塘曰：「儻注矣，而人仍不知，又將奈何。矧塡詞固以可解不可解，所謂烟水迷離之致，爲無上乘耶。」

作詞須知暗字訣

作詞須知「暗」字訣。凡暗轉、暗接、暗提、暗頓，必須有大氣眞力，斡運其間，非時流小惠之筆能勝任也。駢體文亦有暗轉法，稍可通於詞。

名手作詞

名手作詞，題中應有之義，不妨三數語說盡。自餘悉以發抒襟抱，所寄託往往委曲而難明。長言之不足，至乃零亂拉雜，胡天胡帝。其言中之意，讀者不能知，作者亦不蘄其知。以謂流於跌宕怪神、怨懟激發，而不可以爲訓，則亦左徒之「騷」「些」云爾。夫使其所作，大都衆所共知，無甚關係之言，寧非浪費楮墨耶。

詞宜守律

畏守律之難，輒自放於律外，或託前人不專家，未盡善之作以自解，此詞家大病也。守律誠至苦，然亦有至樂之一境。常有一詞作成，自己亦旣愜心，似乎不爲再改。唯據律細勘，僅有某某數字，於四聲未合，卽姑置而過存之，亦孰爲責備求全者。乃精益求精，不肯放鬆一字，循聲以求，忽然得至雋之字。或因一字改一句，因此句改彼句，忽然得絕警之句。此時曼聲微吟，拍案而起，其樂何如。雖剥珉出璞，選薏得珠，不逮也。彼窮於一字者，皆苟完苟美之一念誤之耳。

上去聲不可忽

上去聲字，近人往往誤讀。如「動静」之「静」，上聲，誤讀去聲。「暝色」之「暝」，去聲，誤讀上聲。作詞既守四聲，則於宋人用「静」字者用上聲，用「暝」字者用去聲，斯爲不誤矣。顧審之聲調，或反蹈聱牙盭喉之失。意者宋人亦誤讀誤用耶。遇此等處，唯有檢本人它詞及它人詞證之，庶幾決定所從。特非精擘宫律者之作，不足爲據耳。

上可代入

宋人名作，於字之應用入聲者，間用上聲，用去聲者絕少。檢夢窗詞知之。

入聲字適用

入聲字於填詞最爲適用。付之歌喉，上去不可通作，唯入聲可融入上去聲。凡句中去聲字能遵用去聲固佳，若誤用上聲，不如用入聲之爲得也。上聲字亦然。入聲字用得好，尤覺峭勁娟雋。

初學宜聯句和韻

初學作詞，最宜聯句、和韻。始作，取辦而已，毋存藏拙嗜勝之見。久之，靈源日濬，機括日熟，名章俊語紛交，衡有進益於不自覺者矣。手生重理舊彈者亦然。離羣索居，日對古人，研精覃思，寧無心得，未若取徑乎此之捷而適也。

學詞須先讀詞

學填詞，先學讀詞。抑揚頓挫，心領神會。日久，胸次鬱勃，信手拈來，自然丰神諧鬯矣。

詞意忌複

詞貴意多。一句之中，意亦忌複。如七字一句，上四是形容月，下三勿再說月。或另作推宕，或旁面襯託，或轉進一層，皆可。若帶寫它景，僅免犯複，尤爲易易。

改詞之法

佳詞作成，便不可改。但可改便是未佳。改詞之法，如一句之中有兩字未協，試改兩字，仍不愜意，便須換意，通改全句。牽連上下，常有改至四五句者。不可守住元來句意，愈改愈滯也。

改詞須知挪移法

改詞須知挪移法。常有一兩句語意未協，或嫌淺率，試將上下互易，便有韻致。或兩意縮成一意，再添一意，更顯厚。此等倚聲淺訣，若名手意筆兼到，愈平易，愈渾成，無庸臨時掉弄也。

詞中對偶

詞中對偶，實字不求甚工。草木可對禽蟲也，服用可對飲饌也。實勿對虛，生勿對熟，平舉字勿對側串字。深淺濃淡，大小重輕之間，務要侔色揣稱。昔賢未有不如是精整也。

起處不宜泛寫景

近人作詞，起處多用景語虛引，往往第二韻方約略到題，此非法也。起處不宜泛寫景，宜實不宜虛，便當籠罩全闋，它題便挪移不得。唐李程作日五色賦，首云：「德動天鑒，祥開日華。」雖篇幅較長於詞，亦以二句檃括之，尤有弁冕端凝氣象。此恉可通於詞矣。

作詞要句中有意

作詞不拘說何物事，但能句中有意卽佳。意必己出，出之太易或太難，皆非妙造。難易之中，消息存焉矣。唯易之一境，由於情景真，書卷足，所謂滿心而發，肆口而成者，不在此例。

詞須選韻

作詠物詠事詞，須先選韻。選韻未審，雖有絕佳之意，恰合之典，欲用而不能。用其不必用，不甚合者以就韻，乃至涉尖新，近牽彊，損風格，其弊與彊和人韻者同。

虛字叶韻最難

詞用虛字叶韻最難。稍欠斟酌，非近滑，卽近佻。憶二十歲時作綺羅香，過拍云：「東風吹盡柳綿矣。」端木子疇前輩埰見之，甚不謂然，申誡至再。余詞至今不復敢叶虛字。又如「賺」字「偷」字之類，亦宜慎用，並易涉纖。「兒」字尤難用之至。（如船兒、葉兒、風兒、月兒云云。）此字天然近俚，用之得如閨人口吻，卽亦何當風格。乃至村夫子口吻，不尤不可嚮邇耶。若於此等難用之字，筆健能扶之使豎，意精能鍊之使穩，庶極專家能事矣。斯境未易臻，仍以不用爲是。

宋詞宜多讀多看

兩宋人詞宜多讀、多看，潛心體會。某家某某等處，或當學，或不當學，默識吾心目中。尤必印證於良師友，庶收取精用閎之益。洎乎功力既深，漸近成就，自視所作於宋詞近誰氏，取其全帙孯貫而折衷之，如臨鏡然。一肌一容，宜淡宜濃，一經侔色揣稱，灼然於彼之所長、吾之所短安在，因而知變化之所當亟。善變化者，非必墨守一家之言。思游乎其中，精騖乎其外，得其助而不爲所囿，斯爲得之。當其致力之初，門徑誠不可誤。然必擇定一家，奉爲金科玉律，亦步亦趨，不敢稍有踰越。塡詞智者之事，而顧認筌執象若是乎。吾有吾之性情，吾有吾之襟抱，與夫聰明才力。欲得人之似，先失己之真，得其似矣，卽已落斯人後，吾詞格不稍降乎。並世操觚之士，輒詢余以倚聲初步何者當學，此余無詞以對者也。

勿學辛吳

性情少，勿學稼軒。非絶頂聰明，勿學夢窗。

不必學唐五代詞

唐五代詞並不易學，五代詞尤不必學，何也。五代詞人丁運會，遷流至極，燕酣成風，藻麗相尚。其所爲詞，卽能沉至，衹在詞中。豔而有骨，衹是豔骨。學之能造其域，未爲斯道增重。矧徒得其似乎。其錚錚佼佼者，如李重光之性靈，韋端己之風度，馮正中之堂廡，豈操觚之士能方其萬一。自餘風雲月露之作，本自華而不實。吾復皮相求之，則嬴秦氏所云甚無謂矣。晚近某詞派，其地與時，並距常州派近。爲之倡者，揭櫫花間，自附高格，塗飾金粉，絶無内心。與評文家所云「浮烟漲墨」曷以異。雖無本之文，不足以自行。歷年垂百，衍派未廣，一編之傳，亦足貽誤初學。嘗求其故，蓋天事絀、性情少者所爲，曷如不爲之爲愈也。

北宋人手高眼低

余嘗謂北宋人手高眼低。其自爲詞誠敻乎弗可及。其於它人詞，凡所盛稱，率非其至者。直是口惠，不甚愛惜云爾。後人習聞其說，奉爲金科玉律，絶無獨具隻眼，得其真正佳勝者。流弊所極，不特埋没昔賢精詣，抑且貽誤後人師法。北宋詞人聲華藉甚者，十九鉅公大僚。鉅公大僚之所賞識，至不足恃，詞其小焉者。

詞用詩句曲用詞事

兩宋人填詞，往往用唐人詩句。金元人製曲，往往用宋人詞句。尤多排演詞事爲曲。關漢卿、王實甫西廂記出於趙德麟商調蝶戀花，其尤箸者。檢曲錄雜劇部，有陶秀實醉寫風光好、晏叔原風月鷓鴣天、張于湖誤宿女貞觀、蔡蕭閑醉寫石州慢、蕭淑蘭情寄菩薩蠻，皆詞事也。就一劇一事而審諦之，填詞者之用筆用字何若。製曲者又何若。曲由詞出，其淵源在是。曲與詞分，其徑塗亦在是。曲與詞體格迴殊，而能得其，並皆佳妙之故，則於用筆用字之法，思過半矣。

詞與曲作法不同

曲有煞尾，有度尾。煞尾如戰馬收韁，度尾如水窮雲起。（見董解元西廂記眉評。）煞尾猶詞之歇拍也。度尾猶詞之過拍也。如水窮雲起，帶起下意也。填詞則不然，過拍祇須結束上段，筆宜沉著。換頭另意另起，筆宜挺勁。稍涉曲法，卽嫌傷格。此詞與曲之不同也。

明以後詞纖庸少骨

明以後詞，纖庸少骨。二三作者，亦間有精到處。但初學抉擇未精，切忌看之。一中其病，便不可醫也。東坡、稼軒,其秀在骨,其厚在神。初學看之,但得其粗率而已。其實二公不經意處,是真率,非粗率也。余至今未敢學蘇、辛也。

求詞詞外

織餘瑣述云:「蕙風嘗讀梁元帝蕩婦思秋賦,至『登樓一望,唯見遠樹含烟。平原如此,不知道路幾千』。呼娱而詔之曰:『此至佳之詞境也。看似平淡無奇,卻情深而意真。求詞詞外,當於此等處得之。』」

宋人雜用元寒删先四韻

又云:「元白朴天籟集滿庭芳小序:『屢欲作茶詞,未暇也。近選宋名公樂府,黄、賀、陳三集中,凡載滿庭芳四首,大槩相類,互有得失。復雜用元、寒、删、先韻,而語意苦不倫』云云。近人詞此四韻多通叶,昔賢不謂然也。夫詞雖慢調,韻不逾十。卽如寒、删兩韻,本韻之字卽獨用不患不敷,矧已通叶,何必再闌入元、先部乎。其爲取便,亦云甚矣。」

詞不可概人

晏同叔賦性剛峻,而詞語特婉麗。蔣竹山詞極穠麗,其人則抱節終身。何文縝少時會飲貴戚家,侍兒惠柔,慕公丰標,解帕爲贈,約牡丹時再集。何賦虞美人詞有「重來約在牡丹時,只恐花枝相妬,故開遲」之句,後爲靖康中盡節名臣。○國朝彭羨門孫遹延露詞,吐屬香豔,多涉閨襜。與夫人伉儷綦篤,生平無姬侍。詞固不可槩人也。

校詞紛心

余癖詞垂五十年，唯校詞絶少。竊嘗謂昔人填詞，大都陶寫性情，流連光景之作。行間句裏，一二字之不同，安在執是爲得失。乃若詞以人重，則意内爲先，言外爲後，尤毋庸以小疵累大醇。士生今日，載籍極博。經史古子，體大用閎，有志校勘之學，何如擇其尤要，致力一二。詞吾所好，多讀多作可耳。校律猶無容心，矧校字乎。開茲縹帙，鉛槧隨之。昔人有校讎之説，而詞以和雅温文爲主恉。心目中有讎之見存，雖甚佳勝，非吾意所專注。彼昔賢曷能詔余而牖之。則亦終於無所得而已。曩錫山侯氏刻十名家詞，顧梁汾爲之序，有云：「讀書而必欲避譌與混之失，即披閲吟諷，且不能以終卷，又安望其暢然拔去抑塞，任爲流通也。」斯語淺明，可資印證。蓋心爲校役，訂疑思誤，丁一確二之不暇，恐讀詞之樂不可得，即作詞之機亦滯矣。如云校畢更讀，則掃葉之喻，校之不已，終亦紛其心而弗克相入也。

歷代詩餘依調臚列

御選歷代詩餘，每調臚列如干首。每填一調，就諸家名作參互比勘。一聲一字、務求合乎古人。毋託一二不合者以自恕。則不特聲韻無誤，卽宮律之微，亦可由此研入。

玉梅玲瓏四犯有寄託

玉梅後詞玲瓏四犯云：「衰桃不是相思血，斷紅泣、垂揚金縷。」自注：「桃花泣柳，柳固漠然，而桃花不悔也。」斯恉可以語大。所謂盡其在我而已。千古忠臣孝子，何嘗求諒於君父哉。

詞林正韻最爲善本

吴縣戈順卿（載）翠微花館詞，褎然鉅帙，以備調守律爲主旨，似乎工拙所弗計也。惟所輯詞林正韻，則最爲善本。曩王氏四印齋依戈氏自刻本，刻附所刻詞後。倚聲家圭臬奉之。順卿夫人金婉，字玉卿，有宜春舫詩詞。爲外録詞林正韻畢書後云：「羅襦甲帳愧非仙。寫韻何妨手一編。從此詞林增善本。四聲堪證宋名賢。」

蕙風詞話卷二

詞有穆之一境

詞有穆之一境，靜而兼厚、重、大也。淡而穆不易，濃而穆更難。知此，可以讀花間集。

花間不易學

花間至不易學。其蔽也，襲其貌似，其中空空如也。所謂麒麟楦也。或取前人句中意境，而紆折變化之，而雕琢、句勒等弊出焉。以尖爲新，以纖爲豔，詞之風格日靡，真意盡漓，反不如國初名家本色語，或猶近於沉著、濃厚也。庸詎知花間高絶，即或詞學甚深，頗能闚兩宋堂奧，對於花間，猶爲望塵卻步耶。

唐詞與詩近

唐賢爲詞，往往麗而不流，與其詩不甚相遠。劉夢得憶江南云：「春去也，多謝洛城人。弱柳從風疑舉袂，叢蘭裛露似沾巾。獨坐亦含顰。」流麗之筆，下開北宋子野、少游一派。唯其出自唐音，故能流而不靡。所謂風流高格調、其在斯乎。前調云：「猶有桃花流水上。無辭竹葉醉尊前。」拋毬樂云：「春早見花枝，朝朝恨發遲。及看花落後，卻憶未開時。」亦皆流麗之句。

晚唐詩有詞境

段柯古詞僅見閒中好，寥寥十許字，殊未饜人意。海山記中隋煬帝望江南八闋，或云柯古所託，亦無碻據。余喜其折楊柳詩「公子驊騮往何處。綠陰堪繫紫游韁」。此等意境，入詞絕佳。晚唐人詩集中往往而有。蓋詞學寖昌，其機鬱勃，弗可遏矣。

李德潤詞極形容之妙

李德潤臨江仙云：「彊整嬌姿臨寶鏡，小池一朵芙蓉。」是人是花，一而二，二而一。句中絕無曲折，卻極形容之妙。昔人名作，此等佳處，讀者每易忽之。

歐陽炯豔詞

花間集歐陽炯浣溪沙云：「蘭麝細香聞喘息。綺羅纖縷見肌膚。此時還恨薄情無。」自有豔詞以來，殆莫豔於此矣。半塘僧鶩曰：「奚翅豔而已，直是大且重。」苟無花間詞筆，孰敢爲斯語者。

徐鼎臣詩是詞境

徐鼎臣夢游詩：「繡幌銀屏杳靄間。若非魂夢到應難。」寘之詞中，是絕好意境。又云：「蘸甲遞觴纖似玉，含詞忍笑膩於檀。」則直是花間麗句。當時風會所趨，不期然而自致此耳。

韓持國詞深靜

詞境以深靜爲至。韓持國胡擣練令過拍云：「燕子漸歸春悄。簾幕垂清曉。」境至靜矣，而此中有人，如隔蓬山。思之思之，遂由淺而見深。蓋寫景與言情，非二事也。善言情者，但寫景而情在其中。此等境界，唯北宋人詞往往有之。持國此二句，尤妙在一「漸」字。

晏叔原詞序

晏叔原詞自序曰：「始時沈十二廉叔、陳十君龍、或作寵。家有蓮、鴻、蘋、雲，清謳娛客。廉叔、君龍殆亦風雅之士，竟無篇闋流傳，並其名亦不可考。宋興百年已還，凡著名之詞人，十九宋史有傳，或附見父若兄傳。大抵黄閣鉅公，烏衣華胄。卽名位稍遜者，亦不獲二三焉。當時詞稱極盛，乃至青樓之妙姬，秋墳之靈鬼，亦有名章俊語，載之曩籍，流爲美談。萬不至章甫縫掖之士，尺板斗食者流，獨無含咀宫商、規撫秦柳者。矧天子右文，羣公操雅，提倡甚非無人，而卒無補於湮没不彰，何耶。○國初顧梁汾有言：「煥涼之態，浸淫而入於風雅。」良可浩歎。卽北宋詞人以觀，蓋此風由來舊矣。卽如叔原，其才庶幾跨竈，其名殆猶恃父以傳。夫傳不傳亦何足重輕之有，唯是自古迄今，不知埋没幾許好詞。而其傳者，或反不如不傳者之可傳，是則重可惜耳。

小山阮郎歸

小山詞阮郎歸云：「天邊金掌露成霜。雲隨雁字長。綠杯紅袖趁重陽。人情似故鄉。蘭佩紫，菊簪黃。殷勤理舊狂。欲將沉醉换悲涼。清歌莫斷腸。」「綠杯」二句，意已厚矣。「殷勤理舊狂」，五字三層意。「狂」者，所謂一肚皮不合時宜，發見於外者也。狂已舊矣，而理之，而殷勤理之，其狂若有甚不得已者。「欲將沉醉换悲涼」，是上句注脚。「清歌莫斷腸」，仍含不盡之意。此詞沉著厚重，得此結句，便覺竟體空靈。小晏神仙中人，重以名父之貽，賢師友相與沆瀣，其獨造處，豈凡夫肉眼所能見及。「夢魂慣得無拘管，又逐楊花過謝橋」，以是爲至，烏足與論小山詞耶。

東坡青玉案

東坡詞青玉案，用賀方回韻，送伯固歸吴中，歇拍云：「作箇歸期天應許。春衫猶是，小蠻針線，曾溼西湖雨。」上三句，未爲甚豔。「曾溼西湖雨」是清語，非豔語。與上三句相連屬，遂成奇豔、絶豔，令人愛不忍釋。坡公天仙化人，此等詞猶爲非其至者，後學已未易樵昉其萬一。

秦少游卓然名家

有宋熙豐間，詞學稱極盛。蘇長公提倡風雅，爲一代山斗。黄山谷、秦少游、晁无咎，皆長公之客也。山谷、无咎皆工倚聲，體格於長公爲近。唯少游自闢蹊徑，卓然名家。蓋其天分高，故能抽祕騁妍於尋常濡染之外。而其所以契合長公者獨深。張文潛贈李德載詩有云：「秦文倩麗舒桃李。」彼所謂文，固指一切文字而言。若以其詞論，直是初日芙蓉，曉風楊柳，倩麗之桃李，容猶當之有愧色焉。王晦叔碧鷄漫志云，黃晁二家詞，皆學坡公，得其七八。而於少游獨稱其俊逸精妙，與張子野並論，不言其學坡公，可謂知少游者矣。

李方叔虞美人

李方叔虞美人過拍云：「好風如扇雨如簾。時見岸花汀草，漲痕添。」春夏之交，近水樓臺，確有此景。「好風」句絕新，似乎未經人道。歇拍云：「碧蕪千里思悠悠。唯有霎時涼夢，到南州。」尤極淡遠清疏之致。

東山詞融景入情

東山詞：「歸卧文園猶帶酒。柳花飛度畫堂陰。只憑雙燕話春心。」「柳花」句融景入情，丰神獨絕。近來纖佻一派，誤認輕靈，此等處何曾夢見。

竹友善言愁

竹友詞，留董之南過七夕，蝶戀花後段云：「君似庾郎愁幾許。萬斛愁生，更作征人去。留定征鞍君且住。人間豈有無愁處。」循環無端，含意無盡，小謝可謂善言愁。

宋詞用襯字

元人製曲，幾於每句皆有襯字，取其能達句中之意，而付之歌喉又抑揚頓挫，悦人聽聞。所謂遲其聲以媚之也。兩宋人詞間亦有用襯字者。王晉卿云：「燭影搖紅向夜闌，乍酒醒、心情懶。」「向」字、「乍」字是襯字。據詞譜，燭影搖紅第二句七字，應仄平仄仄平平仄。周美成云：「黛眉巧畫宮妝淺」，不用襯字，與換頭第二句同。

周姜詞樸厚

元人沈伯時作樂府指迷，於清真詞推許甚至。唯以「天便教人，霎時廝見何妨」。「夢魂凝想鴛侶」等句爲不可學，則非真能知詞者也。清真又有句云：「多少暗愁密意，唯有天知。」「最苦夢魂、今宵不到伊行。」「拌今生、對花對酒，爲伊淚落。」此等語愈樸愈厚，愈厚愈雅，至真之情，由性靈肺腑中流出，不妨説盡而愈無盡。南宋人詞如姜白石云：「酒醒波遠，正凝想、明璫素襪。」庶幾近似。然已微嫌刷色。誠如清真等句，唯有學之不能到耳。如曰不可學也，詎必顰眉搔首，作態幾許，然後出之，乃爲可學耶。明已來詞纖豔少骨，致斯道爲之不尊，未始非伯時之言階之厲矣。竊嘗以刻印比之，自六代作者以縈紆拗折爲工，而兩漢方正平直之氣蕩然無復存者。救敝起衰，欲求一丁敬身、黄大易，而未易遽得。乃至倚聲小道，卽亦將成絶學，良可慨夫。

周謝詞熨帖入微

清真詞望江南云：「惺忪言語勝聞歌。」謝希深夜行船云：「尊前和笑不成歌。」皆熨帖入微之筆。

李蕭遠詞輕倩

李蕭遠點絳唇後段云：「碧水黃沙，夢到尋梅處。花無數。問花無語。明月隨人去。」意境不求甚深，讀者悅其輕倩。竹垞詞綜首録此闋。此等詞固浙西派之初祖也。其鵲橋仙云：「小舟誰在落梅村。正夢繞、清溪烟雨。」西江月云：「瓊瑰珠珥下秋空，一笑滿天鸞鳳。」皆警句，可誦。

廖世美詞語淡情深

廖世美燭影揺紅過拍云：「塞鴻難問，岸柳何窮，别愁紛絮。」神來之筆，卽已佳矣。换頭云：「催促年光，舊來流水知何處。斷腸何必更殘陽，極目傷平楚。晚霽波聲帶雨，悄無人、舟横古渡。」語淡而情深。令子野、太虚輩爲之，容或未必能到。此等詞一再吟誦，輒沁入心脾，畢生不能忘。花庵絶妙詞選中，真能不愧「絶妙」二字，如世美之作，殊不多覯。

何撍之麗句

何撍之小重山「玉船風動酒鱗紅」之句，見稱於時。此特麗句云爾。臨邛高耻庵云：（見詞品。）「譬如雲錦月鉤，造化之巧，非人琢也。此等句在天壤間有限。」似乎獎許太過。余喜其換頭：「車馬去悤悤。路隨芳草遠」十字，其淡入情，其麗在神。

李詞襲梅詩

梅宛陵詩：「不上樓來今幾日，滿城多少柳絲黃。」晁氏客語記歐公云：「非聖俞不能到。」宋無名氏愛日齋叢鈔。按李易安詞：「幾日不來樓上望，粉紅香白已争妍。」由此脱胎，卻自是詞筆。（王幼安云，此二句乃清人詞。）

趙忠簡詞

趙忠簡詞，王氏四印齋刻入南宋四名臣詞。清剛沉至，卓然名家。故君故國之思，流溢行間句裏。如鷓鴣天建康上元作云：「客路那知歲序移，忽驚春到小桃枝。天涯海角悲涼地，記得當年全盛時。花弄影，月流輝。水精宫殿五雲飛。分明一覺華胥夢。回首東風淚滿衣。」洞仙歌後段云：「可憐窗外竹，不怕西風，一夜瀟瀟弄疎響。奈此九回腸，萬斛清愁、人何處，邈如天樣。縱隴水秦雲、阻歸音，便不許時閒，夢中尋訪。」其它斷句，尤多促節哀音，不堪卒讀。而卷端蝶戀花乃有句云：「年少淒涼天付與。更堪春思縈離緒。」閑情綺語，安在爲盛德之累耶。

填詞要襟抱

填詞第一要襟抱。唯此事不可彊，並非學力所能到。向伯恭虞美人過拍云：「人憐貧病不堪憂。誰識此心如月正涵秋。」宋人詞中，此等語未易多覯。

竹齋詞句

竹齋詞句：「桂樹深村狹巷通。」頗能模寫村居幽邃之趣。若換用它樹，意境便遜。

曾宏父浣溪沙

曾宏父浣溪沙云：「紫禁正須紅藥句，清江莫與白鷗盟。」尋常稱美語，出以雅令之筆，閱之便不生厭。此酬贈詞之別開生面者。

滎諲詠梅

大卿滎諲詠梅南鄉子云：「江上野梅芳。粉色盈盈照路旁。閑折一枝和雪嗅，思量。似箇人人玉體香。特此起愁腸。此恨誰人與寄將。山館寂寥天欲暮，凄涼。人轉迢迢路轉長。」見梅苑。「似箇」句豔而質，猶是宋初風格，花間之遺。諲，字仲思，宋史有傳。

辛詞陳詩

吹劍録云：「古今詩人間出，極有佳句。無人收拾，盡成遺珠。陳秋塘詩：『不知筋力衰多少。但覺新來懶上樓。』」按此二句乃稼軒詞鷓鴣天歇拍。稼軒倚聲大家，行輩在秋塘稍前，何至取材秋塘詩句。秋塘平昔以才氣自豪，亦豈肯沿襲近人所作。或者俞文豹氏誤記辛詞爲陳詩耶。此二句入詞則佳，入詩便稍覺未合。詞與詩體格不同處，其消息即此可參。

東浦用寃家

東浦詞且坐令云：「但寃家、何處貪歡樂。引得我心兒惡。」毛子晉刻入六十家詞，以「寃家」字涉俚，跋語譏之。按宋蔣津葦航紀談：「作詞者流，多用寃家爲事。初未知何等語，亦不知所出。後閱烟花記，有云『寃家之說有六，情深意濃，彼此牽繫，寧有死耳，不懷異心，所謂寃家者一。兩情相繫，阻隔萬端，心想魂飛，寢食俱廢，所謂寃家者二。長亭短亭，臨歧分袂，黯然銷魂，悲泣良苦，所謂寃家者三。山遥水遠，魚雁無憑，夢寐相思，柔腸寸斷，所謂寃家者四。憐新棄舊，孤恩負義，恨切惆悵，怨深刻骨，所謂寃家者五。一生一死，觸景悲傷，抱恨成疾，迨與俱逝，所謂寃家者六。此語雖鄙俚，亦余之樂聞耳』云云。」樸質爲宋詞之一格，此等字不足爲疵病。唯是宋人可用，吾人斷不敢用。若用之而亦不足爲疵病，則駸駸乎入宋人之室矣。

詞有理脈可尋

詞亦文之一體。昔人名作，亦有理脈可尋，所謂蛇灰蚓綫之妙。如范石湖眼兒媚萍鄉道中云：「酣酣日脚紫烟浮。妍暖試輕裘。困人天氣，醉人花底，午夢扶頭。　春慵恰似春塘水，一片縠紋愁。溶溶泄洩，東風無力，欲皺還休。」「春慵」緊接「困」字「醉」字來，細極。

陳夢弼和石湖詞

陳夢弼和石湖鷓鴣天云：「指剥春葱去採蘋。衣絲秋藕不沾塵。眼波明處偏宜笑。眉黛愁來也解顰。巫峽路，憶行雲。幾番曾夢曲江春。相逢細把銀釭照，猶恐今宵夢似真。」歇拍用晏叔原「今宵賸把銀釭照，猶恐相逢是夢中」句，恐夢似真，翻新入妙，不特不嫌沿襲，幾於青勝於藍。

韓南澗霜天曉角

韓南澗霜天曉角起調云：「幾聲殘角。月照梅花薄。」歇拍云：「莫把玉肌相映，愁花見，也羞落。」花羞玉肌，其海棠、芍藥之流亞乎。對於梅花，殊未易言。人世幾曾見此玉肌也。

王質西江月

宋王質西江月，借江梅蠟梅爲意，壽董守云：「試將花蕊數層層，猶比長年不盡。」元李庭水調歌頭，史侯生朝云：「側聽稱觴新語，一滴願增一歲，門外酒如川。」並巧語不涉纖。

王質江城子

王質江城子句云：「得到釵梁容略住，無分做、小蜻蜓。」未經人道。

仲彌性浪淘沙

仲彌性浪淘沙過拍云：「看盡風光花不語，卻是多情。」語淡而深。憶秦娥詠木犀後段云：「佳人斂笑貪先折。重新爲翦斜斜葉。斜斜葉。釵頭常帶，一秋風月。」末二句，賦物上乘，可藥纖滯之失。

程文簡壽詞

程文簡大昌臨江仙和正卿弟生日云：「紫荆同本但殊枝。直須投老日，常似有親時。」感皇恩淑人生日云：「人人戴白，獨我青青常保。只將平易處，爲蓬島。」此等句非性情厚、閱歷深，未易道得。元劉静修樵庵詞王利夫壽云：「吾鄉先友今誰健。西鄰王老時相見。每見憶先公。音容在眼中。　今朝故人子。爲壽無多事。唯願歲長豐。年年社酒同。」余極喜誦之，與文簡詞庶幾近似。

洪文惠盤洲詞

織餘瑣述：宋洪文惠盤洲詞，余最喜其生查子歇拍云：「春色似行人，無意花間住。」漁家傲引後段云：「半夜繫船橋北岸。三杯睡着無人喚。睡覺只疑橋不見。風已變。纜繩吹斷船頭轉。」意境亦空靈可喜。蕙風云：余所喜異於是。漁家傲引云：「子月水寒風又烈。巨魚漏網成虛設。圍圍從它歸丙穴。謀自拙。空歸不管旁人説。　昨夜醉眠西浦月。今宵獨釣南溪雪。妻子一船衣百結。長歡悦。不知人世多離別。」委心任運，不失其爲我。知足長樂，不願乎其外。詞境有高於此者乎。是則非娱所能識矣。

曹冠燕喜詞

宋曹冠燕喜詞鳳栖梧云：「飛絮撩人花照眼。天闊風微，燕外晴絲卷。」狀春情景色絶佳。每值香南研北，展卷微吟，便覺日麗風暄，淑氣撲人眉宇。全帙中似此佳句，竟不可再得。

姚進道簫臺公餘詞

姚進道簫臺公餘詞，浣溪沙青田趙宰席間作云：「醉眼斜拖春水緑。黛眉低拂遠山濃。此情都在酒杯中。」鷓鴣天：「縣有花名日日紅。」高仲堅席間作云：「夜深莫放西風入，頻遣司花護錦裀。」瑞鷓鴣賞海棠云：「一抹霞紅勾醉臉，惱人情處不須香。」如夢令水仙用雪堂韻云：「鈎月襯淩波，彷彿湘江烟路。」行香子抹利花云：「香風輕度，翠葉柔枝。與玉郎摘，美人戴，總相宜。」好事近重午前三日云：「梅子欲黄時，霖雨晚來初歇。誰在緑窗深處，把綵絲雙結。淺斟低唱笑相偎，映一團香雪。笑指牆頭榴花，倩玉郎輕折。」進道名述堯，錢塘人。南宋理學家張子韶詩云：「環顧天下間，四海唯三友。」三友者，施彦執、姚進道、葉先覺，其見重於時如此。顧亦能爲綺語、情語。可知蘭畹、金荃，何損於言坊行表也。

魏杞詠梅

兩宋鉅公大僚，能詞者多，往往不脱簪紱氣。魏文節杞虞美人詠梅云：「只應明月最相思。曾見幽香一點、未開時。」輕清婉麗，詞人之詞。專對抗節之臣，顧亦能此。宋廣平鐵石心腸，不辭爲梅花作賦也。

劉潛夫風入松

劉潛夫風入松福清道中作云：「多情唯是燈前影，伴此翁同去同來。逆旅主人相問，今回老似前回。」語眞質可喜。

後村玉樓春

後村玉樓春云：「男兒西北有神州，莫滴水西橋畔淚。」楊升庵謂其壯語足以立懦，此類是已。

趙俞詞

陳藏一話腴：「趙昂總管始肄業臨安府學，困躓無聊賴，遂脱儒冠從禁弁，升御前應對。一日侍阜陵蹕之德壽宮，高廟宴席間，問今應制之臣，張掄之後爲誰。阜陵以昂對。高廟俯睞久之。知其嘗爲諸生，命賦拒霜詞。昂奏所用腔，令綴婆羅門引。又奏所用意，詔自述其梗概。即賦就進呈云：『暮霞照水。水邊無數木芙蓉。曉來露溼輕紅。十里錦絲步障，日轉影重重。向楚天空迥，人立西風。夕陽道中。歎秋色、與愁濃。寂寞三秋粉黛，臨鑑妝慵。施朱太赤，空惆悵，教妾若爲容。花易老、烟水無窮。』高廟喜之。賜銀絹加等。仍俾阜陵與之轉官。我朝之獎勵文人也如此。」此事它書未載。淳熙間，太學生命國寶以題斷橋酒肆屏風上風入松詞「一春常費買花錢」云云，爲高宗所稱賞，即日予釋褐。此則屢經記載，稍涉倚聲者知之。其實趙詞近沉著，俞第流美而已。以體格論，俞殊不逮趙。顧當時盛稱，以其句麗可喜，又諧適便口誦，故稱述者多。文字以投時爲宜，詞雖小道，可以窺顯晦之故。古今同揆，感慨係之矣。

姜白石鷓鴣天

姜白石鷓鴣天云：「籠紗未出馬先嘶。」七字寫出華貴氣象，卻淡雋不涉俗。

羅子遠清平樂

羅子遠清平樂「兩槳能吴語」，五字甚新。楊柳渡頭，荷花蕩口，暖風十里，翦水咿啞，聲愈柔而景愈深。嘗讀飲水詞望江南云：「江南好，虎阜晚秋天。山水總歸詩格秀，笙簫恰稱語音圓。人在木蘭船。」「笙簫」句與此「兩槳」句，同一妙於領會。

劉改之詞

劉改之詞格本與辛幼安不同。其龍洲詞中，如賀新郎贈張彦功云：「誰念天涯牢落況，輕負暖烟濃雨。記酒醒、香銷時語。客裡歸鞍須早發。怕天寒、風急相思苦。」前調云：「衣袂京塵曾染處，空有香紅尚軟。料彼此、魂銷腸斷。」又云：「但託意、焦琴紈扇。莫鼓琵琶江上曲，怕荻花楓葉俱淒怨。」祝英臺近游東園云：「晚來約住青驄，踏花歸去，亂紅碎、一庭風月。」唐多令八月五日安遠樓小集云：「柳下繫船猶未穩，能幾日、又中秋。」醉太平云：「翠綃香暖雲屏。更那堪酒醒。」此等句，是其當行本色。蔣竹山伯仲閒耳，其激昂慨慷諸作，乃刻意模擬幼安。至如沁園春「斗酒彘肩」云云，則尤模擬而失之太過者矣。詞苑叢談云：「劉改之一妾，愛甚。淳熙甲午，赴省試，在道賦天仙子詞。到建昌游麻姑山，使小童歌之，至於墮淚。二更後，有美人執拍板來，願唱曲勸酒。即賡前韻『別酒未斟心已醉』云云。劉喜與之偕東。其後臨江道士熊若水爲劉作法，則並枕人乃一琴耳。攜至麻姑山焚之。改之忍乎哉，是可忍也，孰不可忍也。此物良不俗。雖曰靈怪，即亦何負於改之。世間萬事萬物，形形色色，孰爲非幻。改之得唱曲美人，輒忘甚愛之妾，則其所賦之詞，所墮之淚，舉不得謂真。非真即幻，於琴何責焉。焚琴鬻鶴，傖父所爲，不圖出之改之，吾爲斯琴悲，遇人之不淑。何物臨江道士，尤當深惡痛絶者也。龍洲詞變易體格，迎合稼軒，與琴精幻形求合何以異。吾謂改之宜先自焚其稿。

楊濟翁詞

「離恨做成春夜雨。添得春江，剗地東流去。弱柳繫船都不住。爲君愁絶聽鳴艣。」楊濟翁蝶戀花前段也。婉曲而近沉著，新穎而不穿鑿，於詞爲正宗中之上乘。

謝懋杏花天

織餘瑣述：花庵詞選謝懋杏花天歇拍云：「餘醒未解扶頭懶。屏裡瀟湘夢遠。」昔人盛稱之。不如其過拍云：「雙雙燕子歸來晚。零落紅香過半。」此二語不曾作態，恰妙造自然。蕙風論詞之旨如此。

黄幾仲竹齋詩餘

黄幾仲竹齋詩餘西江月題云：「垂絲海棠，一名醉美人」「撚翠低垂嫩蕚。勻紅倒簇繁英。穠纖消得比佳人。酒入香肌成暈。簾幕陰陰窗牖。闌干曲曲池亭。枝頭不起夢春酲。莫遣流鶯喚醒。」此花唯吾鄉有之，太半櫻桃花接本。江南薊北，未之見也。紫豔沉酣，信足當醉美人品目。

鶴林詞

鶴林詞祝英臺近春日感懷云：「有時低按銀箏，高歌水調，落花外、紛紛人境。」末七字余極喜之。其妙處難以言說。但覺芥子須彌，猶涉執象。

馬子嚴阮郎歸

織餘瑣述云：「翻騰妝束鬧蘇隄。」宋馬子嚴阮郎歸詞句，形容粗釵膩粉，可謂妙於語言。天與娉婷，何有於「翻騰妝束」，適成其爲「鬧」而已。

嚴仁醉桃源

又云宋嚴仁詞醉桃源云：「拍隄春水蘸垂楊。水流花片香。弄花嚁柳小鴛鴦。一雙隨一雙。」描寫芳春景物，極娟妍鮮翠之致，微特如畫而已。政恐刺繡妙手，未必能到。

盧申之江城子

盧申之江城子後段云：「年華空自感飄零。擁春酲。對誰醒。天闊雲閒，無處覓簫聲。載酒買花年少事，渾不似、舊心情。」與劉龍洲詞「欲買桂花同載酒，終不似、少年游」，可稱異曲同工。然終不如少陵之「詩酒尚堪驅使在，未須料理白頭人」爲倔彊可喜。其清平樂歇拍云：「何處一春游蕩，夢中猶恨楊花。」是加倍寫法。

宋詞疵病

宋人詞亦有疵病，斷不可學，高竹屋中秋夜懷梅溪云：「古驛烟寒，幽垣夢冷，應念秦樓十二。」此等句鈎勒太露，便失之薄。張玉田水龍吟寄袁竹初云：「待相逢説與相思，想亦在、相思裡。」尤空滑粗率，並不如高句，字面稍能蘊藉。

梅溪詞

梅溪詞：「幾曾湖上不經過。看花南陌醉，駐馬翠樓歌。」下二語人人能道，上七字妙絶，似乎不甚經意，所謂「得來容易卻艱辛」也。

梅溪用雙聲疊韻字

壽樓春，梅溪自度曲，前段：「因風飛絮，照花斜陽。」後段：「湘雲人散，楚蘭魂傷。」風、飛，花、斜，雲、人，蘭、魂，並用雙聲疊韻字，是聲律極細處。

方壺點絳脣

余少作蘇武慢寒夜聞角云：「憑作出、百緒淒涼，淒涼唯有，花冷月閒庭院。珠簾繡幕，可有人聽。聽也可曾腸斷。」半塘翁最爲擊節。比閱方壺詞點絳脣云：「曉角霜天，畫簾卻是春天氣。」意與余詞略同，余詞特婉至耳。

方壺賦梅

方壺詞滿江紅感賦梅云：「洞府瑤池，多見是、桃紅滿地。君試問、江梅清絕，因何拋棄。仙境常如二三月，此花不受春風醉。」此意絕新。梅花身分絕高，嚮來未經人道。

方壺詞能淡而瘦

方壺居士詞，其獨到處，能淡而瘦。

吳莊敏詠梅

宋王沂公之言曰：「平生志不在溫飽。」以梅詩謁呂文穆云：「雪中未問調羹事，先向百花頭上開。」吳莊敏詞沁園春詠梅云：「雖虛林幽壑，數枝偏瘦，已存鼎鼐，一點微酸。松竹交盟，雪霜心事，斷是平生不肯寒。」二公襟抱政復相同。一點微酸，卽調羹心事，不忘溫飽，爲有不肯寒者在耳。又莊敏滿江紅有「晩風中笛」句，絶雅鍊可喜。

履齋詞

履齋詞滿江紅九日郊行云：「數本菊香能勁。」勁韻絶雋峭，非菊之香不足以當此。二郎神云：「凝佇久，驀聽棋邊落子，一聲聲静。」千秋歲云：「荷遞香能細。」此静與細，亦非雅人深致，未易領略。

吴樂庵詠雪

吴樂庵水龍吟詠雪次韻云：「興來欲喚，羸童瘦馬，尋梅隴首。有客遮留，左援蘇二，右招歐九。問聚星堂上，當年白戰，還更許追蹤否。」此詞略仿劉龍洲沁園春「斗酒彘肩，醉渡浙江，豈不快哉。被香山居士，約林和靖，與坡公等，駕勒吾回」。而吴詞意境較静。

曾同季賦芍藥

曾同季點絳脣賦芍藥云：「君知否。畫闌幽處。留得韶光住。」尋常意中之言，恰似未經人道。浣溪沙前題云：「濃雲遮日惜紅妝。」所謂仁者見之謂之仁。

雲莊詞

雲莊詞酹江月云：「一年好處，是霜輕塵斂，山川如洗。」較「橘綠橙黃」句有意境。

牟端明金縷曲

牟端明金縷曲云：「撲面胡塵渾未掃。強歡謳、還肯軒昂否。」蓋寓黍離之感。昔史遷稱項王悲歌慷慨。此則歡歌而不能激昂。曰「強」，曰「還肯」，其中若有甚不得已者。意愈婉，悲愈深矣。

龜峰詠西湖酒樓

龜峰詞沁園春詠西湖酒樓云：「南北戰争，唯有西湖，長如太平。」此三句含有無限感慨。宋人詩云：「西湖歌舞幾時休。」下云「直把杭州作汴州」，婉而多諷，旨與剛父略同。

翁五峰摸魚兒

翁五峰摸魚兒歇拍云：「沙津少駐。舉目送飛鴻，幅巾老子，樓上正凝佇。」東坡送子由詩：「時見烏帽出復没。」是由送客者望見行人，極寫臨歧眷戀之狀。五峰詞乃由行人望見送者，客子消魂，故人惜别，用筆兩面俱到。

汪晫康範詩餘

宋汪晫康範詩餘水調歌頭次韻荷淨亭小集云：「落日水亭静，藕葉勝花香。」與秦湛「藕葉香風勝花氣」

同意。藕葉之香，非靜中不能領略。淨而後能靜，無塵則不囂矣。只此起二句，便恰是詠荷淨亭，不能移到他處，所以爲佳。

詞衰於元

詞衰於元，當時名人詞論，卽亦未臻上乘。如陸輔之詞旨所謂警句，往往抉擇不精，適足啟晚近纖妍之習。宋宗室名汝茪者，詞筆清麗，格調本不甚高。詞旨取其戀繡衾句：「怪別來、臙脂慵傅，被東風、偷在杏梢。」此等句不過新巧而已。余喜其漢宮春云：「故人老大，好襟懷消減全無。漫贏得、秋聲兩耳，冷泉亭下騎驢。」以清麗之筆作淡語，便似冰壺濯魄，玉骨横秋，綺紈粉黛，迴眸無色。但此等佳處，猶爲自詞中出者，未爲其至。如欲超軼王碧山、周草窗，伯仲姜白石、吳夢窗，而上企蘇、辛，其必由性情學問中出乎。

馮深居喜遷鶯

馮深居喜遷鶯云：「涼生遙渚。正綠芰擎霜，黄花招雨。雁外漁燈，蛩邊蟹舍，絳葉表秋來路。世事不離雙鬢，遠夢偏欺孤旅。送望眼，但憑舷微笑，書空無語。　慵看清鏡裡，十載征塵，長把朱顏污。借箸青油，揮毫紫塞，舊事不堪重舉。閒闊故山猿鶴，冷落同盟鷗鷺。倦游也。便檣雲柂月，浩歌歸去。」此詞多矜鍊之句，尤合疏密相閒之法，可爲初學楷模。

芸窗喜雪詞

芸窗詞，瑞鶴仙次韻陸景思喜雪云：「農麥年來管好，禾黍離離，詎忘闕洛。」賀新郎送劉澄齋歸京口云：「西風亂葉長安樹。歎離離、荒宮廢苑幾番禾黍。」神州陸沉之感，不圖於半閒堂寮吏見之。自來識時達節之士，功名而外無容心。偶有甚非由衷之言，流露於楮墨之表。詎故爲是自文飾耶。抑亦天良發見於不自知也。

空同詞用王夫人語意

空同詞，月華清春夜對月云：「況是風柔夜暖。正燕子新來，海棠微綻。不似秋光，只照離人腸斷。」用蘇文忠公王夫人語意，絶佳。上三句亦勝情徐引。

空同詞娟妍

空同詞如秋卉娟妍，春蘅鮮翠。

空同詞喜鍊字

空同詞喜鍊字。菩薩蠻云：「繫馬短亭西。丹楓明酒旗。」南柯子云：「碧天如水印新蟾。」阮郎歸云：「緑情紅意兩逢迎。扶春來遠林。」又云：「羅衣金縷明。」兩「明」字、「印」字、「扶」字，並從追琢中出。又，鷓鵠天云：「瑩然初日照芙蕖。」能寫出美人之精神。浪淘沙別意云：「花霧漲冥冥。欲雨還晴。」能融景入情，得迷離惝恍之妙。皆佳句也。漲字亦鍊。行香子云：「十年心事，兩字眉婚。」「眉婚」二字新奇，殆卽目成之意，未詳所本。

楊澤民秋蕊香

「良人輕逐利名遠。不憶幽花靜院。」楊澤民秋蕊香句。「幽花靜院」，抵多少「盈盈秋水，淡淡春山」。「良人」句質不涉俗，是澤民學清真處。

尹梅津詠柳

尹梅津眼兒媚詠柳云：「一好百般宜。」五字可作美人評語。明王彥泓詩「亂頭粗服總傾城」，所謂「一好百般宜」也。

陳以莊菩薩蠻

偶閱閨詞鈔，宋陳以莊菩薩蠻云：「舉頭忽見衡陽雁。千聲萬字情何限。叵耐薄情夫。一行書也無。泣歸香閣恨。和淚淹紅粉。待雁卻回時。也無書寄伊。」歇拍云云，略失敦厚之恉。所謂盡其在我，何也。然而以謂至深之情，亦無不可。（按此非陳以莊詞）

沈約之謁金門

宋詞名句，多尚渾成。亦有以刻畫見長者。沈約之謁金門云：「獨倚危闌清晝寂。草長流翠碧。」前調云：「寒色著人無意緒。竹鳴風似雨。」如夢令云：「忺睡。忺睡。窗在芭蕉葉底。」念奴嬌刻本無題，當是詠海棠。云：「醉態天真，半羞微歛，未肯都開了。」刻畫而不涉纖，所以爲佳。

夢窗厚處難學

近人學夢窗，輒從密處入手。夢窗密處，能令無數麗字，一一生動飛舞，如萬花爲春，非若琱璚蹙繡，毫無生氣也。如何能運動無數麗字，恃聰明，尤恃魄力。如何能有魄力，唯厚乃有魄力。夢窗密處易學，厚處難學。

夢窗密處

「心事稱吳妝暈紅。」七字兼情意、妝束、容色。夢窗密處如此等句，或者後人尚能勉强學到。

夢窗與蘇辛殊流同源

重者，沉著之謂。在氣格，不在字句。於夢窗詞庶幾見之。即其芬菲鏗麗之作，中間雋句豔字，莫不有沉摯之思，灝瀚之氣，挾之以流轉。令人翫索而不能盡，則其中之所存者厚。沉著者，厚之發見乎外者也。欲學夢窗之緻密，先學夢窗之沉著。即緻密、卽沉著。非出乎緻密之外，超乎緻密之上，別有沉著之一境也。夢窗與蘇、辛二公，實殊流而同源。其所爲不同，則夢窗緻密其外耳。其至高至精處，雖擬議形容之，未易得其神似。穎慧之士，束髮操觚，勿輕言學夢窗也。

草窗詞從義山詩脱出

草窗少年游宫詞云：「一樣春風，燕梁鶯户，那處得春多。」卽「梨花雪，桃花雨，畢竟春誰主」之意。俱從義山「鶯啼花又笑，畢竟是誰春」脱出。其朝中措茉莉擬夢窗云：「尚有第三花在，不妨留待涼生。」庶幾得夢窗之神似。

周濟四家詞選

周保緖濟止庵集宋四家詞筏序以近世爲詞者，推南宋爲正宗，姜、張爲山斗，域於其至近者爲不然。其持論介余同異之間。張誠不足爲山斗，得謂南宋非正宗耶。宋四家詞筏未見，疑卽止庵手録之宋四家詞選，以周邦彥、辛棄疾、王沂孫、吴文英四家爲之冠，以類相從者各如干家。止庵又有論調一書，以婉、澀、高、平四品分之。其選調視紅友所載祇四之一。此書亦未見。

劉伯寵中秋詞

劉伯寵生平宦轍，在吾廣右。惜其姓名僅見省志金石略，而事行無傳。水調歌頭中秋云：「破匣菱花飛動，跨海清光無際，草露滴明璣。」跨海云云，是何意境。下乃忽作小言。子雲解嘲所云「大者含元氣，細者入無間」，略可喻詞筆之變化。

李蟥洲詞

李蟥洲拋毬樂云：「綺窗幽夢亂如柳，羅袖淚痕凝似錫。」謁金門云：「可奈薄情如此黠。寄書渾不答。」「錫」「黠」叶韻雖新，卻不墜宋人風格。然如「錫」韻二句，所争亦止絫黍間矣。其不失之尖纖者，以其尚近質拙也。學詞者不可不知。

韓子耕除夕詞

韓子耕高陽臺除夕云：「頻聽銀籤，重然絳蠟，年華衮衮驚心。餞舊迎新，能消幾刻光陰。老來可慣通宵飲，待不眠、還怕寒侵。掩清尊。多謝梅花，伴我微吟。　鄰娃已試春妝了。更蜂枝簇翠，燕股横金。勾引春風，也知芳意難禁。朱顏那有年年好，逞豔遊、贏取如今。恣登臨。殘雪樓臺。遲日園林。」此等詞語淺情深，妙在字句之表，便覺刻意求工，是無端多費氣力。又詞家鍊字法斷不可少，韓子耕浪淘沙云：「試花霏雨濕春晴。三十六梯人不到，獨喚瑤箏。」妙在「濕」字、「喚」字。

韓子耕詞妙在鬆字

韓子耕詞妙處，在一鬆字。非功力甚深不辨。

得趣居士詞

得趣居士詞喁喁昵昵，緻繡細熏。

黃東甫詞

黃東甫柳梢青云：「天涯翠巘層層。是多少長亭短亭。」眼兒媚云：「當時不道春無價，幽夢費重尋。」此等語非深於詞不能道，所謂詞心也。柳梢青又云：「花鶯寒食，柳認清明。」「鶯」字、「認」字，屬對絶工。昔人用字不苟如是，所謂詞眼也。納蘭容若浣溪沙云：「被酒莫驚春睡重，賭書消得潑茶香。當時只道是尋常。」卽東甫眼兒媚句意。酒中茶半，前事伶俜，皆夢痕耳。

薛梯飆詞工於刷色

詞筆麗與豔不同。「豔」如芍藥、牡丹，慵春媚景，麗若海棠、文杏，映燭窺簾。薛梯飆詞工於刷色。當得一「麗」字。醉落魄云：「單衣乍著。滯寒更傍東風作。珠簾壓定銀鉤索。雨弄初晴，輕旋玉塵落。花唇巧借妝梅約。嬌羞纔放三分萼。尊前不用多評泊。春淺春深，都向杏梢覺。」

詞意相同

白石詞：「少年情事老來悲。」宋朱服句：「而今樂事他年淚。」二語合參，可悟一意化兩之法。宋周端臣木蘭花慢云：「料今朝別後，他時有夢，應夢今朝。」與「而今」句同意。

姚成一霜天曉角

姚成一霜天曉角換頭云：「烟抹。山態活。雨晴波面滑。」五字對句，上句作上二下三，抹字叶。不唯不勉強，尤饒有韻致，詞筆靈活可喜。

雪坡壽詞

雪坡詞，沁園春壽同年陳探花云：「憶昔東坡，秀奪眉山，生丙子年。蓋丙離子坎，四方中氣，直當此歲，間出英賢。」詞句用「蓋」字領起，絕奇。子平家言入詞，亦僅見。

莫子山水龍吟

莫子山水龍吟換頭云：「也擬與愁排遣，奈江山遮攔不斷。嬌訛夢語，溼熒啼袖，迷心醉眼。」此等句便開明已後詞派，風格稍稍遜矣。其過拍云：「但年光暗換，人生易感，西歸水、南飛雁。」玉樓春換頭云：「憑君莫問情多少，門外江流羅帶繞。」此等句便佳，渾成而意味厚。

江致和詞

宋江致和五福降中天句：「秋水嬌橫俊眼，膩雪輕鋪素胸。」以「鋪」字形容膩雪，有詞筆畫筆所難傳之佳處，無一字可以易之。後蜀歐陽烱春光好云：「胸鋪雪，臉分蓮。」乃江句所從出。

須溪詞不可及

須溪詞，風格遒上似稼軒，情辭跌宕似遺山。有時意筆俱化，純任天倪，竟能略似坡公。往往獨到之處，能以中鋒達意，以中聲赴節。世或目爲別調，非知人之言也。促拍醜奴兒云：「百年已是中年後，西州垂淚，東山攜手幾箇斜暉。」踏莎行九日牛山作云：「向來吹帽插花人，盡隨殘照西風去。」永遇樂云：「香塵暗陌，華燈明晝，長是懶攜手去。」摸魚兒海棠一夕如雪、無飲余者賦恨云：「無人舉酒。但照影隄流，圖他紅淚，飄灑到襟袖。」前調守歲云：「古今守歲無言說，長是酒闌情緒。」金縷曲五日云：「欸乃漁歌斜陽外，幾書生、能辦投湘賦。」余所摘警句視此。其江城子海棠花下燒燭詞云：「欲睡心情，一似夢驚殘。」山花子春暮云：「更欲徘徊春尚肯，已無花。」若斯之類，是其次矣。如衡論全體大段，以骨幹氣息爲主，則必舉全首而言。其中卽無如右等句可也。由是推之全卷，乃至口占、漫與之作，而其骨幹氣息具在此。須溪之所以不可及乎。（王幼安云：踏莎行乃劉克莊作。）

須溪詞輕靈婉麗

須溪詞中，間有輕靈婉麗之作。似乎元明以後詞派，導源乎此。詎時代已入元初，風會所趨，不期然而然者耶。如浣溪沙感別云：「點點疏林欲雪天。竹籬斜閉自清妍。爲伊憔悴得人憐。欲與那人攜素手。粉香和淚落君前。相逢恨恨總無言。」前調春日卽事云：「遠遠游蜂不記家。數行新柳自啼鴉。尋思舊事卽天涯。睡起有情和畫卷，燕歸無語傍人斜。晚風吹落小瓶花。」山花子後段云：「早宿半程芳草路，猶寒欲雨暮春天。小小桃花三兩樹，得人憐。」此等小詞，乃至略似國初顧梁汾、納蘭容若輩之作，以謂須溪詞中之別調可耳。

李商隱詠落梅

李商隱高陽臺詠落梅云：「飄粉杯寬，盛香袖小，青青半掩苔痕。竹裡遮寒，誰念減盡芳雲。么鳳叫晚吹晴雪，料水空、烟冷西泠。感凋零。殘縷遺鈿，迤邐成塵。東園曾趁花前約，記按箏籌酒，戲挽飛瓊。環佩無聲，草暗臺榭春深。欲倩怨笛傳清譜，怕斷霞，難返吟魂。轉銷凝。點點隨波，望極江亭。」前段「誰念」「念」字、「么鳳」「鳳」字、後段「草暗」「暗」字、「欲倩」「倩」字、「斷霞」「斷」字，他宋人作此調並用平聲。商隱別作寄題蓀壁山房闋，亦用平聲，唯此闋用去聲。以峭折爲婉美，非起調畢曲處，於宮律無關係也。其前段「水空」「水」字，似亦應用去聲，上與平可通融，與去不可通融也。商隱與弟周隱有餘不豁二隱叢説，惜未見。

李周隱小重山

李周隱小重山云：「畫檐簪柳碧如城。一簾風雨裡，過清明。」又云：「紅塵没，馬翠埋輪。西泠曲，歡夢絮飄零。」「簪」字、「没」字、「埋」字，並力求警鍊，造語亦佳。

柴望秋堂詩餘

余舊作浣溪沙云：「莫向天涯輕小別，幾回小別動經年。」比閲柴望秋堂詩餘滿江紅云：「別後三年重會面，人生幾度三年別。」意與余詞略同。爲黯然者久之。

王易簡詞

王易簡謝草窗惠詞卷慶宮春歇拍云：「因君凝竚，依約吴山，半痕蛾緑。」易簡樂府補題諸作，頗膾炙人口。余謂此十二字絶佳，能融景入情，秀極成韻，凝而不佻。

覆瓿詞

覆瓿詞，沁園春歸田作云：「何怨何尤，自歌自笑，天要吾儕更讀書。」真率語未經人道。

蕙風詞話卷三

遼懿德回心院詞

後晉高祖天福二年，契丹太宗改元會同，國號遼。公卿庶官皆倣中國，參用中國人。自是已還，密邇文化。當是時，中原多故，而詞學寖昌。其先後唐莊宗，其後南唐中宗，以知音提倡於上。和成績紅葉稿，馮正中陽春集，揚葩振藻於下。徵諸載記，金海陵閱柳永詞，有「三秋桂子，十里荷花」句，遂起吳山立馬之思。遼之於五季，猶金之於北宋也。雅聲遠祧，宜非疆域所能限。其後遼穆宗應曆十年，當宋太祖建隆元年。天祚帝天慶五年，當金太祖收國元年。西遼之亡，於宋爲寧宗嘉泰元年，得二百四十二年。於金爲章宗泰和元年，得八十七年。當此如干年間，宋固詞學極盛，金亦詞人輩出，遼獨闃如，欲求殘闋斷句，亦不可得。海寧周芚兮春輯遼詩話，竟無一語涉詞。絲簧輟響，蘭荃不芳。風雅道衰，抑何至是。唯是一以當百，有懿德皇后回心院詞。其詞既屬長短句，十闋一律。以氣格言，尤必不可謂詩。音節入古，香豔入骨，自是花間之遺。北宋人未易克辦。南渡無論，金源更何論焉。姜堯章言：「凡自度腔，率以意爲長短句，而後協之以律。」懿德是詞，固已被之管絃，名之曰回心院，後人自可按腔填詞。吳江徐電發釚録入詞苑叢談。德清徐誠庵本立收入詞律拾遺，庶幾洒林牙之陋，彌香膽之疏。史稱后工詩，善談論，自制歌詞，尤善琵琶。其於長短句，所作容不止此。北俗簡質，罕見稱述，當時郎已失傳矣。

宋金詞不同

自六朝已還，文章有南北派之分，乃至書法亦然。姑以詞論，金源之於南宋，時代正同，疆域之不同，人事爲之耳。風會曷與焉。如辛幼安先在北，何嘗不可南。如吴彦高先在南，何嘗不可北。顧細審其詞，南與北確乎有辨，其故何耶。或謂中州樂府選政操之遺山，皆取其近己者。然如王拙軒、李莊靖、段氏遯庵、菊軒其詞不入元選，而其格調氣息，以視元選諸詞，亦復如驂之靳，則又何説。南宋佳詞能渾，至金源佳詞近剛方。宋詞深緻能入骨，如清真、夢窗是。金詞清勁能樹骨，如蕭閑、遯庵是。南人得江山之秀，北人以冰霜爲清。南或失之綺靡，近於雕文刻鏤之技。北或失之荒率，無解深裘大馬之譏。善讀者抉擇其精華，能知其並皆佳妙。而其佳妙之所以然，不難於合勘，而難於分觀。往往能知之而難於明言之。然而宋金之詞之不同，固顯而易見者也。

完顔璹詞

密國公璹詞，中州樂府箸録七首。姜、史、辛、劉兩派，兼而有之。春草碧云：「舊夢回首何堪，故苑春光又陳迹。落盡後庭花，春草碧。」青玉案云：「夢裡疏香風似度。覺來唯見、一窗涼月，瘦影無尋處。」並皆幽秀可誦。臨江仙云：「薰風樓閣夕陽多。倚闌凝思久，漁笛起烟波。」淡淡著筆，言外卻有無限感愴。

明秀集

明秀集滿江紅句：「雲破春陰花玉立。」清姒極喜之，暇輒吟諷不已。余喜其千秋歲對菊小酌云：「秋光秀色明霜曉。」意境不在「雲破」句下。

劉仲尹詞

清姒學作小令，未能入格。蟠帘中州樂府，得劉仲尹「柔桑葉大緑團雲」句，謂余曰只一「大」字，寫出桑之精神，有它字以易之否。斯語其庶幾乎。略知用字之法。

劉仲尹參涪翁得法

元遺山爲劉龍山仲尹譔小傳云：「詩樂府俱有蘊藉，參涪翁而得法者也。」蒙則以謂學涪翁而意境稍變者也。嘗以林木佳勝比之。涪翁信能鬱蒼聳秀，其不甚經意處，亦復老幹㭨杈，第無醜枝，斯其所以爲涪翁耳。龍山蒼秀，庶幾近似。設令爲㭨杈，必不逮遠甚。或帶烟月而益韻，託雨露而成潤，意境可以稍變，然而烏可等量齊觀也。兹選録鷓鴣天二闋如左，讀者細意翫索之，視「黄菊枝頭破曉寒」風度何如。「騎鶴峯前第一人。不應着意怨王孫。當時豔態題詩處，好在香痕與淚痕。調雁柱，引蛾顰。緑窗絃索合箏纂。砌臺歌舞陽春後，明月朱扉幾斷魂。」又，「璧月池南翦木棲。六朝宫袖窄中宜。新聲蹙巧蛾顰黛。纖指移纂雁著絲。朱户小，畫簾低。細香輕夢隔涪溪。西風只道悲秋瘦。卻是西風未得知。」

馮士美江城子

馮士美江城子換頭云：「清歌皓齒豔明眸。錦纏頭。若爲酬。門外三更，燈影立驊騮。」「門外」句與姜石帚「籠紗未出馬先嘶」意境略同。「驊騮」字近方重，入詞不易合色。馮句云云，乃適形其俊。可知字無不可用，在乎善用之耳。其過拍云：「月下香雲嬌墮砌，花氣重、酒光浮。」亦豔絶、清絶。

劉無黨烏夜啼

劉無黨烏夜啼歇拍云：「離愁分付殘春雨，花外泣黄昏。」此等句雖名家之作，亦不可學，嫌近纖、近衰颯。其過拍云：「宿酲人困屏山夢，烟樹小江村。」庶幾運實入虚，巧不傷格。曩半塘老人南鄉子云：「畫裡屏山多少路。青青。一片烟蕪是去程。」意境與劉詞略同。劉清勁，王縣邈。

劉無黨錦堂春

劉無黨錦堂春西湖云：「牆角含霜樹静，樓頭作雪雲垂。」「静」字、「垂」字，得含霜作雪之神。此實字呼應法，初學最宜留意。

辛党並有骨

辛、党二家，並有骨幹。辛凝勁，党疏秀。

党承旨青玉案

党承旨青玉案云：「痛飲休辭今夕永。與君洗盡，滿襟煩暑，别作高寒境。」以鬆秀之筆，達清勁之氣，倚聲家精詣也。「鬆」字最不易做到。

党承旨月上海棠

又月上海棠用前人韻，後段云：「斷霞魚尾明秋水。帶三兩飛鴻點烟際。疏林颯秋聲，似知人、倦游無味。家何處。落日西山紫翠。」融情景中，旨淡而遠，迂倪畫筆，庶幾似之。

党承旨鷓鴣天

又，鷓鴣天云：「開簾飛入窺窗月，且盡新涼睡美休。」瀟洒疏俊極矣。尤妙在上句「窺窗」二字。窺窗之月，先已有情。用此二字，便曲折而意多。意之曲折，由字裏生出，不同矯揉鈎致，不墮尖纖之失。

董解元哨遍

柳屯田樂章集，爲詞家正體之一，又爲金元已還樂語所自出。金董解元西廂記，搊彈體傳奇也。時論其品，如朱汗碧蹄，神采駿逸。董有哨遍詞云：「太皞司春，春工著意，和氣生暘谷。十里芳菲，儘東風絲絲，柳搓金縷。漸次第，桃紅杏淺，水緑山青，春漲生烟渚。九十日光陰能幾，早鳴鳩呼婦，乳燕攜雛。亂紅滿地任風吹，飛絮濛空有誰主。春色三分，半入池塘，半隨塵土。滿地榆錢，算來難買春光住。初夏永，薰風池館，有籐牀冰簟紗幮。日轉午。脱巾散髮，沈李浮瓜，寶扇摇紈素。著甚消磨永日。有掃愁竹葉，侍寢青奴。霎時微雨送新涼，些少金風退殘暑。韶華早、暗中歸去。」此詞連情發藻，妥帖易施，體格於樂章爲近。明胡元瑞筆叢稱董西廂記精工巧麗，備極才情。蓋筆能展拓，則推演爲如干字何難矣。自昔詩、詞、曲之遞變，大都隨風會爲轉移。詞曲之爲體，誠迥乎不同。董爲此曲初祖，而其所爲詞，於屯田有沆瀣之合。曲由詞出，淵源斯在。董詞僅見花草粹編，它書概未之載。粹編之所以可貴，以其多載昔賢不經見之作也。（王幼安云：董解元哨遍見董西廂，非詞也。）

王黃華小令

金源人詞伉爽清疏，自成格調。唯王黃華小令，間涉幽峭之筆，緜邈之音。謁金門後段云：「瘦雪一痕牆角。青子已妝殘蕚。不道枝頭無可落。東風猶作惡。」歇拍二句，似乎説盡「東風猶作惡」。就花與風之各一面言之，仍猶各有不盡之意。「瘦雪」字新。

景覃天香

唐張祜贈内人詩：「斜拔玉釵鐙影畔，剔開紅燄救飛蛾。」後人評此以謂慧心仁術。金景覃天香云：「閒階土花碧潤。緩芒鞵、恐傷蝸蚓。」與祜詩意同。填詞以厚爲要旨，此則小中見厚也。又，鳳棲梧歇拍云：「別有溪山容杖屨。等閒不許人知處。」意境清絕、高絕。憶余少作鷓鴣天，歇拍云「茜窗愁對清無語，除卻秋鐙不許知。」以視景詞，意略同，而境遠遜，風骨亦未能騫舉。

遺山樂府學閑閑公體

遺山樂府，促拍醜奴兒學閑閑公體云：「朝鏡惜蹉跎。一年年、來日無多。無情六合乾坤裏，顛鸞倒鳳，撐霆裂月，直被消磨。　世事飽經過。算都輸、暢飲高歌。天公不禁人閒酒，良辰美景，賞心樂事，不醉如何。」附閑閑公所賦云：「風雨替花愁。風雨罷、花也應休。勸君莫惜花前醉。今年花謝，明年花謝，白了人頭。　乘興兩三甌。揀溪山、好處追遊。但教有酒身無事。有花也好，無花也好，選甚春秋。」遺山誠閑閑高足。第觀此詞，微特難期出藍，幾於未信入室。蓋天人之趣判然，閑閑之作，無復筆墨痕跡可尋矣。

張信甫蘄山溪

張信甫詞傳者祇蘄山溪一闋「山河百二，自古關中好。壯歲喜功名，擁征鞍、彫裘繡帽。時移事改，萍梗落江湖，聽楚語，厭蠻歌，往事知多少。　蒼顏白髮，故里欣重到。老馬省曾行，也頻嘶、冷烟殘照。終南山色，不改舊時青。長安道，一回來、須信一回老。」以清遒之筆，寫慨慷之懷，冷烟殘照，老馬頻嘶，何其情之一往而深也。昔人評詩，有云「剛健含婀娜」，余於此詞亦云。

趙愚軒行香子

趙愚軒行香子云：「綠陰何處，旋旋移牀。」昔人詩句「月移花影上闌干」，此言移牀就綠陰，意趣尤生動可喜。卽此是詞與詩不同處，可悟用筆之法。

許古行香子

「春山淡冶而如笑，夏山蒼翠而如滴，秋山明淨而如妝，冬山慘淡而如睡。」宋畫院郭熙語也。金許古行香子過拍云：「夜山低，晴山近，曉山高。」郭能寫山之貌，許尤傳山之神。非入山甚深，知山之真者，未易道得。

許道真眼兒媚

許道真眼兒媚云：「持杯笑道，鵝黃似酒，酒似鵝黃。」此等句，看似有風趣，其實絕空淺，卽俗所謂打油腔，最不可學。

李欽叔賦青梅

李欽叔獻能，劉龍山外甥也。以純孝爲士論所重。詩詞餘事，亦卓越流輩。江梅引賦青梅云：「冰肌夜冷滑無粟，影轉斜廊。冉冉孤鴻，烟水渺三湘。青鳥不來天也老，斷魂些、清霜靜楚江。」「冰肌」句，熨帖工緻。「冉冉」以下，取神題外，設境意中。「斷魂」二句拍合，略不喫力，允推賦物聖手。浣溪沙環勝樓云：「萬里中原猶北顧，十年長路卻西歸。倚樓懷抱有誰知。」尤爲意境高絕。以南北名賢擬之，幸幼安殆伯仲之間，吳彥高其望塵弗及乎。

段復之滿江紅

段復之滿江紅序云：「遯庵主人植菊階下，秋雨既盛，草萊蕪沒，殆不可見。江空歲晚，霜餘草腐，而吾菊始發數花。生意悽然，似訴余以不遇，感而賦之。因李生湛然歸寄菊軒第。」詞後段云：「堂上客，頭空白。都無語，懷疇昔。恨因循過了，重陽佳節。颯颯涼風吹汝急，汝身孤特應難立。漫臨風三嗅繞芳叢，歌還泣。」節韻已下，情深一往，不辨是花是人，讀之令人增孔懷之重。

段誠之江城子

段誠之菊軒樂府江城子云：「月邊漁。水邊鋤。花底風來，吹亂讀殘書。」前調東園牡丹花下酒酣，即席賦之云：「歸去不妨簪一朵，人也道、春花來。」騷雅俊逸，令人想望風采。月上海棠云：「喚醒夢中身，鶗鴂數聲春曉。」前調云：「頹然醉卧，印蒼苔半袖。」於情中入深靜，於疏處運追琢，尤能得詞家三昧。

元遺山鷓鴣天

元遺山以絲竹中年，遭遇國變，崔立采望，勒授要職，非其意指。卒以抗節不仕，憔悴南冠二十餘稔。神州陸沈之痛，銅駝荆棘之傷，往往寄託於詞。鷓鴣天三十七闋，泰半晚年手筆。其賦隆德故宮及宮體八首、薄命妾辭諸作，蕃豔其外，醇至其內，極往復低徊、掩抑零亂之致。而其苦衷之萬不得已，大都流露於不自知。此等詞宋名家如辛稼軒固嘗有之，而猶不能若是其多也。遺山之詞，亦渾雅，亦博大。有骨幹，有氣象。以比坡公，得其厚矣，而雄不逮焉者。豪而後能雄，遺山所處，不能豪，尤不忍豪。牟端明金縷曲云：「撲面胡塵渾未掃，强歡謳、還肯軒昂否。」知此可與論遺山矣。設遺山雖坎坷，猶得與坡公同，則其詞之所造，容或尚不止此。其水調歌頭賦三門津「黃河九天上」云云，何嘗不崎崛排奡。坡公之所不可及者，尤能於此等處不露筋骨耳。水調歌頭當是遺山少作。晚歲鼎鑊餘生，棲遲零落，興會何能飆舉。知人論世，以謂遺山卽金之坡公，何遽有愧色耶。充類言之，坡公不過逐臣，遺山則遺臣孤臣也。其賦隆德故宮云：「人間更有傷心處，奈得劉伶醉後何。」宮體八首，其二云：「春風殢殺官橋柳，吹盡香緜不放休。」其四云：「月明不放寒枝穩，夜夜烏啼徹五更。」其七云：「花爛錦，柳烘烟。韶華滿意與歡緣。不應寂寞求凰意，長對秋風泣斷絃。」薄命妾辭云：「桃花一簇開無主，儘著風吹雨打休。」其它如無題云：「墓頭不要征西字，元是中原一布衣。」又云：「幾時忘得分攜處，黃葉疏雲渭水寒。」又云：「籬邊老卻陶潛菊，一夜西風一夜寒。」又云：「殷勤未數閑情賦，不願將身作枕囊。」又云：「只緣攜手成歸計。不恨埋頭屈壯圖。」又云：「旁人錯比揚雄宅，笑殺韓家晝錦堂。」又云：「鹿裘孤坐千峯雪，耐與青松老歲寒。」又云：「諸葛菜，邵平瓜。白頭孤影一長嗟。南園睡足松陰轉，無數蜂兒趁晚衙。」又與欽叔京甫市飲云：「醒來門外三竿日，卧聽春泥過馬蹄。」句各有指，知者可意會而得。其詞纏緜而婉曲，若有難言之隱，而又不得已於言，可以悲其志而原其心矣。

遺山佳句

遺山詞佳句夥矣，鐙窗雒誦，率臆選摘，不無遺珠之惜也。江城子太原寄劉濟川云：「斷嶺不遮南望眼，時爲我，一憑闌。」前調觀別云：「萬古垂楊，都是折殘枝。」又云：「爲問世間離別淚，何日是，滴休時。」感皇恩秋蓮曲云：「微雨岸花，斜陽汀樹，自惜風流怨遲暮。」定風波楊叔能贈詞留別，因用其意答之云云：「至竟交情何處好，向道。不如行路本無情。」臨江仙，西山同欽叔送辛敬之歸女幾云：「回首對牀鐙火處，萬山深裡孤村。」前調，内鄉北山云：「三年間爲一官忙。簿書愁裡過，筍蕨夢中香。」南鄉子云：「爲向河陽桃李道。休休。青鬢能堪幾度愁。」鷓鴣天云：「醉來知被旁人笑，無奈風情未減何。」前調云：「殷勤昨夜三更雨，賸醉東城一日春。」前調云：「長安西望腸堪斷，霧閣雲窗又幾重。」南柯子云：「畫簾雙燕舊家春。曾是玉簫聲裡、斷腸人。」凡余選録前人詞，以渾成沖淡爲宗旨。余所謂佳，容或以爲未是，安能起遺山而質之。

元遺山木蘭花慢

填詞景中有情，此難以言傳也。元遺山木蘭花慢云：「黄星幾年飛去，澹春陰、平野草青青。」平野春青，只是幽静芳倩，卻有難狀之情，令人低徊欲絕。善讀者約略身入景中，便知其妙。

元詞變化馮延巳詞

纖餘瑣述：「元好問清平樂云：『飛去飛來雙乳燕，消息知郎近遠。』用馮延巳『雙燕來時，陌上相逢否』句意。彼未定其逢否，此則直以爲知，唯消息近遠未定耳。妙在能變化。（王幼安云：此用陳克謁金門詞意。詞云：「花滿院。飛去飛來雙燕。雨入簾寒不捲。小屏山六扇。翠袖玉笙凄斷。脈脈兩蛾愁淺。消息不知郎近遠，一春長夢見」。）

李治詞

金李仁卿治詞五首，見遺山樂府附録。摸魚兒和遺山賦雁丘過拍云：「詩翁感遇。把江北江南，風嘹月唳，並付一邱土。」託旨甚大。遺山元唱殆未曾有。李詞後段云：「霜魂苦。算猶勝、王嬙青冢真娘墓。」亦慨乎言之。按治字仁卿，欒城人。正大七年收世科登詞賦進士第。調高陵簿，未上。從大臣辟，權知鈞州。壬辰北渡，流落忻、崞間。藩府交辟，皆不就。至元二年，再以翰林學士召。就職朞月，以老病辭歸。買田元氏封龍山，隱居講學十六年，卒年八十有八。仁卿晚節，與遺山略同，其遇可悲，其心可原，不以下儕元人，援遺山例也。其與翰苑諸公書云：「諸公以英材駿足絶世之學，高躡紫清，黼黻元化，固自其所。而某也孱資瑣質，誤恩偶及，亦復與吹竽之部。律以廉恥，爲幾不韙耶。諸公愍我耄昏，教我不逮，肯容我竄名玉堂之署，日夕相與刺經講古、訂辨文字，不即叱出。覆露之德，寧敢少忘哉。但翰林非病叟所處，寵禄非庸夫所食，官謗可畏。幸而得請，投跡故山。木石與居，麋鹿與游，斯亦老朽無用者之所便也。」其辭若有大不得已，其本意從可知。故拜命僅期月，即託疾引去矣。遺山雁丘詞、雙蕖怨詞，揚正卿果亦並有和作。明宏治壬子高麗刊本遺山樂府，爲是書最舊善本，附治詞，不附果詞。果，金末進士、縣令，入元官至參知政事。（按李治，元史有傳，作李治，後人遂多沿其誤。元遺山爲治父遹課寄庵先生墓碑。子男三人，長澈、次治、次滋。遺山與仁卿同時唱和，斷不至誤書其名，自較史傳尤爲可據。蘇天爵元名臣事略亦作治，不作治。金少中大夫程震碑、欒城李治題額，曩余曾見拓本，皆可證史傳之誤者也。）

劉將孫養吾齋詩餘

劉將孫養吾齋詩餘，彊村所刻詞（第一次印本）。列入元人，余議改編須溪詞後，爲之跋曰：「宋劉尚友養吾齋詩餘一卷，彊村朱先生依大典養吾齋集本鍥行，凡二十一闋。檢元鳳林書院草堂詩餘，有劉尚友憶舊游論字韻云：「政落花時節，憔悴東風，綠滿愁痕。悄客夢驚呼伴侶，斷鴻有約，回泊歸雲。江空共道惆悵，夜雨隔篷聞。儘世外縱橫，人間恩怨，細酌重論。　歎他鄉異縣，渺舊雨新知，歷落情真。匆匆那忍別，料當君思我，我亦思君。人生自非麋鹿，無計久同羣。此去重消魂，黃昏細雨人閉門。」此闋大典本養吾齋詩餘未載。樊榭山民跋元草堂詩餘：「亡名氏選至元大德間諸人所作，皆南宋遺民也。詞多悽惻傷感，不忘故國。而於卷首冠以劉藏春、許魯齋二家，厥有深意」云云。抑余覩於劉許之後，即以信國文公繼之，不啻爲之揭櫫諸人何如人者。劉尚友詩餘有摸魚兒己卯元夕、甲申客路聞鵑各一闋。己卯，宋帝昺祥興二年，是年宋亡。甲申，元世祖至元二十一年，上距宋亡五年。尚友兩詞並情文悽慨，骨幹近蒼。聞鵑闋，有「少日」、「曾聽」、「搖落狀心」之句，蓋雖須溪之子，而身丁國變，已屆中年。（按：須溪詞，摸魚兒辛巳自壽年五十句云：「渾未覺。恁兒子門生，前度登高弱。」兒子卽尚友。辛巳前二年爲己卯，卽尚友作元夕詞之年，卽宋亡之年。是年須溪四十八歲。須溪亦有聞杜鵑詞調金縷曲句云：「十八年間來往斷，白首人間今古。」自注：「予往來秀城十七八年。自己巳夏歸，又十六年矣。」己巳後十六年，恰是甲申，聞杜鵑詞，當是與尚友同作。」是年須溪五十三歲。須溪又有臨江仙，將孫生日賦云：「二十年前此日，女兒慶我生兒。」末云：「兒童看有子，白髮故應衰。」須溪賦是詞時，尚友逾弱冠，有子矣。「白髮故應衰」，猶是始衰者之言。蓋須溪得尚友早，父子年歲相差，爲數二十强弱。據詞略可考見者如右。）抗志自高，得力庭訓。詩餘二十一闋，無隻字涉宦蹟。如踏莎行閒游云：「血染紅牋，淚題錦句。西湖堂憶相思苦。只應幽夢解重來。夢中不識從何去。」八聲甘州送春云：「春還是、多情多恨，便不教綠滿洛陽宮。只消得、無情風雨，斷送悤悤。」樊榭所謂悽惻傷感，不忘故國，旨在斯乎。彊村所刻詞成，就余商定編目。余謂養吾齋詩餘，宜纚屬須溪詞後，不當下儕元人，因略抒己意爲之跋，冀不拂昔賢之意云爾。」養吾詩餘，撫時感事，淒黯在骨。當時名不甚顯，何耶。自昔名父之子，擅才藻者，往往恃父以傳，必其父官位高。若養吾則爲父所掩者。

詹天游詞

元詹天游玉送童甕天兵後歸杭齊天樂云：「相逢喚醒京華夢，吳塵暗斑吟髮。倚擔評花，認旗沽酒，歷歷行歌奇跡。吹香弄碧。有坡柳風情，逋梅月色。畫鼓紅船，滿湖春水斷橋客。當時何限俊侶，甚花天月地，人被雲隔。卻載蒼烟，更招白鷺，一醉修江又別。今回記得。更折柳穿魚，賞梅催雪。如此湖山，忍教人更說。」升庵詞品謂「此伯顏破杭州之後，其詞絕無黍離之感，桑梓之悲，止以游樂爲言。宋季士習一至於此。」升庵斯言，微特論世少疏，卽論詞亦殊未允。當元世祖盛棱震疊，文字之獄，在所不免，第載藉弗詳耳。鳳林書院草堂詩餘無名氏選至元大德間諸人所作，天游詞錄九首。並皆南宋遺民詞。多悽惻傷感，不忘故國，而於卷首冠以劉藏春、許魯齋二家，以文丞相、鄧中齋、劉須溪三公繼之，若故爲之畦町。當時顧忌甚深，是書於有所不敢之中，僅能存其微旨，度亦幾經審慎而後出之。天游詞歇拍云：「如此湖山，忍教人更說。」看似平淡，卻含有無限悲涼。以此二句結束全詞。可知弄碧吹香，無非傷心慘目，游樂云乎哉。曲終奏雅，吾謂天游猶爲敢言。升庵高明通脫，其於昔賢言中之意，不耐沈思體會，遽爾肆口譏評，是亦文人相輕，充類至義之盡矣。天游它詞，如滿江紅詠牡丹云：「何須怪，年華都謝，更爲誰容。銜盡吳花成鹿苑，人間不恨雨和風。便一枝流落到人家，清淚紅。」一萼紅云：「閑著江湖儘寬，誰肯漁蓑。」忠憤至情，流溢行間句裡。三姝媚云：「如此江山，應悔卻、西湖歌舞。」則尤慨乎言之。升庵涉獵羣籍，大都一目十行，或並天游齊天樂詞未嘗看到歇拍，它詞無論已。其言烏足爲定評也。

耶律文正鷓鴣天

耶律文正鷓鴣天歇拍云：「不知何限人間夢，併觸沈思到酒邊。」高渾之至，淡而近於穆矣。庶幾合蘇之清、辛之健而一之。

藏春樂府

彊邨老人跋藏春樂府云：「雄廓而不失之傖楚，醞藉而不流於側媚。」余嘗懸二語心目中，以賞會藏春詞。如木蘭花慢云：「桃花爲春憔悴，念劉郎、雙鬢也成秋。」望月婆羅門引云：「望斷碧波烟渚，蘋蓼不勝秋。但冥冥天際，難識歸舟。」臨江仙云：「馬頭山色翠相連。不知山下客，何日是歸年。」南鄉子云：「暮雨夜深猶未住，芭蕉。殘葉蕭疏不奈敲。」前調云：「醉倒不知天早晚，雲收。花影侵窗月滿樓。」前調云：「行人更在青山外。不許朝朝不上樓。」鷓鴣天云：「斜陽影裡山偏好，獨倚闌干懶下樓。」踏莎行云：「東風吹徹滿城花，無人曾見春來處。」右所摘皆警句，以言醞藉，近是，而雄廓不與焉。太常引云：「無地覓松筠。看青草紅芳鬭春。」藏春佐命新朝，運籌帷帳，致位樞衡，乃復作此等感慨語，何耶。江城子云：「看盡好花春睡穩，紅與紫，任他開。」則是功成名立後所宜有矣。

趙晚山桂枝香

趙晚山桂枝香，和詹天游就訪云：「憔悴江南，應念小窗貧女。朱樓十二春無際，倚蒼寒、清袖如故。茶香酒熟，月明風細，試教歌舞。」唐人有貧女吟，是此詞所本，不止少陵「天寒翠袖」也。託旨婉約，所謂「妝罷低聲問夫壻，畫眉深淺入時無」，臨淄求自試表、昌黎上宰相書，古今同慨。

趙晚山曲游春

趙晚山曲游春云：「抖擻人間，除離情別恨，乾坤餘幾。」苦語，亦豪語。

張蜕巖最高樓

張蜕巖最高樓，爲山村仇先生壽，後段云：「喜女嫁男婚今已畢。便束帛安車那肯出。無一事，掛閒身。西湖鷗鷺長爲侶，北山猿鶴莫移文。願年年、湯餅會，樂情親。」山村仕元，非其本意，乃部使者强迫之。即碧山亦當如是。

秋澗樂府

秋澗樂府，鷓鴣天贈馭説高秀英云：「短短羅袿淡淡妝。拂開紅袖便當場。掩翻歌扇珠成串。吹落談霏玉有香。由漢魏、到隋唐。誰教若輩管興亡。百年總是逢場戲，拍板門鎚未易當。」「馭説」即説書，此詞清渾超逸，近兩宋風格。

王清惠詞

宋昭容王清惠北行，題壁滿江紅云：「願嫦娥、相顧肯從容，隨圓缺。」文丞相讀至此句，歎曰：「惜哉。夫人於此少商量矣。」趙文敏木蘭花慢，和李筼房韻云：「但願朱顏長在，任它花落花開。」言爲心聲，是亦「隨圓缺」之説矣。蘦堂詩話載其谿上詩句「錦纜牙檣非昨夢，鳳笙龍管是誰家」，則何感愴乃爾。所謂非無萌蘖之生焉。

劉文靖詞樸厚

余編閱元人詞，最服膺劉文靖，以謂元之蘇文忠可也。文忠詞，以才情博大勝。文靖以性情樸厚勝，其菩薩蠻王利夫壽云：「吾卿先友今誰健。西鄰王老時相見。每見憶先公。（「憶」，一本作「説」。細審之，似不如「憶」字，與下句尤貫合。）音容在眼中。今朝故人子。爲壽無多事。惟願歲常豐。年年社酒同。」此余尤爲心折者也。自餘如前調飲山亭感舊云：「種花人去花應道。花枝正好人先老。一笑問花枝。花枝得幾時。人生行樂耳。今古都如此。急欲卧莓苔。前村酒未來。」清平樂云：「青天仰面。卧看浮雲卷。蒼狗白衣千萬變。都被幽人窺見。偶然夢見華胥。覺來花影扶疏。窗下魯論誰誦，呼來共詠舞雩。」前調，飲山亭留宿云：「山翁醉也。欲返黄茅舍。醉裏忽聞留我者。説道羣花未謝。脱巾就卧松龕。覺來詩思方酣。欲借白雲爲墨，淋漓灑徧晴嵐。」前調，賀雨云：「雨晴簫鼓。四野歡聲舉。平昔飲山今飲雨。來就老農歌舞。半生負郭無田。寸心萬國豐年。誰識山翁樂處，野花啼鳥欣然。」前調，圍棋云：「棋聲清美。盤礴青松底。門外行人遥指示。好箇爛柯仙子。輸贏都付欣然。興闌依舊高眠。山鳥山花相語，翁心不在棋邊。」人月圓云：「自從謝病修花史，天意不容閒。今年新授，平章原誤作意風月，檢校雲山。門前報道，麯生來謁，子墨相看。先生正爾，天張翠蓋，山擁雲鬟。」前調云：「茫茫大塊洪爐裏，何物不寒灰。古今多少，荒烟廢壘，老樹遺臺。太山如礪，黄河如帶，等是塵埃。不須更歎，花開花落，春去春來。」西江月，山亭留飲云：「看竹何須問主，尋村遥認松蘿。小車到處是行窩。門外雲山屬我。張叟臈醅藏久，王家紅藥開多。相留一醉意如何。老子掀髯曰可。」玉樓春云：「西山不似龐公傲。城府有樓山便到。欲將華髮染晴嵐，千里青青濃可掃。人言華髮因愁早。勸我消愁唯酒好。夜來一飲盡千鍾，今日醒來依舊老。」南鄉子，張彥通壽云：「窗下絡車聲。窗畔兒童課六經。自種牆東新菜莢，青青。隨分盃盤老幼情。千古董生行。雞犬昇平畫不成。應笑東家劉季子，無能。縱飲狂歌不治生。」鵲橋仙云：「悠悠萬古。茫茫天宇。自笑平生豪舉。元龍儘意卧牀高，渾占得、乾坤幾許。公家租賦。私家雞黍。學種東皐烟雨。有時抱膝看青山，卻不是、高吟梁父。」玉漏遲，汎舟東溪云：「故園平似掌。人生何必，武陵溪上。三尺蓑衣，遮斷紅塵千丈。不學東山高卧，也不似、鹿門長往。君試望。遠山顰處，白雲無恙。自唱。一曲漁歌，當無復當年，缺壺悲壯。老境羲皇，換盡平生豪爽。天設四時佳興，要留待、幽人清賞。花又放。滿意一篙春浪。」念奴嬌，憶仲良云：「中原形勢東南壯，夢裡譙城秋色。萬水千山收拾就，一片空梁落月。烟雨松楸，風塵涙眼，滴盡青青血。平生不信，人間更有離別。舊約把臂燕然，乘槎天上，曾對河山説。前日後期今日近，悵望轉添愁絶。雙闕紅雲，三江白浪，應負肝腸鐵。舊遊新恨，一生都付長鋏。」如右各闋寓騷雅於沖夷，足穠郁於平淡，讀之如飲醇醪，如鑒古錦。涵詠而翫索之，於性靈懷抱，胥有裨益。備録之，不覺其贅也。王半塘云：「樵庵詞樸厚深醇中，有真趣洋溢，是性情語，無道學氣。」

天籟詞用坡公句

天籟詞，永遇樂同李景安游西湖云：「青衫儘付，濛濛雨濕，更著小蠻針線。」用坡公青玉案句「春衫猶是，小蠻針線，曾溼西湖雨」。而太素語特傷心。其言外之意，雖形骸可土木，何有於小蠻針線之青衫。以坡公之「瓊樓玉宇，高處不勝寒」比之，猶死別之與生離也。

彭巽吾元夕詞

彭巽吾漢宮春元夕云：「夜來風雨，搖得楊柳黄深。」此等句便是元詞，去南渡諸賢遠矣。

羅壺秋禁釀詞

羅壺秋木蘭花慢禁釀云：「漢家糜粟詔，將不醉、飽生靈。」語極莊，卻極謔。菩薩蠻慢云：「悵别後、屏掩吴山，便樓燕月寒，鬢蟬雲委。錦字無憑，付銀燭、盡燒千紙。」十二分決絶，卻十二分纏綿，詞人之筆，如是如是。

李梅溪六么令

六么令調情娟倩，如髫年碧玉，凝睇含顰，讀之令人悵惘。李梅溪京中清明云：「淡烟疏雨，香徑渺啼鴂。新晴畫簾閒卷，燕外寒猶力。依約天涯芳草，染得春風碧。人間陳跡。斜陽千古，幾縷游絲趁飛蝶。　誰向尊前起舞，又覺春如客。翠袖折取嫣紅，笑與簪華髮。回首青山一點，檐外寒雲疊。梨花淡白，柳花飛絮，夢繞闌干一株雪。」此詞語淡態濃，筆留神往。初春早花，方其韶令，庶幾不負此調。

趙青山望海潮

「舊話不堪長」，趙青山望海潮句。叶「長」字雋。儻易爲「詳」，則尋常，無韻致矣。可悟用字之法。

劉起潛菩薩蠻

劉起潛菩薩蠻和詹天游云：「故園青草依然綠。故宮廢址空喬木。狐兔穴巖城。悠悠萬感生。胡笳吹漢月。北語南人說。紅紫鬧東風。湖山一夢中。」僅四十許字，而麥秀黍離之感，流溢行間。所謂滿心而發，頗似包舉一長調於小令中。與天游齊天樂贈童甕天兵後歸杭閔，各極慷慨低徊之致。

陸子方牆東詩餘

陸子方牆東詩餘，點絳脣情景四首，其一云：「玉體纖柔，照人滴滴嬌波溜。填詞未就。遲卻窗前繡。」情景之佳，殆無踰此。牆東類稿，妾陳氏墓誌銘略云：「妾陳氏，暨陽悟空鎮人。生而秀慧。里之豪彊委禽焉。父靳不與。曰：『吾女當擇才人事之。』父與余外氏同里閈，往來識余，遂與歸焉。余閒居八年，素不事生業，左右散去略盡，陳獨侍余無倦色。性警悟，頗涉文學。壬午春歸寧，父欲奪其志，輒誓不許。曰：『吾死陸氏矣。』趨之而歸。感微疾，卧經旬，容止不類病人。索坡集閱之，一夕而卒。年二十有七。」子方點絳脣詞，疑卽爲陳氏作。陳涉文學，故能塡詞。子方詞其二云：「齊眉相守。願得從今後。」其四云：「白頭相守。破鏡重圓後。」略與歸寧趨歸情事相合。

姚牧庵詞

姚牧庵文章郢匠，餘事塡詞。菩薩蠻，中秋夜雨云：「素娥會把詩人調。衰顏不值圓蟾照。」此題作者夥矣，「衰顏」句未經人道。浪淘沙、余年七十洪山僧相過、言别公十餘年面頰益紅潤，賦此曉之云：「桃花初也笑春風。及到離披將謝日，顏色踰紅。」桃花將謝更紅，經此詞道破，思之信然。體物工細乃爾。

顏吟竹詞

顏吟竹，南渡遺老，與須溪翁唱酬，蓋氣類之感也。菩薩蠻云：「江南古佳麗。只綰年時髻。信手綰將成。從吾懶學人。」此老倔彊，乃不肯作時世妝者。浣溪沙云：「天上人間花事苦，鏡中翠壓四山低。又成春過據鶯啼。」「據」字未經他人如此用過。

劉鼎玉詞

劉鼎玉少年游詠碁句「意重子聲遲」，五字凝鍊，如聞子著楸枰聲。蝶戀花送春云：「只道送春無送處。

山花落得紅成路。」則尤信手拈來，自成妙諦。以鬆秀二字評之，宜。

元詩餘

鳳林書院名儒草堂詩餘，雖録於元代，猶是南宋遺民，寄託遥深，音節激楚。厲太鴻比諸清湘瑶瑟。秦敦夫所云：「標放言之致，則愴怏而難懷，寄獨往之思，又鬱伊而易感也。」段宏章洞仙歌詠荼蘼云：「一庭晴雪，了東風孤注。睡起濃香占窗户。對翠蛟盤雨，白鳳迎風，知誰見，愁與飛紅流處。想飛瓊弄玉，共駕蒼烟，欲向人間挽春住。清淚滿檀心，如此江山，都付與、斜陽杜宇。是曾約梅花帶春來，又自趁梨花，送春歸去。」起調以前人「開到荼蘼花事了」詩意，爲故國銅駝之感。「睡起」句言南宋湖山歌舞，皆在睡夢中，即南唐史原誤作宋虛白所謂「風雨揭卻屋，渾家醉未知」也。「翠蛟白鳳」，是留夢炎一輩。「飛瓊弄玉」，是信國文公及其以次諸賢。「清淚滿擅心」，新亭之淚也。歇拍云云，不揮返日之戈，翻落下井之石，爲新朝而推刃故國者，方自詡爲識時豪傑。哀莫大於心死，讀先生此詞，猶有天良觸發否乎。詞能爲悱惻，而不能爲激昂。蓋當是時，南宋無復中興之望。餘生薇葛，歌歗都非。我安適歸，忍與終古。安得「瓊樓玉宇」，無恙高寒，又安得尺寸乾淨土，著我鐵撥銅琶，唱「大江東去」耶。

曾允元水龍吟

作慢詞起處，必須籠罩全闋。近人輒作景語徐引，乃至意淺筆弱，非法甚矣。元曾允元爲草堂詩餘之殿。其水龍吟春夢起調云：「日高深院無人，楊花撲帳春雲暖。」從題前攝起題神。已下逐層意境，自能迤邐人勝。其過拍云：「儘雲山烟水，柔情一縷，又暗逐、金鞍遠。」尤極遠離惝怳，非霧非花之妙。

曾鷗江點絳脣

曾鷗江點絳脣後段云：「來是春初，去是春將老。長亭道。一般芳草。只有歸時好。」看似毫不喫力，政恐南北宋名家未易道得。所謂自然從追琢中出也。

益齋長短句

李齊賢字仲思，遼時高麗國人，有益齋長短句。鷓鴣天云：「飲中妙訣人如問，會得吹笙便可工。」宋諺謂「吹笙」爲「竊嘗」。蘆川詞浣溪沙序云：「范才元自釀，色香玉如，直與緑蕁梅同調，宛然京洛風味也。因名曰蕁緑春，且作一首。諺以『竊嘗』爲『吹笙』云。」詞後段「竹葉傳杯驚老眼，松醪題賦倒綸巾。須防銀字暖朱脣。」「竊嘗」，嘗酒也，故末句云云。仲思居中國久，詞用當時諺語，略與張仲宗意同，資諧笑云爾。織餘瑣述云：「樂器竹製者唯笙，用吸氣吸之，恆輕，故以喻『竊嘗』。」

益齋詞不愧名家

益齋詞，太常引暮行云：「燈火小於螢。人不見、苔扉半扃。」人月圓，馬嵬效吴彦高云：「小顰中有，漁陽胡馬，驚破霓裳。」菩薩蠻，舟次青神云：「夜深篷底宿。暗浪鳴琴筑。」巫山一段雲，山市晴嵐云：「隔溪何處鷓鴣鳴。雲日翳還明。」前調黄橋晚照云：「夕陽行路卻回頭。紅樹五陵秋。」此等句，置之兩宋名家詞中，亦庶幾無愧色。

益齋詞寫景極工

益齋詞寫景極工。巫山一段雲，遠浦歸帆云：「雲帆片片趁風開。遠映碧山來。」筆姿靈活，得帆隨湘轉之妙。北山烟雨云：「巖樹濃凝翠。溪花亂泛紅。斷虹殘照有無中。一鳥沒長空。」「濃凝」「亂泛」，疊韻對雙聲，與史邦卿「因風飛絮，照花斜陽」句同，益齋乃無心巧合耳。

劉雲閑詞

劉雲閑虞美人，春殘念遠云：「子規解勸春歸去。春亦無心住。」下句淡而鬆，卻未易道得。並上句「解勸」「解」字，亦爲之有精神。竊謂詞學自宋迄元，乃至雲閑等輩，清妍婉潤，未墜方雅之遺。亦猶書法自六朝迄唐，至褚登善、徐季海輩，餘韻猶存，風格毋容稍降矣。設令元賢繼起者，不爲詞變爲曲，風會所轉移，俾肆力於倚聲，以語南渡名家，何遽多讓。雲閑輩所詣止此，豈曰其才限之耶。

周梅心禁酒詞

周梅心鷓鴣天，爲禁酒作云：「曾唱陽關送客時。臨歧借酒話分離。如何酒被多情苦。卻唱陽關去別伊。」句中有韻，能使無情有情，且若有甚深之情。是深於情，工於言情者，由意境醞釀得來，非小慧爲詞之比。

王山樵阮郎歸

王山樵阮郎歸云：「別時言語總傷心。何曾一字真。」前人或摘爲警句。余嫌其説得太盡，且心、真非韻。

蕭漢傑菩薩蠻

蕭漢傑菩薩蠻春雨云：「今夜欠添衣。那人知不知。」國朝郭麐浪淘沙云：「裌衣剛换又增綿。只是別來珍重意，不爲春寒。」何嘗不婉麗可喜。古今人不相及，當於此等句參之。

蕭吟所浪淘沙

蕭吟所浪淘沙中秋雨云：「貧得今年無月看，留滯江城。」貧字入詞夥矣，未有更新於此者。無月非貧者所獨，卽亦何加於貧。所謂愈無理愈佳。詞中固有此一境。唯此等句以肆口而成爲佳。若有意爲之，則纖矣。菩薩蠻春雨云：「烟雨濕闌干。杏花鶯蟄寒。」「鶯蟄」入詞，僅見，而句乃特韻。

彭會心念奴嬌

彭會心念奴嬌，秋日牡丹云：「鶯燕無情庭院悄，愁滿闌干苔積。宮錦尊前，霓裳月下，夢亦無消息。」詞旨悽絶。彷彿貞元朝士，白髮重來，上陽宮人，青燈擁髻。

彭會心拜星月慢

彭會心拜星月慢，祠壁宮姬控絃可念末段云：「多生不得丹青意，重來又、花鎖長門閉。到夜永、笙鶴歸時，月明天似水。」去路縹緲中仍收束完密，神不外散，是爲斲輪手。世之以空泛寫景語爲「江上峰青」者，直未喻箇中甘苦也。

虞道園風入松

虞道園風入松，寄柯敬仲「畫堂紅袖倚清酣」闋歇拍「報道先生歸也，杏花春雨江南」云云。此詞當時傳唱甚盛。宋俞國寶「一春長費賞原誤作買花錢」闋，體格於虞詞爲近，鮮翠流麗而已，亦復膾炙人口。此文字所以貴入時也。道園別有此調爲莆田壽云：「頻年清夜肯相過。春碧捲紅贏。畫檐幾度徘徊月，梁園迴、無復鳴珂。門外雪深三尺。窗中翠淺雙蛾。舊家丹荔錦交柯。新玉紫峰駝。長安日近天涯遠，行雲夢、不到江波。欲度新詞爲壽，先生待教誰歌。」此詞意境較沈淡，便不如前詞悅人口耳，奈何。

宋顯夫賀新涼

宋顯夫賀新涼，徐復聽雨軒云：「暗度松筠時淅瀝，恍吴娃、昵枕傳私語。」昔賢聽雨詞夥矣，此意未經道過。菩薩蠻，丹陽道中云：「何處最多情，練湖秋水明。」視楊升庵「塘水初澄似玉容」句，微妙略同，而超逸過之。非慧心絶世，曷克領會到此。虞美人，雨中觀梅云：「玉人誰使似冰肌。酒罷歌闌，一晌又相思。」句亦清麗絶倫。

邵詞脱化韓詩

韓致堯詩「樹頭蜂抱花鬚落，池面魚吹柳絮行」，邵復孺詞「魚吹翠浪柳花行」，由韓詩脱化耶。抑與韓闇合耶。劉桂隱滿庭芳賦萍云：「乳鴛行破，一瞬淪漪。」非胸次無一點塵，此景未易會得。静深中生明妙矣。邵句小而不纖，最有生氣，卻稍不逮桂隱，近於精詣入神。

許有壬圭塘樂府

許文忠（有壬）圭塘樂府，元詞中上駟也。沁園春云：「看平湖秋碧，淨隨天去。亂峯烟翠，飛入窗來。」又云：「且清尊素瑟，半庭花影。芒鞵竹杖，十里松陰。」又云：「愛朔雲邊雪，一聲寒角。平沙細草，幾點飛鴻。」以景勝也。木蘭花慢云：「扁舟采菱歌斷，但一泓寒碧畫橋平。」水龍吟過黄河云：「鼓枻茫茫萬里，棹歌聲，響凝空碧。」滿江紅云：「木落霜清，水底見、金陵城郭。」石州慢云：「畫出斷腸時，滿斜陽烟樹。」以境勝也。水龍吟，題賈氏白雲樓云：「本是無心，寧知下土，有人延佇。」鵲橋仙云：「長安多少曉鷄聲，管不到、江南春睡。」南鄉子云：「回首林慮千萬丈。嶙峋。不效修蛾一點顰。」滿江紅次李沁州韻云：「有一官更比在家時，添幽寂。」賀新郎，南城懷古云：「野水芙蓉香寂寞，猶似當年怨女。」浣溪沙云：「閒人庭院甚宜苔。」沁園春云：「神仙遠，有桃花流水，便到天台。」以意勝也。水調歌頭，即席贈高辛甫云：「浩蕩雲山烟水，寥落晨星霜木，如子已無多。」以度勝也。

蜕巖摸魚兒

蜕巖詞摸魚兒，王季境湖亭蓮花中，雙頭一枝，邀予同賞，而爲人折去。季境悵然，請賦云：「吳娃小艇應偷采，一道綠萍猶碎。」掃花游落紅云：「一簾晝永。綠陰陰尚有，絳趺痕凝。」並是真實情景，寓於忘言之頃，至静之中。非胸中無一點塵，未易領會得到。蜕翁筆能達出。新而不纖，雖淺語，卻有深致。倚聲家於小處規橅古人，此等句即金鍼之度矣。

袁静春燭影摇紅

袁静春燭影摇紅云：「鳳釵頻誤踏青期，寂寞牆陰冷。」下句略不刷色，卻境静而有韻。臺城路云：「但詩惱東陽，病添中散。」清似喜其屬對穩稱。

張埜夫清平樂

張埜夫古山樂府，清平樂春寒云：「韶光已近春分。小桃猶揹霜痕。」「揹」猶言不放也。與「餘寒猶勒一分花」之「勒」略同。「揹」字入詞僅見。

張埜夫滿江紅

古山滿江紅云：「七椀波濤翻白雪，一枰冰雹消長日。」水龍吟云：「茶甌雪捲，紋楸雹響，醉魂初醒。」以冰雹形容棋聲之淸脆，頗得其似。曩余有句云：「雪聲淸似美人琴。」蓋爾雅所云霄雪也。

張埜夫太常引

壽詞難得佳句，尤易入俗。古山太常引，壽高丞相自上都分省回云：「報國與憂時。怎瞞得、星星鬢絲。」水龍吟，爲何相壽云：「要年年霖雨，變爲醇酎，共蒼生醉。」此等句渾雅而近樸厚，雖壽詞亦可存。

倪雲林太常引

倪雲林太常引，壽彝齋云：「柳陰濯足水侵磯。香度野薔薇。芳草綠萋萋。問何事、王孫未歸。一壺濁酒，一聲淸唱，簾幙燕雙飛。風暖試輕衣。介眉壽、遥瞻翠微。」壽詞如此著筆，脫然畦封，方雅超逸，「壽」字只於結處一點，可以爲法。

顧仲瑛靑玉案

顧仲瑛靑玉案過拍云：「晴日朝來升屋角。樹頭幽鳥，對調新語，語罷雙飛卻。」眼前景物，涉筆成趣，猶在宋人範圍之中。歇拍「可恨狂風空自惡。曉來一陣，晚來一陣，難道都吹落」云云，即墮元詞藩籬。再稍纖弱，即成曲矣。元明人詞，亦復不無可采，視抉擇何如耳。

蕭東父齊天樂

蕭東父齊天樂云：「軟玉分裯，膩雲侵枕，猶憶噴蘭低語。」穠豔極矣，卻不墮惡趣。下云：「如今最苦。甚怕見燈昏，夢游間阻。」極合疏密相間之法。

趙待制燭影搖紅

清真詞「最苦夢魂，今宵不到伊行」，「天便教人，霎時相見何妨」等句，愈質愈厚。趙待制燭影搖紅云：「莫恨藍橋路遠。有心時、終須再見。」略得其似。待制詞以婉麗勝，似此句不能有二也。

趙待制蝶戀花

趙待制蝶戀花云：「別久啼多音信少。應是嬌波，不似當年好。」人月圓云：「別時猶記，眸盈秋水，淚溼春羅。」並從秦淮海「也應似舊，盈盈秋水，淡淡春山」句出，可謂善於變化。（王幼安云：所引秦句乃阮閱詞。）

貞素齋詞

元舒道原（頔），官台州學正，所著貞素齋詞，小重山端午云：「碧艾香蒲處處忙。誰家兒共女、慶端陽。

細纏五色臂絲長。空惆悵，誰復弔沅湘。往事莫論量。千年忠義氣，日星光。離騷讀罷總堪傷。無人解，樹轉午陰涼。」又有詩云：「湖海半生客，乾坤一布衣。義哉周伯叔，飽食首陽薇。」其寄託如此。其第士謙（遜）著可庵詩餘。木蘭花慢壽貞素兄云：「回頭十年如夢，看園花、灼灼幾春妍。争似蒼蒼松柏，歲寒同保貞堅。」二舒蓋元室遺臣抗節不仕者。伏讀四庫書目舒頔貞素齋集提要，「貞素齋集八卷，元舒頔撰。頔字道原，績溪人。至元丁丑，江東憲使，辟爲貴池教諭。秩滿調丹徒。至正庚寅，轉台州路學正。以道梗不赴。歸隱山中。明興，屢召不出。名所居曰貞素齋，著自守之志也。所著有古淡稿、華陽集，今皆不傳。此本乃嘉靖中其曾孫旭、玄孫孔昭等所輯，績溪知縣遂寧趙春所刊。其文章頗有法律，詩則縱橫排宕，不尚纖巧織組之習。七言古體，尤爲擅場。卷首有頔自序及自作小傳，均以陶潛自比，而其文乃多頌明功德。蓋元綱失馭，海水羣飛，有德者興，人歸天與，原無所容其怨尤。特遺老孤臣，義存故主，自抱其區區之志耳。頔不忘舊國之恩，爲出處之正。不掩新朝之美，亦是非之公，固未可與劇秦美新一例而論也。」云云。竊謂提要之作，時代距國初未遠。以奬許舒頔之言爲嚮化輸誠者勸。其實如頔其人，對於新朝歌功誦德，殊可不必。亦如元遺山入元初，其心何嘗不可大白於天下。唯是寄書耶律，薦舉人材，亦復蛇足。凡此誠不足爲盛德累，竊意不如並此而無之。萬一後人援以自解，乃至變本加厲，詎非二公之遺憾哉。

龜巢老人詞

龜巢老人詞，賀聖朝和馬公振留別云：「如今相見，衰顏醉酒，似經霜紅樹。」衰老亂離之感，言之蘊藉乃爾，令人消魂欲絕。

邱長春磻溪詞

邱長春磻溪詞，十九作道家語，亦有精警清切之句。無俗念枰棋云：「初似海上江邊，三三五五，亂鶴羣鴉出。打節衝關成陣勢，錯雜蛟龍蟠屈。」前調月云：「露結霜凝，金華玉潤，淡蕩何飄逸。」其形容棋勢，如見開匳落子時。淡蕩飄逸，尤能寫出月之神韻。向來賦此二題者，殆未曾有。

蕙風詞話卷四

意內言外

意內言外，詞家之恆言也。韻會舉要引說文作「音內言外」，當是所見宋本如是。以訓詩詞之詞，於誼殊優。凡物在內者恆先，在外者恆後。詞必先有調，而後以詞填之。調卽音也。亦有自度腔者，先隨意爲長短句，後勰以律。然律不外正宮、側商等名，則亦先有而在內者也。凡人聞歌詞，接於耳，卽知其言。至其調或宮或商，則必審辨而始知。是其在內之徵也。唯其在內而難知，故古云知音者希也。

唐詞三首

唐人詞三首，永觀堂爲余書扇頭。望江南云：「天上月，遙望似一團銀。夜久更闌風漸緊，以（原注爲。）奴吹散月邊雲。照見附（原注負。）心人。」前調云：「五梁臺上月，一片玉無瑕。（原注瑕。）以里（原注迤邐。）看歸西□去，横雲出來不敢遮。靉靆繞天涯。」菩薩蠻云：「自從宇宙光戈戟。狼烟處處獯天黑。早晚竪金雞。休磨戰馬蹄。淼淼三江小。（原注水。）半是□（原注：不易辨，似儒字。）生類。（原注淚。）老尚逐今財。問龍門，何日開。」並識云：「詞三闋，書於唐本春秋後語紙背，今藏上虞羅氏。樂府雜録云：『望江南始自朱崖李太尉鎮浙西日，爲亡伎謝秋娘所譔。』」杜陽雜編亦云：「菩薩蠻乃宣宗大中初所製。明胡元瑞筆叢據之，太白集中菩薩蠻四詞爲僞作。然崔令欽教坊記末，所載教坊曲名三百六十五中，已有此二調。崔令欽見唐書宰相世系表，乃隋恆農太守宣度之五世孫，是其人當在睿、元二宗之世。其書紀事，訖於開元，亦足略推其時代。據此，則望江南、菩薩蠻皆開元教坊舊曲。此詞寫於咸通間，距李贊皇鎮浙西時二十餘年，距大中末不過數年，而敦煌邊地已行此二調，益知段安節與蘇鶚之説，非實録也。蕙風詞隱曰：胡元瑞斥太白菩薩蠻四詞爲僞作，姑勿與辨。試問此僞詞孰能作，孰敢作者。未必兩宋名家克辦。元瑞好駁升庵，此等冒昧之談，乃與升庵如駿之靳，何耶。

顧卞詞

全芳備祖，顧卞詠虞美人草，調虞美人云：「帳前草草軍情變。月下旌旗亂。褫衣推枕惜離情。遠風吹下楚歌聲。月三更。撫鞍欲上重相顧。豔態花無主。手中蓮萼凜秋霜。九泉歸路是仙鄉。恨茫茫。」此詞見碧鷄漫志，（字句小異。）不具作者姓名。花草粹編署無名氏。苟無肥遯箸録，則顧卞姓名失傳矣。卞唐人，抑北宋人，俟攷。

花間集注

逸老堂詩話，花間集詞：「一方卵色楚南天」注：「以卵爲泖，非也。」花間集注，未之前聞。俞子容所引，作者誰氏不可攷。

薛昭蘊詠櫻花

中國櫻花不繁而實。日本櫻花繁而不實。薛昭蘊詞離別難云：「摇袖立。春風急。櫻花楊柳雨凄凄。」此中國櫻花也。入詞殆自此始。此花以不繁，故益見娟倩。日本櫻花唯緑者最佳。其紅者或繁密至八重，清氣反爲所掩。唯是氣象華貴，宜彼都花王奉之。

花蕊夫人詞

聞見近録：「金城夫人得幸太祖，頗恃寵。一日，宴射後苑，上酌巨觥以勸太宗。太宗顧庭下曰：『金城夫人親折此花來，乃飲。』上遂命之。太宗引射殺之。」鐵圍山叢談亦載此事，謂金城作花蕊，遂蒙不白之寃矣。余嘗謂花蕊才調冠時非尋常不櫛者流，必無降志辱身之事。被虜北行，製采桑子詞，題葭萌驛壁云：「初離蜀道心將碎。離恨緜緜。春日如年。馬上時時聞杜鵑。」甫就前段，而爲軍騎促行。後有無賴子足成之云：「三千宫女蓮花貌，妾最嬋娟。此去朝天。只恐君王恩愛偏。」太平清話謂花蕊至宋，尚有「十四萬人齊解甲，更無一箇是男兒」之句，豈有隨衵行而書此敗節之語。此詞後段，決非花蕊手筆，稍涉倚聲者、能辨之。按郡齋讀書志云：「花蕊夫人俘輸織室，以罪賜死。」烏得有宋宫寵幸事。鄉於近録、叢談所記互異，未定孰是孰非。及證以晁氏之説，始決知誤在叢談。而采桑子後段之誣，尤不辨自明，而花蕊之寃雪矣。　晉王射殺花蕊夫人事，李日華紫桃軒又綴謂是「閩人之女，南唐李煜選入宫。煜降，宋祖嬖之」云云。此又一説。據此則亦必非作宫詞之花蕊夫人也。

劉吉甫滿庭芳

陽春白雪，劉吉甫（頡）滿庭芳云：「鶯老梅黃，水寒烟淡，斷香誰與添温。寶釭初上，花影伴芳尊。細細輕簾半捲，憑闌對、山色黃昏。人千里，小樓幽草，何處夢王孫。　十年羈旅興，舟前水驛，馬上烟村。記小亭香墨，題恨猶存。幾夜江湖舊夢，空淒怨、多少銷魂。歸鴉被、角聲驚起，微雨暗重門。」趙立之云：「此詞宛有淮海風味，惜不名世。」陶氏詞綜補遺，劉頡一家，卽據陽春白雪采録。小傳云：「字吉甫。宋詩紀事，吉甫入元祐黨籍。」陶又按：「臨漢隱居詩話，載楊文公談苑言，本朝武人多能詩。劉吉甫云：『一箭不中鵠，五湖歸釣魚。』大年稱其豪。據此，則吉甫曾官武職」云云。是合作滿庭芳詞之劉頡、入元祐黨籍之劉吉甫、官武職而能詩之劉吉甫爲一人矣。攷元祐黨籍碑：餘官一百七十七人，劉吉甫次九十三。武臣二十五人，無劉吉甫名。元祐黨人傳：劉吉甫，元符中累官承務郎致仕。坐元符末應詔上書，言多詆譏，降官，責遠小處監當。崇寧三年入黨籍邪上第八人。（原注據宋史紀事本末）。夫入黨籍之劉吉甫，既碻然非武職矣。其官承務郎，乃在元符中。攷宋史楊億傳，億卒於天禧四年，下距元符元年，凡七十八年。彼楊文公者，安得預見劉吉甫之詩而稱之乎。可知官武職而能詩之劉吉甫，必非入元祐黨籍之劉吉甫矣。而此二人者，又皆非作滿庭芳詞之劉吉甫。何也。彼固名頡字吉甫，非名吉甫也。元祐黨籍碑，斷無書字不書名之例。楊文公談苑，本朝武人多能詩句下劉吉甫云句上，有若曹翰句「曾經國難穿金甲，不爲家貧賣寶刀」云云。陶按語略而弗具耳。楊於曹既稱名，詎於劉獨稱字。

彼二人皆名吉甫，於名頡者奚與焉。陳藏一話腴云：「郴之桂陽縣東，有廟曰九江王，所祀之思，乃英布、吳芮、共敖也。紹興間，劉頡爲守。乃謂九江王項羽所僞封。芮、敖追義帝，而布殺之。放弒之賊，豈容廟食，遂毁之。」此爲郴州守之劉頡，其卽作滿庭芳之劉頡乎。仍未敢據以實小傳也。細審滿庭芳詞，風格亦於南宋爲近。

初寮詞

毛子晉跋初寮詞云：「履道由東觀入掖垣，由烏府至鼇禁，皆天下第一。或謂其受知於蔡元長，密薦於上，故恩遇如此。」又云：「或云：初爲東坡門下士，其後附蔡叛蘇。」又幼老春秋云：「王安中以文章有時名，交結蔡攸。攸引入禁中，賜讌，作雙飛玉燕詩。」今就二說攷證之。毛跋一曰或謂，再曰或云，殆傳疑之詞，未可深信。賜讌賦詩，事誠有之，詎必蔡攸引入耶。宋史安中本傳「有徐禋者，以增廣鼓鑄之說媚於蔡京。京奏遣禋措置東南九路銅事，且令搜訪寶貨。禋圖繪院冶，增舊幾十倍，且請開洪州嚴陽山阬，迫有司承歲額數千兩。其所烹鍊，實得銖兩而已。禋術窮，乃妄請得希世珍異與古之寶器，乞歸書藝局。京主其言。安中獨論禋欺上擾下，宜令九路監司覆之。禋竟得罪。時上方鄉神仙之事，蔡京引方士王仔昔以妖術見，朝臣戚里，夤緣關通。安中疏請自今招延山林道術之事，當責所屬保任，宣召出入，必令察視其所經由，仍申嚴臣庶往還之禁。並言京欺君僭上蠹國害民數事。上悚然納之。已而再疏京罪。上曰，本欲卽行卿章，以近天寧節，俟過此，當爲卿罷京。京伺知之，大懼。其子攸旦夕侍禁中泣拜懇祈。上爲遷安中翰林學士，又遷承旨」云云。安中對於蔡京，屢持異議，再疏劾京，乃至京懼攸泣，而謂附京結攸者顧如是乎。二家之說，何與史傳迴異如是。

崇寧初無徵調

葉少蘊避暑録話言：「崇寧初，大樂無徵調。蔡京徇議者請，欲補其闕。教坊大使丁仙現云：『音已久亡，不宜妄作。』京不聽，遂使他工爲之。踰旬得數曲，即黄河清之類。京喜極，召衆工試按，使仙現在旁聽之。樂闋，問何如。仙現曰：『曲甚好，只是落韻。』蓋末音寄煞他調，俗所謂落腔是也。」按宋史樂志：「政和初，命大晟府政用大晟律，其聲下唐樂已兩律。然劉昺止用所謂中聲八寸七分琯爲之，又作匏、笙、塤、篪，皆入夷部。至於徵招、角招，終不得其本均，大率皆假之以見徵音。然其曲譜頗和美，故一時盛行於天下。然教坊樂工嫉之如讎。其後蔡攸復與教坊用事樂工附會，又上唐譜徵、角二聲，遂再命教坊制曲。譜既成，亦不克行而止。」云云。今據葉少蘊之言，是當時所製曲，碻有未安，故不克行，非緣教坊樂工嫉之如讎也。

西施死於水

明楊升庵外集：「世傳西施隨范蠡去，不見所出。只因杜牧『西子下姑蘇，一舸逐鴟夷』之句而附會也。予竊疑之未有可證，以折其是非。一日，讀墨子曰：『吴起之裂，其功也。西施之沈，其美也。』喜曰：『此吴亡之後，西施亦死於水，不從范蠡去之一證。墨子去吴越之世甚近，所書得其真。然猶恐牧之別有見。後檢修文御覽，見引吳越春秋逸篇云：「吳王亡後，越浮西施於江，令隨鴟夷以終。」乃笑曰：此事正與墨子合。杜牧未精審，一時趁筆之過也。蓋吳既滅，即沈西施於江。浮，沈也、反言耳。隨鴟夷者，子胥之譖死，西施有焉。胥死，盛以鴟夷。今沈西施，所以報子胥之忠，故曰隨鴟夷以終。范蠡去越，亦號鴟夷子。杜牧遂以子胥鴟夷爲范蠡之鴟夷，乃影譔此事，以墜後人於疑網也」云云。曩余輯祥福集，嘗據以辨西施隨范蠡游五湖之誣。比閱董仲達穎薄媚西子詞，見樂府雅詞其第六歇拍云：「哀誠屢吐，甬東分賜。垂暮日，置荒隅，心知愧。寶鍔紅委。鸞存鳳去，孤負恩憐情，不似虞姬。尚望論功，榮還故里。　降令曰、吳亡赦汝，越與吳何異。吳正怨，越方疑。從公論，合去妖類。蛾眉宛轉，竟殞鮫綃，香骨委塵泥。　渺渺姑蘇，荒蕪鹿戲。」此詞亦謂吳亡，越殺西施，其曰：「鮫綃香骨委塵泥。」又曰：「渺渺姑蘇」，似亦含有沈之於江之意。與升庵所引墨子及吳越春秋逸篇之言政合。仲達宋人，如此云云，必有所本。則爲西子辨誣，又益一證。當補入祥福集。

生查子誤入朱淑真集

歐陽永叔生查子元夕詞，誤入朱淑真集。升庵引之，謂非良家婦所宜。欽定四庫全書提要，辨之詳矣。魏端禮斷腸集序云：「蚤歲父母失審，嫁爲市井民妻，一生抑鬱不得志。」升庵之說，實原於此。今據集中詩余藏斷腸集，鮑淥飲手校本，巴陵方氏碧琳瑯館景元鈔本。又從宋元百家詩、後村千家詩、名媛詩歸暨各撰本輯補遺一卷。及它書攷之。淑真自號幽栖居士，錢塘人。四庫提要。或曰海寧人，文公姪女，古今女史。居寶康巷。西湖游覽志：在湧金門內，如意橋北。或曰錢塘下里人，世居桃村。全浙詩話。幼警慧，善讀書。游覽志。文章幽豔，女史。工繪事。杜東原集有朱淑真梅竹圖題跋。沈石田集有題淑真畫竹詩。曉音律。本詩答求譜云：「春醲釅處多傷感，那得心情事管弦。」父官浙西。紹定三年二月，淑真作璿璣圖記，有云：家君宦游浙西，好拾清玩。凡可人意者，雖重購不惜也。池北偶談。其家有東園、西園、西樓、水閣、桂堂、依綠亭諸勝。本詩晚春會東園云：「紅點苔痕綠滿枝，舉杯和淚送春歸。倉庚有意留殘景，杜宇無情戀晚暉。蝶趁落花盤地舞，燕隨柳絮入簾飛。醉中曾記題詩處，臨水人家半掩扉」。春游西園云：「閑步西園裏，春風明媚天。蝶疑莊叟夢，絮憶謝娘聯。蹋草翠茵軟，看花紅錦鮮。徘徊林影下，欲去又依然。」西樓納涼云：「小閣對芙蕖，囂塵一點無。水風涼枕簟，雪葛爽肌膚。」夏日遊水閣云：「澹紅衫子透肌膚，夏日初長板閣虛。獨自憑闌無個事，水風涼處讀殘書。」納涼桂堂云：「微涼待月畫樓西，風遞荷香拂面吹。先自桂堂無暑氣，那堪人唱雪堂詞。」夜留依綠亭云：「水鳥棲烟夜不喧，風傳宮漏到湖邊。三更好月十分魄，萬里無雲一樣天。」案各詩所云，如長日讀書，夜涼待月，碻是家園遊賞情景。淑真它作，多思親念遠之意，此獨不然。依綠亭云「風傳宮漏到湖邊」，當是寓錢塘作，不在于歸後也。夫家姓氏失攷。似初應禮部試，（本詩、賀人移學東軒云：「一軒瀟洒正東偏，屏棄囂塵聚簡篇。美璞莫辭雕作器，涓流終見積成淵。謝班難繼予慚甚，顏孟堪希子勉旃。鴻鵠羽儀當養就，飛騰早晚看冲天。」送人赴禮部試云：「春闈報罷已三年，又向西風促去鞭。屢鼓莫嫌非作氣，一飛當自卜冲天。賈生少達終何遇，馬援才高老更堅。大抵功名無早晚，平津今見起菑川。」案二詩似贈外之作。）其後官江南者。本詩、春日書懷云：「從宦東西不自由，親幃千里淚長流。」寒食詠懷云：「江南寒食更風流，絲管紛紛逐勝遊。春色眼前無限好，思親懷土自多愁。」案二詩言親幃千里，思親懷土，當是于歸後作。淑真從宦，常往來吳、越、荆、楚間。本詩、舟行即事其六云：「歲暮天涯客異鄉，扁舟今又渡瀟湘」。題斗野亭云「地分吳楚界，人在斗牛中。」案舟行即事其一云：「白雲遙望有親廬。」其四云：「目斷親幃瞻不到」。其七云「庭闈獻壽阻傳盃。」又，秋日得書云：「已有歸寧約。」足爲于歸後遠離之碻證。與曾布妻魏氏爲詞友，御選歷代詩餘詞人姓氏。嘗會魏席上，賦小鬟妙舞，以飛雪滿羣山爲韻，作五絶句。又宴謝夫人堂有詩，今竝載集中。淑真生平大略如此。舊説悠謬，其説有三。其父既曰宦游，又嘗留意清玩，東園諸作，可想見其家世，何至下嫁庸夫，一證也。市井民妻，何得有從宦東西之事，二謬也。案本詩，江上阻風云：「撥悶喜陪尊有酒，供厨不慮食無錢。」酒醒云：「夢回酒醒嚼盂冰，侍女貪眠喚不應。」睡起云：「侍兒全不知人意，猶把梅花插一枝。」淑真詩，凡言起居服御，絶類大家口吻，不同市井民妻。若近日西青散記所載賀雙卿詩詞則誠村僻小家語矣。魏、謝大家，豈友駔婦，三證也。淑真之詩，其詞婉而意苦，委曲而難明。當時事跡，別無記載可攷。以意揣之，或者其夫遠宦，淑真未必皆從。容有竇滔陽臺之事，未可知也。本詩恨春云：「春光正好多風雨。恩愛方深柰別離。」初夏云：「待封一掬傷心淚，寄與南樓薄倖人。」梅窗書事云：「清香未寄江南夢，偏惱幽閨獨睡人。」惜春云：「願教青帝長爲主，莫遣紛紛點翠苔。」愁懷云：「鷗鷺鴛鴦作一池，須知羽翼不相宜。東君是與花爲主，一任多生連理枝。」案愁懷一首，大似諷夫納姬之作。近有才婦諷夫納姬詩云：「荷葉與荷花，紅緑兩相配。鴛鴦自有羣，鷗鷺莫入隊。」政與此詩闇合。游覽志餘改後二句作「東君不與花爲主，何似休生連理枝」。以爲厭薄其夫之佐證。何樂爲此，其心地殆不可知。它如思親、感舊諸什，意各有指。以證斷腸之名，案淑真殁後，端禮輯其詩詞，名曰斷腸集，非淑真自名也。尤爲非是。生查子詞，今載廬陵集第一百三十一卷，四庫提要宋曾慥樂府雅詞、明陳耀文花草粹編，並作永叔。慥録歐詞特慎。雅詞序云：「當時或作豔曲，謬爲公詞，今悉刪除。」此闋適在選中，其爲歐詞明甚。余昔斠刻汲古閣未刻本斷腸詞，跋語中詳記之。茲復箸於篇。

朱淑真菊花詩

曩余譔詞話，辨朱淑真生查子之誣，多據集中詩比勘事實。沈匏廬先生瑟榭叢談云：「淑真菊花詩『寧可抱香枝上老，不隨黃葉舞秋風』實鄭所南自題畫菊『寧可枝頭抱香死，何曾吹落北風中』二語所本。志節皦然，卽此可見。」其論亦據本詩，足補余所未備，亟記之。

朱淑真北宋人

朱淑真詞，自來選家列之南宋，謂是文公姪女，或且以爲元人，其誤甚矣。淑真與曾布妻魏氏爲詞友。曾布貴盛，丁元祐以後，崇寧以前，大觀元年卒。淑真爲布妻之友，則是北宋人無疑。李易安時代，猶稍後於淑真。卽以詞格論，淑真清空婉約，純乎北宋。易安筆情近濃至，意境較沈博，下開南宋風氣，非所詣不相若，則時會爲之也。池北偶談謂淑真璿璣圖記，作於紹定三年。紹定當是紹聖之誤。紹定、理宗改元，已近南宋末季。浙地隸輦轂久矣。記云：「家君宦遊浙西。」臨安亦浙西，詎容有此稱耶。

朱淑真書有拓本

玉臺名翰，元題香閨秀翰，檇李女史徐範所藏墨蹟。（範爲白榆山人貞木女兄，跛足，不字，自號蹇媛。）凡晉衛茂漪、唐吳采鸞、薛洪度、宋胡惠齋、張妙靜、元管仲姬、明葉瓊章、柳如是八家。舊尚有長孫后、朱淑真、沈清友、曹比玉四家，已佚。卷尾當湖沈彩跋，（彩字虹屏，陸烜妾。）亦殘缺，餘皆完好。向藏嘉興馮氏石經閣。道光壬辰，宜興程朗岑大令（璋）借勒上石。亂後逸亭金氏得之。余頃得幖本甚精。竝朱淑真書殘石，別藏某氏者，亦得拓本。（正書二十行，不全，字徑三分。）淑真書銀鉤精楷，摘錄世說「賢媛」一門，涉筆成趣，無非懿行嘉言，而謂騃婦能之耶。「柳梢、月上」之誣，尤不辯自明矣。

易安居士小像

易安居士三十一歲小像立軸，藏諸城某氏。諸城，古東武，明誠鄉里也。余與半塘各得模本。易安手幽蘭一枝，（半塘所藏，改畫菊花。）右方政和甲午，德父題辭。（「清麗其詞，端莊其品，歸去來兮，真堪偕隱」。）左方吳寬、李澄中各題七絕一首。按沈匏廬先生瀹瑟榭叢談「長白普次雲太守俊，出所藏元人畫李易安小照索題，余爲賦二絕句」云云，未知卽此本否。（易安別有荼蘼春去小影。）

雲巢奇石

易安照初臨本，諸城王竹吾前輩（志修）舊藏。竹吾又蓄一奇石，高五尺，玲瓏透豁，上有「雲巢」二字分書。下刻「辛卯九月，德父、易安同記」。見寘王氏仍園竹中。辛卯，政和改元，是年易安二十八歲。

宋詞人遭遇

元以詞曲取士，於載籍無徵。唯宋時詞人遭遇極盛。淳熙間，御舟過斷橋，見酒肆屏風上，有風入松詞。高宗稱賞良久，宣問何人所作，乃太學生俞國寶也，卽日予釋褐。中興詞話。是真以詞取士矣。淳熙十年八月，上奉兩殿觀潮浙江亭。太上諭令侍宴官各賦酹江月一曲。至晚進呈，以吳琚爲第一。乾淳起居注。是以詞試從臣，且評定甲乙矣。政和癸巳，大晟樂府告成，蔡元長薦晁次膺赴闕下。會禁中嘉蓮生，進並蒂芙蓉詞稱旨，充大晟協律。能改齋漫録。李邴少日作漢宮春，膾炙人口。時王黼爲首相，忽招至東閣，開宴，延之上坐。出家姬數十人，皆絶色。酒半，羣唱是詞侑觴，大醉而歸。數日有館閣之命。不數年，遂入翰苑。玉照新志。是皆以詞得官矣。詞衰於元，唯曲盛行。士夫精研宮律者有之，未聞君相之提倡。詞曲取士之説，不知何據而云然也。

望江南詞誣歐公

詞苑叢談卷十辨證有云：「王銍默記，載歐陽公望江南雙調『江南柳，葉小未成陰。人爲絲輕那忍折，鶯憐枝嫩不勝吟。留取待春深。十四五，閒抱琵琶尋。堂上簸錢堂下走，恁時相見已留心。何況到如今。』初，歐公有盜甥之疑，上表自白云：『喪厥夫而無託，攜幼女以來歸。張氏此時，年方七歲。』錢穆父素恨公，笑曰：『正是學簸錢時也。』愚按歐公詞出錢氏私誌，蓋錢世昭因公五代史中多毀吴越，故詆之。此詞不足信也。」叢談止此。按周淙輦下紀事云：「德壽宮劉妃，臨安人。入宮爲紅霞帔。後拜貴妃。又有小劉妃者，以紫霞帔轉宜春郡夫人。進婕妤。復對婉容，皆有寵。宮中號妃爲大劉孃子，婉容爲小劉孃子。婉容入宮時，年尚幼。德壽賜以詞云：『江南柳，嫩緑未成陰。攀折尚憐枝葉小，黄鸝飛上力難禁。留取待春深。』」紀事止此。德壽之詞與默記所傳歐公之作，僅小異耳。錢世昭私志稱彭城王錢景臻爲先王。景臻追封，當建炎二年，世昭爲景臻之孫，愐景臻第三子。之猶子。以時代攷之，亦南宋中葉矣。

四庫全書提要、於錢世昭、王銍時代並未參定詳碻。竊疑後人就德壽詞衍爲雙調，以誣歐公，世昭遂録入私志，王銍因載之默記。唯錢穆父固與歐公同時。然公詞既可假託，卽自白之表，穆父之言，亦何不可造作之有。竊意歐陽文集中，未必有此表也。（王幼安云：歐陽全集中有此表。）

左譽詞

詞苑叢談引王仲言云：「左譽字與言，策名後藉甚宦途。錢唐幕府樂籍有張芸女穠，色藝妙天下，譽頗顧之。如『盈盈秋水，淡淡春山』『帷雲翦水，滴粉搓酥』，皆爲穠作。後穠委身立勳大將，易姓章，封大國。紹興中，因覓官行闕，暇日訪西湖兩山間，忽逢車輿甚盛，一麗人褰簾顧譽而顰曰：『如今若把菱花照，猶恐相逢是夢中。』視之，穠也。君怳然悟入，卽拂衣東渡，一意空門。」按中興戰功録：「張俊之愛妾張氏，卽杭妓張穠也，頗知書。柘皐之役，俊貽書屬以家事，張答書引霍去病、趙雲不問家事爲言，令勉報國。俊以其書進，上大喜，親書奬諭賜之。」廼知所謂立勳大將，卽俊矣。中興戰功録，刻入江陰繆氏藕香簃叢書。

程正伯非東坡中表

楊升庵詞品云：「程正伯，東坡中表之戚也。」毛子晉書舟詞跋云：「正伯與子瞻，中表兄弟也。」二家之説，於它書未經見。據王季平書舟詞序，季平實與正伯同時。東坡卒於建中靖國元年辛巳，季平書舟詞序作於紹熙五年甲寅。上距東坡之卒，凡九十三年。正伯與東坡，安得爲中表兄弟乎。攷東坡詩集送表弟程六之楚州一首，施元之注云：「東坡母成國太夫人程氏，眉山著姓。其姪之才、字正輔，第二。之元字德孺，第六，即楚州。之邵字懿叔，第七。」正伯之字與懿叔約略近似，殆即中表之戚之說所由來歟。子晉不攷，遂沿其譌。其不曰中表之戚，而曰中表兄弟，又未知別有所據否矣。升庵述舊之言，本屬不盡可信，此其踳駮之尤者。

月中桂子

程珌洛水詞，西江月壬辰自壽首句「天上初秋桂子」，自注：「今歲七月，月中桂子下。」纖餘瑣述謂：「此典絕新，惜語焉弗詳。」按宋舒岳祥閬風集，有月中桂子記，可與程詞印證。唯歲月不同。記云：「余童丱時，先祖拙齋翁夜課余讀書。會中秋，月色浩然。聞瓦上聲如撒雹，甚怪之。先祖曰：「此月中桂子也。」我少時常得之天臺心中。呼童子就西廂天井燭之，得一二升許。其大如豫章子，無皮，色如白玉，有紋如雀卵。其中有仁，嚼之作脂麻氣味。余囊之，雜菊花作枕。其收拾不盡散落磚罅甃縫者，旬日後，輒出樹。子葉柔長如荔枝，其底粉青色，經冬猶在，便可尺餘。兒戲不甚愛惜，徙植盆斛，往往失其所在矣。是後未之見也。每遇中秋月明，輒憶此時事。今年五十九，對月悵然。此至清之精英也。今若有此，定汲井花水嚥下也。」「元注，是歲爲丁丑，宋景炎二年，元至元十四年」。此事唐亦有之。摭言云：「垂拱四年三月，桂子降於臺州臨縣界，十餘日乃止。司馬蓋詵、安撫使狄仁傑以聞，編之史册。」南部新書云：「杭州靈隱山多桂樹。僧曰：月中桂也。至今中秋夜，往往子墜。」脞說云：「張君房爲錢塘令，宿月輪山。寺僧報曰：桂子下塔。遽登榻望之，紛紛如烟霧。回旋成穗，散墜如牽牛子，黃白相間。」蓋屢見不一見，春夜亦有之矣。白香山憶江南云：「江南憶，最憶是杭州。山寺月中尋桂子，郡亭枕上看潮頭。」又，虔州天竺寺詩云：「遥想吾師行道處，天香桂子落紛紛。」皆賦此事。

舊刻可貴

四印齋所刻稼軒詞，覆大德廣信本。木蘭花慢，席上送張仲固帥興元云：「追亡事，今不見，但山川滿目淚沾衣。」用史記淮陰侯傳「臣追亡者」語。它本「追」並作「興」，直是臆改。此舊刻所以可貴也。

辛壻工詞

宋陳成父，字汝玉，寧德人。辛棄疾持憲節來閩，聞其才名，羅致賓席，妻以女。有和稼軒詞默齋集，藏於家。見萬姓統譜。辛婿工詞，庶幾玉潤，惜所作無傳。

紫霞翁題名

臨桂白龍洞，有紫霞翁題名，桂勝名勝志、謝志金石略並未載。象州鄭小谷先生獻甫補學軒文集白龍洞記云：「壁間有『白龍洞』三大字，其旁又有紫霞翁題名。」則先生親見之矣。按宋楊纘，字繼翁，號守齋，又號紫霞翁，洞曉律呂，著有作詞五要，刻入姜白石（應爲張玉田）詞源。浩然齋雅談云：「纘本鄱陽洪氏，恭聖太后姪，楊石子麟孫早夭，祝爲嗣。仕至司農卿、浙東帥。」不聞有遷謫之事，不知何因游吾粵也。周公謹九日登高，徵招換頭云：「腸斷紫霞深，知音遠，寂寂怨琴淒調。」歇拍云：「楚山遠，九辯難招，更晚烟殘照。」吾邑遠在楚南，周詞云云，可爲霞翁游粵之證。

六么令

詞名六么令，近人寫作「幺」，一說當作「么」，作「幺」誤。「么」是宋樂譜字。按白石自製曲揚州慢「薺麥青青」「薺」字，長亭怨慢「綠深門户」「門」字，淡黃柳「明朝又寒食」「又」字，旁譜並作「么」，它詞尚多見。今「上」字也。六么之「么」，未知是否即今「上」字之「么」。然作「幺」詎亦未優，不如作「么」，較近聲律家言也。

通字作去聲

夢窗詞，掃花游贈芸隱云：「暖逼書牀，帶草春摇翠露。」江神子，賦洛北碧沼小庵云：「不放啼紅，流水透宫溝。」「逼」字、「透」字，宋本並作「通」，注「去聲」。作「逼」、作「透」，皆後人臆改，不知古音故也。明楊鐵崖東維子集，五月八日紀游，三十六天洞靈洞詩云：「牛車望氣待箸書，螺女行厨時進供。胡麻留飯阮郎來，林屋刺船毛父通。王生石髓墮手堅，吴客求珠空耳縫。」此詩凡十六韻，皆「送」、「宋」韻。「通」字可作去聲，此亦一證。

尚友録可資考訂

明綏安廖用賢尚友録，至尋常之書也。間亦可資考訂，信開卷有益矣。陽春白雪卷四，有雷北湖好事近「梅片作團飛」云云，外集有雷春伯沁園春官滿作「問訊故園」云云。錢唐瞿氏刻本陽春白雪，卷端詞人姓氏爵里，遂誤分雷北湖、雷春伯爲二人。無論爵里，並其名弗詳也。雷應春，字春伯，郴人。以詩擅名，屢官監察御史。首疏時相，繼忤權貴，出知全州，弗就。歸隱北湖。後知臨江軍，安静不擾。嘗欲城新塗，以備不虞，當路阻之。及己未之亂，臨江倉卒無備，人始服其先見。所著有洞庭、玉虹、日邊、盟鶴、清江諸集。偶檢尚友録得之，可以訂瞿刻陽春白雪之誤。

韓玉有二

竹垞詞綜録金人韓玉詞三首，列王特起後，趙秉文前。宋有兩韓玉。其一金史有傳，字温甫，北平人，明昌五年進士，官至河平軍節度副使。其一紹興初由金挈家而南，授江淮都督府計議軍事，見葉紹翁四朝聞見録，著有東浦詞。金韓玉字温甫者，未聞其能詞也。宋韓玉東甫詞一卷，刻入汲古閣六十家詞。竹垞詞綜所録感皇恩廣東與康伯可「遠柳緑含烟」闋，減字木蘭花贈歌者「香檀素手」闋，賀新郎「柳外鶯聲碎」闋，並在卷中。可知竹垞誤宋韓玉爲金韓玉矣。金韓玉不應有廣東之行，與康伯可唱酬，是亦一證。

渺渺兮予懷望

蘇文忠前赤壁賦「桂櫂兮蘭槳。擊空明兮泝流光。渺渺兮予懷。句望美人兮天一方。」幼年塾誦，如此斷句。比閲劉尚友養吾齋詞沁園春櫽括前赤壁賦，起調云：「壬戌之秋，七月既望，蘇子泛舟。」「七月」句下自注：「『望』效公予懷望，平讀。」始知宋人讀此二句，乃於「望」字斷句葉韻。句各六字，亟記之，以正幼讀之誤。尚友，名將孫，入元抗節不仕，須溪之肖子也。

陳著鳳花詞

四明陳先生（著）本堂詞，有賞鳳花慶春澤二首，水龍吟、聲聲慢各一首。此花近今所無。本堂句云：「飛紅舞翠歡迎。」又云：「怕驚塵涴卻，翠羽紅翎。」略可想見花之形色。又云：「杜鵑啼正忙時，半風半雨春慳霽。酴醾未過，櫻甜初熟，梅酸微試。」則開時在暮春矣。元任士林松鄉先生文集有鳳花賦云：「花出鶴林。」當卽鶴林寺。士林字叔寔，亦四明人。

中州樂府刻本

得九峰書院刻本中州樂府，每葉十六行，行十六字，連序跋共九十葉。前有嘉靖十五年漢嘉彭汝寔序，稱「中州樂府，金尚書令史元遺山集也。凡三十六人，一百二十四首，以其父明德翁終焉。人有小敘志之。蜀左轄儼山陸先生偶得是編，圖刻之。嘉定守貴陽高登，遂刻之九峰書院。」後有屬吏麻城毛鳳韶跋。汲古閣刻中州集，據明宏治刻本。刻樂府卽據此本。子晉識云：「小傳已見詩集，不復贅。」殊不知鄧千江、宗室文卿、張信甫、王玄佐、折元澧五人，俱未見詩中。小敘一概删去，未免失檢。書貴舊刻，益信。錢塘丁氏善本堂所藏中州集，亦弘治刻本，樂府亦即此本。又一寫本，並依毛氏復刻本。弘治刻中州集，未刻樂府。嘉靖刻樂府，不附屬中州集。毛氏復刻，乃合而爲一耳。

中州元氣集

仁和勞氏丹鉛精舍校遺山樂府，屢引中州元氣集。錢竹汀先生補元史藝文志，中州元氣十册，在詞曲類。是書勞猶及見，當非久佚。唯曰十册，疑是寫本未刻，故未分卷。則訪求尤不易矣。晚近弁髦風雅，古書時復流通，容猶有得見之望，未可知耳。

張校本遺山樂府臆改

遺山樂府張家鼒校本，末附訂誤。其鷓鴣天云：「拍浮多負酒家錢。」訂誤云：「錢」，元誤「船」，今正。按遺山有浣溪沙云：「拍浮争赴酒船中。」可證鷓鴣天句「船」字非誤。張校臆改，誤也。晉書畢卓云：「拍浮酒船中，便足了一生。」

僕散汝弼詞

金古齋僕散汝弼，字良弼，官近侍副使。風流子，過華清作云：「三郎年少客，風流夢，繡嶺蠱瑶環。看浴酒發春，海棠睡暖。笑波生媚，荔子漿寒。況此際，曲江人不見，偃月事無端。羯鼓數聲，打開蜀道。霓裳一曲，舞破潼關。馬嵬西去路，愁來無會處，但淚滿關山。賴有紫囊來進，錦韈傳看。歎玉笛聲沈，樓頭月下。金釵信杳，天上人間。幾度秋風渭水，落葉長安。」正大三年刻石臨潼縣。今存。詞筆藻耀高翔，極慨慷低徊之致。其「浴酒發春」，「笑波生媚」，句法矜鍊，雅近專家。唯起調云「三郎年少客」，則誤甚。案唐玄宗生於光宅二年乙酉，而楊妃以天寶四年乙酉入宮。玄宗年已六十一，何得謂「三郎年少」耶。「但淚滿關山」，「但」字襯。

四雨誤作四面

苕溪漁隱叢話：「『梨花一枝春帶雨』，『桃花亂落如紅雨』，『小院深沈杏花雨』，『黃梅時節家家雨』，皆古今詩詞之警句也。予嘗欲作一亭子，四面皆植花一色，榜曰：『四雨』，豈不佳哉。」貴耳集：「陳秋塘善與林邦翰論詩及四雨句，陳謂『梨花一枝春帶雨』似茉莉花，『珠簾暮捲西山雨』似含笑花，『桃花亂落如紅雨』似薝蔔花，王荆公以爲總不如『院落深沈杏花雨』乃似闍提花。邦翰曰：『此論不獨詩評，乃花譜也。』彭巽吾詞，蝶戀花云：『四面亭前，面面看花坐。』」讀畫齋叢書本元草堂詩餘，「四面」作「四雨」，當是巽吾用胡元任或陳秋塘語。胡云：「作亭子，榜曰四雨」，尤與彭詞合。作「四面」者誤也。

耳重眼花

漢書黃霸傳：「霸曰：許丞廉吏，雖老尚能拜起送迎，正頗重聽何傷。」「重」，傳容切。元劉敏中中庵詩餘，南鄉子老病自戲云：「耳重眼花多。行則攲危語則訛。」「耳重」即「重聽」，讀若「輕重」之「重」，僅見。

安熙題龍首峰

韓子通解：「伯夷哀天下之偷且以彊，則服食其葛薇，逃山而死。」元安敬仲熙默庵樂府，石州慢寄題龍首峰云：「擬將書劍，西山采蕨食薇，自應不屬春風管。」「采蕨食薇」改「服食葛薇」，較典雅。

倚聲字之始

漁洋倚聲集序云：「書成，鄒子命曰倚聲。陸游有言，唐自大中後，詩家日趣淺薄，會有倚聲作詞者，頗擺落故態，適與六朝跌宕意氣差近。厥義蓋取諸此。」按唐書劉禹錫傳：「禹錫斥朗州司馬，州接夜郎諸夷，每祠，歌竹枝鼓吹。禹錫倚其聲，作竹枝詞十餘篇。」「倚聲」字始此。

聲家

宋人工詞曲者稱「聲家」，曰「聲黨」，見碧雞漫志。詞曲曰「韻令」，見清波雜志。唐劉賓客董氏武陵集紀：「兵興已還，右武尚功。公卿大夫以憂濟爲任，不暇器人於文什之間。故其風寖息。樂府協律，不能足原注去聲。新詞以度曲。夜諷之職，寂寥無紀。」「夜諷」字甚新，殆卽新詞度曲之謂。劉用入文，必有所本。

眽眽不得語

古詩「眽眽不得語」，宋詞「眽斷」字作「脈」，誤。

寒食禁火

寒食禁火，相傳因介之推事，猶端午競渡，因屈原也。洪武本草堂詩餘，陸放翁春遊摩訶池，水龍吟：「禁烟將近」句注云：「周禮：司烜氏，仲春以木鐸狥火，禁於國中。」此別一說。

顧從敬刻草堂詩餘

明嘉靖庚寅，上海顧汝所從敬所刻草堂詩餘，雖剞劂未精，其所據依，卻是宋刻舊本，未經明人增羼。詞後有箋者約十之三四，初學誦習最宜。

蕙風詞話卷五

明詞不盡纖靡傷格

世議明詞纖靡傷格，未爲允協之論。明詞專家少，粗淺、蕪率之失多，誠不足當宋元之續。唯是纖靡傷格，若祝希哲、湯義仍、義仍工曲，詞則敝甚。施子野輩，僂指不過數家，何至爲全體詬病。洎乎晚季，夏節愍、陳忠裕、彭茗齋、王薑齋諸賢，含婀娜於剛健，有風騷之遺則，庶幾纖靡者之藥石矣。國初曾王孫、聶先輯百名家詞，多沈著濃厚之作，明賢之流風餘韻猶有存者。詞格纖靡，實始於康熙中。倚聲一集，有以啟之。集中所録小慧側豔之詞，十居八九。王阮亭、鄒程村同操選政，程村實主之，引阮亭爲重云爾。而爲當代鉅公，遂足轉移風氣。世知阮亭論詩以神韻爲宗，明清之間，詩格爲之一變。而詞格之變，亦自託阮亭之名始，則罕知之。而執明人爲之任咎，詎不誣乎。

陳大聲詞

陳大聲詞，全明不能有二。坐隱先生草堂餘意，甲辰春，半塘假去，即付手民，蓋亦契賞之至。寫樣甫竟，半塘自揚之蘇，嬰疾遽歿。元書及樣本並失去，不復可求。其詞境約略在余心目中，兼樂章之敷腴，清真之沈著，漱玉之緜麗。南渡作者，非上駟未易方駕。明詞往往爲人指摘，一陳先生揜百瑕而有餘。是書失傳，明詞之不幸，半塘之隱恫矣。大聲名鐸，別號七一居士，下邳人，家上元，睢寧伯陳文曾孫。正德間，襲濟州衞指揮。有秋碧軒集五卷、香月亭集、卷數未詳。秋碧樂府二卷、梨雲寄傲詞、草堂餘意各一卷。余所得鉅帙逾百葉，卷數不復記憶。並見千頃堂書目。大聲精孯宮律，人稱「樂王」。又善謔，嘗居京師，戲倣月令云云，見顧起元客座贅語。又有四時曲，與徐髯仙聯句。

楊用修杜撰李後主詞

楊用修席芬名閥，涉筆瑰麗。自負見聞賅博，不恤杜譔肆欺。迹其忍俊不禁，信有奇思妙語，非尋常才俊所及。嘗云：李後主擣練子「深院静」、「雲鬢亂」二闋，曩見一舊本，並是鷓鴣天：「塘水初澄似玉容。所思猶在別離中。誰知九月初三夜，露似珍珠月似弓。深院静，小庭空。斷續聲隨斷續風。無奈夜長人不寐，數聲和月到簾櫳。」「節候雖佳景漸闌。吴綾已暖越羅寒。朱扉日暮無風掩，一樹藤花獨自看。雲鬢亂，晚妝殘。帶恨眉兒遠岫攢。斜托香腮春筍嫩，爲誰和淚倚闌干。」以「塘水初澄」比方玉容，其爲妙肖，匪夷所思。「雲鬢亂」闋前段，尤能以畫家白描法，形容一極貞静之思婦。綾羅間之暖寒，非深閨弱質，工愁善感者，體會不到。「一樹藤花」，確是人家庭院景物。曰「獨自看」，其殆白華之詩，無瞢無欲之旨乎。「扉無風而自掩」，境至清寂，無一點塵。如此云云。可知「遠岫眉攢」「倚闌和淚」，皆是至真至正之情，有合風人之旨。即詞境詞格亦與之俱高。雖重光復起，宜無間然。或猶譏其嚮壁虚造，寧非固歟。

王泰際詞

宇内無情物，莫如山水。眼前循山一徑，行水片帆，乃至目極不到，即是天涯。古今別離人，何一非山水爲之閒阻。明王泰際浪淘沙云：「多應身在翠微閒。歸看雙鸞妝鏡裏，一樣春山。」由無情説到有情，語怨而婉。陳伯陽如夢令云：「立馬怨江山，何故將人隔限。」亦先得我心。按蘇州府志：「王泰際，字内三，崇正癸未進士。性至孝，歸省，值國變，北望號慟，與同年黄淳耀約偕隱。乙酉兵亂，淳耀兄弟並以身殉。泰際以親故，遁跡故廬，構堂三楹，曰壽硯。自號硯存老人，閉户著書，足跡不入城市，四十年如一日，卒年七十有七。門人謚曰貞憲。著有冰抱集。」内三先生固深於情者，宜其能爲情語也。

王廷相詞

明王子衡廷相蘇幕遮云：「意緒幾何容易辨。説與無情，只作閒愁怨。」閒愁怨，皆不得已之至情，子衡未會斯旨。王薑齋先生江城梅花引云：「飛霜。飛霜。夜何長。有難忘。自難忘。」閒愁怨棖觸於不自知，所謂「有難忘自難忘」也。薑齋蓋有難忘者。

弇州山人詞

弇州山人臨江仙後段云：「我笑殘花花笑我，此時憔悴休争。來年春到便分明。五原無限緑，難染鬢千莖。」意足而筆能達，出語不涉尖。春雲怨歇拍云：「未舉尊前，乍停杯後，半晌儘堪白首。」極空靈沈著之妙。世俗以纖麗之筆作情語，視此何止上下牀之別。

夏完淳以靈均辭筆爲詞

明夏節愍完淳，年十七殉國難，詞人中未之有也。其大哀九哀諸作，庶幾趾美楚騷。夫以靈均辭筆爲長短句，烏有不工者乎。謝枚如稱其所作如猿啖、如鵑啼，略得其似。唯所舉鵲踏枝、千秋歲二闋及一斛珠、憶王孫斷句，則猶非其至者。魚游春水春暮云：「離愁心上住。捲盡重簾推不去。簾前青草，又送一番愁句。鳳樓人遠簫如夢，鴛枕詩成機不語。兩地相思，半林烟樹。猶憶那回去路。暗浴雙鷗催晚渡。天涯幾度書回，又逢春暮。流鶯已爲啼鵑妒，蝴蝶更禁絲兩誤。十二時中，情懷無數。」婆羅門引春盡夜云：「晚鴉飛去，一枝花影送黄昏。春歸不阻重門。辭卻江南三月，何處夢堪温，更階前新綠，空鎖芳塵。隨風搖雲。不須蘭棹朱輪。只有梧桐枝上，留得三分。多情皓魄，恐明宵、還照舊釵痕。登樓望、柳外銷魂。」斷句柳梢青，江泊懷漱廣云：「暝宿吴江，風燈零亂，一晌相思。」鵲橋仙樓夜云：「猛然聽得杜鵑啼，又早是、一輪殘月。」

夏完淳燭影搖紅

節愍詞，燭影搖紅云：「孤負天工，九重自有春如海。佳期一夢斷人腸，静倚銀釭待。隔浦紅蘭堪采。上扁舟，傷心欸乃。梨花帶雨，柳絮迎風。一番愁債。回首當年，綺樓畫閣生光彩。朝彈瑶瑟夜銀箏。歌舞人瀟洒。一自市朝更改。暗銷魂、繁華難再。金釵十二，珠履三千，淒凉千載。」聲哀以思，與蓮社詞「雙闕中天」闋，託旨略同。

于儒穎句

明于儒穎句：「相守何妨日日愁。」情至語不嫌說盡。若箇愁人，幾生修得。

鄒樞談宮律

明鄒貫衡樞十美詞紀，梁昭小傳云：「昭動口簫管，稍低於肉。聽之若只知有肉，不知有簫管也者。而簫管精蘊，暗行於肉之中。偷聲換字，令聽者魂消意盡。」此數語精絕。簫管精蘊，暗行肉中，偷聲換字，卽在其中。聲律之微，可由此悟入。如或問宮調之說，舉此答之足矣。蓋至此，宮律斷無不合，非合宮律，亦斷不足語此。能知其神明變化之故，則思過半矣。今日而談宮調，已與絕學無殊。古之知音，如白石、紫霞諸賢，何惜舉例陳義，明白朗鬯，以詔示後人，有非言語所能形容。卽言之未易詳盡，其委折難期聞者之領會，因而姑置勿論耳。後之知音不能起前賢爲之印證，尤不敢自信自言之。彼鄒貫衡亦未必精研宮律，其談言微中，則夙昔評歌顧曲，閱歷之所得深矣。

湯貽汾詞

國朝湯貞愍，名貽汾，字雨生，武進人。世襲雲騎尉，官杭州參將。咸豐初，髮逆陷金陵，殉難，年逾七十矣。工詩、詞、書、畫，有琴隱園集。明湯胤績，字公讓，鳳陽人。初授錦衣百户，亦世職。官延綏參將，殉難。工詩、詞，有東谷遺稿。兩公於四百年間，後先輝映，若合符節，誠佳話也。公讓浣溪沙云：「燕壘雛空日正長。一川殘雨映斜陽。鸕鷀曬翅滿魚梁。　榴葉擁花當北户，竹根抽筍出東牆。小庭孤坐懶衣裳。」頗清潤入格。「擁」字練，能寫出榴花之精神。

明季二陸詞

得舊鈔本明季二陸詞，其人其詞皆可傳，欲授梓未能也。節具傳略，並詞數闋如左。陸鈺，字真如，海寧人。萬曆戊午舉人，改名藎誼，字仲夫，晚號退庵。九上春官不第，鍵户箸書，足不入城市。甲申遭變，隱居貢師泰之小桃源。曰：「吾乃不及祝開美乎。」未幾，絶食十二日卒。有集十卷。其射山詩餘，曲游春和查伊璜客珠江元韻云：「問牡丹開未。正乳燕身輕，雛鶯聲細。共聽霓裳，看爲雨爲雲，胡天胡帝。與君行樂處，經回首、依稀都記。攜來絲竹東山，幾度尊前杖底。　鼙鼓東南動地。見下瀨樓船，旌旗無際。未免關情，對楚嶺春風，吴江秋水。暗灑英雄淚。更莫問、年來心事。又是午夢驚殘，歌聲乍起。」前調再疊韻云：「淥酒曾篘未。羨肉胞絲清，宫浮商細。塞耳休聽，任佗雄南越，秦稱西帝。青史與衰處，儘箇閲、紛綸難記。不如倚杖臨風，一任醉□花底。　芳草斜陽藉地。看遠樹天邊，歸舟雲際。曲裏新聲，怨羌笛關山，隴西流水。又溼青衫淚。那更惜、闌珊春事。卻看楊柳梢頭，一輪月起。」前調，三疊韻云：「曉日還升未。正虬箭猶傳，獸烟初細。鳴鳥間關，痛精衛炎姬，子規川帝。千載人何處。笑符讖、何勞懸記。欣然更拓雲藍，自寫新詞窗底。　窗外光陰徧地。纔畫角飄殘，一聲天際。豎子成名，念英雄難問，夕陽流水。獨下新亭淚。儘寂寞、閒居無事。誰論江左夷吾，關西伯起。」浪淘沙云：「松徑掛斜暉。閒叩禪扉。故人蹤跡久離違。握手夕陽西下路，未忍言歸。此地是耶非。千載依依。採香徑外越來溪。碧纜緗約今尚在，歌舞全稀。」前調云：「高閣俯行雲。我一相聞。主人几榻迥無塵。世外興亡彈指劫，一着輸君。回首太湖濆。斷靄紛紛。扁舟應笑館娃人。比擬子陽西蜀事，話到殘曛。」原注：「子陽，雙白語也，蓋有所指」。按「雙白」義未解。

陸宏定詞

陸宏定，字紫度，號綸山，別字蓬叟，鉦次子。九歲能文工詩。與兄辛齋齊名。（按辛齋名嘉淑，字冰修，真如長子。其遺稿未見、有念奴嬌、望湘人各一闋，見詞匯二編。漢宮春見明詞綜。）有「冰輪二陸」之目。宏定一生高潔，有一草堂、爰始樓、寧遠堂諸集。其憑西閣長短句，首署「東濱陸宏定著，孫式熊鈔存。」按當無刻本。滿路花，花朝韓蒲菊繁蔓圖，悼亡姬云：「刀尺好誰貽，又是中和節。衆芳何處也，催鶗鴂。春遲候冷，別院梅花發。撫景堪愁絶。自入春來，風風雨雨纔歇。小庭枯蔓，逗的春消息。新條還護取，穿蘿薜。當年記道，纖手親移植。共倚藤陰月。斷人腸，是花期、轉眼狼籍。」望湘人云：「記歸程過半，家住天南，吳烟越岫飄渺。轉眼秋冬，幾回新月，偏向離人燎皎。急管宵殘，疏鐘夢斷，客衣寒悄。憶臨歧、淚染湘羅，怕助風霜易老。是爾翠黛慵描，正慨慨憔悴，向予低道。念此去、誰憐冷暖，關山路杳。纔攜手、教款語丁寧，眼底征雲繚繞。悔不翦、春雨蘼蕪，牽惹愁懷多少。」虞美人云：「花原藥塢茫鋤去。會底天工意。卻移雙槳傍漁磯。剛被一輪新月、照前谿。　來霜往露須臾换。都是牽愁案。漸添華髮入中年。悔把高山流水、者回彈。」宏定娶周氏，名鎣，字西鑫，郡文學明輔女。事舅姑至孝，撫側室子女以慈。好作詩及小詞。別母渡錢塘云：「未成死別魂先斷，欲計生還路恐難。」詠杏花云：「萱草北堂迴晝錦，荆花叢地妒嬌姿。」送外入燕，減字木蘭花云：「莫便忘家，莫憶家。」惜全闋已佚。

憑西閣詞

憑西閣詞，篇幅增於射山，而風格差遜。射山閒涉側豔，泊乎晚節，夐然河嶽日星，烏又以詞定人耶。其小桃紅歇拍云：「終躊躇，生怕有人猜，且尋常相看。」因憶國初人詞有云：「丁寧切莫露輕狂。真箇相憐儂自解，妒眼須防。」此不可與陸詞並論。詞忌做，尤忌做得太過。巧不如拙，尖不如禿，陸無巧與尖之失。

射山詞

射山詞，虞美人云：「可憐舊事莫輕忘。且令三年、無夢到高唐。」余甚喜其質拙。一斛珠云：「挑燈且殢同君坐。好向燈前、舊誓重盟過。」醉春風云：「淚如鉛水傍誰收，記記記。卻正煩君，盈盈翠袖，拭英雄淚。」一絡索云：「一尊銜淚向人傾，拌醉謝、尊前客。」皆佳句。

屈大均落葉詞

明屈翁山大均落葉詞，道援堂詞。余卅年前，卽喜誦之。「悲落葉。葉落絶歸期。縱使歸時花滿樹，新枝不是舊時枝，且逐水流遲。」末五字含有無限悽惋，令人不忍尋味，卻又不容已於尋味。又，「清淚好，點點似珠勻。蛺蝶情多元鳳子，鴛鴦恩重是花神。恁得不相親。」「紅茉莉，穿作一花梳。金縷抽殘蝴蝶繭，釵頭立盡鳳凰雛。肯憶故人姝。」哀感頑豔，亦復可泣可歌。

鄭如英詞

鄭如英，字無美，小字妥娘。工詩、詞，與卞賽、寇湄相頡頏也。桃花扇傳奇眠香、選優等齣，以阿丑之詼諧，作無鹽之刻畫。肆筆打諢，若瓦衖陋姝，一丁不識者然，殆未深攷。虞山金陵雜題：「舊曲新詩壓教坊。縷衣垂白感湖湘。閒開閏集教孫女，身是前朝鄭妥娘。」板橋雜記謂：「頓老琵琶，妥娘詞曲，祇應天上，難得人間。」漁洋秋柳詩，唐蓀年云：「爲妥娘作。」風調可想。妥娘詩載列朝詩選閏集。所著紅豆詞，衆香集錄五闋。長相思寄期蓮生云：「去悠悠。思悠悠。水遠山高無盡頭。相思何日休。　見春愁。對春愁。日日春江認去舟。含情空倚樓。」楊柳枝游玉隱園云：「水漲池塘春草生。喜新晴。麥苗風急紙鳶輕。過清明。　柳絲簾外飄搖起，亂芳英。戲拈紅豆打黃鶯。費幽情。」臨江仙，芙蓉亭懷鄭奇逢云：「夜半忽驚風雨驟，曉來寒透衾裯。蕭條景色嬾登樓。衡陽歸雁杳，幽恨上眉頭。　臺空院廢人依舊。月沈雲淡花羞。芙蓉寂寞小亭秋。黃花傷晚落，相對倍添愁。」小傳云：「無美南曲妙姬，丰姿清麗，神采秀發，而氣度瀟洒，無脂粉態。獨處靜室，未嘗衒容諸俗。其詠梅詩曰：『虛名每被詩家賣，素豔常遭俗眼嗤。開向人間非得計，倩誰移上白龍池。』得比興之旨。」

王漁洋紅橋詞

漁洋冶春紅橋，風流文采，炤映湖山。倚聲初集（漁洋、程村同輯）録紅橋懷古，浣溪沙十闋，末注云：「紅橋詞即席賡唱，興到成篇，各采其一，以誌一時勝事。當使紅橋與蘭亭並傳耳。」當時同遊十人，漁洋遊記未詳。倚聲集傳本絶少，亟録以備甄揚故者述焉。「北郭青溪一帶流。紅橋風物眼中秋。緑揚城郭是揚州。西望雷塘何處是。香魂零落使人愁。澹烟芳草舊迷樓。」漁洋三闋存一。「六月紅橋漲欲流。荷花荷葉幾時秋。誰翻水調唱涼州。更欲放船何處去，平山堂上古今愁。不如歌笑十三樓。」杜濬。「清淺雷塘水不流。幾聲寒笛畫城秋。紅橋猶自倚揚州。五夜香昏殘月夢，六宮釵落曉風愁。多情烟樹戀迷樓。」邱象隨。「郭外紅橋半酒家。柳陰之下詞綜作柳陰陰下。有停車。笙歌隱隱小窗紗。曲水已無黄篾舫，夕陽何處玉鈎斜。緑荷開遍舊時花。」袁于令。「紫陌青樓女史家。門前偷下六萌車。彊環雙臂綰紅紗。十二闌干閒倚遍，黄鶯啼上内人斜。隔江愁聽後庭花。」蔣階。原評：數首當以此爲絶唱。「一曲紅橋三兩家。門前過盡卓金車。碧楊深處紡吴紗。疏雨撩風偏細細，晴波受月故斜斜。無情有思隔溪花」。朱克生。「狹巷朱樓認妾家。捲簾初下碧油車。東風翠袖曳輕紗。岸上鶯歌隨柳弱，水邊燕尾掠波斜。春江流落可憐花」。張養重。「緑樹陰濃露酒家。小廊回合引停車。銀箏嬌倚杏兒紗。水調歌頭聲未了，曲闌干外月光斜。聲聲渡口賣荷花。」劉梁嵩。「隱隱簫聲送畫橈。迷樓無影見平橋。不須指點已魂銷。港口荷花紅冉冉，岸邊野草碧迢迢。遊人依舊弄新潮。」陳允衡。「鳳舸龍船泛畫橈。江都天子過紅橋。而今追憶也魂銷。繡瓦無聲春脈脈，羅裙有夢夜迢迢。漫天絲雨咽歸潮。」陳維崧。安邱曹升六貞吉珂雪詞，亦有追和之作：「幾曲清溪泛畫橈。綠楊深處見紅橋。酒帘歌扇暗香銷。白雨跳波紅冉冉，青山擁髻水迢迢。三生如夢廣陵潮。」神韻絶佳，與諸名輩抗手。

飲水詩

納蘭容若爲國初第一詞手。其飲水詩填詞古體云：「詩亡詞乃盛，比興此焉託。往往歡娛工，不如憂患作。冬郎一生極憔悴。判與三閭共醒醉。美人香草可憐春，鳳蠟紅巾無限淚。芒鞋心事杜陵知。祇今惟賞杜陵詩。古人且失風人旨，何怪俗眼輕填詞。詞源遠過詩律近。擬古樂府特加潤。不見句讀參差三百篇，已自換頭兼轉韻。」容若承平少年，烏衣公子，天分絶高，適承元明詞敝，甚欲推尊斯道，一洗雕蟲篆刻之譏。獨惜享年不永，力量未充，未能勝起衰之任。其所爲詞，純任性靈，纖塵不染，甘受和，白受采，進於沈着渾至何難矣。嘅自容若而後，數十年間，詞格愈趨愈下。東南操觚之士，往往高語清空，而所得者薄。力求新豔，而其病也尖。微特距兩宋若霄壤，甚且爲元明之罪人。箏琵競其繁響，蘭荃爲之不芳，豈容若所及料者哉。

容若詞與顧梁汾齊名

容若與顧梁汾交誼甚深，詞亦齊名，而梁汾稍不逮容若，論者曰失之胞。

飲水詞

飲水詞有云：「吹花嚼蕊弄冰絃。」又云：「烏絲闌紙嬌紅篆。」容若短調，輕清婉麗，誠如其自道所云。其慢詞如風流子，秋郊即事云：「平原草枯矣。重陽後，黃葉樹騷騷。記玉勒青絲，落花時節，曾逢拾翠，忽聽吹簫。今來是，燒痕殘碧盡，霜影亂紅凋。秋水映空，寒烟如織，皁雕飛處，天慘雲高。人生須行樂，君知否，容易兩鬢蕭蕭。自與東君作别，剗地無聊。算功名何許，此身博得，短衣射虎，沽酒西郊。便向夕陽影裏，倚馬揮毫。」意境雖不甚深，風骨漸能騫舉，視短調爲有進，更進，庶幾沈着矣。歇拍「便向夕陽」云云，嫌平易無遠致。

飲水名本五燈會元

「如魚飲水，冷暖自知。」道明禪師答盧行者語，見五燈會元。納蘭容若詩詞命名本此。

梁汾營救漢槎事

梁汾營救漢槎事，詞家紀載綦詳。惟梁溪詩鈔小傳注：「北騫既入關，過納蘭成德所，見齋壁大書『顧梁汾爲吴漢槎屈膝處』，不禁大慟。」云云，此説它書未載。昔人交誼之重如此。又宜興志僑寓傳：「梁汾嘗訪陳其年於邑中，泊舟蛟橋下。吟詞至得意處，狂喜，失足墮河。一時傳爲佳話。」説亦僅見，亟附著之。

梁汾軼事

香海棠館詞話及薇省詞鈔梁汾小傳後，載顧、成交誼綦詳。閱武進湯曾輅先生大奎、貞愍之祖。炙硯瑣談一段甚新，爲它書所未載，亟録如左。「納蘭成德侍中與顧梁汾交最密。嘗填賀新涼詞爲梁汾題照，有云：『一日心期千劫在，後身緣、恐結他生裏。然諾重，君須記。』梁汾答詞亦有『託結來生休悔』之語。侍中歿後，梁汾旋亦歸里。一夕，夢侍中至，曰：『文章知己，念不去懷。泡影石光，願尋息壤。』是夜，其嗣君舉一子。梁汾就視之，面目一如侍中，知爲後身無疑也，心竊喜甚。彌月後，復夢侍中別去。醒起，急詢之，已卒矣。先是侍中有小像留梁汾處，梁汾因隱寓其事，題詩空方。一時名流，多有和作。像今存惠山草庵貫華閣。雲自在龕藏天香滿院圖，容若三十二歲像也。朱邸崝嶸，紅闌彔曲，老桂十數株，柯葉作深黱色，花綻如黄雪。容若青袍絡緹，竚立如有所憶，貌清癯特甚。禹鴻臚之鼎筆。」

金風亭長詞

或問國初詞人，當以誰氏爲冠。再三審度，舉金風亭長對。問佳構奚若。舉搗練子云：「思往事，渡江干。青蛾低映越山看。共眠一舸聽秋雨，小枕輕衾各自寒。」

竹垞詠繡鞵

竹垞静志居琴趣，詠繡鞵云：「假饒無意與人看，又何用明金壓繡。」語意深刻，令人無從置辯。羅泌詠釣臺詩：「一著羊裘便有心。」通於斯恉矣。

竹垞題玉映樓詞

江湖載酒集，有點絳唇題虞夫人玉映樓詞集，後附元詞。虞名兆淑，字蓉城，海鹽人。按鶴徵録：「李秋錦元名虞兆潢，海鹽籍。」或蓉城昆弟行也。

朝鮮越南詞

孫愷似布衣，奉使朝鮮，所進書有朴誾填詞二卷，名擷秀集，封達御前見蔣京少瑶華集述。海邦殊俗，亦擅音闋，足徵本朝文教之盛。庚寅、余客滬上，借得越南阮緜審鼓枻詞一卷。短調清麗可誦，長調亦有氣格。歸自謡云：「溪畔路，去歲停橈溪上渡。攀花共繞溪前樹。重來風景全非故。傷心處。緑波春草黄昏雨。」望江南十首，録二云：「堪憶處，曉日聽啼鶯。百襇細帬偎草坐，半裝高屧蹋花行。風景近清明。」「堪憶處，蘭槳泛湖船。荷葉羅帬秋一色，月華粉靨夜雙圓。清唱想夫憐」。沁園春，過故宫主廢宅云：「好箇名園，轉眼荒涼，不似前年。憶雕甍繡闥，芙蓉江上，金尊檀板，翡翠簾前。歌扇連雲，舞衣如雪，歷亂春花飛半天。曾無幾，卻平蕪牧笛，頽岸漁船。悠悠往事堪憐。況日暮經過倍黯然。但夕陽欲落，照殘芳樹，昏鴉已滿，啼斷寒烟。暫駐笻枝，淺斟杯酒，暗祝輕澆廢址邊。微風裏，恍玉簫彷彿，月下遥傳。」玉漏遲，阻雨夜泊云：「長江波浪急。蘭舟叵耐，雨昏烟溼。突兀愁城，總爲百憂皆集。歷亂燈光不定，紙窗隙、東風潛入。寒氣襲。鐙殘酒渴，詩懷荒澀。料想碧玉樓中，也背著闌干，有人悄立。彤管鸞椾，一任侍兒收拾。誰忍相思相望，解甚處、山川都邑。休話及。此宵鵑啼花泣。」緜審，字仲淵，公爵。

吴鎮松厓詞

甘肅人詞流傳絶少。狄道吴信辰先生鎮松崖詩録，附詞一卷。先生由舉人官至湖南沅州知府，主講蘭山書院。蚤歲詩學爲牛空山入室弟子。其集多名人序跋，如袁簡齋、王西莊諸先生，並推許甚至。楊蓉裳跋其詞云：「葉脱而孤花明，雲淨而峭峰出。」余評之曰：「鏗麗沈至，是能融五代入南宋者。」點絳脣天台云：「水泛胡麻，人間伉儷仙家愛。春風半載。歸去迷年代。咫尺天台，回首雲霞礙。郎如再。向時嬌態。惟有桃花在。」玉蝴蝶赤壁懷古云：「扼腕炎靈，末季中原，大局盡入當塗。猶恃專場爪距，窘迫南烏。不知權、空勞知備，既生亮、可弗生瑜。快斯須。漲天烟火，百萬焦枯。胡盧。昔年此地，虹銷霸氣，電掃雄圖。折戟沈沙，忽然携酒到髯蘇。話三分、江山笑汝，成兩賦，風月歸吾。問樵漁，鱸肥鶴瘦，畢竟誰輸。」後段字字俊偉。意難忘別人云：「纔上離筵。悵嘶風五馬，躑躅江干。孤帆天共遠，雙袖淚頻彈。別時易，見時難。儘一霎盤桓。更何時，重圜燕玉，再護湘蘭。夕陽無限關山。有淒涼飛雁。水咽雲寒。梅花雖吐雪，楓葉尚流丹。心上事，不能寬。是舊怨新歡。且暫教，洞庭明月，兩處同看。」換頭稼軒勝處。憶少年，題桐陰倚石圖云：「飄飄梧葉，團團紈扇，冷冷羅袖。朱顏易凋歇，歎涼風依舊。　石上綠蘿盤左右。　乍相偎，遠山卽皺。　儂心鎮常熱，任蒼苔冰透。」蘇辛卻無此娟雋。

蜀語入詞

蜀語可入詞者，四月寒名「桐花凍」，七夕漬綠豆令芽生，名「巧芽」。（桐娟浙產，生長蜀中，爲余言之，不忍忘也。曩歲庚寅，余客羊城，假方氏碧琳瑯館藏書移寫。　時距桐娟殂化，僅匝月耳。　有鷓鴣天句云：「殯宮風雨如年夜，　薄倖蕭郎尚校書。」半老老人最爲擊節，謂情至語無逾此者，偶憶記之。）

韓氏磨崖題記

宋大寧夫人韓氏，遊靈巖觀音道場，題紀磨崖云：「大寧夫人韓氏，朝拜東嶽回，遊靈巖觀音道場。　四絕之所，崇峰引翠，宛若屏圍。　而北主峰嵤然五里之聳，而肩有殿，號曰證明。　謂其如來化跡，祈應如響。於是發精確志，不懼巇嶮，乘輿而步其上。　仰瞻紺像，欣敬不已。　及觀巖麓，木怪石奇，　景與世別。　眺寓移時，頓忘塵慮。　若□聖力所加。　從心之年，焉能至此。　於內自省，尤爲之幸。　仍知名山勝槩，傳不誣矣。　時政和改元，季春念五日，孫男左侍禁曹洙、三班奉職深、右班殿直涇侍行。　使女憙奴、孫倩奴、喬□奴、□□奴、張吉奴、祝美奴、楊蕊奴、朱采奴、薛珍奴、張望奴、董從行。　洙奉命題紀崮石。」使女名入石刻，於此僅見。　惜十泐其二，而倩蕊二名絕韻。　余得拓本，珍弆久之，　檢付裝池，　爲賦浣溪沙云：「捧硯亭亭列十眉。　雲涯暫駐絳紗帷。　苕華名姓好誰題。　香豔別開金石例，纖穠如見燕環姿。　僧彌團扇可無詩。」已下續話

詞貴有寄託

詞貴有寄託。所貴者流露於不自知，觸發於弗克自已。身世之感，通於性靈，卽性靈，卽寄託，非二物相比附也。横亙一寄託於搦管之先，此物此志，千首一律，則是門面語耳，略無變化之陳言耳。於無變化中求變化，而其所謂寄託，乃益非真。昔賢論靈均書辭，或流於跌宕怪神，怨懟激發，而不可以爲訓。爲非求變化者之變化矣。夫詞如唐之金荃，宋之珠玉，何嘗有寄託，何嘗不卓絶千古，何庸爲是非真之寄託耶。

佳詞宜多讀

誦佛經不必求甚解，多誦可也。讀前人佳詞亦然。昔人言：「客都門者日詣厰肆，循覽插架，寓目籤題，勿庸幡帙，輒有無形之進益。」通於斯旨矣。少日讀名家詞，往往背誦如流。詢以作者誰氏，輒復誤記。蓋心目專注，弗遑旁及。漚尹謂余得力卽在是。其知人之言夫。（求甚解卽亦可云旁及，此旨至微，蓋其所專注在於甚解之外矣。）

詞調愈填愈佳

詞無不諧適之調，作詞者未能熟精斯調耳。昔人自度一腔，必有會心之處。或專家能知之，而俗耳不能悦之。不拘何調，但能填至二三次，愈填愈佳，則我之心與昔人會。簡淡生澀之中，至佳之音節出焉。難以言語形容者也。唯所作未佳，則領會不到。此詣力，不可彊也。

詞要有真氣貫注

澀之中有味、有韻、有境界，雖至澀之調，有真氣貫注其間。其至者，可使疏宕，次亦不失凝重，難與貌澀者道耳。

融重大與拙之中

問哀感頑豔，「頑」字云何詮。釋曰：「拙不可及，融重與大於拙之中，鬱勃久之，有不得已者出乎其中，而不自知，乃至不可解，其殆庶幾乎。猶有一言蔽之，若赤子之笑啼然，看似至易，而實至難者也。

詞宜有性靈語

信是慧業詞人，其少作未能入格，卻有不可思議，不可方物之性靈語，流露於不自知。斯語也，即使其人中年深造，晚歲成就以後，刻意爲之，不復克辦。蓋純乎天事也。苟無斯語，以謂若而人者之作，蒙竊未敢信也。

詠物先勿涉獃

問，詠物如何始佳。答：「未易言佳，先勿涉獃。一獃典故，二獃寄託，三獃刻畫，獃襯托。去斯三者，能成詞不易，矧復能佳，是真佳矣。題中之精蘊佳，題外之遠致尤佳。自性靈中出佳，從追琢中來亦佳。」

詠物語須沈着

以性靈語詠物，以沈著之筆達出，斯爲無上上乘。

題詠當有分寸

凡題詠之作，遣詞當有分寸。譬如題某女士所畫牡丹，某女士係守貞不字者，詞中説牡丹之句，必須按切女士身分，不可稍涉輕佻。後段説到女士，亦宜映合牡丹，卽畫卽人，融成一片。如此作來，不但並不見難，而且必有佳句。從侔色揣稱中出，它題並挪用不得。

鍊字之法

唐秣陵崔夫人墓志，相傳卽會真記之鶯鶯。拓本甚舊。或作題詞，就余商定。有「簝碧凝塵」句。「凝」字未愜，屢易字仍未安，最後得「棲」字，不禁拍案叫絶。此鍊字之法也。

蕙風詞話續編卷一

姚令威憶王孫

姚令威憶王孫云：「毵毵楊柳綠初低。淡淡梨花開未齊。樓上情人聽馬嘶。憶郎歸。細雨春風濕酒旗。」與温飛卿「送君聞馬嘶」各有其妙，正可參看。

梅溪喜遷鶯

「詩酒尚堪驅使在，未須料理白頭人」，少陵句也。梅溪詞喜遷鶯云：「自憐詩酒瘦，難應接、許多春色。」蓋反用其意。

竹山絳都春

竹山詞絳都春换頭云：「娅姹。嚬青泫白，恨玉佩罷舞，芳塵凝榭。」「姻娅」之「娅」，從無作活用者。字典亦無别解。唯字彙補注云：「娅姹，態也。娅音鴉，幺加切。」蔣詞又叶作去聲。按廣韻作「娙奼」，注：「作態貌」。（王幼安云：尊前集載和凝詞，已有「娅姹含情嬌不語」句。）

竹山虞美人

竹山詞虞美人詠梳樓：「樓兒忒小不藏愁。幾度和雲飛去、覓歸舟。」較「天際識歸舟」更進一層。

寄閒翁詞

寄閒翁風入松云：「舊巢未著新來燕，任珠簾、不上瓊鉤。」用「待燕歸來始下簾」句意，翻新入妙。戀繡衾云：「自不怨東風老。怨東風、輕信杜鵑。」是未經人道語。

周端臣木蘭花慢

宋周端臣木蘭花慢句云：「料今朝別後，它時有夢，應夢今朝。」呂居仁減字木蘭花云：「來歲花前。又是今年憶昔年。」命意政同，而遺詞各極其妙。（王幼安云：此則與詞話卷二第九一則相類，此稍略。）

曹元寵品令

曹元寵品令歇拍云：「促織兒、聲響雖不大，敢教賢睡不著。」「賢」字作「人」字用，蓋宋時方言。至今不嫌其俗，轉覺其雅。

于湖菩薩蠻

于湖詞菩薩蠻云：「東風約略吹羅幕。一檐細雨春陰薄。試把杏花看。濕紅嬌暮寒。佳人雙玉枕烘醉鴛鴦錦。折得最繁枝。暖香生翠幃。」此詞縣麗蕃豔，直逼花間。求之北宋人集中，未易多覯。

侯彥周嬾窟詞

侯彥周嬾窟詞，念奴嬌探梅換頭云：「休恨雪小雲嬌，出羣風韻，已覺桃花俗。」頗能爲早梅傳神。「雪小雲嬌」四字連用，甚新。又，西江月贈蔡仲常侍兒初嬌云：「荳蔻梢頭年紀，芙蓉水上精神。幼雲嬌玉兩眉春，京洛當時風韻。」芙蓉句亦妙於傳神。「幼雲嬌玉」四字亦新。

蔣氏詞

梅磵詩話：金人犯闕，武陽令蔣興祖死之。其女被擄至雄州驛，題詞於壁，調減字木蘭花云：「朝雲橫度。轆轆車聲如水去。白草黃沙。月照孤村三兩家。飛鴻過也。百結愁腸無晝夜。漸近燕山。回首鄉關歸路難。」蔣乃靖康間浙西人。詞寥寥數十字，寫出步步留戀，步步悽惻。當戎馬流離之際，不難於慷慨，而難於從容。偶然攬景興懷，非平日學養醇至不辦。興祖以一官一邑，成仁取義，得力於義方之訓深矣。雄州，宋隸河北東路，金屬中都路，今甘肅寧夏府靈州西南。（王幼安云：雄州爲河北省寧縣，非寧夏。）

石屏赤壁懷古

石屏詞，往往作豪放語，綿麗是其本色。滿江紅赤壁懷古云：「赤壁磯頭，一番過、一番懷古。想當時周郎年少，氣吞區宇。萬騎臨江貔虎噪，千艘烈炬魚龍怒。捲長波、一鼓困曹瞞，今如許。江上渡，江邊路。形勝地，興亡處。覽遺蹤勝讀、詩書言語。幾度東風吹世換，千年往事隨潮去。問道旁、楊柳爲誰春，搖金縷。」歇拍云云，是本色流露處。

毛子晉跋石屏詞

毛子晉跋石屏詞云：「式之以詩名東南，南渡後天下所稱『江湖四靈』之一也。」按宋詩人徐照、徐璣、翁卷、趙紫芝，傳唐賢宗法，號稱「四靈」。據子晉云云，則又別有「四靈」之目矣。

宋代曲譜

四庫提要云：「宋代曲譜，今不可見。白石詞皆記拍於句旁，莫辨其似波似磔，宛轉欹斜，如西域旁行字者，節奏安在。」攷四庫存目箸録宋張炎樂府指迷一卷，提要云：「其書分詞源、製曲、句法、字面、虛字、清空、意趣、用事、詠物、節序、賦情、離情、令、曲雜論，十四篇。」卽詞源下卷，不知何所本，而以沈伯時樂府指迷之名名之。而其上卷，則當時並未經見。故於白石譜字，竟不能辨識也。宋燕樂譜字，流傳至今者絕尠。日本貞亨初，（當中國康熙初。）所刻增類羣書類要事林廣記。（吾國西穎陳元靚編輯。）卷八音樂舉要，有管色指法譜字，與白石所記政同。卷九樂星圖譜所列律呂隔八相生圖及四宮清聲律生八十四調，於諸譜字之陰陽配合，剖析尤詳。卷二文藝類有黃鐘宮散套曲，爲願成雙令、願成雙慢，（已上係宮拍。）獅子序、本宮破子、賺、雙勝子、急三句兒等名，首尾完具，節拍分明。讀白石詞者，得此可資印證。

劉招山一翦梅

詞有淡遠取神，只描取景物，而神致自在言外，此爲高手。然不善學之，最易落套。亦如詩中之假王、孟也。劉招山一翦梅過拍云：「杏花時節雨紛紛。山繞孤村。水繞孤村。」頗能景中寓情。昔人但稱其歇拍三句「一般離思」云云，未足盡此詞佳勝。

潘紫巖南鄉子

潘紫巖詞，余最喜其南鄉子一闋，後村詩話題云，鐔津懷舊，花庵絶妙詞選題云，題南劍州妓館。小令中能轉折，便有尺幅千里之勢。詞云：「生怕倚闌干。閣下溪聲閣外山。空有舊時山共水，依然。暮雨朝雲去不還。相見躡飛鸞。月下時時認佩環。月又漸底霜又下，更闌。折得梅花獨自看。」歇拍尤意境幽瑟。

張武子西江月

張武子西江月過拍云：「殷雲度雨井桐凋，雁雁無書又到。」昔人句云：「江頭數盡南來雁，不寄西風一幅書。」此詞括以六字，彌覺沉頓。

馬古洲海棠春

馬古洲海棠春云：「護取一庭春，莫彈花間鵲。」用徐幹臣：「悶來彈鵲，又攪碎、一簾花影。」可謂善變。

馬古洲月華清

又，馬古洲月華清云：「怕裏。又悲來老郤，蘭台公子。」「怕裏」，宋人方言，草窗詞中屢見，猶言恰提防間，大致如此詮釋，尚須就句意活動用之。

高彦先行香子

高彦先，吾廣右宦賢也。東溪子行香子云：「瘴氣如雲。暑氣如焚。病輕時、也是十分。沈疴惱客，罪罟縈人。歎檻中猿，籠中鳥，轍中鱗。　休負文章，休説經綸，得生還、早已因循。菱花照影，笻竹隨身。奈沈郎尫、潘郎老、阮郎貧。」蓋編管容州時作，極寫流離困瘁狀態，足令數百年後讀者爲之酸鼻。曩余自題菊夢詞句云：「雪虐霜欺，須拌得、鬢邊絲。」彦先先生可謂飽經霜雪矣。

曾蒼山謁金門

曾蒼山原一，曾游吾粤。攷粤西金石略，臨桂雉山、隱山、水月洞，並有淳祐十二年與趙希圊同游題名。梅磵詩話云：「蒼山年七歲，賦楊妃韈云『萬騎西行駐馬嵬。凌波曾此墮塵埃。誰知一掬香羅小，踏轉開元宇宙來。』蓋穎慧絶人者。」其詞如謁金門云：「梅粉褪。點點雨聲春恨。半吐桃花芳意嫩。草痕青寸寸。　把酒花邊低問。莫解寒深紅損。等待春風晴得穩。琵琶重整頓。」亦以天事勝也。

黄雪舟水龍吟

黄雪舟詞，清麗芊綿，頗似北宋名作。唯傳作無多，殊爲憾事。其水龍吟云：「柔腸一寸，七分是恨，三分是泪。」蓋仿東坡「春色三分，二分塵土，一分流水」之句。所不逮者，以刻鏤稍著痕迹耳。其歇拍云：「待問春、怎把千紅，換得一池緑水。」亦從「一分流水」句引伸而出。

方秋崖沁園春序

方秋崖沁園春詞，檃括蘭亭序。有小序「汪彊仲大卿，禊飲水西，令妓歌蘭亭，皆不能，乃爲以平仄度此曲，俾歌之」云云。大抵循聲按拍，宋人最爲擅長。不徒長短句皆可歌，即前人佳妙文字，亦皆可歌。水西羣妓，殆非妙選工歌者。如其工者，則必能歌蘭亭序矣。它如庾子山春賦，梁元帝蕩婦思秋賦、采蓮賦，李太白惜餘春賦、愁陽春賦，儻付珠喉，未知若何流美。又如江文通別賦，謝希逸月賦，鮑明遠蕪城賦，李遐叔弔古戰場文，歐陽文忠秋聲賦，蘇文忠前後赤壁賦，皆可選摘某篇某段而歌之。此類可歌之文，尤不勝僂指。紅簫鐵板，異曲同工已。

葛郯信齋詞

葛郯信齋詞水調歌頭，舟回平望，過烏戍值雨，向晚復晴云：「應是陽侯薄相，催我胸中錦繡，清唱和鳴鷗。」「薄相」猶言游戲，吴閶里語曰「白相」，「白」蓋「薄」之聲轉，一作「孛相」。烏程張鑑冬青館詩山塘感舊云：「東風西月蹬船散，愁煞空江孛相人。」

蕭閑小重山

蕭閑小重山云：「得君如對好江山，幽棲約、湖海玉孱顏。」比余詠梅清平樂云：「玉容依舊。便抵江山秀。」略與昔賢闇合，特言外情感不同耳。

毛熙震浣溪沙

閨人時妝，鬢髮覆額，如黝鬖可鑑。以梳之小而絕精者，約正中片髮，入其齒中，闊與梳相若，梳齒藏不見，則鬅起爲美觀。花間集毛熙震浣溪沙云：「象梳欹鬢月生雲。」清似嘗改爲「象梳扶鬢雲藏月」，蓋賦此也。

程大昌韻令

近人稱壽五十一歲曰開六，六十一曰開七。程大昌韻令，按：宋人稱詞曰韻令，此以爲調名僅見。碩人生日云：「壽開八秩，兩鬢全青。顏紅步武輕。」自注：「白樂天開六秩詩自注云：『年五十歲。即曰開六秩矣。』言自五十一，卽爲六十紀數之始也。」五十卽曰開六，與今小異。（王幼安云：彊村叢書本程大昌文簡公詞載此詞自注，所引白樂天注，爲五十一歲，非五十歲。）

易祓喜遷鶯

易祓喜遷鶯云：「記得年時，膽瓶兒畔，曾把牡丹同嗅。」語小而不纖。極不經意之事，信手拈來，便覺擿旎纏綿，令人低徊不盡。納蘭成德浣溪沙云：「被酒莫驚春睡重，賭書消得潑茶香。當時祇道是尋常。」亦復工於寫情，視此微嫌詞費矣。喜遷鶯歇拍云：「強消遣，把閒愁推入，花前杯酒。」由「舉杯消愁」意翻變而出，亦前人所未有。

李莊靖樂府

金李用章莊靖先生樂府，謁金門序云：「西齋得梅數枝，色香可愛，一日爲澤倅崔仲明竊去，感歎不已，因賦此調十二章，以寫悵望之懷。」直書竊梅人之官位姓字，此序奇絕亦韻絕。其十二章之目曰：寄梅、探梅、賦梅、歎梅、慰梅、賞梅、畫梅、戴梅、別梅、望梅、憶梅、夢梅，細審一一，卻無言外寄託，只是爲梅花作，抑何纏綿鄭重乃爾。其寄梅歇拍云：「爲問花間能賦客，如何心似鐵。」亦悱惻，亦蘊藉，直使竊梅人無辭自解免。其後有太常引，同知崔仲明生日云：「太行千里政聲揚，問何處、是黃堂。遺愛幾時忘。試聽取、人歌召棠。錦衣年少，插花躍馬，休負好風光。三萬六千場。但暮暮、朝朝醉鄉。」召棠遺愛，於插花年少得之。竊花人幸復不惡，不失其爲花間能賦，賴此闋爲之解嘲。

李莊靖謁金門

李莊靖謁金門云：「萬里無雲天紺滑。一輪光皎潔。」「紺滑」二字，未經前人用過，較「雨過天青雲破處」，尤爲妙於形容。

眉匠詞

眉匠詞，竹垞少作，豐潤丁氏持靜齋藏。

遯庵樂府大江東去

遯庵樂府大江東去云：「不如聞早，付它妻子耕織。」江城子云：「明日新年，聞早健還家。」漁家傲云：「住山活計宜聞早。身世滄溟一漚小。」聞早，當是北人方言，菊軒樂府中亦兩見。漚尹云：今汴梁城中有此方言，猶言及早。「聞」讀若「穩」。王幼安云：宋人詞中，亦頗有用「聞早」二字者。

潘元質詞

鄭谷貧女吟：「笑翦燈花學畫眉。」潘元質詞：「旋翦燈花，兩點翠眉誰畫。」蓋以燈煤碾細代眉黛。王元老菩薩蠻云：「留取麝煤殘，臨鸞學遠山。」此用香煤，更韻。

碧瀣詞

曩作七夕詞，涉尋常兒女語，疇丈尤切誡之，余自此不作七夕詞，承丈教也。碧瀣詞，刻入薇省同聲集。齊天樂序云：「前人有言，牽牛象農事，織女象婦功。七月田功粗畢，女工正殷，天象亦寓民事也。六朝以來，多寫作兒女情態，慢神甚矣。丁亥七夕，偶與瑟軒論此事，倚此糾之。」「一從豳雅陳民事，天工也垂星彩。稼始牽牛，衣成織女，光照銀河兩界。秋新候改。正嘉穀初登，授衣將屆。春耜秋梭，歲功於比隱交代。神靈焉有配偶，藉唐宮夜語，誣衊真宰。附會星期，描撫月夕，比作人間歡愛。機窗淚灑。又十萬天錢，要償婚債。綺語文人，懺除休更待。」即誡余之恉也。

菊軒臨江仙

菊軒臨江仙云：「浮生擾擾笑何樓。試看雙鬢上，衰颯不禁秋。」按劉貢父詩話：「世語虛僞爲何樓」。蓋國初宋初也。京師有何家樓，其下賣物多虛僞，故以名之。菊軒詞蓋用此。

明秀集賞荷詞

明秀集，樂善堂賞荷詞：「胭脂膚瘦薰沈木，翡翠盤高走夜光。」濾南老人詩話云：「蓮體實肥，不宜言瘦，似易膩字差勝。」龍壁山人云：「蓮本清豔，膩得其貌，未得其神也。」余嘗細審之，此字至難穩稱，尤須與下云「薰沈水」相貫穿。擬易「潤」字、「媚」字、「薄」字，彼勝於此。似乎「薄」字較佳，對下句「高」字亦稱。

須溪百字令

須溪詞，百字令「少微星小」闋自注：「佛以四月八生，見明星悟道，曰『奇哉』，卽左傳『星隕如雨』之夕也。」此說絕新。須溪賅博，未審於何書得之。

雪坡壽詞

宋人多壽詞，佳句郤罕覯。雪坡詞，沁園春壽婺州陳可齋云：「元祐諸賢，紛紛臺省，惟有景仁招不來。」命意高絶。前調壽陳中書云：「著身已是瀛洲。問更有長生別藥不。」極雅切，極自然。又壽陶守云：「春雨慳時，千金斗粟，民仰使君爲食天。」民以食爲天，尋常語耳。（按見通鑑，賈潤甫謂李密語「爲食天」更雋而新。）

吴泳賀新郎

吴人呼女曰囡，讀若奴頑切。虞山王東溆應奎柳南續筆：「吾友吴友篁著太湖漁風，載漁家日住湖中，自無不肌粗面黑。閒有生女瑩白者，名曰白囡，以誌其異。漁人户口册中兩見之」云云。吴叔永泳鶴林詞，賀新郎宣城壽季永弟云：「爺作嘉興新太守，囡拜鶚書天府，況哥共、白頭相聚。」則宋人已用之入韻語矣。叔永，蜀人，亦作吴語，何耶。囡字徧檢字書，並未之載。

吴泳清平樂

鶴林詞，清平樂壽吴毅夫云：「荔子纔丹梔子白，抬貼誕彌嘉月。」「抬貼」字亦方言，於此僅見。

吴泳水龍吟

「算一生繞遍，瑶階玉樹，如君樣、人間少。」吴叔永水龍吟壽李長孺句。壽詞能爲此等語，視尋常歌誦功德，何止仙塵糟玉之別。

郭遯齋卜算子

葉夢得避暑録話：「歐陽文忠公在揚州，作平山堂。每暑時，輒凌晨攜客往遊。遣人走邵伯，取荷花千餘朵，以畫盆分插百許盆，與客相間。遇酒行，卽遣妓取花一枝傳客，以次摘其葉，盡處則飲酒，往往侵夜戴月而歸。」郭遯齋卜算子序云：「客有惠牡丹者。其六深紅，其六淺紅。貯以銅瓶，置之席間，約五客以賞之。仍呼侑尊者六輩。酒半，人簪其一，恰恰無欠餘，因賦。」「誰把洛陽花，翦送河陽縣。魏紫姚黄此地無，隨分紅深淺。　小插向銅瓶，一段真堪羡。十二人簪十二枝，面面交相看。」遯齋詞事，與歐公風趣略同。玉谿生以「送鉤」、「射覆」入詩，得毋愧此雅故。

聶勝瓊與馬瓊瓊

青泥蓮花記：「李之問解長安幕，詣京師改秩。都下聶勝瓊，名倡也，質性慧黠，李見而喜之。將行，勝瓊送別，餞飲於蓮花樓下，唱一詞，末句曰：『無計留春住。奈何無計隨君去。』因復留經月。爲細君督歸甚切，遂飲別。不旬日，聶作一詞寄李云：『玉慘花愁出鳳城。蓮花樓下柳青青。尊前一唱陽關曲，別箇人人第幾程。　尋好夢，夢難成。有誰知我此時情。枕前泪共階前雨，隔箇窗兒滴到明。』蓋寓調鷓鴣天也。之問在中路得之，藏於篋底，抵家，爲其妻所得。問之，俱以實告。妻喜其語句清麗，遂出妝匳資夫取歸。瓊至，卽棄冠櫛，損妝飾，委曲事主母，終身和悦，未嘗少有間隙焉。」勝瓊鷓鴣天詞，純是至情語，自然妙造，不假造琢，愈渾成，愈穠粹。於北宋名家中，頗近六一、東山。方之閨幃之彥，雖幽棲、漱玉，未遑多讓，誠坤靈閒氣矣。之問之妻能賞會勝瓊詞句，既無見嫉之虞，尤有知音之雅。委曲以事，和悦終身，吾爲勝瓊慶得所焉。又朱端朝，字廷之，南渡後肄業上庠。與妓馬瓊瓊者，往來久之。及省試優等，授南昌尉。輾轉脱瓊瓊籍，挈之歸家。因闢二閣，東閣正室居之，瓊瓊居西閣。廷之之任南昌，倏經半載，西閣以梅雪扇寄之，後寫一詞，調減字木蘭花云：「雪梅妒色。雪把梅花相抑勒。梅性温柔。雪壓梅花怎起頭。　芳心欲訴。全仗東君來作主。傳語東君。早與梅花作主人。」廷之詳味詞意，知爲東閣所抑，自是坐卧不安，竟託疾解綬。既抵家，置酒會二閣，賦浣溪沙一闋云：「梅正開時雪正狂。兩般幽韻孰優長。且宜持酒細端相。　梅比雪花多一出，雪如梅蕊少些香。天公非是不思量。」自是二閣歡好如初。兹事亦韻甚。唯是瓊瓊所遭，視勝瓊稍不逮，勝瓊誠勝瓊矣。

顧梁汾序侯刻詞

國初錫山侯氏，刻十名家詞，有顧梁汾序一首，論詞見地絶高。江陰金溎生武祥粟香室重刻本，佚去此序。曩移鈔史館本顧集，亦未之載，亟録於此。序云：「異時長短句，自花間、草堂而外，行世者蓋不多見。明末海虞毛氏，始取花庵、尊前諸集，及宋人詞稿，盡付剞劂。其中字句之譌，姓名之混，間不免焉。雖然，讀書而必欲避譌與混之失，即披閲吟諷，且不能以終卷，又安望其暢然拔去抑塞，任爲流通也。亦園主人高情逸韻，擺落一切，顧於長短句，獨有玄賞。其所刻詩不一，而先之以詞。其所刻詞不一，而先之以十家之詞，皆藏弆善本。集中之爲譌且混者絶少，真可補毛氏所未及。抑余更有取焉。今人之論詞，大概如昔人之論詩。主格者其歷下之摹古乎。主趣者其公安之寫意乎。邇者競起而宗晚宋四家，何異牧齋之主香山、眉山、渭南、遺山。要其得失，久而自定。余則以南唐二主當蘇、李，以晏氏父子當三曹，而虚少陵一席，竊比於鍾記室獨孤常州之云。總讓亦園之不執己，不狥人，不強分時代，令一切矜新立異者之廢然返也。」

容若夢江南

容若夢江南云：「新來好，唱得虎頭詞。一片冷香惟有夢，十分清瘦更無詩。標格早梅知。」即以梁汾詠梅句喻梁汾詞。賞會若斯，豈易得之並世。

毛幵滿庭芳

宋毛幵，自宛陵易倅東陽，留别諸同寮，滿庭芳云：「回頭笑，渾家數口，又泛五湖舟。」俚語稱妻曰「渾家」，屢見坊肆閒小説。毛詞則舉一切眷屬言之。

周必大近體樂府

周必大近體樂府，有點絳脣，七夜趙富文出家姬小瓊再賦。「七夕」作「七夜」，甚新。小瓊卽范石湖所謂與韓无咎、晁伯如家姬，稱爲三傑者，見本事詞注。（王幼安云：見周密齊東野語卷十五）又木蘭花慢，贈貴遊摘阮時得名妾，故戲及之云：「松間玄鶴舞翩翩。山鬼下蒼烟。正閉戶焚香，捩商泛角，非指非絃。」曩見宋人所繪九歌圖，山鬼像絶娟倩，所謂「既含睇兮又宜笑，子慕余兮善窈窕」。彼雲屏妙姬，能當之無愧色耶。

中庵詩餘鵲橋仙

中庵詩餘，鵲橋仙觀接牡丹云：「栽時白露，開時穀雨，培養工夫良苦。閒園消息阿誰傳，算只是、司花說與。　寒梢一拂，芳心寸許，點破凡根宿土。不知魏紫是姚黃，到來歲、春風看取。」曩見查悔餘得樹樓雜鈔，引黃伐壇集妒芽說：「客有語予，人有以桃爲杏者，名曰接。其法，斷桃之本，而易以杏。春陽既作，其枝葉與花皆杏也。桃之萌亦出於其本。蓊然若與杏爭盛者。主人命去之，此妒芽也。」云云。接花入題詠，於劉詞僅見。吾廣右花傭，最擅此技。如以桃接杏，則先植桃於盆，其本必蟠屈有姿致，僅留一二枝條，壯約指許，屆清明前則就杏擇其枝氣旺者，壯相若者，與桃之本姿致宜稱者，審定長短距離，削去其半，約寸許，同時於桃枝近本處，亦削去其半，亦寸許，速就兩枝受削處密切黏合，以苧皮緊束之。外用杏根畔土，調融塗護，勿露削口。若所接杏枝距地較高，則植木爲架搘桃盆，務令兩花高下相若，無稍拗屈彊附。迨至夏初，兩枝必合而爲一。苧皮暫不必解，於杏枝削口稍下，徐徐鋸斷，俾兩花脫離，卽將削口稍上之桃枝鋸棄，則本桃而花葉皆杏矣。它花接法並同，唯所接皆木本，接時必清明前，如劉詞所云。牡丹係草本，白露已深秋，能於深秋接草木花，其技精於今人遠甚。唯詞歇拍云：

「不知魏紫是姚黄，到來歲、春風看取。」當接花時，不能預定其色品，詎昔之接，異於今之接耶。昔其法不可得而攷矣。

王文簡倚聲集序

王文簡倚聲集序：「唐詩號稱極備。樂府所載，自七朝五十五曲外，不概見。而梨園所歌，率當時詩人之作，如王之渙之涼州。白居易之柳枝。王維渭城一曲流傳尤盛。此外雖以李白、杜甫、李紳、張藉之流，因事創調，篇什繁富，要其音節皆不可歌。詩之爲功既窮，而聲音之祕，勢不能無所寄，於是温、韋生而花間作，李、晏出而草堂興，此詩之餘而樂府之變也。詩餘者，古詩之苗裔也。語其正則南唐二主爲之祖，至漱玉、淮海而極盛，高、史其嗣響也。語其變則眉山導其源，至稼軒、放翁而盡變，陳、劉其餘波也。有詩人之詞，唐、蜀、五代諸人是也。有文人之詞，晏、歐、秦、李諸君子是也。有詞人之詞，柳永、周美成、康與之之屬是也。有英雄之詞，蘇、陸、辛、劉是也。至是，聲音之道乃臻極致。而詩之爲功，雖百變而不窮。」云云。僅二百數十言，而詞家源流派別，瞭若指掌。是書傳本絶尠，亟節記之。

宋滿江紅詞鏡

倚聲之作，石刻間見著録，金文尤罕覯。宋滿江紅詞鏡，鏡邊飾以梅花，詞作回文書：「雪共梅花，念動是、經年離折。重會面、玉肌真態，一般標格。誰道無情應也妒，暗香蕤没教誰識。卻隨風偷入傍妝臺，紫簾額。驚醉眼，朱成碧。隨冷煖，分青白。歎朱絃凍折，高山音息。悵望關河無驛使，剡溪興盡成陳迹。見似枝而喜對楊花，須相憶。」馮晏海雲鵬得之濟南，謂其詞類宋人，故定爲宋鏡。見張詩舲祥河偶憶編。又曾賓谷燠藏宣德銅盤，内刻錦堂春詞：「映日穠花旖旎。縈風細柳輕盈。游絲十丈重門静，金鴨午烟清。　戲蝶渾如有意，啼鶯還似多情。游人來往知多少，歌吹散春聲。」宣德七年正月十五日。

賈文元玉詞牌

義州李文石葆恂舊學盦筆記，記所見金石書畫，有宋製賈文元玉詞牌。按賈昌朝，字子明，獲鹿人。天禧初，賜同進士出身。慶曆間，拜同中書門下平章事，加左僕射，卒謚文元。有木蘭花慢云：「都城水渌嬉遊處。仙棹往來人笑語。紅隨遠浪泛桃花，雪散平堤飛柳絮。東君欲共春歸去。一陣狂風和驟雨。碧油紅旆錦障泥，斜日畫橋芳草路。」黄花庵云：「公生平唯賦此一詞」。未審卽玉牌所刻否。

盛昱八聲甘州

光緒甲午，伯愚學士志鈞簡烏里雅蘇臺辦事大臣。宗室伯希祭酒盛昱賦八聲甘州贈行云：「驀横吹、意外玉龍哀，烏里雅蘇臺。看黄沙毳幕，縱横萬里，攬轡初來。莫但訪碑荒磧，（自注：「同人屬拓闕特勤碑。」）爾是勒銘才。直到烏梁海，蕃落重開。　六載碧山丹闕，幾商量出處，拔我蒿萊。愴從今别後，萬卷一身薶。約明春、自專一壑，我夢君、千騎雪皚皚。君夢我，一枝榔栗，扶上巖苔。」蓋伯愚此行雖之官，猶遷謫也。伯希詞甫脱稿，卽録示余。小紅箋細字絶精。比幡帬故紙得之。此等詞略同杜陵詩史，關係當時朝局，非尋常投贈之作可同日語。因亟箸於編。

半塘雜文

半塘雜文存者絶少。檢敝簏，得其寄番禺馮恩江永年手扎舊稿。馮爲半塘之戚，有看山樓詞，故語多涉詞。「十年闊別，萬里相思。往在京華，得寄南園二子詩鈔，嘗置座隅，不時循誦，以當晤言。去秋與家兄會於漢南，又讀看山樓詞，不啻與故人煙語於匡番寒翠間，麈柄鑪香，可仿佛接。尤傾倒者，在言情令引，少游曉風之詞，小山蘋雲之唱，我朝唯納蘭公子，深入北宋堂奧。遺聲墜緒，二百年後乃爲足下拾得，是何神術，欽佩欽佩。姪㴠跡金門，素衣緇盡。閒較倚聲之作，謬邀同輩之知。既奬藉之有人，漸踴躍以從事。私心竊比，乃在南宋諸賢，然畢力奔赴，終彳亍於絶潢斷澗間。於古人之所謂康莊亨衢者，不免有望洋向若之歎。天資人力，百不如人，奈何，奈何。萬氏持律太嚴，弊流於拘且雜，識者至訾爲癡人説夢，未免過情。然使來者之有人，綜羣言於至當，俾倚聲一道，不致流爲句讀不緝之詩，則篳路開基，紅友實爲初祖。不審高明以爲然否。往歲較刻姜、張諸詞集，計邀青睞，祈加匡訂。此外如周、辛、王、史諸家，皆世人所欲見，又絶無善本單行。本擬讎刊，並公同好。又擬輯録同人好詞，爲笙磬同音之刻。自罹大故，萬事皆灰。加以病豎相纏，精力日苶，不識此志能否克遂。它日殘喘稍蘇，校刻先人遺書畢，當再鼓握鉛之氣。足下博聞強識，好學深思，其有關於諸集較切者，幸示一二。盼企。歸來百日，日與病鄰。喪葬大事，都未盡心毫末。負譽高厚，尚復何言。飢能驅人，敝門未遂。涉淞渡湖，載入梁園。今冬明春，當返都下，壹是家兄，當詳述以聞，不再覼縷。白雪曲高，青雲路阻。雙江天末，瞻企爲勞。附呈拙製，祈不吝金玉，啓誘蒙陋。風便時錫好音。諸惟爲道珍重不備。」又云：「倚聲夙昧，律呂尤疏。特以野人擊壤，孺子濯纓，天機偶觸，長謡斯發。深慚紅友之持律，有愧碧山之門風。意迫指訾，遑恤顏厚。玆録辛巳所造，得若干闋就正。嗟夫，樗散空山，大匠不視。桐焦爨下，中郎賞音。得失何常，真賞有在。傳曰：『子今不訂吾文，後世誰知訂吾文者。』謬附古誼，率辱雅裁，幸甚幸甚。」半塘故後，其生平著作與收藏均不復可問。即其奏稿存否，亦不可知。此手札亦吉光片羽矣。

遺山妙句

遺山句云：「草際露垂蟲響遍。」寫出目前幽静之境，小而不纖，妙在「垂」字「響」字，此二字不可易。

松厓詞

松厓詞，竹香子詠斑竹菸管云：「莫問吞多咽少，釣詩竿何妨飢齩。」「釣詩竿」可作喫菸典故。

養蒙先生詞

元張師道養蒙先生詞，玉漏遲壽張右丞云：「端正嬋娟爲我玳筵留照。」「端正嬋娟」四字，用之壽詞，莊雅而宜稱。它家詞中未之見也。

王秋澗江神子

「金朝遺風，冬月頭雪，令童輩團取，比明，抛親好家。主人見之，卽開宴娛賓，謂之撇雪會。」見王秋澗詞江神子序。金源雅故，流傳絶少，亟記之。

倪雲林踏莎行

倪雲林踏莎行後段云：「魯望漁村，陶朱煙島，高風峻節爲今掃。黄雞啄黍濁醪香，開門迎笑東鄰老。」舊作錦錢詞，壽樓春陶然亭賦前段云：「登陶然孤亭，問垂楊閲盡，多少豪英。我輩重來攜酒，但問黄鶯。」後段云：「垂竿叟，渾無營，共閑鷗占斷，煙草前汀。一角高城殘照，有人閑凭。」蓋當時實景。託恉與雲林略同。半塘云：「愈含蓄，愈雋永。」

倪雲林人月圓

雲林詞人月圓云：「悵然孤歗，青山故國，喬木蒼苔。當時明月，依依素影，何處飛來。」李重光浪淘沙云：「晚涼天淨月華開。想得玉樓瑶殿影，空照秦淮。」同一不堪回首。

黄槐卿詞

海寧查悔餘愼行得樹樓雜鈔：「宋史，紹興五年五月，神武中軍統制楊沂中，發卒輦怪石寘太平樓。侍御史張絢劾奏其事，沂中坐罰金。元黄文獻公溍集有先居士樂府後記云：舊傳太平樓秦檜所建。按沂中罰金時，檜已去相位。則樓之建，當在檜秉政初。洎檜再相，和議成日，使士人歌詠太平中興之美，樂府滿庭芳所由作也。此事咸淳臨安志不載。」云云。按吴興備志：「黄溍，字晉卿，本姓丁，世居吴興。父鑄育於義烏之黄。溍登延祐二年進士第，累官翰林學士，謚文獻。」據此知溍父名鑄。元吴師道敬鄉録，載宋何茂恭格跋黄槐卿題太平樓樂府云：「予友黄槐卿，有膽略之士也。當秦氏側目磨牙以嚮忠肉義骨之際，獨不爲威惕，成長短句以磨其須。其仇因挾爲奇貨以控之，且二十年矣。會秦檜下世，遂不及發。其脱於虎口者幸也。」云云。據此，知鑄字槐卿。兩宋詞學極盛，士流束髮受書，大都擘究宫律。顧其所作幸而得傳，鉅公華冑而外，十之一二云爾。槐卿滿庭芳詞，具見平生風節，乃竟湮没失傳，尤爲可惜。宋元已還，小説雜編之屬，未見者不少，容或記述及之。俟異日攷求焉。絶妙好詞卷六，有黄鑄秋蕊香令一首。鑄，字晞顔，號乙山，邵武人，官柳州守。乃别是一人。姓名偶同耳。（王幼安云：據黄溍金華黄先生文集卷三載記先世墓誌銘一文，太平樓樂府，乃其六世祖所撰。黄溍六世祖，名中輔，見宋濂所撰金華黄先生行狀。黄溍生於元至元十四年，距南宋初約一百三四十年，其父決不能與秦檜同時。）

審齋好事近

審齋詞，好事近和李清宇云：「歸晚楚天不夜，抹牆腰横月。」只一「抹」字，便得冷静幽瑟之趣。

高竹屋金人捧露盤

高竹屋金人捧露盤詠梅二闋：「念瑶姬，翻瑶佩，下瑶池。冷香夢、吹上南枝。羅浮夢杳，憶曾清曉見仙姿。天寒翠袖，可憐是、倚竹依依。　溪痕淺，雪痕凍，月痕淡，粉痕微。江樓怨、一笛休吹。芳信待寄，玉堂煙驛雨淒遲。新愁萬斛，爲春瘦、卻怕春知。」又，「楚宮閒。金成屋，玉爲闌。斷雲夢、容易驚殘。驪歌幾疊，至今愁思怯陽關。清音恨阻，抱哀箏，知爲誰彈。年華晚，月華冷，霜華重，鬢華斑。也須念、閒損雕鞍。斜緘小字，錦江三十六鱗寒。此情天闊，正梅信、笛裏關山。」絶妙好詞録前一闋。余則謂以風格論，後闋較尤遒上也。

張芬回文詞

評閨秀詞，無庸以骨幹爲言。大都嚼蘂吹香，搓酥滴粉云爾。亦有濬發巧思，新穎絶倫之作。閨秀正始集，張芬寄懷素窗陸姊七律一首，回文調寄虞美人詞。詩云：「明窗半掩小庭幽。夜静燈殘未得留。風冷結陰寒落葉，别離長望倚高樓。遲遲月影移斜竹，疊疊詩餘賦旅愁。欲將斷腸隨斷夢，雁飛連陣幾聲秋。」詞：「秋聲幾陣連飛雁，夢斷隨腸斷。欲將愁旅賦餘詩，疊疊竹斜移影、月遲遲。樓高倚望長離别。葉落寒陰結。冷風留得未殘燈。静夜幽庭小掩、半窗明。」芬字紫蘩，號月樓，江蘇吴縣人，箸有兩面樓偶存稿。

潘瀛選新荷葉

無名氏（按當是唐人）魚遊春水云：「秦樓東風裏。燕子還來尋舊壘。餘寒猶峭，紅日薄侵羅綺。嫩草方抽碧玉茵。媚柳輕拂黄金縷。鶯囀上林，魚遊春水。」李元膺洞仙歌云：「雪雲散盡，放曉晴庭院。楊柳於人便青眼。更風流多處，一點梅心相映遠。約略顰輕笑淺。」詞中此等意境，余極喜之。潘瀛選新荷葉云：「日麗風柔，水邊天氣鮮新。閒坐斜橋，數完幾折溪痕。酒旗戲鼓，怯餘寒、未滿前村。小紅怎乳，鶯聲一巷纔勻。節過收燈，風光尚未踰旬。粉糝疏籬，誰家香玉粼粼。雛晴嫩霽，似垂髫、好女盈盈。江南煙景，殢人猶在初春。」此詞亦韶令可誦。瀛選，順治朝宜興人。

李汝珍行香子

大興李松石汝珍箸李氏音鑑，自以三十三字母爲詞。調行香子云：「春滿堯天。溪水清漣。嫩紅飄、粉蝶驚眠。松巒空翠，鷗鳥盤旋。對酒陶然，便博箇醉中仙。」「春滿堯天」即「昌茫陽（梯秧切）」下仿此。姪書圃調青玉案云：「垂楊低現紅橋路。看碧鳥、飛無數。殘照平塘人過渡。清尊把酒，迷離秀樹，南浦天街暮。」姪安圃調謝池春云：「細雨纔晴，便踏春泥沽酒，指人家、數條嫩柳。酩酊獨醉，把漢書詳剖，看閑門、問奇來否。」徐聲甫鏞調錦纏道云：「對酒南樓，門掩春花天曉。林邊千點蒼山小。三橋騰跨紋裊。明鏡平鋪，舟放人歸早。」許石華調鳳凰閣云：「喜闕巢新燕，低飛屋角。呢喃頻對清閟閣。争把柳緜桃蘂，常時啣卻。盼將子、數來庭幕。」許月南音鵠，調醉太平云：「春暖鶯狂，花團蝶嚷。雲嵐滋味曾嘗。勸君頻舉觥。軟飽醉鄉。黑甜睡方。懸琴端按宮商。寧知辛苦忙。」各詞調皆三十三字，並與字母雙聲恰合，無一複音。作者非必倚聲專家，卽亦煞費匠心矣。

事林廣記多雅故珍聞

羣書類要事林廣記，西潁陳元靚編。康熙三十九年版行於日本。（彼國元禄十二年。）凡所記載，起自南宋，迄於元季。涉明初，則續增也。中間雅故珍聞，往往新奇可憙。戊集文藝類圓社摸場云：「四海齊雲社，當場蹴氣毬。作家偏著所，圓社最風流。況是青春年少，同輩朋儔。向柳巷花街翫賞，在紅塵紫陌追遊。脱履𢬵來憑眼活，認真爲有準，杈兒扶住惟口鳴，識蹋乃无憂。右搭右花跟，似烏龍兒擺尾。左側左虛扢，似丹鳳子摇頭。下住處全在低美，打著人惟仗推吹。使力藏力，以柔取柔。集閑中名爲一絶，決勝負分作三籌。俺也絲鞵羅袴，短帽輕裘。襟沾香汗溼，韈污軟塵浮。佩劍仙人時側目，攧梭玉女巧凝眸。粉鉗兒前後仰身，身移不浪。金翦刀往來移步，步過頻偷。況乎奢華治世，豪富皇州。春風喧鼓吹。化日沸歌謳。歡笑對吳姬越女，繁華勝桑瓦潘樓。湖山風物，花月春秋。四聖觀柳邊行樂，三天竺松下優游。樂事賞心，難并四美，勝友良朋，無非五侯。心向閑中着，人於倬裏求。凡來蹋圓者，必不是方頭。」又，滿庭芳云：「若論風流，無過圓社，拐臁蹬躡搭齊全。門庭富貴，曾到御簾前。灌口二郎爲首，趙皇上、下脚流傳。人都道，齊雲一社，三錦獨争先。花前并月下，全身繡帶，偷側雙肩。更高而不遠，一搭打鞦韆。毬落處、光臁圓拐，雙佩劍、側躡相連。高人處，翻身佶料，天下總呼圓。」又云：「十二香皮，裁成圓錦，莫非年少堪收。緑楊深處，恣意樂追遊。低拂花梢慢下，侵雲漢、月滿當秋。堪觀處，偷頭十字拐，舞袖拂銀鈎。肩尖、並拐搭，五陵公子，恣意忘憂。幾回沈醉，低築傍高樓。雖不遇、文章高貴，分左右、曾對王侯。君知否，閑中第一，占斷是風流。」（後有齊雲社規，下脚文毬門社規，毬門齊雲入門白，打場户，兩人場户，三人場户，四人場户，五人名小出尖，五人場户，名皮破、落花流水，六人名大出尖，蹋花心各圖式。）遏雲要訣云：「夫唱賺一家，古謂之道賺。腔必真，字必正。欲有墩亢掣拽之殊，字有脣喉齒舌之異。抑分輕清重濁之聲，必別合口、半合口之字。更忌馬嚣鞾子，俗語鄉談。如對聖案，但唱樂道山居水居清雅之詞，切不可以風情花柳豔冶之曲。如此則爲瀆聖。社條不賽筵會，吉席上壽慶賀不在此限。假如未唱之初，執拍當胸，不可高過鼻。須假鼓板村撥。三拍起引子，唱頭一句。又三拍至兩片結尾。三拍煞入序尾。三拍巾斗煞入賺頭。一字當一拍，第一片三拍，後做此。出賺三拍，出聲巾斗。又三拍煞尾聲。總十二拍。第一句四拍，第二句五拍，第三句三拍煞。此一定不踰之法。」遏雲致語筵會用鷓鴣天云：「遇酒當歌酒滿斟。一觴一詠樂天真。三盃五盞陶情性。對月臨風自賞心。　環列處，總佳賓。歌聲嘹亮遏行雲。春風滿座知音者，一曲教君側耳聽。」（後有圓社市語、中呂宮、圓裏圓。）駐雲主張滿庭芳集曲名云：「共慶清朝，四時歡會，賀筵開、會集佳賓。風流鼓板，法曲獻仙音。鼓笛令、無雙多麗，十拍板、音韻宣清。文序子，雙聲疊韻，有若瑞龍吟。　當筵，聞品令，聲聲慢處，丹鳳微鳴。聽清風入韻，打拍底、更好精神。安公子、傾盃未飲，好女兒、齊隔簾聽。真無比，最高樓上，一曲稱人心。」詩曰：「鼓板清音按樂星。那堪打拍更精神。三條犀架垂絲絡。兩隻仙枝擊月輪。笛韻渾如丹鳳叫。板聲有若靜鞭鳴。幾回月下吹新曲，引得嫦娥側耳聽。」水調歌頭云：「八鑾朝鳳闕，四境絶狼煙。太平無事，超烘聚哨傚梨園。笛弄崑崙上品，篩動雲陽妙選，畫鼓可人憐。亂撒真珠迸，點滴雨聲喧。　韻堪聽，聲不俗，駐雲軒。諧音節奏，分明花裏遇神仙。到處朝山拜岳，長是争籌賭賽，四海把名傳。幸遇知音聽，一曲讚堯天。」詩曰：「鼓似真珠綴玉盤，笛如鸞鳳嘯丹山。可憐一片雲陽水，遏住行雲不往還。」（後有全套鼓板棒數。）余嘗謂宋人文詞，雖游戲通俗諸作，亦不無高異處，蓋氣格使然。元人卽已弗逮。明已下不論也。右詞數闋，當時蹋毬唱賺之法，籍存概略，猶有風雅之遺意焉。猶賢乎已，是之取爾，詎謂今日等於牧奴駔竪所爲哉。（按：遏雲要訣「欲有墩亢」，「欲」疑「歌」誤。「社條不賽」，「不」疑誤字。）

李淑昭淑慧詞

李淑昭擣練子云：「桃似錦，柳如煙。鶯不停梭蝶不閒。妨卻繡窗多少事。盡抛針黹到花前。」妹淑慧和韻云：「收曉霧，散朝煙。邃閣忙人到此閒。繡線未抛針插髻，脚根早已到花前。」淑昭、淑慧，笠翁二女，其詞未經選家箸録。

自然從追琢中出

韻語陽秋云：「陶潛、謝朓詩，皆平淡有思致，非後來詩人怵心劌目者所爲也。老杜云：『陶、謝不枝梧，風騷共推激。紫燕自超詣，翠駁誰翦剔。』是也。大抵欲造平淡，當自組麗中來。落其華芬，然後可造平淡之境。如此，則陶、謝不足進矣。梅聖俞贈杜挺之詩，有「作詩無古今，欲造平淡難」之句。李白云：『清水出芙蓉，天然去雕飾。』平淡而到天然，則甚善矣。」此論精微，可通於詞。欲造平淡，當自組麗中來，卽倚聲家言自然從追琢中出也。

紅友疏於考訂

樂府指迷云：「古曲亦有拗者。蓋被句法中字面所拘牽。今歌者亦以爲硋，如尾犯「肯把金玉珠珍（別並作珍珠）博」，（耆卿句）絳園春：「游人月下歸來。」（夢窗絳都春句，或當時一名絳園春，它本未見。）「金」字「遊」字當用去聲之類。按尾犯如虛齋「殷勤更把茱萸看」，夢窗「滿地桂陰人不惜」，「更」、「桂」字並去聲。（夢窗「遠夢越來溪畔月」，「越」字可作去。）絳都春，夢窗別作「更傳鶯入新年」、「並禽飛上金沙」、「更愁花變梨雯」、「便教移取薰籠」、「便教宴接鶯花」，上一字並用去聲。紅友極重去聲字，乃詞律尾犯録柳詞，無一旁注。絳都春録吴詞，竟於「並」字守旁注可平，亦疏於攷訂也。（王幼安云：「『游人月下歸來』絳都春，非吴文英作。據草堂詩餘，乃丁仙現詞。）

李福黄梅花詞

得舊書畫便面數十，其一李子仙福自書黄梅花詞，極入律可誦，書勢亦秀渾不俗。檢國朝詞總集，如韻甫黄氏詞綜續編、杏舲丁氏詞綜補，福詞并未著録。張午橋前輩云：「福，蘇州人，曾官翰林。」繆筱珊先生云：「福工制舉藝，曾見某選本所録甚多。」

探春慢黄梅花　　李　福

黄葉辭柯，寒香貼榦，横斜堪入清供。金尾垂簾，銅盤承泪，肯向東風倚寵。翦剜誰施巧，定難倩、冷蜂僵凍。小窗閒付詩評，素心人自相共。不見飛英片片，任怨咽玉龍，旺澈三弄。月影昏時，煙痕深處，喚起羅浮幽夢。明是春消息，又底事、丸封珍重。酒熟鵓兒，呼童花下開甕。

懷半塘詞

余與半塘五兄，文字訂交，情逾手足。乙未一别，忽忽四年。蔆景一集，懷兄之作，幾於十之八九。未刻以前，亦未盡寄京師。半塘寓宣武門外教場頭巷，畜馬一、騾二，皆白。曩余過從抵巷口，見繫馬輒慰甚。燭影搖紅云：「詩鬢天涯，倦遊情味傷春早。故人門巷玉驄嘶，回首長安道。」情景逼真。又極相思云：「玉簫聲裏，思君不見，祇是黄昏。」看似平易，非深於情不能道。它日當質之半塘。

周稚圭十六家詞

周稚圭中丞撰録十六家詞，各系一詩。其系孟文一首：「一庭疏雨善言愁。傭筆荆臺耐薄游。最苦相思留不得，春衫如雪去揚州。」神韻獨絶，與漁洋紅橋詞「北郭清溪」闋，可稱媲美。

蕙風詞話續編卷二

徐穆詞

徐嘯竹布衣穆，甘泉老名士也。丁酉暮春，晤於榕園。時年八十，傾蓋如故。越日，賦高陽臺見貽。旋又録示舊作數闋，及王西御先生論詞絶句若干首，意甚鄭重。其鶯啼序一闋，尤爲生平得意之筆也。

高陽臺　　徐穆

捫蝨譚雄，射雕手健，十年前早知名。西燕東勞，參差未許將迎。孤尊醉倚悲歌慣，問悲歌、可有人聽。緲天涯，滿面風塵，雙鬢零星。相逢此日休嫌晚。祇寥寥數語，如見生平。一縷吟思，二分明月同清。盡多湖海元龍氣，肯孤它，浩盪鷗盟。且同來，花下分榆，座上飛觥。

當年吟社已沉消。淮海詞人半寂寥。今日粵西媚初祖，令人想像海棠橋。

吾揚言詞學。以秦氏爲山斗。西巖先生有詞學叢書行世。令子玉生孝廉，有詞系，未刻。道光季年，曾聯淮海詞社，不下二十人。見存者，僅穆而已。刻有意園酬唱集，收入郡志。八十自遣末章，有「頗知明眼交豪士。留取餘年讀異書。愛聽仙韶思雅樂，飽嘗世味重園蔬。耄荒自古貽明訓。好養心頭活水魚。」可以知其志矣。嘯竹又草。

鶯啼序

越中歸棹，成此寄夢玉、沈花㵾、勞介甫、倪次郊，吳門秦玉生、符南樵、王西御，揚州六舟禪友，阿絮女道士。

篷窗一宵漚夢，醒連天暮雨。菰蒲外、隱作秋聲，中流一任容與。山陰道、此時經過，壺觴空憶蘭亭敘。念家山，千里迢遥，暗驚杜宇。回首西湖，臨水獨眺，訪逋仙隱處。孤山路、落盡梅花，亂鶯啼遍叢樹。繞迴闌、青峯滿目，賸江上、斜陽淒苦。怎春歸、我尚天涯，緑陰如許。韶華水逝，客思雲孤，放懷覓舊侶。仿佛是、南屏鐘動，西竺僧歸，金石交親，斷碑披誤。鬢絲幾縷，茶煙一榻，犀香梅熟休相訊，怕相逢、衣上多塵土。謾嗤嘯詠，且教留得題痕，證它鴻迹來去。時歸自京師，淨慈主人六舟出所藏雁足燈各卷册，索題觀款。江湖載酒，鑪椀參禪，算一般意趣。儘孤負、煙花三月，佳麗揚州，薄倖司勳，飄零詞賦。予懷緲緲，知音寥落，千秋事業憑誰會，奈江東羅隱同遲暮。那堪水上琵琶，唱徹瀟瀟，西興古渡。

多麗　嘯竹

施夢玉攝震澤，曾招寶帶橋讌月之舉。撫今追昔，情見乎辭。

盪蘭橈。灣環宛轉長橋。賸西風、湖光萬頃，參差吹出瓊簫。疏烟抹、黛螺丫髻，冷雲冪、鶯脰舒翹。乙未亭邊，松陵路畔，遠山隱約畫眉嬌。堤上柳絲堪折，離思一條條。更休說、賓鴻尚未，去燕難招。

憶當年、尊前譙月，多情酒醆詩瓢。庾樓客、珠璣錦織，踏搖孃、綺席笙調。雁齒排連，蟾輝皎潔，三生夢裏可憐宵。到而今，渚蓮泣露，啼鳥總無聊。文園老，也應羞見，幾度回潮。

陳鐸詞

得坐隱先生精選草堂餘意一册於運司街霍記書肆，無序跋，卷首有新都環翠堂字樣。詞全和草堂韻，每音調名下，徑題元作者姓名。唯一人兩調相連，則第二闋題陳大聲名。黃虞稷千頃堂書目云，錄前人作，綴以己作，非是。其題前人名者，亦大聲作。按明陳鐸，字大聲，下邳人，官指揮使。其詞超澹疏宕，不琢不率。和何人韻，卽仿其人體格。卽如淮海、清真、漱玉諸大家，置本集中，雖識者不能辨。昔人謂詞絕於明，觀於大聲之作，斯言殆未爲信。明詞綜僅錄浣溪沙一闋。

嚴廷中揚州好

維揚本鶯花藪澤。自昔新城司李，狎主詞盟。紅橋冶春，香豔如昨。浮湛宦轍，代有名流。如項蓮生、蔣鹿潭，並倚聲專家，希蹤北宋。宜良嚴秋槎廷中，亦後來之秀。需次兩淮，有岩泉山人詞、麝塵集。其揚州好若干闋，尖豔渾雄，各極其妙。充其才力所至，庶幾嗣響水雲。端木子疇前輩評麝塵集曰：「天分甚高，下筆有鑴鑱造物之致。而瑕瑜互見。想見其傲岸自雄，不受切磋處。」然則秋槎固託于狂士以自晦者也。

望江南

揚州好，池館鬧春分。蝶影衣香團作陣，湖光花氣釀成陰。畫槳盪斜曛。

揚州好，骨董列粗粗。鹺賈高譚評古玩，酸丁低首檢殘書。賞鑒各黏塗。

揚州好，隨意破閒愁。名士商量邀合醵，高僧揮霍到纏頭。無事不風流。

揚州好，處處賽神忙。土佛乘輿朝大士，社公肅束迓城隍。人鬼兩荒唐。

揚州好，葉子鬭輸贏。阿嫂偷傳燈畔眼，小姑笑數手中星。金釧響輕輕。

揚州好，午倦教場行。三尺布棚譚命理，四圍洋鏡覷春情。籠鳥賽新聲。

揚州好，閨閣禮空王。綵線緊拴泥偶臂，栴檀濃和美人香。儘彀佛思量。

揚州好，對岸列金焦。客舫遠歸京口月，大江橫截海門潮。落日送南朝。以上見選巷叢談

陳聶恆詞

藝文志詞曲類，陳聶恆栩園詞棄稿四卷，佚。按栩園詞棄稿，曩余得於海王邨，鏤版精絕，前有顧梁汾先生書，於詞學盛衰之故，慨乎言之。略云：「自國初輦轂諸公，尊前酒邊，借長短句以吐其胸中。始而微有寄託，久則務爲諧暢。香岩、倦圃，領袖一時。唯時戴笠故交，擔簦才子，並與讌遊之席，各傳酬和之篇。而吳越操觚家聞風競起，選者，作者，妍媸雜陳。漁洋之數載廣陵，實爲斯道總持。二三同學，功亦難泯。最後，吾友容若，其門地才華，直越晏小山而上之。欲盡招海內詞人，畢出其奇，遠方駸駸，

漸有應者，而天奪之年，未幾，輒風流雲散。漁洋復位高望重，絕口不談。于是向之言詞者，悉去而言詩、古文辭。回視花間、草堂，頓如雕蟲之見恥於壯夫矣。雖云盛極必衰，風會使然。然亦頗怪習俗移人，涼燠之態，浸淫而入於風雅，爲可太息。假令今日，更得一有大力者起而倡之，衆人幡然從而和之，安知衰者之不復盛邪。故余之于詞，不能無感。而於栩園實不能無望。」書止此。栩園詞格在飲水、彈指之間。蚤歲抱安仁之戚，有金縷曲十闋。梁汾題云：「人因慧極難兼福，天與情多卻費才。」餘亦美不勝收。隨意錄數闋如左，可以概全編矣。陳聶疑係複姓。恆字曾起，一字秋田。

臨江仙 人日

曉色也知晴更好，簷前幾朵花新。翦刀聲在隔窗聞。釵頭雙綵燕，切莫便銜春。　未便有情如七夕，合歡消息難真。東風吹綰小眉痕。不成還是夢，又是隔年人。恰合分際，不犯刻露，南宋人遜北宋以此。

虞美人 寄賀丈天山

歌筵淒絕方回句。不道愁如許。江南又是熟梅天。負了月樓花院、一番憐。　閒來尋夢斜陽裏。沒箇忘憂地。偶然弦外兩三聲，那得吟魂還在、淚團成。

鵲橋仙 夜泊虎丘

闔閭城冷，伍胥潮猛，愁絕不如歸去。片帆和月出山塘，尚聽得、閶門更鼓。　清歌欲斷，遺鈿堪拾，寂寞可中亭路。人家賣酒一燈紅，且醉向、谿山佳處。

定風波 題畫

窣地豁聲裏月流。柳絲拖得一痕秋。旅雁避人飛不起。煙際。片帆穩穩載閒愁。　憶自采蘭人去後。消瘦。不堪重對白蘋洲。似此風光都付與。鷗侶。蘆花斜覆夢魂幽。不黏不脫，題畫詞，斯爲合作。

表忠録題詞

宋和州防禦使劉公師勇，廬州人。宋史附張世傑傳。元王逢梧溪集云山東文安縣人，誤也。德祐元年，元師逼常州，知州趙汝鑒遁，郡人錢訔以城降。師勇以淮兵復常州，固守不屈。後扈王海上，見時事不可爲，憂憤卒，葬粵東赤溪廳銅鼓山。江陰金同轉湝笙權赤溪同知時，爲表章祠墓，並采輯事實，徵題詠，爲表忠録鍥行。余爲題詞，調水龍吟云：「荒江咽遍寒潮，弔忠更酹蘭陵酒。英靈如昨，重圍矢石，孤城刁斗。畫餅偏安，醇醪末路，壯懷空負。說生平意氣，題詩射塔，試旋斡、乾坤手。　炎徼重尋祠墓，瘴雲深、鶴歸來否。瓊崖玉骨，赤溪血淚，蠻神呵守。五百年來，天時人事，淋浪襟袖。聽鼓鼙悲壯，顧屠鯨鰐，爲將軍壽。」時東北日俄交閧。「射塔題詩」見金氏所輯事略，江陰悟空寺塔也。師勇以縱酒卒，故曰醇醪末路也。

陳圓圓舞餘詞

梅村詩集圓圓曲注：錢湘靈曰：「本常州奔牛鎮人。即金牛里。武陽志摭遺：圓圓陳姓，其父曰陳貨郎。三桂鎮雲南，問圓圓宗鄗，謬以陳玉汝對，乃使人以千金招致之。玉汝笑曰：「吾明時老孝廉，豈能爲人寵姬叔父耶。」謝弗往。陳貨郎至，三桂觴之曲房，持玉盃，戰栗墜地，厚其賜歸之。按它書載圓圓本邢姓，滇南邸中僞邢夫人。据志，則實陳姓，非邢姓矣。暇日因攄摭圓圓事實，牽連記之。圓圓名元，一作沅。初與某公子有生死盟。田皇親購得之。公子遣盜劫之江中，誤載它姬以還。盜再往，已有備矣。力戰易歸。已而事露，禍且不測，公子度不能争，遂以獻。見衆香集小傳。華亭王鴻緒、玉峯徐樹敏及漁洋、迦陵諸名輩，撰定國朝閨秀詞，名衆香集。圓圓工倚聲，有舞餘詞。荷葉杯有所思云：「自笑愁多懽少。癡了。底事倩傳杯。酒一巡時腸九迴。推不開。推不開。」轉應曲送人南還云：「堤柳。堤柳。不繫東行馬首。空餘千縷秋霜。凝淚思君斷腸。腸斷。腸斷。又聽催歸聲喚。」醜奴兒令梅落云：「滿溪綠漲春將去。馬踏星沙。雨打梨花。又有香風透碧紗。聲聲羌笛吹楊柳，月映官衙。嫺賦梅花。簾裏人兒學喚茶。」見衆香集。辛酉城破，圓圓自沉於蓮花池，即葬池旁。池中曾放並頭蓮，在城北商山寺。滇中有商山鸞影一卷，載圓圓降鸞之詩，見頤道堂詩自注。雲伯有題阮賜卿公子後圓圓曲七絕十首。賜卿名福，文達公子，曾親至圓圓墓上訪求軼事。所製曲惜陳集未附錄。曩見四印齋藏圓圓像凡三幀，一明璫翠羽，一六珈象服，一緇衣裙練，名人題詠甚夥。

馮永年看山樓詞

番禺馮恩江永年，半塘之戚也。戊子二月，余自蜀入都，始識半塘，即以看山樓詞見貽，並云：「斯人甚好名，若有人爲之著録，不知其欣慰奚似。」今事隔十七年，半塘之言猶在耳也。馮官江西南康知縣。

壺中天 避亂章江舟次對月　　馮永年

驚魂定否，早白沙洲外，清光如雪。恨雨顰煙收拾盡，漫把冰輪推出。千里波光，滿天星影，相映俱澄澈。扣舷長嘯，天香飛下瓊闕。爲問當日歡場，曾來相照，可是今宵月。一樣團圞秋色好。頓判悲歡情節。數點微雲，一行悽雁，似我愁難滅。西風料峭，無端寒透詩骨。

蝶戀花

秋滿長江波浩漫。勝迹凋殘，屈指何堪算。弔古新添愁一段。婁妃墓側徐亭畔。莫訝萍蹤輕聚散。送客江頭，多少帆檣亂。南浦西山青不斷。年年只見遊人換。

浣溪沙

惱煞啼鵑不住啼。一燈如豆夜悽迷。夢中羅襪是耶非。若果它生能再合，便將死別當生離。蘭因絮果信還疑。

鳳凰臺上憶吹簫 金陵陸筱雲校書，于癸丑城陷前一夕，約諸姊妹酣歌醉舞，夜遂自經。無錫楊鐵士繪影徵題，爲填此解。

碧玉樓前，石頭城外，無端烽火生愁。甚鏡花留影，蕩漾成秋。弱質何堪再誤，風流夢、驀地回頭。聊攜酒。蹁躚舞袖。宛轉歌喉。休休。者番醉也，倩羅帕消除，萬種温柔。便剩脂零粉，憑付誰收。化作子規啼血，聲聲恨、似切同仇。從今後，紫蘿紅杜，何處遺坵。此詞因其事可傳，存之。

黄體正詞

粵西詞見二卷，丙申刻于金陵。嘗欲輯補遺一卷，今不復從事矣。黄雲湄先生詞，余出都後，半塘得于海王村。今年四月，出以示余，屬録入粵西詞補者也。黄先生名體正，桂平人，嘉慶三年鄉試第一，官至國子監典籍。有帶江園小草，附詞。

夏初臨春暮　黄體正

皺緑成波，吹紅作雨，東風費盡心情。春似遊人，悤悤欲動行旌。光陰夢樣難醒，綰晴絲，飄去無聲。簾櫳晝寂，闌干徑峭，院落苔青。天涯何處，芳草偏多。玉樓煙重，翠袖寒輕。朱顔易老，怎經花事凋零。此恨分明，又煩它，燕子叮嚀。共誰聽。三眠柳上，坐箇黄鶯。

琴調相思引送春

夢雨愁雲負一春。傷心如別有情人。離筵幾刻，怎地不銷魂。蜂蝶過牆紅寂寂，園林回首緑深深。手團風絮，扶醉倚黄昏。

水龍吟春江聞藩

天涯芳草春初，美人何處瀟湘隔。離情欲訴，更沉鼉鼓，波寒瑶瑟。驀地龍吟，一枝竹裂，江南江北。恁迷濛煙月，聲聲弄破，縹緲作、關山白。吹散梅魂柳魄。憶當年、動人悽惻。高樓醉倚，清笙漫擫，紅牙低拍。回首離亭，萬條飛絮，十年孤客。到如今試問，紫鸞黃鶴，阿誰騎得。

太清春東海漁歌

曩閱某詞話云，本朝鐵嶺人詞，男中成容若，女中太清春，直闖北宋堂奥。太清春天游閣詩寫本，歲己丑，余得於廠肆地攤。詞名東海漁歌，求之十年不可得。僅從沈善寶錢塘人。武淩雲室有鴻雪樓詞。閨秀詞話中，得見五闋，録其四如左。憶與半塘同官京師時，以不得漁樵二歌爲恨事。朱希真樵歌及東海漁歌也。余出都後，半塘竟得樵歌付梓，而漁歌至今杳然。就令它日得之，安能起半塘與共賞會耶。此余所爲有椎琴之痛也。

浪淘沙春日同夫子慈溪紀遊　西林太清春

花木自成蹊，春與人宜，清流荇藻蕩參差。小鳥避人棲不定，撲亂楊枝。歸騎踏香泥，山影沉西。鴛鴦冲破碧煙飛。三十六雙花樣好，同浴清溪。

南柯子山行

絺綌生涼意，肩輿緩緩游。連林梨棗綴枝頭。幾處背陰籬落、挂牽牛。遠岫雲初斂，斜陽雨乍收。

牧蹤樵徑細尋求。昨夜驟添溪水、繞村流。

早春怨春夜

楊柳風斜。黄昏人静，睡穩棲鴉。短燭燒殘，長更坐盡，小篆添些。紅樓不閉窗紗。被一縷、春痕暗遮。澹澹輕煙，溶溶院落，月在梨花。

惜分釵詠空沖

春將至，晴天氣，消閒坐看兒童戲。借天風，鼓其中。結綵爲繩，截竹爲筒。空空。人間事。觀愚智。大都製器存深意。理無窮。事無終。實則能鳴，虚則能容。沖沖。

蔡秉衡松下廬詞

蔡秉衡，字竟夫，湘士之極落拓者。病甚，以所作松下廬詞寄子大鄂中，意託以傳。余聞而悲之。曩欲撰録國朝詞若干家爲蕙風簃詞選，專録孤行冷集，以闡幽爲宗恉，而箸人弗與焉。如松下廬詞之類是也。

浣溪沙詩孫招集三雅亭禊飲，用子大韻。四首録一。

簇簇濃陰鬱不開。舊游如夢認荒苔。紅襟小燕卻飛來。綺槅雙扃雙照燭。好春一度一銜杯。曲闌干外水紋回。

醉落魄 山居

及時杯酒。十年人事空回首。乞身漚外天容否。隨意團茅，風雨半椽彀。杜宇啼殘花信驟。掃花懶縛東風帚。吟牀賺夢詩痕瘦。那角斜陽，淡照水楊柳。澹雅略近宋人。吟牀句遜。

鎖窗寒

駿孫竹陰情話圖，駿孫吴人，曩與其舅氏讀書杭州官舍，擬作一圖，未果。後别去，再聚于淮南。瀕行，其舅補寫此圖付之。今駿孫棄經生業，以貳尹來湘，分権郎州。出圖乞題。予適俶裝東下，率譜以應。

簟滑邀涼，簾疏聽雨，少年吟伴。無端絜别，裂竹一聲催遠。紀行程、扁舟去來，又向淮南道中見。認帶潮酒袂，秋風毰毸，淚痕都滿。銷黯。燭重翦。算漉笋流光，幾番輕换。何甥謝舅，更似者情難遣。索柔毫、臨歧補圖，也抵當時勝游券。儻遥空，問訊平安，共與託飛雁。

好事近

花膩鏡簽春，縷縷香雲低嚲。曾記人前偶遇，向那廂端坐。曲屏深掩月三更，還又洞房鎖。未必□宵歡聚，已今宵不果。

陳鐸草堂餘意

明陳大聲鐸草堂餘意，具澹、厚二字之妙，足與兩宋名家頡頏。半塘借去未還。彼珊先生急欲付諸剞氏，而元書不可復得。彼珊謂余，可爲陳大聲一哭。以上見蘭雲菱夢樓筆記

唐山先生詞

曩輯薇省詞鈔，屢訪顏修來、曹頌嘉、趙雲崧三先生詞弗獲。例言爲恨事。比閱茶餘客話，壬午春王月，偶作望江南詞二十闋，分詠淮南歲寒食品，王蓬心宸讀而豔之，爲寫歲朝填詞圖云云。唐山先生曾官中書。據此，知先生亦嘗填詞，惜無從搜訪矣。

屈大均道援堂詞

王阮亭衍波詞虞美人云：「迴環錦字寫離愁。恰似瀟波，不斷入湘流。」炙硯瑣談引陸龜蒙采詞：「問人則不屈不宋，説地則非瀟非湘。」謂「瀟湘」字前人已有分用者。按番禺屈翁山大均道援堂詞瀟湘神三首，零陵作。「瀟水流。湘水流。三閭愁接二妃愁。瀟碧湘藍雖兩色，鴛鴦總作一天秋。」元注，瀟湘二水相合，故名鴛鴦水。「瀟水長。湘水長。三湘最苦是瀟湘。無限淚痕班竹上，幽蘭更作二妃香。」「瀟水深。湘水深。雙雙流水逐臣心。瀟水不如湘水好。將愁送去洞庭陰。」似是阮亭所本。

兵要望江南詞

兵要望江南詞，武安軍左押衙易靜譔。起「占委任」，止「占艆」，最五百二十首。詞雖不工，具徵天水詞學之盛。下至方伎曲士，亦惘諳宮商。雲自在龕藏舊鈔本。（王幼安云：晁公武郡齋讀書志後志卷二云：易靜，唐人。）

藕香簃刻古今鞋

敬齋古今鞋云：「賀方回東山樂府別集有定風波異名醉瓊枝者云：『檻外雨波新漲，門前烟柳渾青。寂寞文園淹臥久，推枕援琴涕自零。無人著意聽。緒緒風披雲幌，駸駸月到萱庭。長記合懽東館夜，與鮮香羅掩翠屏。瓊枝半醉醒。』尋其聲律，乃與破陣子正同。」按四印齋所刻東山寓聲樂府，此闋調名正作破陣子，不作定風波，亦不云異名醉瓊枝。「半醉醒」五字缺。今据此補足，乃可讀，亦快事也。換頭「雲幌」，四印作芸。古今鞋一書，四庫及武英殿聚珍版從永樂大典録出，並祇八卷。藕香簃所刻，爲明萬曆庚子武陵書室蔣德盛梓行十二卷本，又輯聚珍所存，蔣本所缺，爲補遺二卷。

彈指詞名所本

彌勒彈指一聲，樓閣門開。善財入已，見百千萬億樓閣，一樓閣内有一彌勒，領諸眷屬，並一善財而立其前。自是梁汾詞名所本。湘烟録詩源指訣：李觀作百年歌，王湜請其法，觀彈指曰：「遺子爪甲清塵，庶幾文思有加。」此又一說。

香南雪北詞名所本

潞府妙幐臻禪師。僧問金粟如來爲甚麽卻降釋迦會裏。師曰：「香山南，雪山北。」閨秀吴蘋香藻詞名香南雪北，本此。

船子和尚與法常詞

船子和尚偈云：「別人祇看采芙蓉。香氣長黏繞指風。兩岸映。一船紅。何曾解染得虛空。」漁歌子也。法常首座漁父詞云：「此事楞嚴嘗露布。梅花雪月交光處。一笑寥寥空萬古。風甌語。迥然銀漢橫天宇。蝶夢南華方栩栩。斑斑誰跨豐干虎。而今忘卻來時路。江山暮。天涯目送鴻飛去。」漁家傲也。可入宋詞總集。又西余師子禪師偈云：「春風觸目百花開。公子王孫，日日醺醺醉。唯有殿前陳朝檜。不入時人意。」亦天然長短句。（王幼安云：船子和尚乃唐元和間人，非宋人。）

權貴妃詞

高麗人詞李齊賢元時人益齋長短句一卷，刻入粵雅堂叢書，朴誾揻秀集一卷，孫愷似布衣致彌使還，封達御前。衆香集載權貴妃詞三闋，亦見愷似使草。林下雅音，異邦尤爲僅見。謁金門云：「真堪惜。錦帳夜長虛擲。挑盡銀燈情脈脈。描龍無氣力。宮女聲停刀尺。百和御香撲鼻。簾捲西宮窺夜色。天青星欲滴。」踏莎行云：「時序頻移，韶光難駐。柳花飛盡宮前樹。朝來爲甚不鉤簾，柳花正滿簾前路。春賞未闌，春歸何遽。問春歸向何方去。有情海燕不同歸，呢喃獨伴春愁住。」臨江仙云：「花影重簾初睡起，繡鞋著罷慵移。窺粧强把綠窗推。隔花雙蝶散，猶似夢初回。玉旨傳宣呼女監，親臨太液荷池。爭將金彈打黃鸝。樓臺淩萬仞，下有白雲飛。」以上見蕙風簃隨筆

紅笙與紅簫

詞人用紅簫事，以姜白石侍兒小紅善吹簫也。劉賓客和竇夔州見寄寒食日憶故姬小紅吹笙詩云：「鸞聲窈眇管參差。清韻初調衆樂隨。幽院妝成花下弄。高樓月好夜吹時。忽驚暮槿飄零盡。唯有朝雲夢想期。聞道今年寒食日。東山舊路獨行遲。」則是紅簫之前，又有紅笙矣。

周晉清平樂

宋周晉清平樂云：「手寒不了殘碁。篝香細勘唐碑。無酒無詩情緒。欲梅欲雪天時。」倚聲家爲金石學，是魚與熊掌也。晉字明叔，號嘯齋。

詩詞中方言

韓昌黎盆池詩：「夜半青蟲聖得知。」劉賓客和牛相公寓言：「只恐重重世緣在，事須三度副蒼生。」周草窗西江月詞：「稱銷不過牡丹情。中半傷春酒病。」王質漁父詞：「遮些快活有誰知。」「聖得」、「事須」、「稱銷」、「遮些」，皆唐宋人方言。

閻蒼舒原名安中

宋閻蒼舒，元名安中，改名蒼舒。何異中興百官題名，東宮官有閻安中，又有閻蒼舒，誤以爲二人也。

韶音洞詩

余十二歲時，作韶音洞詩：「桂林多古洞，每以形得名。此洞在城北，不以形以聲。泠泠清音發，足以怡性情。恍如奏舜樂，鳥獸皆鏘鳴。今我獨坐久，神氣爲之清。」惟此至己卯已前時，常作詩，苦不能入格。己卯已後，沉頓於詞滋甚，與詩判爲兩涂矣。

雜體詩鈔

先雨人世父澍，輯雜體詩鈔鍥行。如柏梁體、梁父吟、離合體、神智體、休洗紅、兩頭纖纖、自君之出矣、集詞名、藥名之類，體凡數十，得二十四卷，分八鉅册。余幼時輒每種仿爲之。偶憶其一云：「自君之出矣，不復畫長眉。眉長似遠山，山遠君歸遲。」

張詩舲序十六家詞

道光季年，祥符周稚圭先生之琦開府吾粵，刻心日齋十六家詞録成。適華亭張詩舲先生祥河官藩司，爲之序。末云：「公今美成，余慚叔夏。」兩賢合並，誠佳話也。

四印齋所刻詞

王幼霞給諫鵬運，自號半塘老人。臨桂東鄉地名半塘尾，幼霞先塋所在也。清通温雅，初嗜金石，後迺專一於詞。其四印齋山谷送張叔和詩，我捉養生之四印，謂忍默平直也。百戰百勝，不如一忍。萬言萬業，不如一默。無可揀擇眼界平。不藏秋豪心地直。所刻詞旁搜博采，精采絶倫，雖虞山毛氏弗逮也。王氏在桂林曰燕懷堂，舊有園在城西南隅。修廊百步，鏤花牆，納湖光。牆已外卽擷湖矣。半塘有鼻病，致憎茲多口，然不足爲直聲才名玷也。以上見蕙風簃二筆

抛堶之戲

東山詞：「揭簾飛瓦雹聲焦。」宋世寒食，有抛堶音陀之戲，蓋兒童飛瓦石也。下云：「九曲池邊楊柳陌，香輪軋軋馬蕭蕭。」亦寒食風景。

乾隆寫本白石道人集

乾隆寫本白石道人集，靈鶼閣藏。余曾迻鈔一本。白石自序後，有洪武十年八世孫福四謹志，略云：「公詩一卷，歌曲六卷，早已板行。暮年復加删竄，定爲五卷。無雕本，藏於家。經兵火，帖軸無隻字，而是編獨存。録寫兩本，一付兒子，一詒猶子通，世世寶之。」又萬曆二十一年十六世孫鰲謹書，略云：「此青坡徵君手書，以遺侍御峨客公者。今又二百餘年。楮雖蝕落，而字蹟猶在。因付匠整頓，且命鯉弟以側理漿紙照本臨出，用時莊誦焉。」又乾隆甲子二十世孫虬録謹書，略云：「公詩初本刻於嘉泰間，晚又塗改删汰，録爲定本，藏於家。五六百年世無知者。爰搜取各家刊本，彼此讎勘，附以累朝詩話掌故，有入近代者，並爲箋略。獨篇什不敢擅爲增損。間有捃拾，僅以附別之。」余藏白石詩詞集，常熟汲古閣本、江都陸鍾輝本、華亭張奕樞本、歙洪正治本、華亭姜氏祠堂本、臨桂倪鴻本、王鵬運本、仁

和許增本。許本參互各家，□極精審。除此寫本未見外，所據各本與余所藏略同。寫本□録所見各本序跋，有康熙庚寅通越諸錦序，康熙戊戌廣陵書局刻本，龍溪曾時燦序，爲許氏及余所未見。所録詩話、詞評、軼聞、故事，亦視刻本爲多。間有虬緑自識，亦極該博。又有姜氏世系、白石年譜，足資考證。祠堂本姜熙序，以世表無攷爲恨，亦未見此寫本。附采五絶二首，訪全老于淨林、觀沈傳師碑隆茂宗畫二首，刻本有。七絶二首，和朴翁一首，刻本有。三高祠一首，刻本無。據悼牽牛，姑蘇志采入首句「不貪名爵不爭勢」。填詞二首，越女鏡心卽法曲獻仙音，刻本無。細讀兩詞，雖非集中傑作，然如前闋「雨」、「緒」、「路」，後闋「綺」、「幾」、「醉」等韻，自是白石風格，非竄入它人之作也。

越女鏡心 二首

姜夔

風竹吹香，水楓鳴緑，睡覺凉生金縷。鏡底同心，枕前雙玉，相看轉傷幽素。傍綺閣，輕陰度飛來鑑湖雨。　近重午。燎銀篝、暗薰溽暑。羅扇小、空寫數行怨苦。纖手結芳蘭，且休歌、九辯懷楚。故國情多，對溪山，都是離緒。但一川煙葦，恨滿西陵歸路。別毛席瑩。周頤按：原注題疑有誤字。

檀撥么弦，象奩雙陸，舊日留歡情意。夢別銀屏，恨裁蘭燭，香篝夜閒鴛被。料燕子、重來地。桐陰鎖窗綺。　倦梳洗。暈芳鈿、自羞鸞鏡。羅袖冷、疏竹畫簾半倚。淺雨滲酴醿，指東風、芳事餘幾。院落黃昏，怕春鶯，笑人顰頞。倩柔紅約定，喚起玉簫同醉。春晚

周頤按，右詞二闋，采附法曲獻仙音虛閣籠寒闋後。細審詞調，有與法曲獻仙音小異者。前段「輕

陰度」、「重來地」叶，後段「空寫數行怨苦」、「疏竹晝簾半倚」，「怨」字「半」字去聲是也。有與法曲獻仙音脗合者，前闋前段「風竹」「竹」字，「嗚緑」「緑」字，「睡覺」「覺」字，後段「故國」「國」字。後闋前段「檀撥」「撥」字，「雙陸」「陸」字，「舊日」「日」字。後段「院落」「落」字並入聲是也。守律若是謹嚴，自是白石家法。（王幼安云：越女鏡心第二首乃趙聞禮法曲獻仙音詞，見陽春白雪。）

和放翁釵頭鳳

放翁出妻爲作釵頭鳳者，姓唐名琬。和放翁釵頭鳳詞，見御選歷代詩餘詞話及林下詞選「世情薄。人情惡。雨送黄昏花易落。曉風乾。泪痕殘。欲箋心事，獨語斜闌。難難難。人成各。今非昨。病魂常似秋千索。角聲寒。夜闌珊。怕人尋問，咽泪妝歡。瞞瞞瞞。」前後段俱轉平韻，與放翁詞不同。耆舊續聞云：其婦見而和之，有「世情薄，人情惡」之句，惜不得其全闋。

潘瀛選新荷葉

潘仙客瀛選新荷葉句云：「雛晴嫩霽，似垂髫，小女盈盈。」未經人道。

周濟介庵詩詞

校周保緒濟介庵詩詞，多常州耆舊軼聞。湯貞愍官樂清副戎，引疾歸，寄保緒春水園。貞愍暨其配雙湖夫人，俱擅丹青，有畫梅樓雙照。保緒爲題浣溪沙詞，有「暗香雙護玉樓人。旁人剛道是梅魂」之句。

貞慤奉命弋捕，改道士裝入羅浮，經月乃出。既罷，寫其裝爲琴隱圖，琴隱圖所由名也。又有十二古琴書屋填詞圖。張翰風初名翊，改名與權，後定名琦。陸祁生故宅，有「龍蛇影外風雨聲中之軒」，庭中古檜二，後燬於火。

淑秀澹庵詞

徐淑秀，自號昭陽遺孑，前朝南渡時宮人也。甲申後，流落金臺，後歸泰州邵某。爲詩多抑鬱哀憤之音，有「昭陽遺孑聽漁歌。爾樂波濤我爲何」、「入畫無人知是我，倚闌看蝶認爲花」之句。所著一葉落詞，衆香集録四闋。女邵笠，字澹菴。菩薩蠻云：「亂鶯啼破流蘇夢。櫻桃露溼花梢重。小婢促梳頭。開奩滿鏡愁。　畫眉人不在。蹙損雙螺黛。淡日上紅紗。輕蟬鬢影斜。」虞美人後段云：「翠眉一霎愁峯鎖。挼碎芙蓉朵。問伊底事忽嬌嗔。道是采花、掠亂鬢梢雲。」淑秀詞視澹菴稍遜，然「入畫」二語，卻未經人道。

尼靜照詞

尼靜照，字月上，宛平人，曹氏良家女，泰昌時選入宮。在掖庭二十五年，作宮詞百首。崇禎甲申，祝髮爲尼。西江月云：「午倦懨懨欲睡，篆煙細細還燒。鶯兒對對語花梢。平地把人驚覺。　有恨慵彈緑綺，無情孏整雲翹。難禁愁思勝春潮。消滅容光多少。」體格雅近北宋。

成岫詞

成岫，字雲友，錢塘人。略涉書傳，手談齒句、鬬茗彈絲並皆精妙。愛雲間董宗伯書畫，刻意臨撫。每一著筆，輒能亂真。今嫵媚而失蒼勁者，皆雲友作也。戊子春，宗伯留湖上，見雲友所做書畫甚夥，自不能辨。後得徵士汪然明言其詳，卽爲蹇修，結褵於不繫園。時雲友年二十二矣。歸董後，琴瑟静好，譜入意中緣傳奇。有慧香館集。菩薩蠻云：「綠楊深處黃鸝坐。蒼苔門巷無人過。簾捲接湖光。六橋車馬忙。錦塘花歷亂。雲擁雷峯暗。觸緒撫瑤琴。澄懷一寄心。」已上三則采錄衆香集

吴澄臨江仙

吴草廬澄臨江仙詞九日舟泊安慶城下，晚歇臨江水驛。於時月明風清，水共天碧，情景佳甚。與徐道川、方復齋、況眉吾、方清之，驛亭草酌。以「殊鄉又逢秋晚」分韻，得「殊」字。「去歲家山重九日，西風短帽蕭疏。如今景物幾曾殊。舒州城下月，未覺此身孤。勝友二三成草草。只憐有酒無茱。江涵萬象碧霄虛。客星何處是，光彩近辰居。」有元一代吾宗故實尤少，亟記之。

與叔問聯句

辛卯、壬辰間，余客吴門，與子苪叔問，素心晨夕，冷吟閒醉，不知有人世升沉也。某夕，漏未三滴，招子苪讌集，不至。叔問得浣溪沙前四句，余足成之。「□樣詞人天樣遥。翠衾貪度可憐宵。苪姬人名翠

翠。未應箋管換釵翹。破面春風防粉爪。問畫眉新月戀香毫。柳顰花笑奈明朝。」翼日，有怡園之約，故歇拍云云。今子芾墓木拱矣。王逸少所謂「俛仰之間，已成陳迹。」成容若所謂「當時祇道是尋常」也。

陳大聲戲倣月令

陳大聲草堂餘意不可復得，甚恨事也。大聲一字秋碧，精研宮律，當時有樂王之目。又善謔，嘗居京師戲倣月令二月云：「是月也，壁蝨出，溝中臭氣上騰，妓韡化爲鞵。」見顧起元客座贅語。又有四時曲，秋碧與徐髯仙聯句。

玉梅後詞

玉梅後詞臨江仙云：「妍風吹墜彩雲香。」彩雲麗矣，而又有香，且是妍風吹墜，七字三層意。

楊澤民和清真

楊澤民和清真驀山溪云：「平生彊項，未肯輕魚水。」余亦云然。

注明宮調詞輯

宮調之學，失傳久矣。嘗欲輯兩宋人詞注明宮調者，都爲一帙。取其相同之調，參互比勘，當有消息可尋。惜塵冗，苦無暇也。

蓼園詞選

余女兄三，某仲適黃，名俊熙，字籲卿。籲卿之曾祖蓼園先生，有詞選梓行。詞選無先生名，名待攷。起玄真子漁歌子，訖周美成六醜，都二百二十四闋。並渾雅温麗，極合倚聲消息。每闋有箋，徵引贍博。余年十二，女兄於歸，詒余是編，如獲拱璧。心維口誦，輒仿爲之。是余詞之導師也。先生選詞若是之精，斷無不工填詞之理，顧所作迄未得見。可知吾粤詞人，湮没不彰者夥矣。黄氏家祠内有偶彭樓詞，舉版貯其上，並可登眺城西山色。女兄以余幼故，請登樓勿許，當時爲之惘然。至樓名何，則至今不知。以上見香東漫筆

後庭花破子

後庭花破子，李後主、馮延巳相率爲之。「玉樹後庭前。瑶草妝鏡邊。去年花不老。今年月又圓。莫教偏。和月和花，天教長少年。」單調三十二字，見古今詞話詞辨卷上，引陳氏樂書。王惲、邵亨貞、趙孟頫並有此詞。萬氏詞律不收，謂是北曲，不知南唐已創此調也。（王幼安云：宋陳暘樂書無此詞。）

賀方回小梅花

賀方回小梅花「城下路」一闋前段，詞綜作金人高憲詞，調名貧也樂，於「家」韻分段。半塘云：「或沿明人選本之譌也。」（王幼安云：詞綜本元好問中州樂府。）

宋諺入詞

宋諺：「饞如鶻子。懶如堠子。」稼軒玉樓春「心如溪上釣磯閑，身似道旁官堠懶。」又云：「謝三娘不識四字，罪之頭。」呂聖求河傳：「常把那、目字橫書，謝三娘、全不識。」

楊妹子題畫詞

楊娃亦稱楊妹子，宋寧宗恭聖皇后妹，以藝文供奉内廷。題馬遠松院鳴琴小幅訴衷情云：「閑中一弄七絃琴。此曲少知音。多因澹然無味。不比鄭聲淫。　松陰静，竹樓深。夜沉沉。清風拂軫。明月當軒。誰會幽心。」按楊娃詞各選本未著録，此闋見韻石齋筆談。（王幼安云：此首乃張掄詞。）

胡與可百字令

黄子由尚書夫人胡氏與可，號惠齋，元功尚書之女也。有文章，兼通書畫。嘗因几上凝塵，戲畫梅一枝，題百字令云：「小齋幽僻，久無人到此，滿地狼籍。几案塵生多少憾，玉指親傳踪跡。畫出南枝，正開側面，花蕊俱端的。可憐風韻，故人難寄消息。　非共雪月交光，這般造化，豈費東君力。只欠清香來撲鼻，亦有天然標格。不上寒窗，不隨流水，應不貼宫額。不愁三弄，只愁羅袖輕拂。」按夫人有滿江紅燈花詞，見花草粹編及詞統。此闋見董史皇宋書録。

坡詞出處

東坡詞：「春事闌珊芳草歇。」升庵詞品引唐劉瑤詩「瑤草歇芳心耿耿」，傳奇女郎王麗真詩「燕折鶯離芳草歇」，謂是坡詞出處。不知謝靈運有「芳草亦未歇」句。此條見古虞朱亦棟羣書札記。

升庵失考

又坡詞「遊人多上十三樓」，詞品云：「用杜牧詩『婷婷嫋嫋十三餘』句也。案咸淳臨安志，十三間樓在錢塘門外，大佛頭纜船石山後，東坡守杭時，多遊處其上，今爲相嚴院。又見武林舊事、夢粱録。郭祥正陳默並有詩，見西湖志。升庵豈未考耶。（王幼安云：「陳鵠西塘集耆舊續聞卷二，引東坡此詞，已云：『十三間樓，在錢塘西湖北山。』」）

趙意孫詞

「偃卧碎瑤呼不起，看繁星、歷亂如棋走。」趙意孫舍懷玉題張仲治雪中狂飲圖金縷曲句也。情景逼真，非老於醉鄉者不能道。

怎奈向

淮海詞：「怎奈向歡娱，漸隨流水。」今本「向」改「何」，非是。「怎奈向」宋時方言，它宋人詞亦有用者。

女詞綜

文選樓叢書未刻稿本待購書目一册，有女詞綜，此書未之前聞。

清詞人生日

曩與筱珊、半塘，約爲詞社，月祝一詞人，合爲一集。嗣筱珊有湖北之行，因而中止。考出詞人生日，録記於此，它日克踐斯約，尚當補所未備。正月初四日黄仲則景仁生。見年譜十一日李分虎符生。見本集三月十二日蔣京少景祈生。見罨畫溪詞題二十五日王西樵士禄生。見名人年譜五月初二日厲樊榭鶚生。見本集初四日彭羨門孫遹生。見延露詞題二十二日項蓮生鴻祚生。見汪遠孫清尊集六月二十九日李武曾良年生。見本集七月初七日周稚圭之琦生。見年譜八月二十一日朱竹垞彝尊生。見年譜閏八月二十八日王阮亭士正生。見年譜十月二十八日蔣苕生士銓生。見名人年譜十一月二十二日王德甫昶生。見年譜十二月十二日納蘭容若成德生。見高士奇蔬香詞題　以上香海棠館詞話

附録

蕙風詞話詮評

夏敬觀

臨桂況舍人夔笙，最善於論詞。雖其所作之詞，亦不能盡符其論詞之旨，要其所論，類多名言。兹擇其蕙風詞話中之有關作詞旨要者，加以擴充闡明。其所説未愜吾意者，亦加以辨正。

作詞有三要：曰重、拙、大。南渡諸賢不可及處在是。又曰：重者，沈著之謂，在氣格不在字句。又引半塘云：「宋人拙處不可及，國初諸老拙處亦不可及。」

按況氏言，重、拙、大爲三要，語極精粲。蓋重者輕之對，拙者巧之對，大者小之對，輕巧小皆詞之所忌也，重在氣格。若語句輕，則傷氣格矣，故亦在語句。但解爲沈著，則專屬氣格矣。蓋一篇詞，斷不能語語沈著，不輕則可做到也。一篇中欲無輕語，則惟有能拙，而後立得住，此作詩之法。一篇詩，安得全是名句。得一二名句，餘皆恃拙以扶持之，古名家詩皆如此也。名家詞亦然。北宋詞較南宋爲多樸拙之氣，南宋詞能樸拙者方爲名家。概論南宋，則纖巧者多於北宋。況氏言南渡諸賢不可及處在是，稍欠分別。況氏但解重拙二字，不申言大字，其意以大字則在以下所説各條間。余謂重拙大三字相連係，不重則無拙大之可言，不拙則無重大之可言，不大則無重拙之可言，析言爲三名辭，實則一貫之道也。王半塘謂「國初諸老拙處，亦不可及」。清初詞當以陳其年、朱彝尊爲冠。二家之詞，微論其詞之多涉輕巧小，即其所賦之題，已多喜爲小巧者。蓋其時視詞爲小道，不惜以輕巧小見長。初爲詞者，斷不可學，切毋爲半塘一語所誤。余以爲初學爲詞者，不可先看清詞，欲以詞名家者，不可先讀南宋詞。

張皋文、周止庵輩尊體之說出，詞體乃大。其所自作，仍不能如其所說者，則先從南宋詞入手之故也。大凡學爲文辭，入手門徑，最爲緊要，先入爲主，既有習染，不易滌除。取法北宋名家，然後能爲姜張。取法姜張，則必不能爲姜張之詞矣。止庵謂問塗碧山，歷夢窗、稼軒，以還清真之渾化，乃倒果爲因之說，無是理也。

詞中求詞，不如詞外求詞。詞外求詞之道，一曰多讀書，二曰謹避俗。俗者，詞之賊也。多讀書，始能醫俗，非胸中書卷多，皆可使用於詞中也。詞中最忌多用典故，陳其年、朱彝尊可謂讀書多矣，其詞中好使用史事及小典故，搬弄家私，最爲疵病，亦是詞之賊也，不特俗爲詞之賊耳。

詞筆固不宜直率，尤切忌刻意爲曲折。以曲折藥直率，即已落下乘。昔賢樸厚醇至之作，由性情學養中出，何至蹈直率之失。若錯認真率爲直率，則尤大不可耳。又曰：詞能直，固大佳。顧所謂直，誠至不易，不能直，分也。當於無字處求曲折，切忌有字處爲曲折。

詩境以直質爲上，詞境亦然。此云直，當謂直質也。直質者，真之至也。曲直之直，又是一義。此二條措辭甚不明白，當分別說之，方能明顯。

詞筆不宜直率，尤忌刻意爲曲折。以曲折藥直率，即已落下乘，曲折須出之自然也。

詞求曲折，當於無字處求之。切忌有字處爲曲折。曲折在意，不在字句間也。詞能直質爲上乘，頗大不易，昔賢樸厚醇至之作，由性情學養中出，故真率之至。真率乃直質也，不可誤直率爲真率。

如此分別，則語意明顯。

詞中轉折宜圓。筆圓，下乘也。意圓，中乘也。神圓，上乘也。又曰：詞不嫌方。能圓見學力，能方見天分。但須一落筆圓，通首皆圓。一落筆方，通首皆方。圓中不見方易，方中不見圓難。轉折筆圓，恃虛字爲轉折耳。意圓，則前後呼應一貫。神圓，則不假轉折之筆，不假呼應之意，而潛氣內轉。方者，本質，天所賦也。圓者，功力，學所致也。方圓二字，不易解釋，夢窗，能方者也。白石、玉田，能圓者也。知此可悟方圓之義。方中不見圓，蓋神圓也，惟北宋人能之。子野、方回、耆卿、清真，皆是也。詞過經意，其蔽也斧琢。過不經意，其蔽也褦襶。不經意而經意易，經意而不經意難。又曰：「恰到好處，恰夠分量，毋不及，毋太過，半塘老人論詞之言也。」又曰：「詞太做嫌琢，太不做嫌率，欲求恰如分際，此中消息，正復難言。但看夢窗何嘗琢，稼軒何嘗率，可以悟矣。」

此三條，反復申明不琢不率之道，乃鑪火純青之功候也。夢窗學清真者，清真乃真能不琢，夢窗固有琢之太過者。稼軒學東坡者，東坡乃真能不率，稼軒則不無稍率者。況氏從南宋詞用功，所說多就南宋詞立論，前條明方圓之義亦然。

真字是詞骨。情真景真，所作必佳，且易脫稿。

處當前之境界，棖觸於當前之情景，信手拈來，乃有極妙之詞出，此其真，乃由外來而內應之。若夫以真爲詞骨，則又進一層，不假外來情景以興起，而語意真誠，皆從內出也。

詞人愁而愈工。真正作手，不愁亦工，不俗故也。不俗之道，第一不纖。寒酸語，不可作，即愁苦之音，亦以華貴出之，飲水詞人，所以爲重光後身也。

此二條可互參，皆謂士大夫之詞也。讀書多，致身爲士大夫，自不俗。其所佔身分，所居地位，異於寒酸之士，自無寒酸語。然柳耆卿、黃山谷好爲市井人語，亦不俗不寒酸。史梅谿一中書堂吏耳，能爲士大夫之詞，以筆多纖巧，遂品格稍下。於此可悟不俗不寒酸之故矣。況氏以纖爲俗，俗固不止於纖也。

作詞最忌一矜字，矜之在迹者，吾庶幾免矣。其在神者，容或在所難免，茲事未遽自足也。

矜者，驚露也。依黯與靜穆，則爲驚露之反。而依黯在情，靜穆在神，在情者稍易，在神者尤難。情有迹也，神無迹也。驚露則述情不深而味亦淺薄矣，故必依黯以出之。能依黯，已無矜之迹矣。神不靜穆，猶爲未至也。

詞有穆之一境，靜而兼厚、重、大也。淡而穆不易，濃而穆更難。知此可以讀花間集。

此條與前條互相發明，穆乃詞中最高之一境，況氏以讀花間集明之，可謂要訣。

花間至不易學。其蔽也，襲其貌似，其中空空如也，所謂麒麟楦也。或取前人句中意境，而紆折變化之，而雕琢、鉤勒等弊出焉。以尖爲新，以纖爲豔，詞之風格日靡，真意盡漓，反不如國初名家本色語，或猶近於沈著、濃厚也。庸詎知花間高絶，即或詞學甚深，頗能窺兩宋堂奥，對於花間，猶爲望塵卻步耶。

花間詞全在神穆，詞境之最高者也，況氏説此最深。所指近人之弊，確切之至。小令比慢詞爲難，今初學入手便爲小令，便令讀花間，從何得其塗徑耶。

凡人學詞，功候有淺深，即淺亦非疵，功力未到而已。不安於淺而致飾焉，不恤顰眉、齲齒，楚楚作態，乃是大疵。最宜切忌。

此示初學，亦甚切要。蓋凡爲文辭，必先令理路清楚。理路既清，逐漸用功，步步增進。若理路未清，而東偷西竊，駁雜無敍，遂永無成就之希望矣。理路清，雖淺無害也。不安於淺，又遂欲描頭畫角以文之，仍是理路未能徹底清楚耳。

填詞先求凝重。凝重中有神韻，去成就不遠矣。所謂神韻，即事外遠致也。即神韻未佳，而過存之，其足爲疵病者亦僅，蓋氣格較勝矣。若從輕倩入手，至於有神韻，亦自成就，特降於出自凝重者一格。若並無神韻而過存之，則不爲疵病者亦僅矣。或中年以後，讀書多，學力日進，所作漸近凝重，猶不免時露輕倩本色。則凡輕倩處，即是傷格處，即爲疵病矣。天分聰明人，最宜學凝重一路，卻最易趨輕倩一路。苦於不自知，又無師友指導之耳。

此條示學者以擇取之塗徑，至關緊要。蓋入手即須不誤，誤則爲終身之疵病，醫之不易也。余前言學詞不可從清初詞入手，卽是此意。清初詞輕倩者多，未知詞之品格高下者，最易喜輕倩一路，以輕倩易於動人耳。嘉道前詞人，喜爲姜、張，正是好輕倩之故，卽有成就，所謂成就其所成就也。姜、張亦自有凝重之神韻，好輕倩者不知之。姜、張之圓，非輕倩，好輕倩者以爲輕倩，此不善學姜、張也，姜、張豈任其咎。

詞學程序，先求妥帖、停勻，再求和雅、深秀，乃至精穩、沈著。精穩則能品矣。沈著更進於能品矣。精穩之穩，與妥帖迥乎不同。沈著尤難於精穩。平昔求詞詞外，於性情得所養，於書卷觀其通。優而游之，饜而飫之，積而流焉。所謂滿心而發，肆口而成，擲地作金石聲矣。情真理足，筆力能包舉之。純任自然，不假錘鍊，則沈著二字之銓釋也。

此程序分作四層，衹妥帖停勻一層，爲初學者道。後三層，皆已有成就者所由用功之方法。天生詞人，固一蹴卽至，未有如許程序也。

初學作詞，只能道第一義，後漸深入。意不晦，語不琢，始稱合作。至不求深而自深，信手拈來，令人神味俱厚，規橅兩宋，庶乎近焉。

此補充前條之意耳。意不晦，語不琢，是作詞之條件。故初學作詞者，須先求妥帖停勻。功夫未到，勿妄求深入。但求意不晦，語不琢，漸漸向和雅深秀一路走。若不安於淺，而顰眉齲齒，楚楚作態，是初學者所最忌。此數條皆是指導初學者之名言。

填詞之難，造句要自然，又要未經前人説過。自唐五代以還，名作如林，那有天然好語，留待我輩驅遣。

必欲得之，其道有二：曰性靈流露，曰書卷醞釀。性靈關天分，書卷關學力。學力果充，雖天分稍遜，必有資深逢源之一日，書卷不負人也。中年以後，天分便不可恃。苟無學力，日見其衰退而已。江淹才盡，豈真夢中人索還囊錦耶。

作詞功力，能漸至於名家，既要天分，亦要學力。有天分而無學力，終不能大成也。譬之於弈，二十歲後，便無國手希望。必在二十歲前，即成國手，此天分也。以後造就至八段九段以上，則係之功力矣。不復用功，亦止於是而已。古今神童，造就有限者，自恃其天資，不求於學力也。詩詞文章，雖前賢名作如林，仍有無窮境界，待後人開發。書卷醞釀，得之於前人者也。性靈流露，則得之於目前之境地，得之於平昔之學養。

作詞至於成就，良非易言。即成就之中，亦猶有辨。其或絕少襟抱，無當高格，而又自滿足，不善變。不知門徑之非，何論堂奧。然而從事於斯，歷年多，功候到，成就其所成就，不得謂非專家。凡成就者，非必較優於未成就者。若納蘭容若，未成就者也，年齡限之矣。若厲太鴻，何止成就而已，且浙派之先河矣。

絕少襟抱，無當高格，又自滿足，不善變，不知門徑之非，乾嘉時此類詞甚多。蓋乾嘉人學乾嘉詞者，不得謂之有成就，尤不得謂之專家，況氏持論過恕。其下以納蘭容若、厲太鴻爲喻，則又太刻。浙派詞宗姜、張，學姜、張亦自有門徑，自有堂奧，姜、張之格，亦不得謂非高格，不過與周、吳宗派異，其堂奧之大小不同耳。

吾詞中之意，唯恐人不知，於是乎勾勒。夫其人必待吾勾勒，而後能知吾詞之意，卽亦何妨任其不知矣。曩吾詞成，於每句下注所用典，半塘輒曰：「無庸。」余曰：「奈人不知何。」半塘曰：「儻注矣，而人仍不知，又將奈何。矧填詞固以可解不可解，所謂煙水迷離之致，爲無上乘耶。」

勾勒者，於詞中轉接提頓處，用虛字以顯明之也。卽張炎詞源所云：「用虛字呼喚，單字如正、但、任、甚之類，兩字如莫是、還又、那堪之類，三字如更能消、最無端、又卻是之類。」南宋清空一派，用此勾勒法爲多，用之無不得當者，南宋名家是也。乾嘉時詞，號稱學稼軒、白石、玉田，往往滿紙皆此等呼喚字，不問其得當與否，遂成滑調一派。吴夢窗於此等處多换以實字，玉田譏爲七寶樓臺，拆下不成片段，以爲質實，則凝澀晦昧。其實兩種皆北宋人法，讀周清真詞，便知之。清真非不用虛字勾勒，但可不用者卽不用。其不用虛字，而用實字或静辭，以爲轉接提頓者，卽文章之潛氣内轉法。今人以清真、夢窗爲澀調一派。夢窗過澀則有之，清真何嘗澀耶。清真造句整，夢窗以碎錦拼合。整者元氣渾侖，碎拼者古錦斑斕。不用勾勒，能使潛氣内轉，則外澀内活。白石、玉田一派，勾勒得當，亦近質實，誦之如珠走盤，圓而不滑。二派皆出自清真。及其至，品格亦無高下也。今之學夢窗者，但能學其澀，而不能知其活。拼湊實字，既非碎錦，而又捍格不通，其弊等於滿紙用呼喚字耳。詞固不可多用典，用典充塞，非佳詞也。清初竹垞、迦陵犯此弊，後人爲之箋注，閲之尚可厭，自注則尤鄙陋。

作詞須知暗字訣。凡暗轉、暗接、暗提、暗頓，必須有大氣真力斡運其間，非時流小惠之筆能勝任也。駢體文亦有暗轉法，稍可通於詞。

文賦詩詞，皆須知此法，卽潛氣内轉也。不知此法，皆非高品。一意相貫，或直下，或倒裝，或前後挪移，總由筆氣筆力運用之。有轉接提頓，而離迹象，行文之妙訣也。

名手作詞，題中應有之意，不妨三數語說盡。自餘悉以發抒襟抱所寄托，往往委曲而難明。長言之不足，至乃零亂拉雜，胡天胡帝。其言中之意，讀者不能知，作者亦不蘄其知。以謂流於跌宕怪神、怨懟激發，而不可以爲訓，則亦左徒之騷些云爾。夫使其所作，大都衆所共知，無甚關係之言，甯非浪費楮墨耶。

高品之詞，不必有題，吾意中所欲言，卽題也。有題如詠物等，已下於不必有題者一等矣。有題而沾滯於題，直是笨伯。至題目纖小，乃明以後人所爲，不惟不足以登大雅之堂，且鄙瑣不堪入目。試看宋賢之詞，師其製題之雅者。蓋有題之詞，亦須加以裁製乃雅也。

文辭至極高之境，乃似有神經病人語，故有可解而不可解之喻。然非胡說亂道，其間仍有理路在，但不欲顯言，而玄言之。不欲逕言，而迂回以言之耳。又往往當言不言，而以不當言者襯出之。其零亂拉雜，衹是外表覺得難喻，而内極有敍，非眞零亂拉雜也。此境爲已有成就而能深入者道，初學者勿足以語此。

初學作詞，最宜聯句、和韻，始作，取辦而已，毋存藏拙嗜勝之見。久之，靈源日濬，機括日熟，名章俊語紛交衡，有進益於不自覺者矣。手生重理舊彈者亦然。離羣索居，日對古人，研精覃思，寧無心得，未若取徑乎此之捷而適也。

此說余極不以爲然。玉田謂詞不可强和人韻，若倡之者，曲韻寬平，庶可賡和。倘韻險，又爲人所先，則必牽强賡和，句意安能融貫。徒費苦思，未見有全章妥溜者。此語誠然，和韻因韻成句，聯句因人成章，但務爲名章俊語而已。初學者成章成句，尚頗費力，爲人牽制，安得名俊。以此示初學，誤盡蒼生。

學塡詞，先學讀詞。抑揚頓挫，心領神會。日久，胸次鬱勃，信手拈來，自然丰神諧鬯矣。

讀詞不成腔，不能知詞之韻味，不能知腔調音節之要處，故必得讀之訣而後可。韻味在表者，見詞之字句可知。韻味在內者，非讀不悟也。音節之要處，在平仄及四聲，在句豆，如一領二、二領一、一領三等等。又凡文義二字相連者，不可離而爲二。一領二，不可連而爲三，諸如此類是也。平上去入四聲，自有分別，音須分清。此非謂塡詞必墨守四聲也，但讀詞時必須四聲不混耳。

佳詞作成，便不可改。但可改，便是未佳。改詞之法，如一句之中，有兩字未愜，試改兩字。仍不愜意，便須換意，通改全句。牽連上下，常有改至四五句者。不可守住元來句意，愈改愈滯也。又曰：改詞須知挪移法。常有一兩句，語意未協，或嫌淺率。試將上下互易，便有韻致。或兩意縮成一意，再添一意，更顯厚。此等倚聲淺訣，若名手意筆兼到，愈平易，愈渾成，無庸臨時掉弄也。

一詞作成，當前不知其何者須改，粘之壁上，明日再看，便覺有未愜者。取而改之，仍粘壁上。明日再看。覺仍有未愜，再取而改之，如此者數四，此陳蘭甫改詞法也。鄭叔問作詞，改之尤勤。常三四易穩，甚至通首另作，於初稿僅留一二句。朱漚尹作詞，有數年後取改數字者。作詞貴有詞友，其未協處，己不能覺，友能指摘之。或商定一二字，則尤有益也。又有因音律不叶，而再三改者，如玉田詞源，稱其先人於所作瑞鶴仙之撲字，改爲守字。惜花春起早之深字，改爲幽，又改爲明。此則關於音律，不易曉也。

詞中對偶，實字不求甚工。草木可對禽蟲也，服用可對飲饌也。實勿對虛，生勿對熟。平舉字勿對側串字。深淺濃淡大小重輕之間，務要侔色揣稱。昔賢未有不如是精整也。

對偶句要渾成，要色澤相稱，要不合掌。以情景相融，有意有味爲佳。忌駢文式樣，尤忌四六式樣。忌尖新，忌板滯，忌飣餖，忌草率。詞中對偶最難做，勿視爲尋常而後可。又有一句四字，一句七字，上四字相對者。其七字句之下三字要能銜接。五字句七字句對偶，忌如詩句。

近人作詞，起處多用景語虛引，往往第二句，方約略到題，此非法也。起處不宜泛寫景，宜實不宜虛，便當籠罩全闋，他題便挪移不得。

詩詞起句，最關緊要，得勢與不得勢，全在此處。故一開口，便須籠罩全篇。若以不相干之語，虛引而起，全篇委靡不振矣。

作詞不拘說何物事，但能句中有意卽佳。意必己出，出之太易或太難，皆非妙造。難易之中，消息存焉矣。唯易之一境，由於情景真，書卷足。所謂滿心而發、肆口而成者，不在此例。

有全闋之意，有句中之意，全闋意足，詞必脫手而成。情景真，書卷足，是其輔也。句中之意，貴深語淺出，看似易，却甚難。看而覺其出於難，則不能淺出之故。

作詠物詠事詞，須先選韻。選韻未審，雖有絶佳之意，恰合之典，欲用而不能用。用其不必用、不甚合者以就韻，乃至涉尖新、近牽强，損風格，其弊與强和人韻者同。

作詞選韻，須看是何律調。有宜用支脂韻、魚虞韻、佳皆韻、蕭宵韻、歌戈韻、佳麻韻、尤侯韻者，有宜用東冬韻、江陽韻、真諄韻、元寒韻、庚耕韻、侵韻、覃談韻者，二類之音響，有抑揚之别。宜抑者用前類，宜揚者用後類。拈調後，參看多數宋人同調之詞。諸詞惟用一類者，則祇可在一類中擇之。兩類均有用者，則不拘。況氏但就典、就意、擇韻，此法未善。嘗見今人作律詩，先得一聯，於是湊合六句，以成一律，其弊與此同。書卷多，何愁韻不就我。卽有好典故，在不宜用時，亦當割愛。必欲塞入，絶非好詞也。矧詞體本不宜多用典耶。

性情少，勿學稼軒。非絶頂聰明，勿學夢窗。

此説固是，但仍未具足。余更下一轉語曰：學夢窗太過者，宜令改學稼軒。學稼軒太過者，宜令改學夢窗。蓋善作詞者，作澀調，務使之疏宕。作滑調，務使之凝重。

詞貴有寄託。所貴者流露於不自知，觸發於弗克自已。身世之感，通於性靈。卽性靈，卽寄託，非二物相比附也。横亙一寄託於搦管之先，此物此志，千首一律，則是門面語耳，略無變化之陳言耳。於無變化中求變化，而其所謂寄託，乃益非真。昔賢論靈均書辭，或流於跌宕怪神，怨懟激發，而不可爲訓。必非求變化者之變化矣。夫詞如唐之金荃、宋之珠玉，何嘗有寄託，何嘗不卓絶千古，何庸爲是非真之寄託耶。

此論極精。凡將作詞，必先有所感觸。若無感觸，則無佳詞。是感觸在作詞之先，非搦管後橫亙一寄託二字於胸中也。時不同，境不同，所感觸者隨之不同。是感觸有變化，不待求而有真寄託矣。若以爲詞之門面，搜尋寄託，豈不可笑。

詞無不諧適之調，作詞者未能熟精斯調耳。昔人自度一腔，必有會心之處。或專家能知之，而俗耳不能悦之。不拘何調，但能塡至二三次，愈塡愈佳，則我之心與昔人會。簡談生澀之中，至佳之音節出焉。難以言語形容者也。唯所作未佳，則領會不到。此詣力，不可强也。

宋時舊調，作者不止一人，大率皆經樂工譜過，自然無不諧適。能自度腔者，必諳音律，亦必無不諧適。有許多調，平仄頗不順口，多讀數遍，始覺其諧適。其初覺得不順口者，久之覺其有至佳之音節焉。但多讀無不能領會者，不必塡至數次，始知之也。

澀之中有味、有韻、有境界，雖至澀之調，有眞氣貫注其間。其至者，可使疏宕，次亦不失凝重，難與貌澀者道耳。

作澀調詞，工者能凝重，乃當然之勢。能疏宕，則功夫深矣。余謂學夢窗太過者當令學稼軒，卽此意也。貌澀者不知此訣。

問哀感頑豔，頑字云何詮釋。曰：「拙不可及，融重與大於拙之中，鬱勃久之，有不得已者，出乎其中，而不自知，乃至不可解，其殆庶幾乎。猶有一言蔽之，若赤子之笑啼然，看似至易而實至難也。」

頑者，鈍也，愚也，癡也。以拙之極爲頑之訓，亦無不可。譬諸赤子之啼笑，亦佳。余謂以哀之極不可感化釋之，尤確。莊子：「子輿與子桑友，淋雨十日，子輿裹飯而往食之。至子桑之門，則若歌若哭。子輿入，曰：『子之歌何故若是。』曰：『吾思夫使我至此極者而不得也。』」可引作哀感頑豔四字之正訓。

近人學夢窗，輒從密處入手。夢窗密處，能令無數麗字，一一生動飛舞，如萬花爲春，非若琱瓊疊繡，毫無生氣也。如何能運動無數麗字，恃聰明尤恃魄力。如何能有魄力，唯厚乃有魄力。夢窗密處易學，厚處難學。

此條論夢窗詞最精。實字能化作虛字之意使用，靜辭能化作動辭使用，而又化虛爲實，化動爲靜，故能生動飛舞。是在筆有魄力，能運用耳。能運用，則不麗之字亦麗，非以豔麗之字，填塞其間也。密在字面，厚在意味。學得密處易，學得厚處難。密固近厚，欲真厚，不得專從密處求之。密而能疏宕，始能真厚也。

重者，沈著之謂。在氣格，不在字句，於夢窗詞庶幾見之。卽其芬芳鏗麗之作，中間雋句豔字，莫不有沈摯之思，灝瀚之氣，挾之以流轉，令人玩索而不能盡，則其中之所存者厚。沈著者，厚之發見乎外者也。欲學夢窗之緻密，先學夢窗之沈著。卽緻密、卽沈著。非出乎緻密之外，超乎緻密之上，別有沈著之一境也。夢窗與蘇、辛二公，實殊流而同源。其見爲不同，則夢窗緻密其外耳。其至高至精處，雖擬議形容之，未易得其神似。穎惠之士，束髮操觚，勿輕言學夢窗也。

夢窗與東坡、稼軒，實不同源。東坡以詩爲詞者也，稼軒學東坡，夢窗學清真，東坡、清真不同源也，以二派相互調劑則可，謂之同源則不可。

兩宋人詞，宜多讀多看，潛心體會。某家某某等處，或當學，或不當學，默識吾心目中。尤必印證於良師友，庶收取精用閎之益。洎乎功力既深，漸近成就，自視所作，於宋詞近誰氏，取其全帙，研貫而折衷之，如臨鏡然。一肌一容，宜淡宜濃，一經侔色揣稱，灼然於彼之所長，吾之所短安在，因而知變化之所當亟。善變化者，非必墨守一家之言。思遊乎其中，精騖乎其外，得其助而不爲所囿，斯爲得之。當其致力之初，門徑誠不可誤。然必擇定一家，奉爲金科玉律，亦步亦趨，不敢稍有踰越。塡詞智者之事，而顧認筌執象若是乎。吾有吾之性情，吾有吾之襟抱，與夫聰明才力。欲得人之似，先失己之真。得其似矣，卽已落斯人後，吾詞格不稍降乎。並世操觚之士，輒詢余以倚聲初步，何者當學，此余無詞以對者也。

近來有志於學詞者，就問於予，亦輒問予倚聲初步，何者當學，此誠難答之問也。況氏此說，深愜乎予心。然兩宋人詞多矣，令其多讀多看，彼必不知從何下手，而亦無從知何者當學，何者不當學也。是答初步者之問，尚缺一層。夫初步讀詞，當讀選本。選本以何者爲佳，不能不告之也。故予答來問，必先告以讀草堂詩餘及絕妙詞選。近人所選者，則告以馮煦所選宋六十一家詞，及朱漚尹所選宋詞三百首、龍榆生所選唐宋名家詞選，並告以應備萬紅友詞律及戈順卿詞林正韻，以便試做時之參考應用。此雖極淺之言，來學者亦恆有不知，而但知有學校中教師之選本與講義。其備於案頭者，又祇白香詞譜一類，及書店中不知誰何所選詞，皆極陋劣之書。稍高者，亦不過有龔定盦、黄仲則等集一部而已。

玉棲述雅

况周頤撰

玉樓述雅目錄

玉棲述雅

黄月輝詞

嘉興女史黄月輝德貞，有擘蓮詞。調笑令云：織女天星也，世人以七夕事相誣，余爲正之。「銀河迢遞東復西。雙星應笑鵲橋低。貫月槎浮天駟外，支機石與玉繩齊。一萬逋錢年月遠。可如天帝何曾管。紅綃香幕駕鸞車，乞巧情多容繾綣。繾綣。雙星燦。浪説烏塡營室畔。人間天上情應判。衹覺徒增詆訕。潔清織女停梭怨。詞客從今須辨。」曩余作七夕詞，涉靈匹星期語，端木子疇先生採甚不謂然，申誡至再。先生所著碧瀣詞，齊天樂序云：牽牛象農事，織女象婦功，七月田功粗畢，女工正殷，天象寓民事也。六朝以來多寫作兒女情態，慢神甚矣，倚此糾之。「一從豳雅陳民事，天工也垂星彩。稼始牽牛，衣成織女，光照銀河兩界。秋新候改。正嘉穀初登，授衣將屆。春耜秋梭，歲功於此隱交代。神靈焉有配偶，藉唐宮夜語，誣衊眞宰。附會星期，描撫月夕，比作人間歡愛。機窗淚灑，又十萬天錢，要償婚債。綺語文人，懺除休更待。」卽誡余之指也。月輝女史時代在端木先生前，綺語之當懺除，已先言之。曷圖閨彦，具此卓識。

錢餐霞詞

秀水錢餐霞斐文雨花盦詩餘，輕清婉約，思致絶佳。浪淘沙游金陀園云：「爲愛香泥乾尚軟，偷印鞵弓。」點絳唇戲題自畫緋桃新柳小幅云：「曲曲闌風，搭住垂楊線。春猶淺。纔迴青眼。便睹夭桃面。」清平樂云：「濃爇小鑪檀炷，負他自在荷香。」慧心人語，有碧耦玲瓏之妙。高陽臺戊申清明云：「搖雨孤篷，重來不是尋春。」從張玉田句：「能幾番遊看花又是明年。」脱化而出。卜算子云：「自悔種芭蕉，故故當窗户。葉葉凄凄策策聲，夜夜添愁緒。隔院有梧桐，落葉紛難數。自是離人易得愁，那處無風雨。」蕙風少作落花詞云：「風雨枉教人怨。知否無風無雨，也自要飄零。」略與餐霞同恉。

詠枕詞

錢餐霞綺羅香詠枕末段云：「慣偷窺雙靨偎桃，也曾上半肩行李。甚新來愁病懨懨，日高猶倦倚。」雙靨偎桃，半肩行李，屬對工巧。歇拍作淡語，尤合疏密相間之法。蓋論閨秀詞，與論宋元人詞不同，與論明以後詞亦有間。即如此等巧對入閨秀詞，但當賞其慧，勿容責其纖。

闗秋芙詞

錢塘闗秋芙瑛，自號妙妙道人，其夢影樓詞自序云：「余學道十年，一念之妄，墮身文海。夢影樓詞，豈久住五濁惡世間者。譬如鳴蜩嘒嘒，槐柳秋霜，既零遺蜕，豈惜白雪溶溶，余其去緱山笙鶴閒乎。」其自負可想。高陽臺送沈湘佩入都云：「淚雨飃愁，酒潮流夢，惜花人又長征。見說蘭橈，前頭已泊旗亭。垂楊元是傷心樹，怎怪他踠地青青。向天涯一樣纏綿，各自飃零。開筵且莫頻催酒，便一杯飲了，愁極還醒。且住春帆，聽儂細數郵程。壓船烟柳烏篷重，到江南應近清明。怕紅窗，風雨瀟瀟，一路須聽。」情文關生，漸饒烟水迷離之致。生查子云：「儂家江上頭，潮到門前住。一日兩三回，不肯江南去。江南有暮潮，未識潮生處。還去問梅花，他是江南樹。」再稍加以沉摯，便涉花間藩籬。斷句如惜餘春慢云：「無計留春不歸，但把海棠，折來盈手。」高陽臺夕陽云：「短帽西風，古今無此荒寒。」前調云：「天涯何處無芳草，到春深便覺堪憐。」清平樂云：「還有疏燈一點，酒醒不算明朝。」亦外孫齏臼也。望江南云：「一春無病瘦難醫。」似乎未經人道。

關綺詞

詞筆微婉深至，往往能狀難狀之情。關秋芙女弟綺字佀瓊，清平樂歇拍云：「卻又無愁無病，等閒過到今朝。」曩丙辰重九，蕙風紫萸香慢云：「最是無風無雨，費遙山眉翠，鎮日含顰。」夫無愁無病，無風無雨，豈不甚善。然而其辭若有憾焉，古之傷心人別有懷抱。翠袖天寒，青衫淚溼，其揆一也。

顧太清詞

閨秀詞，心思緻密，往往賦物擅長。詞題尤有絕韻者。西林顧太清春東海漁歌定風波序云：古春軒老人，有消夏集，徵詠夜來香，鸚哥紉素馨以爲架，蓋雲林手製也。歇拍云：「閒向綠槐陰裏挂。長夏。

悄無人處一聲蟬。」此則以意境勝，無庸刻畫爲工也。

采風録

康熙間，檢討孫致彌，陪使朝鮮，手編采風録，載王妃權氏詞三首。謁金門云：「真堪惜。錦帳夜長虛擲。挑盡銀燈情脈脈。描龍無氣力。宫女聲停刀尺。百和御香撲鼻。簾捲西宫窺夜色。天青星欲滴。」踏莎行云：「時序頻移，韶光難駐。柳花飛盡宫前樹。朝來爲甚不鉤簾，柳花正滿簾前路。春賞未闌，春歸何遽。問春歸向何方去。有情海燕不同歸，呢喃獨伴春愁住。」臨江仙云：「花影重簾初睡起，繡鞋著罷慵移。窺妝强把緑窗推。隔花雙蝶散，猶似夢初回。玉旨傳宣呼女監，親臨太液荷池。爭將金彈打黄鸝。樓臺凌萬仞，下有白雲飛。」天青星欲滴句，形容夜景絶佳。踏莎行過拍歇拍，藻思綺合。卽吾中國元明以還，閨秀詞中上駟之選，有過之亦僅矣。采風録所載，又有公主婷婷、許景樊、李淑媛、海月四家詩，可知彼都漸被文化，金閨諸彦，不乏銘椒咏絮才也。

蕭月樓詞

高安蕭月樓恆貞，月樓琴語，虞美人云：「一層紅暈一重紗。料是春前、開了絳桃花。」水調歌頭湖上納涼云：「有時葉絲風過，吹上藕花香。」前調七夕云：「攜得輕紈小扇，坐向冷螢光裏，人意澹於秋。」蝶戀花云：「婪尾餘春餘幾許。畫簾一桁微微雨。」菩薩蠻云：「蟲語恁纏綿。道他秋可憐。」清平樂雪夜云：「疑有縞衣入夢，覺來枕角微馨。」疏秀輕靈，兼擅其勝，似此天分，自進於沈著，可以學北宋，未易期之閨秀耳。

吴小荷詞

輕靈爲閨秀詞本色，卽亦未易做到行間句裏。纖塵累累，失以遠矣。南海吴小荷尚熹寫韻樓詞，南柯子暮春云：「荏苒餘春駐，依微嫩旭晴。繡簾人静午風輕，一片絮花吹墜到窗櫺。幾處雙飛燕，誰家百囀鶯。游絲摇漾繫門庭。門外朱旛緑野、正催耕。」斷句蝶戀花云：「何處簫聲，暗逐歌聲轉。」唐多令賦瓶中白梅云：「嫋嫋藐姑仙子影，嬌不語，送寒香。」燭影摇紅春柳云：「謾道柔條無力，綰離情、江南江北。」臨江仙秋色云：「星河雲影淨，何處著殘霞。」前調秋影云：「愛從嬋斜挂疏桐。」南歌子寄懷湘君四嫂云：「東風吹夢似浮萍。且把一衾愁緒、伴啼鶯。」憶秦娥云：「苕苕更漏，訴人離别。」皆以輕靈勝者。踏莎行遺懷云：「繡幕慵開，瑚闌倦倚。金釵難綰夫容髻。也知點檢怕愁來，愁來渾不由人意。身似蓬飄，人如匏繫。壯懷空有鬚眉志。羨他懵懂勝才能，從來物巧招天忌。」此闋後段，漸近沉著，視輕靈有進矣。

思親詞

寫韻樓詞，屢見思親之作。吴媛蓋性情中人也，碧桃春己亥元旦云：「燭消香透曉來天。東風入繡簾。一聲恭祝畫堂前。椿萱眉壽添。調鳳律，獻羔筵。斑衣學古賢。融融春色報豐年。書雲快睹先。」此詞近凝重，有精采，又非以輕靈勝者，可同年語矣。鷓鴣天甲辰秋舟次全州寄懷李凝仙姊云：「冷怯西風撲鬢絲。寒砧晝角雁歸遲。試觀皎潔天邊月，又向篷窗照別離。思寄語，勸添衣。嫦娥應亦笑人癡。夢魂未隔三千里，已轉柔腸十二時。」雙調南鄉子永樂署寄懷湘君四嫂云：「春暖晝添長。欲度金針轉自傷。記得畫堂同刺繡，端相。裁罷吳綾玉尺量。今日雁分行。閨課琴書久已荒。獨把淚珠穿繡線。凄涼。線短珠多更斷腸。」何其情之一往而深也。惟有真性情者，爲能言情，信然。

除夕詞

寫韻樓詞，念奴嬌除夕云：「鏡裏宜春，釵髻綰、綵勝紅絨斜束。」語緻非閨人不能道。清姒甚喜之，謂可摘爲警句。

朱葆瑛詞

海鹽朱葆瑛與金粟詞，篇幅無多，筆端饒有清氣。鬲溪梅令柏芳閣賞梅作，換頭云：「半含半放露華鮮。月爭妍。」梅之精神如繪。酷相思寄外後段云：「欲寄魚函情脈脈，擘花箋。下筆還遲，休言別恨，莫書顦顇，祇寫相思。」斯爲林下雅音，有合溫柔敦厚之旨。

儲嘯凰詞

哦月樓詩餘，滆西儲嘯凰慧譔。一剪梅前段云：「旭日東升上海棠。紅映琱梁。綠映瑤窗。曉妝纔罷出蘭房。羅袂生香。錦襪生涼。」南鄉子，冬夜卽事後段云：「鑪火閣中添。坐擁金貂下繡簾。滿室春温寒不到，紅酣。數朵盆花映鏡匳。」季數盆方盛誠開蓋唐花也。麗而不俗，閨詞正宗。

三瘦詞

哦月樓詞，鬢雲鬆令云：「恠底柳眉渾似皺。媿娜花枝，也向東風瘦。」蝶戀花寄芝仙姑母云：「況是重陽難聚首。寂寞黄花，也似人消瘦。」惜分飛憶舊云：「玉質應非舊。連宵夢見分明瘦。」可與毛三瘦齊名。搗練子云：「鶯語急，春魂驚。風雨催春一霎行。繞偏闌干愁獨倚，傷春何必爲離情。」佳處在可解不可解之間。

朱静媛詞

先大母朱太夫人諱鎮字静媛，道咸間，名御史伯韓先生琦，太夫人從弟也。著有澹如軒詩，曾經梓行。嘗集酒旗詩社，第一題課酒旗徵閨秀吟咏，當時亦彙刻成帙。詞不多作，余幼時曾見數首。贈某塾女弟子某臨江仙云：「家在花橋橋畔住，月牙山到門青。十三年紀掌珠擎。掃眉來問字，不櫛亦横經。　早至晚歸同一樣，學堂長揖先生。憐渠心性忒聰明。勤勤聽講義，朗朗誦書聲。」

朱小岑詞

鄉先輩朱小岑布衣依真，論詞絶句云：「紅杏捎頭宋尚書。較量閨閣韻全輸。無端葉打風窗響，腸斷人間詞女夫。」自注，閨秀唐氏，吾友黄南溪原配也，自號月中逋客，早卒。有詞詩集若干卷，其杏花天詞，爲時所稱。予最喜其「試聽颸墜聲聲，風際吹來打窗葉」，颯然有鬼氣。絶句又云：「零膏剩粉可能多。嘖嘖才名梁月波。叵耐斷腸天不管，香銷簾影捲銀河。」自注，梁月波，宦門女，有才思，早卒。「香燼。簾捲銀河波影。」其如夢令中語也。兩詞全闋，今不可得，見零膏剩粉云云，似乎梁媛之作。當日小岑先生，亦僅得見斷句。唯曾見唐媛全集耳。

呂壽華詞

李易安如夢令：「昨夜雨疏風驟。濃睡不消殘酒。試問捲簾人，却道海棠依舊。」晁次膺清平樂：「莫把珠簾垂下，妨他雙燕歸來。」並膾炙人口之句。蘭陵呂壽華，浪淘沙云：「試問海棠知道否，昨夜東風。菩薩蠻云：「莫把繡簾開。怕他雙燕來。」變化前人句意，敏妙無倫。壽華名采芝，有秋笳詞，情文悱惻，詞稱其名。菩薩蠻輓弟婦董孺人云：「紅粉慣颸零。傷心不獨君。」所謂既念逝者，行自念也。高陽臺，庭有白海棠一株，花時甚芳，忽經夜雨摧殘，觸緒感懷，偶填一闋誌之云：「芳心枉自如霜潔，怎禁他、一例摧殘。」則尤靈均懷沙之痛矣。

席道華詞

張正夫云：「李易安聲聲慢，『尋尋覓覓，冷冷清清，凄凄慘慘戚戚。』乃公孫大娘舞劍手。本朝非無能詞之士，從未有一氣下十四個疊字者。後段又云：『到黃昏點點滴滴。』又使疊字，俱無斧鑿痕。婦人中有此奇筆，真間氣也。」昭文席道華佩蘭聲聲慢題風木圖云：「蕭蕭瑟瑟。慘慘凄凄。嗚嗚哽哽咽咽。一片秋陰，摇弄晚天如墨。三絲兩絲細雨，更助他、白楊風急。雁過也，偏寒林盡是，斷腸聲息。有客天涯孤立。回首望高堂，更無人一。寒食梨花，麥飯幾曾親設。空含兩行血淚，灑枯枝、點點滴滴。待反哺、學一個烏烏不得。」易安詞，只是根觸景光，排遣愁悶。道華此作，尤能綿纏悱惻，字字從肺腑中出。雖渾成梢遜，不當有所軒輊也。道華一字韻芬，適常熟孫子瀟原湘，夫婦並耽風雅，時人以管趙比之。

長真閣詞

長真閣詩餘，雖僅十七闋，就其佳構言之，在閨秀詞中，卻近於上乘。評閨秀詞，固屬別用一種眼光。大略自長真詞以上，未可置格調於勿論矣。蘇幕遮送春寄子瀟云：「綠陰深，深院閉。怕倚闌干，春在斜陽裏。幾片飛花纔到地。多事東風，又促花飛起。篆絲長，簾影細。一徑無人，遮斷春歸計。人縱留春春去矣。點點楊花，還替花垂淚。」自注：點點楊花二句，一作明日池塘，惟有東流水。兩歇拍，據格調審定之，以葉水韻者爲佳。他如壺中天題歸佩珊雨窗填詞圖云：「只看雨零蕉葉上，悟出美人前世。」何嘗非聰明語，然而直可謂之疵纇，傷格故也。

題墨梅詞

長真閣詞，憶真妃題墨梅云：「墨痕濇到如詩。瘦横枝。絶似孤山，風雪立多時。清如許。寒無語。少人知。惟有隔溪明月，最相思。」後段滌筆從甌寫出衣縞標格。起句如詩，改無詩更佳。

楊古雪詞

西川楊古雪繼端詩餘一卷，蝶戀花春陰云：「料峭春風還做冷。烟雨空濛，花睡何曾醒。幾樹綠楊深院影。溼雲如幕愁天近。　鳩婦喚晴晴未準。載酒蘇隄，遲了尋芳信。貝葉學書消晝永。小窗閒試泥金粉。」買陂塘西泠送春云：「最難忘、六橋烟柳，清陰搖蕩如許。東風吹得春來蚤，怎不繫將春住。成寄旅。聽記拍紅紅，唱徹黃金縷。深沉院宇。漸拾翠人稀，添香夜短，獨自甚情緒。　渾無據。惆悵鶯啼燕語。韶光容易飛去。青山綠水還依舊，瞥眼頓成今古。傷別否。試問取春歸，可是春來處。摧花落絮。又倂作黃昏，疏疏淅淅，幾陣打窗雨。」兩詞佳境，漸能融婉麗入清疏。買陂塘處韻十三字，余尤喜之。

張子芾等詞

光緒朝，蜀中詞人張子芾祥齡，成都胡長木延，蕙風四十年前舊雨也。子芾有半篋秋詞，夫人曾季碩彥有桐鳳集，皆選體詩。嘗爲蕙風書畫箑，一橅爨寶子碑，一橅天發神讖，並遒麗絕倫。畫仿惲派，韻度之勝，視上元弟子有過之。長木有宓芻詞，夫人字茂份，工詩詞繪事。有浣溪沙四首，題冷女史蕙貞秋花長卷云：「幾穗幽花颭草蟲。冷紅涼綠一叢叢。小屏風上畫豳風。如此秋光如此豔，這般畫筆這般工。這般工有幾人同。」又：「也是當年葉小鸞。秋風橫翦燭花殘。生綃八尺勝琅玕。聞道餤摩歸去早，浮提容得此才難。寫圖留與阿娘看。」又：「樹蕙滋蘭記小名。些些年紀忒聰明。一天秋韻畫中生。殺粉調朱真個好，吹花嚼蕊若爲情。南樓斂手惲冰驚。」又，「好女兒花好女兒。幽花特與素秋宜。華鬘一現使人思。儂也愛花耽畫癖，寫生也在少年時。祇慚工麗不如伊」。嘗見夫人所臨百花圖卷，亦惲派上乘。其於冷女史有沆瀣之雅，宜其惋惜甚至也。

浦合仙詞

浦合仙女史，名未詳。有臨江仙云：「記得纔笄侵曉起，畫眉初試螺丸。春痕淡淡上春山。乍驚新樣窄，較似昨宵彎。一樣敷來仙杏粉，難勻怪煞今番。傳聞郎貌玉姍姍。妝成嬌不起，偷向鏡中看。」此詞描寫初笄情景。換頭二句，是真確語，亦未爲奇。第非其人，非其時，雖百思不能道。

熊商珍詞

如皋熊商珍女史，號澹仙，亦號茹雪山人。許字同里陳遵，未幾，遵得廢疾，遵父請毀婚至再，商珍堅持不可，卒歸陳，里鄰稱其賢。有感悼詞數十首，曰長恨篇，皆爲金閨諸彥命薄途舛者作。自爲題詞調金縷曲云：「薄命千般苦。極堪哀、生生死死，情癡何補。多少幽貞人未識，蘭消蕙香荒圃。薶不了、茫茫黄土。花落鵑啼悽欲絕，剪輕綃、那是招魂處。靜裏把，芳名數。同聲一哭三生誤。恁無端、聰明磨折，無分今古。玉貌清才憑弔裏，望斷天風海霧。未全入、江郎恨賦。我爲紅顏聊吐氣，拂醉毫、幾按淒涼譜。閨怨切，共誰訴。」其澹仙詞四卷，刻入小檀欒室彙刻閨秀詞第六集。而感悼詞及題詞，並不見於卷中，蓋當時別本單行也。女史詞詩俱妙，出自性靈。所著詩話有云：詩本性情，如松間之風，石上之泉，觸之成聲，自然天籟。古人用筆，各有妙處，不可別執一見，棄此尚彼。又云：詩境卽畫境也，畫宜峭，詩亦宜峭。詩宜曲，畫亦宜曲。詩宜遠，畫亦宜遠。風神氣骨，都從興到。故昔人謂畫中有詩，詩中有畫也。非深於詩不能道。熊澹仙凜冰蘗之貞操，振金荃之逸響，一洗春波紈綺，近於樸素渾堅。百字令題吳退庵先生詩草云：「愁中展卷，訝傷心、字字窮途滋味。時俗爭高薪米價，紙上珠璣不貴。孤櫂空江，荒山斜日，木葉紛紛墜。艱辛客況，白頭未了塵累。說甚弔古評今，吟風嘯月，都是才人淚。慟哭文章纔絕世，清徹一泓秋水。笑口難開，賞音有幾，只合沉沉醉。蒼茫獨咏，瑤笙吹徹鶴背。」前調，跋黃艮南先生金鹵志餘云：「閒揮綵筆，抵一編青史，情關今古。耆舊凋殘騷雅歇，憑弔斷烟零雨。把酒興懷，挑燈感往，一一經心數。詩成月旦，搜羅不畏吟苦。而況屐冷青山，牀空白社，録鬼誰爲簿。宋玉悲哉秋欲老，獨有招魂詞賦。風幌清哦，月樓高咏，都付雙鬟譜。亭留野史，千秋須讓韋布。」望江南題黃楚橋先生獨立圖云：「斜陽館，雁斷不成行。今古人才都冷落，一腔歌哭付文章。把卷立蒼茫。」鷓鴣天紀夢云：「暫避愁魔有睡鄉。宵清如水簟生涼。梧風吹遠魂疑斷，蕉雨驚回夜正長。參幻景，惜流光。空幃明滅映銀釭。安能盡是邯鄲境，冷逗人間富貴場。」浣溪沙秋況云：「冷境誰將冷筆描。愁人百感鬢先凋。夢回一縷篆烟飃。荒砌風凄蟲語碎，海棠紅慘蝶魂消。催寒疏雨又瀟瀟。」清疏之筆，雅正之音，自是專家格調。視小慧爲詞者，何止上下樓之別。

澹仙詞

前人詞中佳句，後人運化入已作，十九須用曲折之筆。澹仙詞蘇幕遮云：「澹酒三杯，能解愁多少。」由李易安「三杯兩盞淡酒，怎敵他晚來風急」脫化而出。能詞二句，僅九字，絕無曲折，而意自足。其上二句云：「淚痕多，鮫帕小。」短氣密接。下二句疏密相間，益見其佳。

澹仙斷句

澹仙詞斷句，如點絳脣云：「幾個黃昏，人向愁中老。」前調云：「白了人頭，天地何曾老。」浪淘沙夜雨云：「芭蕉如怨訴難休。好似琵琶江上曲，彈淚孤舟。」沁園春水仙花云：「避三春穠豔，軟紅無分，一生位置，書案相宜。韻繞瑤琴，冰凝殘夜，爲伴梅花冷不知。」菩薩蠻小樓畫雨云：「談墨灑生綃。青山帶雨描。」蝶戀花寫懷云：「稽首遙空先慘咽。欲訴嫦娥，花外雲遮月。」滿江紅云：「多病久疏青鏡照，斷炊時解春衣典。甚殘紅、銜過短牆來，雙飛燕。」鳳凰臺上憶吹簫病中不寐云：「舊恨新愁，都併在五更鐘裏。」鵲橋仙早秋云：「哀蛩滿壁弔黃昏，正宋玉、消魂時候。」卜算子對酒云：「杯深得淚多，量窄嫌壺冷。」或以氣韻勝，或以思致勝，皆佳句也。鳳凰臺上憶吹簫調叶仄韻，萬氏詞律、徐氏詞律拾遺、杜氏詞律補遺，並無此體。或澹仙以意自度耶。

金玉卿詞

吳縣戈順卿（載），有翠薇花館詞，裒然鉅帙，以備調守律爲主旨。似乎工拙所弗計也。惟所輯詞林正韻，則最爲善本。曩王氏四印齋覆鍥以行，倚聲家圭臬奉之。順卿夫人金婉字玉卿，有宜春舫詩詞。爲外録詞林正韻畢書後云：「羅襦用帳愧非仙。寫韻何妨手一編。從此詞林增善本，四聲堪證宋名賢。」彩鸞墨妙，不能媲美於前矣。

倫靈飛詞

番禺倫靈飛鸞，爲杜鹿笙先生德配。唱隨之雅，時論以昔賢趙管，近人王愓甫曹墨琴比之。靈飛資稟穎邁，四子經傳，弱齡畢業。楚騷、古文、唐詩、宋詞往往背誦無遺。年甫十五，卽據講座爲人師。于歸後，爲桂林女學教習數年，授國文、輿地學、算學，生徒百餘人，咸佩仰之。比年侍養滬濱，不廢清課，不爲世俗之好所轉移，其微尚過人遠矣。夙工詩詞，肆力於駢散體文，日進而不已。精楷法，得北碑神韻。仿惲派寫生，期與南樓清於抗手。詞尤清婉可誦，氣格漸近沉著，不涉綺紈纖靡之習。南浦用樂笑翁韻，同外作云：「風景數楙湖，最難忘、一片鳥聲催曉。宿霧斂前山，疏林外，微露黛痕如掃。比鄰三五，水邊山下紅樓小。如此他鄉堪負戴，休論天涯芳草。　天風吹轉萍蹤，忍回頭、輕棄桃園去了。料得燕呢喃，應念我、甚日偕游重到。山居夢渺。黯然滄海情懷悄。昧旦雞鳴仍客裏，添上襟塵多少。」滿庭芳暮秋遊半淞園云：「疏柳羃煙，殘荷擎雨，樓臺近水寒侵。塵氛偶避，結伴一行。吟指點半淞飄影，天涯路、無限秋陰。斜陽外，畫船簫鼓，猶作盛時音。　幽尋。增悵惘，平蕪到海，不見遥岑。歎星霜屢易，如此登臨。花月春江信美，爭得似、舊日園林。憑闌久，鄉關何處，回首碧雲深。」蝶戀花咏鸚鵡云：「花影迴廊春暖處。丹觜如簧，調舌圓如許。身在棗花簾底住。不同凡鳥寒依樹。　九十韶光容易去。道不如歸，欲學紅鵑語。歸路迢迢須記取。玉籠得似家山否。」青玉案詠重臺牡丹云：「金相玉質憐芳影。更天與、瓊枝竝。舊約華鬘仙路迥。人天方恨，更無重數，目斷江山暝。低回洛水前身認。翠袖單寒問誰省。自惜輕羅塵未肯。寶匳托月，羽衣疊雪，雙照銀缸冷。」南鄉子咏雪師子云：「蓄銳貌猙獰。搏象精神照玉霙。如此雄奇休入夢，夢騰。冷處憑誰一喚醒。皮相儘堪驚。也似麒麟楦得成。便作虎形應遜汝，聰明。隨意堆鹽特地精。」如右數闋，矜持高格，濬發巧心，進而愈上，何止與琴情閣、生香館，分鑣平轡而已。靈飛詞，醉太平桂林舟中作云：「深閨不慣長征也，山程水程。」彊村朱先生盛稱之，謂雅近宋人風格。

靈飛斷句

靈飛詞斷句，如蝶戀花中秋云：「不見盈時忘闕苦。良宵翻恨逢三五。」虞美人訪菊云：「蕪烟剗徑步遲遲。認得疏林穿過、是東籬。」臨江仙，題曾季碩書畫便面云：「染綴花枝長旖旎，輕搖還怕飛紅。」高陽臺懷古幽棲居士云：「春在羣芳，自憐天賦清奇。」鳳棲梧，易安居士云：「最憶歸來堂裏事。茶經書帖閒情膩。」暗香咏蠟梅云：「古香清絕。近歲寒、別有癯仙風骨。淡比黃花，却向羣芳自矜節。」又云：「冰雪稱娟潔。恁爛漫著花，拗枝如鐵。」金縷曲賞雪云：「十分清處憑闌立。暫徘徊、梅邊竹外，晴時月色。冷眼大千今何世，萬象從教粉飾。問可是、豐年消息。」倦尋芳春寒用王元澤韻云：「昨夜東風驚夢覺，海棠却道能依舊。怯冰匳，自低徊，試衣人瘦。」並佳妙之句。即各全闋，亦並妥帖可存也。

懷親友詞

靈飛久客桂林，悦其地偏塵遠，風土清嘉，不啻故鄉視之。朅來棲屑淞濱，帶山簪水，時縈離夢。百字令，寄懷桂林諸親友，和鹿笙外韻云：「昔遊如夢，正乍寒天氣，紋窗清寂。柳外樓臺清似水，得似灘江風日。灘咽桃花，路遥芳草，別話長相憶。盛筵應再，浮雲世事何極。猶記詠絮簾櫳，浣花時節，勝友如雲集。異地更思山水好，何日重尋苔迹。此際江南，梅花初著，誰爲傳消息。贈言猶在，篋箋珍重收拾。」鹿笙先生元唱序云：客歲十月望日，去桂林，生平離悰，此爲最苦。忽忽逾年。感而賦此詞云：「嶺梅欲綻，正林凋霜緊，繁英都寂。只赤屏山千里意，依約去年今日。舊雨鷗盟，晚風驪唱，潭水深情憶。黯然回首，醴陵別恨無極。懷想五美芳塘，浣花小築，裙屐陪歡集。如此他鄉應念否，看取畫圖陳迹。瀕行得送別圖多幅。滿目關河，驚心烽火，鱗雁無消息。雲涯悵望，墜歡何處重拾。」靈飛有韻聲閣稿，詩筆亦清新與詞稱。靈飛賃廡樾湖，皐比坐擁，師弟間情誼款深。比年天各一方，猶復蒼雁頻鱗，時傳尺素。間有遭逢不偶，迫切無可告語，僅乃傾臆函丈之前。事或風化攸關，輒表章以賦咏，冀斯事附託以傳，蓋顯微闡幽之旨，何止憐才篤舊而已。滿江紅序云：桂郡陽生，播溪，宋時閨秀亦稱生，朱淑真稱朱生，見某説部陽讀若央，桂林有此姓。蚤歲從余受學，貌端妍，性惠穎，擅詞章，工書法。數年已還，磋磨硯席，幾於青勝於藍，余雅愛重之。其母誤信鴆媒，以適龍州某氏。某借瞀無文，性復粗獷，迫糟糠下堂，而別圖膠續，溪家不知也。龍州錯壤蠻徼，榛狉之族，爲婦實難。姑威無度，輒不免於鞭箠。溪猶委曲求全，不忍爲外人道也。溪幼失怙，無伯叔兄弟。母氏依壻以居，丁垂暮之年，離待遇之酷。溪積不能平，始稍稍爲余言之。溪于歸七年，亦既抱子，俄故婦貿然歸，姿情嘻嗃。益知夫也不良，薄倖之尤，恥與匹孏，遂賫恨自裁。遺書與余訣別，觸目酸辛，不辨是墨是淚。嗟乎，關山萬里，誰與招魂，賦此哀之。何揚州所云，薶玉樹箸土中，使人情何能已也。詞云：「一紙遺書，千秋恨，紅顏命薄。憐弱質、於歸萬里，投荒差若。獐狁比鄰風土異，鳳雅爲偶姻緣錯。更壻鄉，顚頓。北堂蘐傷萍泊。聞啼鳥，鷙姑惡，土罔極，情難托。問去帷誰氏，覆車猶昨。紫玉成烟清自葆，黄花比瘦生何樂。莫執經、更憶筍班，聯人如琢。」紫玉句意最佳，清貞自葆，陽生不死矣。

嚴端卿詞

仁和嚴端卿蘅，工繡，工詩詞，工音律。有女世説、嫩想龕殘稿、紅燭詞各一卷。菩薩蠻云：「白蘋花外秋空碧。夜深悄向池邊立。三十六鴦鴛。影兒都是雙。曉來誰與共。錦被偎殘夢。零落最憐他。一堆紅蠟花。」減字木蘭花嫩想龕坐雨云：「斷雲如墨。一霎秋陰天欲泣。點上疏燈。瑟瑟蕭蕭到夜分。一聲聲咽。滴盡空階聽不得。別有凄涼。不種芭蕉已斷腸。」斷句清平樂云：「辛苦一枝紅燭，剪刀聲裏春寒。」唐多令云：「不沈吟、便是徘徊。懊惱一枝紅十八，花落後，又重開。」買陂塘落梅云：「君試數。只幾個黄昏，斷送春如許。」洞仙歌自題小像云：「索歸去支頤，暮寒時，向小閣疏燈，自家憐惜。」詞筆婉麗娟妍，如新月吐巖，初花媚蕤。

紅燭詞

紅燭詞，臨江仙換頭云：「儂似浮萍郎似水，飃零儻得纏綿。」曩譔眉廬叢話，載海鹽閨秀陳翠君筠蝶戀花過拍云：「郎似東風儂似絮。天涯辛苦相隨處。」爲吴兔牀所擊賞。紅燭詞意自婉深，與翠君相較，稍不逮耳。

柯稺筠詞

膠州女史柯稺筠劭慧爲鳳孫劭忞女弟。鳳孫光宣間知名士也。稺筠有楚水詞，浣溪沙起調云：「疊疊山如繡被堆。盈盈水似畫裙圍。」思致絶佳。虞美人過拍云：「夕陽一線上簾衣。正是去年游子憶家時。」則意增進，庶幾漸近渾成矣。

右玉棲述雅一卷，臨桂況先生未刊遺著之一。玉棲云者，漱玉、幽棲，閨彦詞家別集存世之最先者也。今評泊閨秀詞，因剌取以爲名。先生於國變後，遯迹滬上，以文字給薪米，境嗇彌甘，不廢纂述。夙昔文字及身刊行者，毋煩贅説。遺稿藏家，幸未失墜。或俟編訂，或從刪汰，整比理董，時猶有待。懼違素志，未敢率爾。此稿成於庚申辛酉間，隨手撰録，聊資排遣。而論詞精語，有足與詞話相輔翼者。殘膏剩馥，沾溉後人，政復不淺。傳録是本藏之有年，比者之江中國文學會集刊，徵及先生遺著，因以授之。揚瀋闡幽，有煒彤管，固先生本旨也。庚辰十一月，弟子潮陽陳運彰敬跋。

詞說

蔣兆蘭撰

自序

有清一代，詞學屢變而益上。中葉以還，鴻生疊起，闢門户之正，示軌轍之程。逮乎晚清，詞家極盛，大抵原本風雅，謹守止庵，導源碧山，歷稼軒、夢窗以還，清真之渾化之説爲之。雖功力有淺深，成就有大小，而寧晦無淺，寧澀無滑，寧生硬無甜熟，鍊字鍊句，迥不猶人，戛戛乎其難哉。其間特出之英，主壇坫，廣聲氣，宏奬借，妙裁成，在南則有復堂譚氏，在北則有半塘王氏，其提倡推衍之功，不可没也。嘅自清命既訖，道喪文敝，二十年來，先民盡矣。獨有彊村、蕙風，喁于海上，樂則爲天寶霓裳，憂則爲殷遺麥秀，是可傷已。乃今歲初秋，蕙風奄逝，吾道益孤。猶幸承其風者，有吴君瞿安、王君飲鶴、陳君巢南諸子，大抵學有本原，足以守先而待後。兆蘭無似，友教吴門。諸生以老馬識途，時時從問詞法，兼求詞話，奉爲準則。因念古人名著如詞源、詞旨及樂府指迷等作，未必淺深高下之皆宜。而清代叢談詞話諸書，往往特標一義，以自取重。誠恐博而寡要，勞而少功。又慮近世學者根柢不具，則枝葉不榮。故推本屈、宋、徐、庾之旨，甄别家數選本之精，闡述前賢時彦相承之統緒，撰爲一書，名曰詞説。要使本末兼修，古今同化。際兹斯文絶續之會，寧使後之人視吾説爲駢枝，無令嗜學者恨前人不爲傳述也。宜興蔣兆蘭。

詞說目録

詞說

初學作詞當從詩入手

初學作詞當從詩入手，蓋未有五七言不能成句，而能作長短句者也。詞中小令，收處貴含蓄，貴神遠，與詩之七絶最近。慢詞貴鋪敍，貴敷衍，貴波瀾動盪，貴曲折離合，尤與歌行爲近。其他四五七言偶句，則近於律詩。是故能詩者，學詞必事半功倍。但使端其趣向，勿誤歧途，一兩年或三四年，用功爲之，便成好手。大抵詩境寬，家數多，故不易自立。詞境窄，家數雖多，而可宗者少，故易於成就。至詞與詩之不同，雖匪一端，而大較詩則有賦比興三義，詞則以比興爲高，纔入賦體，便非超詣矣。

作詞當以讀詞爲權輿

作詞當以讀詞爲權輿。聲音之道，本乎天籟，協乎人心。詞本名樂府，可被管絃。今雖音律失傳，而善讀者，輒能鏘洋和韻，抑揚高下，極聲調之美。其瀏亮諧順之調固然，即拗澀難讀者，亦無不然。及至聲調熟極，操管自爲，卽聲響隨文字流出，自然合拍。此雖專主論詞，然風騷辭賦駢散諸文詩歌各體，無不有天然之音節，合則流美，離則致乖也。

初學作詞先從小令入手

初學作詞，如才力不充，或先從小令入手。若天分高，筆姿秀，往往即得名儁之句。然須知詞以沉着渾厚爲貴，非積學不能至。至如初作慢詞，當擇穩順習用之調，平仄多可移易者爲之，庶幾不苦束縛。既成，再將詞律細心對勘，務使平仄悉諧，辭意雙美，改之又改，方可脫手，出以示人。逮至功夫漸到，然後可作單傳孤調，及研究上去聲字。總之，此道無論天資高下，才情豐嗇，必得三五年功夫方能大成。登高自下，行遠自邇，不容躐等也。

纖佻之病須痛改

填詞以到恰好地位爲最難，太易則剽滑，太難則晦澀，二者交譏。至如淺俗之病，初學尤易觸犯。第淺俗之病，人所易見，醒悟不難。惟纖佻之病，聰穎子弟不特不知其爲病，且認爲得意之筆。此則必須痛改，範以貞正，然後克躋大雅之林。

詞體貴潔

古文貴潔，詞體尤甚。方望溪所舉古文中忌用諸語，除麗藻語外，詞中皆忌之。他如頭巾氣語、南北曲中語、世俗習用熟爛典故及經傳中典重字面皆宜屏除淨盡。務使清虛騷雅，不染一塵，方爲筆妙。至如本色俊語，則水到渠成，純乎天籟，固不容以尋常軌轍求也。

詞名肇始

説文云：「詞者意内而言外也。」當叔重著書之時，詞學未興，原不專指令慢而言。然令慢之詞，要以意内言外爲正軌，安知詞名之肇始，不取義於叔重之文乎。至如樂府之名，本諸管絃。長短句之名，因其句法，並無關得失。獨至詩餘一名，以草堂詩餘爲最著，而誤人爲最深。所以然者，詩家既已成名，而於是殘鱗剩爪，餘之於詞。浮煙漲墨，餘之於詞。詼嘲褻諢，餘之於詞。忿戾慢駡，餘之於詞。即無聊酬應、排悶解酲，莫不餘之於詞。亦既以詞爲穢墟，寄其餘興，宜其去風雅日遠，愈久而彌左也。此有明一代詞學之蔽，成此者升庵、鳳洲諸公，而致此者實詩餘二字有以誤之也。今宜亟正其名曰詞，萬不可以詩餘二字自文淺陋，希圖卸責。

詞之選本

填詞之學，既始於讀詞，則所讀之選本宜審矣。約而言之，茗柯詞選，導源風雅，屏去雜流，途軌最正，世所稱陽湖派者，實本於玆。第墨守者，往往含有蘇辛氣味。不知詞貴清遒，不尚豪邁，可以不必。周止庵宋四家詞選，議論透闢，步驟井然，洵乎闇室之明燈，迷津之寶筏也。其後戈順卿氏又選宋七家詞彙爲一編。學者隨取一家，皆可奉爲師法，就此成名。至如宋人選本，惟周草窗絶妙好詞選，最爲精粹，可作案頭讀本，他可勿論也。

詞家必備之書

清人選宋詞博而且精者，無過朱竹垞詞綜一書。此與萬紅友詞律、戈順卿詞林正韻皆詞家必備之書也。

詞家兩派

宋代詞家，源出於唐五代，皆以婉約爲宗。自東坡以浩瀚之氣行之，遂開豪邁一派。南宋辛稼軒，運深沉之思於雄傑之中，遂以蘇辛並稱。他如龍洲、放翁、後村諸公，皆嗣響稼軒，卓卓可傳者也。嗣兹以降，詞家顯分兩派，學蘇辛者所在皆是。至清初陳迦陵，納雄奇萬變於令慢之中，而才力雄富，氣概卓犖。蘇辛派至此可謂竭盡才人能事。後之人無可措手，不容作、亦不必作也。

清真詞中之聖

詞家正軌，自以婉約爲宗。歐晏張賀，時多小令，慢詞寥寥，傳作較少。逮乎秦柳，始極慢詞之能事。其後清真崛起，功力既深，才調尤高。加以精通律吕，奄有衆長，雖率然命筆，而渾厚和雅，冠絶古今，可謂極詞中之聖。

堯章别樹一幟

南渡以後，堯章崛起，清勁逋峭，於美成外别樹一幟。張叔夏擬之野雲孤飛，去留無跡，可謂善於名狀。

繼之者亦惟花外與山中白雲，差爲近之。然論氣格，迥非敵手也。

夢窗佳處在麗密

繼清真而起者，厥惟夢窗。英思壯采，緜麗沉警，適與玉田生清空之説相反。玉田生稱其「何處合成愁」篇，爲疏快不質實。其實夢窗佳處，正在麗密，疏快非其本色也。至所舉過澀之句，爲後世學夢窗者點醒不少。草窗詞品，雖與夢窗相近，然鍊不傷氣，自饒名貴。

史梅溪詞以幽秀勝

史梅溪詞，以幽秀勝。張功甫稱其有瓌奇警邁、清新閒遠之長，良是。戈順卿列之七家，允爲無忝。

清季詞家抗衡兩宋

初學填詞，勿看蘇、辛，蓋一看卽愛，下筆卽來，其實只糟粕耳。竹垞提倡姜、張，太鴻參之梅溪，陽湖推挹蘇、辛，止庵揭櫫四家，而以清真集其成，可謂卓識至論。清季詞家，蔚然稱盛。大抵宗二張止庵之説，又竭畢生心力爲之。本立言之義，比風雅之旨，直欲突過清初，抗衡兩宋。後有作者，試研幾張景祁、譚獻、許增、鄭文焯及四中書端木埰、許玉瑑、王鵬運、况周頤、張仲炘、朱孝臧諸賢所作，當知吾言之不謬也。

論詞諸説

張玉田論詞，以清空不質實爲主，又以騷雅爲高。周止庵則曰：「初學詞求空，空則靈氣往來。既成格調求實，實則精力瀰滿。」蔣劍人論詞曰：「詞以有厚入無間。」譚復堂揭柔厚之旨，陳亦峯持沉着之論。凡此諸説，猶之書家觀劍器，見争道，睹蛇鬭，皆神悟妙境也。學者試於諸説參之。

詩詞同源異派

玉田論清真詞，謂其采唐詩融化如自己者，乃其所長。又言賀方回、吴夢窗皆善於鍊字面，多於温庭筠、李長吉詩中來。而沈伯時亦稱清真詞下字運意皆有法度，往往自唐宋諸賢詩句中來。又謂施梅川讀唐詩多，故語雅淡。又言要求字面，當看温飛卿、李商隱，及唐人諸家詩句中字面好而不俗者，采摘用之云云。以上諸説，蓋謂詞家必致力於詩，始有獨得，固已。蒙竊以爲詩詞實同源異派，皆風雅之流别。詞家欲進而上之，則蘭成及齊梁人諸賦皆絶妙詞境。又進而上之，則董嬌嬈、羽林郎等樂府及高唐、洛神、長門、美人諸賦，亦一家眷屬。更進而上之，則屈宋諸作，莫非詞家大道金丹。雖體製各别，而神理韻味，猶蘭茝之與荃蓀也。顧才高者或以詞爲小道，鄙不屑爲。爲之者或根抵不深，或昧厥本原，此詞學之所以不振也。世有韙吾言者乎，盍試上探騷辨，下究徐庾，精思熟讀，一以貫之，美成、白石容可幾乎。不佞老矣，能言之而不能行之，可愧已。

詞之用筆與古文一例

詞之爲文，氣局較小，篇不過百許字，然論用筆，直與古文一例。大抵有順筆，有逆筆，有正筆，有側筆，有墊筆，有補筆，有説而不説，有不説而説。起筆要挺拔，要新警。過片要不即不離。收筆要悠然不盡，餘味盎然。中間轉接疊用虛字，須一氣貫注。無虛字處，或用潛氣内轉法。蒙常謂作一詞能布置完密，骨節靈通，無纖毫語病，斯真可謂通得虛字也。

初學填詞首在運意

陸平原文賦云：「理扶質以立幹，辭垂條而結繁。」蓋無論何種文字，莫不以理爲質，理者意之所寓也。初學填詞，首在運意。理之所在，勿觸勿背，則質存而幹立矣。意之所發，文以辭藻，有條有理，不雜不亂，則條暢而繁茂。枝葉花實，附麗本幹，非飄萍斷梗之比矣。大抵才藻富、理路清，入手學夢窗尚可。否則，不如從姜張入，植其骨幹。迨格調既成，辭意相副，更進而求之可也。

鍊意布局鍊句鍊字

填詞之法，首在鍊意。命意既精，副以妙筆，自成佳構。次曰布局。虛實相生，順逆兼用，摶扼緊凑，或離或即，波瀾老成，前有引喤，後有妍唱，方爲極布局之能事。次曰鍊句。四言偶句，必加錘鍊，勿落平庸。散句尤宜斟酌，警策處多由此出。試觀陸輔之詞旨，所摘警句皆散句也。偶句雖工，終是平板，散句之妙，直有不可思議者，此其所以尤宜注意也。次曰鍊字。字生而鍊之使熟，字俗而鍊之使雅。篇中無一支辭長語，第覺處處清新。情生文，文生情，斯詞之能事畢矣。

陰陽九音

初學詞能謹守詞律，平仄不差，已是大難。然平仄既協，須辨上去。上去當矣，宜別陰陽。陰陽審矣，乃調九音。所以然者，音律雖已失傳，而近世填詞家，後起益精，不精卽不得與於作者之列。況詞固貴宛轉諧和，若一句聱牙，卽全篇皆廢。昔玉田論音律，嘗謂「鎖窗深」，深字不協，改幽字，仍不協，又改明字，乃協。所以然者，「鎖窗深」三字，不獨盡是陰聲，而且皆是齒音，宜其歌之不協也。幽字雖易喉音，第仍是陰聲，故亦不合。明字既是脣音，又屬陽平，正周止庵所謂重陰間一陽，宜其合也。又如所謂粉蝶兒「撲定花心不去，閒了尋香兩翅」，撲字不諧，改爲守乃諧。撲與守皆陰聲，何以一諧、一不諧。蓋撲字入聲，其音啞，守字上聲，其音緊，此其所以不同也。鄙見如此，故列陰陽九音之說。世有知者音，當不河漢吾言也。

詞林正韻

宋人作詞，未有韻本。然自美成而後，南宋詞家通音律者，隱然有共守之韻。戈順卿依據名家詞，撰爲詞林正韻，近代詞家，遵而用之，無待他求矣。獨至押韻之法，趁韻者不論，卽每逢韻脚處，便押一箇韻，韻雖穩而不能使本韻數句生色，猶爲未善也。名家之詞，押韻如大成玉振之收，聲容益盛，是亦不可不講也。

清季詞人

中國之學，務在師古，歐美之學，專尚改良。詞至南宋，可謂精矣。至元而音律破壞，除一二三名家以外，已不饜讀者之心。有明一代，詞曲混淆，等乎詩亡。清初諸公，猶不免守花間、草堂之陋。小令競趨側豔，慢詞多效蘇、辛。竹垞大雅閎達，辭而闢之，詞體爲之一正。嘉慶初，茗柯宛鄰，溯流窮源，躋之風雅，獨闢門徑，而詞學以尊。周止庵窮正變，分家數，爲學人導先路，而詞學始有統系，有歸宿。吴門七子，守詞律、訂詞韻，於是偭規錯矩者，不敢自肆於法度之外。故以清代詞學而論，誠有如外人所謂逐漸改良者。以故清季詞人，如前所論列諸家，色色皆精，蔚然稱盛，殆亦時會使然。後起之英，亦既致力於詞，苟能精研屈宋以下，徐庾而上諸作，神而明之，大而化之，或亦改良之一助歟。

七家詞選

戈順卿宋七家詞選，標舉詞家準的，詳於南宋者，以詞至南宋始極其精也。其實北宋慢詞如淮海、屯田，並臻極詣，亦治詞家所不容舍也。戈選不收，猶爲缺憾。

宋初諸公工小令

歐陽、大小晏、安陸、東山，皆工小令，足爲師法。詞家醉心南宋慢詞，往往忽視小令，難臻極詣。鄙意此道，要當特致一番功力於溫韋李馮諸作，擇善揣摩，浸淫沉潛，積而久之，氣韻意味，自然醇厚不復薄索。蓋宋初諸公，亦正從此道來也。

與萬釗論詞

三十年前，與南昌萬碉盟釗論詞，有足紀者，附錄於此。一曰，調如賀新郎、沁園春、滿江紅、水調歌頭等曲，皆不易填，意謂其易涉粗豪也。二曰，凡四言偶句，仄仄平平、平平仄仄者，上句第二字，下句第四字，古人多用入聲，蓋以兩仄相連，忌用上上去去，故以入聲間之也。又曰：元人詞斷不宜近，蓋以元詞音律破壞，且非粗卽薄。他山之助，不敢忘也。

詞亦有史

詞雖小道，然極其至，何嘗不是立言。蓋其溫厚和平，長於諷喻，一本興觀羣怨之旨，雖聖人起，不易其言也。周止庵曰詩有史，詞亦有史，一語道破矣。

止庵善言寄託

止庵又云，詞非寄託不入，專寄託不出。一物一事，引伸觸類，意感偶生，假類必達，斯入矣。萬感橫集，五中無主，赤子隨母笑啼，野人緣劇喜怒，抑可謂能出矣。此最善言寄託者也。質而言之，要在渾含不露，若卽若離，只用一兩字點明作意，使人省悟。不可發揮太過，反致淺陋。

詞叶入聲韻

詞叶入聲韻者，如美成六醜、蘭陵王、浪陶沙慢、大酺，及白石霓裳中序第一、暗香、疏影、惜紅衣、淒涼犯等調，皆宜謹守前規。押入聲韻，勿用上去。其上去韻孤調亦然。不得以上去入皆是仄聲，任意混押。

宋人以入作平

詞家以入作平，固是宋人成例，然苟可不作，豈不更好。若必不得已時，要以讀去諧和方可。

清真蘭陵王

清真蘭陵王詞一翦風快、月榭攜手二句，一字、月字，疑是以入作平。詞律未經注出。按宋人賦此調者於二字多用平聲。後人填此調，莫如照填入聲爲當，勿泛填上去也。

詞宜融情入景

詞宜融情入景，或即景抒情，方有韻味。若舍景言情，正恐粗淺直白，了無蘊藉，索然意盡耳。

近日詞人

近日詞人如吴瞿安梅、王飲鶴朝陽、陳巢南去病諸子，大抵宗法夢窗，上希片玉，猶是同光前輩典型。此則自關根柢，有志詞學者，盍且培其根，沃其膏，爲步武名賢地乎。

卧庐词话

周曾锦撰

臥廬詞話目録

卧廬詞話

杜文瀾詞

昔譚仲修謂蔣鹿潭，咸豐兵事，天挺此才，爲倚聲家老杜。斯言當矣。與蔣同時唱和而工力悉敵者，有秀水杜小舫文瀾。其采香詞二卷，八十二首，幾於首首可傳，不能選録。但録其與蔣贈答者三闋。憶舊遊，與蔣鹿潭話黄鶴樓舊遊云：「記波涵紫堞，霧羃丹梯，頻展吟眸。念爾南冠久，問江城玉笛，曾聽吹否。去塵頓如黄鶴，萍跡話浮鷗。自戰鼓西來，楚歌不競，望斷空樓。前遊。漫回首，便十里春風，何處揚州。燐火迷荒岸，任雕搜金粉，都付滄流。素絲暗尋霜色，詞客病工愁。怕賦冷晴川，萋萋草碧鸚鵡洲。」三姝媚，贈蔣鹿潭云：「空憐歸去好。聽千山啼鵑，淚痕多少。沽酒瓶空，算袖中、還剩散花舊稿。逝水年華，判斷送、斜陽芳草。憔悴訴知，紅豆愁拋，玉龍悲嘯。誰勸春明頻到。更氣壓雲虹，意輕飛鳥。典卻貂裘，墮蒼茫塵海，芰衣秋老。愛作詞人，詩繡出、餐霞函抱。還怕黄粱邀夢，炊香未了。」無悶，鹿潭病痁，譜此以代七發云：「長劍當年，敲碎唾壺，豪氣都無千古。便黯淡青衫，壯懷如故。酒醒偏憐短鬢，漸鏡裏、霜痕驚秋絮。家山何在，杜鵑唤作，不如歸去。遲暮。尚羈旅。又賃廡入孤，病愁争主。漫證破情禪，藥爐茶杵。我有新篘遲爾，且醉聽、檀槽歌金縷。更没詠、卻瘧花卿，舊日草堂詩句。」讀蔣杜二公之詞，覺白石、梅溪，去今未遠。天挺二老於咸同之際，亦詞界之中興也。

張子野詞

張子野詞:「雲破月來花弄影」,「嬌柔懶起,簾壓卷花影」,「柳徑無人,墮飛絮無影」,人因目之爲「張三影」。余按子野詞,又有句云:「隔牆送過秋千影。」又云:「中庭月色正清明,無數楊花過無影。」又詩句云:「浮萍破處見山影。」語並精妙,然則不止三影也。此公專好繪影,亦是一癖。又按柳徑無人二句,子野詞集作「柔柳摇摇,墮輕絮無影」。

魏伯子詞

魏伯子際瑞,本不以詩詞名家,其詞不衫不履,然頗有俊快之筆。蝶戀花云:「妾本城南楊淑女。小字留姑,自小南門住。門對桃花三四樹。春風日日花叢住。那日門前曾一過。郎自多情,特地回頭覷。妾本無情仍未許。等閑花裏窺郎去。」又,「獨立蒼苔東望久。明月黄昏,恰上西園柳。幾陣宫鴉歸去後。碧天雲樹空搔首。漫説破愁須是酒。影落深杯,越看成清瘦。淚迸銀盤如散豆。翠微峯上人知否。」又,「年少風流人第六。小扇新詞,字字蠅頭緑。扇手一時同似玉。玉人何必何平叔。我欲爲君歌一曲。我唱君酬,歌斷心相續。但願無情無眷屬。無愁無恨無孤獨。」數詞小時誦之,至今不忘。又,滿庭芳云:「去去來來,孤孤另另,凄凄冷冷清清。年年歲歲,苦苦苦營營。日日時時刻刻,心心念、念念卿卿。昏昏睡、睡殘殘夢,夢影影盈盈。春春春寂寂,山山水水,疊疊層層。對雙雙對對,燕燕鶯鶯。處處愁愁悶悶,行行住,住住行行。懨懨病,病中中酒,酒醒醒惺惺。」雖曰戲筆,疊字至此,亦未易也。

李漁衫詞

吾邑李漁衫先生懿曾，博學能文，著作極富，其扶海樓詩集，典贍風華，卓然名家。至於倚聲，非所措意，然藕葉詞二卷，不乏鴻篇麗製，亦可謂出其餘技，足了十人者矣。滿江紅有感云：「淚灑秋衫，都只爲、有人憐我。他說是，裁雲鏤月，肝腸繡作。結綠未邀和氏賞，陽春卻少他人和。歎十年、風雨小窗寒，空燈火。　柯亭竹，休愁挫。齊門瑟，休嗟左。任英雄落魄，牛衣馬磨。青眼偏從紅粉出，驪珠解用鮫綃裹。等平生、知己得昭容，消愁可。」長相思云：「怕閒行。又閒行。野渡荒煙一雁聲。釣船依舊橫。　水盈盈。淚盈盈。莫辨離人一段情。柳梢斜月明。」浣溪沙云：「驀地相逢油壁車。夕陽流水板橋斜。笑聲飛出幾盤鴉。　新綠眉稜裁柳葉，小紅門扇掩琵琶。粉牆轉過是天涯。」望江南云：「江南好，山水擅神州。絶壁鬱盤龍虎勢，大江流盡古今愁。滿目荻花秋。」又云：「江南好，風景記重來。沽酒夜尋桃葉渡，品泉晝上雨花臺。詩句袖中裁。」

勒少仲詞

勒少仲方錡榑洲詞二卷，清麗有餘，新警不足。惟「綺羅叢裏，犖酒說功名」二語，未經人道。其他如「落紅萬點圍歌舫，春水多情不肯流」。又，「吹得雨聲寒。雁聲空外酸」。又，「正是客愁深處，一燈紅得無情」又，「山外江流江外山。春雲迷故關」。又，「天涯目斷平蕪。斜陽淡照棲烏。輪與寒磯釣叟，眼前忘得江湖。」又，「葉打疏窗絡緯啼。燈殘秋夢迷。」又，「多謝秋蟲，會得人心苦。燈殘處。更無頭緒。替我模糊訴。」均恰到好處，惜如此者不多耳。

柳詞

柳耆卿詞，大率前遍鋪敍景物，或寫羈旅行役，後遍則追憶舊歡，傷離惜別，幾於千篇一律，絶少變換，不能自脱窠臼。詞格之卑，正不徒雜以鄙俚已也。

吴少山詞

吴丈少山毓沈，如皋老名士也。工書法，瘦硬通神。居白蒲鎮，予嘗訪之，時年八十，兩耳皆聾。手寫一詞示予，題縫窮婦圖云：「布抹飛蓬首。小市提筐走。問渠何不住深閨，否否否。短線零針，亂絲敗絮，藉兹糊口。儂亦途窮久。羞露襟邊肘。思量何物付卿卿，有有有。白袷衫殘，黑貂裘敝，敢煩纖手。」醉春風調。

李他山詞

吾邑李他山先生進琯，文名震一時，所著萬花齋集，不乞人序，自題滿江紅自笑自哭二闋於簡端。自笑云：「心血無多，怎暮暮朝朝嘔得。我不惜、也無人惜，算來那值。筆管墨枯頭已禿，屋梁月落愁俱黑。料將來、都入廢書堆，真何益。原不獻，荆山璧。原不想，天鵝食。但狂歌起舞，壯懷誰識。掉臂肯隨人步武，搜腸覓鬪吾阡陌。定千秋、自作自吟哦，消岑寂。」自哭云：「一曲琵琶，便惹出、許多眼淚。若再聽，江州司馬，青衫破矣。老婦重提當日話，愁人各觸心頭事。怪區區、從未轉柔腸，頻揮涕。志侘傺，顏憔悴。雖不逝，時不利。忽掀髯大笑，無須嘆喟。拂意已過年半百，賞心空負花三四。問家人、斗酒在牀頭，予姑醉。」落拓名場，賫志以歿，今閱其詞，可喟也。

陶詠裳詞

母舅陶詠裳先生炳吉，上元人。倜儻權奇，工六法，尤長於仕女，名滿東南。久寓滬上，求畫者户外屨滿，然非其人不與也。予家藏小幅一，畫美人蕩舟採蓮，自題踏莎行一闋云：「淺碧垂條，亂絲飛絮。新涼恰好纔過雨。小橋一帶種蓮花，蓮花深處儂家住。十里銀塘，幾重香霧。歌聲宛轉輕舟渡。芙蕖採罷夕陽斜，笑呼姊妹同歸去。」所著詩詞甚富，身後遺稿，散失殆盡，惘夫。

陳師曾詞

朽道人陳師曾衡恪，旅通時，寓城南通明宮，古剎也。荒墳老木，杳無人煙。小樓三楹，道人與其夫人汪春綺女士居之。有時會客，亦在樓中，瓶花爐篆，翛然絕俗。道人詞不多見，僅得一闋慶清朝咏海棠云：「絕豔宜簪，倩魂易冷，幾回彈梟東風。春嬌乍倚，曲闌獨映嫣紅。和醉重鳴怨瑟，無人處、幽意誰同。斜陽外，斷霞作被，殘粉成叢。猶憶故山步月，聽杜鵑啼夜，綠碎煙空。朱英數點，飛簾應爲詩工。鏡裏暗藏清淚，怕教零落亂雲中。深深院，濃愁未醒，爭似花儂。」嘗一滴水，可知大海味，正不在多也。

宋末社詞

齊天樂詠蟬，天香詠龍涎香，此宋末諸老社題也。杜小舫稍更之，以齊天樂詠蟬蛻云：「已判身世斜陽外，虛空又留塵影。幻相猶存，凡胎易換，寂寞枯僧禪定。西風夢醒。問抱樹何心，鬢凋青鏡。猶有螳螂，夜深偷上翠梧等。前緣遠戀瘦柳，嫩涼斜曳處，無限悽哽。翳葉辭柯，焦桐寫韻，藥裹誰療詩病。清霜自警。算羽化疑仙，舊愁都屏。冷眼冰蠶，怨絲抛未肯。」天香詠卍字香云：「窗眼噓雲，闌腰印月，雛鬟夜靜重炷。篆蛻盤蝸，薰圓睡鴨，縈繫荀郎吟緒。春融四角，渾不倩、流蘇深護。剛似儂心，宛轉連環，萬絲千縷。温灰半星微度。畫秋蛇、似鈎愁譜。一寸纏腸，顛倒佛龕低訴。漫説情田未補。怕隔斷相思舊時路。織向鴛機，回文更苦。」二作別出匠心，脱盡前人窠臼，固由取徑不同也。

先君詞

先府君生平著作甚富，數遊京師，稿多散佚。見背時，錦甫周歲。及長，檢篋中遺著，僅得駢文數首，詩十數首，詞一闋而已。已併編入周氏先墨。詞録於下，題章蘊卿和雅堂集，調寄上江紅云：「驀地逢君，快同話、西窗夜雨。聞説道，黄皮縛袴，從戎幕府。策馬關山衣短後，横刀舊領征南部。指西湖、潭月岱峯雲，屯軍處。乍抛卻，應官鼓。重纏上，蟾宫譜。向京華飽喫，軟紅塵土。粉帳傳宣崔掘制，布裙酬唱梁鴻廡。讀新詩、一卷擬風騷，搴蘭杜。」

四詞徵和

戊申之秋，予以采石、赤壁、黄鶴樓、滕王閣四詞，徵和海内。雲間楊古醖丈葆光賜以四闋，信騷壇斲輪手也。兹録二闋，百字令采石云：「石頭城上，指袍披宫錦，扣舷高詠。偶遇宗之，招與侶、餘子那堪遊泳。旁若無人，飄然高舉，皓月明如鏡。一時無雨，磯邊草木輝映。猶憶創業高皇，伐陳大舉，笳鼓軍中競。宵濟舟師，乘敵醉，開國果然風勁。九曲池深，黄天蕩闊，未足儕名勝。小詩休唱，謫仙猶恐來聽。」臺城路滕王閣云：「壯遊偶放章江棹，封藩試稽前事。畫棟飛輝，徽章忽降，羡煞洪都王子。唐宗往矣。剩高閣巍然，尚留江汜。誰念滄桑，浦雲山雨兩無意。重陽小舟競檥。馬當神既助，一夕風利。霞鶩齊飛，水天一色，要亦尋常詞耳。憐才念起。便請遂成文，衆賓驚異。惆悵臨江，此風誰更繼。」

夢窗詞

玉田於夢窗頗致不滿，不但七寶樓臺之喻而已。夢窗「何處合成愁」一闋，在夢窗爲别調，而玉田亟稱之，他詞不如是也。以此取夢窗，則其所不取者可知矣。平心論之，夢窗雕琢太過，致多晦澀，實是一病，固不必曲爲之諱也。

黄畊南詞

詩中有真摯一境，塡詞所無也。如皋黄畊南詞，雖不爲上乘，而其真摯處，固自可取。如百字令，哭沙婿卧雲云：「貧儒一箇，合舉家八口，不能坑倒。村館遠爲謀食計，拚卻寒氈終老。書報平安，人驚短折，倉卒何曾料。蕭然歸櫬，紙灰空使盈道。　去年也客荒村，沈沈卧病，只辦今生了。豈意白頭偏後死，留取者番相弔。冷落親知，伶仃婦女，魂向高堂繞。我詩誰輯，反教收爾零稿。」聞沙婿舉殯，余客曉塘，不得一送，疊前韻云：「一抔黄土，把古今豪傑，生生埋倒。少不成名兼富貴，合使衡門棲老。坦腹牀空，招魂路隔，此別非吾料。朝來執紼，白衣遙想遮道。　堪憐六十衰親，兩三弱息，一閉重泉了。我女未亡應更苦，身後不知誰弔。老矣窮鄉，淒其遠樹，望裏寒煙繞。秋墳何處，鮑家詩唱殘稿。」此種雖非詞家所尚，然正如龍眠人物，以白描見長，要非批風抹月者所能辦。又百字令之曉塘云：「在家如客，從歸來計日，一旬纔滿。打點輕裝還欲去，坐席何曾能煖。兒女情牽，友朋歡洽，致把行期緩。催人征棹，早維門外河岸。　回首荒海漫遊，孤村浪跡，吟興原難遣。少不離鄉今老大，怎脱天公成算。後會堪憑，長途可卽，莫動三秋感。春寒風雪，者番前度差遠。」又前調，舟中寄懷同人，其前遍云：「酒醒何處，只扁舟一葉，離愁裝滿。如許東風偏作惡，吹面不教人暖。去固無情，行還有侶，報道郵籤緩。推篷遥望，依稀雙店田岸。」又漁家傲，九日前遍云：「掃盡寒雲山色淨。遥空一碧開天境。落帽今朝誰露頂。秋幾頃。東籬小拓柴桑境。」畊南數與熊澹仙女史唱和，著有畊南詩鈔。

李季瓊詞

合肥李季瓊女史，名敬婉，可亭公子之胞妹。年十五，題詩妓錢素秋吟秋小草三闋，婉麗可誦。眼兒媚云：「鈎心團淚做成詩。展卷意爲癡。數行殘墨，十分幽怨，一半相思。女兒生受聰明誤，平白被愁欺。蕪城恨事，鳩江夢影，同入新詞。」又，羅敷豔云：「一身漂泊江南北，恨滿江頭。淚滿雙眸。若箇人兒無限愁。今朝遇了憐才客，兩字吟秋。沒世名留。便是機濤及得否。」又，闌干萬里心云：「秋花天使傲霜妍。百折千磨忒可憐。好句傳愁付短箋。恨綿綿。嵌入春心不計年。」素秋名緑雲，錢唐人。本宦家女，嫁某氏子，後與離婚。爲債家所逼，遂墜樂籍。戊申至通，余與伯著、悼棠、峰石、澹廬，相與張之，其名大噪。而可亭適至，見其所著吟秋草，出資爲之鋟板。無何，素秋仍返滬上，後遂不復相聞，或曰已從良矣。其種花云：「種花日日替花愁。及至花開轉自羞。一片芳心纔半吐，誰知已上美人頭。」次某君韻云：「年來識得清虛旨，默對青燈讀道書。」和可亭韻云：「年年憔悴風塵裏，詩句都成脈望仙。」附録於此。

白石詩說

白石道人詩說有云，雕琢傷氣。予謂非第說詩而已，惟詞亦然。夢窗諸公，恐正不免此。

陳散木詞

吾通工詞而有盛名於世者，僅陳散木世祥一人。散木性狷介，不爲苟容。有捷才，讀書數行，下筆數千言不竭。明末舉於鄉，宰新安，不屑折腰權貴，投劾歸。徜徉山水，與王西樵、杜茶村、冒巢民善。每有詩歌，隔千里郵寄無虛日。所在淹留，幾忘歲月。不問家人生產，有楚雲章句、半豹吟、敝帚、蟲餘、瑶草諸集行世。工倚聲，與迦陵檢討有江左二陳之目。其含影詞二卷，刻入十六家詞集中，全稿未見。僅從五山者舊集，摘録數闋，以見一斑。浣溪沙，午泛歸西園云：「蝶子尋花日日忙。一溪春水膩歸航。杏煙深處讀書莊。織柳欲成鶯襯貼，壘巢未就燕商量。迎人小犬出東牆。」前調，書友人壁云：「桐葉虛幽滿地陰。闌干曲曲路層層。遥聞棋子落楸枰。香倚碧紗花壓夢，影牽紅杏鶴調琴。隔簾茶吼讀書聲。」虞美人，黄湖積霖，正理歸棹云：「千紅萬紫剛裁就。花事家家有。惱人無奈雨和風。何處杏花深處、月照中。鳴鳩不管人愁絶。鸂鶒頻頻説。春泥滑刺雨如簑。説是風狂，行不得哥哥。」蝶戀花，詠愁云：「潦倒十年愁窟裏。漏酒逋詩，意興都無幾。愁緒世間無物比。青衫溼似邗江水。著地尋來無計避。好月名花，總是相思淚。笑煞天公無意味。生生風雨將春廢。」菩薩蠻客夜云：「冷風索索尋窗紙。那堪更是廉纖雨。半睡過黄昏。殘燈偏著人。閑愁無可破。夢裏成真箇。醒睡總來難。雙眸枕上乾。」前調次夜又雨云：「客愁飛入梅花紙。做成夜夜蕭蕭雨。參影已横昏。停盃正憶人。春陰吹不破。鳩婦還添箇。只爲看花難。芒鞋不要乾。」最高樓歸來云：「無窮路，今日賦歸與。整頓舊下江山淚。身外事，總然迂。好花放蕊今良友，好句吟成古大儒。拌醉倒，雲作伴，月相扶。」

陳世祀詞

散木弟世祀，字仙庚，拔貢生。工詩詞，出散木指授。著露香詞一卷，温柔香豔，其弔古諸作，直逼髯翁。滿江紅，舟過赤壁云：「陡壁臨江，沙磧上、幾堆殘雪。凝睇望，戰場何處，煙波空闊。橫槊賦詩才不小，沿流縱火功偏烈。想周郎、英發擅英姿，真人物。何必恨，賢豪沒。最可詫，荒唐説。有千秋信史，堪稽事業。只道綸巾同羽扇，未聞仗劍還披髮。笑天屏山頂祭風臺，冤諸葛。」沁園春，荆州九日云：「借問蒼天，雨雨風風，意欲如何。算光陰瞬息，一年有幾，鄉關迢遞，千里還多。寒食秦淮，中秋襄水，佳節都從客裏過。重陽到，又仲宣樓上，把酒高歌。而今更莫蹉跎。好細看、紅萸間緑莎。笑鷗冠自整，怕來嘲語，龍山擬上，爲避愁魔。警句難酬，新醅易醉，伸紙含毫信口哦。君知否，此稜稜鐵硯，久不堪磨。」

徐澹廬詞

同學徐貫恂鋆，號澹廬，年十二，即以工書善詩名。所作詞曰碧春詞，曰蠅須館詩餘，清新可傳。歸安朱古微侍郎稱其詞自壬子後，一洗粉澤之態，與東坡、後村二家爲近，可謂善變。雲間楊古醞大令，和滿江紅題其集，有「如此清才供跌宕，儘堪遊戲人間世，撥海濤、北向望伊人，蒼茫裏」等語，其爲詞場耆宿獎許，有如此者。茲撮録數闋於下。沙頭雨，題珠媚園云：「城市山林，依稀粉壁留題處。園壁舊有城市山林四大字斷煙零雨。幾換名園主。燕子雙雙，飛入誰家去。愁如許。一絲蛩語。宛把興亡訴。」浣溪沙云：「一剪風輕劈柳枝。春閨人去較鶯遲。海紅湘碧可憐時。豔曲歌殘三字令，迴文織就九張機。眼簾淚雨不成絲。」金菊對芙蓉，癸卯夏避暑滬上味蒓園云：「金碧樓臺，琉璃世界，半江翦取吴淞。攜桃笙竹簟，著我當中。茜紗衫子香收汗，賀新涼、低唱吴儂。櫻脣索潤，晶瓶瀉白，甘露檸檬。捲上百葉籠櫳。報鋼絲車到，挽住青驄。借蒓鱸興味，不待秋風。萬家兒女癡如夢，一雙雙、都是情蟲。鄰僧多事，當頭一棒，敲起晨鐘。」園在静安寺路夏夜遊人雜沓有破曉方散者生查子，和周劍青云：「千萬擲黄金，難買天無曉。花底不禁消，胡蝶香魂俏。鳥不識歡心，催起人偏早。兩點小眉山，擱住愁多少。」臨江仙，感事寄晉琦云：「一夜西風三日雨，名山先送秋來。年年被放敢言才。前途行不易，依舊倒綳孩。碎了珊瑚埋了劍，雄心無計安排。人生但使酒如淮。酒酣星可摘，同上妙高臺。」時約遊金山。一絡索題畫云：「任爾同生同滅。紫荆紅棘。孤根不肯寄人籬，晚乃見、黄花節。留取九秋消息。枝枝葉葉。何來一箇八哥兒，儘偷眼、休饒舌。」十二時，綴玉軒話别圖，爲梅郎浣華題，即送東行云：「櫻紅妻島，丁歌甲舞，黄金争買。纖纖散花手，怎輕分天外。綴玉軒中人宛在。最難忘、故緣今愛。先行問歸信，繫羊車遥待。」題晉琦天涯芳草填詞圖次原韻云：「蒼然平楚。莫問天涯路。手撥冰絃心太古。恰到清真處。晚涼捲上簾衣。粉牋輕界烏絲。留做畫圖憑證，一編香草新詞。」又，摘句爲玉寶題扇云：「東風第一琵琶手，人也多情。夜也多情。勒住情天不放明。」又，「既做有情人，忍説情爲累。」又，題佩秋病秋圖云：「簾外黃花簾內人，十分幽怨三分病。」皆警妙。貫恂自幕浙中官京師，而詩境益進。倚聲一道，不過偶爲之耳。

小三吾亭詞話

冒廣生撰

小三吾亭詞話目録

卷一

卷二

卷三

卷四

小三吾亭詞話卷一

蔣春霖水雲樓詞

江陰蔣鹿潭春霖所著水雲樓詞，多清商變徵之音，而流別甚正。譚仲修謂：「咸豐兵事，天挺此才，爲倚聲家老杜。」仲修固不爲妄歎者也。丙申丁酉間，余寓吴門，識其猶子玉棱，亦善填詞。以鹿翁隨狙拾椽圖屬題，始得讀翁詞集，及東淘雜詩。翁嘗權東臺場大使，其時帶甲天地，四方才士，多寓江北，若王雨嵐、楊柳門、姚西農、黄琴川、錢揆初、黄子湘諸人，皆以詩名。翁以舞劍扛鼎之雄，出輕攏緩撥之調，哀感頑豔，窮而愈工。集中如一萼紅云：「趁春晴。步前汀未晚，舟小蹙波行。抱樹谿彎，眠沙石老，芳草隨意青青。乍驚起、閑鷗短夢，伴落日、三兩櫂歌聲。水曲豪箏，柳陰叢笛，那處重聽。多少夕陽樓閣，倚闌干不見，空見流鶯。螢苑星繁，虹橋月豔，還記玉輦曾經。自湖上、游仙事杳，問桃花、又過幾清明。剩取淒煙楚雨，愁晝蕪城。」憶舊游云：「記星街掩柳，雨徑穿莎，悄叩閑門。酒態添花活，任翩翩燕子，偷琢紅巾。篆銷萬重心字，窗影護愁雲。甚飛絮年光，緑陰滿地，斷送春人。癡魂。正無賴，又琵琶弦上，迸起煙塵。鴻影驚回雪，悵天寒竹翠，色暗羅裙。黛蛾更羞重門，避面月黄昏。教説與東風，垂楊淡碧吹夢痕。」淡黄柳云：「寒枝病葉。驚定癡魂結。小管吹香愁疊疊。寫遍殘山剩水，都是春風杜鵑血。自離别。清游更銷歇。忍重唱舊明月。怕傷心、又惹啼鶯説。十里平山，夢中曾去，唯有桃花似雪。」渡江雲云：「春風燕市酒，旂亭賭醉，花壓帽簷香。暗塵隨馬去，笑擲絲鞭，擫笛傍宮牆。流鶯別後，問可曾、添種垂楊。但聽得、哀蟬曲破，樹樹總斜陽。堪傷。秋生淮海，霜冷關河，縱青衫無恙。換了二分明月，一角滄桑。雁書夜寄相思淚，莫更談、天寶淒涼。殘夢醒，長安落葉啼螿。」琵琶仙云：「江表春寒，已遲了四月，薔薇消息。輕燕低蹴箏絃，飛花趁離席。驚夜雨、鵑聲正惡，又千里野雲愁積。酹酒關河，驅車歲月，鄉路休覓。待重話韋曲清游，歎塵海蒼茫、鬢毛白。顛倒百年心事，有歸帆知得。鷗鷺少、谿山更遠，問一生幾兩游屐也，但燈夕翻書，夢君顏色。」置之白石道人歌曲中，不知閱者於意云何也。

蔣春霖琵琶仙

鹿翁嘗有所昵曰黃婉君者，聚散離合，恩極生怨，鹿翁卒爲婉君而死，婉君亦以死殉鹿翁。瀕死，向陳百生再拜，乞佳傳，從容就絕。論者謂此足可慰鹿翁矣。鹿翁嘗偕婉君泛舟黃橋，望見煙水，念五湖之志，苦不得遂，譜琵琶仙詞，使婉君歌之，其聲甚哀。詞云：「天際歸舟，悔輕與、故國梅花爲約。歸雁啼入箜篌，沙洲共漂泊。寒未減、東風又急，問誰管、沈腰愁削。一舸青琴，乘濤載雪，聊共斟酌。更休怨、傷別傷春，怕垂老、心期漸非昨。彈指十年幽恨，損蕭娘眉萼。今夜冷、篷窗倦倚，爲月明、强起梳掠。怎奈銀甲秋聲，暗回清角。」

周星譽東鷗草堂詞

七外祖周畇叔先生星譽早歲入翰林，平流而進，以監司終。所著東鷗草堂詞，小令之工，幾於温李。後主與吳門袖竹君有題扇之雅，感陶潛閑情賦，因以諡之。嘗賦洞仙歌十闋，論者謂與竹垞静志居詞相伯仲也。詞云：「繡帆收了，正雨絲初歇。十里香塵熨柔碧。看綠楊陰外，樓閣濛濛，是多少、春睡初醒時節。犀帷催喚起，餳眼慵揉，剗襪跉娉向人立。璮琖遞完時，低項回身，傍娘坐、恁般羞澀。又小婢催人去梳頭，向鏡裏流眸，驀然偷瞥。」「呵鈿綰翠，坐棗花簾底。花鈴斜簪小鴉髻。想妝成力怯，換了鸞衫，停半晌、纔見盈盈扶起。問名佯不說，淺笑低聲，暗裏牽衣教娘替。衆畔坐隨肩，道是知情，却偏又、恁憨憨地。也忒煞難猜個人心，笑事事朦朧，者般年紀。」「深深笑語，膩湘桃花影。削哺金泥護春暝。看珠燈出玖，錦匼藏彄，却難得、隨意猜來都準。起身鬆繡踊，瑣步伶仃，釵尾丫蘭顫難禁。怯醉泥秋歛，親蘸豪犀，替重抿、牡丹雙鬢。似欲向郎言又還停，但小靨緋紅，可憐光景。」「荼蘼風軟，散閒愁無數。吹送青鳧到花步。算鴛鴦卅六，排作郵籤，好細與、記個相思程譜。尋春三度也，永福橋西，門閉枇杷舊時路。小隔又生疏，道罷勝常，更没些、離情低訴。但佯笑兜鞋倚娘邊，問梅雨連宵，別來寒否。」「卓金車子，接么娘來早。鸚鵡銀籠隔花報。聽纖纖繡屧，纔近胡梯，驀一陣、茉莉濃香先到。進房攏袖立，瘦蝶腰身，寫上紅簾影都悄。側坐錦墩邊、女伴喁喁，盡背地、贊伊嬌小。看悄撚羅巾不擡頭，恁比在家時、更矜持了。」「猜花輸後，露些些嬌惰。怯飲瓊蘇蹙眉鎖。把銀蕉殘酒、笑倩郎分，消受者、一抹口脂紅涴。雁箏搊義甲，唱罷迴簧，蓮箭沉沉月西矬。席散點紗燈，臨去殷勤，問明日、郎還來麽。正風露街心夜涼時，囑換了輕容，下樓方可。」「吳綃三尺，肩輕煤初畫。錦髻瓊題恁姚冶。只花般性格，藕樣聰明，描不出、留待填詞人寫。翻香么令豔，細字紅蠶，鳳紙烏絲替親界。譜上女兒青，偷拍鞵尖，低唱向、黃梔花下。好宜愛重熏喚真真，辦一片誠心，向伊深拜。」「閑情新賦，把靈犀一點。寫入香羅白團扇。好羞時低障，浴後輕攏，長傍著、小小桃花人面。橫塘重寄與，滿握冰蟾，比似華年一分欠。畫裏說春愁，紅錦窠温，反輸與、翠禽雙占。儻長得隨伊鏡臺邊，便掃地添香，也都情願。」「離腸一寸，化萬千紅豆。底事花前又分手。便不曾春去，已是無聊，況又是、深院月黃時候。玉鵝衾底夢，酒雨香雲，薄福蕭郎怎消受。無計贖珍珠，待說成名，可知道、甚時能彀。便僥倖雙棲也生愁，看半搦弓腰，恁般纖瘦。」「江湖載酒，徧青衫塵積。玉笛聲中過三七。道漂零杜牧，慣解傷春，原不爲、歌扇酒旂淒惻。惺惺還惜惜，儂自憐花，此意何曾要花識。一霎畫屏前，香夢迷離，儘後日、思量無益。待提起重來又傷心，怕門巷斜陽，落紅如雪。」

東鷗草堂小令

東鷗草堂小令，如踏莎行云：「珠幕閑垂，銀屏慵展。櫻桃斗帳金鳧暖。綠楊池館閉春陰，卷簾人比東風懶。眉葉青銷，靨花紅斂。纖腰打疊游絲軟。懨懨病過海棠時，一身都被春愁管。」柳梢青云：「回首淒然，松陵城郭，一路寒蟬。藕葉圍涼，蘋花摇暝，人在秋邊。相思昨夜樽前。酒醒後、疏楊暮煙。對月心情，阻風滋味，又過今年。」南鄉子云：「客榜又天涯。翠被鄉愁一倍賒。生怕東風攔夢住，瞞他。侵曉偷隨燕到家。愁憶小窗紗。寶幔沉沉玉篆斜。月又無聊人又睡，寒些。門掩紅梨一樹花。」浪淘沙云：「酒醒夜迢迢。睡又無聊。五更月暗雨如潮。瘦盡黄花秋不管，儘著蕭蕭。金鈿小羅幬。紅蠟孤燒。黄昏庭院鎖芭蕉。還記那時聽不得，何況今宵。」又云：「六曲小屏山。杏子單衫。笙囊如水玉鳧殘。雙燕和人同不睡，商略春寒。香霧濕雲鬟。迻邐慵彈。重門深鎖蠣牆南。牆裏梨花花上月，花下闌干。」正使十八女郎執紅牙板歌之，恐聽者迴腸盪魄也。

周星詒勉熹詞

外祖周季況先生星詒勉熹詞，與東鷗草堂詞合刻於閩中。經亂板燬，自悔少作，祕不示人。余刻五周先生集，獨缺此種。丙午春初，得之廠肆，卷端有譚仲修序，謂：「每誦其詞，婉篤微至，如衛洗馬渡江時，傾倒一世，令人怊惆不已。」先生好蓄書，精校讐略録之學，抱經、蕘圃未能或過。又多識前言往行，海内學子接其言論丰采者，恆以爲幸。先生雖不以詞傳，而賦物緣情，詩人遺則，當使世知填詞中有儀廙機雲也。朝中措云：「畫船明月客衣單。日暮水生寒。白板垂楊門巷，紅橋臨水闌干。而今寂寞，淡煙疏雨，人在天邊。正是熟梅天氣，那堪重客江南。」高陽臺云：「坐緑鶯慵，銜紅蝶瘦，時光過了清明。荏苒年華，幾番醉裏瞢騰。六橋煙柳牽愁慣，牽不住、些子殘春。任緑陰，如水忽忽，蕩得無痕。湔裙拾翠湖南路，有楝花開雪，梅子成陰。無賴啼鵑，驀催歸去聲聲。東風吹遠天涯夢，倚闌干、芳草黄昏。惱情懷，千里斜陽，花亂江城。」聲聲慢云：「荒蘆殘雪，衰草平煙，蕭條水驛停船。回首斜陽，亂鴉禿柳家山。敗戍更籌數遍，擁青綾、兀是無眠。難消受，是霜嚴夢瘦，月冷人單。底事頻番載酒，寄相思、都在斷雁江天。如夢浮生，能消幾度陽關。聽風阻潮滋味，歎飄零、嘗到今年。歸未得，濕江湖、秋淚滿衫。」浣溪沙云：「風緊燈殘恰五更。消魂剛是酒初醒。柳花香裏憶三生。滿鏡月痕拋髻態，一衾花影墮釵聲。不多時別便零星。」虞美人云：「懨懨無賴朝還暮。鏡裏雙眉嫵。擔愁惹恨費相思。算是不曾負了、日長時。篷窗病起心情惡。別緒添蕭索。斷腸怕聽說雙橋。孤枕落花聲裏、雨如潮。」琵琶仙云：「煙樹闕津，東風裏、一片傷心愁碧。乳燕飛趁楊花，寒汀散晴雪。寄別恨、香絃譜遍，憶江上、那人初別。落月單衾，斜陽雙槳，心事愁說。休回首、驛路銷魂，正梅子廉纖雨時節。掩盡一襟紅淚，覺眼棱生纈。暗惆悵、尊邊人遠，判今宵趁回汐。又殘橛寒燈，酒醒荒驛。」任渭長嘗爲余舅周雲將先生紹寅畫扇，一面寫折枝桃花，一面寫李香君小象。譚仲修爲題虞美人詞云：「東風冷向花枝笑。轉眼花枝老。淡煙依舊送南朝。何事美人，顏色念奴嬌。天涯一樣文章賤。公子空相見。酒杯傾與隔江山。山下無多，楊柳不堪攀。」文道希和云：「南朝一段傷心事。楚怨思公子。幽蘭泣露悄無言。不是桃根桃葉、鎮相憐。若爲留得花枝在。莫問滄桑改。鴛鴦鸂鷘一雙雙。欲采芙蓉憔悴隔秋江。」舅亡，扇存其姬人沈栗孃所。栗孃者，吳中名妓，色藝冠一時。歸余舅二年而寡，又五年而死。余爲作傳，一時名流咸有題詠。如俞蔭甫云：「千秋兩柄桃花扇，前是香君後栗孃。」易實甫云：「少日守真同姓馬，中年絡秀竟歸周。生無豔福鷗波館，死有香名燕子樓。」皆傳句也。同年曹君直云：「喚起東風，研羅扇底，桃花又拚紅死。情根容易長，總付與、商邱公子。繁華能幾。更休問青谿，舊時流水。分明是。替儂寫照，比伊丰致。彈指二百年來，也零香一寸，未秋先墜。白楊堪作柱，還廝守、素縑盟誓。么孃如此。便我作迦陵，要存篋笥。芳名

字。待君箋入，婦人集裏。」翠樓吟

譚獻復堂詞

仁和譚仲修獻，循吏文人，倚聲巨擘。篋中一選，海內視爲玉律金科。所著復堂詞，意內言外，有要眇之致。張皋文所云：「欲與詩賦之流同類而風誦之」者也。仲修早歲與莊仲白齊名，其後又與張韻梅、張公束有浙西三詞家之目。嘗與客舉周美成詞云：「流潦妨車轂。」又曰：「衣潤費鑪煙。」辛幼安詞云：「不知筋力衰多少，但覺新來懶上樓。」謂詞之消息，盡於此也。長亭慢云：「又消受江楓低舞。幾遍清霜，花紅盈路。返照蒼茫，亂山憔悴黯無緒。悵花吹絮。曾目送春風去。往日倚樓人，早領略、芳容愁苦。　薄暮。望昏鴉宿雁，却向隔城煙樹。長亭載酒道，休負昔時言語。記得是、荳蔻梢頭，怕回首、尋芳前度。奈一晌停車，林際葉聲如雨。」南浦云：「杯行漸盡，便天涯芳草送征輪。此去看花得意，休念酒邊人。不是馬前風雨，是臨歧、別淚灑紛紛。只依然雲樹，無多煙水，一樣動離魂。　我是近來銷瘦，最惘惘、傷別復傷春。怨殺浣紗谿水，不照舊羅裙。日暮歸鴉飛盡，剩河橋、獨立病中身。問翠衾何處，綠蕪無語已黃昏。」蝶戀花云：「梔子花殘蝴蝶瘦。鏡裏晨昏，總是愁時候。夢到江南人在否。斷魂付與青青柳。　過盡春風三月後。門外斜陽，馬上休回首。私語難忘今日酒，玉欄干畔攜雙袖。」鳳凰臺上憶吹簫云：「鏡掩虛塵，枕寒別淚，綺窗暗換春風。悔翠眉輕別，花月忽忽。問訊趙家姊妹，看擁髻、都是愁中。雙棲燕，雕梁在否，容易相逢。　重重。故山望斷，有一片飛雲，曾度牆東。想倚闌無語，玉袖啼紅。不分銀笙吹冷，調怨曲、銷損芳容。春依舊，天涯斷腸，人去房空。」南樓令云：「岸柳晚颸颸。餘酣漱碧流。却臨風、三弄倚輕舟。吹得月華如水冷，有多少、古今愁。一雁度南樓。關山音信休。憶春風、花影簾鉤。曾是羅襟曾是酒，渾不似、少年游。」一萼紅云：「畫陰陰。待題箏泥酒，華髮謝冠簪。歌管東風，星霜別夢，前事都付銷沉。黛眉淺、厭厭睡損，又喚起、簾外怨春禽。杏子單衫，梨花雙靨，愁到而今。猶有平生詞筆，只空枝細草，日日傷心。木末關河，雲中殿闕，風雨無伴登臨。願重倚、如人寶瑟，數絃柱、芳歲共侵尋。記得班騅繫門，一寸花深。」

文廷式雲起軒詞

萍鄉文氏，與余家三世，俱宦粵東。咸豐初，叔來觀察殉節嘉應，先曾王父伯蘭公亦殉乳源。兩家子弟，垂髫往還，其後復申之以姻婭。道希讀學廷式爲叔來觀察之孫，光緒庚寅廷試，以第二人及第。博聞彊記，似俞理初、章實齋一流人物。其畢生精力，盡在所著純常子枝語中。茂陵遺稿，無人過問，致足慨也。道希論本朝人詞，謂：「曹珂雪有俊爽之致。蔣鹿潭有沉深之思。成容若學陽春之作，而筆意稍輕。張皋文具子瞻之心，而才思未逮。」又言：「自朱竹垞以玉田爲宗，所選詞綜，意旨枯寂。後人繼之，尤爲冗漫。以二窗爲祖禰，視辛、劉若仇讐，家法若斯，庸非巨謬。」故其所作雲起軒詞，渾脫瀏灕，有出塵之致。亦可謂出其餘事，足了千人者矣。虞美人云：「無情流水聲嗚咽。夜夜鵑啼血。幾番芳訊問天涯。不道明朝、已是隔牆花。夕陽送客咸陽道。休訝歸期早。銅溝新漲出宮牆。海便成田、容易莫栽桑。」自注：乙未四月作。翠樓吟云：「石馬沉煙，銀鳧蔽海，擊殘哀筑誰和。旂亭沽酒處，看大艑、風檣峨舸。元龍高卧。便冷眼丹霄，難忘青瑣。真無那。冷灰寒柝，笑談江左。一笴能下聊城，算不如呵手，試拈梅朵。苕鳩栖未穩，更休說、山居清課。沉吟今我。祇拂劍星寒，欹屏花妥。清輝墮。望窮煙浦，數星漁火。」永遇樂云：「落日幽州，憑高望處，秋思何限。候雁高鳴，驚麏晝竄，一片飛蓬捲。西風萬里，踰沙越漠，先到斡難河畔。但蒼然、平原目極，玉關消息初斷。千里祇有，明妃塚上，長是青青未染。聞道胡兒，祁連每過，淚落笳聲怨。風霜頓改，關河猶昔，汗馬功名今賤。驚心是、南山射虎，歲華易晚。」

文廷式念奴嬌

庚子辛丑之間，道希寓黄歇浦。其時帶甲天地，京朝士夫多南還。若沈子培、子封兄弟、丁叔衡、費屺懷、張季直暨外舅黄叔頌先生，與余輩朝夕咸集，極一時文酒山河之感。道希曾賦念奴嬌詞云：「江湖歲晚，正少陵憂思，兩鬢衰白。誰向水精簾子下，買笑千金輕擲。淒訴鵾絃，豪斟玉斝，黛掩傷心色。更持紅燭，賞花聊永今夕。聞說太液波翻，舊時馳道，一片青青麥。翠羽明璫飄泊盡，何況落紅狼籍。傳寫師師，詩題好好，付與情人惜。老夫無語，卧看月下寒碧。」迄今思之，何異東京夢華也。

文廷式南鄉子

道希之以病歸萍鄉也，余送之登舟，惜別懷歡，黯然無緒。道希尋舉六祖落葉歸根，來時吃飯二語，遂別去。別未久，遽歸道山。讀其病中南鄉子詞云：「一室病維摩。且喜閒庭掩雀羅。煑藥翻書渾有味，呵呵。老子無愁世則那。莽莽舊山河。誰向新亭淚點多。惟有鷓鴣聲解道，哥哥。行不得時可奈何。」道希四十始通籍，以大考第一，擢翰林院侍讀學士。羣小側目，中以蜚語，憂傷憔悴，自戕其生。天喪斯文，後無來者，我豈阿其所好耶。

王拯茂陵秋雨詞

馬平王定甫銀臺拯，以吸食鴉片落職。文人吸食鴉片，余所知者，惟吳墨井及黎二樵。所著茂陵秋雨詞，置之迦陵、飲水之間，非但不愧之而已。霓裳中序第一云：「尋聲苦恨極。賦別江郎愁賺得。銷盡傷春氣力。奈懶鬢漸凋，故衣偏索，筠簾翠隙。誤幾番、天際歸客。寒窗底、秭歸啼老，夢月照顏色。寥寂。藥鑪塵壁。篆一縷、斜煙似織。襟痕難浣舊跡。又慘綠沉天，怨紅飛陌。晚來風雨息。盼遠景、雲羅颭碧。纏綿意，那堪長對，瘦影玉匳側。」高陽臺云：「綺陌尋花，銅街訪月，舊游歡笑年年。燕舞鶯歌，春風浩蕩無邊。長生一曲傷心豔，又霓裳、破了驚絃。歎華清、幾日歡娛，愁說開元。貂裘多少金龜客，正雞鳴酒醒，帶笏朝天。馬滑霜濃，香衢踏碎連錢。灞陵不放將軍夜，問封侯、那得前緣。算幾人、頭白天涯，此恨綿綿。」定甫又有高陽臺題褚氏册子云：「紫曲門闌，桃花巷陌，芳蹤暗記眉樓。夢雨行雲，憐他花底親籌。郎官幾日游驄暇，儘怱怱、趙瑟秦謳。惱殘春、剗地東風，鶯燕都愁。西臺慟哭人何在，枉金張舊籍，暗數清游。衫袖郎當，不知舞錯伊州。沉沙折戟渾閑事，鎖荒臺、玉貌疑休。剩迴文、一卷天花，小字銀鈎。」此詞余不爲之註，異日觀者如霧也。褚氏者，吳門名妓，居盧家巷。吳門未亂以先，妓居多在盧家巷、丁家巷。亂後移居閶門倉橋濱一帶。馬關約定，青楊地始有妓居，此亦續板橋雜志者所當知也。余大外祖周文之先生，以名進士出宰長州，年甫二十，自以不得館選爲恨。褚氏既解文墨，歲寒唱和，遂盈卷帙。其贈聯云：「都道我不如歸去，試問卿於意云何。」最爲時傳誦。卒以現任地方官挾妓飲酒，上達天聽，遣戍新疆。文之先生有答人問近事詩云：「豈緣風月關防密，或者春秋責備嚴。」行抵汴梁，遇文宗登極，大赦得歸。從來荷戈之奇，無奇於此。賜環之速，亦無速於此者。褚氏既作驚弓之鳥，無可蹤跡，此册流落吳下，爲人以兼金購去。定甫此詞，使折戟沉沙故事，可謂精審。

王拯石州慢

定甫嘗於吳門得先巢民徵君姬人吳扣扣菱花硯，硯背銘二十五字，尾署甲戌春，扣扣作。扣扣傳載陳其年湖海樓集中。定甫爲賦石州慢詞云：「黯絶媧雲，當日雉皋，春影妝閣。冰匳功樣新裁，翠管雙鉤纔學。瞼靡恨積，認取水繪風流，南朝多少傷心魄。一片玉華寒，又尋常陵壑。流落。桃根江畔，梅影庵中，那回梳掠。恨老蘭因，冉冉歲華飛雹。銅臺夢冷，一例瘞草銘花，同心漫擬孤生託。滄海月明時，剩脂痕殘角。」詞極婉約，硯則贋物也。扣扣以順治十八年辛丑八月卒，年十有九。甲戌爲康熙三十三年，扣扣早化爲影梅庵畔黄土矣。

王鵬運半塘詞

粵西詞家，定甫以後，推王幼遐鵬運、況葵笙周儀。王官御史，所著曰半塘詞。況官中書舍人，所著曰第一生修梅花館詞。余戊戌入都，始與幼遐訂交。幼遐所刻四印齋詞，山谷詩云「我提養生之四印」，謂忍默平直也。校勘精審，汲古弗逮。其所爲詞，泠泠纍纍，若鳴雜佩。青玉案云：「亭皐緑遍春來路。又冉冉、春將去。不是吟情渾漫與。天涯回首，落花飛絮，都付流鶯語。珠簾翠幕無重數。似水空庭鎮延佇。滿地江湖君念否。青山猶是，白雲終古，百草憂春雨。」南浦云：「新緑滿瀛洲，薄寒消、又是岸容催曉。羌管漫吹愁，東風颺、和雨和煙都掃。盈盈顧影，疏星一點春痕小。牽惹離愁千萬縷，何必緑波芳草。絲絲那綰流光，幾銷凝、寒食清明近了。繫馬認閑門，年時約、春共踏青人到。吟情頓渺。夕陽休倚危闌，悄問訊、絮飛隨水處，種出蘋花多少。」三姝媚云：「懷人心正苦。況闌干依然，倦紅愁舞。淚滴羅襟，數心期慵續，閑情新句。費盡春工，成就得、半天風絮。碧海沉沉，只有嫦娥，忘情終古。此際潮生江步。正酒醒扁舟，羨君歸路。風雨禁持，料也應、念我獨絃歌處。已是啼鵑，休更説、看花如霧。知否成連海上，新聲換譜。」

東海漁歌

幼遐論詞，嘗以不得見漁樵二歌爲恨，謂朱希真樵歌及顧春東海漁歌也。顧春字太清，爲貝勒奕繪側室。論滿洲人詞者，有男中成容若，女中太清春之語。去夏，余從後齋將軍假得貝勒明善堂詩，曾刺取太清遺事，賦六絶句。今年乃得見東海漁歌。凡四卷，缺第二卷。惜幼遐客死揚州，不獲共欣賞也。樵歌有吴枚庵鈔校本，幼遐已得之付梓。

況周儀詞

葵生嘗與幼遐暨端木子疇、許鶴巢合刻詞曰薇省同聲集。其所刻新鶯、玉梅、錦錢、蕙風、菱景、存悔諸詞，婉約微至，多可傳之作。法曲獻仙音云：「殘月窺尊，凍雲沈笛，況是天涯庭院。燭淚紅深，枕棉香薄，傷心畫譙清點。伴夢短梅花冷，么禽語春怨。玉容遠。也應憐、杜郎落拓，悲錦瑟弦柱，暗驚淚染。宛轉碧淞潮，共垂楊、縈恨難翦。鳳紙題殘，奈雲邊、珠珮聲斷。判塵銷鬢緑，萬一跨鸞相見。」水龍吟云：「雪中過了花朝，憑誰問訊春來未。斜陽斂盡，層陰慘結，暮笳聲裏。九十韶光，無端輕付，玉龍游戲。向危闌獨立，綈袍冰透，休道是、傷春淚。聞説東皇瘦損，算春人、也應憔悴。凍雲休捲，晚來怕見，攙槍東指。嘶騎還驕，棲雅難穩，白茫茫地。正酒香羔熟，玉關消息，説將軍醉。」壽樓春云：「嗟春來何遲。恰芳塵散麴，烟渚流澌。此際飄零，詞客倦游何依。悲攬蕙，愁搴蘺。似左徒行吟江涯。恁錦瑟華年，青山故國，回首夢都迷。登臨地，芳菲時。幾紅牙按拍，白袷尋詩。底事尊前雙淚，者回難持。埋香恨、今誰知。剩短碑、淒涼題辭。更不綰春愁，垂楊過籬三兩枝。」香塚在陶然亭西北小阜上，碑陰題云：浩浩刼。茫茫月。短歌終，明月缺。鬱鬱佳城，中有碧血。碧亦有時盡，血亦有時滅。一縷烟痕無斷絶。是耶非耶，化爲蝴蝶。又詩云：飄零風雨可憐生。芳草迷離緑滿汀。開盡夭桃又穠李，不堪重讀瘞花銘。三姝媚云：「啼鵑聲自苦。卻紅樓依然，玉容歌舞。百計留春，恁遣愁、還仗酒邊詞句。燕燕鶯鶯，休更惜、天涯花絮。此恨能消，除是西山，翠顰終古。芳草盈盈隨步。恰一碧無情，夢中鄉路。斷送韶光莫。畫闌真在，更無人處。廿四番風，回首憶、非花非霧。一霎城笳，吹出明妃舊譜。」燭影搖紅云：「簾幕誰家，紙鳶風急餘寒峭。選樓西畔綠楊枝，才見晴絲裊。十里簫聲未了。暗驚心、文園易老。酒帘低處，極目煙蕪，古城斜照。詩鬢天涯，倦游情味傷春早。故人門巷玉驄嘶，回首長安道。襟袖塵香自繞。待歸來、梅花一笑。二分明月，夢裏揚州，不須驚覺。」去歲，沈子封提學游江南歸，嘗以葵生近著筆記五種見詒，談藝爲多，間資考證。所著香海棠館詞話，則寥寥短章，恨其易盡也。

葉衍蘭秋夢庵詞

番禺葉蘭臺先生衍蘭嘗選己作秋夢庵詞，與沈伯眉丈世良楞華室詞、汪芙生丈瑔隨山館詞，合刻曰粵東三家詞。先生早歲綺才，有葉鴛鴦之目。其賦鴛鴦詩云：「笑我夢寒猶後闕，有人情重不言仙。」有柳翁者見之，詫曰：「有才如此，尚作不知何處月明多耶。」以女妻之。以翰林改官户部，儤直樞密。解組以後，主講越華院書院十年。余與姚伯懷、潘蘭史皆從問字。後堂絲竹，至今猶繞夢寐。乙未，余計偕北上。先生手書「文章有神交有道，珍珠無價玉無瑕」十四字楹帖見詒，又爲賦慶春澤慢詞以寵其行。詞云：「珠懺紅禪，香霏碧唾，十年秋夢初醒。唱出東風，何人共畫旂亭。銀河淨滌生花筆，皺池波、底事干卿。話纏綿、幽恨桐悲，芳思蘭馨。楞華豔散霜芙委，悵霓裳舊詠，法曲凋零。海上琴音，更無孤鶴潛聽。白雲只在山中住，訴哀絃、喚起湘靈。泛仙槎、杏苑尋芳，歌徧瑤京。」余藏新莽始建國二年鏡，先生爲賦百字令。詞云：「硬黃輕展，認當年、倫照長安宮掖。剛卯銅符零落盡，顧此一規蟾魄。玉璽沉淪，金縢謬安，鑑古悲無極。與劉窺識，路堂羞整巾幘。知否原碧新妝，眉斂乍啓，對影窺蓮額。堪笑迴旋隨斗柄，映到漸臺宣室。璧彩萎生，苔花繡漬，位置泉刀側。漳河遺瓦，勝他猶伴吟席。」零縑斷墨，尚藏篋笥。先生晚年病黃，嘗賦七律四首，句句皆暗嵌黃字，亦可想其風趣也。

秋夢庵詞刻意夢窗

秋夢庵詞，刻意夢窗，而得玉田之神。水龍吟云：「銀蟾何處飛來，碧空捲得炎飆淨。樓臺一抹，是煙是水，鎔成清景。道冷呼鸞，天高唳鶴，露淒風警。料廣寒今夕，素娥無睡，晶簾外、羞孤影。我欲淩虛絕頂。洗塵襟、玉壺冰鏡。穠花錦石，漢家遺恨，那堪重省。惆悵江南，有人歸夢，相思愁證。試憑闌長嘯，橫吹紫竹，喚啼烏醒。」清平樂云：「蟾光似水。花影層闌碎。風露羅衣涼欲洗。此際高樓誰倚。鄰家絃管分明。兒家庭院淒清。只有一枝橫竹，奈他都是秋聲。」瑤花云：「纖雲淨洗，萬里涵輝，瓊宇都澄澈。花魂初醒，簾乍卷、冷浸一庭涼雪。塵襟盡滌，渾不覺、天風飄瞥。歎素娥、依舊團圓，明鏡幾曾傷缺。　高吟拍遍闌干，問法曲霓裳，今向誰說。河山無恙，還憶否、當日廣寒宮闕。危樓獨倚，聽鶴背瑤笙清絕。瞰秋江、喚起魚龍，橫竹數聲吹裂。」瑞鶴仙云：「海棠嬌欲語。正紅濕屏山，花光如許。流鶯尚啼樹。怪無端、吹上二分塵土。飄殘錦絮。怎飄得、愁絲恨縷。怕呢喃雙燕歸來，不是畫梁朱户。何處。枇杷門巷，鸚鵡簾櫳，舊游都阻。尋芳伴侶。誰共賦、傷心句。縱春風詞筆，吟成荳蔻，莫寫天涯倦旅。倚高樓、目斷斜陽，一襟淚雨。」解連環云：「冶魂銷盡。悵紅樓鎖恨，殢春無影。渾不記、綺夢歡塵，有宵語翠篝，曉妝鸞鏡。幾度清歌，便換了、樽前芳訊。剩湘簾一桁，麝粉香殘，鴨篆烟冷。秋懷頓成薄倖。歎情隨月蝕，人替花病。灑別淚、猶漬青衫，縱鴛軫重調，鳳簫慵整。玉砌苔窩，尚留得、韈羅纖印。料飄蓬、瘦蛾蹙損，畫闌獨凭。」子夜歌云：「遡歡塵、錦屏絳蠟，花月豔情如許。有多少、琴心箏怨，付與紅牙金縷。徑窄埋鴛，樓空鎖燕，驀換淒涼處。剩長廊、鸚鵡迎人，似說華鬘影事，夢尋無據。雕闌畔、逡巡繞遍，冷落一庭秋雨。禿柳當門，横絛礙路，莫繫游驄住。悵樊川薄倖，天涯空歎羈旅。翠袖籠箋，青衫涴淚，漫憶銷魂句。秖十年、幽恨難忘，酒邊淒語。」

葉英華花影吹笙詞

花影吹笙詞，爲蘭臺先生尊人蓮裳英華所作。後附小游仙詞一百首，讀者如聽鈞天廣樂也。詞凡二卷，皆搜輯於兵火之餘，馨逸自成，南宋遺則。臨江仙云：「花事暗隨春事了，魂銷風雨年年。無聊情緒奈何天。閒愁邀燕子，軟語話纏緜。緑寫相思紅寫怨，淒涼知倩誰憐。傷心人月兩嬋娟。分明清影在，都欠一分圓。」湘月云：「冷冥冥地，撥鑪香、静坐悄無情緒。一院苔花，凝暗緑，淺沁二分疏雨。蓮漏微沉，桃笙倦疊，懶賦傷心句。西風簾卷，可憐人瘦如許。爲問怨月啼螿，干卿甚事，直恁聲酸楚。露濕閒階，孤葉墜響，亂夜深砧杵。碎剪窗煙，團圓燈影，都是愁來處。紅樓夢穩，秋心知對誰語。」蝶戀花云：「月轉桐陰風碎竹。庭院煙深，瘦影寒圍燭。翠被香銷蓮漏促。羅幃倦倚人如玉。明鏡無黄昏。塵鈫夢熟。夢醒雲飛，雲斷痕難續。波冷露零秋瑟縮。芙蓉紅淡鴛鴦緑。」一翦梅云：「層闌殘照寫黄昏。界破簾痕。劃記釵痕。月中愁影鏡中人。圓欠三分。瘦減三分。慵妝倦倚兩鬟雲。紅麝香薰。紫麝花熏。心凝拚付蝶温存。情暖於春。夢懶於春。」吴縣潘文勤序之，謂當其哀樂所流，纏縣靡極，亦自有不得已之故在也。

小三吾亭詞話卷二

沈世良楞華室詞

沈伯眉學博丈，多病逃禪，卒時年僅三十。其遺著號楞華室詞者，漢軍藴璘爲之付刊。別有倪雲林年譜，南海伍氏刻入嶺南遺書。其詩規撫山谷，詞則繼響山中白雲也。唐多令云：「華髮漸星星。扁舟逐去程。向西風、殘酒初醒。却笑輕裝如落葉，吹過了、短長亭。　驛路瘴花明。檣烏五兩輕。渺天涯、水熟潮生。苦竹黃蘆聽不斷，更聽到、夜猿聲。」翠樓吟云：「遠岫分嵐，層陰閣雨，禪關幾回低款。疏鐘敲夢，又寒綠沉沉，遮斷高樓天半。悵放鶴來遲，聽鸝歸緩，茶煙暖、晚山留客，畫叉齊展。　捲幔無限春愁，覺碎珂叢佩，舊游都倦。茅庵分住我，待料理、繩牀經卷。蒲團誰伴。更偈約龍參，花將猿獻。徘徊遍、塔雲如墨，鵁鶄聲亂。」江城梅花引云：「荻花蕭瑟斷霞明。早潮生。暮潮生。喚取一枝柔艣，過前汀。修竹誰家門可款，水亭外，滿煙波、落葉聲。　葉聲葉聲愁裏聽。寶薰停。香篆縈。記也記也記不了，簧煖笙清。尚有芙蓉梳掠，媚秋晴。眉月半彎樓畔挂，曾照見，倚闌干、話玉京。」三姝媚云：「山堂招燕語。問當年、詩人酒人何處。冷落東風，悵倦簫零笛，俊游誰主。吹盡鶯花，吹不盡、旂亭煙絮。遍倚闌干，萬一重逢，舊盟鷗侶。　歎息騎鯨先去。但壞堞紅棉，晚鴉爭樹。小拍疏尊，早帊羅香損，醉中題句。月有圓時，人却被、仙龕留住。寄與相思，一片黃昏夢雨。」

沈世良壺中天

樗華室詞，有壺中天，自序云：「偶於市中，購得冒巢民爲清漪上人所畫橫幅，卽題其後。」詞云：「溪篠小橙，是香温茶熟，興酣揮就。短檻迴廊春曲录，有地儘栽楊柳。選樹鶯啼，定巢燕去，十頃風漪皺。蘼蕪望遠，綠陰濃上襟袖。想見白社留僧，紅絲洗研，妙擅荆關手。鈿軸飄零頻閱世，粉墨模糊非舊。水繪園荒，湘中閣圮，往事銷沉久。影梅窗下，一枝還似人瘦。」廣生謹案：先徵君生平未有畫名，而諸姬則皆擅繪事，蔡女羅含工蒼松墨鳳，見廣陵詩事。金曉珠玥善寫人物，吳薗次有乞曉珠畫洛神啓，又有題曉珠畫盜盒圖詞。王阮亭有題曉珠雜畫三絕句，朱竹垞有題曉珠水墨芙蓉詞。董小宛白則僅能畫遠山叢樹而已。見影梅庵憶語。往年聞京師某妓家，有小宛夫人畫蝶橫幅。比與黃陂陳士可往過，則已爲人易去，至今夢想。潘榕臯有題小宛墨菊詞。又嘗見國朝人詞集中，有題董小宛畫兩兩鴛鴦護水紋圖，一時忘作者姓名矣。甯鄉程子大太守、王炳卿參議皆藏有先徵君畫山水直幅。龍陽易實甫爲余言，義州李文石觀察藏先徵君畫一美人蒙被臥，自題其上云「平山事異，墨胎曷歸，世之君子，不無諒之」，凡十六字。文石精賞鑑，此幅則亦贋物也。

汪瑔隨山館詞

山陰汪芙生丈，寄籍番禺，老爲諸侯賓客。家伯祖哲齋太守官潮州最久，丈居潮州幕中亦最久。所著隨山館全集詩及駢散文詞，色色皆似樊榭。義山而後，此爲第一好記室也。宴清都云：「未覺餘寒斂。迷濛處、不分花影濃淡。簾紋似水，煙痕似夢，作成銷黯。斜陽乍露牆匡，又漠漠、微雲半掩。問藏春、何處樓臺，移春幾處闌檻。　新來病酒年華，薰爐況味，無限凄感。　袷衣換了，香篝炧後，勝情都減。無端鳳紙相思，剩襟上、紅冰點點。怕等閒、過却燒燈，東風荏苒。」南柯子云：「香減雙心襪，書迷四角盤。幾回酒醒怯衣單。偏是黃昏，偏是雨潺潺。　絳蠟成灰未，青禽寄語難。　退紅簾子小紅闌。祇隔春人，不解隔春寒。」揚州慢云：「三月春深，一帆客到，酒邊愁聽琵琶。　正臨江小閣，糝一片楊花。　算回首、旗亭別後，短衣長鋏，多少年華。　剩相逢無恙，青衫依舊天涯。　鄉關似夢，怕烏衣、難認人家。　便北户笙歌，南壕簫鼓，都换悲笳。舊事不堪重省，尊前看、醉墨欹斜。忍憑闌、東望蒼茫，落日昏鴉。」綺羅香云：「十八低鬟，一雙約指，悄向街西相識。　鈿誓釵盟心事，更誰知得。　還待把、銀蒜低垂，肯閒逗、石榴消息。　奈前頭、鸚鵡聰明，窺人妝暈畫闌側。　鴛鴦猶記卅六，何事東堂有限，東風無力。唾碧啼紅，總是可憐春色。　花正好、鏡檻人愁，酒乍醒、玉篝香熄。　悔年時、　百種相思，　鳳綃空自織。」一萼梅云：「待炙銀笙煖玉簫。　九九餘寒，數到花朝。　小紅樓隔小紅橋。　負了春風，　誤了春潮。　一種閒愁不肯銷。　似雨絲絲，似水迢迢。　燈昏酒醒又今宵。　縱不相思，也自無聊。」浣溪沙云：「人倚東風倦不禁。　舊游如夢怕追尋。　隔花樓閣幾重深。　越酒中時寒惻惻，湘簾低處畫沉沉。　最無聊賴是春陰。」　蝶戀花云：「紅樓西畔鸝三請。　煙語重尋，緑黯蘼蕪徑。　行近雕闌心自省。　袖羅凭處香猶凝。　吹盡柳絲風未定。　花嚲斜陽，畫出春人影。　幾日相思如小病。　酒懷易醒愁難醒。」浪淘沙云：「問訊護花幡。　曉鏡低鬟。　紅樓春已二分殘。　偏又東風無氣力，留住餘寒。　香冷鷓鴣斑。　翠袖衣單。　避人深掩小屏山。不管蝦鬚簾子外，閒了闌干。」卜算子云：「池館鎖黃昏，　闌檻無重數。　寒是三分煖二分，　釀得春如許。

柳意倦於人，花氣吹成霧。最不分明最可憐，簾幕深深處。」又云：「風露没多些，溼了莓苔徑。淺碧濛濛暈不銷，攙入梧桐影。蟲語一絲絲，似説秋來冷。人比疏花瘦可憐，衫襌涼烟暝。」

沈評隨山館詞

沈伯眉丈嘗評隨山館詞，謂爲「氣體超潔，邀月能語，遏雲不流，似黄鶴樓中玉笛」。芙丈因問吾子自視云何，曰：「花影吹笙，滿地淡黄月。」

陳灃詞

粤中詞人，三家之先，推嘉應吴石華學博蘭修、番禺陳蘭甫京卿灃。學博之詞詞人之詞，京卿之詞則學人之詞也。京卿邃於説經，品詣高雅，所著東塾叢書，風行於世。録其雨中過嚴瀧百字令云：「江流千里，是山痕寸寸，染成濃碧。兩岸畫眉聲不斷，催送蒲帆風急。疊石皴煙，明波蘸樹，小李將軍筆。飛來山雨，滿船涼翠吹入。　便欲艤棹蘆花，漁翁借我，一領閒簑笠。不爲鱸香兼酒美，只意嵐光呼吸。野水投竿，高臺嘯月，何代無狂客。晚來新霽，一星雲外猶溼。」此詞仙樂飄飄，箏琵洗俗，嘗鼎一臠，可以知味矣。

張文虎索笑詞

同時與陳京卿負通儒之望，而又工詞章者，則南匯張嘯山學博文虎也。學博少時讀元和惠氏、歙江氏、休甯戴氏、嘉定錢氏諸家書，慨然歎爲學自有原本，馳騖枝葉無益也。則取九經漢唐宋人注疏，若說經諸書，由形聲以通其字，由訓詁以會其義，由度數名物以辨其制作，由言語事蹟以窺古聖賢精義所存。所著舒藝室諸筆，與十駕齋養新録，正復如驂之靳。索笑詞甲乙二卷，吐屬爾雅，訓詞深厚，良由卷軸藴蓄者富，故雖小道亦可觀也。憶秦娥云：「長亭酒。春風記折金閶柳。金閶柳。紅闌倒影，綠波微皺。彎環虹影今如舊。模糊夢影君知否。君知否。楊花飛盡，玉鞯人瘦。」品令云：「清明時節。又落盡棠梨雪。夕陽庭院，一聲何處，黄鸝調舌。人倚屏山無語，玉笙吹徹。風情銷歇。況舊事今休說。模糊春夢，畫樓西畔，簾櫳幽絕。最憶離離花影，淡黄新月。」清平樂云：「疎篷一繫。無限天涯意。點滴愁聲消酒味。寫入米家圖裏。荒庵坐雨蹣跌。蕭蕭恍聽菰蒲。已自風波滿眼，憑君更說江湖。」憶舊游云：「段家橋畔路，廿五年前，曾逐游人。玄髮今成素，檢星星剩稿，似夢如塵。林巒算也頭白，殘雪化愁雲。甚敗柳鶯凄，零梅鶴怨，幾度經春。東君。更何忍、放草色裙腰，綠到湖漘。廢井頹垣裏，憶芳堤畫舸，花徑香輪。梵宫磬響何處，孤角斷黄昏。只一掐纖眉，江頭月作西子顰。」徵招云：「翠雲一片陽臺影，霜風忽吹何處。幾日不來游，訝荒寒如許。離情千萬縷。都莫化、前朝煙雨。撫遍紅闌，冰澌凝碧，消魂無語。欲去轉沉吟，人間事、瞥眼便成今古。還勝鬪南朝，剩絲絲堪據。依然留不住。只消受、庾郎詞賦。認殘甃、悵絕棲烏，更玉驄迷路。」

許宗衡玉井山館詩餘

上元許海秋中翰宗衡，負氣伉爽，有不可一世之慨。所著玉井山館詩餘，別有懷抱，雖稍近粗率，亦近詞一大家。金縷曲云：「別有傷心處。儘消磨、刧灰金粉，大江東去。樓閣斜陽秋易晚，嗚咽青溪如訴。祇衰柳、殘鴉無數。龍虎雄圖悲豎子，剩遺編、細載閒歌舞。亡國恨，哽難語。年來烽火臺城路。念無端、家山唱破，凄涼誰主。似有簫聲聞鬼哭，忍憶板橋風雨。漫惆悵、美人黃土。繞郭旌旂霜影重，恐將軍、愁擊軍中鼓。早哀絕，子山賦。」百字令云：「冶春詞句，爲垂楊寫照，舊時湖上。司理風流渾不見，有柳絲無恙。莫惱鶯啼，難憑燕問，夢已隨煙盪。瑤簫誰按，綠陰曾記孤唱。堪奈一霎烽烟，青青隔斷，不與春旂颺。樹外朱樓空刧火，漫對東風惆悵。繫馬當年，棲鴉何處，更向臺城望。斜陽欲盡，暮天惟有蒼莽。」金菊對芙蓉云：「錦瑟華年，文簫再世，癡情更向誰論。恁江山烽火，何處招魂。夕陽漸滅閒哀樂，歎茫茫、鬢影空存。幾番懷憶，幾番惆悵，忍對芳樽。堪奈夢裏香溫。驀空簾閉月，一抹煙昏。便與伊共悔，已種情根。當時春院初晴後，繞朱樓、初踏苔痕。闌干日午，杏花開白，斜掩重門。」月下笛云：「樓閣燈疏，山城月冷，晴霄放碧。江湖蕭瑟，一樽能聚殘客。憑闌曼鬋橫釵影，忍細認、韋娘顏色。算年光、鏡裏空花，一笑那時誰識。悽惻。筵前笛。號雪後桃花，豔歌如泣。空拈辭筆，畫圖如夢堪惜。美人斷送詞人死，剩我風前鬢白。甚絲竹換烽煙，哀樂何時遣得。」

許宗衡眉嫵詞

王郎曲盛傳於時者，前有吳梅村，後有張亨甫。梅村詩爲王紫稼作，亨甫詩則爲王蕊仙作。蕊仙者，揚州人。亭甫詩所謂「天下三分月，二分在揚州，一分乃在王郎之眉頭也。」其演桃花扇傳奇寄扇一齣，豔絶一時，士大夫賓筵酒座，盛稱歎之。蕊仙老去，無繼之者。咸同間，乃得朱郎蓮芬、陳郎蘭仙，今則幾成廣陵散矣。海秋官京師日，與蓮芬交最昵，嘗畫填詞圖，命蓮芬書己作於卷，賦眉嫵詞贈之。詞云：「想空煙一抹，側帽依燈，拈筆緑窗底。寫到傷心語，揮毫處、低徊應易蕉萃。酒尊漫對。怕斷腸，郎意先醉。試歌向月暗重簾後，早清淚如水。　知未。年年匏繫。有幾多哀樂，今夜提起。瞥眼東風疾，休吹落桃花，香染春紙。一緋一字，且淺斟低唱相倚。縱難駐芳華，判兩鬢與愁抵。」又自題填詞圖梁州令云：「祇覺浮名賤。別有傷心誰見。燈殘月落閉重門，換巢鸞鳳，已是棲枝倦。偷聲減字腸應斷。自搯闌干遍。似聞簾外，微雨飛花，便欲和春嚥。　一幅鵝溪絹。模糊那家庭院。江湖載酒夜如年，旂亭畫壁，往事留歌扇。天風海水宮商變。黯黯詞人怨。圖成但有愁歎。空抛心力君休羨。」其觀蘭仙演寄扇詞云：「清歌粲素靨。眼底濃香消絳雪。拍徧闌干幾疊。現後影前身，桃花顏色。關河阻絶。可有飛紅捲殘蝶。知音少，緘愁難寄，倚袖向誰說。悲切。笛聲低咽。似當日秦淮夜月。傷心公子遠別。又今夕、燕脂寫恨如血。淚痕揾露葉。早板鼓淒涼數闋。當筵歎春春一握，爲爾啓金篋。」霓裳中序第一。海秋自云：「曲海詞山，千生萬熟，而揾簪擲落，知者無人。與之言鄧千江望海潮、蔡伯堅石州慢，瞠然而已。何況公子天涯，美人樓上，春風問訊，誰復於一握濃香，識南朝之興廢哉。

何兆瀛心庵詞

江寧何青耜丈兆瀛，與海秋同里齊名。由給諫官杭嘉湖道，轉兩廣鹽運使。其第五孫爲家哲齋伯祖第三女婿。丈生平有戲癖、鼻烟癖，卒以被服儒雅罷官。其所著心庵詞，未攜行篋，僅就譚仲修篋中所選，悉登於此。金縷曲云：「辛苦銜泥燕。儘回翔、朝朝暮暮，雨絲風片。覓得新巢棲息穩，爲爾珠簾常卷。却換了一般庭院。故主恩情還記否，號幾番、王謝堂前見。曾舞得、紅襟倦。炎涼世事尋常變。見說道、寂寥羅雀，翟公門掩。曲曲雕梁泥落盡，紅剩斜陽一線。聽枝上流鶯低囀。似訴東鄰留殢爾，舊同羣，軟語含淒怨。秋近矣、莫飛遠。」壺中天慢云：「緇塵人老，被秋燈照出，傷心滋味。四壁蟲吟風斷續，抱影與愁同睡。枕冷黃粱，簪欺白髮，一穗花猶媚。玉蟲無賴，向人開作如意。當日膽怯空房，挑殘夜雨，泥檀奴同倚。倦蝶淒迷餘夢影，悵觸寒宵半臂。金粟痕空，銅荷塵瘦，烟也含清淚。比他團扇，舊情何忍捐棄。」卜算子云：「鏡背一燈紅，燈背無人語。忽有秋蟲一兩聲，啼碎黃昏雨。簾底閣瓊簫，簫外風如縷。吹我天涯聽雨心，和夢江南去。」月下笛云：「一抹荒烟，孤亭尚在，斷無人處，叢蘆蕭瑟，還是尋秋那時路。亭前卧柳渾相識，早耐盡、年年冷雨。却重來攀折，霜顛顧影，獨行誰語。愁緒。嗟遲暮。待歸去江天，再盟鷗鷺。風塵倦旅。聽蟬何事酸苦。菀枯容易都成夢，問入夢、有人醒否。剩幾點晨鴉，棲老禪門舊樹。」南鄉子云：「春事了殘紅。閒著闌干畫閣東。幾日杜鵑聲不斷，忽忽。一笛吹春唱懊儂。無語下簾櫳。苦把春痕憶夢中。雨又不來雲又散，濛濛。滿院楊花滿院風。」秋千索云：「新詞多是銷魂語。却攙得、秋聲如許。已覺涼蟲不耐，又添了、三更雨。迷離往事難拋去。問舊日、鴻泥何處。燈影琴絲十載心，夢裏搏風絮。」臺城路云：「修蛇曲折城南路，倚筇還過蕭寺。掃葉門深，種花僧去，冷意野鷗知未。葦花滿地。有頭白人來，相看蕉萃。瑟縮寒鴉，似曾相識一枝寄。祇林無限往事。一般興廢感，都付深喟。詩夢烟空，酒人星散，眼底惟餘秋氣。流連荒砌。認疥壁蝸涎，模糊文字。鈴語催歸，夕陽天半墜。」論者謂何詞沉鬱，稍不逮許，而許之粗率，則亦所無也。

朱祖謀彊村詞

歸安朱古微侍郎祖謀，中歲始填詞，而風度矜莊，格調高簡。王幼遐云：「世人知學夢窗知尊夢窗，皆所謂但學蘭亭之面，六百年來真得髓者，古微一人而已。」古微詞品不可及，人品尤不可及。庚子夏秋之間，黃巾黑山，羣情洶洶，古微獨昌言其不可恃，幾陷不測。比年乞病却歸吴門，與鄭叔問、劉光珊輩歲寒唱和，有終焉之志。朝廷知其誓墓之詞甚苦，亦不相强，視近時三事大夫之勇猛精進，夜行不休者，真可思量爛熟也已。古微所刊有庚子秋詞、春蟄吟，皆與幼遐諸人唱答之什。其彊村詞三卷，則近從吴中刻成見寄者也。還京樂云：「塞鴻近著意，偎沙度月成秋響。傍黄昏愁重，旋攙鐵馬，檐頭悲哽。濺淚花孤坐，屏山背燭幢幢影。倦睡減遥夜，怨起羅衣新冷。聽壺蓮竟。夢滄波、殘畫風鴉，陣黑如塵，垂翅未整。江湖畫角聲聲，暗驚回、雨涼煙暝。攪愁腸，是按笛人稀，餐霞伴醒。脈脈窺華髮，清霜飛上明鏡。」花犯云：「影屏山，燈脣碎語，春痕似依舊。夜堂無酒。憐燕緑誰簪，蜜苣孤守。睡輕厭數殘更漏。欺人年事驟。剩淺靨、緗梅三兩，飄香黏半袖。簾櫳外邊峭寒多，頭番問、閬苑東風醒否。芳訊換，還惆悵、綴旛人瘦。簫聲送、背鄰笑語，容易到、林鴉驚散候。料鏡檻、飛鸞塵澀，新妝愁裏鬪。」宴清都云：「餞臘蠻村鼓。聲聲急，雁邊低和鳴艣。瓊簫市遠，膏鑪焰薄，好春何許。橫谿數萼嬌紅，點綴入、迎年秀語。任向夕、雪意垂垂，韓山冷落眉嫵。銀荷翠管西船，歌呼簺博，渾忘羈旅。塗牋燥墨，沾杯淡酒，自温眠緒。荒雞定憐沉夢，是一夜、鄉心幾處。喚緒風、帆色新年，春程未誤。」訴衷情云：「鸞軿秋訊有無間。樺燭掩屏山。琤然露井梧韻，驚夢絳河還。無別語，擁眠鬟。淚闌干。蘭叢風起，未抵鍼樓，羅薦新寒。」解連環云：「緒牽愁結。被蠻薰沁骨，素天無極。傍露井、葉葉疏桐，信經過暮涼，畫秋真色。罷酒闌干，雁書斷、浮雲東北。望三山鬟翠，尺海漲塵，有情難憶。登臨故歡盡擲。覷新霜鏡裏，烏笑頭白。待叩君、密約鸞釵，怕著枕睡酣，暗銷瑶碧。夢入關榆，但流恨、沉沉寒汐。背西風、怨蛩細語，伴人絮得。」聲聲慢云：「城痕煙結，鏡曲香銷，巡闌遠避塵紅。未近黄昏，無人冷翠濛濛。西鄰舊家雙燕，倚嬌嗔、新妒雕櫳。尋勝處、是檐虛岫納，屧響廊空。誰信傷春倦客，費臨花嬌馬，愁對巫峯。多宴心情，飄燈闌夜偏濃。尊前幾人，閒淚背東風。澆與珍叢酒醒未，墮嬌雲、一片夢中。」秋霽云：「別枕潺潺障暗雨，簾衣暈冷燈色。瘁葉涼喧，晚蛩愁咽，病懷慣禁秋力。倦吟暫息。夢痕宛轉蕁絲碧。問故國誰睠，夜闌孤坐瘴鄉客。驚卧歲晚，亂落江蘺釣竿，沉吟詩卷疏寂。背西風、殘鵑苦說，青銅欺鬢盛年白。歸事布帆從辦得。怕酒醒後，驚見畫裏湖山，采珠荒水，擣塵新驛。」玲瓏四犯云：「壓水夢寒，濛花霜淺，空陂鷗逝何許。數峯青弄影，酒洗吴臺古。何郎舊情未賦。又東風、畫船煙浦。淚粉春魂，韤塵游事，吹老玉龍苦。行雲滿垂虹路。憶疏香步綺，低髻迎户。往來羅袖，盡早蝶銜寒去。清歌自在人間世，送閒客、幽單春旅。愁寄語。無人問、題裙舊侶。」慶宮春云：「梟玉封烟，蟬梳拋黛，鳳窠旋旋黄昏。流管梅芳，緣屏蘭舊，怨蟾不照孤顰。絮繁絲亂，又重疊、清寒著人。宫衣添未，催罷鸞牋，銷瘦真真。　相思化作仙雲。捐玦中洲，心事虚陳。傷别啼妝，端憂靈體，蘅皐重夢無因。墜歡尋去，鎮呵淚、紅縣鏡塵。迴衾燈暗，還數中宵，鶗語殘春。」齊天樂云：「黄昏連樹拳鴉噤，江寒笛聲不起。擁葉驚波，呼風斷角，淒别歸鸞千里。燈窗自倚。漸冰折吴縣，薄醪慵理。尚有殘香，夜深不暖舊心字。　荒雞空唤倦旅，未應霜霰集，誰整歸計。箭水繁聲，櫺紗淡色，落盡涼蟾無寐。西樓翠被，怕一夕將愁，玉璫難寄。曙蠟紅啼，夢痕持淚洗。」惜紅衣云：「倦侶哀時，長愁送日，坐支孱力。病裏登臺，霜林媚紅碧。當脣注酒，持一笑、剛腸從客。喧寂。涼雨雁聲，識殊方棲息。　明燈廣陌。盈匊狂塵，滄波盪愁藉。湛盧迸淚，去國海西北。斷得故山歸思，何地釣游尋歷。酹晚英無語，知是誰家秋色。」

朱祖謀霜葉飛

古微以壬寅秋晚，奉命督學粵東，余與秦幼蘅水部、夏閏枝編修，集中聖齋，用夢窗韻賦霜葉飛詞録别。是日同游天寧寺歸，翦燭至夜分始散。古微越日待舟唐沽，寄和詞云：「亂雲愁緒孤帆外。隨風飄著燕樹。倦程先雁下滄洲，寒帶丁沽雨。甚一霎、飆輪過羽。微塵驚見紅桑古。怕更倚危樓，海氣近黄昏，換盡酒邊情素。　何況北極觚棱，東門帳飲，怨歌今夜難賦。簡書猿鳥意蒼茫，空覓荒雞語。夢不入、蓴絲半縷。商量聽水聽風去。剩恨笛、飛聲罷，寂寞魚龍，覷人眠處。」古微高卧東山，幼蘅、閏枝各羈天末，讀此殊有停雲之感。

鄭文焯詞

鐵嶺鄭叔問舍人文焯，爲蘭坡中丞之子。家世蘭錡，累葉通顯。叔問獨羈棲吳下，爲東諸侯賓客，其神致清朗，懷抱冲遠，真衞洗馬一流人物。所著瘦碧、冷紅諸詞，規撫石帚，即製一題，下一字，亦不率意。本朝詞家雖多，若能研究音律，深明管絃聲數之異同，上以考古燕樂之譜者，凌次仲外，此爲僅見。絳都春云：「鵑魂一片。怪小墅緑陰，都被愁染。鴻陣悄來，凄緊西風黄昏院。茜裙殘縷吹香遠，却醉入、秋娘心眼。夢回溝水，紅情自老，誤他題怨。　還見披煙浣露，正燈暗絳屏，和淚妝點。霜信漫催，吳錦飄零無人翦。可憐生是江南晚。更解替、幽花腸斷。幾回立盡斜陽，故山冷豔。」倦尋芳云：「小簾花瘦，廢閣燈昏，孤詠何賴。破碎壺天，那管賦愁人在。簾滴都無空緑，瀉池流、應有殘紅帶。到更闌，怕南來好夢，溼雲全礙。　想幾處、箏篷凄咽，亂點西風，飛上蛾黛。便是秋聲一夜，有情須買。別淚銷沉鷗社酒，浮根愁老鮭鄉菜。悔前宵，月明中，負他芳靄。」惜紅衣云：「石髮吹涼，林衣換雨，滿懷冰玉。秋色牆頭，吳山翠如浴。西樓舊夢，還暗寫、疏欞横幅。愁逐。江上暮鴻，説南來凄獨。湖雲自緑。吟斷蘋花，年年鎮羈束。文園未老，醉耳勸絲竹。可憶蜀波流錦，解惜美人裳服。待故裙書遍，問訊草堂江麓。」虞美人云：「歌雲軟繡吳篷背。暗浦明珠翠。舊家池館久蒿萊。説與鷗邊涼月、帶愁回。長波西望垂虹路。載雪吹簫處。暗香不送倩魂歸。可奈湖山無恙、昔游非。」垂楊云：「霜魂似翦。聽打窗敗葉，亂愁紅染。古屋清尊，故人江上悲秋倦。何堪來去秋相伴。更殘夜、與秋同餞。問吳波、流恨青溪，比舊痕深淺。　空有危炊一劍。鎮消受冷官，向誰肝膽。素約沉沉，蜀雲猶戀江南晚。無多酒病因狂減。怕勸老、西風易散。甚孤燈照入，今宵和夢短。」壽樓春云：「看離江鵑魂，又零鈿翠粲，倦笛黄昏。誰念蘭茳捐佩，鏡花空春。不愁見雲中人。繡舞裙、當年公孫。自寶劍星飛，琱坊月冷，凄絶綺羅塵。吳亭酒移芳醺。問名娃舊館，山鬼呼尊。那更疏燈在水，野雲當門。風掃葉如殘軍。感白萍、飄搖同根。想孤櫂吟湘，棲棲夢痕餘醉巾。」催雪云：「敗葉荒池，殘酒冷屋，瘦緑燈痕如水。正澀指冰絃，夜窗人起。一樹玉梅吟影，想月地、珊珊鳴珠佩。翠眉誰見，仙雲自舞，小屏孤閉。　清麗。鬬夢螘。記並枕醉鬟，亂花堆砌。更禁得餘寒，暗吹紅意。豔迹而今漸歇，怎凝殢、殘熏銷鴛被。恁恨墨、題滿吳橋，已是客衫無淚。」八歸云：「風燈畫夢，冰絃暗淚，亭館坐雪人獨。吳梅早被離愁染，偏是斷腸枝上，未春先緑。碎佩蕺鈴飄泊恨，問此日、蘭騷誰續。但怪得、楚客無魂，唱老渡江曲。　須信千秋勝事，銷凝何限，況我鷗盟閒局。酒闌衫袖，歲寒箋管，怨入中年絲竹。念歌眉惜別，也學湘吟弄哀玉。匆匆見、亂花歧路，滿地江湖，殘杯休更促。」三姝媚云：「吳坊歌板地。借青尊澆殘，一春紅淚。有限柔魂，似海棠枝上，斷絲還繫。第一輕盈，禁幾度、沈郎腰細。莫遣垂楊，空向高樓，替人眠起。　昨夜歡盟須記。但醉粉迷香，枕邊花氣。雨薄雲輕，怕夢來都變，那時情味。曉帳愁分，却又惜、黄昏容易。自恁幽期能耐，而今倦矣。」花犯云：「裊紅情、欹風歌袖，花前去年見。淡歡濃怨都誤了，因循還待誰遣。繡囊桂子香重薦。心期空月滿。甚近日、病來疏酒，新涼人易倦。　秋宵漏語遲遲，相攜未有別，安排腸斷。鴛枕側，驚呼起，淚花紅泫。殷勤問、舊盟玉鏡，應悔向、盧家窺半面。但暗計、幾回棲並，輸他梁上燕。」玉燭新云：「秋香披酒袂。正臥雨吳篷，鏡天如醉。珠燈暗墜空明影，散作流花輕碎。亭臺近水。蕩不盡、傷高清淚。殘笛外，休倚黃昏，孤尊更呼誰對。鷗邊浪跡年年，歎客裏風情，半銷疏媚。楚蘭舊佩留恨事，付與滿江歌吹。題紅惜翠。甚近日、愁來無會。空夢想、鴛侶雙扶，依依自睡。」齊天樂云：「舊家池館追涼地，傷心十年前後。去燕空簾，疏螢小扇，難遣尋常時候。闌干似舊。算花下黃昏，幾回垂手。滿院箏塵，翠陰門掩數行柳。江南賦情最久。俊游零落早，歡事稀有。絲竹凋年，湖山費淚，銷與西風詞酒。園居半畝。笑雙鶴棲依，占人清瘦。見月登樓，過秋知健否。」木蘭花慢云：「晚涼花積水送，秋老越來溪。歎故苑滄波，汎天鏡裏，曾見鴟夷。凄凄黃昏未了，漸歌闌、人似水東西。自有暗香隨袖，殘紅爲惜新題。文漪步綺輕移。銀燭背、翠樽攜。念別後湖山，幾回同夢，雲散鴻飛依依。蘭橈醉解，涴啼痕、猶在去年衣。明月無多圓，夜有情、偏向人低。」慶宮春云：「衰草蟲天，斷雲魚浪，去帆望轉湘碧。秋影初鴻，江蘺罷采，月明空遙怨夕。翠疏紅冷，記曾占、西樓賦筆。雕闌仍在，愁倚黃昏，水風殘笛。楚蘭一曲傷心，恨魄難招，霧蘿煙薜。江山文藻，登臨老淚，故國何堪陳迹。綺疏芳卷，定寄我、寒梅水驛。行雲歌盡，白眼蒼天，舊狂誰識。」

劉炳照留雲借月庵詞

陽湖劉光珊學博炳照嘗有斷句云：「一寸詞腸，七分是血，三分是淚。」爲時所誦。丙申丁酉之間，余居吳門，與光珊及叔問、屺懷過從頗稔。光珊嘗乞余題其塡詞圖。其所著留雲借月庵詞，亦斐然今之作者也。蝶戀花云：「燕子梁間相對語。開到酴醾，又把芳期誤。綠怨紅愁無處訴。斜陽空戀夭桃樹。　青鳥不來音問阻。郎似浮萍，儂似黏泥絮。不信東皇難作主。甘心拌遣春歸去。」垂楊云：「情絲寸翦。剩數升血淚，溼衫如染。病榻維摩，閉門休訝尋芳倦。愁魔長與吟魂伴。恨前度、不隨春餞。下珠簾，人瘦於秋，怯曉來寒淺。　空歎淒涼寶劍。有供奉酒腸，拾遺詩膽。一樣飄零，落花時節逢君晚。豪懷縱說年來減。問怎遣、塵襟蕭散。聽簫聲隔院追歡，嫌夜短。」瑞鶴仙云：「夢醒斜倚枕。怯曉涼披衣，猶待郎整。簾垂畫屏冷。甚羞窺圓鏡，懶施殘粉。愁長恨永，療相思、難尋橘井。有誰憐、往日風流，悔把綺年拋盡。　空省。釵行零翠，屧印閑鴛，別時情景。蓬山望迥。青鳥使，信無準。悵吳儂重到，枇杷門巷，舊事傷心怕問。問而今、何處雙棲，燕巢可穩。」意難忘云：「金屋嬌娃。向蘇臺暫駐，七寶香車。孤蹤隨柳絮，芳字稱蓮花。佯倦眼、傍窗紗。更端正堪誇。恰好處，圓姿替月，没點雲遮。　底事鐵板紅牙。度曼聲一曲，四座驚嗟。相逢同是客，留醉即爲家。明鏡裏、鬢雙華。怕重聽琵琶。但怪得、青衫淚溼，此日天涯。」大聖樂云：「接葉陰濃，墜枝香冷，亂鴉啼樹。更聽風、一夜無眠，對鏡曉妝，愁見落紅如雨。獨上小樓憑闌望，正天際歸帆迷遠浦。　人何處。甚鴻雁不來，驚添霜縷。　相思到今更苦。悵身隔蓬山，誰寄語。記灞橋分手，留春無計，芳期空許。漫說卷簾人情重，奈孤燕營巢無定宇。重門閉，任門外飛花飛絮。」又云：「幽蝶棲香，曉鶯驚夢，綠陰千樹。正滿園、花事將殘，乍暖乍寒，偏又妒花風雨。夙約待尋閑鷗鷺，好重棹扁舟明月浦。　清遊阻。更扶病擁衾，鑪爇殘縷。　天涯送春最苦。聽梁燕呢喃相對語。縱異鄉雙宿，新巢初定，家山何許。怕過舊時烏衣巷，但花落無人深院宇。楊絲老，倩牢繫枝頭輕絮。」玲瓏四犯云：「破碎硯田，淒涼春廡，無家歸向何許。百年强半過，白髮無今古。登樓仲宣懶賦。渺音書、雁沉寒浦。失意錢刀，累人兒女，嘗遍有生苦。 銷魂地，江南路。盼春風送暖，先到蓬户。壯心除漸盡，未忍除愁去。他鄉隔歲論文樂，憶東閣、吟梅賓旅。遥寄與相思，約西泠社侣。」余嘗爲内子黄甌碧作話荔圖，凡十圖，畫者爲顧鶴逸麟士、金心蘭彰、陸廉夫恢、倪墨耕田、吴秋農穀祥、周喬年梓、林琴南紓、姜穎生筠、金拱伯紹城及紓爇山女子彭鶴儔若梅也。題者甚夥。甌碧自題清平樂云：「嶺南風味，說也消人意。十萬妝成雲似綺。白玉圓膚緻緻。 珠兒三五輕盈。憐他不帶愁生。何處月明絳樹，吹來都是雙聲。」自學士大夫以迄閨秀方丈，凡百餘人。光珊賦荔支香近有云：「屈指歸期，應是荔支天近。此物相思，絮語當窗嚲雲鬟。」時余爲方久客吴門未歸也。又賦洞仙歌書余所撰栗娘夫人傳後云：「書仙夙慧，有憐才青眼。畢竟多情恨緣短。任瑶琴先破，玉笛長抛，腸已斷、忍譜清商淒怨。 篋中捐扇在，血染桃花，彷彿當年那人面。薄命似紅顔，幾度春風塵夢醒，繁華羞戀。儻萬一天台許重逢，便不負今生，唱隨初願。」

小三吾亭詞話卷三

費念慈詞

武進費屺懷編修念慈，博雅嗜古，吳中推收藏賞鑒者，自吾友顧鶴逸外，未能或之先也。嘗爲余題填詞圖云：「不解蒼茫意。竟飄零、斜簪散髻，詞人而已。十萬鶯花姚冶甚，過眼嬌春如許。漫重向、危闌孤倚。黨籍家聲湖海客，問清才、似此今能幾。斟大斗、爲君起。　塵勞夢影休重理。悵年來鬢絲禪榻，廣陵吳市。羊胛光陰龍漢刼，淪落斜陽身世。且莫更狂呼青兕。劍態簫聲無著處，譜紅牙、併入雕蟲技。木葉落、秋深矣。」金縷曲又爲余題話荔圖云：「惺忪墜夢無憑準。聊寫向生綃影。一笑堆盤珠顆迸。紫霞輕擘，煖香初暈，風味年時俊。　歸來舊譜誰重問。瑶札相思寄芳訊。閒拂鸞箋吟未穩。綠榕簾底，紅蕉庭畔，惆悵天南恨。」青玉案屺懷著作，多未寫定，身後恐無能搜葺。更憶己亥之秋，余在吳門，江建霞以先巢民徵君手書菊飲詩卷見贈。屺懷亦以家萇原上舍諱春榮，乾隆詩人。與丹徒鮑海門、懷寧李勉村齊名。詩載符葆森國朝正雅集。詞札見贈。並和上舍金菊對芙蓉詞，詞稿置行篋中，爲人持去。子敬人琴俱亡，此可痛也。

江標詞

元和江建霞京卿標，跌宕文史，縱橫一世，書畫金石，色色當行。嘗得先巢民徵君菊飲詩卷，脫手相贈。建霞贈余卷時，嘗語座客，此事足傳否。未幾下世。余乞當代名流，題詠殆徧，非惟誦芬，亦以報亡友於地下也。今春廠肆，持先徵君手書六憶歌長卷來售，爲人中道刼去。以原值歸之，不可，以相當之書畫酬之，亦不可，此眞趙王孫所謂獨孤之視東屏，其賢不肖爲何如者矣。建霞病歿，余爲文哭之。刻小三吾亭文集中所謂兕觥歸趙，薄俗則難，非君雅誼，誰結古歡者也。

建霞所刊紅蕉詞一卷，蓋未通籍以前，客嶺南所作。錄其菩薩蠻十闋，真花間之遺音也。詞云：「玉鏤飛鳳銀屏小。畫羅帳卷春雲曉。繚亂海棠絲。還移明鏡遲。　無言成獨坐。底事慵梳裹。簾外鷓鴣啼。泥金褪舞衣。」又云：「天涯只合多飛絮。化萍還向天涯去。妾命不如他。終年彎兩蛾。　大隄音信絕。夢裏剛離別。雙燕入簾來。故園花正開。」又云：「藕絲切斷玲瓏玉。蕉心捲破葳蕤綠。水閣已秋風。屏山幾曲紅。　湘簾三面靜。團扇相思影。晚檻月微涼。開斂吹鬢香。」又云：「鴛鴦雙護流蘇冷。蘭膏夜瀉秋蛾醒。梧葉打窗輕。高樓過雁聲。　羅衾圍好夢。寒壓霜華重。夢竟到遼西。難教郎便歸。」又云：「玉樓一夜瓊花影。圍鑪火煖儂心冷。相別早春時。今看豈暫離。　釵頭寒翠鳳。昨夜銀瓶凍。暗起卜燈花。隔牆啼曉鴉。」又云：「褭簾晝永銅蠡靜。牡丹屏寫黃荃影。今日有誰來。貍奴洗面纔。　葡萄天馬鏡。鬬畫雙眉靚。窗底惜餘明。鴛鴦催繡成。」又云：「銀荷暈小釭花紫。黃昏已近爐煙膩。滿地是梨花。春風狂太差。　雙鬟金鳳小。卸却殘妝早。翠被不勝寒。熏籠夢合歡。」又云：「玉函四疊蟠飛鳳。齊梁樂府工成誦。難得董嬌嬈。高堂挾瑟邀。　從今休識字。好把聰明諱。多恐諱聰明。新愁依舊生。」又云：「錦匳雙陸紅牙促。彈棋譜熟翻新局。隔院簸錢聲。空階草亂青。琵琶和淚抱。悶煞擅槽小。牆内有秋千。春騎墮玉鞭。」又云：「春來燕子生愁種。玳梁棲穩濃雙夢。陌上過香車。閒庭落杏花。綠羅金鳳縷。欲理無頭緒。豈是耐愁多。心情便改麽。」

靈鶼閣圖題詞

建霞與其夫人汪静君，嘗畫靈鶼閣圖。畫者日本女子小蘋野口親。一時題者，秦嘉徐淑，皆合作也。余與甌碧聯句，賦百字令題之。題成，而建霞已歿，不及見也。聞其所藏大半散失，此圖不知尚在靈鶼閣否。所藏馬守真畫，係先巢民徵君贈虞山宗伯者，建霞詞所謂「新收小卷湘蘭畫，水繪裝潢。東澗收藏。押尾前朝薛潤娘」，即指此也。已歸某氏。難聚易散，一邱之貉，古今同慨。

江標絶筆

建霞嘗爲余畫扇，題念奴嬌詞於上。詞云：「幾番細雨，恨無端、細雨春絲繫住。望斷前溪人影亂，寶馬香車何處。一抹柔波，千重軟嶂，誰結尋芳侶。夢回灞岸，紅樓猶自私語。最是驀地西風，江干黄竹，記識漁洋句。塞外新寒初到信，誰絮棉衣萬緒。雙槳迎愁，危樓極目，一樣銷魂苦。替人寫怨，畫工心事如許。」時己亥八月，距建霞之殁，不過五十日，蓋絶筆也。

陳如升搴紅詞

寶山陳同叔上舍如升，亦余吴門舊雨也。同叔少時，與程序伯、楊師白、朱伯康、沈小梅、汪稺泉、錢芝門號七子，有滄江樂府之刻。又與其同里蔣劍人齊名，稱蔣陳。劍人自書芬陀利室詞三卷，藏同叔所，同叔舉以贈余。年七十餘，尚能爲余輩燈下作蠅頭書。其所爲搴紅詞，紉蘭纕蕙，左珩右璜，宅理不腐，發情獨摯。劍人歎爲有立乎詞之先者，故能異乎人之詞者也。徵招云：「愔愔一片春聲起，催殘豔春多少。語燕本無情，奈看花人老。玉衫離恨早。也休把、鏡鸞偷照。記憶年時，翠尊低款，幾回歡笑。人悄。掩重簾，黃昏近、冰蟾又成孤皎。歸雁暮天空，料銀箋不到。采香前夢杳。總羞見、舊時芳草。但遙夜、擁被閒眠，怨綺窗難曉。」探春慢云：「蛾蕊飄寒，虬枝弄曉，東風初動朱户。翠撥池冰，紅烹岫雪，驚換匆匆韶序。幽賞開芳塢。悵鷗侶、今年猶阻。笛聲喚起幺蟾，夜來還倩題句。回首前遊似夢，記共采湘蘺，騷意難賦。粉淚抛紈，香愁凝紙，分付玉絃彈與。無那傷離，也衹一水，遥通箋素。甚日相逢，看花同醉尊俎。」瑞鶴仙云：「亂鴛啼夢醒。正翠窈紅深，幽閨人病。熏鑪篆煙静。化愁絲恨縷，暗飄羅幨。釵鈿懶整。掩冰奩、塵棲粉鏡。悄生寒、一角紋紗，又墮半規蟾影。 誰省。顰蛾翠減，瘦損蘭裳，畫闌閒凭。東風未定。晶簾外，弄煙暝。歎相思難寄，鴛綃偷展，淚點飄珠冷。凝想高樓，幾處笙歌，夜妝鬬靚。」高陽臺云：「別夢啼紅，孤懷滯碧，嫩涼半透輕羅。暮雨瀟瀟，看秋無奈秋何。吴孃水閣黃昏易，最難聽、一曲清歌。盡消磨、腸斷微雲，目斷迴波。 華年客裏匆匆換，記雙星密誓，昨夜銀河。靈鵲無情，怎知離恨誰多。畫簾暗聽西風起，悵流螢、一去如梭。引愁魔。今夕淒凉，總怨殘荷。」聲聲慢云：「紅燈替月，翠琯呵風，畫橈曾記句留。玉頳珠顲，豔情不似前遊。消他幾番中酒，歎離人、合賦悲秋。秋又去，問燕簾猶在，誰上瓊鉤。 寂寞洞門深鎖，甚碎竹間絲，瞥眼都休。便隔天涯，也應雙髻含愁。垂楊對描瘦影，笑空波、剩狎眠鷗。移短艇，祝今宵、還倚小樓。」倦尋芳云：「菰煙颭影，芷雨吹香，涼倚孤棹。幾度看秋，消得鬢絲抽老。遠夢怕隨水流渡，雁聲又報西風悄。聽蕭蕭，剩無多楓葉，替描愁稿。悵次第年光漸換，打槳橫塘，催送歸早。款竹門前，應被鷺鷗雙笑。凝絶旗亭還貰酒，那堪薄暝聞凄調。甚冰蟾，向黄昏，露簾猶照。」凄涼犯云：「一聲畫角吹纔起，離愁入夜如織。燕簾捲也，銀尊淺注，杏衫初溼。蓮悄滴。歎紅淚、鴛綃漸積。剩凄涼、城頭淡月，篩影照檐隙。因念妝樓上，懶凭危闌，晚釭重剔。鳳簫漫響，記年時、翠蛾曾識。數盡冰潮，問何事、魚箋又寂。更無聊，隔院到曉送短笛。」東風第一枝云：「困柳將煙，嬌梅乍雪，韶芳催送如許。俊遊猶記當時，綺席暖移雁渚。東風未醒，怕尚有、山禽低舞。算玉尊、澆罷蘭宵，暗惹半襟離緒。拖瘦屐、倦尋廢圃。攜短舸、又迷朱户。素絃漫訴飄零，幾度背燈聽取。鄉關輕別，祇換了、傷心無數。待盼到、潑眼濃春，夢繞畫中雲樹。」同叔身後，余醵貲爲刻其遺集。生別惻惻，死別吞聲，愴念前塵，腹痛彌夕。

易順鼎詞

「一片闌干冷。更添些、垂楊緑蘸，夕陽紅襯。身是如皋冒公子，重把荒園管領。有青兒前身堪證。洗鉢池邊清絶水，照興亡、還照詞人影。渾未改、那時鬢。承平身世家山穩。漫思量、天荒地老，水殘山賸。文字曾無鉤黨禍，復社東林堪哂。與諸老風流相映。我亦迦陵同調者，比玉山筵上頹唐甚。問可有、紫雲贈。」此龍陽易實甫觀察順鼎爲余題水繪庵填詞圖詞也。其弟由甫大令順豫和云：「六代斜陽冷。換淒涼、二分明月，霧籠煙襯。燕子桃花都寂寞，一徑蒼雲自領。算慧業人天同證。二百餘年衣鉢在，看故家、喬木參天影。重付與、苦吟鬢。水明樓上憑闌穩。對西風，玉田身世，酒悲還剩。握手相逢驚老大，我亦詞人堪哂。念鏡裏朱顏曾映。莫向旂亭重賭句，怕當時舞袖郎當甚。臨別語、爲君贈。」並金縷曲實甫兄弟，暨寧鄉程子大皆余盟友。實甫得名最早，年垂五十，始簡廣西右江道。未一年，以争裁撤綠營事，粵督斥其荒唐。實甫覆一電於粵督，有云：「爲憲臺保桑梓，爲朝廷保地方，順鼎並不荒唐，恐荒唐別有人在。」粵督大不堪，遂以名士如畫餅，劾去其官。

易順鼎天才

實甫近日詩詞，多墮惡道，要其聰明絶世，當筵倚馬，則固萬人敵也。其丁戊之間行卷，爲二十歲以前所作。紉蘭搴芷，騷辯之遺，潘文勤歎爲天才，不妄也。某先達嘗數當代人才，及笏山年丈，文勤在座，掀髯笑曰：其父人才，其子乃天才也。踏莎行云：「淺碧窗疏，深紅路隱。傳來燕子歸期近。和煙和雨畫池臺，笛聲不喚垂楊醒。卯酒初酣，午妝還靚。賣花人説春寒緊。夢無尋處只瞢騰，一鵑啼斷樓陰暝。」水調歌頭云：「曾過蔣山否，煙雨怕登臨。六朝殘夢何處，鷗影卧秋深。多少龍蟠虎踞，多少鶯啼燕語，流水杳難尋。湖爲莫愁好，一碧到如今。臺倚鳳，洲呼鷺，峭寒侵。消他幾度斜照，換盡綠楊陰。可惜江山千古，輪與紅簫尺八，不付刼灰沉。四百畫橋月，依舊盪波心。」憶舊游云：「正新涼款蝶，舊韻拋蟬，畫稿添修，治思銷磨。盡向湖橋喚酒，此意悠悠。簾陰悄垂細雨，無處問妝樓。怕路仄紅牆，波平翠檻，望損湘眸。孤舟泊江岸，聽斷雁箏絃，似訴漂流。因甚芳悰減，剩題殘桂館，譜笛蘋洲。楚衣待將荷葺，零落一身秋。又到了重陽，黃花滿地都是愁。」木蘭花慢云：「維摩禪榻畔，花雨瘦、藥煙肥。正落月屏遮，停雲館閉，望遠湖隄。一枝忽傳瑶訊，説江南、梅影近都稀。天外有天客到，夢中如夢春歸。何時竹兔杉鷄。邀俊侶、著初衣。又款碧鷗盟，游紅蝶約，寫向羈棲。蓬萊散仙飄泊，怕故山、兜率但斜暉。換却珠宮雪舞，依前緝釣蘋磯。」古香慢云：「身雲冷麝，眉月暗蟾，墮夢湘浦。鏡擁啼妝，愁照涼波欲暮。託命向西風，奈上界，殘霓斷羽。甚廣寒、舊樹搖落，璇妃身世尤苦。記曾向、花天深處。一碧秋魂，飄泊誰主。百感幽香，肯被點塵紅誤。倚醉話無憀，怕容易、仙翹顫露。寄瑶華，悵今夜、小山微雨。」高陽臺云：「笛尾攜涼，篷腰束暝，半江離色平分。桃葉歸來，嫩紅銷盡湘裙。蠻山剩對孤花在，瘦東風、吹不成春。黯消魂。十載清愁，細與鶯論。白湖煙水都梁月，寫詞仙別後，無恙吟身。話兩年華，依然酒冷燈昏。珠簾休問揚州夢，怕妝臺、有箇人瞋。渺停雲。尋到天涯，一角樓存。」

易順豫留別詞

實甫近狂，由甫近狷，實甫之有由甫，真子瞻之有子由也。憶癸卯歲，應經濟特科，各報罷。余與由甫及程子大、曾重伯、陳叔伊、陳士可、王伯諒共集酒樓，余成七律二章，由甫卽席次韻。余詩有云：「參軍蠻語公無怒，令僕人才我不如。」蓋余卷先列一等，以論中稱引盧梭見擯。由甫和云：「艱難身世都無補，新舊文章兩不如。」閩林琴南見之，爲嗟賞不已。重伯復爲長歌紀事，旋各別去。由甫有詞留別，但記其後半闋云：「莫怨蓬山路不通。得也

鷄蟲。失也鷄蟲。燕山楚水夕陽中。來日東風。去日西風。」一剪梅

易順豫詞

由甫兄弟，嘗與文道希、鄭叔問、蔣次湘、張子苾結詞社於壺園。又與王夢湘、陳伯弢、何詩孫、程子大在長沙結湘社，刻湘社集行世。録其臺城路云：「杜郎已是尋春倦。東風又吹愁滿。住燕簾櫳，啼鶯巷陌，知我消魂曾遍。深杯更勸。奈銷酒無多，舊情都淺。錦瑟飄零，爲誰曲曲寫清怨。空階暗沉雨線。隔朱闌一角，人似天遠。翠箔飄燈，青衫信馬，贏得幾回腸斷。重來未晚。早忘了花前，那時嬌面。縱有千金，換華年不轉。」金縷曲云：「一角斜陽影。記當時、秦淮秋晚，看移歌艇。白袷青尊相逢處，人隔緑波葱靚。正歸路、布帆風緊。十載江湖鴻雁杳，算悲歌、旦夕無人聽。卿半醉，我初醒。別來哀樂何須省。便真成、海枯石爛，肯饒清興。側帽天涯重攜醆，芳燒劫餘猶剩。黯蘭檝、官河相併。昨夜紅樓同話雨，問人間、有幾凄涼境。絃與索，亂珠迸。」覺成容若、項蓮生去人不遠也。

程頌萬美人長壽庵詞

寧鄉程子大太守頌萬，著有美人長壽庵詞。其自序云：「運會陸沉，詞流羈苦。」其忠愛緜惻掩抑零亂之語，極其至者，蓋嘗躐詩一等，直接離騷。余嘗論詞，謂詞雖小道，主文譎諫，音内言外，上接騷辯，下承詩歌。自古風盛而樂府衰，六朝人子夜采蓮之歌，未嘗不與詞合也。自長調興而小令亡，南唐人生查子、玉樓春之什，未嘗遽與詩分也。又謂學詞，當從晚唐人詩入，從南宋人詞出。嘗集李長吉詩爲菩薩蠻三十六首，欲以竟長短句之委，而通五七言之郵。番禺葉蘭臺先生最韙其言，與

子大持論不同，而各有所見。其詞清而不枯，豔而有骨。張雨珊湘雨樓詞話，謂爲淵源家學，用筆尤尚中鋒者也。洞仙歌云：「花朝寒食，忽一春過半。剩有春愁最難遣。恁妝臺乍起，扶病懨懨。簾子下，埋了落花千片。　翠苔空滿徑，庭院深深，願學銜花入簾燕。嬌重怯香多，淺黛低鬟，只隔著、中門雙扇。莫錯怨東風不多情，有信息傳來，隔窗金釧。」南鄉子云：「簾幕晚如煙。今夜西南月下弦。別是黃昏深院宇，懨懨。惆悵銷魂各一天。　小字寫娟娟。研損繚綾半幅箋。荳蔻十三樓十二，翩翩。醉向花前喚小憐。」夜合花云：「小膽空房，長眉滿鏡，畫來依約分明。簾櫳苦雨，良宵偏做愁聲。遲藥裹，背蘭檠。粉綿兜淚難晴。儘伊思夢，扶頭半晌，說也零星。　揭來何事干卿。權把屏山六曲，當作愁城。洗娥春困，蝶魂猶顫釵莖。樓絮罥，檻花零。更小桃、啼啞流鶯。心事拋鍼，眼波縈篆，底爲瓏玲。」高陽臺云：「殢雨蓬心，彈潮舵尾，春江斷送蘭橈。冷浸魚天，一枝涼月吟簫。返魂新柳誇三絕，做顰眉、淚眼蠻腰。繫灣頭，縱有他生，不似虹橋。　當初喚玉簾衣瞥，已心心心上，長遍愁苗。鏡海頽廊，居然有箇鶯招。過頭風浪年時事，待萍鷗、送上離潮。怕横江、萬斛詩愁，酒薄難消。」小樓連苑云：「可憐人日天涯，年年春夢花前冷。絲絲細雨，愔愔薄霧，草堂芳訊。中酒心情，試燈天氣，峭寒偏忍。倩疎簾放了，闌干四面，遮不住，梅花影。　醉裏憑肩悄問，問東風、乍催芳信。十分僝僽，三分成夢，七分成病。燕翦嬌黃，苔紋恨碧，箇儂香徑。掩窗紗六扇，銀鸚多事，喚愁人醒。」高陽臺云：「翳曉疎欞，弄晴烟幕，悶懷離緒懨懨。旅鬢惺忪，暗牀絃索空懸。露房煙曆知何限，黯倚牆、臨水依然。恁春歸，帶眼頻移，半臂慵添。　重簾怯捲甌香寂，驀扶頭未醒，春在愁邊。並袖攜樽，記曾月下星前。清吟側帽無寥極，甚東風、吹惱樊川。認衫痕、香色今番。黯淡鑪煙。」大酺云：「對柳邊樓，樓前路，畫出天涯愁色。青衫都溼遍，剩江湖十載，鳳鸞飄泊。叩檻鴛凉，窺菱燕瘦，今夕旅魂銷得。豔才應未減，只吟邊、減了鬢絲青顰。怕翦却湘蘺，夜寒波悄，暝篷如墨。曲闌干幾折。悵回首、已似天邊隔。待記取、簾波似海，中有寃禽，可能銷、人間恨魄。認小眉清瘦，有客裏、初三蛾月。況同是、身如葉。湘波一翦，不彀兩鷗浮拍。煙愁共君暗疊。」長亭怨慢云：「甚一片、愁煙夢雨。剛送春歸，又催人去。鷗外帆孤，東風吹淚墮南浦。畫廊攜手，是那日銷魂處。茜雪尚吹香，忍負了、嬌紅庭宇。延佇。悵柳邊、初月又上，一痕眉嫵。當初見慣，只道是、尋常歌舞。念別來、葉葉春衣，已減了、香塵非故。恁短燭低篷，獨自擁衾愁語。」玲瓏四犯云：「驛柝遞寒，橋燈呼酒，隋家花月何許。夢遊曾十里，淮水無今古。傷心鮑家一賦。甚年年、阻烽江浦。白骨埋嬌，青山喚渡，相望正悽苦。珠塵暗香飛路。有停驄巷陌，記曲簾户。青衫嫌淚少，紅鬼迎潮去。飄零杜牧猶年少，恁南北、關河孤旅。聊寄與。籠沙月、湘邊雁侶。」

程頌萬題詞

子大亦有題余填詞圖，詞云：「怪秋瘦。依稀舊日皐橋，墅外髡柳。玉鞭籠喚酒。扣檻雨絲，飄硯寒逗。梅龕在否。攧冷豔、偏宜鶴守。怨魄空簾坐暝，祇危石數峯存，鎖樓陰窗岫。今古買絲並繡。江山縱改，不替詞人後。缽池縈蔓甃。暗罥苔枝，愁邊歌袖。闌干似舊。畫不出、前身誰某。雙白旗亭賭秀。要雪月、與梅花來相就。」角招此圖爲元和顧鶴逸畫。鶴逸爲子山觀察孫，家有怡園，收藏甲於吳下。嘗見其所藏楊補之梅花，柯九思竹，眞銘心絶品也。鶴逸山水師法二王，麓臺、石谷。而奄有諸家之勝。此卷煙雲滿紙，家外祖周季況先生歎爲二百年無此手者也。圖作於庚子歲暮，未幾，而詔開經濟特科。余方官刑部，江西學使吳絅齋侍講師以余疏薦。當時謬擬仿迦陵故事，編乞同徵諸君題詠。嗣以來者未必盡佳，佳者未必盡取，因循遂罷。鴻博之試，即有取者不如不取者，不取者不如不考者之謡。又己未閱卷，爲高陽李公霨、寶坻杜公立德、益都馮公溥、長洲葉公方藹。或以詩譏之曰：「自古文章推李杜，於今李杜亦稀奇。葉公懵懂遭龍戲，馮婦癡呆被虎欺。」是科得人稱盛，此詩誠不免好憎之口，亦足見衡文不易也。

張鴻劉恩黼題詞

同人中爲余題填詞圖詞，若常熟張璚隱外部鴻之六醜，儀徵劉星甫禮部恩黼之鶯啼序，皆長調之難填者，而詞皆極工。張云：「看滄桑幾度，又公子、風流如昔。朱樓倚雲，梅花空自憶，誰弄長笛。爲問琴臺畔，緑蕪一片，幾兩平生屐。重來心事元都客，怕見春風，免葵燕麥。青苔試尋陳迹。剩漁洋禊卷，同付秋拍。煙荒徑寂。是詞人舊宅。有故家喬木籠危石。鶴亭言，曾見得水繪盦舊石數峯，鶴逸允爲作訪石圖。披圖共弔吟魄。況飄零、又是淒涼顔色。絲繁絮亂春無力。只嬴得、象筆鸞箋，秀句江湖狼藉。蒼茫怨、總無人識。任卷葹、抽盡王孫草，紅心未滅。」劉云：「闌干四圍秀影，翦晴漪半畝。畫圖裏，禪榻茶烟，澹墨和淚皴皺。謾惆悵，秋風破屋，當年幾兩吳絲繡。自薦紅、銷褪蒼茫，頓覺詩瘦。蟬碧鷴紅，麝粉蠹羽，付精靈護守。問奩艷、顔色何如，鏡中人面非舊。影梅庵、茗華研匣，換三尺漁竿帘酒。

更銷凝、瓜蔓鴛簾，菜花鴛甃。閒搜段錦，碎拾零璣，共紫囊佩肘。人去也，曲終重見，濁世公子，煉雪摶香，飲霞餐秀。吴娘畫槳，王郎團扇，情根情種年年發，是前人、偶擲雙紅豆。秦淮自渌，風流舊日春燈，到頭竟落誰手。懷中鳳撥，唱徹春城，倚軟塵鄣袖。痛眼底紛紛，清淚又灑，南朝乳燕辭梁，亂鴉争柳。君家自有，谿山佳麗，桃花流水休浪賦，怕漁郎、猶識秦人後。相逢湖海詞仙，座客江南，尚能唱否。」

張鴻長毋相忘詞

璠隱所著，曰長毋相忘詞。青玉案云：「琴絃紅澀淒無語。春已先人歸去。莫問瑶華腸斷句。何時重話，紫籐花下，薄暮瀟瀟雨。蘭烟半幅相思賦。認得灞橋舊離處。今夜殘燈繅别緒。夢痕應在，長安詞館，把酒吟春侶。」齊天樂云：「年華三十春花夢，柳枝折殘離恨。不信詞人，淒涼萬種，都在眉痕鬢影。西風鳳鏡。試重照青衫，翠煙銷盡。如此蕭條，東華門外寶驄冷。天涯消息自警。歎斜陽一角，闌干紅剩。萬朵梅花，春寒勒住，不放江南夢醒。玉簫誰聽。試打疊愁心，銷歸酩酊。只恐瑶尊，淚痕和酒凝。」菩薩蠻云：「玫瑰促柱彈瑶瑟。鳳凰紅尾香珠擲。鸞鏡本無愁。眉痕未覺秋。瓊絲穿碧露。漠漠重簾暮。煙柳已昏黄。春鶯戀夕陽。」又云：「李花還比楊花白。銀屏飛上春雲澀。斜日照西山。峨眉彎復彎。煙波遼水惡。遼雁休飄泊。風雨入青蕪。吴宫聞鷓鴣。」又云：「扶桑恨碧新蟾挂。海雲如纛涼煙瀉。幾點是神仙。蕭蕭弱水寒。滄霞招羽客。緑髮珊珊骨。仙夢度春風。桃花故國紅。」又云：「雲屏翠尾圓紋展。水精狂夢楊花亂。昨夜渡蓬萊。雙飛青鳥回。　金蟾空嚙鎖。銀粟星星火。一握海南香。熏爐人斷腸。」瑤隱修潔自喜，配曹夫人，爲君直同年女弟，亦能詞，嘗爲余題話荔圖，尚存篋笥。

曹元忠雲瓿詞

吴縣曹君直舍人元忠，精校勘之學，有其鄉黃蕘圃師法。所著雲瓿詞一卷，余嘗序之。謂機九張而澤鮮，絲一鉤而絡貴，豈陳思華胄，雅擅風華，抑吴女故都，能傳哀怨者也。祝英臺近云：「蝶衣涼，鶯語靜、瑤砌散花影。珠箔飄燈，夜永玉鳧燼。可憐簾底窺人，銀黃月子，也消瘦、似伊風韻。　赤闌凭。瑤筝一十三絃，斷夢替句醒。數點殘星，飛墮綠楊頂。尋常廿四屏山，護寒猶怯，怎禁得、今宵露冷。」偷聲木蘭花云：「揉藍衫子乾紅袂。絡縫金泥花瑣碎。背面妝勻。拖頸香雲一尺春。　綠楊紫陌城西路。長記當時游冶處。門外鈿車。莫又雕輪碾落花。」滿庭芳云：「紫陌催歸，綠章罷奏，匆匆春去人間。東風影裏，吹損小華年。絶豔終歸抔土，這殘紅、還有何言。便忍與、情天終古，到死是朱顔。　空堪憐。誰替汝，上排碧落，下訴黃泉。料香魂十萬，難度神仙。偏要爲花請命，恐東皇、無力周旋。空留得、眉尖心上，三字落紅天。」子夜歌云：「祝東風、萬花吹遍，莫長江南紅豆。又勾惹、舊愁新恨，嬌怯怎生消受。束竹腸攢，食蓮心苦，替得那人否。恐帕綃緘淚天涯，點點桃花，半皺泥金小袖。　總念我、燕山倦旅，要把歸期厮守。鵑喚簾前，馬嘶門外，盼到容光瘦。待鏡臺雙倚，玉顔能幾時候。冉冉青春，沉沉紫曲，鈿約長孤負。爲蕭郎、擔盡虛名，相思還又。」金縷曲云：「綠暈蝸匳雪。試重搴、鏡衣一片，照人圓缺。曾照眉峯顰碧韻，曾照淚冰紅結。恨不照、千年小别。聞説擁衾低髻夜，剩羅衫、瘦裹飛龍骨。腸欲斷，送春節。畫樓深鎖金蟾齧。記年時、吟聲低和，有人點屧，重掐玉彄填怨句，無復病鶻悽咽。只窗外、籠鸚替説。還恐姍姍環珮至，爲思君、啼損黄昏月。怕泉下，更淒切。」氏州第一云：「一縷春愁，搖漾似絮，飛入平笛孔銀字。綠損華年，紅銷英氣，空把黄金鑄淚。樂府功名，算未必、大晟許爾。寫出江南，喁喁兒女，爲誰如此。縱付幺娘檀口裏。又彈向、四條弦子。天寶宮人，貞元朝士，到底何身世。怕西風吹鬢影，能消幾、迴腸盪氣。只有湘纍舊離騷，可憐知己。」

竹垞静志居琴趣

世傳竹垞風懷二百韻，爲其妻妹作。其實静志居琴趣一卷，皆風懷注脚也。竹垞年十七，娶於馮，馮孺人名福貞，字海媛，少竹垞二歲。馮夫人之妹名壽常，風懷詩所謂巧笑元名壽，妍娥合號嫦也。字静志，兩同心詞，所謂洛神賦中央小字，只有儂知也。少竹垞七歲。竹垞生崇禎己巳，而風懷詩云問年愁豕誤故知。静志生崇禎乙亥，爲少七歲也。曩聞外祖周季況先生言，十五六年前，曾見太倉某家藏一簪，簪刻壽常二字。因悟洞仙歌詞云：「金簪二寸短，留結殷勤，鑄就偏名有誰認」，蓋真有本事也。太倉楊雲璈叔温，有鴛水仙緣傳奇，往嘗於陸彤士民部處見之。風懷詩稿，舊藏聊城楊又雲司馬家，後歸嘉興沈子培提學。稿凡五紙，風懷二字係後改定，其先亦題爲静志也。余曾撰風懷詩案一卷，刻入冒氏叢書。君直亦有洞仙歌題其後云：「萬千刼换，只情絲空裏。墮落人間跕還起。被金風亭長，句上吟箋，親印著，顛倒鴛鴦鈐記。墜歡重拾取，便説當初，已是相思鑄清淚。何況到而今，二寸金簪，怕蝕損、蕭娘名字。判買箇蜻蜓訪婁湄，要替證芳盟，仙緣鴛水。」

錢振鍠詞

陽湖錢夢鯨比部振鍠，負氣坎軻，不可一世，世目之爲狂，非真知夢鯨者也。夢鯨人有風骨，能以身分爲重，名位爲輕，處此頹流，眼中之人吾見亦罕。所刻謫星初二三集中，説詩筆談雜著諸種，持論或未免過高，駭人聞聽。要其浩浩落落，自抒胸臆，固不屑有一字一句寄人籬下也。詞如蝶戀花云：「一樹海棠花婀娜。半夜狂風，處處飄花朵。鶯老客歸無一可。綠陰庭院門深鎖。難道東皇看得過。未到污泥，還望天憐我。簾底傷春人獨坐。自嗟心事都成錯。」又云：「五歲分離殊太苦。斷雁茫茫，魂魄知何處。山黛水藍明月素。經過一帶傷心路。準擬西湖尋樂趣。今日西湖，又帶愁心去。如此天涯風與露。有人淚落還如雨。」減蘭云：「雄奇浩渺。如此青樓天下少。曳起樓窗。一面青山一面江。風流才調。贏得美人呼阿寶。淡月初涼。薄醉些兒自不妨。」又云：「天涯佳境。箇箇村莊皆畫景。疑是仙家。没數紅桃没數花。一般情韻。山要遠看花要近。春水無涯。更愛波紋似碧紗。」清平樂云：「天涯半載，省試春憔悴。悟後心情原自在。太息韶華易改。眼前事事淹留。幾回提筆還休。驀地低徊花下，可憐今夕中秋。」少年游云：「多時不寐太淒清。欹枕數寒更。酒已銷時，茶餘爽後，争奈此時情。如煙小夢來還去，總是不曾成。一箇吟蛩，半牆清月，相約到天明。」菩薩蠻云：「尊前一箇人如玉。幾番到眼看難足。端的是嫦娥。夜來光豔多。花姿迷蝶性。方寸渾難定。忘記出門時。有人雙淚垂。」臨江仙云：「天氣有風無雨，高穹一碧如揩。壓檐榆葉影毿毿。乍過初一二，便有月光來。似夢如醒時候，清音入耳瀠洄。誰將橫竹夜深吹。却疑深樹外，別有好樓臺。」皆性靈語，雅與元人爲近。

史念祖弢園詞

江都史繩之都護念祖爲藩司時，以目不識丁被劾去官。發憤著書，裒然遂成巨集。其弢園詞，亦規撫南宋，第讀之使人氣塞。錄其較可誦者，一落索云：「歲歲長堤古渡。鴉啼蟬訴。永豐坊裏記前生，有斜照，供遲暮。又受幾番風露。舞腰低處。近來深淺換時妝，未必被，蛾眉妬。」秋蕊香云：「睡彈雲鬟不攏愁，壓一肩衣重。苦將紅豆沿階種。種出相思無用。長宵心事如潮湧。春衾擁。起來幾次墮釵鳳。如病如醒如夢。」謁金門云：「人影外。詩思被鶯啼壞。風聚殘紅斜日晒。綠肥花徑隘。煙老柳輪畫黛。風急蝶荒舞態。也算春光塡夙債。杏花和雨賣。」月中行云：「愁似篆，出金爐。煙重倩花扶。織塵翳鏡肯模糊。瞞過妾容孤。斜陽慣刺愁人眼，休攜手，再上春湖。楊花未腐綠萍鋪。君信斷腸無。」一枝春云：「春別江南，萬花飛、釀出一天酸雨。東風暫住。願聽碧鵑餘訴。玉關萬里，借一片，殢雲偷度。耐心數。繭裏光陰，偏不化蝶飛去。愁煞綠陰千樹。奈韶光不學，塵心黏絮。紅閨望眼，例隔斷橋春霧。桃枝水影，是千古、豔陽歸路。纔省得、芳草天涯，恨根種處。」甘州云：「一春來無淚可輕彈，將愁餞風花。問移巢燕子，隔年心事，還集誰家。偏是簷牙簾角，容易夕陽斜。但識春歸路，願送天涯。　纔掃閑情如霧，恨流鶯癡語，雙鬢催華。便遮留桃浪，蘆蕨已生芽。任賣得，鈴聲牆影，滿殘紅、羯鼓向誰撾。休辭苦，把銷魂酒，換點春茶。」謁金門云：「簾乍捲。幾度薄寒輕煖。一樣桃花開早晚。雨風春不管。　池水爲誰碧淺。梅豆向人綠顫。昨日眠蠶今日繭。欲言雙淚泫。」

小三吾亭詞話卷四

黃體立詞

光緒甲午，余年二十舉賢書，出瑞安黃叔頌編修師門下，師因以女妻之。爲之蹇修者，則房考會稽王履安大令師也。婦嘗爲余誦其大父卣香先生體立詞，南唐之骨，北宋之神，殆兼之矣。先生爲漱蘭侍郎難兄，有二陸雙丁之目。以進士官刑部，浮沉僚底，未展驥足，可惜也。滿庭芳云：「三月春深，廿年夢遠，舊游記得分明。瑶鬟雙髻，攜手曲廊行。處處餳簫粥鼓，立花陰、昵聽春聲。贏人說，鴛鴦珍偶，生小便癡情。如今回首處，魂銷別鵠，腸斷流鶯。犀簾彈淚雨，玉碎珠零。冷落紙錢飛蝶，剩棠梨花影冥冥。知誰把、天涯愁恨，酹酒訴伊聽。」月底修簫譜云：「燕子樓，猧兒巷，西畔回欄曲。小影驚鴻，雪映絳紗燭。愛伊六幅裙移，鞋幫紅窄，襯醉靨、暖雲嬌玉。春寒足。恁般心字香燒，銀甲撥簫局。臨別匆匆，圓夢甚時續。商量菱角持笙，桃根打槳，更花下、共斟濃醁。」賣花聲云：「榴火照星星，香滿中庭。夜深微雨洒初醒。抹取花心春一點，恁樣多情。弱葉倚燈屏，翠莢秋馨。垂絲碎約暮煙冥。擬把青棠千萬本，種遍愁城。」采桑子云：「那時鸜鵒簾前喚，春冷梨花。手弄琵琶。親見盈盈舞絳紗。如今竟作西飛燕，隔著天涯。風月誰家。淚落梅邊萼綠華。」唐多令云：「花底賺劉郎。琴邊謔窈娘。脆鶯聲亂點釵梁。偏令愁人聽不得，唱一曲、舊伊涼。同夢妬鴛鴦。天星盼角張。恨斜暉、不繫垂楊。著意替修眉子黛，待歸去、細思量。」

黃紹箕潞舸詞

黃仲弢提學紹箕爲卣香刑部猶子，漱蘭侍郎子。殫心金石目録之學，在國朝人中似錢曉徵，其著述多未寫定。故事國史館儒林列傳，必臚列其人生平譔述，始克奏准，而丈禮堂未寫，亦蒙異數。歲乙未，余客瑞安，曾見丈潞舸詞一卷，惜未録副。僅題一詞歸之，今不可蹤跡矣。近日章一山檢討、王書衡推丞、陳石遺學部皆謀葺丈遺著。尚憶其齊天樂一闋，前有小序云：「王幼遐給諫，假余所藏舊鈔宋元詞輯刻見詒，賦此柬之。彭文勤藏汲古鈔宋未刻詞，見知聖道齋讀書跋尾，余藏本行款悉合，蓋出一源。彭跋又云：『合李西涯輯南詞一部，又宋元人小詞一部，於已刻六十家外，得六十二種，安得好事者續鐫後集』云云。幼遐所刊，適得其半，他日當相助訪求，繫之篇終，以當息壤。」詞云：「絳雲消歇金風謝，虞山祕儲星散。漁笛腔邊，樵歌譜外，花草飄零無算。春回雪案。忽雙白山人，笑呼儔伴。擬爲君圖，烏絲紅燭校詞館。　平生躭玩古翰。苦删除綺語，偏被情絆。梁夢留凄，荷心卷悴，幻出玉鏘金燦。風騷一瓣。料詞客英靈，未應枯爛。劍合他年，補南昌一半。」此詞無一字無來歷，鳳毛麟角，不待識者亦知寶貴矣。

謝章鋌酒邊詞

往余游福州，從傅節子太守得識閩中兩先輩，一曰林穎叔方伯壽圖，一曰謝枚如舍人章鋌，各承以大集見詒。方伯所著有詩無詞，舍人則有文有詩有詞有詞話。林集名黃鵠山人，謝集名賭棋山莊，惟詞名酒邊詞。其詞自序云：「嘗登峻嶺，臨溪而坐，亂松怒號，幽蟲自咽。奔泉向東作虎嘯，村歌數聲起於隔岸，風徐徐送入耳，恍然若有感觸。」故其發聲，天籟爲多。余友壽民閣學爲舍人私淑弟子，服膺尤摯。嘗得舍人賭棋山莊雜記十二巨册，欲爲殺青以傳，甚盛事也。録其虞美人詞云：「一灣流水山如霧。迷却相思路。池臺盡處草萋萋。人在寒蛩聲裏，向風啼。孤燈照眼都成淚。還恐伊憔悴。錦衾繡枕不成情。獨倚危樓，看月到天明。」珍珠簾云：「牽牛花發秋深處。數佳期、恰向銀河西去。歷刼到神仙，尚不忘兒女。此際嫦娥應有恨，恨難得、團圓如汝。何苦。又織起離愁，一天風雨。當日酒榼詩筒，倚瓜筵乞巧，幾番歌舞。含醉拜雙星，結有情儔侶。犢鼻空懸人已往，莽關山、相思何許。河鼓。爲寄語歸來，鵲橋留與。」清平樂云：「羅衾六幅。雙枕屏山曲。悄立風前眉暗蹙。一點銀燈猶緑。水晶簾下晨粧。遠山自愛纖長。回首嫣然一笑，拈花却喚檀郎。」喝火令云：「夢好原無據，愁多夜屢醒。對人無賴遠山青。最是酒闌燈灺小，膽怯淒清。河漢三千里，更籌二五聲。幾番憔悴可憐生。爲汝焚香，爲汝寫心經。爲汝素來多病，減算祝雙星。」謁金門云：「風漸暖。花下春忙人懶。無數緑陰吹欲滿。流鶯渾不管。疊疊梧桐似繖。罨碧紗窗易晚。昨夜夢中雙鬢短。閒愁思酒盞。」踏莎行云：「黯黯是煙，濛濛是絮。桐陰潤到無人處。溼雲破碎不歸山，夕陽鴉背天酸楚。何夢樓臺，何聲簫鼓。一池春水魚兒舞。闌干十二倚黄昏，迴腸忍盡傷心語。」臺城路云：「春風漸醒繁華夢。濃陰亂吹成陣。飛絮纔停，游絲又織，懊惱啼鶯聲噤。樓頭雲凝。指一角斜陽，模糊欲盡。滿地燕泥，疏簾無影小窗静。朦朧心緒莫訴，眼前還黯黯，淒絶三徑。淡處難描，愁邊易暝，中有多情人病。闌干誰凭。便踏遍苔痕，落紅怎認。

一樣銷魂，短衫青更甚。」珍珠簾云：「小山都做傷春色。況單寒簾幕，尖風惻惻。落葉爾何心，偏亂飛庭側。香魂應有歸來日，只扶上枝頭難得。頃刻。已消盡脂痕，瑣窗漸黑。塵世多少空花，便各自繁華，百年奚極。幻夢不須陳，但歸真太逼。平生久慣飄零恨，管此後、轉蓬南北。誰識。剩瘦影中間，愁陰如織。」南浦云：「翦風吹處，正春江、水滿又孤行。無數鴻泥池館，歷歷灌嬰城。莫説銷磨雙鬢，只當時、同調已晨星。便論文煑酒，檢書燒燭，倚櫂不勝情。況復魚龍變幻，問蓬山、留得幾分青。一任潮痕吞吐，如送復如迎。五老料應頭白，聽鷓鴣聲裏子規聲。望月來雲破，好花弄影慰凋零。」集中百字令八闋，聲情激越，絶似迦陵滿江紅諸作。舍人詞，豪放是其本色，不悉登也。

張景祁新蘅詞

嘉興張韻梅大令景祁，亦閩中舊識，嘗爲余賦莽鏡詩兩首。而畢仲修謂其屈承明之著作，走海國之韡板，不無黃鐘瓦缶之傷。綺聲日富，規制益高，駸駸乎北宋之壇宇。詞非過譽，余亦云然。所著有新蘅詞。高陽臺云：「月苦啼鵑，堂空去燕，斷腸人正悲秋。素柰横簪，雲鬟無限清愁。花陰暗怯金鈴報，訴心情、鸚鵡前頭。待句留。江渚潮生，莫放行舟。天涯豈料驚風鶴，念緑楊城郭，遽賦離憂。鏡檻琴臺，黯然一別妝樓。玉谿底事添惆悵，又無端、錦瑟成謳。綺窗幽。涼雨瀟瀟，怕上簾鉤。」八歸云：「煙寒鷺溆，燈昏魚寨，闌夜戍鼓未歇。朱樓已隔蓬山遠，休問翠尊銷黯，玉笙凄切。尚憶垂虹秋色。好倚畫檻，鑪香同撥，頓忘却、客裏行舟，不住喚啼鴂。誰念江鄉歲晚，淹留無計，一笛離亭催別。赤闌橋外，那時來路，落盡蘆花楓葉。縱凌波賦就，何處芳塵夢羅襪。君知否，片帆相送，惟有天邊朦朧無恙月。」秋宵吟云：「暝螢飛，病鶴語。畫檻香銷蘭炬。流光換、漸蔓翦瓜塍，翠荒菱渚。掩羅幬，理繡杼。皓月娟娟當户。銷凝久，正倦織流黄，亂抛金縷。漢淺河清，那更覓、吹簫舊侶。露寒銖袂，霧溼雲鬟，懶對鏡鸞舞。屏角蛛絲吐。鈿合重開，心事暗數。最無端、夢醒西窗，蕉葉桐葉碎夜雨。」天仙子云：「煙柳垂隄春已半。緑翦蘼蕪芳徑軟。殷勤織錦待郎歸，雲鬟亂。新愁綰。鸞鏡照心千里遠。風裏落紅抛采扇。蝶夢如塵迷故苑。知他何處繫花驄，釵影顫。金尊滿。高燭當樓簾不卷。」一枝春云：「不管清寒，問東風、忍把高枝輕掃。瑶臺夢杳。未許探芳重到。生涯慣冷任籬落、水邊都好。誰會得、千種飄零，併入笛聲凄調。仙雲甚時流照。歎珠塵半委，萼華空老。無言更苦，肯怨早春啼鳥。關山去也，又蹴損馬蹄多少。還盼取、點額人歸，翠尊共倒。」小重山云：「幾點疏雅眷柳條。江南煙草緑，夢迢迢。十年舊約斷瓊簫。西樓下，何處玉驄驕。酒醒又今宵。畫屏殘月上，篆香銷。憑將心事記回潮。青谿水，流得到紅橋。」雙雙燕云：「玳梁對語。歎門巷烏衣，舊家誰主。巢痕剛暖，又觸故園離緒。漫約催歸伴侶。看玉翦、將飛還住。自憐瀚海飄零，也學年年羈旅。辛苦。天涯倦羽。怕負了深閨，寄書香縷。重簾空卷，咫尺畫堂何處。容易流光夢雨。便消瘦、紅襟如許。何況萬里西風，更送玉關人去。」木蘭花慢云：「萬重蓬海隔，幾開落、碧桃花。歎蟬鬢棲塵，銖衣溼露，飄泊憐他。芳華暗隨流水，託春潮、流夢到天涯。杏鈿疑抛翠帶，柳縣疑撲香車。堪嗟。洛浦朝霞。珠箔卷，莫雲遮。想低回倚扇，凄涼擁髻，燭淚紅斜。盧家玳梁燕子，但年年、江國老風沙。獨自憑闌望遠，暝煙催送歸鴉。」秋霽云：「盤島浮螺，痛萬里胡塵，海上吹落。鎖甲煙銷，大旗雲掩，燕巢自驚危幕。乍聞唳鶴。健兒罷唱從軍樂。念衞霍。誰是漢家圖畫壯麟閣。遥望故壘，毳帳凌霜，月華當天，空想横槊。卷西風、寒雅陣黑，青林凋盡怎棲託。歸計未成情味惡。最斷魂處，惟見莽莽神州，莫山銜照，數聲哀角。」

張鳴珂寒松閣詞

嘉興張公束大令鳴珂，所謂浙西三詞家之一者也。公束少學詞於黄韻甫，其後成就，乃遠出韻甫之上。公束嘗賦春柳，四詩傳唱，一時身世之感，民物之故，託興如見。所著寒松閣詞，如疏影云：「玲瓏碎玉，是舊時月色，移到蘿屋。檻外疏梅相約，今宵横斜，寫上綃幅。湘簾十二低垂地，漾澹澹、波紋如縠。看鬢邊、一縷煙飛，小鼎雨前茶熟。猶記鞦韆架畔，海棠睡未醒，偷照紅燭。剗韈歸來，慵整殘妝，鏡裏修蛾微蹙。銀燈莫粲雙蕖朵，怕不見、倚闌人獨。最可憐、捉搦楊花，譜入笛家新曲。」倦尋芳云：「翠綃浥淚，羅袂分香心，心共天遠。酒賭旗亭，法曲羽衣偷按。芍藥豐臺芳信好，緇塵京國嬉游倦。送歸人，有煙際晚山，瘦眉微展。悵别後，墜歡如夢，孤館宵涼，愁聽秋雁。豔劫難留，一霎彩雲吹斷。夜雨棠梨歌釧冷，春明燈火簫聲怨。傍東風，忍重憶、杏花人面。」望湘人云：「漸疏燈照夢，清簟殢寒，畫堂秋思何限。拜月瑶階，卷簾繡館，掩映春人嬌面。綺席搊箏，粉斂評曲，年時游讌。指翠屏、重疊遥山，隱約眉痕深淺。花外鶯催漏箭。向闌干倚處，韈塵尋遍。縱詞託微波，尚有亂愁難翦。紅薇徑裏，碧梧庭畔，悔煞當初輕見。那更向、曉鏡窺妝，只剩釵梁雙燕。」憶舊游云：「正鳴笳送晚，疊鼓驚寒，重繫吟橈。滿目滄桑感，漸荒蕪緑遍，戰壘蕭蕭。板橋幾株疏柳，霜悴短長條。笑社燕歸來，烏衣巷冷，舊隱誰招。魂銷。冶游地，剩古渡斜陽，流水迢迢。畫舸飄盡，只莫愁湖上，煙艇輕摇。指點遠山眉黛，金粉話南朝。但夢繞空江，鄉心此夕隨去潮。」

張鳴珂西湖月詞

公束又有西湖月詞云：「鶯花半壁湖山，指一抹荒煙，趙家宮闕。接天衰草，棲霞古柏，斷橋殘雪。興亡都閲盡，剩幾樹垂楊零病葉。料應是、望帝魂歸，枝上五更啼血。那禁雨苦風凄，又似水宵寒，釀愁時節。翦燈相對，詞人老去舊游説。錢王遺廟在，看翠墨淋漓題片碣。最難忘，鐵弩餘威，射潮嗚咽。」詞蓋爲牧齋詩卷題。順治庚寅，牧齋留西湖，賦雜感二十首，書於絹素。梅村補圖，芝麓題一律於卷尾，江左三家，萃於一卷，洵名蹟也。

沈曾植詞

嘉興沈子培提學曾植，與其弟子封提學，並負時名。子培學問尤淵博，今日之朱錫鬯也。詞不多作，録其紅情云：「葦間風緒。有亭亭青蓋，爲人起舞。欲采還休，鄭重花身奈何許。幾度窺妝瘦減，又還是、碧雲天暮。念解佩何處，江皋離合感交甫。凝佇。堤前路。儘水静香圓，葉深魚聚。冰絃漫撫。一葉驚秋淡回顧。三十六陂南北，紈扇上、斷煙零雨。鼓枻遠，重騁望，延緣誰語。」緑意云：「淡霞垂鏡。

遣碧篇勸酒，連盤徵令。風約生衣，涼挹輕羅，依舊涉江風景。鬢絲已逐哀蟬化，夢不到、鷺涼鷗靜。任無邊、水佩風裳，倦眼迷離難醒。艇子打波去好，昔游如夢了，悽斷心影。薏苦難甘，絲拗還連，不轉妙香根性。西來秋色今如此，料前度、雨聲須聽。付沙禽、漫畫紛紛，又近夕陽煙暝。」殊有玉田之神，蓋浙西詞派然也。

馮煦蒙香室詞

金壇馮夢華中丞煦，早飲香名，填詞大手。四十後，始通籍爲皖撫，有聲。挂冠神武，未竟其用。蒙香室詞，多其少作，幽咽怨斷，感遇爲多。柳梢青云：「疏雨摇涼。有人同倚，翡翠文窗。萬種温柔，歌邊却扇，影裏熏香。花花葉葉雙雙。依約是、春歸阮郎。銀箭遲催，玉釭斜掩，獨自端相。」徵招云：「薄寒庭宇愁如水，和雲釀成凄楚。乳燕背斜陽，算春無歸處。嫩陰渾欲暮。又迷了、冶桃前度。一碧東園，舊痕空盪，斷萍零絮。離緒。罥平蕪，微風外，聲聲晚鵑尤苦。吹夢墮淮西，怕闌珊無據。六朝君莫妒。只禁受、恨煙顰雨。待相見、悄掩重簾，共翦燈深語。」琵琶仙云：「顰月籠寒，奈相見，舊日東闌愁凭。溪上空掩微雲，蘋波澹無影。酸一點、離心似酒，被前浦、雁聲吹醒。廢甃通潮，凝嵐閣雨，幽恨銷凝。問何處、怨鶴啼煙，但涼翠濛濛溼蘿磴。依約遠山眉樣，待霜娥開鏡。風笛冷、春欺倦柳，剩斷橋、幾縷摇暝。早又深燭單衫，悄歸漁艇。」又云：「燈暈虛堂，算人似、病葉飄零難久。離緒吹入荒煙，空簾斷腸又。凄緑暗、孤帆自倚，莫聽到、冷猿啼後。遠樹冥冥，晴川歷歷，無那僝僽。更殘夢、飛墮淮南，怕雲影銷凝漸非舊。今夜酒醒何處，向遥岑迴首。應也弄、湖陰缺月，有一行、斷雁歸否。爲問茸帽欺寒，共誰消瘦。」高陽臺云：「疏雨流紅，冶雲吹碧，重來燕子須驚。曲曲籠煙，俊游也自銷凝。載愁雙槳歸何處，怨東風、不解漂零。嫩苔生。斷甃頹垣，邀笛曾經。荒祠一角空斜照，算小姑去後，草暗波平。依約眉痕，舊山知向誰青。奈何聲裏春如夢，最六朝、殘柳無情。更淒清。隔水朱樓，怯怯調箏。」洞仙歌云：「嫩苔庭宇，浸薄陰如水。曲曲闌干鎖煙翠。只空簾小簟，占取新涼，眠未穩，却在亂蛩聲裏。黄昏疏雨過，一點秋心，忍付與、暮砧敲碎。記得畫樓西，淒碧無情，遮不滿、珊珊羅袂。還怕有宫中斷紅流，把病葉題殘，更無人寄。」探春慢云：「屐懶延雲，簾疏補月，人在杜鵑聲裏。殯葉紅僝，眠莎緑倦，消滅奈何天氣。瘦盡斜陽影，問舊燕、而今歸未。最宜一舸乘潮，單衣涼溼煙翠。已是落花風緊，更幾日瞢騰，淺吟閒醉。湖換愁來，井銜辱去，記否共銷魂地。誰弄南樓笛，轉吹得、冶春如水。怕近黄昏，亂峯江上凝紫。」梅子黄時雨云：「巷柳摇晴，正疏雨半闌，人在南浦。怕一片涼雲，帶愁流去。草長波平天遠，斷腸不是春歸處。空延竚。幾點峭帆，飛下孤嶼。淒楚。冥冥芳樹。望荒城不見，來夢先阻。問前度劉郎，銷凝何許。輸與離亭今夜笛，倚寒吹得蘋花聚。漚邊路。甚時共尋煙語。」菩薩鬘云：「西風縷縷吹衰帽。雲痕閣夢空煙悄。酹酒問斜曛。黄花瘦幾分。遥天銜斷碧。南雁無消息。暝色赴危闌。歸潮弄峭寒。」

王景沂瀣碧詞

江都王義門大令景沂，病口吃，而天才駿發，倚馬萬言，吾黨之畏友也。往劉星甫禮部，嘗欲以己作，合余與義門詞，刻之爲淮左三家詞，余逡巡未敢遽應。今星甫歿，遺稿存南中朱古微侍郎處。茫茫息壤，何忍食言，當約義門共償此諾耳。義門舊刻瀣碧詞一卷，玲瓏四犯云：「杜曲秋邊帳飲，歇河橋、官柳凝眼。指點雙旌，去去水遥山遠。深意坐惜臨分，更繫馬、暫時游燕。但暗愁、飛上瑶席，詞筆酒尊都懶。問奇新託梁鴻廡，恨忽忽、墨緣偏短。青琴按罷離絃咽，心與雲俱亂。梅驛後日寄詩，啼翠羽、南枝淒斷。剩庾郎、蕭瑟角巾，擁鼻夜涼池館。」聲聲慢云：「涼煙澀露，淡日侵沙，高城吹度商聲。入望雲山，天外未是歸程。離懷暗寬帶眼，檢秋夜、悶擁吴綾。吟未穩，有晚蛩孤蟀，替訴凄清。苦憶故園，紅萼自春，人去後、一倍零星。篋裏銀箋，猶記少小心情。寒潮半江信杳，問石頭、艇子誰迎。天又晚，盼蘭釭，今夜蕊生。」瑣窗寒云：「斷角吹愁，玉龍舞罷，薄寒侵袖。無多畫意，半在古槐疏柳。踏春郊、尋詩未安，灞橋肩影危峯瘦。算梅花、有約橫斜，幾樹映波紅皺。知否。難消受。是冷笛孤尊，暗燈清漏。瘦瓢煑雪，輸與故山林岫。向寥天、招鶴下雲，倚闌岸幘吟望久。但松窗、紙帳光明，一白黄昏後。」高陽臺云：「紫鳳愁春，紅蘭泫夕，鬢絲容易滄桑。前度秦淮，愛河緑徧垂楊。琴心不綰王孫住，怨金徽、彈出清商。恨難忘。水樣流年，夢樣歡場。桃花開後靈妃笑，有仙眉佛髻，妝點秋娘。畫裏東風，而今不到鴛鴦。白頭怕説開元事，泣春燈、宮樹青蒼。惜餘芳。寫盡新詞，斷盡柔腸。」二郎神云：「東風懶。冷落了、春光强半。正病倚緑窗情緒減。棠睡醒、鬟雲零亂。小玉泥人催對鏡，又卻是、愁深夢淺。儘付與、妝臺閣起，幾日香塵都滿。晼晚。山眉蹙損，曉寒簾幔。記去歲天街聽吉語，曾許我、歸期未遠。羞憶羅衣明月色，訴往事、青鸞不管。盼雙影圓時，倚醉開奩，渠儂相唤。」

王景沂祝英臺近

往時宋芝棟侍御，嘗賦七絶二首，題余詞卷，義門讀至「千載秦黄無敵手，射雕今見小三吾」，笑曰：「芝棟非知小三吾詞者也。」援筆成祝英臺近一章。其後半闋云：「舊題字。伴爾琴篋書囊，沉吟冀州市。眼底河山，落想便成淚。可憐歌舞臨安，姜張詞筆，但刻意、怨紅傷翠。」

姚鵬圖詞

鎮洋姚柳屏大令鵬圖，仙才吏隱，嘗爲余賦催妝詩五言四首，流播東南。金丈湘生，采入所著粟香五筆，其詞鮮雋如新荔支。浣溪沙云：「寫遍烏絲幾萬千。淚痕香溼藥鑪煙。十年春夢付啼鵑。一字細教量曲律，再生誰與結詞緣。落花聲裏想當年。」又云：「入手團團素面誇。生綃小影寫桃花。乞來題字不妨斜。碧玉玲瓏餘瘦骨，青衫零落葬胡沙。畫圖無恙數年華。」浪淘沙詠櫻桃云：「珊樹近東牆。花影生香。珠簾帶雨卷斜陽。如此風光堪繫馬，何必垂楊。滋味到酣鄉。心在中央。朱籠何事别時將。當箇玲瓏紅豆子，歸去思量。」南樓令詠枇杷云：「往事憶難禁。東園載酒尋。驀相逢、如雪花陰。枉説佳期堪待取，簪筆去、賦華林。晚翠滴愁吟。含酸一顆心。恨枝枝、不是黄金。只怕重來尋舊夢，門巷也，夕陽深。」

姚紹書詞

會稽姚伯懷觀察紹書、番禺潘蘭史徵君飛聲與余皆學詞於秋夢庵。去年伯懷從西林入都，訝余蕉萃，非復慘綠當年。因言近方移居吳門，慨然有耦耕之約。十年一面，幽明異路，文人薄祜，造物忌才。平生之言謂我爲狂，謂我貪嗔癡愛。余嘗問周先生，不嗔不癡不愛是佛法，真貪真嗔真癡真愛是佛法否。周先生言是佛，因乞亡友江建霞爲刻印章曰「從貪嗔癡愛入手學佛」。不知仕宦不進，則狂入於狷。哀樂備嘗，則貪無可貪，嗔無可嗔，癡無可癡，愛無可愛。悠悠天地，古人來者，愴然不知涕之何從也。伯懷詞未寫定，暇日檢諸故人書札，得所作二首。菩薩蠻云：「棗花簾外煙初暝。棠梨一樹無人留，斜月又黄昏。綠窗餘淚痕。枕函驚墮玉。悄悄屏山曲。睡也莫相思。夢來君未知。」蝶戀花云：「一角紅牆遮夢斷。燕子來時，綠滿閒庭院。心事訴春春不管。梨花瘦盡東風懶。錦瑟年華悲晼晚。蹙損雙蛾，鏡裏朱顏換。放人輕寒簾未捲。漫天飛絮如愁亂。」

潘飛聲詞

蘭史嘗游柏林，氈裘絕域，聲教不同，碧眼細腰，執經問字，亦從來文人未有之奇也。所著說劍堂集，意慕定庵，而無其發風動氣。大江西上曲云：「江亭酒醒，聽西風一笛，離愁吹起。已判鄉心拋撇去，禁得橋闌重倚。載笠前盟，誅茅後約，灑盡平生淚。絲絲疏柳，向人還更憔悴。早分萬里關山，吳簫燕筑，萍梗看身世。何況西溟風雪路，多恐敝裘難理。潮打秋來，海浮天去，歸夢知何際。蒼茫雲水，挂帆吾又行矣。」碧桃春云：「山眉青抹一奩煙。湖平花滿天。羅裙香影漾紅船。凌波人是仙。風絮外，醉魂邊。層樓燈又然。畫筵歌舞繫歸舷。鴛鴦眠未眠。」高陽臺云：「簾捲花痕，屏開雪影，有人樓外偷憑。密語些些，等閒忘了深更。娉婷心似纖纖月，照閒愁、又照閒情。慰飄零。細酌銀瓶，細攏銀箏。年來孤閣聽秋雨，問綺懷誰訴，冷枕寒燈。一夕溫存，消他暖熨吳綾。鸚哥解喚傷春客，護梨魂、曉夢休驚。記香盟。如此分明。如此淒清。」點絳脣云：「暮雨瀟瀟，曉來纔覺東風軟。滿池花片。看得春光賤。瘦減腰圍，憔悴何人見。憑闌倦。重簾不捲。誤了歸來燕。」清平樂云：「一庭香霧。卷入紅簾去。檀板玉簫無意緒。閒煞秋宵如許。碧梧影落沉。冷螢飛照秋心。欲向曲闌微步，愁他滿地花陰。」蘭史婦梁佩瓊，亦能詩詞。其斷句如「花陰一抹香如水，柳色千行冷化煙。花前怕向回闌望，紅是相思綠是愁。」皆悽惋可誦。梁卒，蘭史賦長相思詞十六章，聞者掩涕。

陳衍朱絲詞

侯官陳石遺學部衍，朱絲詞二卷，其亡婦蕭道安所手書也。姿制遒媚，似瘞鶴銘。石遺有悼亡五言排律，長至三百韻，真空前絕後之作。卷耑有沈子培題字云：「慧情治思，欲界天人，正使絕筆於斯，不妨與晚明諸公分席。若爲之不已，將恐華鬘漸凋，身香浸滅。耆卿、美成晚作皆爾，達者當有味斯言。」石遺近方輯全閩詩，無復留意聲律，沈詩任筆，兼擅者鮮，海內推許於吾石遺無間也。六醜云：「儘乘船騎馬，甚客裏、光陰虚擲。無多薄游，真飛鴻過翼，雪爪留迹。且住爲佳耳，尚梅花千古，湖山香國。離居縱遣傷蘭澤，今日桃蹊，明朝柳陌。春來更當追惜。奈鏡臺病後，遥念窗槅。酒闌人寂。望江天空碧。魚雁沉沉，忒無信息。布帆明日行客，似前月浮梁，迢迢何極。蒙頭睡、不掀巾幘。渾不管、重利商人輕別，舡聲牀側。離魂共、上下潮汐。只景純、未取文通筆，差能賦得。」高陽臺云：「錦瑟年華，黄驄客子，一春同擱刀環。曾幾番游，匆匆燭炧歌殘。分明故唱貞元曲，憶當時、朝士衣冠。自依然。別去春明，出去陽關。　諸君不少何戡在，更旗亭貰酒，賭唱雙鬟。急管繁絃。無端枕簟先安。江南倦客歸歟未，唱玲瓏、讓我孤還。没心情、白下鶯花，白下江山。」永遇樂云：「一髮青山，何人占斷，歸去來處。比向瀟湘誰教我，掉首向秦而去。杏花春雨，緑楊城郭，同不是鄉關路。怎蓬萊、回車指點，謫居獨得家住。江潭自古。容行吟騷客，寫怨朝朝暮暮。誰識年來，不生蘭芷，潤色牢愁句。小山叢桂，不來招隱，便合招魂共語。相望久、芙蓉浦上，尚盈墜露。」鳳凰臺上憶吹簫云：「字字銷愁，行行排悶，依然愁悶全封。道覺鬆纏臂，蹙損眉峯。補向離腸萬一，無益事、合絶來蹤。甫能穀，些兒減遣，誤惹還濃。重重。滿枝結子，憎底事桃花，壓遍嬌紅。累柳枝斜嚲，眠起皆慵。誰管夜深無睡，多半總聽五更鐘。令人瘦，年來也應，錯嫁東風。」又云：「金縷花枝，北風裙帶，別離最是今年。甚一春心緒，不上蠻箋。知否人歸雁後，何止思發在花前。無聊也，待援此例，卻又徒然。無眠。最妨瘦損，看病渴孤花，怎護暄妍。憶蕊珠宫裏，曾話纏綿。試作年時瑶想，禁忍俊、一晌遷延。遷延到花時，有人要簇雙錢。」數詞殆善學稼軒者。

邵曾鑑詞

悼亡之什多矣，寶山邵心炯茂才曾鑑，有八聲甘州三闋，不爲存者悼亡，而爲亡者悼存，語更悽惋。詞云：「又羅雲璧月嫩涼天，空房坐幽魂。竟將儂殘咳，換伊長歎，哭過黄昏。依舊鴛衾鳳枕，鵑血染新痕。我欲和伊語，又恐伊驚。小別尋常多恨，況泉臺路隔，誰復卿卿。淒涼瘦影，似我去年春。想年來、爲儂憔悴，只要儂、憐惜太多情。争知我、於今孤負，生死寃沉。」又云：「忽一天風雨弔空樓，教伊睡難成。聽嗚嗚咽咽，翻翻覆覆，喚我聲聲。道我心腸忒硬，怨我不曾應。我便應千萬，伊可能聞。最苦零丁嬌女，痛慈烏頭白，雛燕巢傾。阿姑伴我，井臼累晨昏。更傷伊、長含雙淚，儘惹人、非笑被人論。總説道，他因我死，我爲誰生。」又云：「道生時離恨死時銷，誰知更難禁。且勸伊停泣，暫時當我，無恙歸甯。還把自家將息，算替我温存。切莫拚僝僽，枉築愁城。客裏生來自慣，便歸時憶我，往事休論。到頭有日，相見在瑶京。儂先向、情天懺悔，問幾生、修得到無情。無情到，生生死死，死死生生。」秋夜讀之，覺滿紙皆是鬼氣，心炯旋亦下世。唐蔚芝侍郎醵金爲刊艾廬遺稿四卷以行。

程甘園詞

休甯程甘園農部，有匏笙詞甲乙二卷，嘗爲譚仲修所稱。揚州慢云：「廢苑螢寒，疏林鴉瘦，登臨俯仰悲秋。憶珠簾捲處，不見舊時鈎。自滄海人驚風鶴，歌臺燈榭，都付江流。祇隋堤、煙草愁痕，猶鎖迷樓。虹橋剩柳，送古今、幾葉扁舟。儘紅藥欄空，緑楊城杳，休問前游。已覺十年春夢，青袍倦、無意淹留。

悵月明，何處寒笳，吹起閒鷗。」醉花陰云：「小徑香蘅吹粉雨。綠暗天低處。閒過牡丹期，一片飛花，蕩作風前絮。第廿四番風信暮。敲脆簫笙譜。莫倚短長橋，芳草斜陽，知是春歸路。」疏影云：「柔條千尺。正濃陰羃地，掩映瑶席。水黛山眉，畫入斜陽，銷魂别樣顔色。絲絲夢裏樓臺路，但悄换、綠蕪亭驛。悵長堤、斂盡荑苗，化作絮萍浮碧。猶記鴛鴦渡口，臨漪頻蘸影，空翠如織。一縷春魂，宛轉隨人。送盡離亭風笛。鞭絲帽影隋堤路，算祇有、寒鴉相識。怎秋深、摇落江潭，憔悴茂陵詞客。」

三多詞

蒙古三六橋都護多，姿幹嫻雅。蓄一琴名丹鳳，撫絃動操，聽者情移。家有可園，具竹石之勝。春秋佳日，騎款段馬，沿西子湖行，垂髫俊童攜酒榼尾之，輕裘緩帶，與柳絲花片相掩映，真濁世之翩翩者也。其自題蘇堤試馬圖暗香一詞，不啻頰上添毫，栩栩活矣。詞云：「一鞭得得。趁柳枝紺翠，桃花紅白。笑拂五雲，驚起浮沉兩鸂鶒。怪底聯翩鳳子，緊隨著、錦韉金勒。似指引、有個當罏，還在畫橋北。閒立看春色。把芳草緩尋，落英争惜。風流帽側。湖上誰人不相識。驢背清涼，居士應少我，疏狂標格。行樂耳，須信道、百年駒隙。」六橋著有粉雲庵詞，如甘草子之「凭徧紅闌，瘦留空。待六郎來共」。臺城路之「甚時學得壺中術，縮遥天、都做歡場」。喝火令之「越破工夫，越要繡鴛鴦。越繡鴛鴦越倦，越要做成雙」。皆有思致。

小三吾亭詞話卷五

林紓補柳詞

閩縣林琴南學博紓，喜譯歐西小説，其紀巴黎馬克遺事，萬口傳誦。嚴幼陵詩所謂「可憐一部茶花女，銷盡支那蕩子魂」者也。顧其爲文，深得力於龍門、昌黎、震川，世或不知，知者亦或不盡。余與琴南在五城學校共朝夕者五年，知琴南真能治古文。桐城吴摯父亦引爲同調。三人者，嘗爲合象，陳石遺見之，詫曰：此海内三古文家也。摯父游日本，爲書與琴南，以曾文正古文四象屬琴南與余校勘，書未達，而摯父旋殁。摯父殁後，其家人爲刻遺集，琴南與余始得於所刻尺牘見之。琴南又工填詞，有補柳詞一卷。邁陂塘云：「倚風前、一襟幽恨，盈盈珠淚成瘦。紅瘢腥點鴛鴦翅，苔榭月明交頸。魂半定。倩藥霧茶雲，强得春痕凝。紅宵夢醒。甚恨海波翻，愁臺路近，換却乍來景。樓陰裏，長分紅幽翠屏，銷除當日情性。篆紋死後依然活，無奈畫簾中梗。卿試省。碧潭水，深深曾蘸桃花影。商聲又警。正蘆葉飄蕭，秋魂一縷，印上畫中鏡。」又云：「蕩林光、半湖新水，畫樓清曉微雨。雙鴉小啄罘罳動，人向嫩春林墅。襟半舉。掃一片花痕，歛入癡心緒。湖陰片語，看雲影移釵，苔香吹屧，描出好眉嫵。定情處，何限愁根恨縷。窺人偏少鸚鵡。山容水態吟鞭遠，剩得月中酸楚。誰見覷。歌舞地、天涯也有鴛鴦浦。滄波逗汝。竟小劫存鶯，横風聚燕，兩兩背花去。」齊天樂云：「玉璺香怨相逢地，珊珊盼伊嬌步。藥鼎枯煙，花廊碎月，春鎖愁鄉深處。游絲萬縷。甚梟到簾前，欲抽還住。語淡心濃，緑房陰透夜來雨。銀波吹却浪蕊，但蒼雲四捲，沙際孤嶼。鯛墨濃鑴，鵝丸嫩咽，争説因郎辛苦。餘生半黍。竟畫裏挪舟，帶珠還浦。試看雕梁，弄春雙燕羽。」燭影摇紅云：「情海波翻，情絲牽傍愁邊岸。愜愜抱夢墜梨花，夢帶梨花顫。恨事填胸漸滿。數今生、傷心未半。寄懷何許，畫裏鷗波，緑漪風善。天際書來，書詞能做秋心暖。廻春纖影兀伶俜，那值人兒伴。畫艇重撐人懶。峭金風、聲聲斷雁。日斜鐘定，草長簾深，眼中人遠。」解語花云：「山支瘦碧，樹著新丹，相見年光旋。暮寒侵幔。離魂影，睡裏半鬟虛綰。脣櫻送暖，緑窗掩、暗香零亂。端正看，依約衫痕，櫛櫛銀雲淺。花底驚魂乍遣。竟私窺仙枕，偷貢香翰。蝶乖蜂蹇，愔愔地，爲甚萬愁都鍵。闌干半面。容解道、人來偷眼。看翠瀾，魚沫生時，剛玉銷煙散。」小重山云：「別墅垂楊千萬絲。朱樓斜日裏，展朱扉。玉簫聲向舞筵遲。腰圍緊、收窄砑羅衣。春聚遠山眉。重重挑不動，個人癡。去時追想乍來時。空留得、闌外海雲飛。」又云：「踐破門前一道苔。入門聞笑語，燕歸來。玉簪花碎美人懷。東風峭，還憶舊時裁。琴調幾分諧。新情兜不住，舊人猜。一腔花氣展書纔。争知道、花底有人挨。」閩詞多尚豪邁，琴南諸作，殆絶似吾鄉王通叟冠柳詞也。冠柳詞久佚，余有輯本。

林紓齊天樂

杭州惠興女士以身殉學，天下悲之。田伶際雲摭其遺事，排爲樂府，座客有欷歔泣下者。琴南曾賦齊天樂云：「一襟天寶年間恨，淒淒寄懷筝柱。小部花辰，離宮雁候，挑起深愁無數。湖光正曙。看供奉宸班，按歌金縷。水碧山明，四絃能作海青語。歌喉初轉變徵，替貞娥訴怨，何限凄楚。地下寃忠，人間酸淚，黯到無情飛絮。收場更苦。演獨槽西泠，翠陰庭户。數遍梨園，吉光留片羽。」翼日，田伶得其詞，設宴以謝。

林紓一翦梅

嘉道間，家晴石茂才嘗畫水繪園圖，李申耆、秦敦夫皆有題句。圖後歸余。琴南爲余題一翦梅云：「山容淡宕學娥粧。道是瀟湘。不是瀟湘。畫船容與白蘋香。花外斜陽。水外斜陽。垂楊猶裊冒家莊。不畫雲娘。偏畫雲郎。水風策策又吹涼。吹過池塘。驚起鴛鴦。」

金武祥詞

江陰金溎生同轉丈武祥，與先祖同官嶺南。所著粟香五筆，多記鄉邦文獻及朋輩往還投贈之什。嘗引李穆堂語，謂拾人零篇斷句，其功德等於掩骼埋胔。五十後，棄官浪游吴趣，芒鞵竹杖，意倘如也。丈於梧州重建漫泉亭，補刻次山銘詞，賦詩紀事，和者幾遍天下，丈彙刻爲冰泉唱和集。其賦高陽臺云：「絳樹齊聲，瓊花儷影，是誰熨出雲根。南國春回，幾番瘦了詩魂。殷勤欲寄相思字，怕重提、絮果萍因。祝東風，好與歡來，莫共愁生。年來習氣消除盡，便千回百轉，底事干卿。倦眼重揩，驀教根觸瑶情。覷他一掬珊瑚淚，感風流、老去蘭成。喚真真，玉合燈前，記可分明。」齊天樂云：「揭來城市山林地，依稀六朝煙水。疊石皺雲，分池浣月，并作新秋涼翠。蘭亭已矣。問獅子滄浪，較量誰似。更築層樓，峯巒四望極天際。

西園尚存舊址，滄桑棋局換，興廢如此。巷訪烏衣，渡尋桃葉，勝蹟今看餘幾。剜苔覓字。有前度劉郎，再來還記。引我徘徊，倚巖同一醉。」丈又嘗填浣溪沙題余話荔圖云：「山翠眉痕畫永嘉。風流水繪豔才華。圖成並蒂筆生花。頹玉千頭繙蔡譜，紅塵一騎説唐家。撩人香夢到天涯。」

徐琪玉可庵詞

仁和徐花農閣學琪，少孤露，避難吾皋，讀書水明樓下。夢至一處，清溪宛曲，梅花萬樹，浮嵐蒼翠，若隱若見。一縞衣麗人持玉佩贈之，歌曰：「花如許，花如許，持此繫羅裳。玉可比君溫潤句，最玲瓏處琢愁腸。風露滿身香。」遂名其居曰玉可庵，因亦自名其詞。有玉可庵詞二卷。緑意云：「韶光洩漏。訝長亭翠繞，彈指春又。年去年來，多病多愁，腰支我亦同瘦。柔條委地還無力，正一縷，芳情初逗。莫便教、攀作鞭絲，最是可憐時候。獨向河橋凝望，故關煙水闊，何處回首。爲問東風，吹到西湖，昔日青青存否。梢頭淡月朦朧上，已幾個黃昏孤負。料倚樓、人在天涯，應把黛眉雙皺。」滿庭芳云：「雨枕催愁，風簾驚夢，秋思知落誰家。屏山無語，涼意入燈花。休道銀河咫尺，今依舊、遠在天涯。魂銷否，青衫易濕，不待聽琵琶。悲笳。何處起，碧天吹裂，雁落平沙。便尺書同墮，怎到窗紗。安得化爲明鏡，來照取、別後容華。還防著、爲儂消瘦，髮懶堆鴉。」蘇幕遮云：「燭初殘，香懶炷。坐也無聊，還是和衣睡。睡又不成魂夢阻。漏靜宵寒，風雨喧窗戶。風非風，雨非雨。觸著愁腸，都是離人淚。一夜瀟瀟聲不住。明日空庭，花落無重數。」浣溪沙云：「矮屋牽蘿自補茅。朦朧寒月上花梢。屏山無語又今宵。

少小年華愁裏過，春秋佳日客中抛。誰家雙燕定新巢。」

李慈銘詞

花農玉可詞，卷耑有會稽李蒓客侍御慈銘識語。自言二十餘歲時，喜賦綺詞，癸丑四月間，嘗倚長調二十餘解，多傷春怨別之語。爾時越中士夫無言此事者，其詞久付刼灰，尚記兩句云：「淡淡樓臺，偏倣一家梅雨。」又滿庭芳落句云：「祇餘裙帶，簾颭畫堂陰。」蒓客詞不多見，僅於其蘿庵游賞小志得邁陂塘云：「便年年仙源依舊，天涯老盡崔護。」亂紅都向風前嫁，憔悴空枝無主。難遣處。這樹上流鶯，分付他何處。傷情漫訴。但嫩緑陰邊，雨絲繚繞，流水學人語。還記得，鈿繡釵薰盈路。枝頭紅萼齊吐。傷春只有花同我，回首都憐遲暮。嗟我誤。悔不勸啼鵑，暫爲留春住。知花怨否。剩千萬垂楊，和愁和恨，泥我畫船渡。」回腸盪氣，似項憶雲。至云爾時越中士夫無言此事，則蒓客之臆説也。道光末，余七外祖周眗叔都轉，以翰林家居，倡益社於越中，蒓客亦隸社籍。社中如陳珊士壽祺、孫蓮士廷璋、王平子星諴皆詞家也。蒓客初名模，平子名章，因眗叔先生名星譽，於是蒓客更名星暮，平子更名星諴，與余五外祖涑人先生星警、外祖季況先生星詒，稱五星。而蒓客爲眗叔先生詞題簽，至稱受業。其後周李交惡，蒓客始更名慈銘。日記中詆余外祖昆季，不遺餘力。沈子培嘗語余，蒓客晚年，凡日記中於詆周氏昆仲者，皆塗去其名號，意其有悔心耶。至草疏授鄧鐵香，糾參眗叔先生，則可云以怨報德者矣。蒓客家居，連不得志於有司，眗叔先生憐其才，勸之納貲爲郎，假館授餐，爲游揚於周商城及翁常熟、潘文勤，蒓客之名始大。白華絳跗集京邸冬夜讀書四首，乃并翁潘而詆之，謂其僅爭章句，考校碑版彝器，不能伏闕爭。頤和園之不修，雖立言有體，抑非蒓客所宜出諸口。

王平子詞

王平子副貢，生而奇慧，讀書目數行下。出應童子試，嶺南徐鐵孫兵備方守越，一見歎異，首擢之。與李蒓客同補博士弟子員，有名於時，號王李。試題爲「巧笑倩兮，美目盼兮」。蒓客文有云：「胡天胡帝之容，宜喜宜嗔之面，自命不作第二人想。」比揭曉，則平子第一，蒓客第二，蒓客大不堪。平子亦尚氣，摘其李郭同舟試帖中「隱士舟」三字，謂孝廉船則吾聞之矣，隱士舟則蒓客戛戛獨造者也。蒓客銜之次骨。其後潘伯寅尚書刻越三子集，蒓客爲平子作傳云：「君早失恃，比長而繼母又卒。山長恐君試失時，遂以君出後，其從祖父，君不敢違。」是直揭平子之匿喪也。相知忠厚，何至惡語相加，豈眞如魏收云「何物小子，敢與魏收作對，揚之則升九天，抑之則沉九淵」耶。三十不得一第，抑鬱以死。潘文勤爲刊其西鳧殘草，與陳珊士纂喜堂集並傳。詞云：「蜜梅花外天將雪，剗襪黃昏。人似鑪薰。祇得春情一晌温。寒宵偏是無心曙，半睡還醒。暗淚無痕。涼做繚綾一角冰。」醜奴兒「墜葉打簾衣，閃得秋燈碧。寂寂房櫳小膽寒，斷雁來時節。薄倦怯惺忪，錯怨羅衾窄。孤負西風度玉門，有夢來今夕。」卜算子「蓬山只在傷春處。不隔天涯，但隔梨花雨。多分日長無意緒。紅樓一角斜陽暮。今日鞭絲慵再駐。簾底分明，强道匆匆去。抬眼畫橋楊柳樹。年時拍扇兜香絮。」蝶戀花「平隄廿四，暫偷閒存訪，菰煙蔣雨。秋近水鄉纔幾日，涼得晚荷如許。露暈疏紅，風搖亂碧，花氣愔愔午。葛衫人影，鷺絲來共秋語。休問環佩當年，畫船吹笛，寂莫橫塘路。一屋冷香團作暝，簾幕悄無人住。斫藕論錢，拗蓮佐饌，狼藉憑誰訴。瘦魂飛盡，夕陽衰柳知否。」百字令「別來如昨，只天涯，添得西風人瘦。縞布衣裙難入俗，觸地梨荊三斗。雞筋文章，鴻毛富貴，幾輩堪傭走。干卿何事，醉中淚揾衫袖。留得寸許毛錐，笑天寧管汝，雞先牛後。算有殘杯還屬我，僕射何如飲酒，可意紅心，無端白眼，一味難消受。長河北去，世情今日知否。」大江東去

陳壽祺詞

陳珊士比部，有青芙館詞鈔一卷、二韭室詩餘一卷，附刻纂喜堂詩後。曩余初官刑部時，外祖周先生以書抵余，言珊士之在官也，日步行入署治獄，雖陰雨烈日無間。余愧不能取法，而郎潛十載，疲驢笨車，終不敢與裙屐少年，駕輕乘肥，爭如水如龍之勝，則以心目中，時時有一珊士在也。珊士與蒓客皆嘗主畇叔先生家，時畇叔先生寓宣武門大街，見先生鷗堂日記。故集中唱和詞最多。洞仙歌云：「梧桐雨歇，把新秋做就。紅得斜陽影都瘦。喜桃笙、涼沁蕉扇寒知，恰贏箇、試茗焚香時候。水晶簾捲處，初月描來，出色鵝黃蘸詩袖。簾外碧闌干，闌角疏紅，剛昨夜、曉風吹透。更高處何須羨瓊樓，便一枕花陰，儘堪消受。」浪淘沙云：「新綠彌三分。燕子斜曛。碧衫消瘦到吟魂。幾點楊花飛不定，撲碎春痕。香倩玉奴熏。商略清尊。闌干絲雨溼黃昏。自擫鸞簫吹小令，好箇閒門。」青玉案云：「二分涼月花陰漏。記小院、閒時候。廿四晶屏花影瘦。幽香一縷，染來羅袖，秋色黃於酒。月痕依樣移花甃。空照得青衫舊。想見紅樓妝卸後。別無人處，蘭燈如豆，夢去能尋否。」高陽臺云：「軟帳檯煙，疏燈暈雨，晚來儘又蕭蕭。獨客天涯，可憐閒了今宵。明知秋思干儂甚，奈秋來、著意無聊。又何時，銀鴨香溫，心字同燒。　竛竮瘦影和人醒，看冷清清地，說也魂銷。底事西風，無端吹散迴潮。年來紅豆拋多少，剩黃昏、如此迢

迢。更淒涼、玉笛誰家，吹出春嬌。」邁陂塘云：「又黄昏、兩三點雨，零星消得魂盡。春愁水樣渾無著，紅煞一痕燈影。風不定。便不是離人，也爲花愁損。茜窗人靜。料絮影搜香，都無是處，今夜怎生聽。殘更亂，擾得相思都冷。夢兒和燕同醒。縱教一例傷心雨，也合憐儂些病。聲又緊。算人自無聊，錯把芭蕉恨。倦欹孤枕。知幾處紅樓，斷腸一樣，試喚曉鶯問。」南歌子云：「藥氣熏琴軫，茶煙上鬢絲。竛竮病骨怕秋知。難道忍心，瘦到十分時。冷暖和誰語，歡愁强自支。客中懶和故人詩。聊把黄花，折寄兩三枝。」醉花陰云：「單衾孤燭今宵又。商略銷魂候。秋夢水邊生，吹過西風，還比楊枝瘦。纖雲盪得輕波皺。寒意零星逗。柔櫓小紅橋，脉脉新涼，月共人消瘦。」雨中花云：「驀地相逢無可說。悄攜手、畫闌干側。耳葉羞紅，眉梢謔翠，春在桃花月。燕子分明還記得。怎瞞過、東風消息。水樣輕寒，煙般斷夢，瘦了春衫纈。」蓋與東甌一鼻孔出氣者也。

孫廷璋詞

孫蓮士太守，負氣骯髒，嘗佐王壯愍幕，爲人所持，幾陷不測。性狂易，見俗士輒瞠目不言，人或以文示之，則笑而仰視屋梁，故爲謬語。獨與王平子相善，言平子大是聰明。中歲入粵東，爲諸侯賓客，無所合以歸。所著亢藝堂集，經亂亦多燬失。二郎神云：「湘簾蕭瑟，渾不似、年時情事。記磔碗湔梨，玉篝煨栗，笑語曲屏花底。蘭夜懨懨調箏好，道難得、已涼天氣。甚螿月叫寒，雁霜銜曉，管他顦顇。容易换來，今日淒涼滋味。恨襟暈酒微，帊痕香歇，越是悶沉沉地。風語羸網，月沈虯箭，獨自胡床料理。凝想處，也合舊闌干畔，有人愁倚。」卜算子云：「又是夕陽邊，目斷煙中樹。樹外寒山山外雲，雲外鴻飛處。回首幾長亭，數了還重數。今日星辰昨夜霜，切莫明朝雨。」菩薩蠻云：「鈿箏擁髻秋燈驛。蠟煙低繚春眉碧。衆裏最盈盈。十三絃語輕。妾如泥著雨。郎似風吹絮。飛絮著香泥。相逢都不離。」又云：「歌殘細訴雲萍蹟。等閒珠淚輕承睫。一語急支開。酒寒金縷杯。露帷前夜夢。不恨霜華重。只恨曉啼鴉。於今眠早些。」又云：「輕紅幔曉菱波瑩。麝黃商略丁香印。出色倣吳儂。低鬟金粟蟲。綠雲初綰就。添了銀蟬袖。休便放梔蘞。照儂人並肩。」又云：「贈郎紫鳳羅香橐。妾情不比羅紋薄。一縷一相思。此中千萬絲。從今彈淚顆。休惜銀衫涴。有日把重看。衫痕誰最殷。」賣花聲云：「珠幕一重重。燕尾燈紅。地衣蹋上淺深中。略辨銀泥衫子色，此外朦朦。隨月轉廊東。替數弓弓。鎮無絲語遞因風。去是匆匆來脉脉，也算相逢。」清平樂云：「玉鵝衾瘦。薄醉廝相守。剗地桐廊疏雨驟。忽憶畫樓寒否。五更翠匳香銷。可憐心比香焦。索性不須睡也，流鶯啼上花梢。」

孫星華詞

孫子宜鹺尹星華，爲蓮士太守之子。曩游福州，子宜嘗一再疊余邁陂塘韻見贈。詞云：「甚無端挂帆雲海，載詞來作吟旅。才名籍甚知誰似，有似驊騮開路。還試覷。問青眼高歌，結客宜何處。乘查來去。料欲訪成連，天風吹浪，不惜幾延佇。相逢乍，漫賦江郎南浦。平原十日應住。韶華拋擲真容易，已換春庚夏扈。君許否。許他日高文，題在延陵墓。君擅駢散各文，故欲以墓志爲託。慚非勝侶。祇願學東坡，頭銜自署，識字老田父。」又云：「算人生勞勞蓬轉，百年强半羇旅。江山正賴文章助，那憚迢迢行路。回首覷。記珠海花田，有我曾游處。知君此去。覓早歲鴻泥，朝天臺畔，訪古定凝佇。時君將重游嶺南。片帆挂、也指春申君浦。余亦將入都。行幨已整難住。毛錐三寸思投却，惟有蛟函可扈。堪歎否。歎宦海飄零，廿載違邱墓。叨陪俊侶。羡寸許奚囊，長留詩卷，又見孔巢父。」可云不墜家學。

繆荃孫詞

江陰繆筱珊太史荃孫，覃心金石目録，藝風堂所藏四部，皆舊鈔名槧。尤好詞，輯國朝常州詞録三十卷，毗陵文獻，賴以不墜。其自著如齊天樂云：「九龍山色空濛裏，亂煙織成新暝。湖雨抽絲，嶺雲擘絮，驀地白銷千頃。天公做冷。漸鄉夢催回，酒潮逼醒。隔岸漁家，菰蒲深處響苓箵。滄江驚又歲晚，銜泥同燕子，巢幕難穩。一樣清游，燈前酒底，換了舊時情性。凋年急景，恁轉瞬陰晴，也無定準。夜半楓橋，聽鐘聲猛省。」金菊對芙蓉云：「柳眼微舒，蕉心盡吐，斷腸人在天涯。悵繡旛難護，羯鼓頻撾。遼陽信斷東風緊，漸吹散、鬢霧衫霞。相思紅豆，嵌來入骨，是也非耶。管甚春深春淺，把春光一半，分送人家。更買春開宴，重撥琵琶。鶯嗔燕咤真多事，有誰能、收拾芳華。可憐杜牧，緑陰如水，尚逐香車。」其詞殊怨，幾於辛稼軒之煙柳斜陽。

夏孫桐詞

夏閏枝太守孫桐，與筱珊同邑，同官翰林。嘗偕筱珊過望亭，風雨竟夕，繪同舟聽雨圖。自題夜飛鵲云：

「西風暗吹雨，黄葉聲邊。孤棹冷泊吴煙。津橋星火半明滅，羈人相對遲眠。瀟瀟又喧幾陣，正山鐘攙斷，野柝催闌。清愁萬點，任蓬窗、一晌無言。休歎轉蓬身世，偏共卧滄江，經歲經年。今夕茫茫荒浦，雲淒水闊，誰更鳴舷。擁衾翦燭，想蘆中、夢影都寒。怕棲烏驚起，明朝攬鏡，换了朱顔。」近日輪鐵交通，電掣風馳，瞬息千里，眈眈征夫，無復知有聽風聽水滋味者矣。讀閏枝詞，輒念楊柳岸酒醒何處時也。

吕景端詞

曩在真定，見陽湖吕幼舲舍人景端題壁，有「今日龍川祠下水，可憐流不到滹沱」之句，蓋弔趙佗作，愛其伉爽。後晤幼舲於京師法華寺，嘗爲誦之。幼舲倚聲專家，惜當時匆匆别去，不暇唱渭城也。金溎生丈冰泉唱和集，有幼舲題邁陂塘一闋，迻寫於此。詞云：「莽南天、蒼梧縹緲，前番雲氣猶度。江關蕭瑟蘭成意，賦就小園枯樹。縈别緒。看一舸輕裝，都載新詩句。駿鸞訪古。有漫叟風流，千秋片石，遺跡待公補。　牂牁水，堪抵廉泉鄉住。吴中壇坫分據。罷編桂海虞衡録，好記故園風土。停樽處。羨鬮韻拈題，五字長城固。離筵起舞。又嶺嶠山河，薊門煙柳，悵望遲鴻羽。」筱珊次其韻云：「酌冰瓷、半規涼玉，依稀元叟襟度。井亭山角斜陽晚，翠繞幾重煙樹。愁萬緒。試初汲朝華，好誦屯田句。泉新瓷古。更緑鏟苔茸，黄鐫山骨，四字舊銘補。　蒓鱸夢，依舊江南小住。萍蹤誰道無據。鴛江鴻雪留新畫，猶憶桂林風土。憑弔處。只得意文章，高揖遷和固。墨花飛舞。歎逝水韶光，摶沙蹤足，遠恨寄歸羽。」

王以慜詞

又嘗於沙河道中，見武陵王夢湘太守以慜題壁詞云：「霜月淒骨，辭鳳闕，照關山。山驛悄，秋早不勝寒。昨夜夢長安。花殘。五更君莫看，是孤絃。」訴衷情挑燈讀之，覺其淒異，因填河傳一解和之。詞云：「愁省絲鬢落關山。馬上征衫影單。遥天照人眉月彎。長安。瓊樓回首寒。一十二年彈指耳。夢湘題詞在壬辰，距癸卯一十二年矣。渾不似。天寶承平事。草萋萋。柳依依。長堤。鑾輿從此歸。」時兩宮新從汴返蹕。夢湘嘗主講吾州紫琅書院，時余已入都。去年王聘三觀察自江西來，以夢湘檗塢詩存見貺，余亦以所刻小三吾亭集報之。延津之劍，合并何時，望美人兮天一方，渺渺兮余懷也。

吳翌寅詞

陽湖吳孟棐翌寅，客廣州久，以名孝廉一行作吏，非其志也。孟棐說經有師法，尤善駢體文。其曼陀羅花室詞自敍一篇，樸茂可誦。詞亦寓言十九，得風人比興之遺。高陽臺云：「廿四番風，兩三點雨，踏青纔過清明。惆悵垂楊，春深不管啼鶯。畫船莫向煙波住，怕曉風、殘月長亭。更消魂，南浦淒迷，没箇人行。江干打槳桃根去，問落花何處，流水無聲。門巷依然，斜陽又放新晴。雙飛燕子江蘺岸，悔重來，負了鷗盟。但盈盈。望斷歸橈，數盡郵程。」夢芙蓉云：「碧雲羅障薄。挂彎環斜月，半鉤欲落。疏螢亂颭無力，受風約。平蕪煙漠漠。望中何處林壑。宛憶江南，倚谿樓擫笛，涼夢驚黃鶴。誰信人間飄泊。團扇秋深，鬢影渾非昨。歡場回首，悔鑄舊時錯。當筵歌一曲，絳殊曾賜千斛。此日燈前，剩闌干老淚，重話少年樂。」御街行云：「秋山數點城頭滿。鎖翠黛，眉峯斂。夜深月上女牆西，擁髻晚妝人倦。重門都掩誰家院。橫笛聲聲遠。　銀雲一抹星河淡。看雁影遥天散。擣衣生怕聽清砧，況是客衣須換。沉沉鼓角，更催魂斷。欹枕眠孤館。」念奴嬌云：「薰香小閣，正晚妝纔罷，文窗閑恁。玳瑁梁空雙燕去，只怨歸期難定。翠袖慵垂，羅幃怕卷，有恨無人省。誰家女伴，踏歌聲度花逕。記否月底攜簫，風前擫笛，共倚雕闌聽。掃盡春江螺十斛，忍把眉山蹙損。紅豆調鸚，綠楊繫馬，往事休重問。同心綰就，舊時衣帶寬褪。」

忍古樓詞話

夏敬觀撰

忍古樓詞話目録

忍古樓詞話

文道希

余作詞始於庚子，時寓居海上，與萍鄉文道希兄弟日相過從，道希頗授予作詞之法。一夕，李伯元茂才於酒肆廣徵京津樂籍南渡者四十餘人，爲評隲殘花之舉。余首賦念奴嬌詞，道希輩頗擊節歎賞，和者遂十餘人。道希詞云：「江湖歲晚，正少陵憂思，兩鬢衰白。誰向水精簾子下，買笑千金輕擲。淒訴鵾絃，豪斟玉斝，黛掩傷心色。更持紅燭，賞花聊永今夕。聞説太液波翻，舊時馳道，一片青青麥。翠羽明璫飄泊盡，何況落紅狼籍。傳寫師師，詩題好好，付與情人惜。老夫無語，卧看月下寒碧。」余詞云：「催花羯鼓，怪聲聲動地，漁陽撾急。吹起辭枝紅亂旋，莫道東風無力。析木青萍，桑乾白柳，夢見傷心色。黃塵走馬，舊衣曾涴京陌。分付紅粉歌筵，金尊休淺，同是江南客。行遍天涯都不似，却悔年時心迹。冒樹游絲，迸盤清淚，思繞腸牽直。四條絃上，數聲如訴如泣。」此詞余集中不載，今日視之，正是小兒初學語也。

鄭叔問　陳伯弢

於篋中朋輩詞箋，得鄭叔問未刊詞九闋，陳伯弢未刊詞四闋。雖或爲兩君删棄之詞，然固滄海遺珠也。

叔問少年遊云：「誰家年少簇金鞍。醉夜踏花還。不管東風，暗塵臺榭，歌舞借人看。空餘燕子銜花去，別院話春寒。未了黄昏，一番風雨，何處倚危闌。」青門引云：「雁過霜天近。庭院雨餘苔靜。芙蓉寂寞晚芳叢，西風采采，不上舊時鬢。回闌幾曲愁凭損。拍遍無人應。小城昨夜聞笛，月明滿地秋江影。」己酉九日風雨木蘭花慢云：「歎人間令節，更何恨，有登臨。縱酩酊能酬，高樓暮色，知爲誰深。難禁。向風雨夜，但黄花滴淚勸孤斟。不信情天易老，故教佳日多陰。沉沉舊會茱萸，顏鬢改，又重簪。念節物淒涼，年涯晼晚，都到秋心。休尋。暗慆悵地，正西山、爽氣繫疏襟。空畫闌干影事，酒醒獨自沉吟。」又秋夜聞雁木蘭花慢云：「雁啼天在水，避秋影，莫書空。正露重江寒，亭亭斜月，猶挂虛弓。蘆中。楚歌夜起，怨關山殘笛下西風。何事衡陽倦羽，斷雲不度高峯。忽忽。夢轉征蓬。憶故苑，雪留蹤。歎長門燈暗，哀箏危柱，妝淚彈紅。驚逢。聽秋別枕，雨淒淒。愁和蘚堦蛩。又是單衾酒醒，夜亭催冷吴楓。」書帶草聲聲慢序云：「余既營草堂於竹隔橋南，繚以長廊，緣砌植書帶草殆遍，葱翠可藉，貞萋冬榮，經神之遺，足當吾家讀書種子。漚尹翁爲題通德門榜，示不忘鄭志也。言誦清芬，賦得一解。」詞云：「芳披雲縷，翠挹風籤，森森舊家寒碧。散帙城陰，還帶草堂深寂。休吟謝池夢好，恁詩痕、不點經席。書種在、比芸香盈畝，薤垂過尺。看遍長安桃李，朱門冷、何堪盡成蓬棘。誦得清芬，依約榜門通德。纖纖一重緑意，似當窗詩婢曾織。悵漢苑幾青蕪，春老故國。」自注云：「是調側韵，惟宋劉涇自製一曲，汲古本夢窗詞乙稿中所羼入者是也。杜王續刻，並承毛本之譌誤，失考已甚。今明板草堂詩餘，固一確論。且涇作骨氣高健，猶是北宋遺音，益足徵已。不揣黯淺，輒追和之，聊示考存故譜之一格云爾。」中秋夜雨罷酒遣懷采桑子云：「今宵莫惜無明月，人似姮娥。酒滿香螺。好夜看人盡夢過。歸來獨卧西窗雨，閒涙無多。不可聞歌。早自安排喚奈何。」辛亥九月作謁金門三闋，其一云：「行不得。塞上燕脂無色。一夜霜笳天下白。秋高空雁磧。莫惜王孫路泣。芳草猶傷舊國。如此關山摇落易。斷腸人未識。」其二云：「留不得。夢轉車塵宮陌。秋老衰蘭催送客。金仙無涙滴。一炬倉黄半壁。四聽楚歌風急。誰蹴昆侖鼇柱坼。三山驚海立。」其三云：「歸不得。哀些誰招離魄。東有龍蛇潛大澤。九關愁更北。江水爲君還黑。山氣何年重白。遼鶴書沉雲海隔。夢來天地窄。」伯弢漁家傲云：「人静烏鳶相對語。重簾不捲肥梅雨。新渌濺愁濃幾許。憑闌處。分明無想山中住。便爾唱予誰和汝。平生總被名韁誤。何日田園攜橡芋。清尊注。陶潛那不思歸去。」九日風雨金縷曲云：「何日無風雨。到重陽、瀟瀟淅淅，便成愁譜。簾角吴山青數點，總被浮雲遮住。更何地、登高能賦。偶話東籬歸路杳，料黄花、瘦到無人處。簪不得，爲誰舞。沉沉此恨成今古。黯東南、星飛海沸，漏天難補。岸上維舟眠較穩，我亦尋常鷗鷺。奈佳節、淹留如許。消受深秋垂老别，但扶頭、茗艼杯無數。檐花落，盼將曙。」夜造聽楓園，叔問昌碩先在坐，雪梅香云：「晚寒切，高城脱葉旋西風。望天涯無伴，行吟漸覺愁工。過市燈稀雨霑屐，敂門人熟酒盈鐘。此何夕，邂逅平生，還似初逢。朦朧。倚窗問，燭外梅梢，剩幾新紅。老客吴趨，對花忍憶遊蹤。歲暮音書歎寥寂，五湖煙水各西東。明朝事，待買霜鯿，分付烏篷。」又雪梅香云：「雨連夕，高樓獨客故傷心。攬征篷千里，霜天暮角寒侵。魚市煙荒午收楫，烏邨風急暝呼林。點還滴，檻外窗前，多少愁音。沉沉。數年事，蠟涙珠啼，坐冷鴛衾。儘說還期，瀟湘水闊雲深。楓樹青凋半江葉，梅花紅減十分陰。寒灰意，已是當年，何況而今。」

張次珊

江夏張次珊通參仲炘，光緒庚子，以言事忤太后被放。己酉，予被陳伯平中丞辟爲江蘇巡撫左參議，通參先在幕中，因得朝夕共談讌。有見和花步餞春一萼紅詞云：「小樓深。敞沈香綺户，春色尚沉沉。箏柱絃温，棋枰玉冷，紅袖來勸芳斟。亂花過、庭蕪自碧，耐絮語、枝底和雙禽。古苑臺池，舊家園榭。都付閒吟。　歡事不堪重念，對金杯滿引，白髮愁侵。煙柳春城，林亭白下，飄蕩還又而今。倦飛繞、南枝幾匝，浩歌裏、空負亂山心。未識明年，共誰底處開襟。」通參有瞻園詞二卷，刊於光緒乙巳。其詞芬芳悱惻，騷雅之遺。惜乙巳以後之詞，未見刊本。蓋通參歿於己未，公子善都又先卒，一孫尚幼，無人爲之續刊遺稿也。余有題通參日望樓餞別圖三部樂云：「樓角殘陽，照薊柳斷絲，暗沾瑶席。會長人散，空賦歧亭春色。慣愁見、寒食飛花，更夢驚戍鼓，淚染宫陌。玉鞭却倚，去去銅鞮歸客。丹青近開短紙，認苑牆翳水，卧遊能識。沉沉晚霞一縷，東風盈尺。引離懷、萬千迸集，愁壓外、雲迷故國。洗盞更酌，除一醉、堪破岑寂。」此詞舊不存稿，偶於朋交處見所録圖卷詞有之，幾不省爲予詞也。附録於此。

桂伯華

德化桂伯華念祖，丁酉舉人。與予同師善化皮鹿門先生，經學詞章，根底深厚。中歲學佛法於楊仁山先生，因東渡習梵文，通密宗，遂證涅槃於日本。其遺著未刊。余篋中有詞牋四：丁香結云：「積雨侵階、同雲蔽野，牆外屐聲來往。倚繩牀經案，朝又暮、時霎龕燈都上。文園情緒減，纔觸撥、禪關又放。人間天界，刹那輪轉，腸回無像。　惘惘。記三五年時，秋月春花同賞。緑酒紅燈，銀鞍繡轂，儘勞追想。無奈存没聚散，苦樂殊今曩。惟何恩何怨，尚隔蓮邦肹蠁。」驀山溪云：「春光欲盡。未得天涯信。早起鎮懨懨，減裘帶、餘寒猶嫩。古碑臨罷，獨枕故衣眠，魂無定。身慵困。釀就維摩病。誰家巷陌，紅滿香成陣。　旬日雨風頻，減多少，游蹤逸興。懺除煩惱，賴有貝多經，簾押静。香篆燼。終卷陰移寸。」讀小山詞菩薩鬘云：「才華已爲情銷損。那堪又被多情困。珠玉女兒喉。新詞懶入眸。　清愁銷不得。夢入蓮花國。方信斷腸癡。斷腸天不知。」虞美人云：「凄涼十五年中事。苦了他和自。香殘紅退畫堂空。早是柔魂銷盡夕陽中。　他生有分相廝守。拚共天長久。仙山樓閣也迷茫。衹要雙心一意向西方。」伯華詞多不注意平仄，是學佛人所作，當例外視之也。

蔡公懺

新建蔡公懺可權，亦學佛人也。光緒辛丑題拙稿滿江紅詞云：「萬象縱然，塵不到、華嚴靈舘。君悟得、法身無我，日光常滿。慧眼澄明空障礙，信心清淨時薰盥。聽秋聲一葉落梧桐，消煩懣。　無着處，琴音斷。空谷籟，僊風轉。羡好修不倦，蘭紉九畹。願海洪濤喧萬里，寒烟幻影心心篆。懺廿年諸妄見如來，吾今勉。」是時余前室陳淑人方逝世，公懺蓋以佛法相勉慰也。

嚴幼陵

侯官嚴幼陵復，與予先後監督復旦公學，予妹壻熊季廉元鍔，其高弟也。丙午丁未戊申之際，箋札往還談藝，日夕無虚，惟論文論詩爲多，及於詞者不過一二，詞雖未工，殆爲罕見。摸魚兒云：「傍樓陰、溼雲凝重，黄昏蟲語凄絮。秋魂僝僽驚寒早，誰念竛竮羈旅。從頭數問，陌上相逢，可料愁如許。今休再誤。早打疊心苗，銷凝意蕊，忍與此終古。　茂陵病，捱得更更寒雨。此情依舊無主。微生別有無窮意，錯認曉珠堪語。君莫怒。便舞鳳迴鸞，詎就輕輕譜。移商換羽，算海嘯天風。成連歸矣，霜淚凍絃柱。」金縷曲云：「旅邸情難遣。況秋宵、征鴻凄厲，寒衾孤展。覓地埋憂高飛去，那借步虚風便。雲窗外、鼇蟾斜眄。解佩江皋魂先與，迓多情、他日誰家輩。思不得，淚空泫。　長門可是無團扇。更何人、悁蘭惋蕙，白頭仙眷。填海精禽千萬翼，試測蓬萊深淺。又不是、等閒鶯燕。詠絮才高尋常事，抱孤懷、要把風輪轉。春且住，勒花片。」二詞皆戊申九月客北京所作，嘗呈彊邨，解連環詞已別見，不録。

陶伯蓀

南昌陶伯蓀牧，昔歲相從吴下，翩翩記室才也。悼亡後不復娶，自號病鰥，英年卽窮愁潦倒，一寄其意於歌詞。今已垂垂老矣。其和余浣溪沙詞七闋，聲情委宛，雅近二晏。其一云：「小院深沉月上遲。背人翦燭意多癡。翻新巧様畫雙眉。　燕子殷勤嬌欲語，鸚哥調笑學吟詩。妝成背鏡費矜持。」其二云：「洩漏春光事竟成。消魂紅雨隔重城。誰將金彈打流鶯。　不爲顏酡辭緑酒，祇緣簾密閉紅燈。關心第一遠歌聲。」其三云：「碧海宛禽未放歸。斜陽消息盼春菲。天涯柳絮作團飛。燭淚空拋悲永夜，琴心誰識撥清徽。石屏深坐勸添衣。」其四云：「枕上鴛鴦對對看。蘭閨繡罷怯春寒。不禁清露溼闌干。一水波通情作繭，九華雲隔夢登山。誤渠畢竟是紅顏。」其五云：「蛛網迷離舊日樓。暮煙銷盡幾多愁。相思兩字滿銀鉤。爭奈更殘傳夙恨，莫從花落憶前遊。有人窗外倦凝眸。」其六云：「獨倚危闌袖拂塵。紅牆燈火惱黃昏。年年芳草最傷春。舞扇盈懷拈斷帶，銀牙在手苦停雲。嫦娥猶似廣寒身。」其七云：「翠幕重重挂夕霏。爐香冷暖篆絲微。倩誰爲我借天衣。忍遣華年成逝水，頻尋佳約怕愆期。海棠開後更思歸。」余集中此七詞刪存五闋。其二云：「天上霓裳乍譜成。一歌傾國再傾城。流傳法曲到春鶯。溝水尚鳴牆外笛，御簾初隱殿前燈。別來忍聽斷腸聲。」其七云：「合浦珠光弄夕霏。晚潮初退月痕微。行雲畠畠溼仙衣。楚賦未能輸宋玉，洛遊我自共安期。醉攜一道夜歌歸。」余第三卷詞刊於辛亥，去取悉經漚尹叔問商定也。

王又點

長樂王允晳又點，予三十年之文字交也。所著有碧棲詞一卷，吐屬清婉，有一唱三歎之妙。曩贈予聚頭扇，寫所作送張珍午入都長亭怨慢詞云：「又還是將離時節。酒盡江樓，雁聲相接。喚得愁生，半篙雲浪張天闊。故人都散，爭忍唱旗亭闋。那處不飄零，恨莫恨長安秋葉。淒切。攤吟鞭試望，縹緲夢華宮闕。盧溝過也，怕冰渡暗澌先結。更問訊近日西山，可猶有梅花香發。念一片陰陰，誰掃蒼崖苔雲。」予極許其嗣聲白石。頃李拔可同年將爲刊遺集，以校讐相屬，亟録數闋，以誌予所欣賞。雙清館題壁兼呈高樓先生西子妝云：「匀碧球場，藏紅鏡户，畫裏輕盈稀見。天公無處裹春聲，判春風共鶯流轉。芳歌未半。恁愁沁江南平岸。冷襟懷、灑北來冰雪，吴兒争辨。司勳嬾。幾度樓中，夢比闌干短。樓高同自感斯文，況相逢近年多難。花枝在眼。算人老須花拘管。倚斜陽、灔灔金杯勸滿。」題嚴幾道江亭送別圖玲瓏四犯云：「散策路紆，凝笳聲遠，都門風物如洗。向來攀蹋處，唄歇松陰閉。荒陂也宜共醉。奈先生便摇征轡。幾樹緑楊，半泓渟淥，渾是送秋淚。長安海，傷心地。儘盟鷗淡語，猶然交棄。寺經戎馬後，夢在菰蘆底。春波萬疊堪容與。索還我江湖漁計。圖畫裏。回頭黯西山暮紫。」菊影疏影云：「蒼茫雁字。蕩清霜弄晚，愁在何許。廢圃空陰，小苑微寒，銷得幾回悽顧。斜陽鬢底疏蕪色，更漠漠彌簪香霧。算也應多謝秋娘，懶配斷腸鍼譜。幽致。常年共惜，月明細步繞，來往煙語。人老迷花，花自無言，冉冉窺人涼句。如今怕見西風面，悔不掩籠燈深户。又一枝斜入多時，看到半籬鴉曙。」海棠花下作浣溪沙云：「葉底游人不自持。枝頭啼鳥尚含癡。玉兒愁困有誰知。淺醉未消殘夢影，薄妝原是斷腸姿。人生何處避相思。」菩薩蠻云：「迴峰摺疊晴川色。玻璃一鏡酣春碧。鏡裏是兒家。蠻溪滿屋花。東風吹别苦。直送雲帆去。昨夢故鄉看。月明千萬山。」又點兼工詩，絶句尤庯峭，蓋亦致力於白石詩。晚歲於南臺聚一妾，往來南北，相攜數年，復放之爲尼。歸閩後，耽禪誦，易簀時尚不舍佛號，殆生具夙慧通者，歿仍溘返淨土也。

洪澤丞

歙縣洪汝闓澤丞，余初於陳鶴柴席上相識，贈余以所著勺廬詞，聞聲相思久矣，一見傾倒，山谷詩所謂「自吾得此詩，三日卧向壁」，余於勺廬詞，尤恨得讀之晚也。頃年與結漚社，過從益密，復得時誦近詞。丙寅元夕六醜用夢窗韵云：「又銅街放晚，繡幕底金鋪催掣。綺游鳳城，珠塵隨步滅。花下佳節。尚記西園夜，紺荷千蕊，映海山光揭。仙霞倒影晴空熱。鈿轂波迴，重簾眼纈。星娥試妝瓊闕。看魚龍百戲，鼇駕過徹。年芳易歇。悵天涯鬢髮。更訪籠紗地，情事別。東風故惱鶗鴂。換當筵翠袖，踏歌羅韈。南樓宴柘枝淒絕。依前是、席上傳柑素手，舊人新月。津橋畔、鵑淚啼雪任社鼓，送得愁蛾去，春燈恨結。」賦階下碧桃瑞龍吟用清真韻云：「桃谿路。三見夢蕊飛香，絳珠辭樹。西池春色年年，翠尊醉倚，闌干勝處。漫延佇。無數上林紈綺，艷陽簾户。朱門幾閱東風，謝堂舊燕，花間絮語。還訴玄都前事。海山人遠，瓊宫塵舞。仙侣避秦，歸來臺榭非故。裁綃暈碧，空賦傷春句。憑誰向江頭照影，樓東迴步。斷梗隨波去。浪吟又動崔郎恨緒。猶有殘紅縷。芳訊晚、魂銷江南煙雨。瘦楊巷陌，一天愁絮。」追賦北海秋蓮寄次公京師隔浦蓮云：「淩波前度翠沼。一鏡愁紅小。露冷銀塘岸，金莖折，驚秋早。菱唱花外裊。催歸棹。暮景江南好。錦瑺渺。湘娥去後。湖山歌舞都悄。風裳水佩。悵望韈羅人老。池館華清夢再到。殘照。淒涼誰話天寶。」南歸留别都門同社六州歌頭用東山體云：「河橋燈火，一舸客南歸。風雪裏。驚笳起。渺愁思。憶年時。歌舞雲臺際。人蘭茝。家紈綺。招摇指。欃槍墜。偃旌旗。十載京塵，銷損英游氣。檀板烏絲。更瑀戈鐵甲，海水莽羣飛。斜日城西。聽鵑啼。念中原事。紛旐贅。鑾觸戲。等兒嬉。珠囊棄。金甌碎。草萋萋。霸圖非。訶壁天沉醉。新亭淚。不須揮。浮生計。蒓鱸味。芰荷衣。他日登臨，重過琴尊地。應夢元暉。但吳雲燕樹，相望感分攜。話舊苔磯。」迷神引云：「鶗鴂催人園芳晚，嫩緑小紅都換。高樓景物，惱傷春眼。綺羅叢，登臨地，絮塵亂。誰奏銅鞮曲，鎮淒怨。惆悵城鴉起，畫驄斷。萬感尊前，向此哀多難。説碧山遥，滄溟淺。過江羣屐，早藎落，如煙散。霸才空，年涯老，楚歌變，殘酒燈窗側，聞去雁。驚心淮南北，尚征戰。」河瀆神四首，其一云：「河上木蘭祠。廟門雨打豐碑。野鴉銜肉上階飛。社鼓春燈賽旗。匣中先輩三尺水。雷淵曾斬龍子。眼看白虹貫壘。薜蘿匿笑山鬼。」其二云：「蒿里鬼稱雄。神旛夜照虚空。五千貂錦化沙蟲。更結盂蘭法宮。海子河燈光似斗。一花一葉一藕。金粟禮魂歸後。亂蟬咽露高柳。」其三云：「當户九張機。蘭芝别母歸時。人間天上總相違。孔雀東南自飛。道逢女巫花插首。水沉香噴金獸。明星熒熒渡口。河伯今夕娶婦。」其四云：「叢竹鷓鴣啼。望裏黄陵九疑。秋風嫋嫋被江籬。日暮巫陽致詞。湘水東流愁不息。大江戈艦蔽日。千古周郎赤壁。怒濤一夕頭白。」諸詞雄渾醞藉，兼而有之，洵倚聲家之上乘也。

汪憬吾

番禺汪兆鏞憬吾，先世世居山陰，游宦海南，遂占其籍。辛亥後，定跡遠屏，閉户撰述，所著有雨屋深燈詞。其尊翁與先叔子新公在粤，往還至密。曩年愫吾歸越修墓，道經滬上，得與握手，亟道先世交誼，語摯情深，貌温而粹，望而知爲績學之耆舊也。曾爲余賦三部樂次夢窗韵題填詞圖。詞云：「寒卧荒江，似怨女自憐，頓忘膏沐。九歌山鬼，託意蓀橈荷屋。更迴睇頹照荆驅，料對春濺淚，韵吟哀玉。紫簫咽苦，未是逐波歡曲。幾回把劍摩挲，早判老去，向岫盟谿宿。忍看霧迷敗甃，霜欺涼燭。夢匡廬載愁萬斛。肝肺洗清湍手掬。空際傳恨，苔幾膩窗檠摇緑。」追紀廣州承平時燈事少年游云：「金荷銀樹繡珠香。燈事記閒坊。一樣東風，鶯簾燕户，都戀春光。十年今夕叢祠路，暮雨暗恍榔。隔籬有客，白頭相對，共話滄桑。」辛酉四月六十一度初度感賦水調歌頭云：「萬物一芻狗，何有此形骸。況是餘生多病，早分卧蒿萊。不識論功管晏，不識寓言莊列，那復識鄒枚。但撫此心在，眼底盡塵埃。禹穴石，聖湖水，幾徘徊。剎那都已陳跡，涼夢問蒼苔。自署乖崖愚谷，儘笑聾丞瞽叟，評泊不須猜。古語壽多辱，感慨賦深杯。」其詞致力姜、辛，自擄懷抱，其品概亦今日之鄺湛若也。

姚景之

吳興姚肇菘景之，王半塘之姪壻也。其兄肇椿與余爲甲午同歲生。景之游宦吾鄉，余沉滯吳越，未與相識。頃年避地夷市，始相往還。平昔論詞，墨守四聲，不稍假借，於近人尤服膺新會陳洵述叔。嘗與論樂工所謂律，不在四聲，求詞之佳，在人品學力，見解氣概，務其細而遺其大，非士大夫之所爲也。亦韙余言而好爲其難，一詞出，輒數易字而卒就妥帖，固難能也。雨霽陪半塘老人登平山堂浪淘沙慢云：

「斷霞映川原媚晚，霽景秋闊。楓驛哀蟬乍咽。殘虹過雨旋沒。看入暮吳天嵐影接。送清聽隣杵鐘發。向倦旅關河，賦情遠、微吟散林樾。幽絕。上樓望眼愁豁。歎寺古僧殘，淒涼事、渺渺閒問佛。思勝概當年，歡宴雲熱。俊遊頓歇。尋舊題、平擎虛堂風月。休怨江南輕離別。凭闌指、數峰翠抹。鬟絲短、滄桑驚暗閱。記歸路、獨歎征鴻悵恨結。潭烟攪夢寒千疊。」歲旦塞垣春和夢窗韵云：「地僻春拘管。媚曉霽，東風暖。泥痕活草，岸容舒柳，嬌鳥千囀。對緑窗、醉泛紅螺琖。愛擢秀，蘭芽短。候雲輿元君杳，碧霄此望寥遠。身世老滄江，歎一繫扁舟，殘釣荒岸。夢落楚天遙，笑孤寄如燕。念花朋酒伴，惆悵年時換。歌蟬不相見。初日映釵股，畫樓餘寒淺。」盆蘭瑞鶴仙云：「晴薰珠翠暖。媚璚姿娟潔，清華池晼。新妝困春晚。伴簾櫳朝暮，倩魂疑見。光風蕙轉。話同心、芳言細欵。怕無端、桃李逢迎，一夕鏡瀾愁變。淒斷。璇閨香夢，背結流蘇，黯調箏雁。空山意遠。驚時序，暗中換。便仙姝紉佩，珠宮宵叩，休問雙蛾黛展。奈離悰訴與殘燈，峭寒勝剪。」新柳蘭陵王和清真韵云：「大堤直。黃柳和烟暈碧。蘼蕪路、青到幾程，金縷輕柔弄晴色。啼鵑戀故國。還識。章臺舊客。江亭暮、回望斷腸，牽得垂絲冪千尺。尋春悵無迹。但雨暗桃谿，風颺苔席。年年歸計先寒食。看落絮飛燕，暝陰嘶馬，離悰零亂記斷驛。倦程厭南北。惻惻。膩愁積。漫別酒筵虛，顰黛樓寂。韶華轉眼風流極。聽薄暮漁浦，釣篷飄笛。鷗波如畫，翠綫舞，帶露滴。」夢窗七寶樓臺，自古騰誚，然古芬披挹，固詞中之長吉體也。

呂貞伯

德化呂傳元貞伯，吾友鹿笙之子也。姿年篤學，爲吾鄉後起之秀。山居望月解連環云：「冷雲千結。歎東風底事，蕩成浮碧。帶幾點濃暈眉峰，又流照怨蛾，乍窺天隙。縹緲瓊樓，有人倚斷歌瑤笛。整芳襟酒醒，料理閒情，總成愁憶。青鸞漫傳信息。悵吴天綺夢，拚忍輕擲。占一宵鏡裏清輝，忍負了尊邊，韈羅塵澀。拍損危闌，只惱恨、玉簫人隔。倚殘更、亂山送影，霧鬟盡溼。」八聲甘州云：「傍孤巒一角擁危樓，涓涓聽泉聲。信高寒難遣，安排杯酒，閒理塵襟。倦對琅玕幻影，蕩漾綺窗明。還惜蕭疏意，禁得沉吟。休恨天風吹渺，指畫螺缺處，萬疊雲生。更炊煙催暝，愁思滿青屏。贉遠峰低鬟横翠，送半彎眉嫵忒多情。闌干畔，别懷千繞，蟾影輕盈。」鷓鴣天云：「獨坐雲窗到五更。纏綿芳思夢難成。疏花幻影春難定，玉笛飄聲恨未平。消薄酒，動孤吟。等閒惆悵過清明。愁深滄海寧能測，萬一姮娥證舊盟。」采桑子云：「低鬟淺著春山面，拂拭嬌雲。幾種愁根。點檢釵梁認舊痕。梨花落盡闌干瘦，獨閉重門。容易黃昏。冷峭吟懷借酒温。」高溪梅云：「倚闌一晌斂輕顰。翠眉新。强整輕裳羅帶，蹋香塵。乍回婀娜身。落花風急歎飄茵。鎮愁人。點檢芳時尊酒，莫因循。與君同惜春。」諸詞皆具天生吐屬，已能脱去凡近，而入詞人清麗之境也。

葉遐庵

番禺葉玉甫恭綽，亦號遐庵，蘭臺先生之孫也。幼隨父仲鸞太守於南昌官所，與余爲總角交。年十六七郎能詞，萍鄉文芸閣學士廷式極歎賞之。芸閣詞宗蘇辛，玉甫嘗爲余言：「近代詞學辛者尚有之，能近蘇者惟芸閣一人耳。」余謂：「學辛得其豪放者易，得其穠麗者罕。蘇則純乎士大夫之吐屬，豪而不縱，是清麗，非徒穠麗也。」玉甫之詞，極近此派。游勞山渡江雲云：「連山青插海，畫屏九疊，嵐影亂雯華。萬松開紺宇，依約蓬萊，雲外幾人家。瀛洲咫尺，誰與剪、溟渤鯨牙。吼怒潮、馮夷如訴，清籟雜悲笳。堪嗟。齊煙氣黯，泰岱雲沉，送黃流日下。問幾時、神山重到，弄水看花。華嚴樓閣憑彈指，休悵恨、殘照西斜。歸路迴，源窮八月仙槎。」題張紅薇女士百花卷蘭陵王云：「慢春惜。一片花飛褪碧。金壺裏、依約返生，照海千紅鬧裙屐。風流溯往日。誰識。鷗波妙墨。瑶臺路、撩亂衆芳，春燕秋鴻苦相憶。空中本無色。甚海印生光，彈指成實。雲泥朝市渾如客。任丈室輕散，梵天微笑，華鬘回首幾過翼。好常住常寂。香國。夢曾覓。奈蕙炷霜清，蘿帳塵積。吟風泣露都無力。剩炫畫桃李，弄晴葵麥。青蕪如錦，顧恨影，粉淚漬。」爲吳湖帆題所藏隋董美人墓志疏影云：「武擔片石。認春心蜀道，鵑淚凝碧。瑶軫飄零，羽箭調疏，蜀王善製琴及弓箭。剩此可憐殘墨。驚鴻怨寫陳思賦，合纂入梁臺專集。蜀王有文集勝雷塘十里荒阡，莫問玉鈎遺跡。堪歎楊花委地，洛川餘墜羽，猶伴書客。鏡黛塵凝，砌草霜清，漫想舊時顏色。穠華朝露庸非福，恨少個阿雲同歷。阿雲太子勇之嬖妾。祇深情、刻骨難銷，短夢低徊今昔。」

黃匑庵

閩縣黃公渚孝紓，亦號匑庵，著有碧慮簃詩詞，兼工駢散文，善繪畫。其詞懷抱珠玉，胎息騷雅，年力甚富，當進而顓頏叔問也。夏夜枕上聞雨聲寄懷璽弟用清真韵玲瓏四犯云：「淅瀝梧堦黯。簌簌缸花，初吐丹艷。冷逼瓊樓，應損影娥豐臉。攲枕夜聽荒雞，試起舞。壯懷零亂。料曉來、時序都換。遮莫陸沉驚見。夜深涼透紅蕤薦。鎮銷凝、舞葱歌蒨。蕭蕭忍憶吴娘曲，啼淚傷心眼。怊悵剪燭舊情，賸數盡、銀虬殘點。縱夢魂歸去，愁一縷，風吹散。」游拙政園西河云：「觴咏地。重來自異人世。危樓輕命倚。黄昏晚霞繢霽。枯桑覆瓦雨聲乾，殘陽遥挂林際。斷橋畔，空徙倚。盈盈愁鑑池水。蕭疏鬢影對西風，暗尋影事。寶珠閲世已陳芳，尋花還瀉清淚。歌臺舞榭勝國寺。黯銷凝、何限羅綺。怕聽梵音淒厲。歎龍華小刦，推排百計。愁入西廊秋聲裡。」重游怡園湘春夜月云：「近重陽。曉楓初試明粧。屈指爛錦年華，輕换了悲涼。憔悴砌花相伴，賸數枝延蝶，猶弄孤芳。念天涯人去，尋春斷句，慵檢奚囊。虚廊佇立，風荷自語，愁近昏黄。齊女門東，有舊日、盈盈蟾影，識我清狂。歌離弔夢，又笛聲、吹度高牆。悵望處，縱招攜芳糈，也應不暖，心上秋霜。」南鄉子云：「落葉下如潮。風雨連宵意已銷。何況重陽時節近，憑高。恨水顰山見六朝。哀雁奮長謡。歡計因循負酒瓢。心事曹騰殘照外，蕭蕭。留得寒蟬是柳條。」浣溪沙云：「隔院風吹按曲聲。酴醾如雪撲簾旌。就花作達故生矜。薄醉政能商美睡，苦吟兼可遣浮生。廿年心事對孤燈。」鷓鴣天云：「聘月高樓炙玉笙。歡叢長記繡春亭。曲翻玉茗歌猶咽，尊倒銀蕉酒不停。心上事，負多生。燭奴相伴淚縱横。高邱終古哀無女，淒訴回風一往情。」

諸貞長

山陰諸真長太守宗元，亦號大至，筆札雅馴，詩文淵懿。隨先世游幕江右，墳墓廬宅，均在南昌，等於占籍。其言語猶操吾鄉土音。與余爲三十餘年文字交游，聚首未嘗稍間。去年春初，一病不起。其杭寓又於前數年被焚，遺著悉付一炬。頃友人爲搜集遺詩，得小詞數闋。生平自以不善倚聲，未嘗出以示余，而余亦不知其能詞也。寒夜同儆廬市行減字木蘭花其一云：「相忘形迹。落佩倒冠誰主客。不問鶯花。各挾奇書過酒家。　年時蟬鬢。巷陌經行還强認。道遇驚鴻。洛浦微波謾許通。」其二云：「誰相蹤跡。稷下夷門曾結客。老去看花。豈是公羊賣餅家。　自憐華鬢。急就凡將差再認。甘作冥鴻。記取江流到海通。」其三云：「吟綦苔迹。連騎到門無劍客。竹外梅花。行過西泠話故家。　茶煙颺鬢。記取枯禪曾共認。去雁來鴻。任隔屏山夢不通。」其四云：「眼前陳迹。學得香山身是客。絮絮花花。莫笑春風在别家。　朱顔青鬢。收拾童心非錯認。終勝盧鴻。往返山林尚自通。」爲旭初題臺城一角畫扇點絳脣云：「落日平蕪，江山坐老英雄氣。古人何意。防亂留都揭。　漸熄笙歌，大小長干里。秋如此。問秋深矣。秋在臺城裏。」寫挹仙峯夜游詩送笙伯行並賦水調歌頭云：「過雨四山静，星斗挂城頭。孤峯邀我吟眺，何必問更籌。催起一丸涼月，朗若照人冰雪，縹緲倚危樓。江影淨如練，爲客送離愁。　奈何許，衣帶水，阻輕舟。君偏乘興，明日作南游。莫唱渭城之曲，更憶山陰之棹，前事去悠悠。臨别語珍重，青鬢不禁秋。」諸詞亦疏宕可喜也。

王半塘

臨桂王佑遐給諫鵬運，亦號半塘，又號鶩翁，罷官後主講維揚，光緒甲辰，客游蘇州，殁於拙政園。歸安朱古微侍郎祖謀爲刊半塘定稿於廣州，今所傳者惟此，乃其自定本也。其詞分甲、乙、丙、丁、戊、己、庚、辛八稿，定稿選自乙稿始。余家惟有丙稿味梨集，乃庚稿庚子秋詞春蟄吟單行本。其乙稿之袖墨集、蟲秋集，丁稿鶩翁集，戊稿蜩知集，己稿校夢龕集，辛稿南潛集，皆未之見。頃姚君景之録示蕎山溪詞，係癸卯三月赴南昌望廬山作，蓋南潛集中詞，定稿所未録也。詞云：「浪花飛雪，春到重湖晚。風壓柁樓，烟颸船脣，乍舒還捲。漁樵分席，相與本無爭，閒狎取野鷗羣，知我忘機慣。看山欹枕，未算遊情倦。九疊錦屏張，尚依約兒時心眼。雲中五老，休笑白頭人，除一角晚峯青，何處尋真面。」此詞亦至清健，而定稿不録。其味梨集、春蟄吟，爲定稿所屏棄之詞，正自不少。足見去取雖出自作者，亦非無遺珠也。

案半塘老人校夢龕集，彊邨先生留有鈔本，擬全部分載本刊。又半塘以不登甲榜，引爲大憾。故自編詞集，獨缺甲稿。此言亦得之彊翁云。沐勛附識。

冒疚齋

如臯冒鶴亭同年廣生，亦號疚齋，巢民先生其二十世族祖也。鶴亭最熟於明清間諸老遺事，其詞亦宗竹垞迦陵，旨趣與余絶異。尊前辨難，輙不相下。然每經一度商権，轉益相親。其題余塡詞圖用王通叟韻天香云：「天水名公，金源作者，詞壇領袖多少。砌寶樓臺，搓橙院落，此境幾人能到。倫聲減字，分與寸、商量不了。秦柳幾爲世棄，姜張猶道家小。天公被他奪巧。正江南亂鶯芳草。畫出軼倫髯也，扇巾談笑。一事爲君絶倒。都未怕、尊前被花惱。依樣胡盧，迦陵也好。」蓋譏余不喜迦陵，而又效迦陵所爲，而有此填詞圖也。此詞風致絶佳，置之迦陵集中，殆不能辨。宋詞少游、耆卿、清真、白石，皆余所宗尚。夢窗過澀，玉田稍滑，余不盡取。謂余棄秦柳，小姜張，則冤矣。頃復得其近詞數闋，流麗清俊，如珠走盤。近人詞多極端趨向澀體，守律過嚴，病在沉晦。此派固亦不可少者。江城梅花引云：「自澆杯酒自填詞。界烏絲。寫烏絲。寫到腸迴氣盪沒人知。不信愁多人易老，纔一夜，褪容光，減帶圍。帶圍帶圍念前時。春已歸。花又飛。望也望也，望不見油壁車兒。今夕淚珠，瞞不過羅衣。惟有藥煙籠滿院，人病卧，冷清清，繡簾垂。」其二云：「繡衾推了倚屏山。解連環。鎖連環。算是相思，長日不曾閒。生恐鯉魚書不到，書到也，又愁他，損玉顔。玉顔玉顔在長干。見也難。別也難。夢也夢也，夢不到樓下雕欄。又是燈昏，又是五更寒。又是退紅簾子外，無賴月，照愁人，鬢成斑。」踏莎行云：「月墮花初，夢回酒後。迢迢數盡長更漏。待拋前事不思量，無端心上來偏又。道是緣慳，因何巧湊。衆中一見親如舊。幾番欲説又還休，問他持底償人瘦。」浣溪沙云：「記得麻姑降蔡家。偶因眉語臉生霞。卻將纖手綠橙誇。幾陣落梧風颭颭，一條芳草路斜斜。這回望斷七香車。」摸魚子云：「早安排、聽歌清淚，今宵添助愁賦。十郎薄倖三郎醉，一樣可憐兒女。離恨苦。渾不道、天涯卻在門前路。錦屏寄語。便海樣黃金，韶華可惜，難買好春駐。邯鄲道，富貴黃粱久悟。依然癡夢無據。相逢都道神仙好。畢竟道山何處。君且住。須換了輕容，衣薄妨多露。琵琶罷訴。又畫舫燈收，嚴城鼓急，缺月四更吐。」荷花生日自後湖夜歸虞美人云：「馬蹄路滑行人靜。忽漫心頭省。風裳水佩怪相招。忘卻荷花生日是今朝。近來情緒添潦倒。説與花知道。爲花推枕起填詞。未到曉鐘猶是不曾遲。」

吴湖帆

吴縣吴湖帆萬亦號醜簃，愙齋中丞之孫也。工丹青，精鑒藏，其題詠畫幀，多爲集句詞，名曰聯珠集，余嘗序之，以元趙子昂、吴仲圭爲比，蓋皆畫家能詞者。頃年與聯詞社，兼爲畫友，得讀其集，其嚴格守律，仍能出之天然，洵詞家之上乘也。題吴瞿安霜厓填詞圖次夢窗韻高山流水云：「謾吹玉笛倚西風。看尊前瓊樹青葱。塵世幾知音，空教送目飛鴻。留連處、唾碧吟紅。愁懷感，春思三源瀉峽，澹日房櫳。更凌雲氣概，獨酌萬花濃。胸中。新詞乍填就，翻別調、換羽移宮。人海小，園林冷月，遍照香茸。問旗亭、賭句誰工。玉山倒，休論文章九命，食去粟千鍾。對懸厓淺醉，霜葉笑人慵。」新柳次清真韻蘭陵王云：「曉煙直。嬌眼枝頭蘸碧。章臺畔、微綻淺黄，不比隋隄舊顔色。應是雙曳頭不知公謂何如　春深記上國。應識。南都送客。拋紅淚、攀盡萬條，難織離情恨盈尺。　風流語陳迹。羡老監書壇，京兆眉席。當門蘇小慵眠食。思夾岸花麗，凭闌人損，青驄何處繫畫驛。竚官路南北。　寒惻。故愁積。正蜨舞猶稀，鶯囀還寂。樓頭宛轉魂消極。況白下輕舸，渭城長笛。清明時近，怕細雨，夜夜滴。」過淮張故宮六州歌頭云：「齊雲夜燼，春夢醒倉皇。當年事，孤城上，戰雲黄。麗娃鄉。烟鎖吴宫樹，試重認，淘沙骨，悲壯士，埋香塚，泣紅妝。玉管吹花，北郭青山外，虹月橋長。聽哀鵑啼血，燕子説尋常。衰草千將。水滄浪。記隆安劍，七姬帨，鬚眉氣，愧潘郎。嗟建業，南朝恨，共齊梁。且思量。鐙火秋宵裏，尚然遍，九衢香。天定數，非人力，孰彭殤。一去例銷沉今古，都拚付、細雨斜陽。任苔華碎影，淒黠舊宫牆。枉斷人腸。」題葉玉甫遐庵夢憶圖華胥引云：「穠華朝露，今昔低回，怨懷似説。畫角黄昏，青黯淡愁萬疊。憶到斜日西山，付野煙微抹。寒食東風，斷腸芳草啼鴂。花外魂歸，問離情甚時悽切。小簾摇曳，驚聽敲窗亂葉。可許今宵重夢，賸半弓殘月。倫理相思，鳳箋和淚盈篋。」

夏瞿禪

永嘉夏瞿禪承燾，深於詞學，考據精審，著有白石道人歌曲旁譜考證，白石歌曲旁譜辨。其詞穠麗密緻，符合軌則，蓋浙中後起之秀也。秦望山水龍吟云：「亂鶯換了春聲，客愁漸怕危闌凭。垂楊西北，千紅一瞬，啼鵑怎聽。渡海哀笳，過江吟卷，還同高詠。念蛉娉自忍，看天淚眼，年年向，尊前醒。下界浮雲無定。當張筵、昆侖絶頂。滄洲迴望，扇塵乍斂，頽陽易暝。煙艇呼漚，水樓傳盞，且遲清興。恐江城入暮，魚龍風惡，又寒潮打。」桐廬作浪淘沙云：「萬象掛空明。秋欲三更。短篷摇夢過江城。可惜層樓無鐵笛，負我詩成。杯酒勸長星。高詠誰聽。此間無地著浮名。一雁不飛鐘未動，只有灘聲。」二詞皆絶去凡響，足以表見其襟概。

張次珊

張次珊通參歿後，其乙巳以後詞，遂散逸不知所往。余前記其花步餞春一萼紅一闋，頃又於故紙堆中檢得詠水仙花依清真韻解連環一闋，詞云：「寸波難託。散湘雲萬疊，盪愁天邈。耐夜久燈影羞偎，漸寒沁斷簪，弄妝鉛薄。鳳譜漂零，任輸與玉奴絃索。漾春容片玉，比似素娥，只欠靈藥。孤芳歲寒自若。閉重門夢醒，香褪闌角。便換得明日東風，忍一縷冰魂，爲伊消卻。顧影清漪，淡蹙損雙彎眉萼。悔多情珮環誤解，淚花碎落。」

劉麟生

廬江劉錫之觀察體藩，文莊公仲良制軍之姪，勤學篤志，辛亥後棄官僑寓海上，以吟詠自娛。五言工鍊，得謝鮑之清新。曩於海藏席上，屢屢見之，昨年過從遂密。一日，在陳鶴柴席上，識其郎君麟生宜閣，出小詞見示，至爲清婉。頃復寄贈所選詞絜，序例力主修詞自然，可稱辯通曉術。玄武湖滿庭芳云：「碎影橫波，幽香拂晚，夢回幾度遊車。醉欹湖艇，人語暮煙斜。亂入芙蕖陣裏，涼颸過時鬧新蛙。深沉夜，輕橈競泛，知傍阿誰家。歸來棲海國，舊時芳思，不到天涯。想牽裳翠蓋，仍舞年華。惜取無塵玉宇，怕片時還被雲遮。相將去，一枝蘸水，留作玉壺花。」斷句如桐江歸舟浣溪沙云：「一曲桐江一曲秋。扁舟一掠似輕鷗。一山過去一山浮。」連用五一字，卻不失於輕滑也。

易實甫

漢壽易實甫觀察順鼎，文思泉湧，下筆驚人。晚年潦倒故都，有「江淹才盡」之歎。江夏樊樊山曾目爲六十歲神童，以相譏諷。樊山文詞艷冶，至老猶然。一時同輩，因亦目爲八十歲美女，以爲對值。然實甫詩詞，多可傳之作，文品實較樊山爲高。殁後，甯鄉程子大太守頌萬，將爲刊行遺集，未果而子大遽殁。其生前自刊詩詞，傳本絶稀，亦文人之阨運也。余篋中有其手書和裛碧用清真韻還京樂一闋，詞云：「故人老，太息詩筒酒榼誰料理。恁怨長輕絶，登高望遠，疏麻還費。正素波無際。秋風啼鴂芳蘭委。笑廿載還未灑盡少年時淚。舊時花底。有吹笙儔侶。而今緑鬢絲絲，禪榻況味。都拚艷骨埋香，把春光盡付桃李。祇安排斷井頽垣，殘山剩水。爲語南飛翼，穿雲先説顦顇。」

陳曜庵

長沙陳伯平中丞啓泰，亦號曜庵，工填詞。往年於其壻徐紹周楨立齋中，見遺詞一卷，爲幕客肅寧劉潤琴殿撰春霖所楷寫，紹周攜以歸湘，惜未及轉録數闋。余入蘇撫部幕，爲中丞所辟。時中丞已卧病，未嘗執詞爲摯也。初中丞首賦枇杷詞，歸安朱古微侍郎祖謀，及叔問舍人，次珊通參，伯弢太令，皆有和作，余獨無以繼聲。及中丞下世，古微侍郎賦華胥引詞，題爲「重午感舊」，伯弢與余同賦，蓋皆追悼中丞之作也。古微詞云：「新苔凝礎，閒雀窺幃，澡蘭舊節。畫鼓聲沉，燎罏燗短愁篆結。不信鄰笛驚風，助曉吟淒咽。牆角雙榴，褪紅還上裙褶。梅雨江南，送離魂怨流菰葉。楚雲章句，沉沉秋心半篋。晼晚歸帆何處，恨路長波闊。呵壁荒唐，爵觴清些誰答。」伯弢詞云：「香蒲搖浪，斑竹鳴風，暗驚佳節。亂笛吴城，輕帆楚水歸路絶。獨有高閣清尊，對井梧傷別。頭白賓僚，向來恩怨能説。重過西州，歎麟麟素車催發。錦箋題句，而今塵封半篋。黯黮騷魂招未，指帝鄉披髮。多謝巫陽，大江和淚流闊。」余詞云：「蒲更荒佩，榴蹙愁巾，舊情芳節。水驛鳴笳，風帆載旐吴岸折。便有菰米投江，信卧虬難懾。朱索何功，繭機門巷聲輟。炊黍光陰，念知音素琴先篋。歲寒堂樹，惟有淒涼館月。欲起沉魂魚腹，奈楚蘭香歇。爲語靈修，悼騷才思今絶。」此詞以初作未工，集中不存。因檢舊稿修改，他日補刊，以誌知遇之感。

黄秋岳

閩縣黄秋岳濬，記問淵博，詩文功力甚深，與長樂梁衆異鴻志齊名。惟素不作詞，閩縣林子有葆恆輯刊閩詞，得衆異幼作數闋，秋岳則付闕如。余頃得其詞二闋，蓋近日始爲之也。題林子有填詞圖用梅溪韻秋霽一闋云：「緑夢華胥，歎瓦子春聲，頓换秋色。龍漢灰飛，鳳巢痕掃，才人枉費心力。欲行又息。緝茆只照淞波碧。念故國。誰道杏梁，雙燕識歸客。瞑想海雨，歲晚飄風，竹窗冥冥，環佩搖寂。甚沈吟箋愁盡紙，看天惟見種榆白。老我羽商慵記得。最斷腸處，日夜點鬢吴霜，竄身江渚，斂魂山驛。」金陵秋雪和清真韻氐州第一云：「殘堞生寒，江墅澹晚，鍾山氣勢都小。不卷簾旌，頻呵硯滴，檐角煙痕縹緲。生白虚庭，便算是冰蟾踪照。一樣淒清，三春漏洩，鬢邊人老。倦旅花悰和睡少。只贏取路迢情繞。昨夜熏篝，明朝翠袖，損玉人懷抱。想樓中欹枕熟，相思夢梨渦印笑。那得歸來，共闌干層瓊映曉。」二詞意味蘊藉，出手即迥不猶人。可證倚聲一道，不必專在詞中致力也。

趙叔雍

武進趙叔雍尊嶽，學詞於臨桂況夔笙舍人周頤，著有珍重閣詞。夔笙論詞尤工，所著蕙風詞話，精到處透過數層，宜叔雍能傳其衣鉢。秋泛西溪謁樊榭故宅一萼紅云：「暝煙空。帶寒鴉三兩，雲意淡遥峯。絲釣風微，椿移水淺，倦艣空訴游蹤。頹垣一角，今古意、寥落付支公。老柳無陰，夕陽如夢，消領疏鐘。無復烏絲紅袖，剩清商鄰笛，顛頷吳儂。鳳紙題殘，翠奩塵掩，白月依舊簾櫳。甚寒蘆能禁秋恨，恨韶華一晌怨霜鴻。依約紅簫淒怨，縈損垂虹。」浣溪沙其一云：「馬上牆頭未易酬。傾城容易一凝眸。柳花風裏捲簾鈎。皓腕不勝金斗重，瑤房肯爲玉清留。新來王粲怕登樓。」其二云：「夢窄春寬夜漸深。流蘇向曉薄寒侵。一回腸斷一同心。紅雨畫屏應不落，游絲罥户怕成陰。眉低醽醁不成斟。」其三云：「付與明眸皓齒人。琅玕綉段十分春。柔花風骨玉精神。椒壁香泥紛彔曲，桂堂殘燭黯星辰。那回魂夢最清新。」其四云：「水駟春迴未有期。夢中不合種相思。屏山花路夜燈迷。絮閣玉鑪慳篆縷，繞隄金勒誤游絲。鳳笙消息早參差。」

陳蒙庵

潮陽陳蒙庵運彰，夔笙舍人之弟子也，著有紉芳簃詞三卷。頃見其近詞數闋，造詣益進。徵招云：「芳塵不度淩波遠，天涯萬重雲水。怨曲倩誰招，送濃春羅綺。玉箏慵自理。更消得曲瓊聲脆。俊約難忘，一襟離思，此時猶是。迢遞數歸鴻，憑分付、偷將翠綃封淚。婉轉説相思，竚雲階月地。玉容明鏡裏。只花也替人顦顇。水熏静、寂寞良宵，問夢中情味。」鬲溪梅令云：「倦看蜂蝶殢牆東。數番風。莫問羣芳消息有無中。落花空復紅。别情難遣總愁儂。怕歸鴻。萬一書來辛苦説初逢。夢魂禁不通。」浪淘沙云：「點點與行行。征雁回翔。秋心不共遠天長。隨分高樓拚一醉，莫滯愁鄉。籬菊獨淩霜。諳盡新涼。相思西北暮雲黄。無雨無風蕭瑟甚，催近重陽。」

張孟劬

嘉興張孟劬太守爾田，績學之士也。著述甚富。曩同需次在吴中，與漚尹侍郎、叔問舍人，過從尤密。辛亥後，閉門不出，其品學皆非予所能及也。所著遯庵樂府，漚尹爲刊之滄海遺音中。余篋中有其詞數闋，爲尚未見於遯庵樂府者，亟録於此。爲友人題盆柏圖木蘭花慢云：「壁間髯翠滴，花浪起，皺鱗生。看霧盎盤虬，月尊酬鶴，慘澹經營。龍孫。古來神物，問九朝曾見泰階平。玉立蒼然不改，歲寒與汝同盟。 荒荆。三徑似淵明。風露冷中庭。要著意栽培，筠霜苦節，菊水頹齡。淩霄錦官城外，把蓬萊移在素雲屏。莫笑燕榆晚景，須知江桂冬榮。」更漏子云：「翠鸞篦，鈿雀扇。巧笑星前誰見。檀注薄，桂膏濃。燈花不斷紅。 意先投，腸已亂。寫得山盟一半。樓上月，五更鐘。行雲似夢空。」小重山令云：「纔説歸期未是期。車輪生四角，又天涯。春風青鬢染成絲。長安道，誰榜北山移。 人共鳥争飛。樹頭紅日影，赫如旗。問君何事獨栖栖。江湖手，輸與白鷗知。」鷓鴣天云：「苦恨佳期説斷腸。未應惆悵抵清狂。蓮舒玉艷勻新彩，梅壓鬟雲惱薄妝。歡夜短，怨年長。半衾閒畫兩鴛鴦。羅衣歸後從教着，多恐經時減舊香。」

楊梓勤

遼陽楊鍾羲太守梓勤，亦字留垞，爲八旗知名士。端忠愍督兩江時，梓勤知江寧府。生平訥於語言，然所著雪橋詩話凡四續，共四十卷。近代爲詩話，未有過之者，筆談固甚豪也。梓勤胸次博雅，尤熟於一代掌故，詩詞均臻上品。和約庵東風第一枝云：「朝雨欺寒，夕陰催暝，東風猶勒新暖。儘教閒爇香篝，閣住春衫鍼線。一年花事，拚遲放幾枝蘭箭。初不道社鼓楓林，容易日斜人散。愁似水并刀難翦。酒如瀉提壺休勸。是誰斷送年華，相與急催絃管。重衾醉擁，祇惆悵銅輿夢遠。那堪向易主樓臺，又見定巢語燕。」浪淘沙慢云：「爲春瘦，琴絲倦理，脃管慵炙。鎮日沉陰似墨。東風向晚更劣。正目斷青門芳草隔。惜春意閒裏虛擲。看穠李緋桃自開落，風情黯非昔。凄寂。舊時燕子曾識。問畫棟雕梁營巢處，此日誰主客。空銜盡香泥，痕掃無迹。簾鈎絮徹。當亞闌遍倚落花時節。原自無心江頭檝。輕拋卻海天霽月。能幾日棠梨飛作雪。但追恨種柳陶桓勤攬結。漫天成就春雲熱。」

胡粟長

山陰胡粟長大令穎之，生長江右，余三十年前之舊交也。篤學敦行，工爲詩詞。嘗賦全韻詩，依佩文韻，每韻一篇，真能人所不能矣。賦白藤花糕用碧山韻天香云：「霜蘸餹餅，雪飛糗粉，晶盤膩滑如水。碧異淘槐，赤殊脯棗，儘許試題糕字。舊京樣巧，細鏤琢還勞玉指。也比餐英飲露，長留齒牙香氣。幾曾伴茶助醉。映銀蟾架高花碎。想見內廚蒸褁，炭鑪紅閉。休問豐湖菜美。可敵得蓴羹舊風味。鼓腹歸眠，熏籠繡被。」此亦落落大方，不失之纖巧也。

龍榆生

萬載龍榆生沐勛，吾鄉後起之秀也。父蛻庵先生，與家兄達齋同年鄉舉。榆生初持其師閩縣陳石遺書來晤，坐談之頃，驚其俊才篤學，予曾賦豫章行贈之。朱漚尹亦深相契賞，以校詞雙硯相授，期以傳衣缽也。予復爲作上彊邨授硯圖。漚尹臨没，以遺稿整理梓行爲託。今彊邨遺書，皆榆生一手任校讎之役。邇年詞學大進，所作已超出流輩。榆生於漚尹雖未有師弟之名，殆如后山瓣香南豐，亦親炙，亦私淑也。癸酉清明過錢武肅祠陌上花云：「丹青遺廟，依然清供，舊時歌管。信美湖烟，消得故王心眼。綠蕪遮斷長隄路，待看翠軿歸緩。羨雙飛蛺蝶，困人天氣，薄寒輕暖。保江山何有，三千勁弩，逆射狂潮東竄。可奈豪情，未抵草薰風軟。陌頭又見花爭發，添了幾重公案。悵魚龍浪起，斜陽一角，逝魂寧返。」虎丘送春和清真掃花游云：「杜鵑迸血，悵蔽野飛紅，引人悽楚。蕩愁萬縷。正倡條怨碧，絮酣蝶舞。夢繞荒邱，數點啼春細雨。信驢去。理落拓舊狂，鞭影知處。芳意能幾許。縱半面關情，總迷征路。黛痕映俎。問蛛絲巧絡，可傳心素。望極平蕪，漸怯蘭成調苦。少延竚。滿池塘競喧蛙鼓。」

聞汪衮甫下世傷逝木蘭花慢云：「未辦埋憂地，愴身世，戀斜陽。算抗疏功名，籌邊帷幄，幾費周章。滄桑。須臾變景，待彎弓誰與射天狼。萬里星槎浩渺，五更塵夢淒涼。徜徉。去國總情傷。調苦賞音亡。縱湖山信美，琴書自樂，滿鬢清霜。倉皇。海東雲起，話草玄心事劇荒唐。回首河山易色，可能一瞑同忘。」元夕薄醉拈東坡句爲起調水調歌頭云：「明月幾時有，大地見光華。笙歌花市如畫，是處殷悽笳。下界漫漫長夜。烈烈霜風飄瓦。眯眼避塵沙。一樣團欒意，要使被荒遐。衆星隱，碧天淨，浩無涯。本來圓缺隨分，後夜莫驚嗟。今夕一輪高挂。照影江山似畫。賸欲醉流霞。更冀清光滿，休放暮雲遮。」以新刊彊邨遺書寄精衞并媵二詞減字木蘭花云：「平生風義。忍見蕭條人換世。文字因緣。將取騷心到這邊。高歌老矣。嶺表少年天下士。相忘江湖。舊夢迢迢淚眼枯。」「哀時詞賦。怒髮衝冠寧有補。惆悵憑闌。煙柳斜陽帶醉看。謝公再起。知爲蒼生霖雨計。直北關山。魂夢飛揚路險難。」

林子有

閩縣林子有提學葆恆，亦字訒庵，文直公之子，沉潛書史，尤耽倚聲。在天津時，招集朋輩作詞社，疊爲賡和。邇年來滬，復創漚社，爲社中祭酒。己巳人日栖白廎宴集玉燭新云：「水生挑菜渚。東坡人日句。問欲寄題詩，草堂何處。舊時倦旅，迎年後、第一良宵尊俎。春生杖屨。有謝傅襟期飇舉。是夕螺江太傅在堂。看四座文采風流，應占德星同聚。　觴餘試祓清愁，更拂墨分題，限香拈句。日華共賦。高吟罷。彷彿霓裳重譜。春旛漫舞。且點綴鄉風荆楚。恁客夢飄落梅邊，詩情更苦。」豐臺芍藥憶舊游云：「看金壺細葉，醉露欹紅，無限芳菲。想阿錢仙去，賸香魂縹緲，幻作將離。日暄墜鬟慵整，遲暮怨斜暉。悵繭栗春酣，揚州路遠，衰鬢成絲。透迤。草橋外，記萬艷翻階，一往尋詩。廿載滄桑恨，問馮莊花寺，强半烟霏。夢痕尚留芠尾，憔悴弄芳姿。嘆洧水風流，空餘贈謔逾往時。」六月三日與調伯芷升立之重游八里臺點絳唇云：「打槳重來，繫船柳岸渾忘暑。斷霞明處。閣住黄昏雨。紺屋千荷，欲住何緣住。吴窰路。載花歸去。新月林間露。」其二云：「落魄江湖，浪游載酒忘寒暑。芰荷深處。舊雨兼新雨。新根觸前塵，十載京華住。金鼇路。料應重去。淚泫銅仙露。」清平樂云：「蕉廊涼話。好箇初三夜。新月闌人渾欲下。一抹眉痕難畫。地鑪試爇松明。晚風聽取瓶笙。拾得池蓮墮瓣，趁他魚眼初生。」諸詞皆清聲逸響，饒有韻味。

梁衆異

前記黄秋岳詞，以不得衆異詞爲憾。頃見其爲林訒庵題填詞圖祝英臺近一闋。詞云：「御爐香，宫柳碧，塵影怕重記。倦旅江南，悽悄少歡意。斷腸廢緑東風，頽陽故國，算贏取酒愁化淚。漫凝睇。只待小閣尋眠，生憎夢牽繫。傳恨空中，無言更憔悴。可憐年少承平，春人俱老，誰會得一襟幽事。」衆異自謂三十年不填詞，頃爲訒庵堅索，勉應其請。此詞固不異老手也。予曾在閩詞鈔見其數闋，蓋少年所作。

李釋戡

閩縣李釋戡宣倜，拔可同年之從弟也。次玉年伯著有雙辛夷樓詞，拔可妹㩦清女士著有花影吹笙室詞，皆早逝。釋戡父畬曾丈則工爲詩。一門詞翰，輝映後先。予以文字因緣，獲交羣從。曾爲㩦清女士題花影吹笙室填詞圖浣溪沙云：「鶯舌吹花欲滿枝。遺聲伊鬱影參差。工如秋水衍波詞。能誦清芬分父集，戲翻樂句譜兄詩。斷魂長繞柘岡西。」其二云：「嚼徵含宮燭畔人。細調玉琯奏蕤賓。颯然秋上兩眉顰。須曼花中聊示相，芭蕉林裏自觀身。繫匏誰解雅簧溫。」二詞蓋紀實也。釋戡善爲今曲，名伶梅蘭芳所歌天女散花曲，乃釋戡所作。予曾爲作握蘭簃裁曲圖。頃得其歲暮和方回青玉案詞一闋，固極工緻。詞云：「荒陂渺渺青谿路。又迤邐，鍾山去。回首星霜三十度。畫橋朱舫，繡樓金户。都是銷魂處。　蘭釭不管年芳暮。伴著江南斷腸句。舊夢東華寒幾許。凍雲裁玉，亂霙搓絮。那似愁人雨。」又滬西春晚同韜園秋岳蝶戀花云：「馳道輕車争短吹。掠袂飄風，送我投深翠。一邐斜牆緣淺水。秋千架静藤蘿墜。　細草連茵松偃蓋。醉壓鑾楓，嬌似垂髻妹。可惜高樓人午睡。等閒卻春滋味。」雙辛夷樓詞、花影吹笙室詞有合刊本。其蝶戀花有云：「一夕涼飆辭舊暑。颯颯牆蕉，恐是秋來路。」爲㩦清女士詞中名句，當時傳誦，稱之爲李牆蕉云。

左幼聯

予繼室左淑人，諱又宜，字幼聯，湘陰太傅文襄公之女孫，子建府君之長女也。文襄娶於湘潭周氏，諱詒端，字筠心。母王氏，能詩。文襄爲刊慈雲閣詩鈔，序稱之爲慈雲老人。慈雲閣詩鈔者，彙刊慈雲老人以下諸女子所著詩也。慈雲老人詩，僅存四十篇，冠其首。飾性齋遺稿，筠心夫人著。靜一齋詩草，歸陶氏筠心夫人妹歸張氏茹馨夫人著。冷香齋詩草，筠心夫人姪女歸徐氏德媗夫人著。小石屋詩草，歸陶氏愼娟夫人著。綺蘭室詩草，靜齋女士著。瓊華閣詩草，歸黎氏湘娵夫人著。淡如齋遺詩歸周氏少華夫人著。皆文襄女。靜一冷香二稿，則附以詞，乃閨襜中之聯珠集也。淑人能詩詞，蓋承諸家學。嘗賦漁父詞戲予，調寄漁家傲。詞云：「漁父生涯眠起早。空江一棹蒼蒼曉。汀岸蒙茸新長草。行處好。嘯聲驚起迴環鳥。年少烟波鷗鷺渺。五湖倏忽扁舟老。酧酒鳴榔天一笑。鼇也釣。醉餘不畏蛟龍惱。」予答以漁婦詞云：「漁婦柳陰炊飯早。一輪赤日滄浪曉。雙槳撥開汀岸草。沙際好。榜歌驚起鴛鴦鳥。四顧茫茫天渺渺。航頭航尾烟波老。蓬髮不梳君莫笑。終日釣。澄江何處容煩惱。」今淑人歿已二十三年矣。江湖滿地，無釣游所，徒有前塵影事，未能忘情耳。

皮鹿門

善化皮鹿門師錫瑞，爲清代殿後經師。予受業於門下，凡十年，所得問學門徑，皆師所授。師亦爲先君子門下士。其主講江西經訓書院，偶亦課生徒以詞。師著有師伏堂集，凡文四卷，詩六卷，詠史詩一卷，詞一卷。集中有和予秋感沁園春云：「風景如斯，臨水登山，豈不快哉。問騷人何意，先悲九辨，靈均已死，尚鬱孤懷。蟀語西堂，波飛北渚，都付秋墳鬼唱哀。涼聲起，又窗鳴破紙，葉打空階。堪嗟甚矣吾衰。覺白日堂堂不再來。料封侯無分，虎頭將老，干霄有氣，龍劍猶埋。鏡裏清霜，燈前細雨，放眼誰爲天下才。君知否，正三壺盈尺，東海如杯。」又和予藕絲齊天樂云：「珠盤瀉露難穿線，纖纖弱縷清絶。欲斷還連，將縈又拂，正好納涼時節。佳人手折。趁落日輕風，自調冰雪。玉腕玲瓏，瓊枝相比更瑩潔。璇宫瑶杵未歇。問支機石贈，心向誰結。蠶室春愁，鮫人夜笑，縱倚并刀難截。相思漫説。有萬種纏綿，莫教輕洩。一點靈犀，恐秋來更熱。」予二詞皆在書院應試之作，今稿不存矣。師又有和宋人詠物詞四闋，今集中衹存齊天樂賦蟬一闋。賦白蓮水龍吟云：「冰肌何太清涼，玉妃驚破紅塵夢。淩波微步，凝脂洗出，五銖衣重。無情有憾，風清月曉，靈根誰種。似蛾眉淡掃，鄰娃著粉，欲窺見，牆東宋。西子苦心暗捧。望天邊菱歌聲動。瑶池宴罷，龍舟回棹，澹香遥送。羣仙歸去，蓬蓬雲起，都騎白鳳。笑六郎空倚朱顔，恐辜負，當時寵。」賦蓴摸魚兒云：「似田田玉池荷葉，纖痕湖上初裊。高人最惜江鄉味，莫待絲絲秋老。芳信早。同玉膾金虀，俊物宜新芼。水雲夢渺。正翠滑流匙，香清試蒻，點點映紅蓼。流年易，僂指西風又到。吴淞一箸堪飽。眼前杯滿名身後，作計誰愚誰巧。君莫笑。看士衡入洛，也説蓴羹好。華亭鶴叫。趁冰澌可采，何如歸去，海上狎鷗鳥。」詠蟹桂枝香云：「霜肥稻熟，正新酒菊天，纔病都解。好是盈筐緑走，登盤黄賽。持螯豈免庖廚憾，奈尊前未忘狂態。秋風盼到，拍浮船裏，寄懷塵外。歎一蟹何如一蟹。看腹本無腸，身還著介。漫倚干戈甲胄，横行江海。聊將冷眼閒觀汝，恐彭王晚逢葅醢，一星幽火，請君入甕，難逃紅背。」又和予感事摸魚兒云：「問今番海枯石爛，長江天塹何恃。神州赤縣峥嶸甚，愁帶腥羶之氣。君試覷。有碧眼波斯，日夜眈眈視。脂膏盡矣。似軀殼空存，精華坐槁，護疾且醫忌。縱横處，都是蜃樓海市。一方乾淨無地。牽牛借得錢千萬，十二樓臺重起。知甚意。便閫奥門庭，一概容窺伺。鮫人潸淚。正大内笙歌，旁觀痛哭，榻側許酣睡。」又有贈文道希學士念奴嬌詞，集中亦不載，蓋甲辰刊集時删棄之矣。道希答詞云：「十三年事，以波流電激，不堪重攬。幾度京華聯客袂，幾度江鄉清讌。虎觀談經，麟臺奏賦，之子瀟湘彦。枯桑海水，近來添入詩卷。　呼酒重話離情，簷花糝席，細雨孤鴻遠。君自有琴彈不得，清廟明堂三歎。巾卷充街，金絲在壁，未信功名晚。幽蘭花發，風鳥特地徐轉。」師所著有尚書大傳疏證、今文尚書疏證、孝經鄭注疏證、易經通論、書經通論、詩經通論、三禮通論、春秋通論、春秋講義、經學歷史、王制箋、古文尚書寃詞平議、聖證論補評、六藝論疏證、魯禮禘祫義疏證、尚書中候疏證、鄭志疏證、鄭記考證、漢碑引經考、漢碑引緯考、師伏堂筆記。平生精力，用於説經，詩詞特其餘事耳。

蒯禮卿

合肥蒯禮卿京卿光典，著有金粟齋遺集。嚮同官金陵時，以所作詩餘見示，予篋中嘗留其所寫詞箋數紙。辛亥蘇寓被竊，亡書數篋，零縑片楮，多隨之散失。今集中祇存詞四闋，其青玉案三闋，似曾見其二。其一云：「王孫芳草生無數。漸緑遍，長干路。春色匆匆愁裏度。幾番風雨，幾番晴霽，又早遥山暮。　青鞋不怕春泥污。紅藥重教曲闌護。細數落花成獨步。自緣山野，不堪廊廟，不是文章誤。」其二云：「鶯聲留我看山久。臨去也，重回首。雖是春光隨處有。暖風輕霧，淡烟疏雨，都在江邊柳。

自知不是經綸手。無意封侯印如斗。行樂何須金谷友。只消尋箇，典衣伴侶，同醉金陵酒。」其三云：「五更風雨花如霰。問春在，誰庭院。報道春光浮水面。一雙鸂鶒，數莖芹藻，無數桃花片。武陵溪上東風怨。空趁漁郎再尋便。拋棄已同秋後燕。那知別後，飄飄蕩蕩，這裏重相見。」此第三闋後三句，固非佳語。余友汪允中曾寫以示予，謂爲己作，疑非禮卿之詞也。

楊鐵夫

香山楊鐵夫玉銜，吳興林鐵錚鵾翔，皆漚尹侍郎之弟子。鐵夫著有抱香室詞，鐵錚著有半櫻詞，造詣皆極精深，力避凡近。鐵夫和彊邨韻倦尋芳云：「簷陰閣雨，簷隙梳烟，庭户初晚。繞樹歸鴉，戢戢欲棲還散。西崦斜陽鶗鴂苦，東風殘信蘼蕪怨。黯天涯、自王孫去後，帶將春遠。恨阻隔相思官路，望眼迥遮，圖畫屏展。蘄簟纔親，轉瞬便疏紈扇。湖酒醞嫌紅日薄，榆錢買費青山賤。夢長安、又叢鐘聲聲敲斷。」戊辰除夕和夢窗韻雙雙燕云：「詩魂酒債，正檢點年涯，沉沉庭户。海棠自爇，翠縷拂簾千度。鄰舍笙歌博簺，醉譁在紅樓深處。蕭然四壁琴書，影被青燈留住。慵舉。依梁倦羽。芳訊報初番，試花風雨。迎春燈火，一任九衢歌舞。賸得癡獃意緒。待持向東君分訴。開鏡興闌，懶聽街頭人語。」鐵錚寄費恕皆用夢窗韻霜花腴云：「避烟瘦鶴，傍野梅清癯，倦倚塵冠。人淡於秋，客貧非病，瑶臺夢也通難。帶圍眼寬。拚壯心消得尊前。報花開又閱紅桑，夜窗風雨伴高寒。仙曲世間誰記，算鷦巢一睫，芘共寒蟬。樓閣蓬萊，滄洲身世，清商迸入吟牋。去來畫船。有舊時蟾素娟娟。傲霜姿笑比黃花，晚楓同耐看。」度西湖泛舟憩倚虹園清平樂云：「蘭橈去後。人立河橋久。金粉飄零湖亦瘦。花比夕陽紅否。　爭如江水多愁。長堤楊柳絲柔。怕有簫聲飛到，玉人何處高樓。」

楊昀谷

新建楊昀谷增犖，與予姪承慶同丁酉鄉舉，詩境在誠齋、放翁間，托意高夐。頃年寓居津沽，貧病交集，竟以客死，甚可哀念。庚子秋有贈予孤鸞詞一闋。詞云：「補天無石。看恨鎖雲紅，愁凝烟碧。咄咄媧皇，苦費千山尋覓。而今更無尋處，只孤鴻悶依斜日。自向空中寫怨，是怎生消得。　歎一絲殘夢不堪摘。待帝網重開，天花四出。欲闖三千界，奈此身無翼。算來六塵影子，但有緣總歸荒澀。認取圓圓果海，記維摩如昔。」昀谷素不作詞，此殆平生僅有。是時予前室陳淑人逝世，蓋寫此以相慰唁也。

胡研孫

成都胡長木延，亦字研孫，光緒間，官江安糧儲道，著有苾芻館詞。蜀中多詞人，予所識者，此其一也。用美成韻花犯云：「笑頻年浮江泛海，飄零太無味。華旒高綴。愁一載長安，孤負佳麗。揭來孏向晴窗倚。芻泥浪報喜。但鎮日翠篝相對。黃紬長擁被。　羅幃小開罵春風，輕輕拂翠鬟，教人憔悴。齊着力、催花放，還催花墜。恁高處、偶吟秀句。都没入、蒼烟殘照裏。問何時、一瓢容我，箕山同飲水。」江皋送客用葉夢得韻竹馬兒云：「送君去，門前驪駒小駐，轡絲輕挽。正朝霞映閣，殘月依樹，晴光迷巘。此別重會何年，匆匆一語，眼前人遠。分手獨歸來，膭熒熒殘淚，偷抛階蘚。　五月蕉花瘴，干戈滿地，鷓鴣啼晚。綸巾渡瀘都嬾。愁向楓根炊飯。且喜老屋江邊，釣魚招隱，風月吾能辦。羊裘況在，有仙娥相伴。」吾友陳伯弢評其詞，標格在梅溪，玉田之間，往往風流自賞。此語甚當。

趙堯生

榮縣趙堯生侍御熙，壬子來滬，寓於龍華。予因楊昀谷座上，獲奉清談，兼識胡君鐵華，遂有詩篇酬唱。堯生素不作詞，歸里後，於六百日中，成香宋詞三卷，丁巳刊於成都。芬芳悱惻，騷雅之遺，固非詹詹小言也。其所賦婆羅門令題云：「兩月來蜀中化爲戰場，又日夜雨聲不絕。楚人云：后土何時而得乾也。山中無歌哭之地，黯此言愁。」詞云：「一番雨滴心兒醉。番番雨便滴心兒碎。雨滴聲聲，都妝在、心兒裏。心上雨、干甚些兒事。　今宵滴聲又起。自端陽、已變重陽味。重陽尚許花將息，將睡也、者天氣怎睡。問天老矣。花也知未。雨自聲聲未已。流一汪兒水。是一汪兒淚。」予嘗和之云：「一江水送岷峨外。千江水盡送吳天外。換谷移陵，黃農世、而今壞。波底淚、流與枯桑海。　東風雨吹大塊。信茫茫，后土無真宰。荒歌野哭知何所，人未到、有啼鴂先在。夢程柳掃。絮雪如灑。似我萍蹤更怪。拚了傷春債。那盼天相貸。」

周二窗

威遠周岸登道援，亦字二窗，又字北夢。昨年因姚景之，寄予所著蜀雅十二卷，蜀雅別集二卷。岸登雖曾官江右，予未之常共文讌也。集中有東園暝坐用予韻宴清都云：「畫省喧笳鼓。邊風急、窮秋烟暝催暮。鑾薫未洗，吴棉自檢，薄寒珍護。箏絃也識愁端，漸瑟瑟、偷移雁柱。更送冷、敗葉聲乾，敲窗點點如雨。琴心寄遠難憑，孫源閒蜀，巴水連楚。流波斷錦，孤衾怨綺，夢抽離緒。寒聲已度關塞，任碎擣緊砧急杵。數麗譙、廿五秋更，烏啼向曙。」岸登才思富麗，亦非餘子可及者。

陳石遺

侯官陳石遺衍，閩之經師，尤以詩名噪海内。其夫人蕭道管字君佩，著有蕭閒堂詩、戴花平安室詞各一卷。夫人於丁未逝世，石遺作蕭閒堂詩三百韻，自來悼亡詩，未有如此長篇也。石遺早歲有朱絲詞一卷，晚不復作。閩人論前輩詞，惟數又點。不知先生雖不多作，出其餘技，實在又點之上。先生有揚州慢云：「南浦殘紅，西山冷翠，一舟怎去温存。自江郎賦别，此恨算重論。望烽火、鄉關照澈，酒旗歌扇，消歇芳尊。已全家兒女，片帆來挂荆門。自來俊賞，總牽纏、哀感餘根。把白練裙題，紫羅囊佩，併與銷魂。寂寞鷗波門館，花無主、蝶夢黄昏。有溪流和淚，潺湲都到江村。」賦落梅蝶戀花云：「地近闌干能幾尺。一夜東風，點盡梅花白。只有一窗窗紙隔。不知誰弄江城笛。花氣藥罏多病客。疏影暗香，絶調今難得。逝水年華看錦瑟。昭君關塞琵琶黑。」蕭夫人代石遺題浣芸夫畫石榴紈扇菩薩蠻云：「紅巾半吐新妝束。一時扇手渾如玉。玉局賀新涼。天然粉本張。石家來醋醋。十八姨休妒。愛惜艷陽天。人生此盛年。」

王壬秋　楊蓬海　陶子縝

光緒間，先君子官湖南糧儲道，重修定王臺，每歲人日，踵姜白石探梅故事，必有賦詠。先君子不作詞，其和白石一萼紅詞者，湘潭王壬秋丈闓運、長沙楊蓬海丈恩壽、會稽陶子縝丈方琦。王丈詞云：「漢王宮。正良辰勝賞，荆楚歲華穠。草襯驄嘶，松留鶴守，誰道時序匆匆。入春早商量梅柳，看嫩蕊新緑引東風。花在詩前，雁歸人後，酒滿吟中。　懷古感時都罷，喜清時政暇，故國年豐。一水西浮，層陰北望，還見雲樹重重。似今欲歸歸便得，休惆悵寒澗石牀東。寄語繁花，明年更映人紅。」楊丈詞云：「釀濃陰。怪野烟黯淡，一角掩瑶簪。風葉青號，露柯翠泫，古木還更沉沉。看漢代河山半改，賸灌巢哺子集春禽。斑竹兩行，白雲千載，我輩登臨。　帝子宫車過處，幾長安極目，親舍傷心。墓草離離，陔蘭寂寂，椒香斷壁難尋。恰正是清明時候，遍人家嫩柳插黄金。待誦蓼莪，隔窗燈火宵深。」陶丈詞云：「舊臺陰。又新添沼樹，花影映華簪。雪意吹簾，泉光泫竹，芳事多半銷沉。蓼園外前朝琴舄，賸幾處疏檻響寒禽。曲榭東風，散衣仙吏，還自憑臨。　長恨草堂天遠，更南雲萬疊，漫寄詩心。湘水蘭根，衡峯雁字，游跡何處堪尋。幾相憶芙蓉漢苑，翦香綵花葉寫泥金。卻喜春城，此時歸騎烟深。」王丈又有探芳信詞云：「探梅信，看乍入新年，東風相趁。喜詞人依舊，韶光艷華鬢。幾年人日尋芳約，春早佳期近。更多情逗酒迎香，鬭詩催韻。　紅綻。北枝認。似漢月窺檐，湘烟長暈。雲麓臺前，游屐没苔暈。登臨共道遨頭好，花與人俱俊。料今年先占，一分春穩。」暗香云：「漢時月色。向古城一角，長窺詞客。

試傍玉梅，歲歲春來探消息。環佩歸時夜冷，料瘦損胡沙天北。又十載蠟屐重經，長嘯楚天碧。南國。遠岑寂。比雪苑兔園，未近鋒鏑。故垣約略，時有幽禽覷苔石。休道長沙地小，長樂外鐘聲堪憶。這冷淡蹤迹處，幾人覓得。」楊丈、陶丈，僅童時曾見之。予後與楊丈子紹六太守逢辰同年鄉舉，同官江蘇。楊丈已前歿，王丈則復先後遇於江寧、北京，獲以文字見賞。楊丈著有坦園詞，王丈著有湘綺樓詞，陶丈詞詢之紹與人，皆不之知矣。

邵次公

淳安邵次公瑞彭，早年在春音社席上相晤，今二十年不見矣。著有揚荷集詞四卷，已行世。次公爲詞，宗尚清真，筆力雄健，藻彩豐贍。近自中州寄示所作五詞，則體格又稍變，運用典實，如出自然。博綜經籍之光，油然於詞見之。蓋託體高，乃無所不可耳。題羅復戡校碑圖水調歌頭云：「法帖譜東觀，古刻聚南村。多君健筆，掃盡歐趙舊知聞。要把珊瑚鐵網，搜取琳瑯金薤，過眼録煙雲。繭紙護三絶，蟫翼抵千鈞。啓緗函，濡翠墨，拂蒼珉。白虹貫月，不怕猛虎夜敲門。太息韓陵無語，何似秦碑没字，占斷太山尊。且拭鴒原淚，石上試追魂。」癸酉元旦和汪仲虎慶春宫云：「燭外風柔，簾前雪瘦，好春瀲灩嚴城。紅縷堆槃，青旗拂面，夢回爆竹千聲。故王臺榭，漏壺轉、東方未明。求漿難準，起舞空勞，愁到雞鳴。黄河竟待誰清。凭遍危闌，雲漢西横。匝地煙塵，喧天笳鼓，幾人投老忘情。歲華依舊，只添得、無端醉醒。草堂今夜，倘爲梅花，刻意吟成。」題江慎修先生弄丸圖行香子二闋，其一云：「天地蘧與古爲徒。惟盧。萬物巴苴。東王公大笑投壺。射耀魄寶，縛巨靈胡。問圜在上，矩在下，何爲乎。惟道集虚。是先生太極之圖。五德終始，三統乘除。一任人間，銅撾鼓，蠟傳書。」其二云：「黄海天都。黄墩老儒。爇心香百世須臾。禮堂馬鄭，闕里程朱。儘驢齕瓜，魚上竹，鳳棲梧。兩字無無。一卧盱盱。弄泥丸不用洪鑪。宜僚縮手，平子回車。比開天經，太平道，果何如。」

郭嘯麓

侯官郭嘯麓提學則澐，娶余僚壻俞堦青女，夫婦皆能文章，今之孫子瀟席長真輩也。著有龍顧山房詩集，淵茂俊上，藴蓄雅正。詞三卷，附於詩後，曰瀟夢，曰鏡波，曰絮塵。余嘗謂南宋惟史邦卿梅溪詞，爲能鍊鑄精粹，上比清真，得其大雅，下方夢窗，不傷於澀。今能爲梅溪詞者，除況夔笙略似之外，厥惟嘯麓。近作蒼虬閣試趵突泉石州慢云：「一夢明湖，供與瘦瓢，清伴霜夕。調笙小閣愔愔，韻入松風漂撇。冰甌留賞，只恨渴吻天涯，閒吟長負西泠雪。珍重薦金英，愛巾缾餘洌。憑説。聽猿永夜，浴鴈闌秋，舊情悽絶。賜茗重温，淚斷翦燈時節。虞泉凝睇，便擬喚起潭龍，荒波休信春心歇。破睡更沉吟，照愁眉雙結。」舊京海棠秋後重花天香云：「珠佩來初，冰簾捲後，新妝誤著羅綺。走馬今朝，聽鶯前度，總付冷吟閒醉。高樓又近，儘萬感，東皇知未。愁袂新回鏡舞，啼綃早分鉛淚。傷春畫欄更倚。惱秋人、幾番凝睇。消領舊香多少，暮寒如水。零亂江花夢裏。對紅萼、微吟共憔悴。試弄瓊簫，蝶魂喚起。」寧園紀遊用白石韻一萼紅云：「野亭陰。認藏花徑窈，錦石映斜簪。鷗汊通湖，虹橋夾水，烟外荒翠疑沉。畫橈去，清歌未歇，又暮靄，催起蘋波禽。拓地林塘，上梁臺榭，孤感登臨。燕趙客游偏久、鎮風埃滿眼，蠹損詩心。龍漢身更，鴟夷約誤，歡緒飄雨難尋。且消領，菰蘆晚興，賺漁蓑，新句抵千金。惱煞斜陽，斷紅還印愁深。」寧園賞菊惜黄花慢云：「倦舞霓裳。認鈿屏半面，依約蕭娘。畫樓高擁，繡簾未捲，忽忽過雁，惘惘斜陽。瘦魂吹醒西風晚，伴青女，羞整殘妝。念異鄉。俊懷負了，零亂萸觴。危欄更怯清霜。訝露槃殘淚，分染宮黄。夢痕催换，歲華感寂，多情顧影，何計憐香。醉吟人與秋俱老，故叢淚、千點淒涼。儘斷腸。岸巾笑爲花狂。」殘梅四犯蘋梅花云：「酒潮春澈。夢唐昌寂歷，碎簾香月。約鈿舊寒，怨東風輕別。翻飛楚蝶。話酸苦、綺腸雙結。珠箔歸遲，雲裳解後，翠禽啼歇。冰欄幾回凭熱。認殘妝半面，燈影紅怯。對鏡明朝，怕瓊枝成雪。金衣勸折。儘淒感，篴闌歌咽。麝粉愁新，檀心淚冷，海仙千劫。」

頃又得嘯麓自作詞話二段，亟録於此。己巳秋，汕之漁者，於谿菁中獲一蟹，長二寸許，色若黄瑪瑙，擴殼晶瑩，映見肌裏。背現美人影，鬟髮垂額，雙手作欲撲狀，其置眼恰在腸穴蠕動處。漁者注水滿盎，泳蟹其中，影乃益澈。偶一噓吸，則腸穴翕張，眼波流媚，宛如生人。老漁攜來滬上，觀者空巷，獲千金以去。俟疑始名縠客滬，適見之，賦摸魚兒云：「正秋風、菊螯初薦，馱來天上玉女。無腸慣被呼公子，對鏡驀成鴛侶。移步處。怎禁得、星眸流盼還相顧。兜羅漫舞。更梅額垂雲，螺鬟溼翠，猶帶瘴谿雨。娉婷影，千古蛾眉應妒。金相玉質慵覷，新詩便許坡仙换，忍付辛盤銀箸。神栩栩。渾忘卻、文戈擁劍泥鄉住。狂奴伺汝。怕饞吻偏膏，真教一口，吞向腹中去。」楊苓泉壽枏和云：「最玲瓏、錦匡如繡，來朝合伴龍女。鮫宮鐫出靈娥影，恍覩鬟雲鬟霧。湖上路。笑郭索銀沙也學凌波步。蜓娘細數。看青沫噴珠，素肌擘玉，一一翠筌貯。　霜團美，桃葉西風古渡。問誰打槳迎汝。入廚諳得羹湯性，酷愛碧醯紅醋。潮落處。被越網攜來恰配西施乳。鮰陽識否。待左手持螯，好教周昉，寫作蓼塘譜。」郭摰雲則澐和云：「漾疏燈、蒻蕖雙影，好風江上吹汝。眉痕偷印漁娘翠，換卻汴宮殘譜。秋夢住。莫夢裏橫行結就芙蓉侶。汀沙夜語。誤落落琴聲，水仙彈罷，涼逗綠蓑雨。　弄潮去，何處楓灣蓼溆。梅家風韻重賦。相思那有腸堪斷，迴眼茗邊如訴。鴛舸路。笑網得西施還惹吳兒醋。紅衣更嫵。怕流水前身，驚鴻迴睇，萬感楚雲暮。」曾次公念聖和云：「蘸蠻溪、一奩秋影，筠筌還載螺女。紺肌慣愛瓊酥膩，黛色慵添眉嫵。調笑處。任牝牡驪黃莫把尖團覷。含情欲語。更纖玉擘霜，頹鬟籠霧，漾眼碧波注。　縹緗記，小印楊娃在否。宣和難覓殘譜。相憐幾輩寒蒲束，薦網同登芳俎。饒別趣。看擁劍西堂也學鳩盤舞。小紅喚取。好醉入花瓷，猊糖觳觫，向晚佐春醑。」

河北節署園中，豢白鶴二，相傳爲端陶齋所遺。褚某督直，駐兵園中，烹其雌食之，今僅其雄尚存。曾次公念聖佐於少侯幕，暇日行吟園亭間，見而哀之，謚以節園獨鶴，爲賦絳都春云：「仙蓬墜羽。弄烟靄、晚日亭皐微步。小蛻金衣，依約霜翎雲中舉。當年翠蓋西飛路。悵瓊館、鸞韶慳駐。繡楣啼後，新來縞袂，玳筵羞舞。　情竚。伶俜苔甃，眄華表、只在譙荒堞暮。鼎脯烹雌，絲雨孤踪巫峯誤。傷心難問丁沽水。怕照影、翩然驚度。更愁寒入蕘年，夢殘怨宇。」郭摰雲則澐次韻云：「珠林借羽。早緱館夢闌，荒苔妨步。似警翠眉，啼掩雲羅誰愁侶。分明紫蓋三清路。賸遼海、斜陽教駐。負霜珍重，參差喚起，縞仙殘舞。凝竚。蓬臺又遠，亂蕪外、懶數燕昏鵑暮。迸恨故雌，一別蘭岑嬋娟誤。新寒漫索金衣語。儘惆悵、雕闌前度。明朝説共東坡，怨孤玉宇。」又陳踽公實銘和云：「岭㟥素羽。認珠樹舊栖，寒蕪停步。換盡燕巢，只共胎仙成愁侶。瑶臺悵望尋無路。記花外、霓旌虚駐。縞衣修夜，連軒翅嬌，爲誰鳴舞。延佇。霜翎半改，傍欄畔、弄影冷朝淒暮。怕理夢痕，紫蓋雙飛蹉跎誤。驚雌忍憶湖南語。剩孤零，低徊前度。甚時更唱南飛，放歸玉宇。」節署舊爲行宫，辛丑回鑾備駐蹕不果，故詞中寄慨及之。

潘蘭史

番禺潘蘭史徵君飛聲，壯歲游柏林，歸寄跡南洋羣島間，被徵不出。辛亥後，賃廡上海，鬻文爲活。今年三月逝世，年七十有三。所著有飲瓊漿室詞，余初未之見也。殁前數日，寫示詞十首。來牋謂少時曾刻海山詞，作於外洋，花語詞、珠江低唱詞，又相思詞悼亡所作，凡四卷，入説劍堂集，板存廣州，不能重印。又在北京有春明詞，排板散去。殁後其門人就其家搜集遺稿，則惟説劍堂詩集在，其詞稿竟佚去。邇年與予結漚社，月一賦詞，已見漚社詞鈔矣。生平老友，性情耿直如蘭史者最可念。殁前寫詞尚在我篋中，檢視不覺淚下也。姚子梁招遊槎上，傍晚移尊猗園賞荷拋球樂云：「滿鏡紅蕖展簟寬。移尊重拾舊清歡。尋香裙衩隔花見，糝玉琴絲和水彈。便托微波語，何必題詩上畫欄。」夜過秦淮浣溪沙二闋，其一云：「簾幕驚鴻瞥影過。一彎情碧比銀河。詞人多恨況聞歌。桃葉渡頭期子敬，瓣香裙下屬橫波。滿天風露意如何。」其二云：「欲懺紅禪訪女冠。茅庵孔雀久荒寒。消魂不是舊清歡。一部鶯花原似夢，六朝煙水獨憑闌。琴絲只見玉京彈。」高姬眉子見過用夢窗韻賦贈絳都春云：「簾痕一綫。度繡衩麝香，蝶兒隨遠。人住屧廊，名占蘇臺吳宮苑。爲花爲月前生怨。付身世、落紅零亂。畫屏羅帳，深深穩護，海棠庭院。曾見。眉樓訊病，欹鸞枕、細訴枝棲柔倩。松柏誓心，紅淚鮫綃愁相換。圓蟾重照湘娥面。正銀漢、雙星暗轉。勞他軟語教成，錦茵坐暖。」王清微空山聽雨圖葉南雪師命題浪淘沙云：「流水遠潺潺。悄掩松關。道心微處一憑闌。塵海本無聽雨地，只合空山。惠麓洗煙鬟。鶴靜猿閒。擬尋卞賽素琴彈。一卷畫圖參上乘，莫落人間。」題寇白門小像減蘭云：「情波半翦。柳下詞箋花下扇。明月金尊。誰識當年寇白門。明珠無價。卻笑蘼蕪輕一嫁。漫訴南朝。零落秦淮舊板橋。」月夜重過揚州減蘭云：「一帆風利。取足秦淮三日醉。宿酒纔醒。又逐吹簫過廣陵。腰纏莫問。豈有劉郎才氣盡。如此良宵。何處煙波廿四橋。」杏花樓昔年與眉子尋春對酌處高陽臺云：「破瑟尋鸞，遺釵拾鳳，香塵漸没仙蹤。文杏仍花，客來已換愁容。芳尊屢導低鬟笑，霎金迷、夢影惺忪。話松陵，老去詞仙，莫過垂虹。蒼顏白髮維摩境，拚散花何礙，玉局緣空。漫説華鬘，天涯雙衞難逢。啼鶯不管人傷別，勸斜陽、冷入簾櫳。算多情，洛浦微波，猶駐驚鴻。」白髮蒼顏正是維摩境界空方丈散花何礙東坡贈別詞也題徐積餘小檀欒室校詞圖甘州云：「記玉臺分韻寫新詞，付與小銀箏。正翠奩研墨，錦牋按譜，一樣閑情。消受尊前紅燭，豔影照娉婷。穩聽蘆簾外，湘水秋聲。此日江南倦旅，算曉風殘月，酒夢都醒。費十年心血，收拾衆香亭。君輯閨秀詞選有明一代多取材於衆香詞是斷腸家山愁念，莽天涯歌板共飄零。應同笑，白頭紅袖，換了浮名。」賦西湖蓴菜用樊榭韻摸魚兒云：「翦湖漪、又勞宋嫂，芳羹調作濃碧。清明纔過春三月，那有菱芡收得。隨意摘。要盪槳三潭着手看風色。晴波淨拭。笑藕較絲長，芹還葉小，情縷也愁織。鄉味好，曾賦秋林琴客。酒酣如酌瓊液。仙城美擅離支菌，合補昌黎南食。秋興寂。但盼到松鱸歸思知何極。此時正憶。借花港漁罾。柳隄蝦斷，多采備晨夕。」

郁葆青　康竹鳴

近得二友，皆工詩能詞，上海郁葆青，南匯康竹鳴年均，陳鶴柴所介紹也。葆青天平山看紅葉滿江紅云：「十里吳江，扁舟載一天秋意。停橈處，巉巖初露，豔妝如此。萬笏黛濃霞錦斷，千林紅亂雲嵐碎。莫錯認世外武陵源，天平耳。枝上蝶，閒游戲。籬下菊，傷憔悴。笑清霜弄巧，染成丹紫。欲倩才人題妙句，但愁游女縈春思。喜歸途一片夕陽明，都如醉。」竹鳴題葉指發山水卷木蘭花慢云：「悄風知我懶，偏吹送，畫圖中。訝落木高岑，鳴榔遠浦，霜染秋濃。枯楓。冷紅倦舞，損玉簪螺髻暮雲重。斜日松間解帶，隔林時對疏鐘。幽悰。待客吳篷。同載酒，去擕筇。奈卷阿吟遍，年芳彈指，鶯老春空。焦桐。爲君夜理，笑故山猿鶴隔塵紅。又恐靈衾瀟灑，明朝夢落雲峯。」

李拔可

李拔可同年，素不填詞，頃在北都，見溥心畬畫壁松，忽作卜算子一解題之。余笑謂君已發端，此後當作詞矣。其詞云：「舊寺一春花，獨少松千古。驚走旁人出醜枝，倏忽龍鸞舞。老筆健如椽，不露攀髯苦。留取虬柯住世間，遠數橋山祖。」

朱大可

嘉興朱大可奇亦字蓮垞，工詩，甚有學力。近人論詩，能知歐梅妙處者甚罕。大可論詩絶句云：「涪皤俊似江珧柱。坡老鮮於粤荔支。争識歐梅清苦語，恰如諫果味回時。」鄭海藏在二十年前，極爲人道宛陵聖處。至於六一，則始於六七年前譽之。六一詩自較宛陵易知，其清苦處，則亦不易知也。大可亦能詞，有甲戌上巳慶清朝云：「桐乳初垂，柳綿乍褪，春光數到重三。浮杯曲水，漢家故事誰諳。料理輕衫紈扇，尋芳試與過城南。留連處，落英如雨，亂撲征驂。回首十年塵夢，早紅消翠殞，謝了優曇。舊時燕子，向人猶是呢喃。莫訝風情漸減，鬢絲奈已許鬖鬖。歸來晚，一樽花底，愁聽何戡。」

瞿兑之

長沙瞿兑之宣穎，相國文慎公之子也。有同曾小魯太平門外看花青玉案云：「早知陌上春猶未。春正在，輕陰裏。無那閒愁須暫寄。相逢把袂，太平門外，好是尋春地。杏花與我同憔悴。淡粉輕籠二三里。寂寞無人開又墜。晚來歸路，雨絲風片，細認愁滋味。」

溥心畬

心畬貝子溥儒，書畫詩詞，爲一時懿親之冠。畫宗馬、夏，直逼宋苑，題詠尤美，人品高潔，今之趙子固也。著有寒玉堂詩餘。題倚樓仕女圖南浦云：「秋雨溼瀟湘，向晚來吹起，滿懷愁緒。轉眼甚堪驚，碧窗寒，年光盡，不見柳花飛絮。樓頭悄立，幽情無限誰能語。霜天欲暮。空惆悵佳期，幾時還遇。朱窗碎玉聲寒，正人倚西樓，雁横南浦。烟柳漸瀟疎，悲秋意、都付斷煙殘雨。連天草色，開簾日日憑欄處。韶光虛度。空翠袖淒涼，輕寒難禦。」題靈光寺遼咸雍塔殘塼望海潮云：「壓塞寒山，凌空孤塔，興亡閱盡年華。滿月金容，莊嚴妙相，無端影滅塵沙。鼙鼓亂紛紛，是何處兵火交加。斷土零烟，有誰憑弔梵王家。荒城古戍鳴笳。見蕭蕭衰柳，落落飛鴉。檢點殘雲，低回片瓦，前朝舊事堪嗟。烟外夕陽斜。歎虛空粉碎，亂眼曇花。攜酒重來，祇餘清淚灑天涯。」暮春西郊慶春澤云：「荒井桃花，平橋苑水，碧天寥闊春深。殘月横斜，清光猶在疏林。呢喃燕語隨波去，聽宮門法曲仙音。恨難禁。倚遍殘紅，吟偏江潯。潛行況是宮前路，悵池臺春去，歌管聲沉。劫後精藍，是誰猶布黃金。樂遊原上萋萋處，送殘春此日登臨。助悲吟。岸柳園花，掩淚相尋。」山中暮春望江南云：「雲影淡，空翠落松壇。紫燕不來春欲老，斷烟零雨杏花寒。春怨正漫漫。」又山居二闋，其一云：「清磬遠，蕭寺在雲端。翠竹含煙侵佛座，碧松飛雪落松壇。流水石幢寒。」其二云：「斜日落，十里晚楓林。秋色夜生千嶂雨，露華寒點萬家砧。涼意潤絲琴。」題畫北新水令云：「西風疏柳帶秋蟬。畫橋邊。綺霞紅亂夕陽寒。照水衰草暮連天。何處裏，笛聲怨。」芍藥臨江仙云：「飛盡落花池上雨，斜陽翦破新晴。碧波摇影不成明。倚闌多少恨，商略繫離情。千轉繞花無一語，玉階彷彿寒生。溪烟淡淡柳青青。六畦春不管，流怨滿蕪城。」秋波媚云：「雕梁燕語怨東風。小徑墜殘紅。萬點飛花，半簾香雨，飄去無蹤。牽愁楊葉渾難定，春恨竟誰同。黃鶯啼斷，海棠如夢，回首成空。」減字木蘭花云：「一溪春水。著雨楊花飛不起。寂寞黄昏。年年芳草憶王孫。碧雲吹斷。幾處朱樓鶯語亂。不似殘秋。衰草斜陽易惹愁。」浣溪沙云：「荒亭落葉雨連宵。何處相尋舊板橋。不堪秋盡水迢迢。樓外夕陽平野渡，寺門衰草記前朝。故宮殘柳日蕭蕭。」

夏午詒

桂陽夏午詒編修壽田，菽軒中丞之子，先世自江西遷湖南，吾宗人也。有爲鄭叔進題其先德幼惺道使醉擕紅袖看吴鈎圖和王湘綺采桑子二闋。其一云：「太平無事尚書老，閒殺江東。退省從容。贏得騎驢夕照中。粗官畢竟成何事，不是英雄。也解匆匆。祇合空山作卧龍。」其二云：「相如未老文君在，負了花枝。愁對金巵。况是江南三月時。家亡國破成詩料，一榻輕颸。兩鬢霜絲。那辨微之與牧之。」幼惺嘗從彭剛直公虎門軍中，法越之役，剛直主戰，疏草出幼惺手。湘綺原詞，今集中不載，有云：「小姑吟罷英雄老」，指剛直，「微之也解從前誤」，則諷張香濤相國也。

廖懺庵

惠州廖懺庵恩燾，于役古巴有年，有游馬丹薩鐘乳石巖次夢窗陪鶴林先生登袁園均西河詞，題云：「巖在古巴，距都城二百里，平地下百三十餘尺。道光末葉，吾國人墾地海岸，得隧道叢莽中，告居人，相率持火入。蜿蜒行十餘里，峭壁四起，滴水凝結，纍纍如貫珠，如水晶，如玉，作山川神佛珍禽異獸形狀，又肖笙磬琴筑，叩之鏗然有聲，美利堅人沿徑曲折，環以鐵闌，澗谷則架橋通焉，電燈照耀如白晝，洵奇觀矣。相傳巖由海底達美國邊界，迄未能窮其究竟也。」詞云：「烟景霽。鉤藤瘦杖融洩。閒尋禹穴下瑶梯，凍巖滲水。素妝仙女散花回，千燈猿鳥娟麗。繞危檻，看墮蕊。轣羅蓢露層碎。晶虬細甲近鄉嬛，洞天似咫。有人擊壤按商歌，鸞簫吹又何世。禾成鶴氅半委地。沁殘雲、雕粉屏綺。壺裏沽春無計。向冰泉試約，長房一醉。青玉簪宜寒光洗。」懺庵詞八卷，已行世。朱漚尹侍郎稱其「驚采奇豔，得於尋常聽睹之外，江山文藻，助其縱横，幾爲倚聲家別開世界。」評許不誣，吾無以易。海外奇景，古今人罕以入詞，此詞序述美利堅人於巖洞布置有方，極可爲法。余曩游荆溪善卷張公二洞，歎爲奇境，頗思令游者能便，而仍不失天然之美。近聞其邑士儲君南强從事開闢，有人工鑿壞天巧之憾，不設電炬，入洞仍須秉燭，竊以爲未可也。

黄公度

嘉應黄公度按察遵憲，余曩於義寧陳伯嚴席上見之。公度有人境廬詩草十一卷，其詞則未之見也。頃於潘蘭史飲瓊漿館詞中，得其附載公度題羅浮游記雙雙燕一闋。詞云：「羅浮睡了，試召鶴呼龍，憑誰喚醒。塵封丹竈，賸有星殘月冷。欲問移家仙井。何處覓，風鬟霧鬢。只應獨立蒼茫，高唱萬峯峯頂。荒徑。蓬蒿半隱。幸空谷無人，棲身應穩。危樓倚遍，看到雲昏花暝。回首海波如鏡。忽露出、飛來舊影。又愁風雨合離，化作他人仙境。」此詞「羅浮睡了」四字，爲陳蘭甫先生游羅浮時所得，卒未成詞，蘭史卒成之，廖懺庵亦屢有和作。

余伯陶

嘉定余伯陶德勳，亦字素庵，精醫術，工詩詞，今之傅青主薛一瓢也。尤好蓄硯。嘗約予飲齋中，出端歙石數十方，供賞玩，皆良工陳子端所斲，有碧霞端井硯、金星歙井硯、漢銅盤硯、紫端石硯、紫霓硯、黄龍五星圭硯、唐四神鑑硯、蕉葉硯、古錢硯、竹根硯、周蟠夔鐘硯、天然荷葉硯、澄泥天然菌硯、蘭硯、天然螺黛硯、雙魚硯、瓜硯、雙蝸硯、海天浴日硯、澄泥殘蛀竹筒硯、仿郎世寧仙猿百壽圖硯、詞硯齋像硯、桑蠶硯，素庵皆自製小詞，鐫題其上。古錢硯囉嗊曲云：「莫謂五銖爛，中多金錯刀。略無銅臭氣，愈見石孤高。」周蟠夔鐘硯南歌子云：「籀蚪鐫靈石，蟠夔肖古鐘。周廟紫泥封。莫教侵蝕到，筆耕農。」澄泥天然菌硯晴偏好云：「唐泥妙製沉烟久。千秋別有裁雲手。風吹瘦。松濤露菌珍丹臼。」澄泥殘蛀竹筒硯瀟湘神云：「江也秋。雲也秋。結鄰端愛竹中幽。絶似瀟湘尋夢處，漪園依約舊痕留。」子端斲硯，精妙絶倫。元顧德鄰嘗謂人曰：「刀法於整齊處易工，於不整齊處理難明也。」如此錢硯、菌硯、竹筒硯、蟠夔硯，悉得不整齊處之工。素庵詞體物瀏亮，不讓黄莘田專美於前也。素庵又有弔江灣戰區燕歸梁云：「紫燕飛飛去復回。極目蒿萊。燼餘樓館且徘徊。閒花落，費疑猜。凄涼似涉蕪城路，風捎葉，雨侵苔。破窗燈火斷人來。只照徹，暮笳哀。」癸酉春暮過吴淞故居臨江仙云：「殘壘依然斜照裏，吟懷盡付東流。櫻花開遍白蘋洲。暮烟空鎖恨，縹緲舊書樓。曾著漁簑攜酒具，月明江上扁舟。尋詩猶記水西頭。縱教風浪惡，相對只沙鷗。」二詞均極精婉有致，并録於此。

盧冀野

江寧盧冀野前爲雲谷太史崟之曾孫，少年豪俊，善飲酒，工製南北曲，且能自譜，有飲虹五種曲行世。余爲題飲虹簃填詞圖云：「偷蜜憎醒村醉回，玉川健倒在莓苔。蒲江詞句疏齋曲，兼并君家幾輩才。凌躍超驤有不禁，座中誂嘌孰知音。譜成換取錢沽酒，飲釜如虹涸吐金。」二詩雖不工，蓋能寫冀野不凡之氣概矣。冀野既以曲名，其所作詞，遂不自珍惜。予顧謂其詞亦不凡近。寒食前一日侍瞿安師太平門外訪桃花小桃紅云：「莫道青衫薄。莫負春花約。江南三月，綠楊城郭。況青山灼灼遍桃華，且盡花前酌。空裏鶯聲落。枝上紅絨托。鬬草光陰，禁烟時節，金粉樓閣。羨十里鬬紅妝，唱徹迎春樂。」調楊定宇倫聲木蘭花云：「月圓花好相思老。一夜風涼蕉萃了。謾訴歸舟。縈得阿儂樓上愁。嬋娟不怨秋娘妒。夢泠霓裳入散處。萬疊雲山。新雁蕭關還未還。」中秋前夕飲筠丈家浣溪沙云：「湖海飄零一少年。芒鞵歸後故人憐。黃花消瘦夕陽前。客裏襟懷如病酒，夢中風雨未寒天。不辭殘醉落吟鞭。」夜坐小齋感賦臺城路云：「平生心事從頭説，青衫淚痕多少。走馬求名，挑燈訴怨，如此勞人草草。孤雲自好。只兩袖風懷，一囊詩料。奄忽春光，依稀歡意怕人曉。滄桑彈指閱遍，認兒時巷陌，遊屐猶到。雨滿江城，雲迷驛路，懶向長安西笑。黃鸝正悄。有千百橋西，一聲聲早。未白秦郎，可憐春夢老。」詩筆懼爲詞傷，詞筆懼爲曲傷，作者往往不能兼美，冀野尚不病此。

潘若海

南海潘若海民部之博，乙卯丙辰歲，佐江蘇軍幕，假兵符，趨黔桂，起兵以抗袁項城，項城懸重金購捕之，乃走香港，匿亞賓律道康南海宅，悲憤嘔血而死。所著有弱庵詩詞各一卷，茲得其集中未收詞一闋。別後寄魏豹公天津木蘭花慢云：「慢相逢湖海，怪豪氣，減元龍。歎尊酒天涯，聚原草草，別更忽忽。雕蟲。恥談小技，衹長歌當哭豁愁胸。不復貂裘夜走，時憂炊米晨空。孤蓬。飄轉任西風。身世苦相同。念少誤學書，老猶彈鋏，歸去無從。途窮。我今不慟，且閉門種菜託英雄。萬里俱傷久客。百年將近衰翁。」若海與順德麥孺博徵君孟華齊名。孺博有蛻盦詩詞各一卷，與若海詩詞並刊，名粵兩生集。

吴董卿

杭縣吴董卿用威著有蒹葭里館詩集，大雅真摯，風致尤美。近得其爲李拔可題其妹花影吹笙室填詞圖浣溪沙二闋。其一云：「瑶想瓊思不可留。儘抛雅具畫匳收。卅年書斷大雷秋。聽慣蕉聲愁有路，吹殘花影夢如漚。參軍惆悵雪盈頭。」其二云：「絕代詞華殿一軍。峨峨蘭秀最超羣。返生香是卷中人。潑黛山光懷玉尺，然脂心事費金昆。辛夷花底舊時春。」二詞均俊麗雅切。董卿素不作詞，此真所謂詩之餘也。

粤三家詞

粤三家詞者，番禺沈伯眉世良楞華室詞，汪芙生瑔隨山館詞，葉南雪衍蘭秋夢盦詞也。刻於光緒乙未。芙生先生與先叔子新公交誼至篤，南雪先生則吾友遐庵之祖也。楞華春日憶惠州豐湖湘江靜云：「紺塔紅隄湖上樹。記歸舟、倦篙曾駐。斜陽導客，橋迴寺轉，又游絲攔路。酹酒六如亭，更誰憶、後村題句。松枝礙帽，藤梢罥衣，傷心聽、晚蟬語。周草窗浩然齋雅談載劉後村使廣日經惠州六如亭有詩云：「吴兒解記真娘墓杭俗猶存蘇小墳誰與惠州耆舊記可無抔土覆朝雲。」於是郡守與之修墓立碑文云云。余游時，墓亭漸就荒落，故感慨及之。 意未闌，期屢誤。臥滄江、歲華輕度。鶯招燕約，等閒過了，渺飛花飛絮。彈指好樓臺，空還卻。舊時鷗鷺。魚天訊杳，煙波望極，清吟更苦。」江城梅花引云：「荻花蕭瑟斷霞明。早潮生。暮潮生。喚取一枝柔艣過前汀。修竹誰家門可款，水亭外，滿煙波，落葉聲。 葉聲葉聲愁裏聽。寶薌停。香篆縈。記也記也，記不了簧煖笙清。尚有芙蓉梳掠媚秋晴。眉月半彎樓畔挂，曾照見，倚闌干，話玉京。」隨山移居水調歌頭云：「我笑孟東野，家具少於車。閒坊五里三里，容易便移居。不是桃花潭上，卻近蓮須閣畔，天許著潛夫，因樹可爲屋，引水恰通渠。 數竿竹，一拳石，半牀書。此中得少佳趣，筆硯儘堪娛。莫問西園讌集，且倚南窗嘯傲，幽意樂何如。商略補松菊，吾亦愛吾廬。」黎美周蓮須閣在豪賢里，其故址今不可考，要距敝廬不遠也。聲聲慢云：「無人看竹，有客題蕉，房櫳鎮日愔愔。曲境重來，爭信樹老苔深。紅棉幾番作絮，撲生衣、風力難禁。春去久，歎雕梁換了，故燕空尋。 曾記年時初暑，借冰泉灑酒，石几眠琴。布韤樓鞵，行處不似而今。青梅等閒摘盡，賸蕭然、長日園林。休再問，繞回廊、多少翠陰。」臨江仙云：「一片鷓鴣聲不斷，杖藜閒到城東。村墟黯黯樹濛濛。春陰如潑墨，襯出木緜紅。畫得米家山幾疊，礬頭祇是朦朧。料應有雨過前峯。生煙叢灌外，孤塔亂雲中。」秋夢經舊遊處感賦子夜歌云：「憶年時、錦屏絳蠟，漏盡不教歸去。賸多少、琴心箏怨，化作浪萍風絮。寶鼎煙沉，繡幃月落，舊夢無尋處。聽籠鸚、簾外呼人，猶記綠窗點拍，學歌金縷。畫欄畔、逡巡繞徧，冷鎖一庭秋雨。禿柳當門，殘蕪糝徑，莫繫遊驄住。悵樊川薄倖，天涯空歎羈旅。翠扇留題，青衫漬淚，都是傷春句。最難忘、酒醒香銷，翦燈夜語。」素馨斜臺城路云：「紅雲冷落昌華苑，宮衣散餘歌舞。豔骨呑絲，香魂瘞粉，恨鎖青原抔土。哀蟬自語。悵廢隝寒煙，蝶裙何處。賸有涼螢，夜闌悄影墮秋雨。呼鸞休問故道，畫橋流水杳，花葬誰主。斷碣霜苔，連畦露卉，閱過興亡幾度。樓羅細數。算喚起芳名，尚留春駐。戲馬臺荒，玉鉤同弔古。」諸詞皆風格遒上，力避乾嘉甜熟之習。南雪尊人蓮裳先生英華，有花影吹笙詞，尤長小令，殆飲水側帽之亞也。夏日即事點絳脣云：「老樹當簷，夕陽影裏鳴蟬鬧。柴門卻掃。靜覺清風到。睡醒呼童，竹塢支茶竈。幽香窈。綠胎含笑。夜合花開了。」浪淘沙云：「燈炧墜金蟲。倦眼惺忪。夢回愁倚錦屏東。梧葉雨疏聲點滴，秋病人慵。小札寄芙蓉。問訊怱怱。百凡珍重可憐儂。影瘦黃花香瘦蝶，惱煞西風。」春陰添字南鄉子云：「軟綠泛煙蕪。天影模糊。喚盡春魂總未蘇。底事雨鳩頻逐婦，呱呱。水漲溪橋渡也無。飛絮一帘扶。莫謾愁沽。好趁梨花醉玉壺。規取漁樵身入畫，疏疏。試仿雲林淡墨圖。」

雁來紅圖卷詞録

冒鶴亭同年自粵歸，抄贈粵詞人雁來紅圖卷詞録一卷，作者凡十三人。番禺梁節庵鼎芬惜紅衣云：「紅葉飄殘，緑梅開乍。數枝妍雅。襯出霜華，風流玉苔榭。牆頭石角，散魚尾斷霞誰寫。前夜。有多少冷音，逐琴絲來也。　春韶歇了，獨自餘芳，秋心較濃冶。閒階立盡，烘醉酒初罷。翻恨半庭涼訊，不共月魂同下。想瓊枝天外，愁絶不堪盈把。」仁和王子展存善百字令云：「江楓低舞，又匆匆正到，重陽時節。盡洗霜華偏絢爛，烘出空庭秋色。遠浦霞明，寒林日落，同染脂痕赤。還丹鶴頂，劍南詩句清絶。　遥想姹紫嫣紅，春韶一瞥，惟剩荒苔蹟。塞外征鴻書未達，盼斷西風消息。似錦年光，空隨逝水，人歎頭先白。與花相對，朱顏換了華髮。」綿竹楊叔嶠鋭百字令云：「菊花村晚，正斜陽一抹，向人淒絶。萬里衡陽秋信遠，盼到重陽時節。岸柏酣霜，橋楓惹燒，詩思同淒切。長空錦字，落霞高傍明滅。　堪嘆作客隨陽，春生溢浦，又值征鴻發。塞北江南何處是，悵想山堂濃葉照。檻非花，烘簾似錦，衹剩鵑啼血。　墜歡如夢，幾時芳意重説。」蕭山朱棣垞啓連臺城路云：「煙霄錦字書難寄，浮沉楚江無迹。冷逗楓霜，低縈茜水，都做滿園秋色。斜陽向夕。又看似非花，問誰堪摘。十樣西風，幾行南浦鎮長憶。　商聲乍催怨笛。悵隨陽去遠鄉國。冠幘雞人，仙裳鳳侶，應有舊時相識。瓊枝露積。待煊染寒芳，更成消息。一點燕脂，帶將歸塞北。」會稽陶子政邵學祝英臺近云：「露花寒，風絮老，棖觸舊情緒。誰洗臙脂，更灑斷腸處。　一霎粉蝶游鶯，芳菲閲盡，是誰把少年空誤。　念芳意。拚受今日秋風，明朝又秋雨。留得嫣紅，休自怨遲暮。知他三月春韶，杜鵑枝上，應更啼痕還苦。」番禺汪莘伯兆銓壺中天云：「斜陽庭院，正屏風倚處，離愁千里。冷落秋江蘆荻岸，幻出一枝明媚。鶴頂深痕，鵑啼恨血，灑入西風裏。一般紅葉，幾行新試題字。橫舍相約尋秋，軟遲來作客，飄零如此。不是芙蓉江上影，也自向人沉醉。絳樹歌殘，茜窗事杳，剩有書難寄。老來顏色，那人應怨蕉萃。」番禺葉南雪衍蘭惜紅衣云：「豔惜霜腴，嫣含雨暈，露華涼滴。垂蓼汀洲，疏花半狼藉。妝樓乍過，渾帶得新來秋色。悽寂。蘆岸落霞，趁江楓消息。琴邊醉客。驚惜朱顏，尋芳小橋側。斜陽送晚，遠訊渺鄉國。苦憶舊時慘綠，夢斷夜寒簾隙。臙比紅詩句，啼煞杜鵑愁魄。」番禺徐巨卿鑄揚州慢云：「華片零霞，蒨絲沉水，秋人淒絕堪憐。恰新叢豔冶，媚此穉寒天。料池館卑枝悄亞，一聲箏柱，展向蘆邊。襯鵝屏猩色，尖風翦碎湘煙。鸞綃紛舞，乍相逢曾障嬋娟。記蠟蕊輕挼，瑤英私掐，滴粉芳妍。留得瘦金體態，休排與錦字雲椾。笑闌簾紅燕，銷魂輸卻年年。」萍鄉文道希廷式卜算子云：「午枕怯輕寒，天末驚新雁。瑟瑟疏花爲報秋，烘出斜陽茜。書寄洞庭波，夢隔瀟湘遠。可惜淩霜葉葉紅，不及芙蓉淡。」番禺汪憬吾兆鏞摸魚兒云：「渺天涯、一繩寒陣，秋聲吹遍芳樹。可憐描出傷心色，碎翦蒨絲千縷。還記取。莫誤認宮溝片葉題愁處。憑闌凝竚。便喚醒花魂，迢迢錦字，怎寄斷腸句。韶華晚，誰念霜凋日暮。向人淒豔如許。霞衣茜袖清寒慣，未受世間炎暑。應惜護。笑鏡裏朱顏安得春長駐。離懷漫與。計楓岸鴉啼，蓼汀鷗泛，相憶更情苦。」漢壽易實甫順鼎摸魚兒云：「問花天、淚痕多少，舊鵑又化新雁。秋江也似芙蓉命，惆悵東風不管。君漫感。君不見碧桃花落春如電。羅裙血染。任翠袖單寒，青衫老大，商婦一般賤。燕支色，欲畫牡丹渾懶。故山聊寫清怨。空簾綠影瀟湘水，洗出夕陽紅澹。箏柱畔。便題葉宮溝已惜年華晚。關河路遠。怕留住朱顏，酒邊無用，去作冷楓伴。」番禺石星巢德芬八聲甘州云：「恠平林一簇霎時光，看碧轉成朱。正蘆花白了，菊英落盡，剩此霜株。爲甚情懷不老，血性未銷除。目送芳暉裏，冷豔誰如。生憶年華慘綠，儘嬉春酣夏，對景軒渠。忽秋心一點，遷恨到林於。盼消息江南天遠，只相思人去待傳書。增怊悵，年年織錦，拋斷江湖。」番禺陳華階慶森金縷曲云：「逗起丹楓冷。倚閒庭、霜華乍泫，一枝紅凝。不信秋容偏淡泊，還有斜陽滿徑。正昨夜、梧飄金井。箏柱初移涼信透，茜紗窗似閃驚鴻影。錦楡字，可重省。　衡陽自古離愁境。盼江天、碧雲黃葉，淚痕猶瑩。有限春韶都過了，憐爾芳心獨警。但伴取、朱顏明鏡。莫共玉溝流水去，怕深宮人寫秋宵靜。尋舊侶，度湘迴。」末有憬吾先生哲嗣跋語云：「光緒乙酉十一月，梁節庵丈鼎芬罷官歸里，先伯莘伯先生，招同楊叔嶠丈銳、王子展丈存善、朱棣垞丈啓連、陶子政丈邵學、集越秀山學海堂，酒半，過菊坡精舍。時雁來紅盛絕，梁丈首倡此詞，先伯因囑余子容丈士愷繪雁來紅圖，各題所爲詞于後。翌年，徐巨卿丈鑄、文道希丈廷式、易仲實丈順鼎、石星巢丈德芬，與家大人咸有繼聲。時葉南雪先生衍蘭以詞壇老宿，亦欣然同作，陳華階丈慶森則戊戌秋補作，俱裝池成册。南雪先生撰有秋夢庵詞，梁丈撰有款紅樓詞，朱丈撰有棣垞集，家大人撰有雨屋深燈詞，皆已刻入。文丈撰有雲起軒詞，石丈撰有緺春詞，先伯撰有惺默齋詞，均未刻入。易丈撰有湘絃詞、鬘天影事譜、琴臺夢語詞、摩圍閣詞、楚頌閣詞。楊丈詞集未見。張菊生丈元濟刊有戊戌六君子集，均待檢。王丈陶丈徐丈陳丈詞稿未刊。梁丈署名耑，蓋芬耑雙聲，罷官時偶易，并附識之。汪宗衍謹跋。」按王子展先生曾與先叔子新公同官粵東，庚子辛丑間，來居滬瀆，與道希學士交誼至密，余獲常相過從。其記問極博，談論風生，顧不以詞名，殆未有詞集。節庵先生詞，乃葉遐庵近歲所印行。叔嶠先生余相識於北都，數共游讌，曾同往豐臺看芍藥，有詩唱和。戊戌政變，被禍刑死。余襄助張菊生搜羅六君子集時，覓其全稿不得。實甫詩詞，生前零星刊行，未有全集。歿後甯鄉程子大頌萬將爲彙刊遺稿，未果而程君亦歿。

徐仲可

杭縣徐仲可舍人珂，早歲學詞於譚復堂，續篋中詞曾收數闋。復堂評周止庵詞辨，爲仲可作也。仲可著述最勤，晚卜居康橋，與余比鄰，朝夕相過，輒以所撰筆記詩文詞就相商榷，謙問再四，恂恂然君子人也。題孫谷紉秋思集西河云：「歌舞地。銅駝幾閱興廢。蓬萊宮闕易生塵，暮鴉四起。夕陽猶自戀江亭，秋聲搖動葭葦。搔短鬢，闌獨倚。頻年書劍留滯。庾郎詞賦鬱清商，似聞鶴唳。待憑客燕話滄桑，西山依舊寒翠。酒酣擊筑弔易水。望燕臺雲樹千里。我亦悲秋身世。更驚心曙色催笳吹。殘夢重尋雞聲裏。」春感雪梅香云：「老吟筆，重溫曲陌舊心情。念芳菲桃李，江潭柳色同青。劫後蘭尊閒歌哭，夢中花國詭陰晴。照淞碧，對此茫茫，春水方生。幽盟。負多麗，客鬢塵蒙，幾誤鄰櫻。草綠天涯，爲誰望極長亭。拂檻寒風眩驚蝶，卷簾斜日澀啼鶯。何堪又，餳簫社鼓，來送愁聲。」仲可有純飛館詞，癸亥以後詞，則尚未付梓。

惲瑾叔

陽湖惲瑾叔都轉毓珂亦字醇庵，近居滬瀆，鬻文爲生。詞筆清剛雋上，老而彌工。立春日偶成依玉田體月下笛云：「昨夜風迴，頭番記否，換紅移翠。金籠喚冷，爲道癡鸚夢餘幾。山中自昔無車馬，更屈指流年似去水。歎平原牛土鞭香，拂散斷魂空際。　人意回闌底。看千尺游絲，畫簾縈墜。東皇倦矣。問誰料平理芳事。莫教花柳知矜寵，怕燕叱鶯嗔又起。向遠樹聽啼鴂，真訴春愁解未。」雨霖鈴云：「吳鉤霜夕。倚高穹外，夢遠天碧。斜陽一別何許，孤飛怕見，尋常坊陌。月底簫聲縹緲，冷遺佩蹤跡。儘待得香霧瓊枝，甚是春風舊詞筆。　王嬙那便無顏色。只玉容歎畫工難覓。飄花猛雨禁慣，渾負卻綠陰憐惜。鳳枕鸞綃，誰使啼痕獨夜長拭。　嶺海水休試并刀，倩寄愁消息。」

汪袞甫　汪旭初

吳縣汪袞甫榮寶，荃臺太守之子也。荃臺先生久居張文襄幕，綜管學務。光緒壬寅，文襄署兩江總督，余被命創辦三江師範學堂，常獲奉教於荃臺先生。及辛亥後，又得交袞甫介弟旭初東寶於滬。袞甫詩宗玉谿，爲詞絕少。茲得其浪淘沙一闋云：「官柳俯河橋。冶葉倡條。臺城風片暮蕭蕭。雪藕調冰多俊侶，同試蘭橈。　十五小蠻腰。翠羽金搖。背燈無語弄鮫綃。今夜月明歸去晚，重理笙簫。」蓋在金陵應試時所作也。

旭初詞宗清真，緜密遒俊。過金鰲玉蝀橋有懷而作解蹀躞云：「半頃紅香初減，青蓋隨風舉。舊時靈鵲飛橈映宮女。一晌舞歇歌殘，任看水佩風裳，漫霑塵土。甚情緒。因念荷亭涼露，凭肩共私語。至今羅襪凌波更何許。往事重惜飄零，那堪空苑斜陽，帶愁歸去。」拜星月慢云：「瘦竹通橋，垂楊縈路，步繞回隄千轉。屐齒苔痕，任東風吹遍。最惆悵、幾日輕寒薄暖天氣，嫩緑繁紅偷換。崔護重來，隔桃花人面。記當時、暗結秦簫伴。空回首、事逐輕烟散。一片芳草斜陽，惹天涯幽怨。判今宵夢怯殘燈館。梁間燕轉側聞長歎。賸憐取一寸春心，繫連環不斷。」傾杯云：「屑玉霏譚，傾銀注釀，羈懷頓覺消釋。岸柳乍沐，水閣過櫼，恰步鄰邀笛。蠻牋蠟苣分題處，倒百尊休惜。南朝舊恨，都付與、歷歷冥飛鴻翼。鬢白。從來卻少，酒襟詩本，依舊狂心迹。想再葺荷衣，啼猿爭怪我，如何消得。楚澤行吟，西州沉醉，莫學當時客。故山北。還只要草堂相識。」醉登北極閣故址，今爲氣象臺虞美人云：「高秋與我襟懷好。落葉紛如掃。天風吹上九層臺。但見遠山如垤水如杯。明明河漢通微路。也擬驂鸞去。沉思依舊住人間。上界仙官不似散人閒。」諸詞皆倚聲上乘，可爲後學圭臬也。

吳瞿安

長洲吳瞿安梅，爲曲家泰斗，其詞亦不讓遺山牧庵諸公。近得其霜厓讀畫録，題鄭所南畫蘭次玉田韻清平樂云：「騷魂呼起。招得靈均鬼。千古傷心留一紙。認取南朝天水。北風吹散繁華。高邱但有殘花。花是託根無地，人還浪跡無家。」題龔半千畫桂枝香云：「憑高岸幘。愛面郭小樓，紅樹林隙。妝點晴巒古畫，二一分秋色。高人去後闌干冷，笑斜陽往來如客。野花盈路，當時俊侶，梁燕能識。但破屋西風四壁。對如此江山，誰伴幽寂。湖海元龍未老，醉嫌天窄。笛中唱到漁歌子，賸無多金粉堪惜。暮寒人遠，何時重認，舊家裙屐。」題王東莊畫長亭怨慢云：「是誰寫荒寒情緒。千丈懸厓，幾丈瀑布。一水瀠洄，大隄環繞萬叢樹。遠峯清苦。留黛色，飛眉宇。勝地記曾經，但夢想登臨何處。延佇。對江山如此，恨少釣游佳侶。沙棠簫管，已無復昔年豪舉。縱蓊取十里吴波，怕難測明朝晴雨。仗妙筆雲槎，點綴思翁真趣。」諸詞豪宕透闢，氣力可舉千鈞。予嘗謂元初詞得兩宋氣味，不似明清諸家，墮入纖巧。曲盛詞衰，實在明代。元曲高過後來，正由繼兩宋後，詞尚未衰也。

陳伯平

長沙陳伯平中丞啓泰，以戊辰名翰林，轉御史，直聲震朝右，與黄漱蘭、寶竹坡、張幼樵、鄧鐵香、洪右丞齊名，當時有「黄寶陳張」之目。及洊升至蘇撫，嫉惡懲貪，僚屬戒畏。其自勵清節，求之清末督撫中，未有第二人能若公者。公生平精音韻訓詁之學，閒喜爲小詞。向在公壻徐紹周齋中，見其門人劉春霖殿撰手録公少作詞一卷，惜當時未能選録數闋。兹得公甥張介祉輯録遺詞相示，則多中年以後所賦，格調高雋，辭采葩正，以比范文正歲寒堂詞，未以綺語爲嫌也。酬周石君集杜五言見寄齊天樂云：「邊風吹墮紅雲影，緘來浣花詩句。碎錦新聯，零縑巧綴，一幅天然機杼。金城漫詡。怕晉帖唐臨，江東傖據。卻怪涪翁，百家衣笑半山語。新聲還繼秀水，篋中蕃錦集，編又何許。杏谷吟篇，蘆河譜笛，忙煞勺湖盟主。相思寄與。悵斷隔吟朋，太行勾住。甚日西窗，遲君同話雨。」雲中懷古念奴嬌云：「方山北望，障鮮卑西部，烏桓南境。當日控弦過十萬，蠻觸紛爭無定。鹿苑成塵，龍堆罷戍，誰問飛狐嶺。韓陵片石，近添多少新詠。遥憶捺鉢宵屯，承天遠御，壓鬢宮花靚。今夜無憂坡上月，還似那時妝鏡。鳳去臺空，玉壘銀牀，一例荒煙亘。邊城坐聽，暮笳猶自悲哽。」席間與友人論詞滿江紅云：「今夜尊前，爲默數，千秋詞客。應除卻、旗亭勝侶，沈香仙伯。一自金荃開豔體，南唐西蜀彌纖仄。直沿流，争唱柳屯田，風斯極。秦與晏，喧歌席。坡一變，融詩筆。怪當時樂府，俳謡錯出。南宋名家何婉約，姜張吴史工堪敵。但誰饒、壯語壓辛劉，鏘金石。」醉太平云：「香殘茜襟，涼低翠簪。簾前小雨愔愔。壓梨花夢沉。鴛拋鏽針。鸞停素琴。一鵑啼近樓陰。和東風怨吟。」度雁門關蝶戀花云：「曲澗危陂連復斷。直到層顛，風景關前判。馬上驚心秋已半。南飛纔見衡蘆雁。塞草邊沙經眼慣。勾注山靈，可識行人倦。鈴鐸郎當催向晚。湘天一角鄉心遠。」元夕浣溪沙云：「月色微茫不肯明。從他燈火鬧傾城。綵雲低護一團春。翠縷金光舒夜景，鈿車寶馬蹴芳塵。有人閒坐譜新聲。」案前録陳臞庵卽陳伯平，此重録其詞。圭璋附記

黄君坦

閩縣黄君坦孝平，吾友公渚之弟也。兄弟皆能文章，工詩詞書畫，殆不可及。題埃及女王像拓本滿庭芳云：「珠鳳攲鬟，明蟬照鬢，鬘天影事留痕。訶梨半掩，鏡裏月黄昏。十種宮灣奩豔，可憐是、金塔離魂。空相惜、摩訶曲子，釵鈿逐時新。啼妝窺半面，咒心化石，搗麝成塵。任壓裝海客，分載殘春。誰解蘭

闔索笑，飛鸞影、空牖青珉。依稀認、劫灰羅馬，留有捧心顰。」又乙亥重九心畬昆玉導游寶藏寺齊天樂云：「層岡迤邐招提境，畫廊更依翠巘。雞犬雲中，鐘魚世外，羽客衣冠未幻。茶烟別院。羨寶玦王孫，留題都遍。眼底西湖，共誰殘照話清淺。蕭辰試招游屐，相逢張打鶴，絲鬢愁綰。鷲寺風光，獅窩粉本，彈指華嚴隱現。白頭宮監。儘采蕨西山，翠華望斷。醉墨分箋，一庵蒼雪晚。」寺爲宮監小德張重修，住持知客皆内監。故詞中用張打鶴故事。

陳寥士

鄞縣陳寥士道量，工詩，刊有單甲戌稿。近寫示蝶戀花小詞，亦工緻細膩。詞云：「欲繡鴛鴦無意緒。筆縱生花，難把心情吐。容易寫書誰寄與。如煙簾幕沉沉暮。十二瑤臺懸玉兔。心怯空房，如歲今宵度。手弄秦箏聲自苦。夢中且覓回腸句。」寥士師慈溪馮君木幵，君木與臨桂況夔笙最契，寥士亦與之習。君木與夔笙聯句浪淘沙云：「風雨黯橫塘。著意悲涼。殘荷身世誤鴛鴦。花國蟲天何處所，猶說年芳。況妾是夜來香。郎是螳螂。花花葉葉自相當。莫向秋邊尋夢去，容易繁霜。」馮題云：「蕙風翁天香樓漫筆有記螳螂一則，言藤本花有曰夜來香者，其葉下必有一二小螳螂棲集，纖碧與葉同色，若相依爲命者。」曩寓金陵，歲買此花，罔或爽也。詞人體物之微，即小可以見大。余笑語翁，若倣王桐花句例，當云妾是夜來香，郎是螳螂矣。翁深賞是語，謂天然浪淘沙佳句也。聯詠足成一解。今此墨蹟，爲朱别宥所藏，寥士題詩云：「馮螳螂與況螳螂，留與詞壇作典章。沙子片帆成劇蹟，朱家什襲付珍藏。

清詞足比桐花鳳，遺迹誰尋草樹岡。不學争墩能讓號，二風高致勝獾郎。」此詩與詞家故事有關，因並録之。夔笙昔與予居爲鄰，習知其妾甚美而賢，自其妾歿，而夔笙不數年亦下世矣。相依爲命，其讖語耶。寥士况蝗螂之稱，亦不爲謔矣。

勞玉初

桐鄉勞玉初乃宣，於癸丑自淶水移居青島，居於勞山之麓，自以爲其家得姓之祖居，可謂爲歸。嘉興金甸丞爲繪勞山歸去來圖，玉初自題摸魚兒云：「峙蒼溟、萬峰環翠，先疇遥溯千古。雷聲電影飈輪疾，載得蕭然家具。聊賃廡。更莫道、山川信美非吾土。高風遠數。問迷路逢萌，餐霞李白，遺躅可容步。南雲邈，閭井方叢豺虎。周京又感禾黍。江湖魏闕都成夢，蹙蹙我瞻何所。誰與語。渾不料、有人重譯談鄒魯。歸來且賦。願蠡箇埋頭，鯨波洗耳，長向畫中住。」時德國尉君創尊孔文社，玉初之往居青島應其招也。

陳師曾

義寧陳師曾衡恪，右銘中丞之孫，伯嚴吏部之子也。其遺詩爲女弟子江采所楷寫，葉君遐庵爲之影印。師曾亦工詞，未有刊本。予篋中有其遺詞數闋，亟録於此。海棠花下作春從天上來云：「翠擁紅幢。是瓊壺窈窕，飛影殊鄉。宿露搓酥，斷霞凝粉，簾捲恰對穠芳。好自珠樓燦曉，多少意、酒力難將。翦綃緗。儘一春蜂蝶，都隔銀潢。霓裳又成恨舞，算喚起瑶姬，有淚如江。吹轉朱幡，絳雲迷卻，猶憐醮水淒涼。一捻殢嬌慵學，東風裏、曾訝濃妝。解零璫。漸絲絲細雨，委盡柔腸。」海棠用碧山榴花韻慶清朝云：「絶豔宜簪，倩魂易冷，幾回韠臯東風。春嬌乍倚，曲欄獨映嫣紅。和醉重鳴怨瑟，絃間幽意有誰同。斜陽外、斷霞作被，殘粉成叢。猶憶故山步月，聽杜鵑啼夜，綠碎煙空。朱英數點，飛簾應爲詩工。鏡裏暗藏清淚，怕教零落亂雲中。深深院、濃愁未醒，争似花濃。」踏莎行云：「鳳帕題紅，鵝笙吹霧。夢中哽咽天涯語。細篁幽瀨獨來時，玉鴉啼過南塘路。一髻遥山，三春柳絮。十年閒事匆匆度。高樓寂寞到平蕪，斜陽已入傷心賦。」浣溪沙云：「銀漢臨岐一道催。悄風黄葉共徘徊。青燈低映繡簾開。故國寒砧傳晚信，錦衾瑶瑟動清哀。三更殘月度秦淮。」其二云：「回首秦林入夢空。片雲流水隔香紅。玉簫帆落石塘風。辛苦猶憐天外月，素秋飛影入瑶宫。千門人語斷腸中。」諸詞皆大雅之音，長調步武碧山，非徒模擬。案方恪先生言，衡恪先生素不作詞，此所載詞皆方恪所作。圭璋記

俞階青

錢塘俞階青編修陛雲，曲園先生之孫。其詞清空，頗有家法。夕陽和史梅溪春雨韻綺羅香云：「淡欲生陰，去還成戀，驚眼天涯遲暮。翠舞紅酣，肯爲朱門少住。下芳砌、蝶暝重簾，倚荒戍、雁沉寒浦。借枝頭餘暖無多，棲鴉啼夢玉京路。江城哀角自奏，賸有西風茸帽，蒼涼歸渡。一抹殘山，映取倦妝眉嫵。伴孤影、知有誰來，寫閒恨、了無着處。乍消凝、換卻黄昏，亂蟲棲共語。」

鄭翼謀

上海鄭翼謀永詒，別號質庵，能詩，偶爲長短句，妙似迦陵。香雪海行香子云：「樹老無塵。香暗無痕。更茫茫、海樣無門。珊瑚枝冷，又是黃昏。閱幾番風，幾番雪，幾番春。　雪白於銀。花凍於雲。守天寒、鶴瘦於人。誰驚鶴夢，喚起花魂。記路三叉，笛三弄，月三分。」

梁公約

江都梁公約菼，工詩，有端虛堂集一卷，亦能爲小詞，歿後其稿散佚，世不經見。虞美人云：「千闌百就渾如醉。消盡相思味。夢魂猶作有情癡。不道殘春又過牡丹時。　罡風隔斷蓬山路。密約無憑據。爲郎拚作夢中人。獨向百花深處一傷神。」

沈子培

嘉興沈子培方伯曾植有曼陀羅庵詞一卷。茲搜得集外詞一解，和陳子純韻喜遷鶯云：「南湖日暮。儘看遍游冶，總宜船艫。瘴雨飄襟，蠻花側帽，歎今日江湖倦旅。爲問漁莊蟹舍，何似馬人龍户。聽夜雨暗潮生，還有婆留知否。　是處。深巷踏歌女。春聲點徹都曇鼓。鶴去亭孤，龍移潭冷，望到江蓮白羽。幾日竹林游蹟，拍遍梅邊樂句。莫苦憶武昌魚，試鱠宋家霜縷。」子純仁先叔也，亦字止存。今子培詞集中，有和韻寄仁先喜遷鶯一解，乃疊此韻也。

張文襄

南皮張文襄公之洞，鄴城懷古摸魚兒詞云：「控中原、北方門户。袁曹舊日疆土。死胡敢蠡生天子，衮衮都成讖語。誰足數。强道是、慕容拓拔如龍虎。戰争辛苦。讓倥傯追歡，無愁高緯，消受閒歌舞。荒臺下，立馬蒼茫弔古。一條漳水如故。銀鎗鐵錯銷沉盡，春草連天風雨。堪激楚。可恨是、英雄不共山川住。霸才無主。剩定韻才人，賦詩公子，想像留題處。」文襄生平不作詞，此爲僅見。文襄督鄂時，閩縣鄭蘇戡孝胥曾在其幕，一日，文襄閱兵洪山，馳馬如飛，銀髯飄拂，觀者塞途歡呼，蘇戡賦百字令以獻。詞云：「雨晴山出，正東城草軟，湖光摇堞。一點紅旗遥指處，萬衆沉沉初列。九地潛攻，從天倏下，客主旋相躡。閫浮俄震，火雲衝散飛蝶。馳馬來者髯公，微吟弄策，憂國顔成纈。唤起忠魂應再世，滿眼英雄人傑。楚户終强，江流休轉，老去餘心鐵。鼓鼙聲遠，受恩空自腸熱。」文襄拍案稱絶。蘇戡生平亦不作詞，此亦僅見也。

陳寅恪　方恪

義寧陳寅恪、方恪，伯嚴之子，師曾之弟也，皆工爲詞。寅恪詠簾鎖窗寒云：「鳳節妨香，鸞花薄媚，靚珠深裊。瑶街静擁，瀲漾夢痕難掃。綰風絲、晴廊燕翻，石泉金點疑沾抱。最玉樓十二，銀河涼挂，碧笙吹曉。窺笑。當年少。記高捲南薰，神仙人妙。横街放夜，坐送千門歡鬧。更玲瓏遥倚未眠，夜情密意飛不到。幾花時省識春風，窣地銀鉤悄。」破陣子云：「頩玉秋香樓底，裁雲粉絮簾前。莫把尋常花月恨，譜入鈿箏舊雁絃。春城話可憐。一自蘭橈催發，幾回荔浦情牽。錦被半堆金線暗，冷落閒門逐繡韉。東風伴醉眠。」早春浣溪沙云：「伏枕鑪煙睡起遲。小山殘雪欲來時。鬟邊風信玉梅枝。來往江城惆悵客，淚痕和墨教題詩。洞房空想碧螺卮。」方恪崇孝寺牡丹三姝媚云：「鶯啼無意緒。撩晴絲芳菲，鈿車如水。錦障街南，認翠翹金暖，綠烟垂地。玉蕊唐昌，都不是仙家塵世。鳳吹歸來，瀲灩韶華，好天沉醉。何似。千嬌羅綺。問第一昭陽，那人能比。換曲移宮，又舊愁新恨，臉霞扶起。夢覺傾城，偏誤了平章門第。記取春風詞句，閒情自理。」題王伯沆孤雁圖疏影云：「西風漸緊。對暮天杳靄，雲意低暝。倦羽催歸，迢遞煙程，淒涼說與秋景。寒山占斷相思路，盼不到、書題斜整。悵玉樓、縹緲香深，合是酒消人醒。還憶長門影暗，怨啼似訴語，封淚鴛枕。渭水波聲，幾點清輝，換了唐宮金鏡。蒼茫別下汀洲去，任瑟瑟、秋江淘盡。更那知、夢穩霜葭，自有寒心難省。」秋日徐園曲遊春云：「桂院新涼嫩，看秀蕊離離，難畫秋色。曲映朱門，鎖香苔金井，碧梧喧寂。石磴蘿陰澀。認隱約浪題浮壁。甚杜郎俊賞，歸來惆悵，綠窗風日。弄白。新蟾簷隙。誤臨水眉梢，窺粉簾額。往事豪情，幾因歌駐轡，藉花圍席。屈指韶光隔。歎勝地、風流都息。更恁時、掩淚林亭，故人共惜。」拜星月慢云：「缺月牆陰，幽香坊角，隔水砧聲微度。依舊風情，認文窗烟霧。嘆如夢，最是欹紅軟翠筵底，鳳臘匆匆歸去。永夜無聊，數青溪鐘鼓。甚傷心、穩向天涯住。孤鸞信、第一眉痕誤。料應紅袖寒添，惹歡塵都汚。記今生、萬種温柔處。天河迴、錯喚桃根渡。祇賺得、楚客蕭疏，寫江關哀句。」（案方恪先生言：寅恪素不作詞，此所載詞皆方恪所作。圭璋記）

程彥清　子大

寧鄉程彥清頌芬、子大頌萬兄弟，爲雨滄教授霖壽之子。雨滄有湖天曉角詞二卷，彥清有牧莊詞三卷，子大有鹿川詞三卷。雨滄歸國謡云：「芳草碧。舊日送君情脈脈。西風吹老邊庭白。王孫一去無消息。傷秋色。天涯萬里長相憶。」登雲麓寺賦寄茶村江右西河云：「憑眺處。山川滿目如故。天風盪得日光寒，澹雲未雨。翠巖萬木漸知秋，秋山猶欠紅樹。烟際雁，紛爾汝。寒鴉逐隊争舞。來登絶頂盼長江，一航快渡。古今萬事繫心頭，蒼蒼相對無語。等閒有酒念故侣。問天涯何酒能估，料也者番延佇。立孤峰、目極章江路。一片斜陽關山暮。」彥清餞春和中實長亭怨慢云：「問春色、端歸何處。有箇雛鬟，悄開璇户。驀地銷魂，落花成陣攪愁緒。燕憔鶯悴。空賺得、人無主。歎逝水年華，莫迸作、梨雲棠雨。春去。認紅愁緑慘，玉筯溼侵紈素。楊花糝徑，只瞧做、離筵尊俎。念此後、漲緑天涯，怎拋得、嬌紅庭宇。正悵怨芳時，陰滿林家桃樹。」子大寄懷劉達泉申江瑞鶴仙云：「記單衣換卻。頻過訪、巷曲斜陽抹角。秋關叩誰覺。正添香詞就，窗邊閒酌。吟商鬢薄。對暝蟬如話舊約。甚街塵不到，偕引素尊，幾凭高閣。事往劉郎黯省，劫替昆池，歌終淮泊。驚飇又作。頹巢燕，且尋幕。歎懷沙有賦，無歸招汝，歸來還對落寞。任鹿川暫託。惟倚簞瓢自樂。」寄雲隱翁申江西平樂云：「嶽翠招人，岸沙罨騎，嚋昔共樂湘清。家巷尋常，嫁桃初日，陪翁社酒攜罌。歎故侣黄壚半逝，新恨烏衣易夕，争知晦迹窮途，誰能躍馬功名。休更雕龍繡虎，奇絶處、下筆少人驚。越鱸千里，淮花一舫，聊浪尊前，姑寄平生。

念我鄉、淞濱歲晚，西屋東傾。茗艼琴書暫託，嬌女新添，惆悵而翁鬢欲星。歸去未宜，災年壓病，兵火催詩，儻更浮家，莫是天涯，重攜笑語盈盈。」程氏父子在湖南皆頗有文名，子大尤俊，乃潦倒場屋，始終不獲一領青衿，中年以納粟爲知府，老於湖北，辛亥後，避居海上。常相過從，亦漚社中一老將也。

嚴載如

上海嚴載如昌堉，年富篤學，工爲詩詞，向於周夢坡齋中作畫會，獲與訂交，恂恂然一儒素之士也。其寫花卉，亦饒雅韻，殊異於今所謂海派者。有秋日游內園百字令云：「西園咫尺，展東偏一角，別開圖畫。位置不逾三畝地，林壑并包池榭。王粲登樓，米顛拜石，幽致供陶寫。尋秋憑眺，應知風月無價。放眼景物都非，人民城郭，遼鶴歸同化。老栝葱蘢曾手撫，舊事不堪重話。園舊有白皮松一株，枝幹蟠屈一望葱鬱，上海縣續志載入名迹門，今枯死十餘年矣。靈爽烟煴，畫圖省識，香火供龕舍。廳事懸元制秦公裕伯畫像，歲時制享。小嫏環地，奇書羅列盈架。」觀濤樓購置四庫全書珍本，任客觀覽。內園者，上海城內三園之一也。其地廟會極盛，園向鎖閉，近數年始縱游人觀覽。

邵伯褧

杭縣邵伯褧太史章，譚復堂先生之高足弟子也。著有雲淙琴趣三卷，詞境上追夢窗，守律極嚴，純取生澀，不襲故常，可謂盡能事。社園鸞枝和閏庵宴清都云：「萬點嫣紅樹。繁華夢、絢春天霽沉霧。緗梅遜豔，夭桃潛彩，龍池波沍。晴空照徹鸞雲，似絳闕仙幢正渡。奈歲華爛縵人間，朱顏不教輕駐。詞官往事重尋，穠芳手撚，憑續花譜。攢枝簇繡，長依禁苑，認啼鵑處。良辰輦遊何在，消息待傳言玉女。問甚時輝映霞裳，披香暗護。」鸞枝花以北地爲盛，南方絶少，俗謂之榆葉梅。

袁文藪

杭縣袁文藪毓麐，寄寓宣南，蜚聲吟社。客歲來滬，始獲識面。所著有香蘭詞一卷。登清涼山頂遠眺滿江紅云：「振袂登臨，數不盡南朝陳迹。冶城裏、過江年少，連翩裙屐。斷壟導淮空問姓，埋金厭氣仍開國。看蔣山草長門青青，斜陽色。翠微址，尋無石。華陽隱，荒無宅。聽打鐘古寺，感懷今昔。埭上雞鳴風又雨，關前虎踞潮還汐。指新亭咫尺是兵衝，征衫溼。」擬屯田少年遊云：「高陽狂客醉登樓。天氣肅清秋。鄉關不見，江山如此，莽莽使人愁。垂楊凋盡黃金縷，好夢付東流。畫角聽殘，曲闌敲遍，無計辦歸舟。」詞境空靈，上擬稼軒，得其細膩。

關穎人

南海關穎人賡麟著有稊園詩集。稊園者，其居北平時所建別墅也。曩嘗聚集爲詩鐘會，穎人記問最博，每會輒冠曹。其夫人張織雲亦工吟詠，今集中有飴鄉集四卷，乃其夫婦唱和之作。穎人詩篇極富，偶爲小令，亦至工緻。豳風堂晚飲蝶戀花云：「林氣蘇蘇收積雨。曲岸荷風，盡力吹殘暑。選得闌干臨水處。杯盤草草誰賓主。向晚蟬聲催客去。柳外明蟾，卻又留人駐。燈火西門門外路。歸鴉已滿城棲樹。」織雲和詞云：「萬綠葱蘢含宿雨。霽色初開，亭榭清無暑。一棹烟波容與處。垂楊院落誰爲主。

薄暮馬嘶人漸去。涼月如鉤，照我行還駐。芳草黏天丁字路。雙雙歸鳥池邊樹。」

沈尹默

吴興沈尹默，著有秋明集。其平昔論詩論詞，皆主放筆爲之，純任真氣，不規規於字句繩墨，其詞一卷，皆小令，未嘗爲慢詞也。浣溪沙云：「雨過猶聞隱隱雷。乍涼天氣好池臺。荷花自在向人開。但恨花無人耐久，比時堪賞莫停杯。人生何事待秋來。」西山道中思佳客云：「十丈紅塵一霎休。偶憑林壑散羈愁。晚風吹帽臨官道，小輦催詩紀舊遊。雲淡淡，意悠悠。亂蟬聲裏雨初收。柳光嵐翠知多少，又是新來一段秋。」好事近云：「今日見晴空，明日陰晴難度。一任天公做弄，有誰能管著。飛來羣鵲鬥斜陽，半點無拘縛。別是一般滋味，看人家歡樂。」諸詞固皆出之自然，意境亦極新穎也。

邵蓮士　蔡師愚

餘姚邵蓮士啓賢，德清蔡師愚寶善，皆宦游吾鄉，有同著籍。二君文采斐然，詞名相埒，而師愚之子謙，爲予從姪壻，蓋戚誼而兼文字交也。蓮士簡半櫻用屯田韻傾杯云：「夢雨飄春，暝烟沉晝，漫空又換愁色。倦旅乍息，舊恨暗咽，寄一枝梅驛。天涯幾許迴車淚，酒邊箏笛，閒情懺盡，拈錦字、懶付回文重織。御羡星槎萬里，海雲東去，曾展垂天翼。料別後風光，櫻花憔悴，爲江關詞客。白社傳箋，青溪飛槳，認遍泥鴻迹。憶鄉國。憑翦取、聖湖寒碧。」師愚游拙政園綺寮怨云：「夢雨春歸何處，午晴庭院深。正滿目、斷瓦頹垣，回廊隱、數處亭林。當年潭潭第宅，繁華逝、麝屑香篆沉。賸幾時、畫閣朱簾，塵封久、畋壁蟲夜吟。一徑屐痕漫尋。蒼苔倦步，迎人萬玉去森森。棖觸詩心。聽流水，響鳴琴。山茶甚時落盡，且悵惘，翠篠陰。風來襲襟。生涯試對鏡，霜鬢侵。」師愚已刊有一粟庵詞行世。

彭蕁思

高安彭蕁思醇士，能詩善畫，詞尤工緻。調頤水三姝媚云：「銀屏圍繡綺。正垂蓮燈圓，歕猊香細。杏雨添寒，襯玉纖葱蒨，絳囊温膩。鏡寫春山，赢記得親描眉翠。別後雲英，愁把金尊，暗澆紅淚。楊柳雕鞍重繫。念舊曲桃根，有人曾似。夢臬陳宮，聽繞梁瓊樹，弄嗹鶯脆。象管鸞箋，空悵望、僊舟雙美。待與清詞低唱，箏絲自理。」吾鄉瑞州，在宋爲筠州，名宦有蘇子由、楊誠齋。華林、荷山、珠湖、鏡溪，地占清嘉，士多文藻。高安、上高、新昌三邑之人，多諳音律，能歌古詞曲，亦特長也。

許季純

長沙許季純崇熙，昨年乙亥逝世，遺集尚未刊行。季純詩詞皆臻上乘，而爲書名所掩。辛未立夏風雨漢宮春云：「生怕歸春。倩楊絲綰住，藤蔓牽回。新來曉鐘忽動，杜宇頻催。天涯緑遍，賸酴醾、慵綴蒼苔。還竟日、風風雨雨，惜花心事成灰。應識流光如水，儘雲鬟雪面，轉眄都非。餘芳未全消歇，隱約珠胎。圓荷的皪，盼紅衣、重與傳杯。休苦恨、春將花去，見花卻帶春來。」

陳倦鶴

江寧陳倦鶴世宜，爲張次珊通參高第弟子，光宣間從朱漚尹侍郎吴門，居法政學校講席，境界敻絶，足證淵源。綺寮怨云：「縹渺神山何處，海光回望遥。聽廣樂、醉引流霞，清虚府、絳袂曾招。呼龍耕烟種玉，玻瓈脆、鏡日誰更敲。怕爛柯、對弈無人，空中語、夢鹿重覆蕉。漫信跨鸞上霄。紅朝翠暮，雲翹慣怨迴飈。貝闕珠巢。擬同賦、水仙謡。天孫聘錢償否，洗淚眼、愛河潮。樓頭弄簫。前宵尚解珮，臨漢皋。」滬濱雪中度歲寄懷同社諸友泛清波摘遍云：「燒痕野草，瞥影邊鴻，如矢歲華催换了。睡中山色，但有梅枝占春早。淞濱道。明燈閃閃，官柳蕭蕭，連騎俊遊今漸少。繡幕休垂，放入寒光見懷抱。庾園悄。飛絮乍縈畫檐，解凍尚遲芳沼。翻恐回風，向人鬢絲吹老。獸香裊。花外信息愈疏，天涯夢程難到。幾處金盤燕簇，醉吟昏曉。」

吴仲言

吴興吴仲言錫永，早年治兵家書，儒將也。昔同官金陵，時共游讌。是時在江南治軍者，徐固卿同年，爲新軍統制。俞恪士提學，監督陸師學堂，一時軍諮將弁，多爲績學之士。仲言有和半櫻傾杯云：「目逐飛雲，思隨歸鳥，江城漸合暝色。暮雨暗燭，苦竹繞屋，宿水村荒驛。憑闌獨自傷心處，忍泊舟聽笛。多情笑我，休更道、日日清愁如織。賸憶鵬摶直上，錦程千重，争奮垂天翼。恁綫壓頻年，鸞飄依舊，是他鄉爲客。海角懸帆，軍中磨盾，白雪留鴻迹。念家國。看陌柳、暖風吹碧。」此詞悲歌慷慨，不異稼軒、龍洲也。

徐紹周

長沙徐紹周楨立，爲叔鴻觀察丈之子，詩詞書畫，無不精能。庚午歲，避地來居海上，與予結詞社畫社。湘人之能爲詞者，陳伯弢歿後，紹周當居壇坫之長。予六十初度，紹周贈詞慶千秋云：「溟漲腥收，又銅街密樹，幾換青葱。吹香露花半畝，依舊薰風。莎亭蘚閣，記年時、尊俎頻同。天更許、循階歲月，海涯贏見桑紅。　往事壯懷無限，譜清詞小海，歌付吴儂。回看上霄五老，依約何峰。還山未得，掃烟螺、添寫吟筇。人未老，朱顔好駐，勸斟石上花茸。」

易大厂

鶴山易大厂孺，工詩詞書畫篆刻。其大厂詞稿，手寫印行，巾箱攜取，良可珍玩。夢窗韻答雲持思佳客云：「涼後冰帷斷水沉。祇餘星漢隔宵心。未驚璚盌添人醉，恐爲銖衣殢夢深。　和怨拆，帶香斟。玉瑺親手累沉吟。飛來日上催詩雨，不管南雲片片陰。」庚申重陽析津攜眷屬登河北公園小山六么令云：「嫩陰扶午，緜縨添微燠。清沽照雲同繞，燕子低如沐。又見園亭陗道，轉折行都熟。寒香猶逐。呼錢急買，深碧輕黄趁時菊。　殘陽樓外漸没，瑟瑟難窮目。谿畔似鬟叢蘆，怒出參差玉。閒恨霜皮老柳，聽過從軍曲。棨林休卜。茱萸無恙，共取平安對花囑。」

張次珊

張次珊通參遺詞，頃得其門弟子陳君倦鴻爲刊行續集。倦鴻極矜慎，於去取疊商於予，所删數闋，大抵爲平昔酬應不甚經意之作。茲録存三闋於此，題袁太夫人詩集絳都春云：「雲霞新組。是舊日浣花，雕龍機杼。一片古香，百斛清愁穿珠語。疏林落月懷鄉句，便江筆如花應妬。抵他多少芳情，藻思悴春工賦。還慕。璇閨豔福，洞簫按、鏡裏鳴鸞對舞。漱玉曼聲，徐淑書名爭前古。諸郎詞苑森旗鼓，但餘技、阿孃分與。灑然林下高風，鳳毛幸覩。」將往吳門和韻賦酬雲門花發狀元紅慢云：「白手無持，紅牙細按，燦心蕊都坼。金相玉質。麗才擅、不數文章燕國。下筆風雨驚，日試萬言何雄特。苦耽吟、怕夜深臨鏡，鬢點霜白。可奈梅花催我，躡屐靈巖，檥舟石壁。明日天涯獨對酒，問何似、繾綣今夕。暮雲思渭水，寒雨送吳江行客。更回頭、看整頓濟時，垂手飢溺。」題周養蓉篝燈紡讀圖鎖窗寒云：「穗影凋春，機聲送夕，素帷兒女。柔絲萬轉，未抵心中愁緒。忍無眠、漏殘未休，父書檢疊親傳與。對短檠、慘碧年年，禁慣敝廬風雨。回顧。浮名誤。記手線縫衣，淚揮臨去。京塵半染，負了當年烏哺。想官齋、樺煙夜燒，往懷暗觸悲誰語。待瀧岡墓表，新題大筆同千古。」

王木齋

上元王木齋德楷，與予姪承慶爲丁酉同年生，昔年在文芸閣席上見之，遂與訂交。木齋記問博雅，善談論。庚子辛丑間，在滬上，蓋無日不相往還。所著娛生軒詞，近年其鄉人盧君冀野始獲録刊一卷，蓋遺稿散佚者多矣。壽樓春云：「聽啼鶯消魂。向垂楊萬綠，立盡黄昏。輸與澆愁紅友，醉鄉延春。頻悵望，年時人。數飄零、誰依王孫。算鵜鏡盟寒，鴛樓夢熟，芳思總成塵。重來處，空斜曛。蕩歌雲一片，猶戀芳尊。應有文蛛冪壁，候蟲迎門。聊踨酒，張吾軍。眷舊情、翻憐桃根。任穠影扶花，東風淚盈欹岸巾。」此詞作於秦淮水榭，時有所眷，已他適矣。予略知其本事也。

壽石工

山陰壽石工鑈，規橅夢窗，意濃語澀，有珏庵詞行世。城南歌席蘭陵王云：「水仙瑟。流響煎情共急。依稀嚴帳古簾，瞥眼繁花媚瑶碧。清寒味慣識。蕭寂。春如過客。黄昏半、何處頓歡，微著歌雲弄香息。迴風麝塵藉。但碎語蟲天，零夢鷗席。商絃催唱銷魂色。看萼熨眉小，暈酣渦淺，佚光飄送電駱驛。怎臨去禁得。行歷九街直。漸入畫遥空，皺膩鉛墨。沉陰戲鼓聲中黑。便約扇籠暝，障羞痕窄。燈筵妝竟，又冪影，翠黛澀。」是詞不特藻采芬逸，氣韻尤高，勁氣中深含静穆之旨。予嘗謂夢窗詞，如漢魏文，潛氣内轉，不恃虚字銜接。不善學者，但於字句求之，失之遠矣。石工真善學者也。

許守白

番禺許守白之衡，羅君談東之戚。曩在北都，時相過從，今歿已數年矣。予昔評其詞，謂意深而能透，辭碎而能整。朱漚尹則謂其思窈而沉，筆重而健，亦海南之傑出者也。和清真韻滿路花云：「簾鉤閣晚陰，窗槅融晴雪。飛梅嬌弄蕊，輕塵絶。游絲拂處，一縷柔情折。客愁天際闊。不斷平蕪，送人又換韶節。新梢紅糝，暗灑啼鵑血。雲屏燈影顫，春魂接。蓮壺動響，催夜聲聲切。幽夢尋花說。卻愁好花似人，容易輕別。」

譚祖庚

茶陵譚祖庚軍部恩闓，文勤公第四子，組安先生之弟也。吾友陳伯弢在日，盛稱其能詞。庚午，其公子光刊其靈鵲蒲萄竟館遺詞，予曾序之。擬花間四字令云：「蘭釭穗長。金猊燼涼。玉階碧瓦凝霜。送流光滿窗。鸞釵澹妝。羅襦素璫。相思欲夢高唐。望巫山斷腸。」桂殿秋云：「秋正好，日初融。鈿車經處瑞香濃。夭桃華始瑤臺露，叢桂馨時玉殿風。」小詞澤古，甚見才力，惜得年不永耳。

海綃説詞

陳洵撰

海綃說詞目錄

通論

宋吳文英夢窗詞

宋周邦彥片玉詞

宋辛棄疾稼軒詞

海綃説詞

通論

本詩謂三百篇也

詩三百篇，皆入樂者也。漢魏以來，有徒詩，有樂府，而詩與樂分矣。唐之詩人，變五七言爲長短句，制新律而繫之詞，蓋將合徒詩、樂府而爲之，以上窺國子絃歌之教。謂之爲詞，則與廿五代興者也。

源流正變

詞興於唐，李白肇基，温岐受命。五代纘緒，韋莊爲首。温韋既立，正聲於是乎在矣。天水將興，江南國蹙，心危音苦，變調斯作，文章世運，其勢則然。宋詞既昌，唐音斯暢。二晏濟美，六一專家。爰逮崇寧，大晟立府 制作之事，用集美成。此猶治道之隆於成康，禮樂之備於公日，監殷監夏，無間然矣。東坡獨崇氣格，箴規柳秦，詞體之尊，自東坡始。南渡而後，稼軒崛起，斜陽烟柳，與故國月明相望於二百年中，詞之流變，至此止矣。湖山歌舞，遂忘中原，名士新亭，不無涕淚，性情所寄，慷慨爲多。然達事變，懷舊俗，大晟餘韻，未盡亡也。天祚斯文，鍾美君特。水樓賦筆，年少承平，使北宋之緒，微而復振。

尹煥謂前有清真，後有夢窗，信乎其知言矣。稼軒由北開南，夢窗由南追北，善乎周氏之能言也。南宋諸家，鮮不爲稼軒牢籠者，龍洲、後邨、白石皆師法稼軒者也。二劉篤守師門，白石别開家法。白石立而詞之國土蹙矣。至玉田演爲清空，奉白石爲祧廟。畫江畫淮，號令所及，使人遂忘中原，微夢窗誰與言恢復乎。周止庵曰：「近人頗知北宋之妙，然終不免有姜張二字，横亙胸中。豈知姜張在南宋亦非巨擘乎。論詞之人，叔夏晚出，既與碧山同時，又與夢窗别派，是以過尊白石、但主清空。後人不能細研詞中淺深曲折之故，羣聚而和之，並爲一談，亦固其所也。」洵按：自元以來，若仇仁近、張仲舉，皆宗姜張者。以至於清竹垞、樊榭極力推演，而周吴之緒幾絶矣。竹垞至謂夢窗亦宗白石，尤言之無理者。

師周吴

周止庵立周辛吴王四家，善矣。惟師説雖具，而統系未明。疑於傳授家法，或未洽也。吾意則以周吴爲師，餘子爲友，使周吴有定尊，然後餘子可取益。於師有未達，則博求之友。於友有未安，則還質之師。如此，則系統明，而源流分合之故，亦從可識矣。周氏之言曰：「清真，集大成者也。稼軒斂雄心，抗高調，變温婉，成悲涼。碧山切理饜心，言近指遠，聲容調度，一一可循。夢窗奇思壯采，騰天潛淵，返南宋之清泚，爲北宋之穠摯，是爲四家，領袖一代。所謂師説具者也。」又曰：「問塗碧山，歷夢窗、稼軒，以還清真之渾化。」所謂統系未明者也。

周氏自言受法於董晉卿，而晉卿則師其舅張皋文。又曰：「已而造詣日以異，論說亦互相短長。晉卿初好玉田，余曰：『玉田意盡於言，不足好。』余不喜清真，而晉卿推其沉著拗怒，比之少陵。牴牾者一年，晉卿益厭玉田，而余遂篤好清真。」又曰：「因欲次第古人之作，辨其是非，與二張董氏，各存岸略。」張氏輯詞選，周氏撰詞辨，於是兩家並立，皆宗美成。而皋文不取夢窗，周氏謂其爲碧山門徑所限。周氏知不由夢窗不足以窺美成，而必曰問塗碧山者，以其蹊徑顯然，較夢窗爲易入耳。非若皋文欲由碧山直造美成也。吾年三十，始學爲詞。讀周氏四家詞選，即欲從事於美成。乃求之於美成，而美成不可見也。求之於稼軒，而美成不可見也。求之於碧山，而美成不可見也。於是專求之於夢窗，然後得之。因知學詞者，由夢窗以窺美成，猶學詩者由義山以窺少陵，皆涂轍之至正者也。今吾立周吳爲師，退辛王爲友，雖若與周氏小有異同，而實本周氏之意，淵源所自，不敢誣也。

志學

有志然後有學，學所以成志也。學者誠以三百廿五爲志，則溫柔敦厚其教也，芬芳悱惻其懷也。人心既正，學術自明，豈復有放而不返者哉。若夫研窮事物以積理，博采文藻以積詞，深通漢魏六朝文筆以知離合順逆之法，入而出之，神而明之。海水洞汨，山林杳冥，援琴而歌，將移我情，其於斯道，庶有洽乎。

嚴律

凡事嚴則密，寬則疏，詞亦然。以嚴自律，則常精思。以寬自恕，則多懈弛。懈弛則性靈昧矣。彼以聲律爲束縛者，非也。或又謂宮商絕學，但主文章，豈知音節不古，則文章必不能古乎。無韻之文尚爾，何況於詞。凝思静氣，神與古會，自然一字不肯輕下。莊敬日强，通於進德，小道云乎哉。

貴拙

唐五代令詞，極有拙致，北宋猶近之。南渡以後，雖極名雋，而氣質不逮矣。昔朱復古善彈琴，言琴須帶拙聲，若太巧，卽與箏阮何異。此意願與聲家參之。

貴養

詞莫難於氣息，氣息有雅俗，有厚薄，全視其人平日所養，至下筆時則殊，不自知也。

貴留

詞筆莫妙於留，蓋能留則不盡而有餘味。離合順逆，皆可隨意指揮，而沉深渾厚，皆由此得。雖以稼軒之縱横，而不流於悍疾，則能留故也。

以留求夢窗

以澀求夢窗，不如以留求夢窗。見爲澀者，以用事下語處求之。見爲留者，以命意運筆中得之也。以澀求夢窗，卽免於晦，亦不過極意研鍊麗密止矣，是學夢窗，適得草窗。以留求夢窗，則窮高極深，一步一境。沈伯時謂夢窗深得清真之妙，蓋於此得之。

由大幾化

清真格調天成，離合順逆，自然中度。夢窗神力獨運，飛沉起伏，實處皆空。夢窗可謂大，清真則幾於化矣。由大而幾化，故當由吳以希周。

內美

飛卿嚴妝，夢窗亦嚴妝。惟其國色，所以爲美。若不觀其倩盼之質，而徒眩其珠翠，則飛卿且譏，何止夢窗。玉田所謂碎拆不成片段者，眩其珠翠耳。

襟度

清真不肯附和祥瑞，夢窗不肯攀援藩邸，襟度既同，自然玄契。詩云：「惟其有之，是以似之。」

海綃說詞

宋吴文英夢窗詞

霜花腴翠微路窄

海綃翁曰：此汎石湖作，非身在翠微也。次句乃翻杜子美宴藍田莊詩意，言若翠微路窄，則誰爲整冠乎。翻騰而起，擲筆空際，使人驚絕。三四五，座中景，如此一落，非具絕大神力不能。起句如神龍夭矯，奇采盤空。至此則雲收霧斂，曠然開朗矣。「病懷强寬」領起，「恨鴈聲偏落歌前」轉身，纔寬又恨，纔恨便記，以提爲煞，漢魏六朝文往往遇之，今復得之吴詞。換頭三句，遥接歌前，與年時相顧，正見哀樂無端。芳節二句，用反筆作脱，則晴暉句加倍有力。「多陰」、映「暮煙疎雨」。「稀會」、映「舊宿淒涼」。夾敍夾議，潛氣内轉。移船就月，再跌進一步，筆力酣暢極矣。收合有不盡之意。上文奇峯疊起，去路絕極坦夷，豈非神境。霜花腴名集，想見覺翁得意。於空際作奇重之筆，此詣讓覺翁獨步。

霜葉飛斷煙離緒

海綃翁曰：起七字，已將縱玉勒以下攝起在句前。「斜陽」六字，依稀風景。「半壺」至「風雨」十四字，情隨事遷。以下五句，上二句突出悲涼，下三句平放和婉。「彩扇」屬「蠻素」，「倦夢」屬「寒蟬」。徒聞寒蟬，不見蠻素，但髣髴其歌扇耳，今則更成倦夢，故曰不知。兩句神理，結成一片，所謂關心事者如此。換頭於無聊中尋出消遣，「斷闋慵賦」，則仍是消遣不得。「殘蛩」對上「寒蟬」，又換一境。蓋蠻素既去，則事事都嫌矣。收句與「聊對舊節」一樣意思，見在如此，未來可知。極感愴，卻極閒冷，想見覺翁胸次。

澡蘭香　盤絲繫腕

海綃翁曰：此懷歸之賦也。起五句全敍往事，至第六句點出寫裙，是睡中事。「榴」字融人事入風景，「褪萼」見人事都非，卻以風景不殊作結。後片純是空中設景，主意在「念秦樓也擬人歸」一句。「歸」字緊與「招」字相應，言家人望己歸，如宋玉之招屈原也。既欲歸不得，故曰「難招」，曰「莫唱」，曰「但悵望」，則「也擬」亦徒然耳。擊首則尾應，擊尾則首應，擊中間則首尾皆應，陣勢奇變極矣。金針度人，全在數虛字。屈原事，不過借古以陳今。薰風三句，是家中節物。秦樓倒影，秦樓用弄玉事，謂家所在。

六幺令　露蛩初響

海綃翁曰：此事偏要實敍，不怕驚死談清空一流，卻全是世間癡兒女幻境。極力逼出換頭二句。「那知」二字，劈空提出。「乞巧樓南北」，倒鉤。以下分作兩層感歎。「誰見金釵擘」，則不獨「不見津頭艇子」，人天今古，一切皆空。惟有眼前景物，聊與周旋耳。前段運思奇幻，後段寄情閒散，點化處在數虛字。

唐多令何處合成愁

海綃翁曰：玉田不知夢窗，乃欲拈出此闋，牽彼就我。無識者羣聚而和之，遂使四明絶調，沉没幾六百年，可歎。

八聲甘州渺空煙四遠

海綃翁曰：換頭三句，不過言山容水態，如吴王范蠡之醉醒耳。「蒼波」承「五湖」，「山青」承「宫裏」，獨醒無語，沉醉奈何，是此詞最沉痛處。今更爲推演之，蓋惜夫差之受欺越王也。長頸之毒，蠡知之而王不知，則王醉而蠡醒矣。女真之猾，甚於勾踐。北狩之辱，奇於甬東。五國城之崩，酷於卑猶位。遺民之憑弔，異於鴟夷之逍遥。而遊艮嶽幸樊樓者，乃荒於吴宫之沉湎。北宋已矣，南渡宴安，又將岌岌，五湖倦客，今復何人。一倩字有衆人皆醉意，不知當時庚幕諸公，何以對此。

宴清都繡幄鴛鴦柱

海綃翁曰：只運化一篇長恨歌，乃放出如許異采，見事多，識理透故也。得力尤在換頭一句。「人間萬感」，天上夔蟾，横風忽斷，夾敍夾議，將全篇精神振起。「華清」以下五句，對上「幽單」，有好色不與民同意，天寶之不爲靖康者幸耳，故曰「憑誰爲歌長恨」。

渡江雲羞紅顰淺恨

海綃翁曰：此詞與鶯啼序第二段參看。「漸路入仙塢迷津」，即「遡紅漸招入仙溪」。「題門」「墮履」，與錦兒偷寄幽素，是一時事，蓋相遇之始矣。明朝以下，天地變色，於詞爲奇幻，於事爲不祥，宜其不終也。

風入松 聽風聽雨

海綃翁曰：思去妾也。此意集中屢見。渡江雲題曰西湖清明，是邂逅之始，此則別後第一箇清明也。「樓前緑暗分攜路」，此時覺翁當仍寓西湖。風雨新晴，非一日間事，除了風雨，卽是新晴。蓋云，我只如此度日。「掃林亭」，猶望其還，賞則無聊消遣。見秋千而思纖手，因蜂撲而念香凝，純是癡望神理。「雙鴛不到」，猶望其到，「一夜苔生」，縱迹全無，則惟日日惆悵而已。當味其詞意醖釀處，不徒聲容之美。

三姝媚 吹笙池上道

海綃翁曰：池上道，湖上故居。吹笙仙侶，「王孫重來」，客遊初歸，則別非一日矣。「旋生芳草」，倒鉤。「燕沉鶯悄」，杳無消息。「禁煙殘照」，時節關心，兩層聯下，爲往事二字追逼。「怨紅淒調」，再跌進一步作歇。態濃意遠，顧望懷愁。「方亭」卽西園之林亭，「雙鴛」卽惆悵不到之雙鴛。彼猶有望，此但記憶，記字倒鉤。「頓隔年華」，起步，「似夢回花上，露晞平曉」，復留步，真有迴眸一笑之態。客卽孤鴻，可與放客送客之客字參看，言在此而意在彼也。又字還字最幻，蓋其人之去，已兩清明矣。所謂「頓隔年華」，「青梅已老」，比怨紅更悲，卻是眼前景物。

瑞鶴仙　淚荷抛碎璧

海綃翁曰：此詞最驚心動魄，是「暮砧催、銀屏翦尺」一句。蓋因聞砧而思裁翦之人也。堂空塵暗，則人去已久，是其最無聊處，風雨不過佐人愁耳。上文寫風雨，層聯而下，字字淒咽，誰知卻只爲此。「行客」，點出客卽燕，「三姝媚之孤鴻言客，此之燕去亦言客，皆言在此而意在彼也。「似曾相識」，言其不歸來，語含吞吐，此曲斷腸，惟此聲矣。林下二句，西園陳迹。今則惟有「寒蛩殘夢，歸鴻心事」耳。一念字有無可告訴意。夜笛比暮砧又換一境，暮砧提起，夜笛益悲，人生如此，安得不老。結句情景雙融，神完氣足。

瑞鶴仙　晴絲牽緒亂

海綃翁曰：吴苑是其人所在，此時覺翁不在吴也，故曰「花飛人遠」。鶯啼序曰：「晴煙冉冉吴宮樹。」玉蝴蝶曰：「羨故人還買吴航。」尾犯贈浪翁重客吴門曰：「長亭曾送客。」新雁過妝樓曰：「江寒夜楓怨落。」又是吴中事，是其人既去，由越入吴也。旗亭二句，當年邂逅，正是此時。蘭情二句，對面反擊，跌落下二句，思力沉透極矣。舊衫是其人所裁，「流紅千浪」，複上闋之花飛。「缺月孤樓，總難留燕」，複上闋之人遠，爲淒斷二字鉤勒。「歌塵凝扇」，對上「蘭情蕙盼」，人一處，物一處。「待憑信，拚分鈿」，縱開，「還依不忍」，仍轉故步。「箋幅偷和淚卷」，複「挑燈欲寫」，疑往而復，欲斷還連，是深得清真之妙者。「應夢見」，尚不曾夢見也。含思淒婉，低徊無盡。

齊天樂 煙波桃葉

海綃翁曰：此與鶯啼序蓋同一年作。彼云十載，此云十年也。西陵，邂逅之地，提起。「斷魂潮尾」，跌落。中間送客一事，留作换頭點睛三句，相爲起伏，最是局勢精奇處。譚復堂乃謂爲平起，不知此中曲折也。「古柳重攀」，今日。「輕鷗聚别」，當時。平入逆出。「陳迹危亭獨倚」，歇步。「涼颸乍起」，轉身。「渺煙磧飛帆，暮山横翠」。空際出力。「但有江花，共臨秋鏡照憔悴」，收合倚亭。送客者，送妾也。柳渾侍兒名琴客，故以客稱妾，新雁過妝樓之宜城當時放客，風入松之舊曾送客，尾犯之長亭曾送客，皆此客字。「眼波回盼」，是將去時之客。「素骨凝冰，柔葱蘸雪」，是未去時之客。「猶憶分瓜深意」，别後始覺不祥，極幽抑怨斷之致，豈其人於此時已有去志乎。「清尊未洗」，此愁酒不能消。「涼颸」句是領下，此句是煞上。「行雲」句著一「溼」字，藏行雨在内。言朝來相思，至暮無夢也。夢窗運典隱僻，如詩家之玉谿，「亂蛩疎雨」，所謂「漫霑殘淚」。

鶯啼序 殘寒政欺病酒

海綃翁曰：第一段傷春起，卻藏過傷别，留作第三段點睛。燕子畫船，含無限情事，清明吴宫，是其最難忘處。第二段「十載西湖」，提起。而以第三段「水鄉尚寄旅」作鉤勒。「記當時、短楫桃根渡」，記字逆出，將第二段情事，盡銷納此一句中。「臨分」「淚墨」，「十載西湖」，乃如此了矣。臨分於别後爲倒應，别後於臨分爲逆提。漁燈分影，於水鄉爲複筆，作兩番鉤勒，筆力最渾厚。「危亭望極，草色天涯」遥接「長波妒盼，遥山羞黛」，望字遠情，歎字近況，全篇神理，只消此二字。「歡唾」是第二段之歡會，「離痕」是第三段之臨分。「傷心千里江南，怨曲重招，斷魂在否」，應起段「遊蕩隨風，化爲輕絮」作結。通體離合變幻，一片淒迷，細繹之，正字字有脈絡，然得其門者寡矣。

絳都春情黏舞綫

海綃翁曰：「情黏舞綫」，從題前起。「悵駐馬灞橋，天寒人遠」，反跌。「旋翦露痕」，入題。「移得春嬌栽瓊苑」，歇步。流鶯以下，空際取神，開合動蕩，卻純用興體，以起後闋所賦。「梅花」以下，又遥接「移得春嬌」，讀之但覺滿室春氣。詞中不外人事風景，鎔人事入風景，則實處皆空。鎔風景入人事，則空處皆實。此篇人事風景交鍊，表裏相宜，才情并美，應酬之作，難得如許精粹。

祝英臺近剪紅情

海綃翁曰：前闋極寫人家守歲之樂，全爲換頭三句追攝遠神。與「新腔一唱雙金斗」一首，同一機杼。彼之何時，此之舊字，皆一篇精神所注。

珍珠簾蜜沉爐暖

海綃翁曰：此因聞簫鼓，而思舊人也，亦爲其去姬而作。起七字千錘百鍊而出之。「蜜沉」伏「愁香」，「煙媢」伏「雲渺」，「麟帶」，舊意。「舞簫」，今情。作兩邊鉤勒。「恨縷情絲」，提起。「銀屏别是一處」，非貴人家。垂柳腰小，亦指所思之人，與貴家按舞無涉。「緑水清明」是其最難忘處，當年邂逅，正此時也。乃彼則銀屏難到，此則客枕幽單，徘徊歎息，蓋爲此耳。「香蘭如笑」按舞之樂，而已則歌沉人去，惟有落淚。一篇神理，注此二句，題目是借他人酒杯。

浣溪沙 門隔花深

海綃翁曰：「夢」字點出所見，惟夕陽歸燕。「玉纖香動」，則可聞而不可見矣。是真是幻，傳神阿堵，門隔花深故也。「春墮淚」爲懷人，「月含羞」因隔面，義兼比興。東風臨夜，回睇夕陽，俯仰之間，已爲陳迹，卽一夢亦有變遷矣。「秋」字不是虛擬，有事實在，卽起句之舊遊也。秋去春來，又换一番世界，一「冷」字可思。此篇全從張子澄「別夢依依到謝家」一詩化出，須看其游思縹緲，纏綿往復處。

浣溪沙 波面銅花

海綃翁曰：「玉人垂釣理纖鉤」，是下句倒影，非謂真有一玉人垂釣也。「纖鉤」是月，「玉人」言風景之佳耳。「月明池閣」，下句醒出。甲稿解蹀躞「可憐殘照西風，半妝樓上」，半妝亦謂殘照西風。西子西湖，比興常例，淺人不察，則謂覺翁晦耳。

風入松 蘭舟高蕩

海綃翁曰：此非賦桂，乃借桂懷人也。西園送客，是一篇之眼。客者，妾也。西園，故居。郵亭，別地。

既被妨，故還泊，而秋娘不可見矣，此遊固未到西園。蟬聲似曲，歌扇都非，「臨水開窗」，故居回首，至重尋已斷，則西園固可不到矣，何恨於矮橋哉。和醉應喚酒，脈絡字字可尋。

探芳訊爲春瘦

海綃翁曰：本是傷離，卻說爲春。鬬草探花，佳時易過，雨聲如此，晴晝奈何。曰年年，則離非一日。曰半中酒，則此懷何堪。用兩層逼出換頭一句。以下全寫相思，相思是骨。外面只見嬌嬾，傳神阿堵，須理會此兩句。

花犯小娉婷

海綃翁曰：自起句至相認，全是夢境。「昨夜」，逆入。「驚回」，反跌。極力爲「送曉色」一句追逼。復以「花夢準」三字鉤轉作結。後片是夢非夢，純是寫神。「還又見」應上「相認」，「料喚賞」應上「送曉色。」眉目清醒，度人金針。全從趙師雄夢梅花化出，須看其離合順逆處。

解連環暮檐涼薄

海綃翁曰：起三句與新雁過妝樓「風檐近、渾疑玉佩丁東」同意，蓋亦思去妾而作也。暮涼，起賦。「故人」，點出。「來邈」一斷，卻以「夜久」承「暮涼」。「纖白」一斷，卻以「夢遠」承「來邈」。掩帷倦入，跌進一步，復以闌承檐。筆筆斷，筆筆續，須看其往復脱換處。換頭六字，一篇命意所注。未秋先覺，加一倍寫，鈎勒渾厚。「抱素影」三句，謂舊意猶在，未忍棄捐。「翠冷」二句，謂其人已去。「絳綃暗解」，追憶相逢，「褪花墜蕚」，則而今憔悴，人事風景，一氣鎔鑄，覺翁長技。明月謂扇，楚山扇中之畫，卻暗藏高唐神女事，疑其人此時已由吴入楚也。

高陽臺修竹凝妝

海綃翁曰：「淺畫成圖」，半壁偏安也。「山色誰題」，無與託國者。「東風緊送」，則危急極矣。「凝妝」「駐馬」，依然歡會。酒醒人老，偏念舊寒，燈前雨外，不禁傷春矣。「愁魚」，殃及池魚之意。「淚滿平蕪」，則城邑丘墟，高樓何有焉。故曰「傷春不在高樓上」，是吴詞之極沉痛者。

掃花遊水雲共色

海綃翁曰：「水雲共色」，正面空處起步。「章臺春老」，側面實處轉步。「山陰夜晴」，對面寬處歇步。「遍地梨花」，復側面空處迴步。以下步步轉，步步歇，往復盤旋，一步一境。換頭五字，貫澈上下，通體渾融矣。

聲聲慢檀欒金碧

海綃翁曰：郭希道池亭，卽清華池館，是覺翁常遊之地。孫無懷只以別筵暫駐，平時之多宴，固未與也。「知道」二字，爲無懷設想，真是黯然銷魂。「膩粉」以下，純作癡戀語，爲惜別加倍出力。學者須聽絃外音。人在、凝眸、瞰妝，純用倒捲。共惜、知道、輸他，是詞中點睛。起八字殊有拙致。

杏花天幽歡一夢

海綃翁曰：「幽歡一夢成炊黍」，以下三句緻足，「樓上宮眉在否」，以上三句逼取，順逆往來，無不如意。

青玉案新腔一唱

海綃翁曰：「疏酒」，因無翠袖故也，卻用上闋人家度歲之樂，層層對照，爲「何時」二字，十二分出力。

金縷歌喬木生雲氣

海綃翁曰：「此心與、東君同意」，能將履齋忠款道出。是時邊事日亟，將無韓岳，國脈微弱，又非昔時。履齋意主和守，而屢疏不省，卒致敗亡。則所謂「後不如今今非昔，兩無言、相對滄浪水。懷此恨、寄殘醉」也。言外寄慨，學者須理會此旨。前闋滄浪起，看梅結。後闋看梅起，滄浪結。章法一絲不走。

夜遊宮窗外捎溪

海綃翁曰：通章只做「夢覺新愁舊風景」一句。「見幽仙，步凌波，月邊影」，是覺。「紺雲欹，玉搔斜，酒初醒」，又復入夢矣。

夢芙蓉西風搖步綺

海綃翁曰：前闋全寫真花。「記長隄」，逆入。「當時」，平出。「自别」轉「慵起」結，然後以「秋魂」起、「環佩」落，千回百折以出。「畫圖重展」四字，真有玉花卻在御榻上之意。「驚認舊梳洗」，真有圉人太僕皆惆悵之意。「夢斷瓊娘」，復回顧前闋，又真有榻上庭前屹相向之意。寫神固不待言，難得如此筆力。

尾犯 翠被落紅妝

海綃翁曰：此因浪翁客吴，而思在吴之人也。在吴之人，卽其去姬。「流水膩香，猶共吴越」，託此起興，言外見人之不如。「十載」二句，謂其人留吴已久，有如此曲折，則蟬歌之咽，蓋不爲今别矣。「曾送客」，揭出。項莊舞劍，固意在沛公。「錦鴈」是西湖上山，祝英臺近所謂「錦鴈峯」前也。下二句，謂其人去，則錦鴈之淚眼，與孤城接連，惟見「平蕪煙闊」耳。半鏡猶冀重逢，故人但有夢見。茫茫此恨，不知已浪翁能代傳否。篇中忽吴忽越，極神光離合之妙。

玉蝴蝶 角斷籤鳴

海綃翁曰：此篇脈絡頗不易尋，今爲細繹之。當先認定「書光」「書」字，謂得其去姬書札也。「生動」「凄涼」，全爲此書。所謂「萬種」，只此一事。秋氣特佐人悲耳。「舊衫」二句，乃從去時追寫。謂臨别之淚，染此衫中，今則已成舊色，爲此書提起。而「花碧」「蜂黄」，皆歷歷在目，所謂凄涼也。「傷」字，又提。「楚魂」應悲秋，「鴈汀」「來信」，收束「書」字。以虛結實。「都忘」，反接，最奇幻，得此二字，超然遐舉矣。言未得書前，往事都不記省也。「水沉」，花香。「岸錦」，葉色。舊賞，則未别前事。御溝題葉，又是定情之始。今則此情「應不到流湘」矣，蓋其人已由吴入楚也。「數客路、又隨淮月」，又將由楚入淮，則身益零落，固不如居吴時也，吴則覺翁常游之地，故曰「羡故人還買吴航」，二語蓋皆書中所具。語語徵實，筆筆凌空，兩結尤極縹緲之致。

點絳脣時霎清明

海綃翁曰：此亦思去姬而作。「西園」，故居。「清明」，邂逅之始。「春留」，正見人去。卻只言往事，只言舊寒。既云不過，則緑陰燕子，皆是想像之詞，當前惟有征衫之淚耳。

解連環思和雲結

海綃翁曰：雲起夢結，游思縹緲，空際傳神。中間「來時」，逆挽。「相憶」，倒提。全章機杼，定此數處。其餘設情布景，皆隨手點綴，不甚著力。

拜新月慢絳雪生涼

海綃翁曰：「昨夢」九字，脱開以取遠神。以下即事感歎。「身世遊蕩」四字是骨。後闋複起。三句作層層跌宕，迴視昨夢，真如海上三神山矣。

絳都春南樓墜燕

海綃翁曰：「墜燕」，去妾也。已成往事，故曰又。「葉吹」十一字，言我朝暮只如此過。從「夜涼」再展一步，然後以「當時」句提起，「客路」句跌落。「霧鬟」三句，一步一轉，收合「明月娉婷」。「別館」正對「南樓」，乍識似人，從不見轉出。「舊色舊香」，又似真見，「閑雨閑雲情終淺」，則又不如不見矣。層層脱換，然後以「真真難畫」，只作花看收住。復轉一步作結，筆力直破餘地。

瑞龍吟 黯分袖

海綃翁曰：一詞有一詞命意所在，不得其意，則詞不可讀也。題是夢窗送梅津，詞則惟説梅津傷別。所傷又是他人，置身題外，作旁觀感歎，用意透過數層。「黯分袖」，謂梅津在吴，所眷者此時不在別筵也。第一二段設景設情，皆是空際存想。後闋始敍別筵，一宵歌酒，陡住。翠微是西湖上山，故下云「西湖到日」。「猶憶」是逆溯，「到日」是倒提。「誰家聽、琵琶未了，朝驄嘶漏」，乃用孫巨源在李太尉家聞召事。梅津此時蓋由吴赴闕也。「待來共凭，齊雲話舊」，一筆鉤轉。然後以「莫唱朱櫻口」一句歸到別筵。「空教人瘦」，則黯分袖之人也。吴詞之奇幻，真是急索解人不得。

憶舊遊 送人猶未苦

海綃翁曰：言是傷春，意是憶別，此恨有觸即發，全不注在澹翁也，故曰「送人猶未苦」。「片紅」「潤緑」，比興之義。跌起賦情，筆力奇重。病渴分香，意乃大明。不爲送人，亦不爲送春矣。「西湖斷橋」，昔之別地。下二句，言風景不殊。「離巢」二句，謂其人已去。「故人」，指澹翁。寫怨正與賦情對看，言我方在此賦情，故人則到彼，爲我寫怨矣。澹翁此行，當是由吳入杭。

三姝媚　湖山經醉慣

海綃翁曰：過舊居，思故國也。讀起句，可見「啼痕酒痕」，悲歡離合之迹。以下緣情布景，憑弔興亡，蓋非僅興懷陳迹矣。「春夢」須斷，往來常理，人間二字，不可忽過。正見天上可哀，「夢緣能短」，治日少也。「秦箏」三句，回首承平，「紅顏先變」，盛時已過，則惟有斜陽之淚，送此湖山耳。此蓋覺翁晚年之作，讀草窗「與君共承平年少」，及玉田「獨憐水樓賦筆，有斜陽還怕登臨」，可與知此詞。

新雁過妝樓　夢醒芙蓉

海綃翁曰：「翠微」西湖上山，「流水」則西湖也。其人以春來以秋去。故曰「苦似春濃」。「紺雲未合」，佳人未來之意。「不見征鴻」，則音問全無。「宜城放客」，分明點出江楓夜落，其人在吳。下句謂其思我題葉相寄，亦如我之賦情也。結與起應，神光離合。

隔浦蓮近　榴花依舊

海綃翁曰：「依舊」，逆入。「夢繞」，平出。「年少」，逆入。「恨緒」，平出。筆筆斷，筆筆續。「旅情懶」三字，縮入上段看。以下言長橋重午，只如此過，無復他情。詞極蕭散，意極含蓄。

應天長　麗花鬭靨

海綃翁曰：上闋全寫盛時節物，極力爲换頭三句追逼。至「巷空人絶，殘燈塵壁」，則幾不知爲元夕矣。此與六醜吴門元夕風雨立意自異。此見盛極必衰，彼則今昔之感。

解蹀躞 醉雲又兼醒雨

海綃翁曰：此蓋其人去後，過其舊居而作也。從題前起，言前此未來，魂夢固已時到矣。且疑醉疑醒，如倦蜂之迷著矣。「梨花」乃用梨花雲事，亦夢也。三句一氣，非景語。「還做一段相思」，從下二句見。「還做」句，倒提。下二句，逆挽。「朱橋深」巷，「殘照西風」，夢境依稀，通體渾化，欲學清真，當先識此種。

鶯啼序 横塘櫂穿豔錦

海綃翁曰：「横塘」，吴地，伏結段之吴宫。「西園」，杭居，承第三段之「西湖」。第二段閉門思舊，空際盤旋，是全篇精神血脈貫注處。花歸而人不至，舊愁新恨，掩抑怨斷，當爲其去姬作。

惜黄花慢 送客吴皋

海綃翁曰：題外有事，當與瑞龍吟黯分袖參看。「沈郎」謂梅津，「繫蘭橈」，蓋有所眷也。「仙人」謂所眷者，「鳳簫」則有夫婦之分。「斷魂」二句，言如此分别，雖九辯難招，况清真詞乎。含思淒婉，轉出下四句，實處皆空矣。「素秋」言此間風景，不隨船去則兩地趁濤，惟葉依稀有情。「翠翹」即上之仙人，特不知與瑞龍吟所别，是一是二。

齊天樂　麴塵猶沁

海綃翁曰：此夏日泛湖作也。「春換」，逆入。「秋怨」，倒提。「平蕪未翦」，鉤勒。「一夕西風」，空際轉身，極離合脱换之妙。

踏莎行　潤玉籠綃

海綃翁曰：讀上闋，幾疑真見其人矣。换頭點睛，卻只一夢。惟有雨聲菰葉，伴人凄涼耳。生秋怨，則時節風物，一切皆空。

青玉案　短亭芳草

海綃翁曰：此與「黄蜂頻撲秋千索」異矣，豈其人已没乎。詞極凄豔，卻具大起大落之勢，大家之異人如此。

浪淘沙　燈火雨中船

海綃翁曰：「春草」，邂逅之始。「秋煙」，别時。「來去年年」，遂成往事，「西園」，故居，「春事改」，人事遷，也不承上闋秋字。

六醜　漸新鵝映柳

海綃翁曰：題是「吴門元夕風雨」。上闋乃全寫昔之無風雨，卻以「年光舊情盡別」作鉤勒。下文風雨只閒閒帶出。「少年花月」，回首承平。「長安夢」，望京華也。天時人事之感，故國平居之思，復誰領得。

鷓鴣天 池上紅衣

海綃翁曰：「楊柳閶門」，其去姬所居也。全神注定，是此一句。「吴鴻歸信」，言己亦將去此閒矣，眼前風景何有焉。

夜行船 鴉帶斜陽

海綃翁曰：此與鷓鴣天皆寓化度寺作。彼之池上，化度寺中之池。此言「西池」，西園中之池，當時別地也。兩首合看，意乃大明。

古香慢 怨娥墜柳

海綃翁曰：此亦傷宋室之衰也。「月中遊」用唐玄宗事。「殘雲剩水」，則無復霓裳之盛矣。「夜約羽林」用漢武帝事，「輕誤」則屯衞非人矣。滄浪韓王別業，故家喬木，觸目生哀。故後闋遂縱懷故國，「殘照誰主」，不禁説出。重陽催近，光景無多，勢將岌岌。詞則如五雲樓閣，縹緲空際，不可企矣。「金風翠羽」是七夕，「月中遊」則中秋也，重陽又催近，由此轉出，離合之妙如此。豪宕感激，真氣彌滿，卻非稼軒。嘗論詞有真氣，有盛氣。真氣内充，盛氣外著，此稼軒也。學稼軒者無其真氣，而欲襲其盛氣，鮮有不敗者矣。能者則真氣内含，盛氣外斂。

夜遊宫人去西樓

海綃翁曰：「楚山」夢境，「長安」，京師，是運典。「揚州」則舊遊之地，是賦事。此時覺翁身在臨安也。詞則沉樸渾厚，直是清真後身。

點絳脣明月茫茫

海綃翁曰：詞中句句是懷人，且至於夢，至於啼。又曰「可惜人生」，曰「心期誤」，悽咽如此，決非徒爲吴吟可知。當與楊柳閶門參看。

惜秋華細響殘蛩

海綃翁曰：「殘蛩」正見深秋，細響則懷抱無多耳。因物起興，風詩之遺。已是燈前始念殘照，又由殘照而追曉影，純用倒捲。此筆尚易見，一日之中，已是不堪回首，況隔年乎。用加倍法以逼起。換頭五字如此運意，則急索解人不得矣。「娟好」正對「老」字，有情故老，無情故好。「晚夢」三句有情奈何，「秋娘」二句無情奈何。層層脱换，筆筆變化。「淚」字是「雨」字倒影，結句縮入上「閒」字看。「畫船」，多少人家樂事。已則無心遊賞，所以閒也。閉門思舊意，卻不説出，含蓄之妙如此。案亦思去姬而作。其人以秋去，故曰「深秋懷抱」。「翠微」，西湖上山，舊攜手地也。「秀色」「秋娘」，義兼比興。題曰重九，僅半面耳。將此詞與清真丹鳳吟并讀，宜有悟入處，則周吴之祕亦傳矣。

丁香結香嫋紅霏

海綃翁曰：詠物題卻似紀遊，又似懷舊，俯仰陳迹，無限低徊。置身空際，大起大落，獨往獨來。穠摯中有雄傑意態，讀吴詞者所當辨也。「自傷時背」，賢者退而窮處意。「秋風换故園夢裏」，朝局變遷也，言外之旨，善讀者當自得之。

喜遷鶯江亭年暮

海綃翁曰：「趁飛雁、又聽數聲柔櫓」，已動歸興。「藍尾」二句，人家節物，歸興愈濃。至此咽住，卻翻身轉出舊時羈旅，言欲歸不得，正不止今日江亭也。讀者得訣，在辨承轉。讀六朝文如是，讀吴詞亦如是。「雪舞」以下江亭風景，言此時宜做初番花信矣。而峭寒如此，天心尚可問乎。身世之感，言外寄慨。何處正對江亭，博簺良宵，則無復關心花信，故曰「誰念行人，愁先芳草」。「短檠」二句，非紅燭畫堂所知。「便歸好」，蓋猶未也。結句，正見年華如羽，見在如此，未來可知。

風入松畫船簾密

海綃翁曰：是香是夢，遊思縹緲，吴詞之極費尋索者。「不藏香」，起，「楚雲」則夢也。「鑪燼」承香，「朝陽」承雲。香既不可久，則夢亦不可留，故曰「怕煖消春日朝陽」。「晴熏」則日暖未消，「斷煙」則餘香尚嫋，斷續反正，脈絡井井，不得其旨，則謂爲晦耳。「思量」起下闋，樓隔垂楊，燕鎖幽妝，人已去也。「梅花」二句，影事全空，徒增煩惱。「霜鴻」往事，「寒蝶」今情，當與解蹀躞一闋參看。蓋亦爲其去姬而作也。

好事近琴冷石牀雲

海綃翁曰：上闋已了，下闋加以烘託，始覺萬籟皆寂。

倦尋芳墜餅恨井

海綃翁曰：起從題前盤旋，結從題後摇曳。中間敍遇舊，真是俯仰陳迹。

朝中措海東明月

海綃翁曰：思去姬也。「只別時難忘」一句耳，卻寫得香色皆空，使人作天際真人想。

解語花檜花舊滴

海綃翁曰：「舊滴」，逆入。「新啼」，平出。復以「殘冬」鉤轉。三句極伸縮之妙。「澹煙」二句脱開，寫春人如畫。梅痕二句複「舊滴」「新啼」。歇拍，復寫春人續「淩波」「挑薺」。「辛盤葱翠」，節物依然。「青絲牽恨」，舊情猶在。「還鬬」，平入。「曾試」，逆出。「帆去」，復由雁回轉落。「泥雲萬里」，重將風雨一提，然後跌落。「翦斷紅情緑意」，「輕憐」「宜睡」，復拗轉作收。筆力之大，無堅不破。

塞垣春漏瑟侵瓊管

海綃翁曰：題是元旦。自起句至「花心短」，卻全寫除夕。至「夢回」「春遠」，乃點出春字。下闋寫春事如許，回憶曲屏，向所謂遠者，今乃歷歷在目矣。章法入神，勿徒賞其研鍊。「柳絲裙」，言柳絲如春人之裙也。「争拜東風盈灞橋岸」，是柳絲，是春人，寫得絢爛。「鬢落」二句，言元旦則簪花勝矣。而燕子遲來，故釵落成恨，用事入化。

惜秋華露罥蛛絲

海綃翁曰：因「樓陰墮月」，而思「宮漏未央」。因「宮漏未央」而思「鈿釵遺恨」。觸景生情，復緣情感事。以下夾敍夾議，至於此情難問，則人間天上，可哀正多，又不獨鈿釵一事矣。殆未忘北狩帝后之痛乎。

燭影摇紅碧澹山姿

海綃翁曰：湖山起，坊陌承「漸暖」，則忘卻暮寒矣。「恣遊不怕」，并且無愁，湖山奈何，殘梅自怨，翠屏自不照，哀樂不同也。「楚夢」，衰世君臣，「留情未散」，彼昏不知。「天長信遠」，猶望明時。「春陰簾捲」，仍復無望，如此看去，有多少忠愛。

高陽臺宮粉雕痕

海綃翁曰：「南樓」七字，空際轉身，是覺翁神力獨運處。細雨二句，空中渲染，傳神阿堵。解此二處，讀吳詞方有入處。

掃花游 冷空澹碧

海綃翁曰：不過寫春陰變雨耳。「驟捲風埃」，從輕雲深霧一變。「紅溼杏泥」，從冷空澹碧一變。卻用「笙簫」二句橫空一斷，從游人眼中看出，帶起下闋。「豔辰易午」，「恨春太妒」，是通篇眼目。天氣既變，人情亦乖，奈此良辰美景何，極穠厚深摯。

過秦樓 藻國淒迷

海綃翁曰：因妒故怨，怨字倒提。「凝情誰愬」，怨妒都有。下闋人情物理，雙管齊下。「哀蟬」三句，見盛衰不常，隨時變易，而道則終古不變也。「能西風老盡，羞趁東風嫁與」，是在守道君子。此不肯攀援藩邸，而老於韋布之大本領，勿以齊梁小賦讀之。

海綃說詞

宋周邦彦片玉詞

瑞龍吟章臺路

海綃翁曰：第一段地，「還見」逆入，「舊處」平出。第二段人，「因記」逆入，「重到」平出，作第三段起步。以下撫今追昔，層層脱卸。「訪鄰尋里」，今。「同時歌舞」，昔。「惟有舊家秋孃，聲價如故」，今猶昔。而秋孃已去，卻不説出，乃吾所謂留字訣者。於是「吟箋賦筆」，「露飲」「閑步」，與「窺户」「約黄」，「障袖」「笑語」，皆如在目前矣。又吾所謂能留，則離合順逆，皆可隨意指揮也。「事與孤鴻去」，咽住，將昔游一齊結束。然後以「探春」二句，轉出今情。「官柳」以下，復緣情敘景。「一簾風絮」，繞後一步作結。時則「褪粉梅梢，試花桃樹」，又成過去矣。後之視今，猶今視昔，奈此斷腸院落何。

風流子新綠小池塘

海綃翁曰：池塘在莓牆外，莓牆在繡閣外，繡閣又在鳳幃外，層層布景，總爲「深幾許」三字出力。既非巢燕可以任意去來，則相見亦良難矣。「聽得」「遥知」，只是不見。夢亦不到，見字絶望。甚時轉出見字後路，千迴百折，逼出結句。畫龍點睛，破壁飛去矣。

蘭陵王柳陰直

海綃翁曰：託柳起興，非詠柳也。「弄碧」一留，卻出「隋堤」。「行色」一留，卻出「故國」。「長亭路」復「隋堤上」。「年去歲來」復「曾見幾番」。「柔條千尺」復拂水飄綿。全爲「京華倦客」四字出力。第二段「舊蹤」往事，一留。「離席」今情，又一留，於是以「梨花榆火」一句脱開。「愁一箭」至「數驛」三句逆提。然後以「望人在天北」一句，複上「離席」作歇拍。第三段「漸別浦」至「岑寂」，證上「愁一箭」至「波暖」二句。蓋有此漸，乃有此愁也。愁是倒提，漸是逆挽。「春無極」遥接「催寒食」。「催寒食」是脱，「春無極」是複。結則所謂「閑尋舊蹤跡」也。蹤跡虚提，「月榭」「露橋」實證。

瑣窗寒暗柳啼鴉

海綃翁曰：此篇機杼，當認定「故人翦燭西窗語」一句。自起句至「愁雨」，是從夜闌追溯。由户而庭，乃有此西窗。由昏而夜，乃爲此翦燭。用層層趕下。「嬉游」五句，又從「暗柳」「單衣」前追溯。旗亭無分，乃來此户庭。儔侶俱謝，乃見此故人。用層層繳足作意，已極圓滿。「東園」以下，復從後一步繞出，筆力直破餘地。「少年」「遲暮」，大開大合，是上下片緊凑處。

丹鳳吟迤邐春光無賴

海綃翁曰：本是「睡起無憀」，卻說「春光無賴」。已「暮景」矣，始念「朝來」。已「殘照」矣，因思「晝永」。筆筆逆，筆筆斷，爲「迤邐」二字曲曲傳神。以埶起換頭「況是」二字。不爲別離，已是無憀，縮入上闋，加倍出力。然後轉出下句。「心緒惡」則比「無憀」難遣，故曰「無計」。進此一步，已是盡頭，復作何語。卻以「那堪」二句鉤轉。「弄粉」二句放開。至「怕人道著」，則無憀無計，一齊收起，惟有無賴之春光耳。三「無」字極幻化。

滿路花金花落燼燈

海綃翁曰：「玉人新閒闊」，脫。「更當恁地時節」，複上六句。後闋全寫著這情懷。前用虛提，後用實證。

慶春宮雲接平岡

海綃翁曰：前闋離思，滿紙秋氣。後闋留情，一片春聲。而以「許多煩惱」一句，作兩邊綰合，詞境極渾化。

華胥引川原澄映

海綃翁曰：日高醉起，始念夜來離思，卽景敍情。順逆申縮，自然深妙。

意難忘衣染鶯黃

海綃翁曰：「檐露滴，竹風涼」六字，如繁休伯與魏文帝牋。是時日在西隅，涼風拂衽也。

霜葉飛露迷衰草

海綃翁曰：只是「美人邈兮音塵絶，隔千里兮共明月」二句耳，以換頭三句結上闋。鳳樓以下，則爲其人設想。一邊寫景，卽景見情。一邊寫情，卽情見景。雙煙一氣，善學者自能於意境中求之。

法曲獻仙音蟬咽涼柯

海綃翁曰：著眼兩「時」字，曰倦曰困，皆由此生。又著眼「向、處」字，窗外窗內，一齊收拾。以換頭三字結足上闋。文園以下，全寫抱影凝情。虛提實證，是清真度人處。

渡江雲晴嵐低楚甸

海綃翁曰：「暖回」二句，人歸落雁後也。「驟驚春在眼」，偏驚物候新也。皆從前人詩句化出。又皆宦途之感，於是不禁有羨於山家矣。「何時」妙，「委曲」又妙。下四句極寫春色，乃極寫山家。換頭「堪嗟」二字，突出甚奇。「東」「西」又奇，「指長安」又奇。如此則還山無日矣。春到而人不到，謂之何哉。此行當是由荆南入都。風翻潮濺，視山家安穩何如。水驛蒹葭，視山家偃息何如。「處」字如此心安處之處，是全篇結穴。

六醜正單衣試酒

海綃翁曰：薔薇謝後，言春去也。故直從惜春起。「留」字「去」字，將大意揭出。「爲問家何在」，猶言春歸何處也。「夜來」以下，從薔薇謝後指點。結則言蜂蝶但解惜花，未解惜春也。惜花小，惜春大。東園二句，謝後又換一境。「成嘆息」三字用重筆，蓋不止惜花矣。「長條」三句，花亦願春暫留。「殘英」七字，「留」字結束，終不似至「欹側」，「去」字結束。「漂流」七字，顧字轉身。「斷紅」句逆挽「留」字，何由見得逆挽「去」字，言外有無限意思。讀之但覺迴腸蕩氣，復何處尋其源耶。

夜飛鵲河橋送人處

海綃翁曰：河橋逆入，前地平出。換頭三句，鉤勒渾厚。轉出下句，始覺沉深。

滿庭芳風老鶯雛

海綃翁曰：層層脱卸，筆筆鉤勒，面面圓成。

花犯粉牆低

海綃翁曰：起七字極沉著，已將三年情事，一齊攝起。舊風味從去年虛提。露痕三句，復爲照眼作周旋。然後去年逆入，今年平出。相將倒提，夢想逆挽。圓美不難，難在渾勁。

過秦樓水浴清蟾

海綃翁曰：通篇只做前結三句。自起句至「更箭」，是去秋情事。「梅風」三句，又歷春夏，所謂「年華一瞬」。「見説」三句，「人今千里」。「誰信」三句，「夢沉書遠」也。明河疏星，又到秋景。前起逆入，後結仍用逆挽。構局精奇，金針度盡。

大酺對宿烟收

海綃翁曰：玩一「對」字，已是驚覺後神理。「困眠初熟」，卻又拗轉。而以「郵亭」五字，作中間停頓，前後周旋。換頭五字陡接。「流潦」八字，復繞後一步出力。然後以「怎奈向」三字鈎轉。將前闋所有情景，盡收入「傷心目」中。「平陽」二句，脱開作墊，跌落下六字。「紅糝」二句，復加一層渲染，託出結句。與「自憐幽獨」，顧盼含情。神光離合，乍陰乍陽，美成信天人也。

塞垣春暮色分平野

海綃翁曰：「漸別離氣味難禁也」，脱。「更物象、供瀟灑」，複上五句。然後以「念多才」十二字，歸到別離氣味上。後闋全從對面寫，層聯而下，總收入「追念」二字中，正是難禁難寫處。比「金花落燼燈」一首，又加變化。學者悟此，固當飛昇。

四園竹浮雲護月

海綃翁曰：「鼠搖」「螢度」，於静夜懷人中見，有東山詩人之意。「猶在紙」一語驚人，是明明有前期矣。讀結語則仍是漫與。此等處皆千迴百折而出之，尤佳在樸拙。

隔浦蓮近拍 新篁搖動翠葆

海綃翁曰：自起句至换頭第三句，皆驚覺後所見。「綸巾」「困卧」，卻用逆敍。「身在江表」，夢到吴山。船且到，風颿引去，仙乎仙乎。周詞固善取逆勢，此則尤幻者。「簷花簾影」，從「蘚破處」見。蓋曉燈未滅，所以有簷花。風動簾開，所以有簾影。若作簾花簷影，興趣索然矣。胡仔固是膠柱鼓瑟，王楙又愈引愈遠。可惜於此佳處，都未領會。

齊天樂 緑蕪彫盡

海綃翁曰：此美成晚年重游荆南之作。觀起句，當是由金陵入荆南。又先有次句，然後有起句。因「殊鄉秋晚」，始念「緑蕪彫盡」也。留滯最久，蓋合前游言之。渭水長安指汴京。此行又將由荆南入開封矣。渡江雲「晴嵐氐楚甸」，疑繼此而作。王國維謂作於金陵，微論後闋，卽第二句已不可通矣。周濟謂渭水長安指關中，亦非。

拜星月慢 夜色催更

海綃翁曰：荒寒寄宿，追憶舊歡，只消秋蟲一嘆。伊威在室，蠨蛸在户，不可畏也，伊可懷也。畫圖昭君，瑤臺玉環，以比師師。在美成爲相思，在道君爲長恨矣，當悟此微旨。

解連環怨懷無託

海綃翁曰：全是空際盤旋。「無託」起，「淚落」結。中間「紅藥」一情，「杜若」一情，「梅萼」一情。隨手拈來，都成妙諦。夢窗「思和雲結」，從此脱胎。味「縱妙手能解連環」句，當有事實在，疑亦謂李師師也。今謂「信音遼邈」，昔之「閒語閒言」，又不足憑。篇中設景設情，純是空中結想，此周詞之極幻者。

關河令秋陰時晴

海綃翁曰：由更深而追想過去之暝色，預計未盡之長夜。神味拙厚，總是筆力有餘。

綺寮怨上馬人扶殘醉

海綃翁曰：此重過荆南途中作。楊瓊，蘇州歌者，見白香山詩。「徘徊」「嘆息」，蓋有在矣。「斂愁黛，與誰聽」，知音之感。「何曾再問」，正急於欲問也。「舊曲」「誰聽」，「念我」「關情」，問之不已，特不知故人在否耳。拙重之至，彌見沉渾。江陵以下，言知音難遇也。故人二字倒鉤。未歌先淚，又不止斂愁黛矣。顧曲周郎，其亦有身世之感乎。

尉遲杯隋堤路

海綃翁曰：「淡月」「河橋」，始念隋堤日晚。「畫舸」「煙波」，「重衾」「離恨」，節節逆遡，還他隋堤。「舊客京華」，仍用逆遡。「漁村水驛」，收合河橋。夢魂是重衾裏事。無聊自語，則酒夢都醒也。「小檻」對「疎林」，「歡聚」對「偎傍」，「珠歌翠舞」對「冶葉倡條」，「仍慣見」對「俱相識」，是搓挪對法。紅友謂於傍字讀，非。「亭亭畫舸繫春潭。只待行人酒半酣。不管煙波與風雨，載將離恨過江南。」張文潛詩。

浪淘沙慢 曉陰重

海綃翁曰：「經時信音絶」，是全篇點睛。自起句至「親折」，皆是追敍別時。下二段全寫憶別。上下神理，結成一片，是何等力量。

應天長 條風布暖

海綃翁曰：前闋如許風景，皆從「閉門」中過。後闋如許情事，偏從「閉門」中記。「青青草」以下，真似一夢，是日間事，逆出。

掃花游 曉陰翳日

海綃翁曰：微雨春陰，繞堤駐馬，閒閒寫景。「信流去」陡接，忽題逆出。「任占地持杯，掃花尋路」，言任是如此，春亦無多耳。縮入上句。「看將愁度日」，再推進一層。如此則好春亦只是愁。而春事之多少，更不足問矣。「文君更苦」，復從對面反逼。「遍城鐘鼓」，游思縹緲，彌見沉鬱。

玉樓春桃溪

海綃翁曰：上闋大意已足，下闋加以渲染，愈見精采。

漁家傲幾日輕陰

海綃翁曰：「醉」字倒提。「金杯側」逆挽。上闋是朝來事，下闋是昨宵事。

驀山溪樓前疏柳

海綃翁曰：「無窮路」，從歸來後追憶此柳，真是黯然銷魂。「偏向此山明」，有多少往事在。「倦追尋、酒旗戲鼓」，所以見此山而無語凝佇也。前虛後實，鉤勒無跡。「今宵」以下，聊復爾爾，正見往事都非，「幸有」云者，聊勝於無耳。

秋蕊香乳鴨池塘

海綃翁曰：春閨無事，妝罷惟有睡耳。作想像之詞看最佳，不必有本事也。夢春遠，妙。此時風景，皆消歸夢中，正不止一簾內外。

品令夜闌人靜

海綃翁曰：如此美景，只於簾內依稀。「曲角闌干」，卻不敢憑，以其爲「舊攜手處」也。如此，則應是「不禁愁與恨」矣。以換頭結上闋。「縱相逢難問」，加一倍寫。「黛痕」七字，卽恨卽愁。「後期無定」，未有相逢，「腸斷香消」，收足起句。

木蘭花令歌時宛轉

海綃翁曰：「薄酒」七字，是全闋點睛。「歌時」三句，從醒後逆溯。下闋句句是愁。

丁香結蒼蘚沿階

海綃翁曰：起五句全寫秋氣，極力逼起「漢姬」五字，愈覺下句筆力千鈞。「登山臨水」，卻又推開，從寬處展步。然後跌落換頭「牽引」二字。以下一轉一步一留，極頓挫之能事。

蕙山溪江天雪意

海綃翁曰：「恨眉羞斂」，結上闋所謂往事。「人去」五字，轉出今情，卻從梅寫，氣味醲厚。

夜遊宮葉下斜陽

海綃翁曰：橋上則「立多時」，屋內則「再三起」，果何爲乎。「蕭娘書一紙」，惟已獨知耳，眼前風物何有哉。

海綃說詞

宋辛棄疾稼軒詞

永遇樂千古江山

海綃翁曰：金陵王氣，始於東吳。權不能爲漢討賊，所謂英雄，亦僅保江東耳。事隨運去，本不足懷，「無覓」亦何恨哉。至於寄奴王者，則千載如見其人。「尋常巷陌」勝於「舞榭歌臺」遠矣。以其能虎步中原，氣吞萬里也。後闋謂元嘉之政，尚足有爲。乃草草卅年，徒憂北顧，則文帝不能繼武矣。自元嘉二十九年，更謀北伐無功。明年癸巳，至齊明帝建武二年，此四十三年中，北師屢南，南師不復北。至於魏孝文濟淮問罪，則元嘉且不可復見矣。故曰「望中猶記」，曰「可堪回首」。此稼軒守南徐日作，全爲宋事寄慨。「廉頗老矣，尚能飯否」，謂已亦衰老，恐無能爲也。使事雖多，脈絡井井可尋，是在知人論世者。

摸魚兒更能消

海綃翁曰：時春未去也，然更能消幾番風雨乎。言只消幾番風雨，則春去矣。倒提起。「惜春」七字，復用逆遡，然後跌落下句，思力沈透極矣。「春且住」，咽住。「無歸路」，復爲春計不得。「怨春不語」，又咽住。

「蛛網」「飛絮」，復爲怨春者計亦不得，極力逼起下闋「佳期」。果有佳期，則不怨春矣，如又誤何。至佳期之誤，則以蛾眉之見妒也。縱有相如之賦，亦無人能諒此情者，然後佳期真無望矣。「君」字承「誰」字來。既無訴矣，則君亦安所用舞乎，咽住。環燕塵土，復推開，言不獨長門一事也，亦以提爲勒法。然後以「閒愁最苦」四字，作上下脱卸。言此皆往事，不如眼前春去之閒愁爲最苦耳。斜陽煙柳，便無風雨，亦只匆匆。如此開合，全自龍門得來，爲詞家獨闢之境。「佳期」二字，是全篇點睛。時稼軒南歸十八年矣，應問三篇，美芹十論，以講和方定議，不行。佳期之誤，誰誤之乎。讀公詞，爲之三歎。寓幽咽怨斷於渾灝流轉中，此境亦惟公有之，他人不能爲也。然苟於此中求索消息，而以不似學之，則亦何不可學之有。

粤詞雅

潘飛聲撰

粵詞雅目録

粵詞雅

黄損詞

吾粵地鎮尚離，人文炳煥，代出異才。聲詩之道，始於晉緑珠，逮唐而盛於張曲江。即何仙姑增城何泰之女，見邑志。絶句十數章，亦得仙意。至倚聲一門，則倡自南漢黄益之也。益之名損，連州人。登梁龍德壬午進士，仕南漢劉龑，累晉尚書左僕射。以極諫忤朝旨，退居永州不出，相傳仙去。所著有三要書、桂香集及射法。粵東詞鈔刻其望江南一首云：「平生願，願作樂中箏。得近佳人纖手子，砑羅裙上放嬌聲。便死也爲榮。」南海譚玉生舍人瑩論粵詞絶句云：「誰謂益之能直諫，平生願作樂中箏。」殆宋廣平之賦梅花矣。

崔與之詞

吾禺崔清獻公有菊坡集，其詞載宋詞選、詞綜。水調歌頭一闋題劍閣云：「萬里雪間戍，立馬劍門關。亂山極目無際，直北是長安。人苦百年塗炭，鬼哭三邊鋒鏑，天道久應還。手寫留屯奏，炯炯寸心丹。對青燈，搔白髮，漏聲殘。老來勳業未就，妨却一身閒。梅嶺緑陰青子，蒲磵清泉白石，怪我舊盟寒。烽火平安夜，歸夢到家山。」此詞起四句，雄壯極矣，雖蘇、辛亦無以過之。昔杭堇甫論粵詩云：「尚得古賢雄直氣，嶺南猶覺勝江南。」余謂崔詞，非雄直而何。

崔與之壽詞

宋人頗重壽辭，然壽辭出以典雅，亦復不易。菊坡先生有壽趙運使賀新涼一首云：「雨過雲容掃。使星明、德星高揭，福星旁照。槐屋猶喧梅正熟，最是清和景好。望金節、雲間縹緲。和氣如春清似水，漾恩波、沾渥天南道。晨雀噪，有佳報。　天家黃紙除書到。便歸來、升華天下，安邊養浩。好是六逢初度日，碧落笙歌會早。徧西郡、歡聲多少。人道菊坡新醞美，把一觴、滿酌歌難老。瓜樣大、安期棗。」

李昂英詞

李忠簡公昂英文溪集，附詩餘一卷，南海伍氏刻入粵十三家集。有摸魚兒一調云：「曉風癡、繡簾低舞。霏霏香碎紅雨。燕忙鶯懶春無賴，懶爲好花遮護。渾不顧。費多少工夫，做得芳菲聚。休孳百五。却自恨新年，游疏醉少，光景恁虛度。　猊煙瘦，困起庭陰正午。游絲飛絮無據。千林溼翠須臾遍，難綠鬢根霜縷。愁絶處。怎忍聽、聲聲杜宇深深樹。東君寄語。道去也還來，後期長在，紫陌歲相遇。」纏綿麗密，置之清真集中不能辨。

文溪集格調嚴

宋人詞多縱筆，而格調仍嚴。文溪集中有水調歌頭題舫齋云：「郭外足幽勝，潮入漲溪流。舫齋小小一葉，老子日遨游。管領白蘋紅蓼，披戴綠簑青篛，直釣任沉浮。玉縷飽鱸膾，雪陣狎沙鷗。箇中眠，箇中坐，箇中謳。箇中收拾詩料，觴客箇中留。休羨乘槎博望，且聽洞簫赤壁，樂處是瀛洲。日月盪雙槳，天地一虛舟。」

文溪集短調

文溪集慢體多而短調殊少，浣溪沙云：「筍玉纖纖拍扇紈。戲拈荷葉起文鴛。水亭初試小龍團。拜月深深頻祝願，花枝低壓髻雲偏。倩人解夢語喧喧。」似五代之作。

嶺南六家詞

余友劉恩石世珩，貴池人，刻貴池三唐人集。余亦擬輯嶺南宋六家詞，六家者，崔菊坡與之、劉叔安鎮、李文溪昴英、趙秋曉必瑑、陳景元紀、葛如晦長庚也。

劉鎮詞

劉叔安先生，名鎮，南海人。嘉泰壬戌進士，自號隨如子，有隨如百詠。其詞格高氣遠，情致綿邈，而才足以運之，爲宋代詞家特出。沁園春題西宗雲山樓云：「爽氣西來，玉削羣峯，千杉萬松。望疏林清曠，晴煙紫翠，雪邊迴棹，柳外聞鐘。夜月瓊田，夕陽金界，倒影樓臺表裏空。橋陰曲，是舊來忠定，手種芙蓉。仙翁。心事誰同。付魚鳥相忘一笑中。向月梅香底，招邀和靖，雲山高處，問訊梁公。物象搜奇，風流懷古，消得文章萬丈虹。沉吟久，想依依春樹，人在江東。」又，花心動題臨安新亭云：「鳩雨催晴，遍園林、一番緑嬌紅媚。柳外金衣，花底香鬟，消得豔陽天氣。障泥步錦尋芳路，稱來往、縱橫珠翠。笑攜手、旗亭問酒，更酬春思。　還記東山樂事。向歌雪香中，伴春沉醉。粉袖殢人，彩筆題詩，陶寫老來風味。夜深銀燭明如畫，待歸去、看承花睡。夢雲散，屏山半熏沉水。」此等詞用意摛藻，宛轉渾雅，總不輕下一筆，真是大家手筆。

隨如集漢宮春

昔人謂耆卿情有餘而才不足，夫以屯田猶未能兩者俱兼，況他人哉。隨如集漢宮春鄭賀守席上懷舊云：「日軟風柔，望暖紅連島，晴緑平川。尋芳拾蕊，勝伴陌上鮮妍。玉驄歸路，記青門、曾墮吟鞭。人去後，庭花弄影，一簾香月娟娟。　追念舊游何在，歎佳期虛度，錦瑟華年。博山夜來爐冷，誰換沉烟。屏幃半掩，奈夢魂不到愁邊。春易老，相思無據，閒情分付魚牋。」又，水龍吟庚寅寄遠云：「老來慣與春相識，長記傷春如故。去年今日，舊愁新恨，送將風絮。粉淚羞紅，黛眉顰翠，推愁不去。任瑣窗緊閉，屏山半掩，還別有、愁來路。　回首畫橋煙水，念故人、匆匆何處。客情懷遠，雲迷北樹，草連南浦。離合悲歡，去留遲速，問春無語。笑劉郎不道，無桃可種，苦留春住。」二詞情文交至，不知較之耆卿如何。

隨如集和章質夫韻

隨如集中丙戌清明和章質夫韻，調水龍吟云：「弄晴臺館收烟候，時有燕泥香墜。宿酲未解，單衣初試，騰騰春思。前度桃花，去年人面，重門深閉。記彩鸞別後，青驄歸去，長亭路、芳塵起。十二屏山遍倚，任蒼苔、點紅如綴。黄昏人静，暖香吹月，一簾花碎。芳意婆娑，綠陰風雨，畫橋煙水。笑多情司馬，留春無計，溼青衫淚。」丙子元夕調慶春澤云：「燈火烘春，樓臺浸月，良宵一刻千金。錦步承蓮，彩霞簇仗難尋。蓬壺影動星毬轉，映兩行、寶珥瑤簪。恣嬉游，玉漏聲催，未歇芳心。笙歌十里誇張地，記年時行樂，憔悴而今。客裏情懷，伴人閒笑閒吟。小桃未盡劉郎老，把相思、細寫瑤琴。怕歸來、紅紫欺風，三徑成陰。」情思婉妙，讀者疑爲白石道人集中作。

隨如集賦茉莉

茉莉一名小南强，夏夜花開，清馥與素馨無異。隨如先生集中有念奴嬌一調賦茉莉云：「調冰弄雪，想花神清夢，徘徊南土。一夏天香收不起，付與蕊仙無語。秀入精神，涼生肌骨，銷盡人間暑。稼軒愁絕，惜花還勝兒女。長記歌酒闌珊，開時向晚，笑浥金莖露。月浸闌干天似水，誰伴秋娘窗户。困嚲雲鬟，醉欹風帽，總是牽情處。返魂何在，玉川風味如許。」賦物小題，而託體高華，此宋人與元明人異處。

趙必𤩽詞

趙秋曉先生名必𤩽，字玉淵，東莞人。咸淳乙丑，與父崇𥑮同登進士，官朝散郎，僉書惠州軍事判官，系出濮安懿王。德祐四年，惠州守文璧辟爲從事。會邑人熊飛以勤王兵潰歸，自循惠下招輯，而梁雄飛亦以招安兵自大庾下入城，飛與梁構兵弗解。必𤩽語飛曰：「師出無名，是爲盜也。吾聞宋主舟在海中，不若建宋號，通二使，尊宋主，然後舉兵入城，事成則可雄一方，不成亦足以垂不朽。」飛深然之，即日署宋旗，舉兵向城，梁遁去。飛議盡括邑人財穀以充軍實，羣情洶洶。必𤩽請於飛，願以家貲三千，緡米五百石贍軍，乞寬邑人之力，飛從之。景炎三年三月，文天祥復東州。必𤩽往謁，相與論時事，慷慨泣下。天祥偉其義，辟軍事判官兼知録事。十一月天祥被執於五坡嶺，遁歸。明年宋亡，元以故官例授將仕郎象州儒學教授，不赴，退隱邑之温塘，足跡不入城市。惟東走甲子門，望厓山伏地大哭，又畫天祥像於廳事，朝夕泣拜。嘗題其室曰：「詩人祇合住茅屋，天下未嘗無菜羹。」所著有覆瓿集五卷，著録於四庫全書，據粵十三家集，附長短句一卷。

秋曉蘭陵王

秋曉先生志節高超，儒林景仰。其詩若霜天鶴唳，清氣往來，騷屑哀音，寓黍離麥秀之感，皆可傳也。詞則綺思麗句，取法清真。蘭陵王一闋，韻上用美成韻云：「晝闌直。飽飣千紅萬碧。無端被狂風怪雨，僽柳僝花禁春色。尋芳遍楚國。誰識五陵俊客。流水遠，題葉無情，雁足不來杳咫尺。浮生等萍蹟。纔卸卻歸鞍，坐未温席。匆匆還又京華食。歎聚少離多，漂零因甚，江南逢梅望寄驛。美人兮天北。悲惻。恨成積。悵釵玉塵生，猊金煙寂。綠楊芳草情何極。偏懶撥琵琶，愁聽羌笛。梨花院落，黄昏後，淚珠滴。」

秋曉風流子

風流子一調別故人，用美成韻云：「春光纔一半，春未老、誰肯放春歸。問買春價數，酒邊商略，尋春巷陌，鞭影參差。春無盡，春鶯調巧舌，春燕壘香泥。好趁春光，愛花惜柳，莫教春去，柳怨花悲。春心猶未足，春幃暖、鑪熏香透春衣。説與重懽後約，春以爲期。記春雁回時，錦牋從寄，春山鎖處，珠淚長垂。多少愁風恨雨，惟有春知。」多用春字，自成一格。

秋曉瑣窗寒

秋曉詞瓣香清真，集中多用美成韻。瑣窗寒春暮用美成韻：「乳燕雙飛，黄鶯百囀，深深庭户。海棠開遍，零亂一簾紅雨。繡幃低、卷起春風，香肩倦倚嬌無語。歎玉堂底事，匆匆聚散，又江南旅。春暮。人何處。想歌館睡濃，日高丈五。舊迷未醒，莫負孤眠鳳侶。長安道、載酒尋芳，故園桃李還憶否。早歸來、整過闌干，花下攜春俎。」詞中意匠經營，節拍流利，逼肖清真，此境實不易到。

秋曉綺羅香

秋曉先生家國之思，時時流露詞間。綺羅香和百里春暮游南山云：「辦一枝藤雙屐，縱步翠微深處。無限芳心，付與蜂媒蝶侶。紅堆裏、杏臉勻妝，翠圍外、柳腰嬌舞。有吟翁、熱惱心腸，肯拈出美成佳句。　九十光陰箭過，趁取芳晴，追逐春風杖履。消得幾番風和雨。春歸去。恨鶯老對景多愁，倩燕語苦留難住。秋千影裏，送斜陽、梨花深院宇。」意思沉着，令人尋繹不盡。

秋曉蘇幕遮

短調有極豔冶者，蘇幕遮錢塘避暑憶舊用美成韻云：「遠迎風，回避暑。人似荷花，笑隔荷花語。無限情雲并意雨。驚散鴛鴦，蘭棹波心舉。　約重游，輕別去。斷橋風月，夢斷飄蓬旅。舊日秋娘猶在否。雁足不來，聲斷衡陽浦。」

秋曉菩薩蠻

菩薩蠻戲菱生云：「紅嬌翠溜歌喉急。舊撥絃斷新腔入。往事水東流。菱花曉帶秋。　幃香雙鳳集。情淚層綃溼。殘夢五更頭。酒醒依舊愁。」殘夢句，引陳希夷「祇怕五更頭」語，及命宮中轉六更事，雖豔曲，隱寓亡國之戚。

陳紀秋江欸乃

陳景元先生東莞人，名紀，咸淳間登進士，官至通直郎，宋亡隱居不仕。有詞名秋江欸乃。賀新郎聽琵琶云：「趁拍哀絃促。聽泠泠、絃間細語，手間推覆。鶯語間關花底滑，急雨斜穿梧竹。又澗底松風簌簌。鐵撥鵾絃春夜永，對金釵、鐘乳人如玉。敲象板，剪銀燭。　六幺聲斷涼州續。悵梅花、天寒歲晚，佳人空谷。有限絃聲無限意，淪落天涯幽獨。頓喚起、閒愁千斛。賀老定場無處問，到如今、只鼓昭君曲。呼羯鼓，瀉醽醁。」

陳紀滿江紅

增城有增江口，以昌黎「增江滅無口」句爲名。相傳崔清獻公曾家於此。景元先生有重九登增江鳳臺，望崔清獻故居，調滿江紅云：「鳳去臺空，庭葉下、嫩寒初透。人世上、幾番風雨，幾番重九。列岫迢迢供遠目，晴空蕩蕩容長袖。把中年懷抱更登臺，秋知否。　天也老，山應瘦。時易失，歡難久。到如今，惟有黃花依舊。歲晚淒其諸葛恨，乾坤只可淵明酒。憶坡頭老菊晚香寒，空搔首。」

葛長庚詞

葛長庚字如晦，自號白玉蟾，瓊州人。居武夷山，嘉定中，詔徵赴闕，館太乙宮，封清明道真人，後仙去，有海瓊詞。蘭陵王調題筆架山云：「三峯碧。縹緲煙光樹色。高寒處、上有猿啼鶴唳，天風夜蕭瑟。山形似筆格，人道江南第一。游紫觀、月殿星壇，積翠樓前吟鐵笛。　客來訪靈蹟。問王郭當年，曾此駐錫。二仙爲謁浮邱伯，從驂鸞去後，雲深難覓。丹爐灰冷杵聲寂。依然舊泉石。泉石最幽闃。更禽静花閒，松茂竹密。清都絳闕無消息。共羽衣揮麈，感今懷昔。堪嗟人世，似夢裏。駒過隙。」沁園春調題湖頭嶺庵云：「客裏家山，記踏來時，水曲山崖。被灘聲喧枕，雞聲破曉，忽忽驚覺，依舊天涯。抖擻征衣，寒欺曉袂，回首銀河西未斜。塵埃債，歎有如此髮，空爲伊華。　古來客況堪嗟。儘貧也輸他在家。料驛舍旁邊，月痕白處，暗香微度，應是梅花。凍折一枝，路逢南雁，和兩字平安寄與他。教知道，有長亭短堠，五館三茶。」又水龍吟調云：「雨微疊巘浮空，南枝一點春風至。洞天未鎖，人間春好，玉妃曾墜。錦瑟繁絃，鳳笙清響，九霄歌吹。問分香舊事，劉郎去後，還誰共、風前醉。　回首暝煙千里。但紛紛、落英如淚。多情易老，青鸞何許，詩成難寄。斗轉參橫，半簾花影，一溪流水。悵飛鳧路杳，行雲夢斷，有三峯翠。」辭意高超，飄飄仙舉，當與吕純陽吾家逍遥子同傳。

葛長庚沁園春詞

白玉蟾有演歸去來辭入詞者，沁園春寄鶴林云：「三徑就荒，松菊猶存，歸去來兮。歎折腰爲米，棄家因酒，往之不諫，來者堪追。形役奚悲，途迷未遠，今是還知悟昨非。舟輕颺，問征夫前路，晨光熹微。　歡迎童穉嘻嘻。羡出岫雲閒鳥倦飛。有南窗寄傲，東皐舒嘯，西疇無事，植杖耘耔。矯首遐觀，壺觴自酌，尋壑臨流聊賦詩。琴書外，且樂天知命，復用何疑。」此爲詞家創格。

葛長庚摸魚子

白玉蟾詞，有情辭伉爽，一氣呵成，置之蘇辛集中，所謂詞家大文者。特録著二闋。摸魚子云：「問滄江舊盟鷗鷺。年來景物誰主。悠悠客鬢知何事，吹滿西風塵土。渾未悟。謾自許功名，談笑侯千户。春衫戲舞。怕三徑都荒，一犂未把，猿鶴咲君誤。君且住。未必心期盡負。江山秋事如許。月明風靜萍花路。欹枕試聽鳴櫓。置又去。道喚取陶潛，要草歸來賦。相思最苦。是野水連天，漁榔四起，簑笠占煙雨。」又賀新涼云：「且盡杯中酒。問平生、湖海心期，更如君否。渭樹江雲多少恨，離合古今非偶。更風雨、十常八九。長鋏歌彈明月墮，對蕭蕭、客鬢閒攜手。還怕折、渡頭柳。小樓夜久微涼透。倚危闌、一池倒影，半空星斗。此會明年知何處，蘋末秋風未久。謾輸與、鷺朋鷗友。已辦扁舟松江去，與鱸魚蓴菜論交舊。應念此，重回首。」

葛長庚酹江月詞

懷古詞須感慨淋漓，讀之令人神往，斯稱傑作。白玉蟾有武昌懷古調酹江月云：「漢江北瀉，下長淮、洗盡胸中今古。樓櫓横波征雁遠，誰見魚龍夜舞。鸚鵡洲雲，鳳凰池月，付與沙頭鷺。功名何處，年年惟見春絮。　非不豪似周瑜，壯如黃祖，亦逐秋風度。野草閒花無限影，渺在西山南浦。黃鶴樓人，赤烏年事，江漢亭前路。浮萍無據。水天幾度朝暮。」

葛長庚短調

白玉蟾集中短調，霜天曉角題綠淨堂云：「五羊安在。城市何曾改。十萬人家闤闠，東亦海。西亦海。年年蒲澗會。地接蓬萊界。老樹知他一劍，千山外，萬山外。」壯遊中饒有仙氣，自成一格。

葛長庚好事近

白玉蟾畫梅，見稱於金冬心題畫集中，而真蹟實不易睹。曾有好事近贈趙制機云：「行到竹林頭，探得梅花消息。冷蕊疏英如許，更無人知得。　冰枯雪老歲年徂，俯仰自嗟惜。醉卧梅花影裏，有何人相識。」讀此詞，可知其畫境之妙矣。

葛長庚蝶戀花

海瑤詞蝶戀花二闋有句云：「柳絮欲停風不住。　杜鵑聲裏山無數。」又，「醉裏尋春春不見。　夕陽芳草連天遠。」均見纏綿不盡之思，得古大家神解。

柯亭詞論

蔡嵩雲撰

柯亭詞論目録

柯亭詞論

守四聲並無牽强之病

詞講四聲，宋始有之，然多爲音律家之詞。文學家之詞，分平仄而已。音律家之詞，原可歌唱，四聲調叶，爲可歌之一種要素。仇山村曰：「詞有四聲、五音、均拍、輕重、清濁之別，卽指可歌之詞而言。北宋如屯田、方回、清真、雅言諸家，南宋如白石、梅溪、夢窗、草窗、玉田諸家，大都妙解音律，所爲詞，聲文並茂。吾人學其詞，多有應守四聲者。且所謂音律家之詞，亦惟獨創之調，自度之腔，如清真蘭陵王、白石暗香疏影之類，須嚴守四聲。至于通行之調，如金縷曲、沁園春、水龍吟之類，則無四聲可守。摸魚子、齊天樂、木蘭花慢之類，一調中只有數處仄聲須分上去，不必全守四聲也。四聲調叶之詞，今雖以音譜失傳而不可歌，然較之僅分平仄者，讀時尚覺鏗鏘可聽。故詞家之守律者，必辨四聲分上去，以爲不如是，不合乎宋賢軌範。淺學者流，每謂守四聲如受桎梏，不能暢所欲言，認爲汩沒性靈。其實能手爲之，依然行所無事，並無牽强不自然之病。觀清末況蕙風、朱彊村諸家守四聲之詞，足證此語不誣。

守四聲濫觴於南宋

詞守四聲，濫觴南宋。在北宋並無守四聲之説。南宋發生此種詞派，亦非無因。四聲之不同，全在高低輕重。去高而上低，平輕而入重，其大較也。歌辭之抗墜抑揚，全在四聲之配合恰當。非然者，必至生硬不能上口，又何能美聽乎。在深通音律之詩人詞人，隨意發爲詩詞，無不可歌，無不叶律。非然者，其用字必待樂工之校正，方能入調。史稱温飛卿能逐絃管之音，爲側豔之辭，其詩詞自可入樂。李太白、王摩詰不聞知音，而清平調、渭城曲唱遍一時，未始不由于前説。唐人歌絶句，五代歌小令，其歌法均甚簡單。北宋初，仍循五代遺法歌小令。中葉以後，慢詞漸盛，詞樂始突飛猛進，内容遂日趨于繁複矣。當時創調製譜最有名者，首推柳耆卿。所製新聲獨多，飲水處都歌柳詞，是其一證。繼之者爲周美成，曾充大晟府樂官。文人而通音律，故其詞和協流美，都可入樂，一時稱爲絶唱。南渡後，大晟樂譜散失，不獨柳譜全亡，周譜亦所存無幾。坊曲優伎，有能歌清真詞一二調者，人莫不視同珠璧。（參看拙著樂府指迷箋釋可歌之詞條下小註第四段按語）惟其審音用字之法既不傳，如是羣視周詞四聲爲金科玉律。方千里、楊澤民、陳西麓諸家和清真調，謹守四聲，少有踰越，卽其一例。厥後詞家，因守周詞之四聲，遂推而守其他音律家詞之四聲，此南宋守四聲詞派所由成立也。無論何事物，在原始時代，均純任自然，本無所謂法。漸進則法立，更進則法密。音樂進展，亦復如是。始何嘗有五音六律與四聲，其後覺天然歌唱，過于簡單淩亂，于是始有音律之發明。其實此音律，仍含于自然法則中，特後人加以發明。雖出人爲，謂仍屬自然法則，亦無不可。慢引近詞之成爲宋代詞樂，實由進步使然。其內容之繁複，迥非唐人絶句、五代小令可比。欲明其故，非將宋代燕樂所以承前啓後者，加以徹底之研討不可。總之守四聲詞派，實有其甚深之根據。篇幅所限，茲僅發其凡而已。

初學不必守四聲

詞守四聲，乃進一步作法，亦最後一步作法。填時須不感拘束之苦，方能得心應手。故初學填詞，實無守四聲之必要。否則辭意不能暢達，律雖叶而文不工，似此填詞，又何足貴。惟世無難事，習之既久，熟能生巧，自無所謂拘束，一以自然出之。雖守四聲，而讀者若不知其爲守四聲矣。北宋尚無守四聲之説。通音律之詞家，大都能按宫製譜，審音用字。（參看拙著樂府指迷箋釋去聲字條下小註第一後按語）南渡後，此法漸失傳。于是始有守四聲詞派出，以求于律不迕。至所謂守四聲，在一調中，有全守者，有半守半不守者。方楊諸家之和清真，每有此現象。全守者不必論。半守者，即詞中此一部分四聲，有絲毫不容假借處。故諸家于此等處，均不肯違背。半不守者，即詞中此一部分四聲，有可通融處。故諸家可各隨其意。又同一人所創之調亦然。如夢窗鶯啼序三首中四聲雖大致相同，亦間有不同處。總之皆隨各宫調音譜之性質，而填詞用字各如其量。惟四聲在調之何部卽可通融，宋賢亦無定則傳後。故今日填詞，不講律則已，講律則惟有遵守宋賢軌範，亦步亦趨矣。入可代平，去不代上，本宋賢成説，不妨按調之情形采用。王半塘、鄭叔問、况蕙風、朱彊邨爲清末四大詞家，守律之嚴，王、鄭似不如朱、况。而朱、况之嚴于守律，前期之作，似不如其後期。總之宋詞之音譜拍眼既亡，即守四聲，亦不能入歌。守律派之守四聲，無非求其近于宋賢叶律之作耳。近年社集，恆見守律派詞人，與反對守律者互相非難，其實皆爲多事。詞在宋代，早分爲音律家之詞與文學家之詞。音律家聲文並茂之作，固可傳世。文學家專重辭章之作，又何嘗不可傳世。各從其是可也。

自然與人工各占地位

詞尚自然固矣，但亦不可一概論。無論何種文藝，其在初期，莫不出乎自然，本無所謂法。漸進則法立，更進則法密。文學技術日進，人工遂多于自然矣。詞之進展，亦不外此軌轍。唐五代小令，爲詞之初期，故花間、後主、正中之詞，均自然多于人工。宋初小令，如歐秦二晏之流，所作以精到勝，與唐五代稍異，蓋人工甚于自然矣。宋初慢詞，猶接近自然時代，往往有佳句而乏佳章。自屯田出而詞法立，清真出而詞法密，詞風爲之丕變。如東坡之純任自然者，殆不多見矣。南宋以降，慢詞作法，窮極工巧。稼軒雖接武東坡，而詞之組織結構，有極精者，則非純任自然矣。梅溪、夢窗，遠紹清真，碧山、玉田，近宗白石，詞法之密，均臻絕頂。宋詞自此，殆純乎人工矣。總之尚自然，爲初期之詞。講人工，爲進步之詞。詞壇上各占地位，學者不妨各就性之所近而習之。必是丹非素，非通論也。

填詞須講字法句法章法

填詞卽捨律而論文，亦正難言。意境神韻無論矣，字法句法章法，一毫鬆懈不得。字法須講侔色揣稱，句法須講層深渾成，章法須講離合順逆貫串映帶。如何起，如何結，如何過變，均須致力。否則不成佳構。

作詞須立新意

作詞之法，造意爲上，遣辭次之。欲去陳言，必立新意。若換調不換意，縱有佳句，難免千篇一律之嫌。

意貴清新境貴曲折

詞以意境爲上。但意貴清新，境貴曲折。若換調不換意，或境衹表面一層，則一覽無餘，一二讀便同嚼蠟。

陳言務去

陳言務去，乃詞成章後所有事，非所論于初學。初學縛于格調，囿于聲韵，成章已不易，遑論及此。楊守齋言，詞忌三重四同，去陳言自是其中一事。但好語都被古人説盡，欲其不陳甚難。惟有立新意、造新境，庶可推陳出新耳。昌黎標此義以論文，其集中未見陳言盡去，亦可見兹事之不易矣。

小令首重造意

小令猶詩中絶句，首重造意，故易爲而不易爲。若只圖以敷辭成篇，日得數十首何難。作小令，須具納須彌于芥子手段，于短幅中藏有許多境界，勿令閒字閒句占據篇幅，方爲絶唱。如太白憶秦娥，卽其一例。此詞一字一句，都有着落，包念氣象萬千。若但從字面求之，毫釐千里矣。善學之，方有入處。

治小令途徑

自來治小令者，多崇尚花間。花間以温韋二派爲主，餘各家爲從。温派穠豔，韋派清麗，不妨各就所嗜而學之。若性不喜花間，尚有二途可循。或取清麗芊綿家數，由漱玉以上規後主，參以後唐之韋莊，輔以清初之納蘭，此一途也。或取深俊婉約家數，由宋初珠玉、六一、淮海諸家，上溯正中，更以近代王静庵之人間詞擴大其詞境，此亦一途也。

慢詞與小令作法不同

慢詞與小令，不獨體製迥殊，卽文心内容，亦一繁一簡。文心何物，換言之，卽意匠也。詞境之構成如何，全視意匠之工拙。設喻以明之。小令如布置庭園一角，無多結構，奇花異石，些少點綴，便生佳致。慢詞則不同，如建大廈然，其中曲折層次甚多，入手必先慘淡經營，方能從事土木。若枝枝節節爲之，外觀縱極堂皇，内容必破碎不成格局。小令只要些新意，便易得古人句。作慢詞，全篇有全篇之意，前遍有前遍之意，後遍有後遍之意。故運意時，須先分别主從，庶詞成後聯貫統一，脈絡井然。慢詞與小令之文心既繁簡迥殊，構成之辭章卽因之異色，而作法亦因之截然不同矣。

詞賦少而比興多

詞尚空靈，妙在不離不卽，若離若卽，故賦少而比興多。令引近然，慢詞亦然。曰比曰興，多從反面側面着筆。賦者，敷陳其事而直言之，便是從正面說。至何者宜賦，何者宜比興，則須相題而用之，不可一概論。慢詞作法，須講義法，與古文辭同。古文用筆，有正反側。然有時何嘗不用正筆，亦在相題用之。宜用反側，卽用反側，宜用正筆，卽用正筆。此例詩詞古文中甚多，故曰不可一概論。

小令慢詞各有天地

小令以輕、清、靈爲當行。不做到此地步，卽失其宛轉抑揚之致，必至味同嚼蠟。慢詞以重、大、拙爲絶詣，不做到此境界，落于纖巧輕滑一路，亦不成大方家數。小令、慢詞，其中各有天地，作法截然不同。何謂輕、清、靈，人尚易知。何謂重、大、拙，則人難曉。如略示其端，此三字須分別看。重謂力量，大謂氣概，拙謂古致。工夫火候到時，方有此境。以書喻之最易明，如漢魏六朝碑版，卽重大拙三者俱備。輕清靈不過簪花美格而已。然各有所詣，亦是一種工夫，特未可相提並論耳。如以作小令之法作慢詞，以作慢詞之法作小令，亦猶以習簪花格之法習碑版，以寫碑版之法寫簪花格。反其道而用之，必兩無是處。

詞學通於書道

詞中有澀之一境。但澀與滯異，亦猶重大拙之拙，不與笨同。昔侍臨川李梅盦夫子几席，聞其論書法，發揮拙、澀二字之妙，以爲聞所未聞。後治慢詞，乃悟詞中亦有此妙境，但非深入感覺不到。由此見詞學亦通于書道。

填詞貴能以輕御重

填詞貴能以輕御重。此則關乎工力，不外熟能生巧。難題澀調，守四聲，辨陰陽，以及限韵步韵等，在能手爲之，何嘗不舉重若輕。非然，未有不手忙脚亂者。

填詞三步

初學填詞，第一步求穩妥，第二步求精警，第三步求超脱。先言第一步，穩有字穩、句穩、韵穩、章穩數種。入手求穩，當先字句韵三者。至于章法求穩，則功夫已到七八成矣。填詞鍊章法，尤難于鍊字、鍊句。時下詞流，講章法者，十中難得二三人，可慨也。入手填詞，字句有不穩處，不足爲病。最忌者，穩而平庸，則難期精進耳。

詞須熟誦

詞本可歌，音節鏗鏘，理所應有。填詞能入調，自無生硬之病，故覺鏗鏘可聽。欲求入調，惟有熟誦古名家詞，久之自然純熟。周介存詞辨，乃選本中最精者，首首可誦。

疊字句法創自易安

疊字句法，創自易安。以聲聲慢係疊字調名，故當時涉筆成趣。一起連疊十四字，後人以爲絶唱。究之非塡詞正軌，易流于纖巧一路，只可讓弄才女子偶一爲之。王湘綺云：諸家賞其七疊，亦以初見故新，效之則可嘔。誠然。否則兩宋不少名家，後竟無繼聲者，豈才均不若易安乎，其故可思矣。

詠物詞貴有寓意

詠物詞，貴有寓意，方合比興之義。寄託最宜含蓄，運典尤忌呆詮，須具手揮五絃目送飛鴻之妙，方合。如東坡水龍吟，詠楊花而寫離情。夢窗瑣窗寒，詠玉蘭而懷去姬。白石詠梅，暗香感舊，疏影弔北狩扈從諸妃嬪。大都雙管齊下，手寫此而目注彼，信爲當行名作。此雖意別有在，然莫不抱定題目立言。用慢詞詠物，起句便須擒題。過變更不可脱離題意，方不空泛，方能警切。

學詞勿先看近人詞

學詞切勿先看近人詞。近人詞多重敷浮字面，不尚意境，不講章法，不守格律。從此入手，以後即不能到宋名賢境界。清詞亦只末季，王、朱、鄭、況等數家可以取法，餘不足觀也。

清詞三期

清詞派別，可分三期。浙西派與陽羨派同時。浙西派倡自朱竹垞，曹升六、徐電發等繼之，崇尚姜張，以雅正爲歸。陽羨派倡自陳迦陵，吳薗次、萬紅友等繼之，效法蘇、辛，惟才氣是尚，此第一期也。常州派倡自張臯文，董晉卿、周介存等繼之，振北宋名家之緒，以立意爲本，以叶律爲末，此第二期也。第三期詞派，創自王半塘，葉遐菴戲呼爲桂派，予亦姑以桂派名之。和之者有鄭叔問、況蕙風、朱彊村等，本張臯文意内言外之旨，參以淩次仲、戈順卿審音持律之説，而益發揮光大之。此派最晚出，以立意爲體，故詞格頗高。以守律爲用，故詞法頗嚴。今世詞學正宗，惟有此派。餘皆少所樹立，不能成派。其下者，野狐禪耳。故王、朱、鄭、況諸家，詞之家數雖不同，而詞派則同。

作慢詞分二派

慢詞行文，現分二派，一從裏面做出，一從外面做入。從裏面做出，便是以意遣辭。此派作法，以布局爲先務。下手時，先須立定主意，通篇卽抱定此意做去。敷藻下字，均有分寸。如何起、如何結、如何過變、如何鋪敍，均須意在筆先。故詞成後，語無泛設，脈絡分明，一氣卷舒。宋賢矩矱，本應如是。此卽以意遣辭，所謂從裏面做出者也。從外面做入，便是因辭造意。此派作法，以琢句爲先務，字面務取華美，隨其組織以造意。貼切與否，在所不顧。全詞無中心，湊合成篇。承接貫串，起伏照應，更所不講。故詞成後，其佳者，亦只有好句可看，無章法脈絡可言。其劣者，堆砌粉飾，支離破碎，一加分析，疵類百出。此卽因辭造意，所謂從外面做入者也。從裏面做出之詞，譬如內家拳，外表不必如何動人，眞實工夫，全在裏面。詞之鍊意、鍊章、行氣、運筆者似之。惟工力深者，一見能知其佳處。此類詞，若僅從字面求之，毫釐千里矣。從外面做入之詞，譬如外家拳，其至者，亦有身法手法步法可看，工夫全在表面。如僅以句法見長之詞，其未至者，花拳繡腿而已。餖飣獺祭之詞流似之。可以駭俗目，未能逃法眼也。今世詞流如鯽，以句法見長者，尚車載斗量。講究章法者，二三老輩外，幾如鳳毛麟角，洵可慨已。

看詞宜細分析

作詞固難，看詞亦不易。看前人詞，最宜仔細分析，能洞見前人工拙，方能發見自己短長，而加以改進。大鶴、蕙風，最善論詞。彊邨則心知其故而不多言。方今論詞具法眼者，當推嘉興張孟劬、南海陳述叔。孟劬深受大鶴陶鎔，述叔則傳彊邨衣鉢者。二人一病一老，此後恐成廣陵散矣。

看詞偏見與陋見

看人詞極難，看作家之詞尤難。非有眞賞之眼光，不易發見其眞意。有原意本淺，而視之過深者。如飛卿菩薩蠻，本無甚深意，張皋文以爲感士不遇，爲後人所譏是也。有原意本深，而視之過淺者，如稼軒詞多有寓意，後人但看其表面，以爲豪語易學是也。自來評詞，尤鮮定論。派別不同，則難免入主出奴之見。往往同一人之詞，有揚之則九天，抑之則九淵者。如近世推崇屯田、夢窗，而宋末張玉田詞源，則非難備至，卽其一例。至于學識敷淺，則看詞見解失真，信口雌黃，何異扣槃捫燭，目碔砆爲寶玉，認騏驥作駑駘，更不值識者一哂矣。偏見多蔽，暱見多謬，時人論詞，多有犯此病者。

正中詞別具一種風格

正中詞，纏綿悱惻，在五代，別具一種風格。穠豔如飛卿，清麗如端己，超脫如後主，均與之不同家數。其詞最難學，出之太易，則近率滑，過于鍛鍊，又傷自然，總難恰到好處。

正中鵲踏枝十四章

正中鵲踏枝十四章，鬱伊惝怳，究莫測其意恉。劉融齋謂其詞流連光景，惆悵自憐。馮夢華則以爲有家國之感寓乎其中，然歟否歟。

正中詞難學在不用力處

正中詞難學，在其輕描淡寫不用力處。一着濃縟字面，卽失却陽春本色。近代王靜庵人間詞，接武歐、晏，其實歐、晏仍自陽春出。人間詞中，蝶戀花調最多，亦最佳，卽鵲踏枝也。

東坡詞筆無點塵

東坡詞，胸有萬卷，筆無點塵。其闊大處，不在能作豪放語，而在其襟懷有涵蓋一切氣象。若徒襲其外貌，何異東施效顰。東坡小令，清麗紆徐，雅人深致，另闢一境。設非胸襟高曠，焉能有此吐屬。

少游小令出自六一

少游詞，雖間有花間遺韻，其小令深婉處，實出自六一，仍是陽春一脈。慢詞清新淡雅，風骨高騫，更非花間所能範圍矣。

屯田詞得失參半

屯田爲北宋創調名家，所爲詞，得失參半。其倡樓信筆之作，每以俳體爲世詬病，萬不可學。至其佳詞，則章法精嚴，極離合順逆貫串映帶之妙，下開清真、夢窗詞法。而描寫景物，亦極工麗。雨霖鈴調，在樂章集中，尚非絶詣。特以「楊柳岸，曉風殘月」句得名耳。

柳詞勝處在氣骨

柳詞勝處，在氣骨，不在字面。其寫景處，遠勝其抒情處。而章法大開大闔，爲後起清真、夢窗諸家所取法，信爲創調名家。如玉蝴蝶「望處雨收雲斷」、夜半樂「凍雲黯淡天氣」、安公子「遠岸收殘雨」、傾杯樂「木落霜洲」、卜算子慢「江楓漸老」、甘州「對瀟瀟暮雨灑江天」諸闋，寫羇旅行役中秋景，均窮極工巧。

周詞全自柳出

周詞淵源，全自柳出。其寫情用賦筆，純是屯田家法。特清真有時意較含蓄，辭較精工耳。細繹片玉集，慢詞學柳而脱去痕迹自成家數者，十居七八。字面雖殊格調未變者，十居二三。陳亶碧有言：能見耆卿之骨，始能通清真之神。目光如炬，突過王晦叔、張玉田諸賢遠甚。夢窗深得清真之妙，其慢詞開闔變化，實間接自柳出。惟面貌全變，另具神理，不惟不似屯田，並不似清真。看詞者若僅于字句表面求之，更不易得其端倪矣。

周吴小令及慢詞

清真令曲，閒婉似叔原，而沉着亦近之。慢詞疏宕類耆卿，而精湛則過之。于以見其作法非同一機杼矣。夢窗亦然，慢詞極凝鍊，令曲却極流利。故玉田于其慢詞，譏爲凝澀晦昧，謂如七寶樓臺，碎拆下來，不成片段。而獨賞其唐多令之疏快，以爲不質實。集中尚有。又以其令曲妙處與賀方回並稱。令曲慢詞，截然兩途，觀此益信。

周吴慢詞最難學處

清真慢詞，沉鬱頓挫處最難學，須有雄健之筆以舉之。若無此筆，愼勿學清真，否則必流于軟媚。夢窗慢詞，高華麗密處最難學，須有靈變之筆以御之。若無此筆，愼勿學夢窗，否則必流于晦澀。

稼軒詞不盡豪放

稼軒詞，豪放師東坡，然不盡豪放也。其集中，有沉鬱頓挫之作，有纏綿悱惻之作，殆皆有爲而發。其修辭亦種種不同，焉得概以「豪放」二字目之。

白石詞騷雅絶倫

白石詞在南宋，爲清空一派開山祖，碧山、玉田皆其法嗣。其詞騷雅絶倫，無一點浮煙浪墨繞其筆端，故當時有詞仙之目。野雲孤飛，去留無迹，有定評矣。

碧山玉田各具面貌

碧山、玉田生當宋末元初，黍離麥秀之感，往往溢于言外。二家雖同出白石，而各具面貌。碧山沉鬱處最難學，近代王半塘，即瓣香碧山者。玉田輕圓甜熟，最易入手。不善學之，則流于滑易而不自覺，蓋無其懷抱與工力也。清初學玉田者，多蹈此弊。

納蘭慢詞不如小令

納蘭小令，丰神迥絶，學後主未能至，清麗芊綿似易安而已。悼亡諸作，膾炙人口。尤工寫塞外荒寒之景，殆扈從時所身歷，故言之親切如此。其慢詞則凡近拖沓，遠不如其小令，豈詞才所限歟。

大鶴詞吐屬騷雅

大鶴詞，吐屬騷雅，深入白石之室。令引近尤佳。學清真，升堂而已。辛亥以後諸慢詞，長歌當哭，不知是聲是淚是血，殆所謂亡國之音哀以思歟。此則變徵之聲，不可以家數論者。

彊村詞融合蘇吳之長

彊村慢詞，融合東坡、夢窗之長，而運以精思果力。學東坡，取其雄而去其放。學夢窗，取其密而去其晦。遂面目一變，自成一種風格，真善學古人者。集中各詞，皆經千錘百鍊而出，正如韓文杜律，無一字無來歷。其詞多性情語，辛亥以後，尤多故國之思。然較大鶴稍含蓄，殆如其爲人。彊村小令亦極工，然鮮當行者。微覺用力太多，故未能如初寫黃庭，蓋過猶不及也。

蕙風詞及其詞話

蕙風詞，才情藻麗，思致淵深。小令得淮海、小山之神，慢詞出入片玉、梅溪、白石、玉田間。吐屬雋妙，爲晚清諸家所僅有。然以好作聰明語，有時不免微傷氣格。少作以側豔勝。中年以後，漸變爲深醇。論慢詞，標出重大拙三字境界，可謂目光如炬。其蕙風詞話五卷，論詞多具卓識，發前人所未發。

水龍吟句法

填詞，一調有一調之體制，一調有一調之氣象，卽一調有一調之作法。水龍吟本非難調，亦無難句，惟前後遍中四字組成之六排句，太整太板，不易討好。詞中遇此等句法，須于整中寓散，板中求活。換言之，卽各句下字時，須將實字虛字動字靜字，分別錯綜組織以盡其變。前言字法須講侔色揣稱，此其一端也。細玩東坡「似花還似非花」一首，稼軒「楚天千里清秋」一首，于此前後六排句，手法何等靈變。又此調二二組成之四字句太多，故講究作法者，末尾四字句，多用一三句法，亦無非取其變化之意。詞之句法，故不嫌變化多方也。如東坡之「是離人淚」，稼軒之「揾英雄淚」，卽其一例。

木蘭花慢有句中韻

木蘭花慢，有句中韻三處，如屯田作清明一首，前遍中間之「傾城」，後遍換頭之「盈盈」，及中間之「歡情」，均作一頓，極有姿致。兩字押韻，一稱短韻，因在句中，又稱暗韻，最能發調。稼軒作四首，則此三處均不押韻，不足爲訓。故古今詞話謂木蘭花慢惟屯田得音調之正也。又前後遍中間暗韻下，若接以去平去上四字，二結六字句兩句，若上句配以去上平平去上，音節流美，更爲動聽。填此調如致力此數者，所作必極沉鬱頓挫、盪氣迴腸之能事。

河傳創自飛卿

河傳調，創自飛卿。其後變體甚繁，花間集所載數家，圓轉宛折，均遜温體。此調句法長短參差相間温體配合最爲適宜。又換叶極難自然，温體平仄互叶，凡四轉韻，無一毫牽强之病，非深通音律者，未易臻此。又温體韵密多短句，填時須一韵一境，一句一境。换叶必須换意，轉一韵，即增一境。勿令閒字閒句占據篇幅，方合。

小梅花係東山創調

小梅花，係東山創調，一名梅花引，體近古樂府，宜逕用古樂府作法。軟句弱韵，均所最忌。賀作筆力陡健。詞律收向子諲作，不逮賀作遠甚，而反謂勝之，真賞識于牝牡驪黄之外矣。

戚氏爲屯田創調

戚氏爲屯田創調，晚秋天一首，寫客館秋懷，本無甚出奇，然用筆極有層次。初學慢詞，細玩此章，可悟謀篇布局之法。第一遍，就庭軒所見，寫到征夫前路。第二遍，就流連夜景，寫到追懷昔游。第三遍，接寫昔游經歷，仍落到天涯孤客，竟夜無眠情況，章法一絲不亂。惟第二遍自「夜永對景」至「往往經歲遷延」，第三遍自「别來迅景如梭」至「追往事空慘愁顏」，均是數句一氣貫注。屯田詞，最長于行氣，此等處甚難學。後人遇此等處，多用死句填實，縱令琢句工穩，其如懨懨無生氣何。

夢窗鶯啼序

鶯啼序爲序子之一體，全章二百四十字，乃詞調中最長者。填此調，意須層出不窮，否則滿紙敷辭，細按終鮮是處。又全章多至四遍，若不講脈絡貫串，必病散漫，則結構尚矣。此外更須致力于用筆行氣，非然者，不失之拖沓，卽失之板重。此調自夢窗後，佳構絶鮮。夢窗作三首，以「殘寒正欺病酒」一首尤佳。此詞第一遍，寫湖上羈人又當春暮。第二遍，寫昔日湖游遇豔情景。第三遍，寫重來湖上，物是人非，追尋昔游，都成陳迹。第四遍，傷高歎老，撫時悲逝，總寫感懷。竟體固章法井然，而三四兩遍用大開大闔之筆，純自屯田、清真二家脱化而出。大力包舉，一氣舒卷，尤爲僅見。

己卯辛巳間，同學江都臧祐佛根、丹徒柳肇嘉貢禾、靖江謝承堃硯馨，同避兵海上，海上猶桃源也。端居多暇，月課數詞以自遣。時予則遁迹竹西江村，亦以讀詞遣日。諸友以予治詞有年，或寄篇章以相酬和，或舉疑義以相商兑。緘札月必數至，每次作答，累千百言不能盡，所論者莫非詞也。長女宜隨侍在側，爲録而存之。滬局變後，佛根物化，柳、謝亦非復以前興致矣。暇日檢點函稿，爰摘其論詞之言，略加詮次，構成是編以貽來學。初非有意于著述也，題曰柯亭詞論，亦不過曰此一人之言而已。甲申春仲，柯亭詞人自識。

聲執

陳匪石撰

叙

學倚聲四十年，師友所貽，諷籀所得，日有增益，資以自淑。第念遠如張炎、沈義父、陸輔之，近如周濟、劉熙載、陳廷焯、譚獻、馮煦、況周儀、陳鋭、陳洵，其論詞之著，皆示人以門徑。予雖譾陋，然出其管蠡之見，與聲家相商榷，或能匡我不逮，俾此道日就康莊。一息尚存，及身亦可求益。昔釋迦説相，法執我執，皆所當破。詞屬聲塵，寧免兩執。況詞自有法，不得謂一切相皆屬虚妄，題以聲執，適表其真。世有秀師，或不訶我。特前人所已言者，非有研討，或須闡明，不敢剿説。時賢言論，見仁見智，例得並行，不敢涉及。並世作者之月旦，或鴻篇巨製之蒐録，詩話詞話，往往有之，慮涉標榜，亦不敢效顰。戒律所在，拳拳服膺，倘亦我執與。己丑三月，陳匪石自識。

聲執目録

卷上

卷下

聲執卷上

詩餘說

詞曰詩餘，昔有兩解。或謂爲緒餘之餘，胡仔曰：「唐初歌詞，皆五七言詩，自中葉以後，至五代，漸變爲長短句，至本朝而盡爲此體。」張炎之說亦同，藥園詞話因之，遂追溯而上，謂「殷其靁，在南山之陽」爲三五言調，「魚麗於罶，鱨鯊」爲四二言調，「遭我乎猺之間兮」爲六七言調，「我來自東，零雨其濛。鸛鳴於垤，婦歎於室」爲換韻，行露首章曰「厭浥行露」，次章曰「誰謂雀無角」爲換頭，則三百篇實爲其祖禰。此謂詞源於詩，由詩而衍，與騷賦同，班固以賦爲古詩之流，說者卽以詞爲詩之餘事矣。或謂爲贏餘之餘，況周儀曰：「唐人朝成一詩，夕付管絃，往往聲希節促，則加入和聲。凡和聲皆以實字填之，遂成爲詞。詞之情文節奏，並皆有餘於詩，謂之詩餘。」此以詞爲有餘於詩也。沈約宋書曰：「吴歌雜曲，始皆徒歌，既而被之管絃，又因絃管金石作歌以被之。」況周儀引以說詞，謂「填詞家自度曲，率意爲長短句，而後協之以律，此前一說。前人本有此調，後人按譜填詞，此後一說。歌曲若枝葉，始肯於詞，則芳華益楙。」卽所以引申「有餘於詩者」也。愚以爲詞之由來，實以歌詩加入和聲爲最確。唐五代小令，或卽五七言絶，或以五七言加減字數而成，如苕溪漁隱叢話所舉之瑞鷓鴣、小秦王，可爲明證。又所謂小秦王必須雜以纏聲者，卽加入和聲之說。蓋始則加字以成歌，繼乃加字以足意。詩由四言而五言而七言，不足則加和聲而爲詞。詞調既定又不足，而加和聲而爲曲，此詩詞曲遞嬗之迹，所謂言之不足，則長言之，長言之不足，則嗟嘆之。凡以宣達胸臆，陶寫性情，務盡其所蓄積，始爲畢鉅，自然之理。則爲餘於詩，而非詩之餘，與胡張二氏之說，並不相悖也。

和聲說

和聲本有聲無詞，在毛詩爲兮，在楚詞爲些，在古樂府爲呼犯豨之類。今歌崑曲，歌皮黃，皆有無字之腔，俗名過門，亦曰贈板。宋人名以和聲纏聲虛聲，其關鍵在拍眼。詞之令引近慢，卽由拍眼而分。今雖不明其拍眼如何，然觀張炎詞源所言，可窺及之。因各字之間，其聲長短不一，故填以實字，亦可多可寡，在南北曲之襯字，最爲明顯。詞因所填之字，由無定而漸歸有定，遂泯其迹。然亦有迹象可尋者，如「也囉」「知摩知」「悶悶悶」之類。和聲之字，既可多可少，於是有同一調而字數不同者。例如臨江仙，或五十四字，或五十六字，或六十字。訴衷情之雙調，或四十一字，或四十四字，或四十五字。而卜算子、酒泉子、風入松等調，莫不皆然。又如高陽臺，同一吳文英作，而換頭或七字不協韻，或六字協韻。玲瓏四犯歇拍，史達祖比周邦彥多二字。洞仙歌、二郎神、安公子等調，亦率類此。大抵一句之中有一字至二三字之伸縮，皆由所填和聲之多寡。深知音律之宋賢類知之，而能爲之，猶元明至今製南北曲者，同一牌調，而所填襯字多寡有無，可以任意也。至減字木蘭花、促拍醜奴兒、攤破浣溪沙、轉調踏莎行之類，因節拍之變而增減其字，而句法變，協韻亦變，皆由和聲而來。單調加後遍，爲雙調，原不屬和聲範圍。而前後編相同之句法，忽有一二字增減者，仍由於此。塡詞圖譜、嘯餘圖譜等書，别之曰第一體、第二體、第三體。萬樹駁之，謂第一第二等排列，不知所據。所著詞律，改以字數爲次第，短者居前，長者居後，稱之曰又一體。詞譜作於萬氏之後，亦沿其例。雖似無可議，然關係全在和聲，並非體製之異。譜律既未知此，王敬之、戈載、徐本立、杜文瀾，對於萬氏有攻錯，有拾補，亦未思及。然苟明於和聲之用，則此疑問，早迎刃而解。愚謂應就古詞字數多寡不同之處，注明某人某句多一字，或少一字。再就句中平仄或四聲參互比照，卽見和聲之所在。所以致此之故，亦瞭然於心目中。萬氏定體之辨，可以不作矣。惟詞之音律拍眼，自元曲行後，卽失其傳，今更無可考。後人塡詞，只能依宋以前名作，按字塡之，不得任意增損，以蹈於不知而作之嫌，致與明人之自度腔等譏耳。

宮調説

明淸塡詞家之説，有句有讀，有韻有協，有平仄，有四聲。然所謂律者，本非如此。唐宋之詞用諸燕樂，燕樂之源，出於琵琶。隋書音樂志、新唐書禮樂志、段安節琵琶録、一名樂府雜録宋史、遼史，言之綦詳。宋蔡元定有燕樂新書，淸淩廷堪作燕樂考原，就琵琶録之四均二十八調，詮釋詳明。四均者，平聲羽，上聲角，去聲宮，入聲商。每韻七調，徵配上平，有聲無調。宋仁宗樂髓新經，又有八十四調，本「五聲十二律旋相爲宮」之説，以黄鐘大吕等十二律爲經，四均以外，加徵、變徵、變宮七聲爲緯，迭相配合，得八十四。張炎詞源爲之圖表，鄭文焯斠律，復加校注。陳澧著聲律通考，二十八調、八十四調，各有專篇。

然迄於南宋，則祇行七宮十二調。徵與二變不用，角亦早廢，羽爲宮半，故實用者只宮商二均。又去大呂宮宋史樂志姜夔大樂議作太簇與他書不同，疑誤。之二高調，遂爲十二，是不獨無八十四，且無二十八矣。至聲律之標識，則古用十二律之首字，宋始用六凡工尺上一四勾五之記號。節拍則有所謂住掣掯打，又有所謂殺聲，姜夔名以住字，正犯、側犯等犯調，卽以住字爲關鍵。考之白石道人詞曲旁譜，似卽協韻所在。詞源又云：「纏令四片，引近六均，慢曲八均。」則爲詞之拍眼，令引近慢，由此而分。就詞言律，確爲上述各事。惟元代卽已失傳，調名如黃鐘宮、仲呂宮之類，各書所用，且混淆而莫辨。攷古者雖爬搜掇拾，終以無從審音，不能驗諸實用，則律之亡久矣。然讀尊前集、金奩集、樂章集、清真詞、白石道人歌曲、夢窗詞，及凡詞集之注明宮調者，有志索解，只能博覽上述各書，以攷古之法，得聲律之大凡。又宋沈括夢溪筆談、清方成培詞麈、張文虎舒藝室隨筆，亦資旁證。

詞律與詞譜

以句法平仄言律，不得已而爲之者也。在南宋時，填詞者已不盡審音，詞漸成韻文之一體。有深明音律者，如姜夔、楊纘、張樞輩，卽爲衆所推許，可以概見。及聲律無攷，遂僅有句法平仄可循，如詩之五七言律絕矣。萬樹詞律，作於清康熙中。前乎萬氏者，明有張綖詩餘圖譜、程明善嘯餘譜。清有沈際飛詞譜，賴以邠填詞圖譜，觸目瑕瘢，爲萬氏所指摘。證以久佚復出之各詞集，萬說什九有驗。惟明人以五十九字以內爲小令，五十九字至九十字爲中調，九十字以上爲長調，其無所據依，朱彝尊譏之，實先於萬氏。萬氏之書，雖不能謂絶無疏舛，然據所見之宋元以前詞，參互考訂，且未見樂府指迷，而辨别四聲，暗合沈義父之説。凡所不認爲必不如是，或必如何始合者，不獨較其他詞譜爲詳，且多確不可易之論，莫敢訾以專輒。識見之卓，無與比倫，後人不得不奉爲圭臬矣。後乎萬氏者，有白香詞譜，有碎金詞譜，既沿詞譜體例，取材不豐。葉申薌天籟軒詞譜，雖偶補萬氏之闕，亦莫能相尚。清聖祖命王奕清等定詞譜四十卷，後於萬氏三十年，沿襲萬氏體例。中祕書多，取材弘富。且成書於歷代詩餘後，詞人時代後先，已可考見。依次收録創調者，或最先之作者，什九可據。惟以備體之故，多覺汎濫，所收之調，涉入元曲範圍，又不如萬氏之嚴。同治間，徐本立參合所見之晚出各書，作詞律拾遺。杜文瀾又據王敬之、戈載訂正萬氏之本，並參己意，作詞律校勘記。然詞集孤本，續出不窮，不得謂徐、杜已竟其業也。

論詞韻

詞爲韻文，用韻且與詩異，而韻書不可見，學者苦之。然三百篇、離騷、漢魏詩賦，皆無可據之韻書。鄭庠、陳第，就詩騷文句以求韻，歷顧、江、戴、段、孔、江諸大師，至丁以此而益密，遂成古韻之學。詞韻亦然，其見諸記載者，朱希真嘗擬應制詞韻，張輯釋之，馮取洽增之。元陶宗儀欲爲改定，然其書久佚，目亦無考。於是有以曲韻爲之者，嘯餘譜載中州韻，謂宋太祖時物，似在朱希真之前。然與五代宋詞用韻多不合，與元曲用韻相似。戈載不敢斷爲僞託，而疑爲周德清中原音韻所本。中原音韻以平上去相從，分十九部，入聲分隸三聲，實爲曲韻。厲鶚論詞絶句曰：「欲呼南渡諸公起，韻本重雕菉斐軒。」自注：曾見紹興刊本。秦恩復於嘉慶間，假揅經室藏本刊之，但疑爲元明人所爲，專供北曲之用。蓋亦分十九部，入聲分隸三聲中之七部，名曰作平、作上、作去，視中原音韻只標目微異也。故詞韻之探索，只能師鄭庠諸人之法，就宋以前詞求之。清初沈謙等詞韻，毛先舒爲之括略，仲恆復加訂正。依平水韻一百六部韻目，平統上、去，分十四部，入聲獨立分爲五部。毛先舒曰：「沈氏博考宋詞，以名手雅篇灼然無弊者爲準。」戈載生道光間，其父戈小蓮，游錢大昕之門，通曉音韻，既承家學，並擅倚聲。因沈韻以考宋詞，用集韻之目，救平水韻界限不清之失，而十四部五部之分，一沿沈氏之舊。後之填詞者，翕然宗之。前乎沈氏，有胡文煥文會堂詞韻。後乎沈氏者，有李漁詞韻、許昂霄詞韻考略、吴烺、程名世學宋齋詞韻、鄭春波緑漪堂詞韻，訛誤所在，戈氏曾言之，見詞林正韻發凡。

詞韻與詩韻

詞韻與詩韻之異，廣韻、集韻，皆二百六部，今之詩韻（即平水韻）一百六部。而詞韻則僅十九部，固與二百六部變爲一百六部者不合，即與廣韻、集韻、禮部韻略所注之同用者亦不合。其與曲韻之異，雖同爲十九部，而曲韻於今之支、微、齊分二部，寒、删、先分三部，三部各字分隸與詩韻不同。麻分二部，覃、鹽、咸分二部。詞韻則皆不分。入聲五部獨成一類，異於曲韻之附入三聲。蓋詞之用韻，平聲入聲皆獨押，上去通押。其有平上去通押者，亦不與入聲混。所謂上不類詩，下不墮曲，韻亦其一事也。至與古韻之别，則按諸集韻韻目，古韻江與東、冬、鍾通，詞韻江與陽、唐合，在韻學方面，爲唐宋以後之大變化，同於切韻指掌圖，而開中原音韻、洪武正韻之先。灰與咍分，元與魂、痕分，則仍承古韻之舊。而其他分合，與清儒各家之古韻分部，亦不相同。至佳分爲二，一入皆、咍，一入麻，則古今皆無之。

入聲分部

入聲分部，任何韻書均少於平上去，蓋入聲之字較少。試以發聲收聲均同之音，依四聲次第呼之，至入聲輒有無字者，甚且有不能成聲者。因之有古無入聲之説，且可舉某地某地之方音爲證。曲韻無入，卽源於此。江永、戴震因毛詩及其他先秦古籍之韻，比照唐宋相承之廣韻，於四聲之配合，遂有異平同入之發明。孔廣森更進一步，謂陰陽對轉，以入聲爲樞紐，且推原於因時因地之變遷。孔氏及王念孫，又發見古音之中有去入而無平上者。故入聲分部，與三聲不能合符，自然之勢也。特詞韻之五部，既與古韻或廣韻之部居不同，與曲韻之分配亦不合，實宋詞所用入韻使然，由參互比較而得之，猶之其他三聲耳。

方音不可爲典要

陸法言之作切韻也，與劉臻、顔之推等，互論南北是非古今通塞，由捃選而決定，敘中曾自言之。蓋方音不同，發聲收聲卽多齟齬。觀揚雄方言及何休公羊注所稱齊人語，許慎淮南注所稱楚人語，可見地域異音，實爲古今異音之由來。唐宋迄清，有類隔、通轉、合韻諸説，以通其變。至章炳麟作成均圖，定旁轉、對轉等例，又有雙聲相轉，以濟其窮，於是韻部之通轉，幾恢廓而無遺矣。唐初以許敬宗之議，就切韻各部，注明同用、獨用，爲後世併爲一百六部之濫觴，本非據音理音勢，以爲分合，如音韻家之所爲。詞之用韻，雖與詩有相承之關係，然詞以應歌，當筵命筆，每不免雜以方音。沈、戈二氏之詞韻，固以名家爲據，而亦斟酌於唐宋用韻之分合及古韻之分合，猶是陸氏遺法也。惟宋人用韻，每有例外。如真、庚、侵三部，寒、覃二部，蕭、尤二部，及入聲屋、質、月、藥、洽五部，按之古今分部及音理，皆不相通，而有時互相羼雜。卽知音之清真、白石、夢窗亦每見之。又如白石長亭怨慢，以無字、此字叶魚部。夢窗齊天樂之里字叶魚部，法曲獻仙音以冷字叶陽部，風入松以鶯字叶陽部。更如入聲屋部韻，而清真大酺押國字，白石疏影押北字。戈氏選七家詞，每擅爲改竄，致有專輒之譏。然詞林正韻發凡，於山谷惜餘歡閣合同押，林外洞仙歌鎖、考同押，及夢窗之冷、向，皆謂以方音爲協，實顛撲不破之論。愚讀宋元詞集，如黄裳演山詞、洪希文去華山人詞，皆與林外同例。以絶不相通之蕭、歌兩部通押，同爲閩人，同用方音，足爲確證。又居吴門數年，知以吴音讀冷、鶯二字，恰與陽部相似。則詞之隨地取音，求適歌者口吻，正與北曲之入附三聲同一因素。不同部而互協，職此之由。且方音相近者，在一部之中，或只某字某字而非全部皆通，與言古韻之某字入某部者相類。後人不知其故，援以爲例，致有按諸古今韻部無一而合之韻，則學者之過也。吾人今日爲詞，既非應歌，卽不應取以自便。如清真齊天樂、繞佛閣之斂，華胥引之唼怯，玲瓏四犯之豔、臉、點，品令之静、影、病，南鄉子之尋，白石踏莎行之染，眉嫵之感、纜，以及鬲溪梅令、摸魚兒所用韻，夢窗解連環之白，江南春、暗香疏影之筆，法曲獻仙音之點、染，及一寸金之獵、邑、牒、泣、入、業、篋、櫼、帖、葉，水龍吟之定、影、興、茗、緊、隱、近、信，洞仙歌之並、餅、勝、枕、飲、錦，與夫花心動、淒涼犯、蕙蘭芳引所用韻，皆不得資爲口實，而轉相仿效。昔人謂玉田平上去多雜，入聲獨嚴。嚴與雜之分，即古今韻部之合否。方音固不可爲典要，借叶亦屬曲說也。

用入聲韻

楊纘作詞五要之四，爲隨律押韻，其言曰：「如越調水龍吟、商調二郎神，皆合用平入聲韻，古詞俱押去聲，所以轉摺怪異，成爲不祥之音。」戈氏本萬氏之說，鉤稽古詞，於詞林正韻發凡中，設爲三例。一可押平韻，又可押仄韻者，其所謂仄限於入聲，如霜天曉角、慶春宮、憶秦娥等十一調。又謂白石改滿江紅爲平韻，其所據之無心撲，亦係入韻。二押仄韻而必用入聲者，如丹鳳吟、蘭陵王、鳳凰閣、好事近等二十六調。三用上去韻而有差別者，如秋宵吟、清商怨、魚游春水，宜單押上聲。玉樓春、菊花新、翠樓吟，宜單押去聲。愚按：戈說近之。惟所舉之例，望梅花、看花回，平仄結體各別。清商怨只晏殊全用上聲，清真已雜去韻。玉樓春全用去韻者，只顧夐二首，魏承班一首如是，他作皆雜以上聲。至翠樓吟之里字韻，杜文瀾已言之矣。但因此而發見不可易之定則，即凡同一體而平仄各異者，爲或平或入，不可押上去。且有漢宮春、滿庭芳、萬年歡、露華與此同例。而浪淘沙、沙塞子、惜黃花慢用上去者爲例外。凡入聲詞不可押上去，桂枝香、秋霽等同例。其南宋人有押上去者爲例外。凡上去韻不可押入聲，如燭影搖紅、法曲獻仙音、花犯、過秦樓之類，遽數之不能終其物，而如齊天樂、驀山溪、玉漏遲、喜遷鶯、永遇樂等之或押入聲者爲例外。蓋各調皆有創造之人，不但柳永、周邦彦、姜夔、吴文英所自度者，班班可考。且如戈氏所舉專用入韻者，皆昔人所謂僻調，必當依創作者之成法。即未能考定何人，而依時代推定最先之作者，亦係易事。至上述之例外，則率在後，且不皆精通聲律之人，實不足爲訓也。

上去通押

上述各事，似據成例而言。然按之音理，亦非無説。戈氏援琵琶録，商角同用，宫逐羽音，謂與楊氏可相發明。然琵琶録四絃分四均之實，今既失其真傳，言之亦近於模糊影響。平聲可以入聲替，沈伯時樂府指迷已有此語。萬、戈二氏亦屢言之，入與上去不可通，則仍入按三聲不足分配之故，亦易明瞭。上去通押，雖元曲承宋詞，遂成定法。而詞所承之詩，則無此例。且詞之純用上、純用去者，其例極少。況押韻所在，卽沈括所謂殺聲，姜夔所謂住字，張炎所謂結聲。篇中各韻，雖上去通押，而宜上宜去，及字音之清濁陰陽（如詞源所言平聲之明深幽），謳曲之時，應有分别。此點之研究，在今日實爲難事。惟求諸音韻之學，或可得其輪廓。南齊永明以前，無四聲之説。隋陸法言切韻各部，兼收南北古今之音，遂有一字而收入兩聲或兩部者。其後迭次增修，以迄廣韻、集韻，而兼收益廣。唐李涪作切韻刊誤，已譏法言以上爲去，以去爲上。清江永就聲紐及地域論之曰：「羣、定、澄、並、奉、從、邪、牀、禪、匣，共十母之上聲，以官音呼之似去。」戴震就韻部及時代論之曰：「今人語言，矢口而出作去聲者，廣韻多在上聲。

作上聲者，廣韻多在去聲。」段玉裁説同戴氏，可知因時因地讀音之變遷，以上去爲尤甚。吳瞿安精研曲學，有陽上代去之説，雖根於南北曲之應用，實亦與詞相通。愚以爲上去通押，當亦以應歌之故。唐宋各地方音，上去之混亂，有以致之。季剛、檢齋，已成異物，就鄙見而演繹證明，不得不望諸世之知音者。

夾協

一詞之中，平仄韻互見，謂之夾協，計有二類：（一）爲轉韻。所轉之韻，不屬本部，上去入亦無限制。特有轉韻之後，前韻即不再協者，例如古調笑、蕃女怨、西溪子，三換韻。清平樂後遍換平韻。女冠子第三韻換平韻。菩薩蠻、減字木蘭花、虞美人，四換韻。而河傳換韻多少，各家不同，皆相連之句，各自爲協。有所轉之韻插入前韻之間者，例如單調訴衷情，韋莊、顧敻兩詞，平韻中夾兩句仄韻。相見歡換頭，夾兩句仄韻。定風波前後遍，夾入仄韻三處，每處二韻。有所轉之韻與前韻間隔相協者，例如定西番、紗窗恨及毛文錫中興樂。而酒泉子之夾協，各家不同，類皆隔句各自爲協。此種體格，令曲爲多，且多唐五代之作。慢曲中如小梅花八換韻，屬第一者。韓元吉六州歌頭五換仄韻，皆夾入平韻之間。水調歌頭東坡明月幾時有一首，前後遍五六兩句，另換仄韻自協，宋元人或仿之，屬第二者。此外則甚少概見。（二）爲三聲通協。其平仄之變，必爲同部之字，例如西江月前後遍之末一韻換仄。采桑子慢第二韻起換平。換巢鸞鳳前遍末一韻起換仄。渡江雲換頭第二韻仄協。戚氏第三段夾入二句仄協。

四園竹前遍一仄協，後徧兩仄協。而哨遍三聲夾協之處爲尤多。雖通協之地位不同，而取諸同部，實與轉韻有別。此種體格，慢詞多於令曲。宋元人作轉韻之令曲，或有用同部者，則偶爾爲之，無必要也。若論其源流，則轉韻通協，三百篇固皆有之。漢魏以降，古體樂府有轉韻，而詩無通協。南北曲用通協，而並無轉韻。故三聲通協，實開元曲之風，轉韻仍詩之遺耳。

句中韻

詞有句中韻，或名之曰短韻，在全句爲不可分，而節拍實成一韻。例如温庭筠荷葉杯，「波影滿池塘」，影字與上句冷字叶。「腸斷水風冷」，斷字與上句亂字叶。馮延巳南鄉子之茫茫、斜陽，與下句腸字、行字叶。霜天曉角換頭第二字，定風波換側後仄協之二字亦然。花間集中，其例多有。慢曲如滿庭芳、瑣窗寒、憶舊游、絳都春、玉蝴蝶、暗香、無悶等調之換頭第二字屬於短韻者，不勝枚舉。木蘭花慢則有三短韻，換頭以外，如柳詞之傾城、歡情皆是。且柳之三首悉同。此等叶韻，最易忽略。南宋以後，往往失叶。霜天曉角、滿庭芳、憶舊游、木蘭花慢等常填之調爲尤甚。律譜列爲又一體，而不知其非也。填詞家於此最應注意，既不可失叶，使少一韻，尤須與本句或相承之句黏合爲一，毫無斧鑿之痕。歷觀唐宋名詞，莫不如是。惟因此故，發生一疑似之問題，凡詞中無韻之處，忽填同韻之字，則迹近多一節拍，謂之犯韻，亦曰撞韻。守律之聲家，懸爲厲禁。近日朱、況諸君尤斤斤焉。而宋詞於此，實不甚嚴。即清真、白石、夢窗亦或不免。彼精通聲律，或自有説。吾人不知節拍，乃覺徬徨。例如清真拜星月慢之「眷戀」，屯田戚氏之「孤館」，有他家不叶者，尚可謂其未避撞韻。而如清真綺寮怨之「歌聲」，梅溪壽樓春之「未忘」，夢窗秋思之「路隔」，及草窗倚風嬌近之「淺素」，是韻非韻，與倚風嬌近城、屏、婷三字可以斷句，是否夾協三平韻，同一不敢臆測。既避專輒，又恐失叶，遂成懸案。凡屬孤調，遇此卽窮。因審愼而照塡一韻，愚與邵次公倡之，吴瞿安、喬大壯從而和之，然終未敢信爲定論也。

孔廣森分韻

孔廣森著詩聲分例，開丁以此毛詩正韻之先。其言曰：「今之詩主乎文，古之詩主乎歌。歌有急徐之節，清濁之和，或長言之，詠歎之，累數句而無以韻爲。或繁音促節，至於句有韻，字有韻，而莫厭其多，奇者不可偶，偶者不可奇。虧者不可綴，綴者不可虧。離者不可合，合者不可離。錯之則變化而無方，約之則同條而有常。」因就三百篇之韻，立通例十，別例十三，雜例四，此不啻毛詩之律矣。愚謂論詞之用韻，亦當用此法。有曼聲，有促拍，相因相成。聲之所以成文，歌之所以悦耳，韻之疏密，卽節拍之長短。雅樂如是，燕樂乃魏文侯所謂聽不知倦者，在唐時爲俗樂，更何待言。唐五代令曲，率一句一韻，或兩句一韻。密者句中有韻，且如單調訴衷情、河傳之類。有韻之句，爲二字、三字，並相連至數句者，則節拍愈促，所謂纍纍乎如貫珠也。慢曲之作，乃長其聲，疏其拍，卽孔氏所謂長言之、咏歎之者。試就各調觀之，大率兩句一韻、三句一韻以爲常。或於其間加一有韻之句。其在換頭有用促拍者，加一短韻，如前舉滿庭芳之類。更促者，連用兩短韻，如瑣窗寒「遲暮，嬉游處」之類。曲中加一促拍，則如木蘭花慢「傾城」、「歡情」之類。畢曲之時，連用單句兩韻，而上韻字數較少，則如掃花游「黯凝竚」之類。孔氏曰：「急則承之以緩，緩則承之以急。密則間之以疏，疏則間之以密。不知此，不可與言聲學。」誠至當之論也。至所謂累數句而無以韻爲者，則詞較詩尤多。孔氏舉不入韻之例，如豳風首章，周頌噫嘻篇，不過三句。詞中四句一韻，如風流子、沁園春、鶯啼序之類，已屬習見。而八六子後遍，五句一韻，共二十九字。西平樂後遍，五句一韻者計二十八字，六句一韻計二十六字。有人疑西平樂後遍十五句七十字，不應只有三韻。而不知此爲曼聲之極致。用韻既少，且不加短韻，正與孔氏之論噫嘻篇相類也。鄭文焯以夢窗前遍之苑、晚，換頭之市、水，夾叶兩仄韻，因疑清真之盡、晚二字，以真、寒相叶，楚、野二字，以古音相叶。然在夢窗則是，在清真仍爲疑問。以真寒爲一部，只漢魏有。然野入魚部，固係古音，而宋詞皆罕用。清真集中，且無他證也。慢曲格調，成於屯田樂章集中。如笛家弄之四句一韻，全篇凡五。曲玉管換頭四句一韻，結拍五句一韻。雖篇中間以短韻，然實句多而節拍少。林鐘商鳳歸雲，起調、換頭皆六句一韻。仙吕商鳳歸雲，換頭，六句一韻，亦西平樂之類。至夜半樂前兩段用曼聲，第三段逐句用韻者相連至四句，則改用促拍，又與孔氏之論鴟鴞者同矣。故詞之節拍，今雖無徵，而依孔氏研毛詩之法，其疏密實可因韻以考見。至孔氏書中，如奇韻、偶韻、疊韻、空韻、獨韻、兩韻、三韻、四韻、分叶、隔叶、首尾叶、不入韻、句中韻各例，在詞亦皆有之。惜囊之言詞律者，未知此法也。

四聲不可紊

自明至清中葉，填詞家每疏於律。平仄且舛，遑論四聲。然四聲之不可紊，實宋人成法。姜夔大樂議曰：「七音之叶四聲，各有自然之理。今以平入配重濁，以上去配輕清，奏之多不諧叶。」雖非爲燕樂而發，而音理無二，當然適用於詞。沈義父樂府指迷曰：「句中去聲字，最爲緊要。將古知音人曲，一腔兩三隻參訂，如都用去聲，亦必用去聲。其次，如平聲却得用入聲替，上聲字最不可用去聲替。不可以上去盡是仄聲便用得。」此對知四聲不知七音者說法，較姜氏語尤顯豁。既明示四聲之各有垠堮，且告以替代之所宜矣。清人論四聲，始於萬樹，持論頗精。萬氏之言曰：「上聲舒徐和緩，其音低。去聲激厲清遠，其腔高。相配用之，方能抑揚有致。」故於相連二仄聲字上去之分配，及中隔一平聲時上去之分配，詞律論之綦詳。又曰：「名詞轉折跌蕩處，多用去聲，何也。上入可作平，去則獨異。當用去者，非去則激不起。用入且不可，斷斷勿用平上。」故對領句之去聲字，注中時時提出，擬諸曲之務頭。宴清都注云：「四聲之中，獨去聲爲一種沉着遠重之音。所以入聲可以代平，次則上聲，而去聲萬萬不可。」此借程垓、何籀，以上代平之字示其義例也。暗香注云：「首句姜詞第三字『月』字，觀吳詞『誰』字，則知可用『吳水』姜作『竹外』，可知『竹』字可平。『送帆葉』姜作『正寂寂』，則知第一箇『寂』字可平。『卧虹』姜作『夜雪』，則知平。『雪』字可平。」此雖未明言入之代平，而已示其實例也。丹鳳吟注云：「上去入亦須嚴訂，如千里和清真，無一字相異，此其所以爲佳，所以爲難。」則又示全依四聲之例也。考詞律旁注，雖止可平可仄，間有作平。或某聲未明示四聲之限制，而各調注中，詳爲說明，實以應用某聲之字示以規範矣。杜文瀾校勘記，就一枝春言之曰：「按宋詞用韻，只重五音。往往以上聲作去，去聲作上。用平聲處，更可以上以入代平。獨於應用去上二聲相連之處，則定律甚嚴。如此調，萬氏注出乍數、喚起、尚淺、夜暖、試與、媚粉六處，尚有前段第七句之自把，後結之醉語，亦去上聲，共八處，皆定格也。凡仄聲調三句接連，用韻則中之四字必用去上。又後結五字一句，而尾二字皆仄者，亦必用去上。如用入韻，則用去入，名詞皆然。此卷後之掃花游用去上六處，卷十七之花犯用去上十二處，爲至多者。蓋去聲勁而縱，上聲柔而和，交濟方有節奏。」闡明萬說，雖只上去一端，實不下康成之箋毛傳矣。至周濟宋四家詞選序論曰：「紅友極辨上去，是已。上入亦有辨，入之作平者無論矣。其作上者可代平，作去者斷不可代平。平去是兩端，上由平而之去，入由去而之平。」則又推至於上入之分。夫上去入既各有區別，則非四聲有定而何。惟周、杜二氏，一謂去作上，一謂入代去，尚有可疑。以實例既少，卽音理亦待商也。至杜謂上去互用，本於五音，則未明音理矣。

四聲因調而異

四聲問題，因調而異。有參照各家，限於某句某字者。有自度之腔，他無可據，不得不全依之者。有常填之調，只有平仄，無四聲之可言者。茲分別論之。

限於某句四聲有定之字，萬、杜兩家所論，多屬於此，惟尚未完備。就實例言之，可分七種：

(一)領句之字多用去聲。如詞旨所舉任、乍、怕、問、愛、奈、料、更、況、悵、快、嘆、未、念是也。看，平去兼收。似算甚，上去兼收，論者云當作去。嗟方將應，平聲。若莫，入聲。亦有時用以領句。且常用之字，詞旨未畢者尚多，故如清真解語花「從舞休歌罷」、白石惜紅衣「説西風消息」，用平用入，應依之。

(二)句中或韻上之一字限用去聲者。 例如柳梢青後遍第二韻，戀繡衾前遍第二第三韻，後遍第一、第二韻，韻上一字皆去聲。 清真塞翁吟之「鏡中」，慶春宮前遍「見星」，後遍「未成」，亦同。 又如秋蕊香前後遍第三句第五字，子野惜瓊花前遍處字，後遍計字，小山思遠人念字「寄字」旋字爲字，清真塞垣春韻字「怨字」袖字向字，望海潮前後遍第四五兩句第三字，皆句中字之限用去聲者。 萬氏論一寸金調，所指去聲二十字，則句中韻上皆有之。

(三)某字某句限用入聲者。例如憶舊游、紅林檎近末句第四字，霜葉飛清真之「颯颯玉匣」，皆非用入聲不可。八聲甘州屯田「物華休」之物字，「識歸舟」之識字， 憶舊游清真「燭花搖」「拂河橋」之燭字、拂字，齊天樂清真暮雨、勸織、深閣、重拂(後遍準此)之雨字、織字、閣字、拂字，均應用入。 但可以上聲代，此類甚多。

(四)句首或句中或句尾限用去上者。 句首之例，如清真倒犯之霽景、駐馬，瑣窗寒之暗柳、靜鎖、付與，隔浦蓮近之驟雨。 句中之例，如屯田八聲甘州之暮雨，清真應天長之笑我、載酒，花犯之勝賞、望久、夢想，解連環之寄我，玲瓏四犯之鬢點、念想。 句尾之例，則不屬於韻者，如宴清都、湘江靜前後遍四字偶句，句末二字，(上聲或用入代)清真三部樂之瘦損，白石玲瓏四犯之換馬，琵琶仙之細柳。 屬於韻者，在花犯、眉嫵、掃花游調中，不止一處。 清真隔浦蓮近之翠葆、岸草，西河之對起、半壘，白石秋宵吟之頓老、又杳、未了。 而齊天樂、綺羅香、西子妝、宴清都、過秦樓等調，結拍末二字限用去上者，尤指不勝屈。至於探芳信結拍六字句，去上平平去上，則與掃花游駐馬河橋避雨，皆一句之中首尾均用去上者。各名家詞於上述諸例，大抵從同。

(五)二字相連用上聲者，此例較少，惟屯田樂章集中，兩上聲連用者頗多，或係疊字連語。

(六)平聲三字以上連用者例如淮海夢揚州之「輕寒如秋」，梅溪壽樓春之「今無裳」、「良宵長」、「消磨疏狂」、「裁春衫尋芳」，金盞子「湔裙蘋溪」，三姝媚「晴檐多風」。其三平、四平、五平皆爲定格，惟此例不甚多。

(七)句中各字，四聲固定者，以四字句爲多。例如倦尋芳首句，絳都春、永遇樂結拍，掃花游「暗黃萬縷」，眉嫵「翠尊共歎」，爲去平去上。瑣窗寒「桐花半畝」，尉遲杯「無情畫舸」，齊天樂「西窗暗雨」，西子妝「垂楊謾舞」，爲平平去上。此兩事，詞中常有。夢揚州「燕子未歸」去上去平，倦尋芳第三句平去平去，戚氏「夜永對景」，鶯啼序「傍柳繫馬」，去上去上。鶯啼序「平瞻太極」、「清風觀闕」，平平去入。例雖不多，亦屬固定。更有所謂四聲句者，渡江雲「暖回雁翼」，掃花游「曉陰翳日」，皆上平去入。繞佛閣「樓觀迥出」，平去上入。方、楊和詞及夢窗均依清真填之。而夢窗龍山會末句之「月向井梧」，雖在句內，亦入去上平也。

以上皆一定不易之四聲，守律者所應共遵。萬氏以特重去聲及去上，故其他未遑詳論耳。至全依四聲，則除方千里和清真以外，夢窗填清真、白石自度之腔，亦謹守之。故某人創調，其四聲卽應遵守某人。如清真之大酺、六醜、瑞龍吟、霜葉飛及凡無前例者，白石之鬲梅溪令、鶯聲繞紅樓、醉吟商小品、暗香、疏影、徵招、角招之類，不下十餘，夢窗之西子妝、霜花腴等九調，及屯田詞不見他集之調，皆以全依四聲爲是。正於浣溪沙、鷓鴣天、臨江仙、玉樓春、高陽臺、洞仙歌、滿江紅、賀新郎、沁園春一般習見之調，宋人作者甚多，無從發見其四聲一定之字，卽不適用守四聲之説，平仄不誤可矣。然可平可仄之字，仍應有所據依。詞律、詞譜之注，歷考各家，足資遵守。如有補充糾正，亦必據善本詞集。且其可平可仄，有一句之中，兩字必同時變換者，如四字句七字句之一三兩字，頗多明證。

切戒自恃天資

作者以四聲有定爲苦，固也。然慎思明辨，治學者應有之本能，否則任何學業，皆不能有所得，況尚有簡捷之法自得之樂乎。萬氏曰：「照古詞填之，亦非甚難。但熟吟之，久則口吻之間有此調聲響，其拗字必格格不相入。而意中亦不想及此不入調之字。」況蕙風晚年語人：嚴守四聲，往往獲佳句佳意，爲苦吟中之樂事。不似熟調，輕心以掉，反不能精警。以愚所親歷，覺兩氏之言，實不我欺。凡工詩工文者，簡練揣摩，困心衡慮，甘苦所得，當亦謂其先得我心也。抑愚更有進者，諷籀之時，先觀律譜所言。再參以善本之總集、別集並及校本，考其異同，辨其得失。則一調之聲律，具在我心目中，熟讀百回，不啻己有，不獨入萬氏之境，且獲思悟之一適。竹垞、樊榭，有開必先。彊村、樵風，遂成專詣。至足法矣。白石及依律填詞，尤有取於張炎詞源製曲之論，句意、字面、音聲，一觀再觀，勿憚屢改，必無瑕乃已。所謂過旬塗稿乃定，不能自已者。彈丸脱手，操縱自如，讀者視爲天然合拍，實皆從千錘百鍊來。況氏之樂，卽左右逢原之境。成如容易却艱辛。彊村先生謂之人籟。且曰：勿以詞爲天籟，自恃天資，不盡人力，可乎哉。特以艱深文淺陋，不足語於研鍊，且當切戒耳。

音理宜求密

萬氏之辨去聲及去上也，因音有高低，而默會於抑揚抗墜。謂必如是，乃能起調。所資以參酌者，爲南北曲之謳唱。就所用去上，推之於詞。然詞所承之詩，早有類此之研究。齊梁之際，競談聲病，因有平頭、上尾、大韻、小韻等八病之名，所謂「五字之中，音韻悉異，兩句之內，角徵不同」。卽在四聲之分配。永明體之詩，以善識聲韻相標揭，舉例如「天子聖哲」、「王道正直」，韻部聲紐，無一相同。南史所述，卽詩之聲響也。姜夔七音四聲相應之說，似較周顒、沈約尤精。然沈義父有言：近世作詞者，不曉音律。而舊譜失傳一語，亦常見於南宋人詞敍中。如萬氏之說兩上兩去，皆所當避。屯田嫻於聲律，當時必付謳唱，所用兩上、兩去、兩入，音節是否流美，後鮮繼聲，是否以不說耳之故，今無可考。梅溪壽樓春，是否能歌，音節如何，亦無人論及。然於口齒間求諧叶，脣齒喉舌陰陽呼等，皆不無關係。欲合於孟子所謂耳有同聽，則與永明聲病，息息相關。四聲既分，陰陽亦別。雙聲疊韻，尤當慎用。以愚諷籀所得，諧美清脆之句，率布置停勻。一句之中，聲紐韻部，實忌重沓。李清照聲聲慢連用十四疊字，吳夢窗探芳新連用八疊韻字，亦與柳史同一疑問。聞者疑吾言乎，求音理於至密，固有如是者。音學大師戴震，雖非詞人，而謂音同字異，或相似者連用爲不諧，實可施之於詞也。

詞句隨人而異

乾嘉經師有恒言曰：始爲之不易，後來者加詳。由晚近之詞學，上視清初，聲律如是，句法亦如是。萬氏糾明代清初之誤讀，所用方法，審本文之理路語氣，校本調之前後短長，再取他家以資對證，此萬古不易之説也。彼所成就，爲五言一領四與上二下三之别。七言上三下四與上四下三之别。次則九字句上三下六與上五下四之别。再次則爲短韻，已瞭如指掌。然有引其端，未竟其緒者。中二字相連之四字句，八聲甘州之「倚闌干處」，注中言及，而不視爲重要。且戚氏之「向明燈畔」，木蘭花慢之「盡尋勝去」，未免忽略。木蘭花慢並不采柳詞。玉田高陽臺「能幾番游」之非定格，亦未齒及。六字折腰句法，固有在第三字注讀者，而夜飛鵲「斜月遠、墮餘輝」，玲瓏四犯「揚州柳、垂官路」，則未注出。側犯采方千里詞，結拍八字讀法，與周、姜不合。惟近代論著，由萬氏成法而推演，如黄鶯兒「觀露溼縷金衣」十一字，一字領兩五字之例。拜星月慢「似覺瓊枝玉樹相倚」十四字，二字領兩六字之例。引駕行「秦樓永晝」十字，二字承兩四字之例。日有增益，不得謂非詞律啟之也。至霜葉飛，「正倍添悽悄」，「奈五更愁抱」，夢窗則用二三句法。瑞鶴仙、三姝媚等之九字句，或三、六，或五、四，隨人而異，殊難比而同之。作者各就所仿效者，求與原詞相合可耳。

填詞須據名家

七字以下之句，由詩嬗變。八九字以上者，由加和聲。然實有不能臆爲句讀者。律譜於此明而未融，且未能言其所以然之故。彩雲歸「別來最苦」十二字，二郎神結拍十三字，萬氏不敢句讀，並於注發之，是已。然清真還京樂，「奈何客裏光陰虛費」、「中有萬點相思清淚」，皆八字，應一氣讀。「殷勤爲說春來羈旅況味」，說字來字斷句，皆有未安。且「向長淮底」十九字，一氣趕下。而萬氏采方千里詞，强分句讀。屯田征部樂「須知最有風前月下心事始終難得」，萬氏於有字、下字分句。夏敬觀曰：「「須知」至「心事」十字，應連讀不可分。又如梅溪換巢鸞鳳，「定知我今無魂可銷」，今字可屬上可屬下，不能遽爲劃分。屯田傾杯，「爭知憔悴損天涯行客」，周濟曰：依調損字當屬下，依詞損字當屬上，亦未易臆爲句讀也。　其十字以上之句在一韻之中，分句各異者。　霜葉飛前結，清真作「又透入清暉半晌特地留照」，夢窗作「彩扇咽涼蟬倦夢不知樊素」，玉田一作「尚記得當年雅音低唱還好」，一作「又暗約明朝鬥草誰能先到」，一作「慣欵語莫游好懷無限歡笑」能斷爲必五字、六字，或七字、四字乎。即以詞律發凡所舉水龍吟結拍論，淮海爲「念多情但有當時皓月照人依舊」，東坡爲「細看來不是楊花點點是離人淚」，清真爲「恨玉容不見瓊英謾好與何人比」，白石爲「甚謝郎也恨飄零能道月明千里」，夢窗九首則上四例皆有。　明楊愼論淮海詞，有字、照字、舊字各一拍，「强作解事，不明樂章」，固爲竹垞所譏。　即詞律謂首句一領四以下四字兩句，亦豈免削足適屨。　八聲甘州起拍十三字，按屯田、石林、夢窗各作中，三字屬上屬下，或可上可下，同上述兩例。愚以爲詞以韻定拍，一韻之中，字數既可因和聲伸縮，歌聲爲曼爲促，又各字不同。謳曲者只須節拍不誤，而一拍以內，未必依文詞之語氣爲句讀。　作詞者只求節拍不誤，而行氣遣詞，自有揮洒自如之地，非必拘拘於句讀。兩宋知音者多明此理，故有不可分之句，又有各各不同之句。今雖宮調失考，讀詞者亦應心知其意，決不可刻舟求劍，驟以爲某也某也不合。而依律填詞，須有名作可據，即免偭錯。夢窗作水龍吟，其良師矣。故愚於詞之圈法，向不主標點句讀，但注明韻叶，以示節拍所在。喬大壯深韙吾言。蓋綜上述諸例所得，而實例不止此，且與和聲住字之說，一以貫之也。不寧惟是，多數從同之句，名家所作，有時偶殊。例如憶舊游起拍，「記眉橫淺黛，淚洗紅鉛，門掩秋宵」，一般從之。而「夢人猶未苦，苦送春隨人去天涯。」水龍吟前後遍四字三句爲一韻者各二。而夢窗一首前遍作「紺玉鉤簾窗曰：「送處，橫犀麈、天香分鼎」，一首後遍作「攜手同歸處，玉奴換、綠窗春近」他家亦有如是者，詞譜名以攤破。尉遲杯屯田「困極懽餘，芙蓉帳暖，別是惱人滋味」，東山及梅苑無名氏均同，清真作「冶葉倡條俱相識，仍慣見、珠歌翠舞」。瑞龍吟、賀新郎、念奴嬌皆有相類之事。究其實際，同在一韻之中，同出於知音之輩，又足證吾說矣。

比興說

張惠言論詞曰：「緣情造端，興於微言以相感動。」又曰：「惻隱盱愉，感物而發，觸類條鬯，各有所歸。」蓋託體風騷，一掃纖豔靡曼之習，而詞體始尊。清季詞風，上追天水，實啟於此。周濟繼之，其言曰：「詞非寄託不入，專寄託不出，以無厚入有間，意感偶生，假類畢達。雖鋪敍平淡，摹繢淺近，而萬感橫集，五中無主。讀其篇者，臨淵羨魚，意爲魴鯉。中宵驚電，罔識東西。赤子隨母笑啼，鄉人緣劇喜怒。」以風騷漢樂府之法說詞，而實取於六義中之比興。顧比興之義，毛傳只標興體，二鄭始加分疏。孔氏正義申之，謂「美刺俱有比興」，「比顯而興隱」。又釋先鄭託事於物爲興之說，謂「取譬引類，發起己心」，陳啟源毛詩稽古編，復闡明之，謂「興婉而比直，興廣而比狹。二者皆喻，而體不同。興者興會所至，非卽非離，言在此意在彼，其詞微，其旨遠。比者一正一喻，兩相譬況，其詞決，其旨顯」。則張、周二氏之言，又卽毛詩學者之所謂興也。夫論詞者，不曰「烟水迷離之致」，卽曰「低徊要眇之情」。心之入也務深，語之出也務淺。驟視之如在耳目之前，靜思之遇於物象之外。每讀一遍，或代設一想，輒覺其妙義環生，變化莫測，探索無盡。莊棫曰：「義可相附，義卽不深。喻可專指，喻卽不廣。」實有未易以言語形容者。惟作者於此決非刻楮爲葉，有意爲之。必蓄積於胸中者，包有無窮之感觸，不能自抑，則無論因事物、因時令、因山川，當時之懷抱，如矢在弦，不得不發。卽作者亦不自知，脫稿以後，按諸所感之事實，似覺有匣劍帷燈之妙。言爲心聲，如就題立意，或因意命題，不能得此無形之流露。名以寄託，慮猶涉迹象也。故造此境難，讀者知之亦難。然苟由張、周之論，參以治毛詩學者之說，於比興之義，體會有得，則思過半矣。

鍊字鍊句

千錘百鍊之說，多施諸字句。蓋積字成句，積句成段，積段成篇，詩文所同，詞亦如是。向之作者，以鍊字鍊句爲本。且字鍊而句亦鍊，張鎡所謂「織綃泉底，去塵眼中」，造句之喻，仍偏重於字也。陸輔之詞旨有所謂警句，所謂奇對，前者句之鍊，後者字之鍊也。鍊之之法如何，貴工貴雅，貴穩貴稱。戒餖飣、戒艱澀。且須刊落浮藻，必字字有來歷，字字確當不移。以意爲主，務求其達意深，而平易出之。意新而冲淡出之。驅遣古語，無論經史子與夫騷、選以後之詩文，侔色揣稱，使均化爲我有。卽用古人成句，亦毫無蹈襲之迹，而其要歸於自然。所謂自然，從追琢中來。吾人讀陶潛詩、梅堯臣詩，明白如話，實則鍊之聖者。珠玉、小山、子野、屯田、東山、淮海、清真，其詞皆神於鍊。不似南宋名家，鍼線之迹未滅盡也。然鍊句本於鍊意。愚始學時，瞻園先生詔之曰：「意淺則語淺，意少切勿强填。」此爲基本之論。惟既須有意，而意亦有擇。意貴深，而不可轉入翳障。意貴新，而不可流於怪譎。意貴多，而不可横生枝節。或兩意併一意，或一意化兩意，各相所宜以施之。以量言，須層出不窮。以質言，須鞭辟入裏。而尤須含蓄蘊藉，使人讀之，不止一層，不止一種意味。且言盡意不盡，而處處皆緊凑、顯豁、精湛，則句意交鍊之功，情景交鍊之境矣。至一篇大局，所謂文章本天成，行乎不得不行，止乎不得不止者，原非預設成心。然如何起，如何結，如何承轉，如何翻騰，如何呼應，一篇有一篇之脈絡氣勢，不能增減。徹首徹尾，且不可分。在駢散文五七古最爲顯著，律絶實亦如此。詞之近慢較易見，南唐兩宋之令曲，仍易探索。花間集如温庭筠菩薩蠻極不易以此求之。而細加尋繹，仍莫如有全局之布置。陳鋭有言，我只能以作詩之法作詞，此謀篇布局之説，而其功仍不外於鍊也。

行文兩要素

行文有兩要素，曰氣、曰筆。氣載筆而行，筆因文而變。昌黎曰：「氣盛則言之短長與聲之高下者皆宜。」長短高下，與筆之曲直有關。抑揚垂縮，筆爲之，亦氣爲之。就詞而言，或一波三折，或老幹無枝，或欲吐仍茹，或點睛破壁。且有同見於一篇中者，百鍊剛與繞指柔，變化無端，原爲一體，何也。志爲氣之帥，氣爲體之充，直養而無暴，則浩氣常存，惟所用之，無不如志。苟餒而弱，何以載筆。名之曰柔，可乎。讀昔人詞評，或曰拗怒，或曰老辣，或曰清剛，或曰大力盤旋，或曰放筆爲直幹，皆施於屯田、清真、白石、夢窗，而非施於東坡、稼軒一派。故勁氣直達，大開大闔，氣之舒也。潛氣内轉，千迴百折，氣之斂也。舒斂皆氣之用，絕無與於本體。如以本體論，則孟子固云至大至剛矣。然而婉約之與豪放，溫厚之與蒼涼，貌乃相反，從而別之曰陽剛，曰陰柔。周濟且準諸風雅，分爲正變，則就表著於外者言之，而仍只舒斂之別爾。蘇、辛集中，固有被稱爲摧剛爲柔者。即觀龍川，何嘗無和婉之作。玉田何嘗無悲壯之音。忠愛纏綿，同源異委。沉鬱頓挫，殊途同歸。譚獻曰：「周氏所謂變，亦吾所謂正。」此言得之。故詞之爲物，固衷於詩教之溫柔敦厚，而氣實爲之母。但觀柳、賀、秦、周、姜、吴諸家，所以涵育其氣，運行其氣者卽知。東坡、稼軒音響雖殊，本原則一。倘能合參，益明運用。隨地而見舒斂，一身而備剛柔。半唐、彊村晚年所造，蓋近於此。若喧豗放恣之所爲，則暴其氣者，北宫黝、孟施舍之流耳。

論詞境

詞境極不易説，有身外之境，風雨山川花鳥之一切相皆是。有身内之境，爲因乎風雨山川花鳥發於中而不自覺之一念。身内身外，融合爲一，卽詞境也。仇述盦問詞境如何能佳。愚答以「高處立，寬處行」六字。能高能寬，則涵蓋一切，包容一切，不受束縛。生天然之觀感，得真切之體會。再求其本，則寬在胸襟，高在身分。名利之心固不可有，即色相亦必能空，不生執着。渣滓淨去，翳障蠲除，冲夷虛澹，雖萬象紛陳，瞬息萬變，而自能握其玄珠，不淺不晦不俗以出之。叫囂儇薄之氣皆不能中於吾身，氣味自歸於醇厚，境地自入於深靜。此種境界，白石、夢窗詞中往往可見，而東坡爲尤多。若論其致力所在，則全自養來，而輔之以學。蕙風詞話曰：「多讀書，謹避俗。」又曰：「取古人詞之意境極佳者，締搆於吾想望中，使吾性靈相浹而俱化。」皆入手之法門，特不免仍有迹象耳。蕙風說境，上述數語以外，尚有數條語亦近是。

詞之結構

有曲直，有虛實，有疏密，在篇段之結構，皆爲至要之事。曲直之用，昔人謂曲已難，直尤不易。蓋詞之用筆，以曲爲主。寥寥百字內外，多用直筆，將無迴轉之餘地。必反面側面，前路後路，淺深遠近，起伏迴環，無垂不縮，無往不復，始有尺幅千里之觀，翫索無盡之味。兩宋名家，隨在可見，而神妙莫如清真、夢窗。然有如黃河東來，雖微遇波折，仍一瀉千里者，如東坡赤壁之念奴嬌，稼軒北固亭之永遇樂。有以事之起訖不提不轉，恰成全局者，如清真夜飛鵲，則皆妙於直者也。一段之中，四句五句六句一氣趕下，稱爲大開大闔者，如清真還京樂換頭，西平樂後遍，而樂章集中尤多。此類體格，夢窗最擅勝場，亦妙於直者也。此雖皆筆之運用，而實賴氣以行之。虛實之用，爲境之變化，亦藉筆以達之。敍景敍事，描寫逼真，而一經點破，虛實全變。例如憶往事者，寫夢境者，或自己設想者，或代人設想者，只於前後着一語，或一二字，而虛實立判。就點破時觀之，是化實爲虛。就所描寫者言之，則運虛於實。飛卿已有此法，尤顯者如東山青玉案結拍，及清真掃花游、瑣窗寒、渡江雲、風流子，皆有此妙。南宋諸家多善學之。疏密之用，筆之變化，實亦境與氣之變化。如畫家濃淡淺深，互相調劑。大概綿麗密緻之句，詞中所不可少。而此類語句之前後，必有流利疏宕之句以調節之，否則鬱而不宣，滯而不化，如錦繡堆積，金玉雜陳，毫無空隙，觀者爲之生厭。耳目一新者境，呼吸驟舒者氣，變化無恆者筆，與詞調組織偶句之後，必有單行，恰相似也。事屬易曉，實例極多，不煩枚舉。至於宜拙不宜巧，宜重不宜輕，宜大不宜小，所以杜纖弱洮淫之漸，免於金應珪所稱三蔽者，則必然之條理，非相互之應用。不得與曲直、虛實、疏密相提並論矣。

聲執卷下

花間集

花間集，爲最古之總集，皆唐五代之詞。輯者後蜀趙崇祚。甄選之旨，蓋擇其詞之尤雅者，不僅爲歌唱之資，名之曰詩客曲子詞，蓋有由也。所録諸家，與前後蜀不相關者，唐惟温庭筠、皇甫松。五代惟和凝、張泌、孫光憲。其外十有三人，則非仕於蜀，卽生於蜀。當時海内俶擾，蜀以山谷四塞，苟安之餘，弦歌不輟，於此可知。若馮延巳與張泌時相同，地相近，竟未獲與，乃限於聞見所及耳。考花間結集，依歐陽炯序，爲後蜀廣政三年，卽南唐昇元四年。馮方爲李璟齊王府書記，其名未著。陳世修所編陽春集，有與花間互見者，如温庭筠之更漏子玉爐烟、酒泉子楚女不歸、歸國遥雙臉、歸國遥香玉，韋莊之菩薩蠻人人盡説江南好，清平樂春愁南陌，應天長緑槐陰裏，以及薛昭藴、張泌、牛希濟、顧敻、孫光憲各一首，疑宋人羼入馮集。王國維謂馮及二主堂廡特大，故花間不登其隻字，則逞臆之談，未考其年代也。然唐五代之詞，能存於今，且流傳極溥，實惟此是賴。明人刊本，頗多未經羼亂。清有汲古閣本，四印齋本。民國有雙照樓本、四部叢刊本，皆影刊明以前舊本者。

尊前集

尊前集亦唐五代總集之一，有明萬曆刻本，顧梧芳序謂所自輯。毛晉據之，刊入詞苑英華。然吴匏庵有手鈔本，爲朱彝尊所得，斷爲宋初人輯録。又有梅禹金鈔本，彊村參以宋慶元本歐陽公近體樂府之羅泌校語，引及此書，益信朱説之確，顧序之妄。歷代詩餘詞話謂作者爲吕鵬，則其人無考，存而不論可也。名之尊前，且就詞注調，殆專供嘌唱之用者。所録各家姓氏每誤，如菩薩蠻游人盡道江南好一首爲韋莊作，而入之李白。擣練子深院静一首爲李煜詞，而入之馮延巳。更漏子柳絲長一首，玉爐烟（花間集作香）一首，皆温庭筠詞。而一入之李王，一入之馮延巳，不獨李景父子合爲一人，爲疏於檢校也。然唐代各家之楊柳枝、竹枝，杜牧之八六子，尹鶚之金浮圖、秋夜月，李珣之中興樂及歐陽炯、孫光憲各家之作，多爲花間所未載。則唐五代之詞，賴以傳世，其功亦不可没也。

金奩集

金奩集爲明正統間吴訥所刊四朝名賢詞之一。彊村叢書據知不足齋傳鈔梅禹金本刊行。然歐陽公近體樂府羅泌校語，亦引及之。陸游於淳熙間作金奩集跋，足證其爲北宋人所編。然題名爲温庭筠，令人疑爲温之别集。陸跋亦稱南鄉子爲温詞，可見其誤不自明始矣。彊村取花間集互勘，將人名分注於目録，足發其覆。並因菩薩蠻原注之五首，已見尊前集，亦頗合符，斷爲宋人雜取花間集詞，各分宫調，以供嘌唱，爲尊前之續。其説是也。漁父十五首，非張志和作，則吴縣曹元忠已有考證。

全唐詩附詞

全唐詩附詞十二卷，計六十八家，八百三十一首。雖非詞之總集，然唐及五代之作者，包括無遺。五代惟李煜、馮延巳有别集，然均晚出，非編者所及見。而所録李煜三十四首，馮延巳七十六首，爲他書所無。又孫光憲無别集，而有八十首。李珣、歐陽炯亦所收獨多，不得不謂之宏富矣。故欲觀五代之全，舍此莫屬。特此爲清代官書，不無草率舛誤之處，讀者宜辨之。

唐五代詞選

唐五代詞選，成肇麐所輯。書成於清光緒十三年，刊於金陵。其所取材爲花間、尊前及各選本，益之以全唐詩。四印齋刊陽春集在成書後二年，故馮煦序以未見陽春集足本爲恨也。所選各詞，雖存各家之真面，而本意内言外之旨，緣情託興之義，因身世之遭逢，以風雅爲歸宿。凡意淺旨蕩者，概從删削。故即花間所有，亦多甄擇，體尊而例嚴。成氏自序謂「上躋雅頌，下衍爲文章之流别。俯仰之際，萬感横集，不得計其字數而小之」，可以見纂輯之旨矣。宋後，唐五代選本止此一種，而實爲最精，宜乎聲家人手一編也。

樂府雅詞

宋人選宋詞之總集，以曾慥樂府雅詞爲最早。觀自敍，題紹興丙寅可證。宋有俳詞、諢詞，不涉俳諢，乃謂之雅。此種風尚，成於南宋。自敍所謂涉俳謔則去之，名曰樂府雅詞。雅詞之名，未必肇自曾氏，然已見風會所趨。觀所録曹元寵詞，不取紅窗迥可知已。然陳瑩中有減字木蘭花，王介甫有雨霖鈴，及拾遺上永遇樂之功名閒事一首，雖非諧謔，究不得謂雅，則去之未盡者。以所藏四十三家，分爲三卷，蓋王荆公唐百家詩選之例，就所有而選之，非於人有詮擇也。又以百餘闋不知姓名者，標爲拾遺。故所藏無之，卽從蓋闕。而蘇東坡有虞美人、翻香令二首，見拾遺上。晏同叔有訴衷情，秦淮海有阮郎歸、海棠春、南歌子三首，見拾遺下。秦刻爲之補注，而舊鈔本無注，則當時仍待訪詢者。曾氏未見各家詞集可知也。所録諸家，或北宋人，或北宋人之相從南渡者。上卷有晁无咎，中卷有葉少藴、晁次膺，下卷有陳去非、朱希真，是於疏宕豪邁一派，亦非無取。使東坡詞集未罹黨禁，或已禁弛而流傳，亦必存而不廢。則可見東坡之詞，不在藏弆之列，乃黨禁初弛時情事。黄蕘圃元刊東坡樂府跋語，謂毛鈔坡詞拾遺，有紹興辛未孟冬曾慥跋云：「東坡先生長短句既鏤板，復得張賓老所編並載於蜀本者，悉收之。」辛未爲丙寅後六年，故詞之出在樂府雅詞成書後可知也。余所見本爲四庫本、秦敦復刻本、四部叢刊之舊鈔本。秦跋未言及庫本，空格亦未據補，秦殆未見庫本也。

花庵詞選

唐宋名賢絶妙詞選十卷，中興以來絶妙詞選十卷，黄昇所輯。又稱花庵詞選者，黄氏亦名花庵詞客也。成於淳祐九年，在宋人選本中爲網羅極富之本。各人之下，係以小傳，並附評語。既可考見仕履身世，亦見各家流别。在當時固戛戛獨造者也。自明以來，傳刻未軼。毛晉收入詞苑英華中。陶南村傳鈔白石道人歌曲未出以前，傳世之三十四首，卽全據此本。兩宋名家無專集者，或集軼者，大半藉以流傳。故在宋代總集，得名獨盛，播傳亦廣。惟張玉田譏之，謂所取不精一。然黄氏此選，非姝姝爲一家之言。唐五代以來，千門萬户，無所不收，頗能存各人之真面目。與陽春白雪、絶妙好詞之有宗派者不同。較樂府雅詞所收尤廣，卷帙更多。玉田原有成心，故嫌其不精一。然取舍在讀者，不精一庸何傷。愚以絶妙詞選之佳處，正在其不精一也。

陽春白雪

趙聞禮陽春白雪八卷，外集二卷，在宋人總集中最晚出。收入宛委别藏，外間罕覯。秦恩復始據鈔本刻之。錢塘瞿氏亦有刊本，同在清道光時。趙萬里謂瞿刻較善，附校記三通。愚未見瞿本。然秦氏亦有校勘字句押韻不同者，條注於每句之下。錯誤不能强通者，空格以俟考補。是兩本均有校語。然觀趙氏校輯宋金元人詞所引，有與秦本異者，疑出於瞿。依詞意考之，亦未盡善也。趙氏所録各詞，頗有南宋人未見他本之作。且皆妍雅深厚，與周密絶妙好詞相近。第四卷以前，兼收北宋，美成所録尤多。稼軒、改之、後村諸人，則取其温厚藴藉者。外集則録激昂慷慨大氣磅礴之作，取舍所在，尤爲顯著。惟於辛、劉之作，見於八卷中者，似亦可入外集。外集所載曹松山三首，似亦可入本集，則消息甚微也。其所自作，見於卷五者四首，卷八者二首，筆意亦與梅溪、夢窗爲近。所録宋末詞人，終於王聖與。而草窗、玉田及與相倡和者均未見。聖與之詞，見於花外集、樂府補題者亦未見。則趙之時代雖難確指，而其人未見宋亡，且與夢窗、時可兄弟同時，可以想見。又草窗絶妙好詞，載趙作千秋歲、魚游春水、水龍吟、賀新郎四首。惟魚游春水見卷八，且有異文。而陽春白雪卷五之好事近、法曲獻仙音、玉漏遲、瑞鶴仙，絶妙好詞則作樓采詞。朱彊邨校夢窗詞，删玉漏遲絮花寒食路一首，斷爲趙作，卽據此書。故趙萬里謂聞禮自輯，斷無以他人之作誤爲己作之理。是草窗未必及見聞禮，且未睹此書，又可知已。此書在宋總集中，頗可寶貴。倘樊榭得見，其鑒賞推崇必不在絶妙好詞、元草堂詩餘下矣。

絶妙好詞

周密輯絶妙好詞七卷，一百三十二家，始於張孝祥，終於仇遠，純乎南宋之總集。清初有高士奇刊本，又有小瓶廬覆刻本，然極難得。世所傳者，爲樊榭箋本。朱孝臧曾見汲古閣鈔本，據以校定，欲刊未果。張玉田稱其精粹，四庫提要謂其去取謹嚴。鄭文焯亦云，南宋佳製，美盡是篇。蓋周氏在宋末，與夢窗、碧山、玉田諸人皆以凄婉緜麗爲主，成一大派別。此書卽宗風所在，不合者不録。觀所選于湖、稼軒之詞，可以概見。清中葉前，以南宋爲依歸。樊榭作箋，以後翻印者不止一家，幾於家弦户誦，爲治宋詞者入手之書。風會所趨，直至清末而未已。以二窗爲的者，尤有取焉。張玉田諸人之品評，允爲恰當。以其不獨與樂府雅詞、花庵詞選不取派别者有殊。卽視陽春白雪，亦無幾微失當之處。以一家之言成總集者，清代爲盛，而周氏實啟之。卽謂其選法、做法，皆開有清之風氣，亦無不可。

梅苑

梅苑十卷，黄大輿所輯。多北宋詞，或南北宋之交者。中多未見他選本之作，輯佚者、校勘者頗多取焉。黄大輿之人名不甚著，時代無可考。曹元忠重刊梅苑，序引清波雜志紹興庚辰，得蜀人黄大輿梅苑。蓋總趙萬里次諸樂府雅詞之後，蓋就所録詞考之，與曾慥時代相近也。所録限於咏梅，且無甚甄擇。蓋總集中别開生面者。今可見之刊本，以曹楝亭爲最先。武進李氏、揚州宣氏，皆從之出。訛錯之處，無可諟正。李刻有校記，出自曹元忠。曹則本諸何小山，蓋據他選本或專集爲之者。第五第十兩卷，各缺若干首。趙萬里據永樂大典、花草粹編輯補，亦未能全也。余讀此書，曾發見一疑問。第四卷望梅下注或作王聖與。花草粹編據以入選。明鈔及鮑刻花外集，均據以補遺。然黄大輿果爲高宗時人，則決不能見碧山。此書於梅溪、白石之作在碧山前者，均未録入。又何能及宋末之碧山。且玩此詞語意，似南宋初或中葉人所爲。因臨安之盛，而追憶北狩之二帝者。而碧山各詞，在宋亡以後，多絶望語，口吻不相類。是爲王作與否，亦一疑案矣。

草堂詩餘

草堂詩餘有二種，一分類本，一分調本。王國維以分調本春景等題，卽分類本之類。謂分調本據分類本改編，其説近是。今所見之本分類者，一爲四印齋校刊之嘉靖戊戌本，一爲雙照樓影刊之洪武壬申本。而兩本已有不同。趙萬里曾見元至正辛卯本，爲洪武本所自出。行欵悉同，因證明洪武本所據，原有奪葉。元本且有編者何士信之名。分調本，明人所刊不下四五種。今可見者，最早爲嘉靖本。序謂出顧子汝家藏宋刻，比通行本多七十餘調，即以小令、中調、長調編次者。其結銜爲武陵逸史，蓋此書之始編者，在明已無可考。然所録無宋後之詞，且證以元草堂詩餘之名，則此書定出宋季。其分爲時序等類，殆與陳刻片玉集同，而箋注並附詞話，則南宋有此風氣也。小令、中調、長調之名，説者謂草堂開之，前此未有。明人性好作僞，以己作爲古人之作，或襲古人之作爲己作，往往而有。而所刊古書，割裂竄改，尤屬見不一見。故分調是否宋本，已成疑問。而各分類本中，類之分合，既互有參差。詞之多寡又不一致，即如由元本以證明洪武本之殘缺，而洪武本固無殘缺之迹是也。然而小令、中調、長調之分，直成明代通例，至清初仍相沿襲。蓋草堂詩餘一書，在明流傳極盛，填詞者奉爲圭臬。例如陳大聲之草堂餘意，即取草堂詩餘而遍和之，一若舍此，別無足據者。故其名極大，而版本亦極庬雜。馴至分調本行，而分類本微。則草堂詩餘固盛於明，而亂於明矣。然所選各詞，皆宋以前作。且仍係雅詞，足資誦習，故與花間並垂不朽。至作者之名，在梅苑、樂府雅詞拾遺，凡不能確知者，例從蓋闕。分類本猶存此風。分調本出，悉以前一首之撰人當之，乃增訛誤，則又明人之無知妄作者。

中州樂府

金詞總集，唯一中州樂府，元好問所選。原與中州集相附麗，故汲古閣兩書同刊。張石洲校刊元遺山集，亦彙刊之。其單行本，一爲日本五山覆元本，雙照樓影刊。一爲明嘉靖五峯書院本，彊村校刊，計三十六家，百十三首，附二首，金源詞人以吴彦高、蔡伯堅稱首，實皆宋人。吴較綿麗婉約，然時有淒厲之音。蔡則疏快平博，雅近東坡。今明秀集尚存半部，可以覆按。金據中原之地，郝經所謂歌謡跌宕，挾幽并之氣者，迥異南方之文弱。國勢新造，無禾油麥秀之感，故與南宋之柔麗者不同。而亦無辛、劉慷慨憤懣之氣。流風餘韻，直至有元劉秉忠、程文海諸人，雄闊而不失之傖楚，藴藉而不流於側媚，卓然成自金迄元之一派，實即東坡之流衍也。此選雖兼收綿麗之作，而氣象實以代表北方者爲多。去取頗嚴，無一篇不可讀。或謂其不無掛漏，如遯庵、菊軒之未與。或以梅花引城下路一首見宋刊東山詞，疑於失考。然存一代之詞，並見北方之流别，不能以小疵掩之也。

元草堂詩餘

元草堂詩餘三卷，秦恩復以讀畫齋叢書本用厲樊榭手校本校刊，並録樊榭四跋。樊榭之治是書，借鈔吴尺鳧藏本，以朱竹垞鈔本及元刊本校勘。又以翰墨大全及天下同文集輯補，可謂勤矣。樊榭謂其採擷精妙，無一語凡近。絶妙好詞外，渺焉寡匹。蓋輯者名雖不傳，而必爲元代一大作手。且漸染南宋之風，其輯爲是書，則别有深意在。上卷十四人，六十二首。中卷二十五人，六十八首。下卷二十四人，七十三首。其確爲元人者，只劉藏春、許魯齋兩家，餘皆南宋遺民。其詞皆樊榭所謂悽惻傷感，不忘故國者。是名雖屬元，實乃南宋餘韻。蓋草窗、碧山、玉田、山村之所倡導，如張蕭、張雨、邵亨貞等，皆屬此派。在元代詞學爲南方之一流别，與北人平博疏快者迥乎不同。而所録之人，又多無别集，實可繼絶妙好詞之後，於南宋爲補遺。彊村宋詞三百首，列入彭元遜、姚雲文，即據此也。元人又有天下同文集，其四十八至五十卷爲詞二十餘首，然盧摯以外，皆與此同。

花草粹編

花草粹編，明陳耀文箋。今海内傳本，不過四五部。南京盋山書舍以善本書室藏本影印，始有流傳。明人輯刊之書，多無足取。如楊慎詞林萬選、卓人月詞統、茅映詞的及草堂續集之類，等諸自鄶。獨陳氏此書，有特色焉。一、所録皆唐五代宋元之詞，不羼明詞，不雜元曲，足見矜嚴之處。二、取材以花間草堂爲主，益以樂府雅詞、花庵詞選、梅苑、古今詞話、天機餘錦、翰墨大全及名家詞集，旁採説部詞話，間附本事，雖無甚抉擇，然今已絶版之書，藉以存者不少。三、依原書迻録，缺名者不補。名字亦先後參差，並無校改。所據舊籍，可以推見。校勘輯佚，資以取材，故頗爲前人所稱。至其以小令、中調、長調分類，則仍草堂之舊爾。清咸豐間，有金氏活字本，以陳氏體例爲未善，擅加改竄，轉失其真。今金氏本亦罕見。全書十二卷，庫本分爲二十四卷，金氏仍之。實當明末，有僞爲元人所撰者，四庫成書時爲所誤也。

詞綜

詞綜三十八卷，清初朱彝尊選。體例仿花庵詞選，而卷帙殆將倍之。所録之詞，自唐迄元，一以雅正爲鵠。蓋朱氏當有明之後，爲詞專宗玉田，一洗明代纖巧靡曼之習，遂開浙西一派，垂二百年。簡練揣巒，在清代頗占地位。且朱氏搜求佚書，不遺餘力。凡明人未見之本，多經朱氏發見。例如專集之山中白雲，總集之絕妙好詞、元草堂詩餘皆是。讀其例言，凡所已見之本及旁求而未獲之本，一一羅列。後人按圖索驥，藉以覓獲久佚之籍，其功爲多。至所録之詞，雖宗玉田，而門户實不過嚴。非如絕妙好詞有釐然之垠堮。或者準諸其詩，以貪多誚之，非篤論也。附録各家評語，應有儘有。較花庵詞選爲周備，足資學者之參證。其後王蘭泉續詞綜、陶鳧薌詞綜補遺，則就晚出之書爲朱氏所未見者，從而補之耳。

歷代詩餘

歷代詩餘，康熙四十六年沈辰垣等所編。爲清代官書之一，爲詞一百卷，列調一千五百四十，詞九千零九首。附詞人姓氏十卷，歷代詞話十卷，洋洋乎大觀也。其體例分調收詞，以字之多寡爲次。調同字數同，又以句讀分體。凡前調下所稱又一體是也。昔人謂欲比較各名家句讀平仄，當觀此書，蓋兼有譜律之用矣。凡例謂「廣搜名作，注明各體，故不另立圖譜」。蓋編纂初意，原欲兼譜律而一之。然嗣知不能相代，故五十四年王奕清等另成詞譜一書。然以此之故，遂有缺點。九張機本爲九首，且有次第，如選詞，則不可缺一。而此以備體之故，只録第一首。又所據本有奪文，致少一字，則另列於字數相同之卷。例如清真解連環，「謾記得當日音書」句，奪一謾字，乃有百零五字之體。夢窗風入松，「玉佩泠丁東」句，奪一佩字，乃有七十五字之體。如此之類，觸目皆是。蓋當時既無善本可校，而編者又草率從事，不能如萬樹之審詳，是官書不可信之處。今之治詞者多知之矣。至於圖卷帙之多，而抉擇不精。且遍收明人之作，則皆編者無專門之學，不足以舉之也。

張惠言詞選

張惠言詞選，四十四家，百十六首，陳鋭稱爲最約。其旨趣見於自叙中，無一首不可讀，無一首有流弊。加圈之句，爲詞之筋節處，須細心體會，始能得之。指發幽隱，在所加之注，雖有時不免穿鑿，然較諸明人清初人之評點，陳義爲高。蓋所取在比興。比興之義，上通詩騷，此爲前所未有者，張氏實創之。詞體既因之而尊，開後人之門徑亦復不少。常州派之善於浙西派者以此。其説相承至今，而莫之能易亦以此。學者入門，由此取徑，絶不至誤入歧趨。此最善之選本，宜先翫索者也。然於屯田、夢窗之佳處，未能知之。序中且有不滿之語。其外孫董毅作續詞選，一守其家法，柳、吴各選數首，而仍非兩家特色所在，則仍不能知柳、吴也。又續選中，玉田獨多，至二十三首。則玉田之寄託，顯而易知。董氏初好玉田，旋亦厭之，見周濟詞辨序，乃作於好玉田時耳。

周濟詞辨

周濟於嘉慶間作詞辨十卷，今所存者前二卷。一卷起温庭筠爲正，二卷起李後主爲變。譚復堂謂爲解人難索。實則古文家陰柔與陽剛之説，而托體風騷，取義比興，猶是張惠言之法。道光十二年撰宋四家詞選，以周、辛、王、吴四家領袖一代。犖犖餘子，以方附庸。其言曰：「問途碧山，歷夢窗、稼軒，以還清真之渾化。」則剛柔兼備，無所謂正變矣。蓋周氏友董毅，而私淑張氏。張氏之説，本無所謂剛柔正變，觀其所選，可以概見。而周氏之造述，更有進於張氏者。詞辯所附之論詞雜箸，宋四家詞選之叙與論及眉評，皆指示作詞之法，並評論兩宋各家之得失，示人以入手之門，及深造之道。清季王半塘爲一代宗匠，即有得於周氏之途逕者。其非寄託不入，專寄託不出二語，尤爲不二之法門。自周氏書出，而張氏之學益顯。百餘年來詞徑之開闢，可謂周氏導之。至其能識屯田、夢窗，評論確當，則不僅彌張氏之缺憾，且開後此之風氣矣。四家所附各家，未必銖兩悉稱，然大體近是者爲多。至其糾彈姜、張，剟刺陳、史，芟夷盧、高，在舉世競尚南宋之時，實獨抒己見，義各有當。惟其評論白石，似有失當之處。所指爲俗濫、寒酸、補湊、敷衍、重複者，仍南宋末季之眼光，未必即白石之敗筆。且或合於北宋之拙樸。又謂白石脱胎稼軒，則愚尤不敢苟同。野雲孤飛冲澹飄逸之致，決非稼軒所有。而稼軒蒼涼悲壯之音，權奇倜儻之氣，亦非白石所能。未可相附也。又其退蘇進辛，而目東坡爲韶秀，亦非真知東坡者。

宋七家詞選

戈順卿宋七家詞選，作於清道光間。其時比興説創於常州，戈氏爲吴中七子之一，雖仍衍浙西之緒，求南宋之雅音，然已知所謂騷雅遺意，且已知尊清真。特其論清真者，仍不免隔靴搔癢，不如周濟謂之集大成爲有真知灼見爾。然戈氏之論夢窗，則已能知之，所謂「運意深遠，用筆幽邃，貌觀之雕績滿眼，而實有靈氣存乎其間」，固與周濟之説，如桴鼓之相應也。彼自謂欲求正軌，以合雅音，則惟周、史、姜、吳、周、王、張，允稱無憾。蓋於北宋雖未能深闚，而於南宋已得奧窔，故其言多中肯綮也。戈氏於詞，辨律審音，均極精粹。故其所選，無律不叶、韻不合者。然所選之詞，與他本不同之字，多無根據，且有擅改之迹。杜文瀾曾言之，後人率以此相詆。然而「律不乖迕，韻不厖雜，句擇精工，篇取完善」，王敬之所以稱之者，確非過情之譽。則其爲世推重，非無故矣。

心日齋詞録

心日齋十六家詞録，周之琦所選。時在道光二十三年，所録爲温庭筠、李煜、韋莊、李珣、孫光憲、晏幾道、秦觀、賀鑄、周邦彦、姜夔、史達祖、吳文英、王沂孫、蔣捷、張炎、張翥十六家。自言爲平生得力所自，故輯而録之。末各綴一絶句，皆能得其真詮。清真以降，不録令曲，而其旨則於賀鑄下發之。愚以爲宋人令曲，每以慢詞做法爲之。即有合於令曲者，仍不能出五代之範圍，而自闢蹊徑。周氏之論至當，惟未必無抑揚抗墜之音而已。對於夢窗，特加論斷，雖不能如周、戈之深粹，而所言頗中肯綮。且與戈氏不謀而合者，則取史、吳兩家也。殿以蛻巖，且元人只此一家。而於蘇、辛一派，均無所取，則仍浙西家法耳。此書只家刻本，流傳不多，然所選頗精，足與戈選同資誦習。蓋限定家數之總集，只戈選、周録。而周之異於戈者，則上起唐代，下迄於元。北宋增小晏、秦、賀，雖似不出温柔敦厚之範圍，而門户加寬，且已知崇北宋矣。

宋六十一家詞選

宋六十一家詞選，馮煦就汲古刻六十一家選録者。成於光緒十三年，爲輓近傳誦之本。馮氏此選，限於汲古已刻者，曾於例言中述之。其時汲古本除原刻外，只汪氏振綺堂翻印本，而皆不易得也。至選録之旨趣，則序中有云：「諸家所詣，短長高下周疏不盡同，而皆嶷然有以自見。」故務存諸家之本來面目，别其尤者，寫爲一編，而不以己意爲取舍。然擇詞尤雅，誹讔之作，則所無也。諸家卷帙多寡不同，多者至一卷，少者或數首，不泛濫也。前冠例言，只最後八條，義屬發凡，爲選録校讐之事。餘皆評騭各家，而論其長短高下周疏之實，蓋不啻六十一家之提要與六十一家之評論。與其所選之詞參互觀之，即可了然於何者當學，及如何學步，而仍非有宗派之見存，可謂能見其大者矣。

宋詞三百首

民國十三年，宋詞三百首始問世。詞之總集，以此爲最後。結衛稱上彊村民，即朱孝臧也。況周頤作序，謂於體格神致求之，以渾成爲宗旨。此言也，在初學或未易解，强爲之説，亦非易事。唯彊村在清光宣之際，即致力東坡，晚年所造，且有神合。馮煦叙東坡樂府，指陳四端：一曰獨往獨來，一空羈勒，如列子御風，如藐姑仙人，吸風飲露。二曰剛亦不茹，柔亦不吐，纏綿悱惻，空靈動盪。三曰忠愛幽憂，時一流露，若有意若無意，若可知若不可知。四曰涉樂必笑，言哀已歎，雖屬寓言，無慙大雅。蓋空靈變幻，不可捉摸，以東坡爲至極。朱氏所選，以此爲鵠。而於宋詞求之，有合者或相近者則入選。讀者試以馮氏之言，讀宋詞三百首，庶乎得其崖略。此固朱氏一家之言，然實前此選詞者所未有也。蓋詞之總集，前此已多。朱氏有作，決不肯蹈襲故常。而以自身所致力者，示人以矩範。且見若干家中，皆有類此之境界。或以爲在選政中，實爲別墨，然不能不認爲超超元著，在宋、清各總集之外，獨開生面也。朱氏又有詞莂，選清詞十五家，各舉數首，其旨趣亦同。

宋詞舉

距今二十五年至三十年以前，愚授詞北京，有宋詞舉之作。時方有宋十二家之擬議，此爲縮本，編法用逆溯。並以校記、考律、論詞三事，分段説明。詞僅五十二首，蓋用爲講貫之資。且與時間相配，非十二家詞選體製也。徐仲可見之，遽謂爲創作，深加贊許。卷端論選録之旨，茲録如次：

論南宋六家

選南宋詞者，戈順卿取史、姜、吴、周、王、張六家，周稚圭取姜、史、吴、王、蔣、張六家，周止庵則以辛、王、吴爲領袖。夫張炎之妥溜，王沂孫之沉鬱，吴文英極沉博絶麗之觀，擅潛氣内轉之妙。姜夔野雲孤飛，語淡意遠。辛棄疾氣魄雄大，意味深厚，皆於南宋自樹一幟。流風所被，與之化者，各若干人。然蔣捷身世之感，同於王、張。雕琢之工，導源吴氏。周密附庸於吴，尤爲世所同認。姑舍蔣、周，而録張、王、吴、姜、辛，意實在此。至此五家者，相因相成，往往可見。然各有千古，不能相掩也。史達祖步趨清真，幾於笑顰悉合，雖非戛戛獨造，然南渡以降，專爲此種格調者，實無其匹。故效戈、周之選，不敢過而廢之。初學爲詞者，先於張、王求雅正之音，意内言外之旨，然後以吴鍊其氣意，以姜拓其胸襟，以辛健其筆力，而旁參之史，藉探清真之門徑，卽可望北宋之堂室，猶是周止庵教人之法也。

論北宋六家

周邦彦集詞學之大成，前無古人，後無來者。凡兩宋之千門萬户，清真一集，幾擅其全，世間早有定論矣。然北宋之詞，周造其極。而先路之導，不止一家。蘇軾寓意高遠，運筆空靈，非粗非豪，别有天地。秦觀爲蘇門四子之一，而其爲詞，則不與晁、黄同賡蘇調。妍雅婉約，卓然正宗。賀鑄洗鍊之工，運化之妙，實周、吴所自出。小令一道，又爲百餘年結響。柳永高渾處、清勁處、沉雄處、體會入微處，皆非他人展齒所到。且慢詞於宋，蔚爲大國。自有三變，格調始成。之四人者，皆爲周所取則，學者所應致力也。至於北宋小令，近承五季。慢詞蕃衍，其風始微。晏殊、歐陽修、張先，固雅負盛名。而砥柱中流，斷非幾道莫屬。由是以上稽李煜、馮延巳，而至於韋莊、温庭筠，薪盡火傳，淵源易溯。録此六家，實正軌所在，瓣香所承。不敢效顰戈、周，舉周邦彦以概其餘也。

此選限於兩宋。然唐五代所取，則爲温、韋、李、馮四家，論小晏時已述及矣。至十二家之甄選，乃二十餘年前之見解。近來肇討所獲，略有變更。以史達祖附庸清真，有因無創。而北宋初期，闕於令曲，已開宋人之風氣，略變五代之面目者，則爲歐陽修。且歐陽公近體樂府，慢詞不少。其時慢詞雖未成熟，而其端亦由歐陽發之。爰擬南宋删史，北宋增歐陽。南宋五，北宋七，仍爲十二。雖因於前賢之陳迹，略事增删。然一得之愚，似有討論之餘地。至十二家詞選之全，則擇其精粹而卓有特殊之表現者，期於不溢不漏。稿屢改而未定，蓋此事究未易言也，因論總集，而附及之。

九種詞集

詞肇於唐，成於五代，盛於宋，衰於元。而南有樂笑之流風，北有東坡之餘響。亡於明，則祧兩宋而高談五代，競尚側豔，流爲淫哇。復興於清，或由張炎入，或由王沂孫入，或由吴文英入，或由姜夔入，各盡所長。其深造者柳、蘇、秦、周，庶幾相近。故治詞學者，雖以唐五代宋爲矩矱，而宋實爲之主。別集既苦未備，而宗風流別，又可於總集見之。起花間迄三百首，皆總集之犖犖者。初學爲詞，宜從張惠言詞選或周濟宋四家詞選入手。既約且精，毫無流弊，以奠其始基。再進一步，則唐五代詞選、宋六十一家詞選爲必讀之書。而廣之以詞綜，參之以七家、十六家、三百首，既各補其所未備，如七家之草窗、碧山、玉田，十六家之方回、蜕巖。又可因取舍之不同，而見其流別，如三百首之涂徑，七家、十六家之傾向。由是而讀宋人四總集以及花間，再觀各名家專集，就其性之所近，專學一家，或兼采數家，互相補益。中心有主，取精用弘。泛覽以窮其變，互勘以求其是，而無窮之運用出焉。故提要鉤玄，惟在上述數種，其他備攷而已。至於名家之別集單行本、叢書本，（如知不足齋、粤雅堂等）以及地方詞書（如閩詞鈔、山左人詞、湖州詞録等），不勝枚舉。其別集之藪，善本、校本、孤本之叢，所謂彙刻詞集者，有下列九種：

汲古閣六十家詞　毛晉刻。分六集，隨得隨刻，不依時代先後。不盡善本，校讐亦不精。然今存之彙刻詞，此爲最早。彊村叢書出世以前，此亦最富。原刻及汪刻外，上海有縮影本。

名家詞集　侯文燦刻，只十家，皆汲古閣未刊本，粟香室叢書有翻刻。

四印齋所刻詞　王鵬運刻。惟雙白詞非善本，其餘大概善本或孤本。且有影刊宋、元槧者，校讎亦精。附宋、元三十一家詞，亦皆孤本。原刻外，上海有縮影本。

宋元名家詞　江標刻。僅十五家，中多孤本，無校語。

彊村叢書　朱孝臧刻。以有雲謠集者爲足本，收輯最富，且多不經見之本。凡有別本可校者，皆有校記，且於正文中定之，或兼敍版本源流。

雙照樓所刻詞　吳昌綬刻。選定宋、元、明僅見之佳槧，行欵、格式、字蹟一依原書，頗存舊籍之真，故不加校語。

涉園所刻詞　陶湘刻。原亦吳昌綬選定，爲雙照樓第二集，勝處與雙照樓同。

校輯宋金元人詞　趙萬里輯刻。多係輯佚，且以各選本互校，間有一二孤本，鉛印甚精。

全宋詞　唐圭璋輯刻。原皆選用善本，惟因付坊間排印，且時值倭亂，版式校讐均未精。